insel taschenbuch 4146

Karsten Flohr

Zeiten der Hoffnung

Karsten Flohr

Zeiten der Hoffnung

Roman

Insel Verlag

Umschlagfoto: plainpicture / Arcangel

insel taschenbuch 4146
Erste Auflage 2012
Originalausgabe

Vertrieb durch den Suhrkamp Taschenbuch Verlag
Umschlag: Cornelia Niere, München
Druck: CPI – Ebner & Spiegel, Ulm
Printed in Germany
ISBN 978-3-458-35846-6

Zeiten der Hoffnung

Im Andenken an Albert Mayer und Jules-André Peugeot*

* Caporal Peugeot und Leutnant Mayer waren am 2. August 1914 die ersten beiden Opfer des Krieges, der 17 Millionen Menschen das Leben kostete.

1. Berlin

Der Traum wollte nicht weichen. Immer wieder schob er sich zwischen Wilhelm und den anbrechenden Tag. Er kannte diesen Traum, schon häufiger war die Gestalt erschienen, und jedes Mal war er sich im Unklaren darüber gewesen, ob er sich vor ihr fürchten sollte. Eigentlich bestand kein Grund dazu, die freundlichen Augen in dem schwarzen Gesicht verhießen nichts Böses, aber da war noch irgendetwas anderes an diesem seltsamen Mann, der gekleidet war wie ein preußischer Offizier und einen Knochen durch die Nase trug. Es gelang Wilhelm, einen Entschluss zu fassen: Für heute würde er den Traum auf sich beruhen lassen – soll der Neger seines Weges gehen und machen, was er will. Er gehörte nicht in die Welt dieses Tages, der ihn mit offenen Armen erwartete.

Wilhelm schlug die Augen auf, als er ein Klopfen an seiner Zimmertür hörte und eine vertraute Stimme: »Geruhen Euer Gnaden, die Tür zu öffnen, oder muss ich sie eintreten?« Leise erhob er sich aus dem Bett und ging zur Tür. Er legte ein Ohr an das Holz und lauschte. Er hörte die entfernten Stimmen aus der Küche und aus dem Salon und wusste, was dort jetzt geschah: Man bereitete seinen Geburtstag vor. Aber er hörte auch das ungeduldige Scharren der Füße seiner Schwester, die direkt vor der Tür stand. Er zuckte zurück, als sie laut rief: »Nun, dann muss es wohl so sein!« Wilhelm wartete noch zwei Sekunden, dann drehte er den Schlüssel im Schloss und riss die Tür auf. Elisabeth stolperte ins Zimmer und tat so, als hätte sie bei dem Versuch, die Tür einzutreten, das Gleichgewicht verloren. Er breitete die Arme aus und fing sie auf.

»Herzlichen Glückwunsch!«, sagte sie leicht außer Atem. »Nun kann ich dich endlich als vollwertigen Menschen akzeptieren.« Sie gab ihm einen Kuss auf die Nase. »Jetzt sind wir wieder für ein paar Wochen gleich alt. Weißt du schon, was du mir zu meinem Geburtstag schenken wirst?«

»Erst mal musst du mir ja wohl etwas schenken«, sagte er, während er seine Mutter rufen hörte: »Kommt er nun endlich?« Elisabeth drückte ihm ein kleines, quadratisches Paket in die Hand.

Der Geburtstag

Als Wilhelm eine Viertelstunde später den Salon betrat, trug er die Gala-Uniform eines Husaren des 4. Kaiserlichen Reiterregiments. Draußen begann es bläulich zu dämmern, neuer Schnee, der in der Nacht gefallen war, lag auf den Ästen der Tannen vor dem großen Salonfenster, der Raum war hell erleuchtet, der Kronleuchter strahlte über dem festlich gedeckten Frühstückstisch. Es war acht Uhr. Die Beleuchtung hätte durchaus noch heller sein können, man hätte trotzdem kein Staubkörnchen entdeckt – nicht an einem Geburtstag im Haus der von Schwemers. Zumal dies kein gewöhnlicher Geburtstag war, denn es wurde auch am anderen Ende der Stadt gefeiert, von einem anderen Wilhelm: Der 27. Januar war der wichtigste Tag im Deutschen Reich, jedes Jahr aufs Neue seit nunmehr fünfundzwanzig Jahren – Kaisers Geburtstag.

Die Gratulanten im Speisesalon strafften ihre Haltung. Ganz hinten standen die drei Hausmädchen, davor die Köchin und der Küchenlehrling, dann die Haushälterin, die vor wenigen Augenblicken noch einmal mit dem Staubwedel durch den Raum gegangen war. Ein kleiner Abstand, und dann: seine beiden Brüder, davor Elisabeth und Helène, seine Mutter. Und davor: Richard Freiherr von Schwemer, die Arme ausgebreitet auf seinen ältesten Sohn zugehend, so dass der maßgeschneiderte Gehrock an den Seiten einige unschöne Falten warf.

»Wilhelm!«, sagte er ergriffen und fasste seinen Sohn fest bei den Schultern. Er musste dafür die Arme nach oben strecken. »Ich bin ja nun schon seit einigen Jahren daran gewöhnt, zu dir aufzublicken, die Jugend wird ja heute riesengroß! Aber siezen muss ich dich erst seit heute: Wilhelm, du bist jetzt 21. Ich bin stolz auf dich!«

Wilhelm ließ den Versuch seines Vaters zu, ihn an seine Brust zu ziehen, obwohl klar war, dass dies erfolglos bleiben würde, da dessen würdevoller Bauch dabei unüberwindlich im Wege stand, und hob dabei den Blick über den Kopf des Vaters hinweg zu seiner Mutter. Gerade noch konnte er das amüsierte Zucken ihrer Mundwinkel wahrnehmen, bevor sie seinen Blick bemerkte, die Haltung straffte und mit ernster Mine zustimmend nickte.

Als Erster applaudierte Karl, der jüngste Bruder Wilhelms, und nachdem alle Familienmitglieder in die Hände klatschten, fiel auch das Personal mit ein. Aber Wilhelm spürte, dass etwas fehlte. Er blickte zur Durchgangstür des Wintergartens, in dem sich die reglosen Umrisse einer Gestalt abzeichneten: Aiauschi, der neue Hausdiener, den der Vater erst vor wenigen Wochen von einer seiner Reisen in die Kolonie Togo mitgebracht hatte. Aiauschi applaudierte nicht, er blickte geistesabwesend durch das Fenster hinaus in den Schnee.

Beim Frühstück saß Wilhelm am Kopf des Tisches auf dem thronartigen Stuhl des Vaters, der normalerweise von hier aus der Familientafel vorstand, außer an ebenjenen Tagen, an denen einer seiner Lieben Geburtstag hatte. Rechts von Wilhelm saß Helène, die immer wieder unauffällig für einen kurzen Moment ihre Hand auf die ihres Sohnes schob. Wilhelm mochte diese Berührungen, trotzdem waren sie ihm peinlich. Seit er vor zwei Jahren die Ausbildung zum Husarenoffizier begonnen hatte, legte er Wert auf Männlichkeit. Bei den Husaren zählte nur eines: ein ganzer Mann sein! Wenn einer der Kameraden sähe, dass seine Mutter ihn von Zeit zu Zeit immer noch wie einen kleinen Jungen tätschelte, Wilhelm wäre vor Scham im Erdboden versunken. Und dafür schämte er sich dann doppelt. Denn er liebte Helène eben dafür, dass sie so ganz anders war als die übrigen Damen der Berliner Gesellschaft.

Alle hatten ihre Aufmerksamkeit dem Vater zugewandt, der unaufhörlich schwadronierte. Daran war man gewöhnt bei Tisch, beim Frühstück jedoch war es für den einen oder anderen schwer zu ertragen. Erfreulicherweise gab es diese gemeinsamen Morgenmahlzeiten nicht alle Tage, der Vater war meist schon aus dem Haus und auf dem Weg zum Amtssitz seiner Behörde, wenn die anderen sich zum Essen niederließen, oder er war auf einer der langen Reisen, die seine Tätigkeit als Leiter des Kaiserlichen Kolonialamtes mit sich brachten. Das waren die Wochen, in denen die Familie sich entspannen konnte. Denn wenn er anwesend war, hieß es, ihm stets genau zuzuhören, es konnte jederzeit geschehen, dass er sich plötzlich an einen der am Tisch Sitzenden wandte und fragte: »Was habe ich eben gesagt?«

Es war ratsam, dann sehr präzise seine Ausführungen wiedergeben zu können. Nicht, weil mit Sanktionen zu rechnen gewesen wäre, sondern weil es passieren konnte, dass der Freiherr bei Nichtgefallen der Antwort die Runde verließ und sich schmollend in sein Rauchzimmer zurückzog. »Hier interessiert sich keiner für das, was ich sage«, klagte er dann meist noch, bevor er den Raum verließ. »Ich verschaffe dem Reich ständig neue Untertanen und mehre das Vermögen der Deutschen unablässig, sogar der Kaiser leiht mir sein Ohr. Aber hier hört mir keiner zu ...«

Die leise gemurmelten Entschuldigen konnten ihn dann nicht umstimmen. Wilhelm argwöhnte schon lange, dass es seinem Vater in Wahrheit nur darum ging, nicht noch länger darauf warten zu müssen, sich nach dem Essen die Abendzigarre anzünden zu können. So war es an Helène, sich zu erheben, durch den Raum hinter ihrem Mann her zu eilen, der gerade die Tür zum Rauchsalon hinter sich schloss. Sie verweilte einen Moment davor, sah sich kurz um zu den unglücklich Dreinblickenden am Tisch, hob resigniert die Augenbrauen und klopfte dann. Ein barsches »Nein!« ertönte gewöhnlich von drinnen, woraufhin Helène den Türgriff nach unten drückte und eintrat. Die beiden blieben dann meist für mehrere Stunden im Salon. »Sie weiß, wie sie ihn nehmen muss«, flüsterte Elisabeth in die Runde der Verblieben. Als Älteste der vier Schwemer-Kinder fühlte sie sich für die gute Stimmung bei Tisch zuständig.

Jetzt zog Helène die Hand von der ihres Sohnes zurück, als ihr Mann sich plötzlich erhob und mit seinem Bauch der Kaffeetasse gefährlich nahe kam. Schnell sprang eines der Mädchen herbei und entfernte die Tasse aus der Gefahrenzone. »Mein Sohn!«, hob Richard von Schwemer an, »du wirst dich sicherlich schon gefragt haben, wo denn die üblichen Geschenke für dich bleiben, zumal an einem so besonderen Geburtstag.« Wilhelm hatte sich ebenfalls erhoben, denn wenn der Vater einen ausdrücklich ansprach, war das durchaus angebracht. Außerdem drückte ihn die Husarenuniform im Nacken, und er nutzte gern die sich bietende Gelegenheit, das Jackett zurechtzurücken.

»Und ein besonderer ist dieser Tag wirklich!«, fuhr der Vater fort. »Deshalb wirst du mich heute zum ersten Mal begleiten, um der Kaiserparade beizuwohnen«, sagte er und sah seinen Sohn strahlend an. »Du wirst mit mir und Kommerzienrat Rohrbach in der Ehrenloge des Café Kaiserhof sitzen.« Er machte eine Pause, um dem Nachhall dieser Ankündigung zu lauschen. Als Wilhelm gerade anheben wollte, sich angemessen zu bedanken, hob der Vater die Hand: »Aber das ist noch nicht alles!« Er blickte triumphierend in die Runde. »Heute Abend erwarten wir Gäste«, sagte er.

Das war insoweit nichts Besonderes, die Stadtvilla der von Schwemers war mehrmals im Jahr Austragungsort festlicher Bälle und Zusammenkünfte des alten Adels und des neuen Geldes Berlins. Seit der Freiherr vom Vize-Gouverneur der Kronkolonie Togo zum obersten Kolonialbeamten des Reiches aufgestiegen war, riss man sich in der Hauptstadt um Einladungen zu den glanzvollen Bällen in seinem Haus. Weshalb also erwähnte er es? »Und dann werden Gouverneur von Doering und ich die Verlobung unserer Kinder bekanntgeben – deine Verlobung mit Charlotte von Doering, mein lieber Wilhelm!« Er hielt den Atem an in Erwartung der Reaktion seines Sohnes.

Das Pferd

In diesem Augenblick hörte man ein unterdrücktes Wimmern aus dem Wintergarten. Alle Köpfe wandten sich in diese Richtung und sahen Aiauschi, der mit einer Hand zum Fenster deutete. Die andere hielt er vor den Mund, um sich selbst am Schreien zu hindern. Sophie, die Haushälterin, die im Durchgang zwischen Salon und Wintergarten gestanden und die Handreichungen des Dienstpersonals bei Tisch überwacht hatte, eilte zu ihm und spähte aus dem Fenster. Dann schlug auch sie eine Hand vor den Mund. Als sie sich langsam zu den Übrigen umdrehte, hielt es keinen an seinem Platz, alle eilten zum Fenster.

Es bot sich ihnen ein ungewohnter Ausblick. Im Vorgarten lag ein Pferd, hinter ihm eine umgestürzte Kutsche, aus der gerade ein Mann kletterte. Das Pferd strampelte mit den Beinen, versuchte, sich aufzurichten, und rutschte immer wieder aus. Hinter der Kutsche war der hohe, weiße Gartenzaun durchbrochen, auf der Straße hatte sich eine Mengenmenge angesammelt, die ungläubig das Geschehen beobachtete.

Wilhelm war der Erste, der reagierte. Er eilte zur Hautür und lief durch die kniehohe Schneedecke um das Pferd herum zu dem Kutscher. Er reichte ihm eine Hand und zerrte ihn aus dem Fenster der umgestürzten Karosse. Der Mann blieb für eine Weile stocksteif stehen, dann knickten seine Beine ein, und er fiel zu Boden.

Jetzt wandte sich Wilhelm dem Pferd zu, das mit weit aufgerissenen Augen im Schnee lag und dichte Wolken weißen Atems aus seinen Nüstern blies. Er kniete sich neben das Tier und strich ihm über die Nase. »Er sagt etwas zu dem Pferd«, flüsterte Adalbert, als würden es die anderen nicht selber sehen. »Und jetzt entfernt er die Deichsel aus dem Geschirr.«

Wilhelm wusste, dass jede hektische Bewegung das verstörte Tier in Panik versetzen würde. Immer wieder strich er ihm über die Nüstern, während er mit der anderen Hand das Zaumzeug löste. Als das Pferd spürte, dass es von der Last der umgestürzten Kutsche befreit war, richtete es sich blitzschnell auf. Wilhelm hatte das vorausgesehen und sich auf den Rücken des Tieres gesetzt. Als es mit zitternden Beinen im Vorgarten stand, klopfte Wilhelm seinen Hals und seine Flanken, dann drückte er ihm die Hacken in die Seite und ritt langsam zur Rückseite des Hauses.

Als er außer Sichtweite war, erhob sich ein Raunen, die ersten

Passanten begannen zu applaudieren, bevor sie dem Kutscher, der inzwischen wieder auf seinen Beinen stand, halfen, die umgestürzte Kutsche aufzurichten. Aiauschi hatte die Vorgänge reglos beobachtet, jetzt, als das Spektakel vorüber war, wandten sich ihm die Köpfe der Bewohner langsam zu, war er doch der Erste gewesen, der den Vorfall bemerkt hatte, und somit irgendwie auch verantwortlich dafür. Aiauschi zog sich langsam und unter Verbeugungen aus dem Raum zurück, während die anderen ihm mit den Blicken folgten. Es herrschte völlige Stille, nur die Rufe der Menschen auf der Straße drangen gedämpft herein. Die Stimme des Freiherrn wirkte überlaut, als er emphatisch sagte: »Mein Sohn!«

*

Zum zweiten Mal an diesem Vormittag klopfte Elisabeth an die Zimmertür ihres Bruders, der sich nach dem Vorgarten-Abenteuer frisch gemacht und umgezogen hatte. Diesmal rief er: »Herein, es ist offen!« Elisabeth trat ein und sammelte als Erstes die auf dem Boden liegende und vom Schnee durchnässte Uniform ihres Bruders auf. »Wenn Charlotte wüsste, was für einen Helden sie bekommt«, sagte sie seufzend. »Weiß sie überhaupt schon von ihrem Glück?«, fragte sie und sah ihren Bruder von unten herauf an. »Ich meine: Haben die beiden Kuppler, die diese Hochzeit des Jahres beschlossen haben, der Braut überhaupt schon etwas davon erzählt?«

»Elisabeth …«, seufzte Wilhelm, »bitte! Hör auf mit deinem Gestichel. Wir leben nicht mehr im 19. Jahrhundert. Natürlich ist sie gefragt worden.«

»Und du, wer hat dich gefragt? Oder haben sie es dir nur mitgeteilt, als Befehl sozusagen? Das sind sie ja gewohnt in ihren Kolonien.«

»Es ist doch eine schon lange beschlossene Sache. Und jetzt sage ich dir was, damit du endlich deinen Frieden damit machen kannst: Erstens ist es gut für die Familien, zweitens ist Charlotte eine sehr charmante junge Frau, und drittens …«

»Ich höre …«, sagte Elisabeth in die Pause hinein.

Ein Räuspern von der Tür her unterbrach das Gespräch der Geschwister. Die Mutter stand im Türrahmen, groß gewachsen, in einem cremefarbenen, bodenlangen Kleid, das ihr volles und langes schwarzes Haar zur Geltung brachte. Sie war zweifellos eine der auffallendsten Frauen der Stadt. Viele vermuteten, dass das Ehepaar von Schwemer mehr der Schönheit der gebürtigen Französin wegen zu Bällen oder Empfängen bei Hof geladen wurde als wegen der Bedeutung, die der Kaiser den kolonialen Angelegenheiten beimaß.

»Du solltest dich lieber um deine eigene eheliche Zukunft sorgen«, sagte sie zu Elisabeth, »anstatt deinen Bruder an einem solchen Tag nervös zu machen.«

»Nervös?«, fragte Elisabeth in gespielter Besorgnis und sah ihren Bruder mitleidig an, »mache ich dich nervös, großer Held?«

Ein Grinsen breitete sich auf Wilhelms Gesicht aus. »Was ist denn mit ihrer ehelichen Zukunft?«, fragte er an Elisabeth vorbei die Mutter.

»Sie hat schon wieder einem Anwärter einen Korb gegeben«, antwortete diese resigniert. »Der dritte in sechs Monaten. Allmählich wird es etwas teuer – diese ewigen Bälle, nur damit sie endlich mal mit jemandem tanzt.«

»Ich will aber nur einen großen Helden«, erwiderte Elisabeth, und ihre Augen strahlten trotzig, »einen, der gestürzte Pferde aus dem Schnee rettet!« Sie stellte sich in Tanzhaltung vor ihren Bruder. »Wenn so einer mich auffordern würde …«

Helène konnte das Lachen nicht länger zurückhalten. Wilhelm legte einen Arm um die Taille seiner Schwester, die beiden tanzten ein paar Schritte Wiener Walzer durch den Raum. »Seid bloß froh, dass euer Vater das nicht mit anhört«, sagte Helène schließlich. »Für ihn sind diese Dinge tödlicher Ernst. Wenn eine Frau einem Mann einen Korb gibt, müsste er eigentlich auswandern.«

»Genau, genau!«, rief Elisabeth, »sie sollten alle auswandern. Am besten zu den Hottentotten und Kaffern, anstatt die als Diener hierher zu holen.«

»Glaub mir«, sagte Helène zu Elisabeth und wandte sich zum Gehen, »Männer haben durchaus Unterhaltungswert. Man muss sie nur dazu bringen, sich hin und wieder auf die wichtigen Dinge zu besinnen.«

»Zum Beispiel Kaiserparaden besuchen?«, fragte Elisabeth spitz.

»Das ist nicht das, was ich meine«, antwortete Helène. »Aber es erinnert mich daran: Dein Vater erwartet dich, Wilhelm, der Chauffeur fährt in einer Viertelstunde vor. Und du«, sagte sie bestimmt zu Elisabeth, »kommst jetzt mit mir und stellst die Tischordnung für heute Abend zusammen.«

Elisabeth zog eine Grimasse, hob die erneut am Boden liegende nasse Kleidung ihres Bruders auf und drückte sie ihm in den Arm. »Mein Held!«, flüsterte sie, als sie an ihm vorbei aus dem Raum ging.

»Du bist die unmöglichste Tochter der Stadt«, hörte er Helène zu Elisabeth sagen, als die beiden sich über den Flur von seinem Zimmer entfernten. »Die Leute reden schon über dich.«

»Seit wann kümmern Sie denn die Leute?«, entgegnete Elisabeth.

Wilhelm stellte sich vor den Spiegel und setzte die weiße Husarenmütze auf, die er vom heutigen Tag an berechtigt war in der Öffentlichkeit zu tragen. Dann trat er einen Schritt zurück und betrachtete sich. Er war sich nicht sicher, ob ihm gefiel, was er sah.

Der Kaiser

Der graue Morgen war einem strahlend blauen Vormittag gewichen, der die weißen Villen und Stadthäuser in der Gneisenaustraße mit dem frischen Schnee in den Vorgärten eins werden ließen. Der Menschenauflauf vor dem Haus Nr. 11 hatte sich aufgelöst, nachdem die Polizei die umgestürzte Droschke abtransportiert und der Besitzer das inzwischen durch einen Sack Hafer befriedete Pferd abgeholt hatte. Nur der demolierte Zaun des Grundstücks zeugte noch von den Vorkommnissen am Morgen. Straßenfeger hatten die Straße vom Schnee geräumt, so dass der schwarze Horch, der neue Dienstwagen des Freiherrn von Schwemer, gefahrlos vorfahren konnte. Sein Besitzer stand am Fenster des Salons und beobachte, wie der Wagen elegant heranglitt und vor dem Tor hielt. »Wurde auch Zeit, noch eine Minute, und er wäre zu spät gewesen.«

»Mit anderen Worten«, sagte Helène, die hinter ihren Mann getreten war, »pünktlicher kann man nicht sein. Und das bei den Straßenverhältnissen.«

»Ja, ja, du fraternisierst wie immer mit dem Dienstpersonal, meine Liebe«, sagte er und wandte sich ihr zu. Dann lächelte er. »Du siehst großartig aus, das Kleid gefällt mir – von wem ist es?«

»Mohrbutter. Es ist ein original Mohrbutter, ein Unikat.«

Der Freiherr runzelte die Stirn. »Dieser verhinderte Künstler, dieser Schneider, der kein Schneider sein will?«

Helène von Schwemer seufzte. »Ja, genau der. Er ist der gefragteste Schneider der Stadt. Im Moment wenigstens. Aber ich habe mir das Kleid nicht deshalb machen lassen – es gefällt mir einfach.«

Der Freiherr trat dichter an seine Frau heran und legte ihr eine Hand auf den Arm. »Mir auch«, sagte er versöhnlich. »Ich verstehe nur nicht, warum heute niemand mehr zufrieden sein will mit dem, was er ist. Warum will ein Schneider unbedingt Künstler sein? … Oh, da kommt ja die Hauptperson des Tages!«, rief er und wandte sich seinem Sohn zu, der in seiner Husaren-Galauniform in den Salon getreten war. »Das ist doch mal eine Kreation!«, er zeigte auf Wilhelm, »an diesen Uniformen hat sich seit Menschengedenken nichts geändert, und sie sind trotzdem unübertroffen!« Wilhelm blickte an sich herunter und strich verlegen das Jackett glatt. »Danke, Vater.«

Der winkte dem Hausmädchen, ihm den Mantel zu bringen. »Wir müssen, wir müssen!«, drängte er. »Also, noch mal: Wir sind gegen 16 Uhr zurück, sofern Wilhelm sich nicht wieder verspätet. Ihr bereitet inzwischen alles für den Empfang vor. Die Gäste kommen um 19 Uhr. Und ich möchte, dass meine Tochter ihr fröhlichstes Gesicht aufsetzt! Ich will nicht noch einmal erleben, dass sie den ganzen Abend über das Tanzparkett trottet wie ein Brauereipferd. Sag ihr das!«, rief er seiner Frau zu, während er schon halb aus der Tür war. Plötzlich besann er sich, kehrte noch einmal zurück, gab Helène einen Handkuss und winkte dann seinem Sohn. »Hurtig, hurtig! Dies ist dein Tag!«

Wilhelm eilte seinem Vater voraus zur Straße, um ihm den Wagenschlag zu öffnen. »Halt!«, rief der und zog Wilhelm an einem Arm zurück. »Du bist ab heute der zweite Mann im Haus, du hältst keine Türen mehr auf. Reinhold wird die Türen öffnen, erst mir, dann dir. Also: Geh um den Wagen.«

Wilhelm gehorchte und ließ sich vom Chauffeur die hintere linke Tür der Limousine aufhalten, nachdem sein Vater bereits Platz genommen hatte. Als er neben ihm saß, nickte der ihm wohlgefällig zu, als wollte er sagen: Siehst du, war doch gar nicht so schwer!

»Ist die Kaiserallee noch frei oder haben sie sie schon abgesperrt?«, fragte er nach vorn, nachdem er das kleine Schiebefenster zum Chauffeur geöffnet hatte.

»Herr Kolonialrat, eben war sie noch frei«, antwortete Reinhold. »Ich denke, wir werden sie benutzen können.«

»Gut, dann also keine Umwege!«, rief Richard von Schwemer und ließ sich im Lederpolster zurücksinken. »Das ist ein Wagen, was?«, sagte er zu seinem Sohn, klopfte auf die glänzende schwarze Sitzbank und ließ dann seine kleine, fleischige Hand auf Wilhelms Oberschenkel fallen.

»Wieso sagten Sie eben zu Mutter: Sofern Wilhelm sich nicht wieder verspätet? Ich bin doch da?«

Der Vater blickte ihn groß an. »Ja ja, du schon. Aber Wilhelm, ich meine: der Kaiser – man weiß nie, wann er kommt. Es soll schon Leute gegeben haben, die schliefen tief und fest, als er sie endlich empfing. Peinlich so was, sehr peinlich.«

»Ja, aber heute warten Tausende auf ihn. Die wird er doch nicht so lange warten lassen …«

»Nein, natürlich nicht, da reißt er sich schon zusammen. Aber weißt du«, sagte der Freiherr und zog eine Zigarre aus der Brusttasche seines Fracks, »der Mann hat über 500 Uniformen, für jede Gelegenheit eine, für manche auch mehrere. Und für seinen Geburtstag noch mehr. Da dauert es schon eine Weile, bis er sich entscheidet, welche er anlegt. Und dann der Bart! Du kennst das ja von mir: Man denkt, alles sitzt perfekt, da sackt er ohne Vorwarnung nach unten, und der Barbier muss seine ganze Kunst spielen lassen, damit das gute Stück wieder sitzt wie bei einem Walross.«

Wilhelm lachte und sagte: »Darf ich Sie etwas Persönliches fragen?«

»Nur zu, nur zu.«

»Warum tragen Sie diesen … diese Affenschaukel, wie die Kameraden in meinem Regiment sagen. Warum quälen Sie sich jede Nacht mit dem Barthalter?«

Der Freiherr wandte langsam sein Gesicht in Richtung seines Sohnes und senkte den Kopf, so dass Wilhelm unwillkürlich ein Stück zurückwich. »Siehst du das?«, fragte er. »Ich könnte dich damit aufspießen. Der Kaiserbart ist eine Waffe, ein Sinnbild der deutschen Wehrhaftigkeit, klar? Und zum Thema Affenschaukel: Heute darfst du es sagen, ein Mal, weil du Geburtstag hast. Aber dann erwarte ich wieder etwas mehr Respekt vor dem Gesichtsschmuck des Kaisers.«

Wilhelm wusste nie genau, wann sein Vater solcherlei Zurechtweisungen ernst meinte und wann nicht. Er verfügte über einen komplizierten Humor. Manchmal glaubte man, er erzähle einen Schwank, beginnt herzlich zu lachen und erntet dafür eine Standpauke. Ein andermal lauscht man ernst und konzentriert seinen Erörterungen, und er ist enttäuscht, dass niemand lacht.

»Diese Dinge wirst du jetzt sehr schnell lernen«, sagte der Freiherr, als habe er die Gedanken seines Sohnes gelesen. »Der Bart des Kaisers ist ein Befehl an das Volk. An den männlichen Teil zumindest. Wenn er ihn morgen abnähme, was meinst du, wie viele Überstunden die Barbiere im ganzen Reich dann machen müssten, um Tausende von Kaiserbärten zu entfernen.« Er lachte und verschluckte sich dabei am Rauch seiner Zigarre, mit der er den Wagen bereits zu einem guten Teil eingenebelt hatte.

In diesem Augenblick hielt der Horch vor dem Café Kaiserhof, dem vornehmsten Restaurant an der Kaiserallee. Wer hier einen Tisch erhielt, um der Parade des Regenten beizuwohnen, hatte es geschafft. Richard Freiherr von Schwemer hatte den begehrten Tisch an der großen Fensterfront reserviert. »Mein Junge«, sagte er, legte eine Hand auf Wilhelms Arm und blickte hinauf zur Leuchtschrift des Restaurants, »ab jetzt sitzt du mit mir in der ersten Reihe. Heute beginnt dein neues Leben. Du wirst alles erreichen, was ich erreicht habe – und noch viel mehr. Aber davon erzähle ich dir später mehr.« Er eilte an dem Türsteher vorbei hinein in die Halle, da am Straßenrand weitere Autos vorfuhren, denen festlich gekleidete Herren entstiegen.

Wilhelm stand einen Moment still an diesem herrlichen Wintermittag und blickte in den tiefblauen, wolkenlosen Himmel. Zwei ältere Herren in der Ausgehuniform der kaiserlichen Marine schritten auf ihn zu und bemerkten seinen Blick. Einer blieb vor ihm stehen. »Kaiserwetter«, sagte er zu Wilhelm, »das nenn' ich ein Kaiserwetter! Heute müsste man Geburtstag haben ...«

»Hab' ich, hab' ich!«, entgegnete Wilhelm lachend, salutierte respektvoll und eilte seinem Vater hinterher.

In der ersten Etage des Café Kaiserhof wurden sie zu einem mit Blumen dekorierten Tisch geführt, der unmittelbar an der Fensterfront stand, die einen Panorama-Blick auf die Kaiserallee eröffnete. »Voilà!«, sagte Rudolph von Schwemer und breitete die Arme aus, als wollte er sagen: Dies alles, mein Sohn, lege ich dir zu Füßen! In der rechten Hand hielt er einige Geldscheine, die er diskret dem Livrierten, der sie zu ihrem Tisch gebracht hatte, in die weißen Handschuhe drückte. »Danke, Albert, ich weiß es zu schätzen«, sagt er, ohne den Mann anzublicken, der sich tief verbeugte.

Während er sich setzte und seinem Sohn bedeutete, dies ebenfalls zu tun, sagte er mit Blick auf die beiden freien Stühle am Tisch: »Wir erwarten noch Rohrbach und Muthesius.«

»Muthesius?«, fragte Wilhelm.

»Na ja, dieser neue Architekt, von dem alle sagen: Wenn man baut, dann nur mit ihm.« Wilhelm antwortete nicht, sondern hob fragend die Augenbrauen.

Der Freiherr ließ sich in seinen Stuhl zurückfallen, öffnete den obersten Knopf seines Fracks und winkte dem Kellner. Dann beugte er sich zu Wilhelm. »Ich bin der Meinung«, sagte er mit gedämpfter Stimme, »wir haben nun lange genug in Friedenau gewohnt. Es ist ein schönes Haus und eine schöne Landschaft, zugegeben. Aber die Gegend – dieses Künstlervolk, das sich überall breitmacht.« Er schüttelte angewidert seinen schweren Kopf, so dass die roten Wangen in Wallung gerieten. »Leute ohne Stil. Und Geld schon gar nicht! Wir brauchen etwas Repräsentativeres, verstehst du? In einer Gegend, wo wir unter unseresgleichen sind. Du weißt schon«, er rückte noch näher an seinen Sohn heran, »Leute mit Zukunft. Leute, die die Zukunft gestalten. Leute, die wissen, wohin der deutsche Zug fährt.«

Der Kellner, der hinter ihnen gestanden hatte, räusperte sich kaum vernehmbar. »Champagner«, sagte Rudolph von Schwemer, »Château Baptiste.«

»Was ist denn das wieder für ein neumodisches Zeug?«, fragte eine raue, laute Stimme quer durch den Raum. »Vom Weingut Ihrer Frau? Sind Sie unter die Weinhändler gegangen?«

Wilhelm sprang auf, um den Gast zu begrüßen, sein Vater erhob sich halb aus seinem Stuhl. »Das kann nur der Kommerzienrat sein. Die Geldleute haben keine Ahnung von guten Tropfen. Aber dafür haben Sie ja uns, nicht wahr?«

Er lachte schallend und begrüßte den Neuankömmling mit herzlichem Handschlag.

»Das ist mein Sohn Wilhelm«, sagte er dann auf seinen Sohn deutend, »der andere Wilhelm, der heute Geburtstag hat.« Wieder lachte er. Kommerzienrat Rohrbach trat respektvoll hinter dem Stuhl des Vaters herum und streckte Wilhelm die Hand entgegen. »Emil Rohrbach«, sagte er, »Deutsche Bank.«

»Es ist mir eine Ehre«, erwiderte Wilhelm, ergriff die dargebotene Hand und verbeugte sich.

»Wann habe ich Sie zuletzt gesehen?«, fragte Rohrbach sinnierend und legte den Kopf in den Nacken. »Ich glaube, da kamen Sie gerade in die Schule. Das liegt ja nun wohl schon lange hinter Ihnen.«

»Jawohl«, antwortete Wilhelm, immer noch stehend, während der Kommerzienrat sich auf den Stuhl neben Wilhelm setzte.

»Ich bin mittlerweile Reserveoffizier bei den Husaren, 4. Regiment. Diesen Sommer werde ich das Studium der Politik beginnen.«

»Politik, ja? Bei *dem* Vater brauchen Sie das doch nicht zu studieren, Sie müssen ihm nur zusehen, dann wissen Sie, wie das so geht. Und Reserveoffizier? Da können Sie sich der jungen Damen ja wohl kaum erwehren, haben die freie Wahl. Nicht wahr?« Er schlug mit der flachen Hand auf die weiße Tischdecke und lachte.

Wilhelm hatte Platz genommen, und während er noch überlegte, was er antworten sollte, sagte sein Vater: »Kein Thema für den Augenblick! Heute Abend mehr dazu, Sie werden es erleben, mein lieber Kommerzienrat. Sie kommen doch?«

»Welch eine Frage! Wer käme nicht, wenn die Schwemers zum Fest bitten? Meine Zusage liegt Ihrer Frau Gemahlin schon seit Wochen vor.«

In diesem Augenblick übertönten Trommeln das Gespräch, und alle Augen richteten sich auf die Kaiserallee, die inzwischen für den Verkehr gesperrt worden war. Ein schier endloser Zug von Trommlern und Pfeifern marschierte unter dem Beifall der Menschen, die den Straßenrand säumten, vorüber. »Als Erstes kommen die Kürassiere«, erklärte Richard von Schwemer und beugte sich zu seinem Sohn. »Die sind nichts Besonderes, bis auf die goldenen Knopfleisten. Dann kommen die Ulanen, das sind die ganz in Blau. Und danach die Garde-Grenadiere – die machen wirklich was her, oder?« Rohrbach nickte, nahm kurz sein Champagnerglas und nippte daran. »Wirklich, die sind unschlagbar, ich meine vom Aussehen her.«

Von Schwemer hob scherzhaft drohend einen Zeigefinger: »Gut, dass das keiner gehört hat, mein Lieber! Die Stadt ist voller Spione … aber wir sind ja hier unter uns. Wo bleibt denn eigentlich Muthesius?«

Zwischen den einzelnen Waffenverbänden marschierten immer neue Trommler-Kolonnen. Bis es auf einmal still war vor dem Fenster. »Jetzt kommen die Minister«, flüsterte der Vater.

Wilhelm beugte sich zum Fenster vor. In offenen, schwarzen Kutschen saßen ehrwürdige Herren mit Zylindern und Pelzmänteln und hoben hin und wieder huldvoll eine Hand. »Da!«, sagte Rohrbach, »Bethmann-Hollweg!« – »Der Kanzler«, fügte Freiherr von Schwemer hinzu, »der Sozialistenfreund! Wir sollten bei Gelegenheit Wetten abschließen, wie lange der sich noch hält …«

Ehe er weitersprechen konnte, drang ohrenbetäubender Jubel von der Straße herauf. »Die Kaiserfamilie!«, sagte Rohrbach und erhob sich. Alle im Lokal standen auf und drängten nach vorn an die Fenster, keiner wollte einen Blick auf Kaiserin Auguste Viktoria verpassen. Hinter ihr in der Kutsche saßen die sieben Kinder des Regentenpaares. Als die Jüngste, Viktoria Louise, sich kurz erhob und eine Kusshand in die Menge warf, wurde das Gedränge am Straßenrand so stark, dass Schutzleute vorsorglich Position bezogen.

Und dann, auf seinem Rappen »Ekstase« – der Kaiser! Kerzengerade, ernst geradeaus blickend. Der Federbusch auf seinem Helm wippte im Rhythmus der Bewegungen des Pferdes, ansonsten zeigte er keinerlei Regung. Das edle Tier tänzelte hin und her, machte Schritte zur Seite auf die Zuschauer zu. Der Jubel war ehrfürchtigem Schweigen gewichen, nur unterbrochen von vereinzelten »Hoch!«-Rufen. Es dauerte zwei Minuten, dann war Wilhelm II. aus dem Sichtfeld des Fensters verschwunden, weitere Trommler-Kolonnen beschlossen die Parade.

Wilhelm war nicht entgangen, dass viele der um ihn Stehenden den Atem angehalten hatten. Jetzt, da das Schauspiel so gut wie vorüber war, strebten alle wieder ihren Tischen zu, lebhafte Gespräche über das soeben Erlebte entbrannten.

Kommerzienrat Rohrbach beugte sich vor, berührte Wilhelms Vater am Unterarm: »Ganz kurz noch zum Geschäftlichen«, sagte er und blickte sich prüfend im Raum um. Der Freiherr nickte. Rohrbachs Blick fiel auf Wilhelm, sein Vater nickte erneut. »Er darf alles hören«, sagte er, ohne dass Rohrbach danach gefragt hatte. »Gut. Also«, hob dieser an, »bleiben wir dabei? Die Schürfrechte in Deutsch-Südwest für die Deutsche Bank, der Baukredit für Sie?«

»Sie sprechen vom Kupfer?«, fragte der Freiherr.

Rohrbach nickte und sah von Schwemer direkt an. »Und von Ihrem Bauprojekt.«

Der Freiherr wich dem Blick aus und nickte, dann nestelte er seine Taschenuhr hervor und blickte mit gerunzelter Stirn darauf. »Wo bleibt …« In diesem Augenblick erschien ein Mann im grauen Straßenanzug am Tisch, seinen Hut in der einen Hand, mit der anderen ein Taschentuch über sein Gesicht führend, als habe er geschwitzt. Sein Anzug war staubig, die Naht des Jacketts unter dem linken Arm eingerissen. »Muthesius«, entfuhr es dem Freiherrn, »wo waren Sie …«

Sein Blick glitt an dem Mann hinunter und wieder hinauf, dann fragte er: »Was ist passiert? Sind Sie unter ein Pferd geraten? Setzen Sie sich, erzählen Sie! Ober, ein Glas für den Herrn!«

»Kein Pferd – Arbeiter.«

Von Schwemer und Rohrbach sahen sich um, als wäre ein anstößiges Wort gefallen, das an den Nebentischen besser niemand mithören sollte. »Arbeiter?«, fragten sie wie aus einem Mund und beugten sich zur Tischmitte vor. Muthesius tat es ihnen gleich. Die drei sehen aus wie eine Verschwörergruppe, dachte Wilhelm.

In der Zigarettenfabrik Manoli am Wedding sei es am Morgen zu spontanen Demonstrationen der Arbeiter gegen die neuen Zigaretten-Drehmaschinen aus Amerika gekommen, die angeblich ihre Arbeitsplätze gefährden. Die Polizei habe sofort angemessen reagiert und die neue kaiserliche Schutzmannschaft in Marsch gesetzt. Es gab Massenverhaftungen, viele Verletzte, Demonstranten verstreuten sich über das Stadtgebiet und versperrten die Zufahrtswege, auf denen die Kutschen und Autos der Bürger auf dem Weg zur Kaiserparade waren. »Da durchzukommen hat etwas gedauert«, sagte Muthesius lächelnd und hob entschuldigend die Hände. »Und meiner Jacke ist es offenbar auch nicht gut bekommen.«

»Trotzdem, in aller Kürze, wenn Sie erlauben, und dann dürfen Sie sich umziehen gehen«, sagte der Freiherr: »Sie können uns das Grundstück in Zehlendorf besorgen und übernehmen die Planung meines neuen Anwesens?«

»Zehlendorf?«, mischte sich der Kommerzienrat ungebeten ein. »Dorthin soll doch jetzt die neue Wannsee-Bahn gebaut werden? Ist das schon amtlich?«

»Offiziell noch nicht«, antwortete der Architekt.

Rohrbach wiegte anerkennend den Kopf: »Dann werden die Grundstückspreise dort im Kürze mächtig anziehen. Glückwunsch!«, sagte er in Richtung auf den Freiherrn.

»Und der Auftrag für das neue Amtsgebäude der Afrika-Gesellschaft?«, fragte Muthesius.

»Geht an Ihre Firma«, sagte von Schwemer leise.

Hermann Muthesius erhob sich, verbeugte sich kurz in die Runde und strebte dann dem Ausgang zu. Der Freiherr zog erneut an seiner Uhrkette, klappte den Deckel auf und sagte nach einem Blick auf das Ziffernblatt: »Ich glaube, mein lieber Wilhelm, wir müssen uns auf den Heimweg machen.« Dann rief er dem Ober zu: »Bitte ordern Sie meinen Chauffeur.«

»Und?«, fuhr er fort und sah Wilhelm an, »was sagst du zu unserem Kaiser?«

»Ein bildschönes Pferd hat er«, antwortete Wilhelm, erhob sich und half seinem Vater beim Aufstehen.

Das Fest

Die ersten Gäste, die auf der von Schnee und Eis befreiten Auffahrt zur Schwemer'schen Villa vorfuhren, waren Edwin und Helene Bechstein. Natürlich besaßen sie ein Auto, so wie alle anderen Gäste des Abends auch, aber zu gesellschaftlichen Anlässen wie diesem kam man traditionell in der Kutsche.

Die Bechsteins zählten zu den engsten Freunden der von Schwemers, vor allem wegen der musikalischen Vorlieben der beiden Frauen, was zu gemeinsamen Konzert- und Opernbesuchen der Ehepaare führte. Und natürlich stand ein Bechsteinflügel im großen Salon der Schwemers, ein Gastgeschenk der Freunde. Es hatte den Freiherrn so beeindruckt, dass er alle Gourverneurspaläste in den deutschen Kolonien mit Bechstein-Instrumenten ausstatten ließ – ein willkommener Auftrag für die Klaviermanufaktur, die im harten Konkurrenzkampf mit den Steinwegs lag, die inzwischen in New York produzieren ließen und Steinway hießen.

Alle Mitglieder der Familie Schwemer hatten sich ab 19 Uhr in der Empfangshalle aufgestellt, um die Gäste zu begrüßen. Achtzig wurden erwartet. Die Jungen in Matrosenanzügen, Wilhelm erneut in seiner weißen Ausgehuniform der Husaren, Helène im nachtblauen Abendkleid von Béchoff-David, dem derzeit bevorzugten Modeatelier der Damen der Berliner Gesellschaft, der Freiherr im grauen Frack mit einer weißen Gardenie im Knopfloch. Ungeduldig wandte er sich immer wieder zu seiner Frau und fragte, wo Elisabeth bliebe, die wie üblich für das Ankleiden am längsten benötigte. »Dann muss sie eben entsprechend früher damit beginnen!«, zischte er mit hochrotem Kopf.

Für diesen Abend waren zehn Bedienstete mehr eingestellt worden, die jetzt den eintreffenden Gästen aus den Mänteln halfen, Getränke anboten, Aschenbecher bereithielten. Aiauschi, der alle um einen Kopf überragte, stand nahe beim Eingang und hatte nur die eine Aufgabe, die Gäste mit tiefen Verbeugungen willkommen zu heißen. Er trug einen weißen Anzug, der seine schwarze Haut noch stärker zur Geltung brachte. Er war zweifellos ein Blickfang.

Um halb acht waren alle eingetroffen. Gegen Ende des Defilees kamen die Wichtigen, die Woermanns, Wölbers und Nachtigals, die Großkaufleute, die mit ihren Handelsverbindungen die deutschen Kolonien in Afrika und Asien erst profitabel gemacht hatten. Ihr Rat und ihre Unterstützung waren für das Kolonialamt unverzichtbar, dem der Freiherr vorstand, sie hatten die größten Kenntnisse und Erfahrungen mit den Gewohnheiten und Gepflogenheit der Eingeborenen, besaßen hervorragende Verbindungen zu den Häuptlingen und Stammeskönigen. Ohne sie wären die »Schutzverträge«, die ihre Länder zu Besitztümern des Deutschen Reiches machten, nicht zustande gekommen. Konsul Nachtigal, der Sohn des großen Afrika-Entdeckungsreisenden Gustav Nachtigal, stand hier an vorderster Linie und wurde mit entsprechenden Respektsbezeugungen willkommen geheißen.

Als Letzter traf der engste Geschäftsfreund und Vertraute des Freiherrn ein, Hans-Georg von Doering, Gouverneur der »Muster-

Kolonie« Togo, ein großer, aufrecht gehender Mann mit vollem, weißen Haar. An einem Arm führte er seine Frau Emma, am anderen Arm seine Tochter Charlotte. Unter den Gästen hatte sich bereits herumgesprochen, dass Charlotte und Wilhelm die Hauptpersonen dieses Abends sein würden, entsprechend aufmerksam wurde die junge Frau begrüßt. Schüchtern und charmant zugleich nahm sie die guten Worte und Glückwünsche entgegen, immer wieder Blickkontakt zu ihrem Vater suchend, der ihr aufmunternd zunickte. Wilhelm hielt sich dezent zurück, bis alle anderen ihre Aufwartung gemacht hatten, und näherte sich dann langsam seiner künftigen Verlobten, die schon die ganze Zeit nach ihm Ausschau gehalten hatte.

Charlottes natürliche, jugendliche Schönheit schien an diesem Abend zu strahlen. Das brünette, dichte Haar, das sie hochgesteckt trug, wurde von einer Krone zusammengehalten, das cremefarbene, mit Blütenapplikationen versehene Kleid ließ ihre Schultern frei, die Hände und Unterarme steckten in weißen Seidenhandschuhen. Ihr zartes Gesicht mit den lebhaften, dunklen Augen war vor Aufregung gerötet. Sie senkte den Kopf ein wenig, als sie Wilhelm auf sich zukommen sah, der in respektvollem Abstand vor den dreien stehen blieb, zunächst den Vater willkommen hieß, dann die dargebotene Hand der Mutter an die Lippen führte – natürlich ohne sie zu berühren – und sich schließlich Charlotte zuwandte und sich vor ihr verbeugte.

Er wusste, dass aller Augen auf ihm ruhten, umso erstaunter war er selbst über die Ruhe und Gelassenheit, die er verspürte, als er Charlotte mit den Worten begrüßte: »Ich weiß, dass dieser Abend uns immer im Gedächtnis bleiben wird, zumindest werde ich alles dafür tun.« Er ergriff ihre Hand, beugte sich leicht darüber und verharrte so einen Moment lang. Als er sich wieder aufrichtete, blickte er ihr in die Augen und fügte hinzu: »Die Kraft Ihres schönen Gesichts, welch ein Ansporn für mich! Nichts auf der Welt bereitet mir gleiche Freude.« Sie lächelte irritiert, und als Wilhelm ihren erstaunten Blick bemerkte, fügte er hinzu: »Das stammt nicht von mir, das ist von Michelangelo. Aber es entspricht genau dem, was ich in diesem Augenblick empfinde.«

Ihr Vater lachte, legte Wilhelm eine Hand auf die Schulter, und sagte: »Die Reise nach Florenz hat einen Poeten aus Ihnen gemacht, wie mir scheint. Eine recht brotlose Betätigung übrigens. Aber Ihr Herr Vater wird schon dafür sorgen, dass Sie Ihr Leben nicht nur mit Süßholzraspeln verbringen.«

»Keine Sorge«, entgegnete Wilhelm, »obwohl man natürlich sagen muss, dass auch mit Süßholz Geld verdient werden kann, wie man in unseren Kolonien sieht.«

In diesem Augenblick wurden von zwei Livrierten die beiden mächtigen Eichenholztüren geöffnet, welche die Empfangshalle vom großen Salon trennte. »Wenn Sie erlauben«, sagte Wilhelm zum Gouverneur und bot Charlotte seinen Arm an, »würde ich Ihr Fräulein Tochter gern hineinführen. Sie hat heute Abend den Ehrenplatz.«

Die Menge der Gäste teilte sich, als das junge Paar durch die Halle schritt. Im Salon war eine U-förmige Tafel aufgebaut, weiß eingedeckt, mit funkelnden Gläsern auf den Tischen, dazwischen Blumenarrangements. Wilhelm führte Charlotte zu ihrem Stuhl an der Stirnseite, wo sechs Plätze nebeneinander für das Paar und ihre Eltern reserviert waren. Er und Charlotte saßen in der Mitte.

Der Applaus war groß, als Freiherr von Schwemer nach dem ersten Gang des Festessens die Verlobung seines Sohnes mit Charlotte von Doering bekanntgab. Das Paar erhob sich zum Dank, und als Wilhelm seinen Blick über die Köpfe der Anwesenden schweifen ließ, sah er, dass der für seine Schwester reservierte Platz unbesetzt war. In diesem Moment wurde die Tür einen Spalt geöffnet, und sie schlüpfte herein. Wilhelm wusste sofort, dass dieser Auftritt der ohnehin strapazierten Familienharmonie nicht guttun würde: Elisabeth trug den schwarzen Hosenanzug, der vor wenigen Tagen einen heftigen Streit zwischen ihr und ihrem Vater hervorgerufen hatte, ein Anzug der Art, wie ihn Asta Nielsen in ihrem neuen Film trug, und der die Berliner Gesellschaft mehr beschäftigte als die Frage, ob der Lohn der Fabrikarbeiterinnen auf das Niveau der Männer angehoben werden solle. Er atmete erleichtert durch, als er sah, dass sie Platz nahm, bevor ihr Vater sie bemerken konnte.

Hauptgesprächsthema des Abends, als nach dem Essen alle erneut in der großen Halle zusammenstanden, war der Skandal um den »Rosenkavalier« an der Königlichen Oper. Kapellmeister Richard Strauss hatte sich geweigert, einige vom Kaiserlichen Opernamt wegen »sittlicher Anstößigkeit« verlangte Textänderungen vorzunehmen. Strauss, gleichzeitig Komponist der Oper, war so empört über das Ansinnen, dass er sein Amt fristlos niederlegte und in seine Heimat nach Wien zurückkehrte, wo man ihn mit offenen Armen empfing – der Kaiser war der Blamierte.

»So etwas kann man nicht machen – nicht mit unserem Kaiser!«, ereiferte sich Frau Kommerzienrat Rohrbach und erhielt Zustimmung der umstehenden Damen. Allerdings nicht von allen. Helene Bechstein fragte in die Runde: »Kann mir eine der Damen den Unterschied zwischen ›nehmen‹ und ›gewinnen‹ erklären?« – »Was hat denn das damit zu tun?«, kam die Gegenfrage. »Also«, hob sie an: »Das Frauenzimmer hat gar vielerlei Arten, wie es will gewonnen sein.« Sie machte eine kleine Kunstpause und blickte herausfordernd in ratlose Gesichter, dann fuhr sie fort: »So hat der Hof die Arie umgedichtet. Im Original heißt es: ›Das Frauenzimmer hat gar vielerlei Arten, wie es will genommen sein.‹ Kann mir jemand sagen, was an ›nehmen‹ so unsittlich sein soll? Sicher, geben ist seliger denn nehmen, aber ›gewinnen‹? Das ist nur etwas für Spieler.« Sie erntete vielfältiges Gelächter hinter vorgehaltenen Händen, nur eine lachte aus vollem Hals – eine junge Frau im Hosenanzug mit kurzgeschnittenem, schwarzem Haar: Elisabeth.

Das Lachen blieb in der Luft hängen, als sich ihr alle Blicke zuwandten. Helène von Schwemer atmete tief ein, aber bevor sie etwas zu ihrer Tochter sagen konnte, war es wieder Helene Bechstein, die das Wort ergriff: »Elisabeth!«, rief sie herzlich und trat auf die Tochter des Hauses zu. »Ich dachte schon, dir wäre etwas zugestoßen oder du wärest krank. Du ahnst gar nicht, wie erleichtert ich bin, dich gesund und munter zu sehen.« Nun erst schien sie die Bekleidung Elisabeths zu bemerken. »Oh! Die neueste Creatiòn des Hauses Drécoll!«, sagte sie und nickte anerkennend. »Dazu gehört Mut!« Sie lächelte in die Runde, »oder?«

»Diese Weiber aus den Frauenvereinen tragen so etwas auch!«, schnaubte Frau Kommerzienrat und entfernte sich aus der Runde. Die Übrigen sahen unsicher von einer zur anderen. »Ja, so was kann nicht jeder tragen, das ist ein Vorrecht der Jugend«, sagte Helene Bechstein strahlend, legte einen Arm um Elisabeth und führte sie zum anderen Ende des Raumes. Helène von Schwemer lächelte dankbar, wieder einmal hatte ihre Freundin eine Situation gerettet. Aber ganz war das Thema für den heutigen Abend noch nicht vom Tisch, da war sie sich sicher.

Wilhelm und Charlotte, eingerahmt von ihren Vätern, die beide zufrieden an ihren Zigarren sogen, schritten von Gruppe zu Gruppe, nahmen Glückwünsche entgegen und versprachen, niemanden bei den Hochzeitseinladungen zu vergessen. Wilhelm bemerkte, wie sich in Charlottes Nacken Schweißtröpfchen bildeten, ihn selbst ermüdete die Konversation mit so vielen ihm Unbekannten ebenfalls. Genau im richtigen Augenblick erschienen seine Mutter und Helene von Bechstein auf der Freitreppe, Aiauschi neben sich, der mit einem Stab auf den Boden klopfte. Als das lebhafte Gespräch im Raum erstarb, hob Helène an: »Ich habe, bevor wir den Abend für den Tanz eröffnen, das große Vergnügen, Ihnen mitteilen zu können, dass es meiner lieben Freundin Helene Bechstein gelungen ist, uns eine ganz besondere Attraktion zu bescheren. Meine lieben Gäste, wenn Sie nun bitte in den Salon zurückgehen wollen? Dort wartet ein Mann auf Sie, den aus der Nähe zu erleben nicht vielen vergönnt ist.«

Erneut wurden die Türen des Salons geöffnet, der inzwischen umgeräumt worden war, die Tische waren entfernt, die Stühle in Reihen aufgestellt. Vorn glänzte ein Konzertflügel, an dem ein Pianist saß. Als alle Platz genommen hatten, trat hinter einem Vorhang ein kleiner, rundlicher Mann hervor – ein Raunen ging durch den Raum, vermischt mit einzelnen überraschten Ausrufen. Enrico Caruso stellte sich neben den Flügel, hob beschwichtigend seine kurzen Arme, nickte dem Pianisten zu, der zu spielen begann.

Nachdem er »O sole mio« gesungen hatte, erhob sich das Publikum von den Sitzen, und frenetischer Jubel brach aus. Es folgten noch zwei Arien aus »Tosca« und »Carmen«, dann verschwand Caruso mit erstaunlich leichten und federnden Schritten wieder hinter dem Vorhang.

»Nun – genommen oder gewonnen?«, fragte Helene Bechstein leise Frau Kommerzienrat Rohrbach, die neben ihr saß. – »Egal«, antwortete diese verträumt, »den würde ich so oder so nehmen. Diese Stimme ...« Man sah, wie ihr ein Schauer durch den Körper lief.

Geschäfte

Richard Freiherr von Schwemer und seine Frau eröffneten den Tanz, für den man eine Kapelle aus dem »Trocadero« engagiert hatte, dem beliebtesten Tanzlokal Berlins. Wilhelm begriff nun, was seine Eltern an den letzten Abenden hinter verschlossenen Türen geübt hatten: Sie legten einen perfekten »Onestep« auf dem Marmorboden der großen Halle hin, der Modetanz dieses noch jungen Jahres 1913, der den Tänzern viel Gelenkigkeit abverlangte. Schnell füllte sich die Tanzfläche, die Stimmung war nach wenigen Minuten auf dem Höhepunkt, selbst das Personal, das am Rand stand und die Champagnergläser der Tänzer hielt, wiegte sich im Rhythmus. Aiauschi stand reglos am Fuß der Freitreppe, als wolle er sie bewachen.

Nur einmal trat er zur Seite, als eine kleine Gruppe von Männern, voran der Freiherr, die Treppe hinaufstieg und dem Arbeitszimmer zustrebte, darunter Wilhelm. »Mit deiner Schwester werden wir heute Abend noch ein Wörtchen zu reden haben«, sagte der Freiherr leise zu seinem Sohn. »Aber jetzt haben wir erst mal Wichtigeres zu erledigen.«

Sechs Männer nahmen in den braunen Ledersesseln des Privatbüros des Freiherrn Platz. Von Schwemer blieb zunächst einen Moment stehen und ging zwischen den Sesseln auf und ab. »Meine Herren, mein Sohn wird ab sofort unseren Sitzungen beiwohnen, soweit es sein Militärdienst erlaubt. Er hat mein volles Vertrauen und verdient auch das Ihre. Zur Sache also«, er deutete auf von Doering, der ebenfalls unter den Anwesenden war, die bestanden aus Kommerzienrat Rohrbach, Eckhardt von Schröter, Aufsichtsrat der »Telefunken«, dem Reichstagsabgeordneten Hermann Hermanus sowie Major Berndorff, Chef der NfO, dem kaiserlichen »Nachrichtendienst für den Orient«.

Hans-Georg von Doering, Gouverneur der Kolonie Togo, erhob sich, und mit Blick auf von Schröter sagte er: »Unsere Telegrafiestation in Atakpamé funktioniert hervorragend. Weit besser als die der Franzosen und der Engländer in Dahomey und an der Elfenbeinküste. Nochmals Dank an Ihr Unternehmen für diese technische Glanzleistung und für die Finanzierung. Es wird sich für Sie auszahlen, das kann ich garantieren. Aber vor allem darf ich Ihnen den Dank der kaiserlichen Untertanen in Togo aussprechen. Die Menschen da draußen im Busch, 5 000 Kilometer entfernt von daheim, sind dem Vaterland nun ein gutes Stück näher gerückt.«

Er machte eine Pause. »Aber«, fuhr er dann fort, »die Station steht auf gefährdetem Gebiet. Wir müssen jederzeit mit einem Überfall der Franzosen rechnen, denen es nicht entgangen ist, dass wir die Rebellen in ihrer Kolonie mit Waffen unterstützen. Wir brauchen«, und damit wandte er sich an den Abgeordneten Hermanus, »mehr Polizeikräfte, wenn wir schon kein Militär vor Ort haben. Unsere 500 Beamten sind ein Witz im Vergleich zu den Streitmächten der Engländer und Franzosen. Wenn das Parlament den Kaiser davon überzeugen könnte, Soldaten zu stationieren ... Aber, nun gut – wenigstens mehr Polizisten, das ist das Mindeste, sonst kann ich nicht länger für die Sicherheit der Funkanlage garantieren.«

»Nicht so schwarzmalen, mein lieber Doering!«, sagte Freiherr von Schwemer wohlwollend, »so schnell wagt sich der Franzmann nicht auf unser Gebiet. Aber andere tun es andauernd, nicht wahr?« Er blickte zu Berndorff, dem Chef des Nachrichtendienstes.

Der nickte. »Sie tun, was sie schon immer getan haben, die Kaffern«, sagte er, »stehlen den Nachbarn die Frauen, rauben ihnen die Kinder, um sie als Sklaven in den Sudan zu verkaufen. Das kennen wir ja schon in anderen Kolonien, aber jetzt machen sie sich auch über unsere Neger her, sie fallen überall in den Reichskolonien in die Dörfer ein und wüten wie die Hottentotten. Es ist an der Zeit, dass der Kaiser mal wieder einen ihrer Häuptlinge empfängt. Wenn wir schon nicht zurückschlagen können, dann sollten wir sie wenigstens mit Geld ruhigstellen. Und ich kann Ihnen sagen, meine Herren: Es ist bereits in die Wege geleitet. Noch im Laufe dieses Frühsommers werden wir eine Delegation einladen.«

»Das klingt doch gut!«, sagte von Schwemer. »Noch etwas Whisky, meine Herren?« Ohne die Antwort abzuwarten, zog er an der Klingelschnur, die neben dem schweren Vorhang hing, und unmittelbar darauf trat Aiauschi ein. Er hatte bereits ein Tablett in der Hand, auf dem eine Flasche mit sechs Gläsern stand. Der Freiherr nickte ihm kurz zu, und Aiauschi verteilte die Gläser auf die Beistelltische und schenkte ein. »So sollten sie alle sein«, sagte von Doering mit Blick auf Aiauschi, »wirklich ein Prachtexemplar!«

Richard von Schwemer bedeutete ihm mit einer Handbewegung, zu schweigen. Als Aiauschi den Raum verlassen hatte, sagte er: »Er versteht unsere Sprache. Mehr noch: Er spricht sie sogar perfekt. Er hat einen Schulabschluss hingelegt, davon würden manche hier im Reich träumen.«

»Ich habe ja gar nichts Nachteiliges über ihn gesagt!«, verteidigte sich von Doering.

»Eben, eben«, entgegnete von Schwemer. »Man soll die Neger nicht in ihrem Beisein loben, das ist wie mit den Kindern. Und Kinder sind sie ja alle irgendwie, nicht wahr?«

Man lachte und hob die Gläser.

»Apropos: Wann tun wir mal wieder etwas für die Kinder?«, fragte von Schwemer in die Runde.

Nun war die Reihe an Kommerzienrat Rohrbach: »Unser Bankhaus hat sich entschlossen, die nächste Völkerschau zu finanzieren«, sagte er und sah Beifall heischend in die Runde, den er auch prompt erhielt. »Das Einzige, was Sie tun müssen, ist, genügend Neger heranzuschaffen«, sagte er zu Doering gewandt, »und den Zoo zu bitten, alle Vorbereitungen zu treffen. Vielleicht sollten Sie wieder mit Hagenbeck in Hamburg kooperieren? Dort ist die Schau beim letzten Mal doch sehr gut angenommen worden, oder?«

»Ja ja, das schon«, antwortete Doering. »Wir müssen nur aufpassen, dass die Neger sich nicht wieder an unsere Mädchen heranmachen. Da gab es bekanntlich einige unschöne Vorkommnisse in Hamburg.« Er beugte sich vor und nahm eine Zeitschrift vom Tisch: *Kolonien und Heimat.* »Hier steht ausnahmsweise mal etwas sehr Bedenkenswertes, meine Herren«, sagte er und blätterte darin.

»Nun machen Sie's nicht so spannend«, sagte der Freiherr, »worum geht es da?«

»Um die Bekleidung. Es wird die Frage erörtert, ob es für den Neger gut ist, europäische Kleidung zutragen. Die Antwort: ein deutliches Nein. Es ist nicht gesund für Menschen, die daran gewöhnt sind, mehr oder weniger nackt den Tag zu verbringen, auf einmal enganliegende Hosen zu tragen. Es ist eine Frage der Hygiene.«

»Aber wir können sie doch hier nicht unbekleidet herumlaufen lassen!«, wandte Berndorff ein.

»Natürlich nicht. Wir müssen sie eben außerhalb der Schauen mehr oder weniger unter Verschluss halten. Während der Schauen, wenn sie tanzen oder ihre Handwerkskünste vorführen, können sie ja gern so gekleidet sein, wie sie es von zu Hause gewohnt sind.«

»Und wo wollen Sie sie unterbringen?«

»Na ja, sie sind ja nur für ein paar Wochen hier. Die Tierparks werden schon irgendeine geeignete Möglichkeit finden.«

Keiner der Anwesenden schien so recht davon überzeugt zu sein. Der Freiherr nickte bedächtig, dann wandte er seinen Blick seinem Sohn zu. Wilhelm schaute angestrengt auf sein Glas, von dem er noch kaum etwas getrunken hatte. Sein Vater schien eine Reaktion von ihm zu erwarten.

Langsam hob er den Blick und sagte: »Man könnte sie ja als Bademeister im Volksbad einsetzen. Da sind ohnehin alle spärlich bekleidet.«

Das Gelächter, das einsetzte, wirkte befreiend auf alle. Nur Wilhelm hatte das Gefühl, Land betreten zu haben, dessen Boden unter seinen Füßen schwankte.

*

Es ging auf Mitternacht, als sich das Haus allmählich leerte. Die ersten Gäste des Abends waren auch die letzten, die sich verabschiedeten. »Richard!«, rief Helene Bechstein noch, als sie schon fast zur Tür hinaus war, und kam noch einmal zurück in die Halle. Der Freiherr zuckte zusammen – so nannte ihn die Freundin seiner Frau nur, wenn sie »ein ernstes Wort« mit ihm zu reden hatte, was in der letzten Zeit mehrmals geschehen war. Sie war die Einzige, die das durfte, und ein wenig genoss er es, denn er verehrte Helene Bechstein insgeheim schon lange.

»Richard«, sagte sie und zog ihn am Arm beiseite, »ein Wort noch zu Elisabeth. Nein, mach nicht so ein Gesicht! Du solltest deine Tochter mal aus ganz anderer Perspektive sehen, als du es für gewöhnlich tust.«

»Andere Perspektive?«, wiederholte er aufgebracht, »sie bietet mir ja keine! Immer nur die eine: Sie lehnt alles ab, was ich bin und was ich mache.«

»Unsinn, es geht nicht gegen dich. Sie gehört zu einer anderen Generation von Frauen als Helène und ich. Sie haben Ziele, an die wir nie gedacht haben. Sie wollen wählen dürfen, sie wollen an die Universitäten – und eben auch Hosen tragen.«

»So einfach ist das nicht, meine Liebe«, antwortete der Feiherr. »Dieser Anzug ist ein Fanal! Sie will damit aller Welt zeigen, dass ich nicht der Herr in meinem eigenen Haus bin, dass man mir auf der Nase herumtanzen kann. Und das ist ihr heute Abend wieder einmal gelungen.«

Helene Bechstein wich zurück, als sie merkte, dass er für ein besänftigendes Gespräch unter vier Augen nicht in der richtigen Stimmung war. Sie nickte begütigend und tätschelte ihm den Arm: »Dabei könntest du so ein umgänglicher Mann sein …«

Seine Frau, die in diesem Moment hinzugetreten war, hatte den Halbsatz gehört und führte ihn zu Ende: »… wenn er nicht ständig von den Staatsgeschäften so sehr in Anspruch genommen würde.«

Richard von Schwemers Augen leuchteten auf. Er nickte: »So ist es! Es ist manchmal einfach zu viel, auch für den Stärksten. Aber schwach werden gilt nicht. Um mit Wilhelm zu sprechen – und ich meine jetzt nicht unseren Sohn –: ›Obrigkeit ist männlich.‹ Und so wird es auch bleiben. Anzüge für Frauen ... so weit kommt es noch!«

*

Wilhelm war auf Wunsch des Vaters in den Rauchsalon gegangen und wartete dort auf ihn. Doch zuerst trat seine Mutter ein und schloss die Tür hinter sich. Sie hob resigniert die Arme. »Er will erst noch mit deiner Schwester ein Wörtchen reden«, sagte sie und ließ sich auf die Chaiselongue fallen. »Dass sie aber auch immer so übertreiben muss ...« Wilhelm war aufgestanden und trat neben sie. »Ich glaube, das würde sie nicht tun, wenn er nicht ständig an ihr etwas auszusetzen hätte. Sie hat doch alles getan, was er verlangt hat: die höhere Töchterschule, Klavierunterricht, sogar reiten hat sie gelernt, obwohl sie Pferde nicht mag.«

»Im Gegensatz zu dir«, sagte Helène und sah stolz zu ihm auf. »Dein Einsatz heute Morgen war bemerkenswert, die Leute in der Stadt reden darüber.«

In diesem Augenblick stürmte der Freiherr herein. »Sollen sie«, mischte er sich ein, »sollen sie reden. Hauptsache nicht über unsere Tochter. Sie besteht doch tatsächlich darauf, zu diesem Frauenkongress zu gehen! Eher sperre ich sie in den Keller bei Wasser und Brot, als dass ich so etwas zulasse.«

Er schenkte sich einen Whisky ein, setzte sich neben seine Frau und atmete tief durch, als sie seine Hand in die ihre nahm. Wilhelm setzte sich den beiden gegenüber.

»Hör zu«, sagte der Freiherr zu ihm und beugte sich vor. »Es gibt weiß Gott Wichtigeres als Frauen in Hosen. Also: Was Doering vorhin über die Franzosen sagte, ist noch geschmeichelt. Die Wahrheit ist: Die Situation in Togo kann jeden Tag kippen. Wir müssen etwas unternehmen. Die zusätzlichen Polizeibeamten sind bereits im Parlament beantragt, und ich weiß, dass sie auch genehmigt werden. Aber das allein genügt nicht. Wir müssen Flagge zeigen, das Fußvolk muss sehen, dass die Verantwortlichen es nicht mit den Problemen alleinlässt. Wir werden mit dem nächsten Schiff abreisen, Doering und ich. Und ich möchte, dass du mit uns kommst. Du wirst ohnehin in meine Fußstapfen treten, da ist es an der Zeit, dass du die Außenstellen des Reiches kennenlernst. Zumindest erst mal eine davon. Zigarre?«

Wilhelm schüttelte den Kopf, seine Gedanken rasten – Charlotte, das Studium, das Husarenregiment. Sein Vater schien seine Gedanken zu lesen. »Die Heirat läuft nicht weg, das sieht Doering ebenso. Er wird es seiner Tochter erklären. Und dein Studium muss eben noch ein Semester warten. Und die Reserveübungen – da lassen wir dich wegen dringender Staatsgeschäfte freistellen. Du bist sowieso der Beste deines Jahrgangs in allen Disziplinen: Schießen, Reiten, Fechten. Das ist eine Kleinigkeit, die Freistellung liegt quasi schon vor.«

Helène von Schwemer sah ihren Mann groß an. »Ich soll auf euch beide verzichten«, fragte sie ungläubig, »für so lange Zeit ...?« Als ihr Mann nicht antwortete, erhob sie sich und ging mit schnellen Schritten aus dem Zimmer.

Wilhelm wollte ihr folgen, aber sein Vater hielt ihn am Arm zurück. »Mach dir keine Sorgen, sie ist an meine Reisen nach Afrika gewöhnt. Und dass du irgendwann mit mir fahren würdest, war absehbar. Nun ist die Zeit gekommen.«

»Weiß Mutter schon von Ihren Umzugsplänen?«, wechselte Wilhelm das Thema, als fürchte er, zwei Neuigkeiten von solchem Gewicht könnten zu viel für seine Mutter sein.

»Nein, du hast es als Erster erfahren, und bitte: Sprich nicht darüber, bis ich es ihr gesagt habe. Ich weiß, dass es sie freuen wird, einige ihrer besten Freundinnen wohnen bereits in Zehlendorf. Ich will sie mit dieser Mitteilung dafür entschädigen, dass sie für einige Wochen auf dich verzichten muss.«

Wilhelm setzte sich wieder und nickte. Dann fragte er: »Wie lange dauert die Überfahrt?«

»Tja«, entgegnete der Freiherr, »die ›Titanic‹ steht uns ja leider nicht mehr zur Verfügung, sonst wären wir ab Wilhelmshaven in vier Tagen dort. Wir werden mit einem der Wörmann-Schiffe fahren, wahrscheinlich mit der ›MS Lucie Wörmann‹, ein gutes Schiff, ich kenne es, bin schon ein dutzendmal damit gefahren. Wir werden am 1. März in Hamburg ablegen und sind am 10. März in Lomé – je nach Wind und Wellen. Und die sind vor den Küsten Togos nicht von schlechten Eltern!«, lachte er. »Aber davon erzähle ich dir später mehr.« Wilhelm verbeugte sich und bat darum, sich zurückziehen zu dürfen. Der Freiherr erhob sich schwer, legte seine Hände auf die Oberarme seines Sohnes und sagte: »Noch einmal herzlichen Glückwunsch zu deinem Geburtstag! Du bist der Sohn, den ich mir gewünscht habe, Wilhelm. Und ich hoffe, deine Brüder kommen nach dir. Und deine Schwester – die kriegen wir auch schon noch hin. Wenn dir ein Husarenkamerad über den Weg läuft, den du für geeignet hältst für sie, lass es mich wissen. Es wird jetzt wirklich Zeit für sie, bevor sie eine alte Jungfer wird.« Wilhelm wollte einwenden, dass sie nur knapp ein Jahr älter sei als er selbst, verkniff sich dann jedoch die Bemerkung. Nach einer weiteren Verbeugung wandte er sich um und verließ das Zimmer.

*

Das Haus war still, als Wilhelm zu seinem Zimmer ging, das Personal hatte bereits fast alles weggeräumt, was darauf hindeuten konnte, dass hier noch vor kurzem ein rauschendes Fest gefeiert worden war. Als Wilhelm sein Zimmer betrat, fiel sein Blick auf das kleine Päckchen auf dem Tisch, das seine Schwester ihm zum Geburtstag geschenkt hatte – er hatte noch keine Zeit gefunden, es auszuwickeln. Rasch ergriff er es, entfernte das Papier und hielt ein Schmuckkästchen in der Hand, wie es für Ringe verwendet wird. Es enthielt einen grauen, ovalen Stein, unter dem ein gefalteter Zettel lag mit der Aufschrift: »Verlier ihn nicht wieder. Er erinnert dich daran, was Glück bedeutet.«

Wilhelm setzte sich auf die Bettkante. Er erkannte den Stein sofort. Er stammte aus dem Weinberg der Familie im Elsass, wohin man seit zwei Jahrzehnten jedes Jahr in die Sommerfrische gefahren war. Hier lebten die Großeltern mütterlicherseits, hier hatte Wilhelm einige der unbeschwertesten Jahre seines Lebens verbracht. Der Stein war sein Talisman gewesen, den er immer bei sich trug. Doch eines Tages vor nicht langer Zeit war er weg, er hatte ihn verloren, verlegt, irgendwo vergessen – er wusste es nicht genau. Elisabeth hatte ihn offenbar gefunden und mit der Rückgabe bis zu Wilhelms Geburtstag gewartet. Er hielt den unscheinbaren Stein dicht vor seine Augen, der Geruch reifen Weins schien ihm in die Nase zu steigen. Er schloss die Augen und sah ihr Gesicht vor sich: Adèle, die Tochter des Weinbauern. Adèle Printemps, das Mädchen, mit dem er als Junge unzählige Nachmittage in der Sonne des französischen Spätsommers verbracht hatte, in Höhlen und auf Bäume geklettert war, die ihm die Labyrinthe der Weinkeller gezeigt hatte, in deren Zuhause – eine kleine Hütte am Ende des Anwesens – sie den frisch gepressten Traubensaft gekostet hatten, von wo seine Mutter ihn oft genug zum Abendessen abgeholt hatte, nicht ohne auf dem Heimweg darauf hinzuweisen, dass es doch auch genügend französische Jungen gab, mit denen er die Ferien verbringen könne, es müsse doch nicht immer dieses Mädchen sein. Er hatte darauf nie geantwortet.

Wilhelm öffnete die Augen, roch noch einmal an dem Stein und legte ihn dann in die Schachtel zurück.

2. Togo

Es war dann doch nicht die ›Lucie Wörmann‹, sondern ein neu in Dienst gestelltes Schiff der Hamburg-Afrika-Linie. »Auch gut«, sagte der Freiherr, als er, Wilhelm und Hans-Georg von Doering an einem kalten, strahlend blauen Tag die Gangway emporstiegen, in gebührendem Abstand hinter ihnen Aiauschi mit dem Gepäck. »Vor der Küste Togos zeigt sich, was ein Schiff taugt. Eine Brandung wie dort wirst du dein Lebtag nicht wieder sehen.« Er drehte sich zu Aiauschi um und rief: »Kalema!« Aiauschi sah ihn an und nickte ernst. »So nennen die Eingeborenen diese Brandung«, erklärte er. »Wirklich höllisch! Aber da müssen wir durch – seit im letzten Jahr die Landungsbrücke zu Bruch ging.«

Während der Überfahrt nahmen die drei Männer ihre Mahlzeiten am Tisch des Kapitäns ein. »Dies ist meine hundertste Togo-Fahrt«, sagte der, »machen Sie sich keine Sorgen, meine Herren, bisher sind meine Passagiere noch immer heil an Land gekommen. Die neuen Landungsboote, die Sie an den Strand bringen, sind eine wirkliche Verbesserung. Die Chancen, dass Sie trockenen Fußes das Ufer erreichen, stehen mittlerweile eins zu zehn – das ist eine bedeutende Steigerung!« Die Männer am Tisch lachten.

»Was ist mit der Landungsbrücke geschehen?«, fragte Wilhelm seinen Vater, als sie abends im Offizierskasino saßen.

»Ein technisches Meisterwerk, das war sie, die Kaiser-Wilhelm Brücke!«, antwortete der. »350 Meter weit führte sie ins Wasser hinaus, sechs Meter breit mit Eisenbahnschienen drauf. Da konnte direkt vom Schiff in die Waggons umgeladen werden. Aber gegen einen Orkan wie den im letzten Winter ist kein Kraut gewachsen. Sie wurde in wenigen Minuten zerschmettert, die Eingeborenen sagen, solche Wellenberge habe es an ihrer Küste noch nie gegeben. Jetzt müssen wir wieder wie vor zwanzig Jahren in die Brandungsboote umsteigen und uns ans Ufer rudern lassen. Aber keine Sorge: Sobald es flach genug ist, werden wir von Trägern an den Strand gebracht, deine Hosenbeine werden nicht nass.«

»Unangenehm wird dann allerdings noch mal die Lagune«, ergänzte Gouverneur von Doering. »Der Strandstreifen ist nur ein paar hundert Meter breit, und dann muss man durch die Lagune, um wirklich in Lomé zu sein. Na ja, und eine dichtere Krokodilbevölkerung als in dieser Lagune gibt es wohl nirgends in Afrika, stimmt's?«

Der Freiherr nickte und ergänzte: »Die Neger fangen in der Lagune die Austern auf dem Grund des Wassers. Es ist nicht tief. Kannst du dir das vorstellen: Sie ertasten die Austern mit den Füßen und packen sie dann mit den Zehen – sofern nicht ein Krokodil dazwischenkommt und sie an den Zehen packt ... dann freuen sich die Austern!« Er verschluckte sich vor Lachen bei der Vorstellung. »Aber das passiert nicht mehr so häufig«, fügte er beruhigend hinzu, »wir haben die Krokodile schon ziemlich dezimiert, was?« – »Ja«, bestätigte Doering, »sonntags mit dem Jagdgewehr, sofern wir nicht beim Pferderennen sind.«

»Pferderennen?«, fragte Wilhelm ungläubig. »In Togo?«

»Natürlich, wir haben eine Rennbahn in der Mission Sansane-Mangu, nicht weit von Lomé. Aber nicht nur das, wir züchten auch!«, sagte der Gouverneur stolz. »Pferde – und natürlich Rinder. Nichts gegen die Buckelrinder, die die Eingeborenen halten, aber eine holsteinische Schwarzbunte ist natürlich viel ergiebiger. Vier davon haben wir hergebracht, über 100 sind es mittlerweile.« Er nickte stolz und drehte zufrieden die Zigarre zwischen den Händen.

»Eins musst du wissen«, sagte sein Vater plötzlich ernst zu Wilhelm, »wenn du in irgendeine schwierige Lage gerätst, halte dich an Aiauschi. Er ist nur deinetwegen mitgereist. Er spricht viele der Dialekte des Landes. Aiauschi wird immer in deiner Nähe sein, auch wenn du mal ohne mich etwas unternimmst. Er hat den Auftrag, dich stets zu begleiten, du brauchst ihn also nicht wegzuschicken, er wird nicht von deiner Seite weichen.«

»Was meinen Sie mit schwierige Lage?«

»Nun, einige der Stämme im Norden sind in den letzten Wochen unruhig geworden. Sie sehen, dass wir Probleme damit haben, die Übergriffe der Bato auf die Ewe zu verhindern und interpretieren das als Schwäche. Und das ist schlecht für uns.«

»Zu welchem Stamm gehört Aiauschi?«

»Er ist ein Ewe. Sie stellen hier die Mehrheit, sind angesehen, manche von ihnen wohlhabend. Viele sind mittlerweile Christen geworden. Auch das ist den Wilden aus dem Norden ein Dorn im Auge, denn die meisten von ihnen sind Mohammedaner, wie fast alle Sklavenjäger hier an der Westküste. Aber deshalb haben wir dich nicht mitgenommen ...«

»Weshalb dann?«

Die beiden Männer blickten sich an, dann antwortete der Gouverneur: »Du weißt, dass wir kein Militär haben, nur Polizisten, genau genommen 500. Ein weißer Offizier, drei weiße Unteroffiziere, der Rest sind Ewe. Gut ausgebildete Leute, aber eben Neger. Mit ihnen können wir gegen die Übergriffe der Franzosen aus Dahomey nicht viel ausrichten.«

»Was für Übergriffe?«

»Sie sabotieren immer wieder die Bahnlinie nach Atakpamé, wo unser Funksendemast steht. Nicht sie selbst – sie schicken Eingeborene vor. Die Franzosen wissen natürlich, wie wichtig die Funkstation ist.«

»Und wie komme ich ins Spiel?«

»Wir brauchen jemanden, der wie der Teufel reiten kann«, antwortete sein Vater, »und der den Kaffern einen gehörigen Schrecken einjagt. Jemand, der nicht zu unseren Polizeitruppen gehört, sondern jemand, den sie noch nie gesehen haben. Sie sollen solche Angst bekommen, dass sie künftig unsere Bahngleise meiden wie der Teufel das Weihwasser.«

»Und wie soll das gehen?«

»Eigentlich wollte ich es dir erst später in Ruhe erklären«, antwortete der Freiherr seufzend. »Aber nun gut, jetzt scheint der geeignete Zeitpunkt gekommen zu sein. Habe ich dir schon mal von den Fetischpriestern erzählt?«

Wilhelm verneinte.

»Das sind die wirklich mächtigen Männer im Land, mächtiger

als die Häuptlinge und Könige. Und mächtiger als wir. Sie sind die Medizinmänner, und sie behüten den Fetisch des Dorfes, das ist irgendein Gegenstand, der sie angeblich beschützt. Oft ist es ein Knochen oder der Schädel eines verstorbenen Priesters oder Häuptlings, gruselig verziert mit Schmuck, Federn und Bemalungen aus Blut. Er wird nur zu den heiligen Tänzen herausgeholt oder wenn ein Stamm in den Krieg zieht. Wenn dem Fetisch oder dem Fetischpriester etwas zustößt, bedeutet das den Untergang des Stammes.«

»Und was hat das mit mir zu tun?«, fragte Wilhelm ungeduldig.

»Die Franzosen arbeiten mit den Bato zusammen. Das ist ein ziemlich kriegerischer und blutrünstiger Stamm. Sie haben nicht nur einen Fetisch, sie haben eine ganze Schädelsammlung: Ihr Schädelhaus ist bekannt und berüchtigt in ganz Westafrika, es verleiht ihnen Respekt und Macht. Entsprechend groß ist ihre Sorge, dass die Kraft der Schädel sich irgendwann gegen sie selbst wenden könnte. Unser Plan ist: einige der heiligen Schädel in unseren Besitz zu bringen und sie bei Nacht von einem Reiter auf ihrem Weg auszulegen, wenn sie sich unseren Bahngleisen nähern.«

Er unterbrach sich und blickte Doering an. »Es gibt nichts, was sie mehr in Panik versetzen könnte«, sagte der, »wir sind sicher, dass sie Hals über Kopf Reißaus nehmen und nie wieder auf unser Territorium zurückkehren werden.«

»Und der Reiter soll ich sein?«

Die beiden Männer nickten.

»Und wie soll ich an die Schädel herankommen?«, fragte Wilhelm.

»Gar nicht«, entgegnete von Doering und grinste. »Wir kennen jemanden, der sie täuschend echt imitieren kann. Genauer gesagt, Aiauschi kennt jemanden.«

»Aiauschi?«

»Ja, er wird dich bei dieser Unternehmung begleiten.«

»Und er weiß bereits davon?«

Der Freiherr sah ihn lange an. »Er weiß viel mehr, als du glaubst. Vielleicht sogar mehr, als wir alle ahnen. Aber wir können uns hundertprozentig auf ihn verlassen, so viel steht fest.«

Wilhelm fuhr sich mit der Hand über den Kopf und lehnte sich zurück. »Wer weiß denn noch alles von diesem Mummenschanz?«, fragte er lächelnd.

Sein Vater sah ihn ernst an. »Nimm es nicht auf die leichte Schulter. Das ist kein Kinderspiel. Aber ist es wichtig für uns – die Franzosen müssen endlich begreifen, dass sie uns nicht länger auf der Nase herumtanzen können!«

Aiauschi

Aiauschis Stellung in der kleinen Reisegesellschaft änderte sich abrupt, nachdem man vom Dampfer mit den Brandungsbooten ans Ufer gebracht worden war. Von nun an ging er nicht mehr hinterher, sondern voraus, er bestimmte das Geschehen: Er winkte vier kräftige Eingeborene als Träger für seine Herrschaften herbei, die sie auf ihre Schultern nahmen und an den Strand trugen – es war, wie der Freiherr vorausgesagt hatte: Keiner bekam nasse Hosenbeine, denn der Wind war mäßig, die Brandungswellen nicht höher als einen halben Meter.

Am Strand warteten weitere Träger mit Hängematten, die Aiauschi heranwinkte. Wilhelm beobachtete, wie sein Vater und der Gouverneur sich darin niederließen. Er zögerte kurz, tat es ihnen dann aber nach, nachdem Aiauschi ihm sagte, dass dies der übliche Weg sei, zur Stadt zu gelangen. Weitere Träger legten sich das Gepäck der Ankömmlinge auf den Kopf, so zog die kleine Karawane, angeführt von Aiauschi, in Lomé ein.

Die Hauptstadt Togos mit ihren 7000 Einwohnern wirkte wie mit dem Lineal erbaut: Schnurgerade zog sich die ›Hamburger Straße‹ von der Strandpromenade, die ›Kaiserstaden‹ hieß, durch die Stadt, gesäumt von Geschäften und einstöckigen Bürogebäuden, schneeweiße Häuser mit gepflegten Vorgärten, darunter ein Bezirks- und ein Postamt, eine Schule und eine Polizeistation. In der Mitte der breiten, aus Lehm gestampften Straße waren Schienen einer Schmalspurbahn eingelassen, die direkt an den Geschäften vorbeiführte, um Waren anzuliefern. »Als die Landungsbrücke noch stand, fuhr die Bahn bis ans Schiff«, rief aus seiner Hängematte der Freiherr. »Das war natürlich praktisch, jetzt müssen wir uns mit dem Hundetrab begnügen«, sagte er und lachte, »so nennt man das, was wir hier gerade machen.« Er deutete auf die Eingeborenen, die seine Hängematte trugen.

Links und rechts zweigten Straßen mit vertrauten Namen ab: Lübecker Straße, Bremer Straße, Bismarckstraße, Marktstraße. Um zum Amtssitz des Gouverneurs zu gelangen, bog der kleine Tross in die Wilhelmstraße ab, wo die Villa schattig in einem kleinen Palmenwäldchen verborgen lag: ein zweistöckiger, weißer Bau mit Säulen, Erkern und Sprossenfenstern.

Obwohl in der Mittagshitze die Straßen normalerweise wie ausgestorben waren, hatten sich viele dunkelhäutige Neugierige eingefunden: Die Nachricht, dass der Gouverneur nach längerer Abwesenheit zurückgekehrt war, hatte sich herumgesprochen. Es blieb nicht beim Betrachten aus sicherer Entfernung: Einige Mutige näherten sich, beugten sich über die Hängematten und lachten den Weißen freundlich ins Gesicht. Vor allem Wilhelm erregte ihr Interesse. Mehrere junge Männer und Frauen traten heran, einer berührte ihn mit dem Finger am Bein. Wilhelm bemerkte beklommen, dass sie bis auf eine kurze Schürze unbekleidet waren, auch die Frauen. »Sie kennen hier jeden Weißen«, rief ihm der Freiherr zu, »aber dich kennen sie noch nicht. Mach dir nichts draus, sie sind harmlos und neugierig wie die Kinder.«

Plötzlich entfernten sie sich von ihm und liefen an den Straßenrand zurück, als sie bemerkten, dass Aiauschi, der vorausgegangen war, sich umgedreht hatte, um zu sehen, ob der Tross noch beieinander war. Aiauschi sah von einem zum anderem, bis sein Blick an Wilhelm hängenblieb, der spürte, dass dieser Mann nicht mehr derselbe war wie der, den er in Berlin gekannt hatte. Er lehnte sich in seiner Hängematte zurück und nahm den Stein zwischen die Finger, den er in der Hosentasche bei sich trug. Ein Gefühl der Sicherheit breitete sich in ihm aus, er schloss die Hand um den Stein und drückte ihn.

Für den Abend war ein Festessen im Haus des Gouverneurs aus

Anlass seiner Rückkehr geplant. Die Repräsentanten der Handelsgesellschaften, Reedereien und Banken, die entlang der Hamburger Straße ihre Firmensitze hatten, waren geladen samt ihren Gattinnen, sofern diese ebenfalls im Lande weilten. »Wir haben noch nicht so lange die Freude, dass die Damen uns Gesellschaft leisten«, erklärte der Vater, als sie am Nachmittag im blühenden Garten des Gouverneurs ein paar Schritte taten. Wilhelm hatte mehrere weiße Leinenanzüge in seinem Zimmer vorgefunden, einige mit kurzen Hosenbeinen und Ärmeln, andere mit langen. Er hatte sich für lang entschieden, bedauerte dies aber bereits: Der Schweiß lief ihm die Kniekehlen herunter. Sein Vater trug kurze Hosen und weiße Kniestrümpfe. Zusammen mit dem Tropenhelm, den er sich aufgesetzt hatte, erinnerte er Wilhelm an einen Schauspieler, den er kürzlich in Berlin in einem Kinofilm über die Eroberung Afrikas gesehen hatte.

»In unseren Anfangsjahren war dies hier eine reine Männergesellschaft«, fuhr der Freiherr fort, »man war in Berlin der Meinung, dass die schwüle Hitze jeden Gedanken an das andere Geschlecht ausschließen würde.« Als er eine nachdenkliche Pause machte, sagte Wilhelm: »Darf ich raten?« Der Freiherr nickte.

»Das Gegenteil war der Fall«, sagte Wilhelm.

Sein Vater warf ihm einen amüsierten Blick zu. »So ist es. Es kam und kommt immer noch zu – sagen wir mal – Begegnungen zwischen unseren Männern und einheimischen Frauen. Im letzten Jahr gab es sogar drei Hochzeiten. Der Kaiser ist empört. Er hat uns beauftragt, die Verkafferung der Weißen, wie er es nennt, zu unterbinden. Daraufhin haben wir ein Einwanderungsprogramm für weiße Frauen aufgelegt, ledige weiße Frauen, die hier als Krankenschwestern oder Bürokräfte arbeiten. Unsere Männer sind begeistert. Außerdem hat der eine oder andere, der für längere Zeit hier ist, seine Ehefrau nachgeholt.«

»Haben Mutter und Sie das je erwogen?«

Der Vater schüttelte den Kopf und schlug mit seinem Bambusstock nach einem Palmenwedel, der über dem Kiesweg hing. »Nein, wir wollten unsere Kinder nicht hier aufwachsen lassen. Und seit ich im Kolonialamt bin, verbringe ich ja mehr Zeit im

Reich als in den Kolonien. Obwohl es so aussieht, als könne sich das wieder ändern, wenn man die politische Entwicklung beobachtet«, sagte er sorgenvoll.

Sie sahen Aiauschi aus einem Seiteneingang des Gebäudes treten und einem der Träger Anweisung für die Verteilung des Gepäcks geben. Der Freiherr stieß Wilhelm an und nickte mit dem Kopf in Richtung auf seinen Diener. »Ich habe ihm gesagt, er soll dich mit dem Ort und der Umgebung vertraut machen«, erklärte er. »Du sollst dir dein eigenes Bild vom Land und den Menschen machen. Du wirst ihn in den nächsten Tagen also näher kennenlernen. Ich will nicht viel vorwegnehmen, nur so viel: Aiauschi genießt großen Respekt bei seinen Landsleuten. Er ist ein Enkel von Aiauschi Agbano, dem ehemaligen König des Landes, der mit den Deutschen das Schutzabkommen ausgehandelt hat, welches Togoland überhaupt erst zu unserer ersten Kolonie werden ließ, übrigens lange nachdem die anderen Mächte Afrika schon fast vollständig unter sich aufgeteilt hatten. Das haben wir Bismarck zu verdanken, der meinte, es gäbe Wichtigeres als Kolonien, zum Beispiel Krankenversicherungen für die Arbeiter«, lachte er bitter. »Offiziell haben wir bis heute keine Kolonien, wir sind lediglich Schutzmacht, die die Bewohner vor Überfällen anderer Mächte oder feindlicher Stämme schützt. Deshalb ist es so wichtig, dass an unserer Fähigkeit, ihnen diesen Schutz zu gewähren, keine Zweifel aufkommen. Die Neger haben sich zwar mit uns arrangiert, aber sie würden uns natürlich am liebsten von hinten sehen, das ist klar.«

Als er Wilhelms erstaunten Blick sah, fügte er hinzu: »Man muss Realist sein, wenn man Erfolg haben will. Und deshalb solltest du wissen, was Bismarck damals umgestimmt hat. Es war ein einziger Satz des Geheimrats von Schlieffen: Exzellenz, wohin soll das Reich denn seine missratenen Söhne schicken, wenn wir keine Kolonien haben?«

Wilhelm blieb stehen und sah ihn verdutzt an. »Damit bist nicht du gemeint«, lachte der Freiherr, »bei Gott nicht. Aber man muss wissen, dass in diesen Ländern nicht gerade die Eliten des Reiches tätig sind. Nein, wirklich nicht …«, sagte er sinnierend.

»Jetzt ruh dich vor dem Empfang heute Abend noch ein wenig aus. Morgen hast du einen anstrengenden Tag vor dir!« Er klopfte Wilhelm auf die Schulter.

*

Drei Dinge bereiteten Wilhelm eine unruhige erste Nacht in Afrika. Zum einen das schwere Essen zu später Stunde, zum anderen die schwül-feuchte Luft, die in allen Räumen des Hauses hing und die nahende Regenzeit ankündigte. Und dann dieses markerschütternde Gebrüll, das aus der Ferne herüberwehte.

Aiauschi, der ihn vor der Frühstücksterrasse erwartete, als Wilhelm am Morgen die breite Freitreppe des Gouverneurspalastes herunterkam, sah ihm die Übermüdung an und lächelte, als er ihn mit einer tiefen Verbeugung begrüßte. »Die Krokodile?«, fragte er. Wilhelm sah sich fragend um. Aiauschis Lächeln wurde breiter. »Heute Nacht, das Gebrüll«, fügte er hinzu. »Das waren die Krokodile. Sie wissen, wann der große Regen kommt und begrüßen ihn auf diese Weise. Denn er füllt ihre Flüsse mit Wasser, die jetzt fast ausgetrocknet sind.«

»Wieso sprichst du unsere Sprache so gut?«, fragte Wilhelm.

»Wenn Sie erlauben, erzähle ich Ihnen das später, nachdem Sie gegessen haben. Jetzt wünsche ich Ihnen erst einmal guten Appetit, Ihr Tisch ist gedeckt. Ich warte vor dem Haus.«

Als Wilhelm die Terrasse betrat, stutzte er und sah sich nach anderen Frühstücksgästen um. Obwohl das Büfett bestückt war wie für eine mittelgroße Gesellschaft, war nur ein Platz eingedeckt. Ein in Livree gekleideter, dunkelhäutiger Diener näherte sich ihm und deutete auf den Platz. Als Wilhelm sich gesetzt hatte, brachten zwei einheimische Frauen Kaffee, Tee und verschiedene Säfte. Dann trat der Livrierte an den Tisch und sagte: »Die anderen Herrschaften sind schon fertig, sie arbeiten bereits im Konferenzraum.« Wilhelm sah verwundert auf – auch dieser Mann sprach perfekt deutsch. Wilhelm nickte und ließ sich Brot und Aufschnitt servieren. Während er aß, blickte er von der Terrasse über den Garten und die weiße Mauer, die das Grundstück umgab, bis zur Straße. Vor dem schmiedeeisernen Tor stand Aiauschi.

Wilhelm beobachtete diesen seltsamen Mann in seiner europäischen Kleidung, der von den Menschen, die vorübergingen, respektvoll gegrüßt wurde und der höflich und freundlich den Gruß erwiderte. Die meisten Eingeborenen, die Wilhelm sah, waren nahezu unbekleidet, viele hatten Tätowierungen am Körper.

Wind kam auf, bog die Palmen im Garten und trieb Sandwolken über die Wilhelmstraße, als Wilhelm sich erhob und über den gepflasterten Weg zum Tor ging. Als Aiauschi ihn bemerkte, winkte er Träger mit einer Hängematte herbei, die in Sichtweite gewartet hatten. »Nein, nein«, wehrte Wilhelm ab, »das ist nicht nötig, ich werde gehen. Ich brauche Bewegung.«

»Und sie brauchen Geld«, erwiderte Aiauschi, »Träger ist eine der begehrtesten Arbeiten ...«

»Dann gib' ihnen welches, aber ich werde zu Fuß gehen. Zeig mir Lomé«, sagte Wilhelm, und fügte hinzu: »Bitte.« Obwohl es ihm nicht recht war, einen Aufpasser zur Seite zu haben, wollte er nicht unhöflich sein.

»Sie brauchen nicht zu bitten«, entgegnete Aiauschi und deutete mit dem Arm in die Richtung, die sie einschlagen würden. Wilhelm bemerkte eine Gruppe Frauen und Kinder, die sie von der anderen Seite der Straße beobachteten. Als er zu ihnen hinübersah und lächelte, hielten sie sich kichernd die Hände vor den Mund und liefen davon.

Das Erste, was Wilhelm hörte, als sie von der Bismarckstraße in die Hauptstraße Lomés einbogen, waren Kinderstimmen: »Dem Kaiser sei mein erstes Lied ...«, sangen sie. Und dann sah er sie: Unter freiem Himmel saßen auf Holzbänken etwa fünfzig Jungen in kurzen Hosen, vor ihnen stand ein stattlicher Schwarzer, hinter dem ein kleiner, dünner Weißer mit Kaiser-Wilhelm-Bart auf einem Sessel unter einer deutschen Flagge saß und den Unterricht beobachtete.

»Unsere Schule«, erklärte Aiauschi, als Wilhelm stehen geblieben war. Wilhelm glaubte einen gewissen Stolz herauszuhören und drehte sich zu Aiauschi um: »Hast du hier unsere Sprache gelernt?«

»Hier habe ich viel gelernt, auch die ersten Worte Ihrer Sprache. Aber dann hat mir Ihr Herr Vater Privatunterricht erteilen lassen, um mich auszubilden zu seinem Sekretär.«

»Du bist sein Sekretär?«

»Als er noch Vize-Gouverneur war, ja. Danach habe ich seinem Nachfolger gedient, und nun habe ich die Ehre, in Berlin wieder bei ihm sein zu dürfen.«

»Was lernen die Kinder sonst noch?«, fragte Wilhelm und wandte sich wieder der Schulklasse zu.

»Vor allem Sauberkeit, Sittsamkeit und Ordnung. Sie müssen sich jeden Tag waschen und morgens ihre Hände vorzeigen. Es sterben heute viel weniger Kinder an Krankheiten als früher.«

In diesem Moment ertönte ein lautes Klingeln hinter ihnen. Als Wilhelm sich umdrehte, sah er eine kleine Lokomotive eingehüllt in eine weiße Rauchwolke in der Mitte der Straße herandampfen, die mehrere offene Loren zog. »Sie transportiert die Güter, die mit dem Schiff gebracht wurden, mit dem auch Sie gestern gekommen sind«, sagte Aiauschi.

Der Zug hielt vor einem Geschäftsgebäude, aus dem sofort mehrere Schwarze gelaufen kamen, die Pakete und Kartons abluden und hineintrugen. »Sehr praktisch« sagte Wilhelm mehr zu sich selbst.

»Die ganze Stadt ist sehr praktisch«, erläuterte Aiauschi. »Sie ist vollkommen quadratisch, alle Straßen verlaufen im rechten Winkel zueinander. Die großen von West nach Ost, so dass der Seewind hindurchwehen kann. Das hilft gegen die Hitze.«

Aus einem Haus gegenüber trat ein älteres Paar in Ausgehkleidung, der Mann im Frack, die Frau im weinroten langen Samtkleid. Beide hielten bunte Regenschirme in den Händen, um sich damit vor der Sonne zu schützen. Es waren Schwarze. Aiauschi folgte Wilhelms Blick und sagte leise: »Es leben auch wohlhabende Neger hier, Häuptlinge von Stämmen, die besonders viele Arbeiter zur Verfügung stellen. Einige der Häuptlinge sind reich und haben Häuser wie die Weißen.«

Das Paar näherte sich, der Mann zog seinen Hut, die Frau wedelte mit einem Fächer. Aiauschi sagte etwas zu ihnen in einer

Sprache, die Wilhelm nicht verstand. Nachdenklich ging er weiter. Als Aiauschi wieder zu ihm aufgeschlossen hatte, fragte Wilhelm: »Also alles in bester Ordnung hier in Togoland?«

Aiauschi antwortete nicht.

*

Zum Abendessen fand sich erneut eine größere Gesellschaft im Gouverneurssitz ein, Geschäftsleute, die gleichfalls gestern mit dem Schiff gekommen waren. Mit ihnen hatte der Freiherr tagsüber konferiert, nun klopfte er Wilhelm gut gelaunt auf die Schulter: »Ja, hier braucht man einen guten Magen, mein Sohn!«, sagte er, »ein Festessen pro Tag ist Minimum. Aber du darfst dich jederzeit zurückziehen, wenn dir danach ist. Du wirst sicherlich ermüdet sein von den Eindrücken deines ersten Tages in Lomé.«

Wilhelm wollte etwas erwidern, als sein Vater im Türrahmen Aiauschi entdeckte. »Wir reden morgen weiter«, sagte er zu Wilhelm und ging zu Aiauschi hinüber. Wilhelm sah, dass er lange auf ihn einredete, ehe er sich den eintreffenden Gästen zuwandte und Aiauschi das Haus verließ.

In dieser Nacht brüllten die Krokodile noch lauter als in der vorherigen, und im Traum erschien Wilhelm nach längerer Zeit wieder der schwarze Mann im Frack mit dem Knochen in der Nase. Trotzdem war er am Morgen weniger zerschlagen als am Tag zuvor, er sah dem nächsten Ausflug mit Aiauschi voller Erwartung entgegen.

Doch am Morgen war von Aiauschi nichts zu sehen. Wilhelm frühstückte lange und setzte sich dann in den Garten, um einen Brief an seine Mutter zu schreiben. Aiauschi erschien erst gegen Mittag und erklärte, dass er für den Freiherrn Erkundigungen zu machen gehabt hätte. »Davon weiß ich nichts«, entgegnete Wilhelm. »Was für Erkundigungen?« Aiauschi sah zu Boden und zuckte die Schultern. »Entschuldigen Sie«, sagte er nur, »dass Sie warten mussten.« Dann deutete er auf das Tor. »Der Wind hat nachgelassen, das heißt, dass auch der Regen erst in ein paar Tagen kommt. Wir sollten unsere Stadtführung fortsetzen.«

Sie gingen durch fast menschenleere Straßen, und Aiauschi schien seine Verspätung wiedergutmachen zu wollen, indem er umso mehr erzählte. »Eine Million Einwohner hat unser Land, und nur etwa 250 Deutsche leben hier.«

Wilhelm blieb verdutzt stehen. »Und wie funktioniert das?«

»Sehr gut«, antwortete Aiauschi und berichtete von dem System, mit dem die Deutschen das Land beherrschten: Sie beteiligten die Dorfältesten und Häuptlinge an den Steuereinahmen und machten ihnen Geschenke, wenn sie möglichst viele ihre Dorfbewohner für öffentliche Arbeiten zur Verfügung stellten. Taten sie dies nicht, wurden sie abgesetzt. Das geschah hin und wieder auch, wenn in einem Dorf vergessen wurde, die deutsche Flagge zu hissen. Aiauschi erzählte von den Gefahren, die außerhalb der Siedlungen und Dörfer lauerten, von Löwen, Leoparden und von den Sklavenjägern aus dem Norden Afrikas.

»Aber die Sklaverei ist doch abgeschafft?«, fragte Wilhelm verwundert.

»Ja, in Europa«, antwortete Aiauschi, »und auch in den Kolonien. Aber sie hat in Afrika eine lange Geschichte, es gab den Sklavenhandel schon, bevor die Weißen kamen.«

Er erzählte von den Auseinandersetzungen mit den Engländern auf dem Fluss Volta im Grenzgebiet zum britischen Obervolta, auf dem die Deutschen Schiffe einsetzten, um Waren zu transportieren, die nicht selten von englischen Kanonenbooten aufgebracht wurden. Hier, am Volta, lag auch der wichtigste Handelsknotenpunkt, Kete-Kratschi, wo die großen Karawanenstraßen Nordafrikas zusammenlaufen.

»Kete-Kratschi?«, sagte Wilhelm, »davon wurde doch auch im Arbeitszimmer meines Vaters gesprochen, erinnerst du dich? Was ist mit dem Ort?«

Aiauschi sah ihn ernst an und schwieg lange, dann sagte er: »Viele Menschen hier wagen es nicht, den Namen in den Mund zu nehmen. Es gibt dort einen – einen Schädelhügel. Schädel von Menschen, die den Göttern geopfert wurden und die heute als Trinkgefäße für heiliges Wasser dienen. Aber heute werden nur noch Tiere geopfert, heißt es.«

Wilhelm sah ihn fragend an. »Heißt es … sagst du? Was meinst du damit?«

Aiauschi ging langsam weiter. »Offiziell sind viele der Eingeborenen Christen, die Missionare hier sind sehr eifrig. Aber es gibt viele Rituale, die seit ewigen Zeiten praktiziert werden …«

Laute Rufe unterbrachen sie. Aus einer Seitenstraße kam im Gleichschritt ein Trupp barfüßiger schwarzer Polizisten, vorweg ein weißer Beamter mit Tropenhelm und Gewehr, in ihrer Mitte eine Gruppe von Männern, die mit Ketten aneinandergebunden waren und nur stolpernd vorwärtskamen. Sie gingen durch einen Torbogen, dessen eisernes Tor für sie geöffnet wurde, und verschwanden in einem Hof, der von Gebäuden umgeben war.

»Die Polizeistation«, sagte Aiaujschi, der sich auf die andere Straßenseite begeben und Wilhelm mit sich gezogen hatte.

»Was haben diese Männer getan?«, fragte Wilhelm.

»Ich weiß es nicht, aber vermutlich sind sie betrunken auf der Straße aufgegriffen worden. Mittagszeit ist Schnapszeit in Lomé.«

Wilhelm sah ihn verblüfft an. »Schnapszeit?«

»Kommen Sie«, sagte Aiauschi und zog Wilhelm in eine ruhige Nebenstraße, in der außer spielenden Kinder niemand zu sehen war. »Hat Ihnen das noch keiner gesagt? Die meisten Eingeborenen werden mit Schnaps bezahlt statt mit Geld, Branntweinküste wird Togo deshalb auch manchmal genannt.«

Wilhelm schüttelte entgeistert den Kopf. Nein, das hatte er noch nicht gehört. »Fast jedes eintreffende Schiff hat Kisten mit Branntwein an Bord. Die Firmen bezahlen ihre Arbeiter und Diener damit. Damit hat niemand ein Problem, solange nicht tagsüber getrunken wird«, erklärte Aiauschi. »Aber viele nutzen die heißen Mittagsstunden des Tages, an denen die Arbeit ruht, um zu trinken. Die Versuchung ist groß …«

Lautes Geschrei tönte nun zu ihnen herüber, das auch die Kinder ihr Spielen unterbrechen ließ. »Sie werden bestraft«, erklärte Aiauschi gleichmütig.

Wilhelm war entsetzt. »Prügelstrafe für Gefangene hat der Kaiser verboten!« sagte er entrüstet.

»Im Reich ja, in den Kolonien nicht. Was glauben Sie, warum hier alle Polizisten und die meisten Weißen Stöcke bei sich tragen …«

In einem Anflug von Sarkasmus, der ihm eigentlich fremd war, sagte Wilhelm: »Aber sonst läuft alles gut in Togo, ja?«

Aiauschi sah ihn betrübt an und schüttelte kaum merklich den Kopf. »Letzte Woche, so hat man mir berichtet, ist ein Einheimischer gehenkt worden – gleich dort drüben im Hof der Polizeistation –, weil er einen Weißen angegriffen hat, der betrunken seine Frau vergewaltigt hatte. Sie kam dabei ums Leben. Der Deutsche erhielt drei Monate Kerkerhaft.«

»Lass uns zurückgehen«, sagte Wilhelm, »für heute habe ich genug gehört.« Unterwegs sagte er: »Du erzählst mir Dinge, die für dich gefährlich werden könnten. Du kennst mich nicht, wieso vertraust du mir?«

»Ihr Vater hat mir gesagt, ich solle Ihnen auf alles antworten, wonach Sie mich fragen. Außerdem kenne ich Sie, ich war schließlich mehrere Monate in Ihrem Haus in Berlin. Ich vertraue Ihnen.«

Wilhelm nickte langsam und sah den hochgewachsenen, stolzen Mann interessiert von der Seite an. Der erwiderte offen seinen Blick und sagte: »Morgen werden wir einen Ausritt machen, Ihr Vater wünscht, dass Sie das Umland kennenlernen. Dann werden Sie auch afrikanische Pferde kennenlernen, wir haben hier unsere eigene Rasse. Gute Pferde, sie werden Ihnen gefallen!«

Die Klinik

In dieser Nacht schwiegen die Krokodile. Wilhelm schlief noch tief, als es zaghaft an seiner Tür klopfte. »Herr, die Pferde warten«, hörte er eine Stimme sagen. Er stand auf, trat ans Fenster und sah im Dämmerlicht des frühen Morgens im Innenhof Aiauschi mit zwei Pferden. Er drehte sich langsam um, sah zu ihm hinauf und verbeugte sich. Wilhelm hob eine Hand, um zu signalisieren, dass er gleich kommen würde.

Als er aus seinem Zimmer trat, stand dort der livrierte Diener, wie immer wie aus dem Ei gepellt, und hielt ihm eine Tasche entgegen. »Verpflegung für die Reise, Herr.« – »Danke«, wollte Wilhelm antworten, dann fielen ihm Aiauschis Worte ein, und er überlegte es sich anders: Mit einem kurzen Nicken nahm er wortlos die Tasche, ging schnellen Schrittes die breite Freitreppe hinunter in den Hof. Eines der Pferde wandte ihm den Kopf zu, es war gesattelt, wie Wilhelm es von zu Hause gewohnt war, während das andere nur eine Decke über dem Rücken trug. Aiauschi bedeutete ihm aufzusitzen. Wilhelm sah, dass zu beiden Seiten der Satteltaschen je ein Gewehr steckte. »Wir könnten auf Tiere treffen, bei denen ein Gewehr hilfreich ist«, sagte Aiauschi.

Sie ritten durch die noch menschenleeren Straßen, Wilhelm schlug der heftige Wind, der in der Nacht aufgekommen war, ins Gesicht, Sand knirschte zwischen seinen Zähnen. Der Regen jedoch schien weiterhin auf sich warten zu lassen. Nachdem sie den Stadtrand erreicht hatten, verfiel Aiauschi in schnellen Trab, Wilhelm schloss zu ihm auf. »Je früher wir in die Berge kommen, desto eher wird uns der Sand in Ruhe lassen«, sagte Aiauschi und fügte hinzu: »Wenn es Ihnen recht ist, werden wir in einer Stunde rasten.« Obwohl er nicht gefrühstückt hatte, verspürte Wilhelm keinen Hunger, stattdessen eine angespannte Erwartung. »Wohin reiten wir?«

»Zunächst nach Anecho«, erwiderte Aiauschi, »und dann zur Eisenbahnlinie.« Anecho lag fünfzig Kilometer nördlich von Lomé. »Es ist der Kurort der Weißen«, erklärte Aiauschi und lächelte zum ersten Mal an diesem Morgen. »Das Krankenhaus dort ist das beste in ganz Afrika. Wer Malaria hat, lässt sich dort pflegen. Oder wer den Tropenkoller bekommt. Aber zunächst müssen wir über den Bergkamm dort vor uns.«

Wilhelm hob den Kopf und sah ein dichtes, grünes Blätterdach in einiger Entfernung vor ihnen ansteigen. Bevor sie den Palmenwald erreichten, ritten sie durch ausgedehnte Maisplantagen, in denen Schwarze Unkraut hackten. »Bis vor kurzem gab es hier nur Löwen und Leoparden«, sagte Aiauschi, »hin und wieder kehren sie zurück und warten auf einen günstigen Augenblick. Sie machen es wie bei der Antilopenjagd: Wer die Gruppe verlässt, wird ihre Beute.«

»Du meinst: Löwen als Menschenfresser?«, fragte Wilhelm.

Aiauschi sah ihn an. »Sagen wir: Negerfresser«, erwiderte er und deutete dann nach oben in Richtung Osten. »Auf der Anhöhe dort werden wir frühstücken.« Nach einer kurzen Pause fügte er hinzu: »... wenn es Ihnen recht ist.« Wilhelm nickte. »Du kennst den Weg, entscheide bitte, ohne mich jedes Mal zu fragen, ob es mir recht ist.«

»Sofern Sie darauf verzichten, mich um etwas zu bitten. Ihr Befehl genügt.«

Sie lächelten sich an, und Wilhelm nickte.

»Wem gehört das Land?«, fragte Wilhelm, nachdem sie eine Weile durch endlose Plantagen geritten waren.

»Bei uns sagt man so: Zuerst besaßen die Neger das Land, und die Weißen hatten die Bibel. Jetzt haben die Neger die Bibel, und die Weißen besitzen das Land.«

*

Von ihrem Rastplatz aus sahen sie in der Ferne Lomé unter sich liegen, das vom aufgewirbelten Sand wie mit einem Schleier bedeckt war. »Harmattan«, sagte Aiauschi, »so heißen die Staubwinde. Sie können so heftig werden, dass man daran erstickt.« Knapp unter ihnen entdeckte Wilhelm die Reste einer Siedlung: umgestürzte Hütten aus Stroh und Palmenblättern, kaum noch als Häuser zu erkennen. »Was ist geschehen?«, fragte er und deutete auf das ehemalige Dorf.

»Bato«, entgegnete Aiauschi. »Sie kommen aus dem Norden und machen Jagd auf die Ewe. Erst haben sie uns von dort vertrieben, jetzt kommen sie hierher. Von Zeit zu Zeit. Aber seit die Deutschen hier sind, ist es besser geworden. Sie schützen uns, denn sie brauchen uns. Wir bestellen ihre Felder. Bato machen so etwas nicht.«

Wilhelm sah ihn von der Seite an, konnte aber keine Bitterkeit in seiner Mine entdecken. Aiauschi sprach so sachlich darüber, als würde er erklären, wie man einem Pferd das Zaumzeug anlegt. »Sind es dieselben, die die Bahnstrecke angreifen?«, fragte er.

Aiauschi nickte langsam. »Die Franzosen machen ihnen Geschenke und versprechen ihnen die Frauen der Ewe, wenn sie die Transportwege versperren.«

»Und sie hüten den Opferberg der Totenschädel.«

»Ihr Vater hat Ihnen also schon fast alles erzählt«, sagte Aiauschi. »Ja, deshalb fühlen sie sich unbesiegbar, und deshalb fürchten sich viele andere Stämme vor ihnen. Das verleiht ihnen Macht. Sie sind grausam und gierig.«

»Und du, fürchtest du sie auch?«

Aiauschi schüttelte den Kopf. »Mein Großvater war der Mann, der Togo an den deutschen Kaiser verkauft hat. Er hat sogar den großen Häuptling in Berlin besucht. Das habe ich zwar nicht, aber ich war in Ihrer Hauptstadt. Wie soll jemand, der Dampfmaschinen und Straßenbahnen gesehen hat, sich vor buntbemalten Totenschädeln fürchten? Lassen Sie uns weiterreiten, wir sollten versuchen, Anecho noch heute zu erreichen.«

Sie ritten eine Weile schweigend nebeneinander bergan. »Und dennoch fürchtest du dich«, sagte Wilhelm, »jeder fürchtet sich vor Totenschädeln, das ist normal.«

»Nur wenn sie frisch abgeschlagen sind und einen noch ansehen«, erwiderte Aiauschi, »dann sehen sie furchterregend aus, ja.«

»Und solche sollen wir benutzen, um damit die Bato zu erschrecken, richtig?

Aiauschi nickte. »Das Problem ist nur, dass es im Moment keine gibt. In wenigen Tagen ruft der Fetischpriester zum heiligen Trinkfest. Bis dahin müssen sie welche beschaffen.«

»Es heißt doch aber, dass dabei nicht mehr aus Menschenschädeln getrunken wird.«

»So heißt es, ja.«

Sie erreichten Anecho kurz vor Sonnenuntergang. Das Krankenhaus lag idyllisch unter Palmen, Papageien flogen in den Bäumen umher, Krankenschwestern und Ärzte in blütenweißen Kitteln eilten über das Gelände. »Es sind neue Patienten aus

Deutsch-Ostafrika gekommen, vor einer Woche«, erklärte Aiauschi, als sie ihre Pferde einem Bediensteten ausgehändigt hatten, der sie in die Stallungen des Krankenhauses führte. »Sie haben den Tropenkoller, so sagt man.« Noch bevor sie die breite Treppe des Hauptgebäudes erreicht hatten, kam ihnen aus dem Haus ein kleiner, alter Mann mit runder Brille und ausgebreiteten Armen entgegen. Er hielt direkt auf Wilhelm zu. »Sie müssen der Sohn des Freiherrn sein!« Er ergriff seine Hand und schüttelte sie begeistert, während Aiauschi sich unter tiefen Verbeugungen zurückzog. »Er hat mir telegrafiert, dass Sie dieser Tage das Land erkunden und uns einen Besuch abstatten würden. Kommen Sie herein, kommen Sie herein!«

Mit wehendem Kittel sprang er vor Wilhelm die Stufen empor. Dann stoppte er abrupt und drehte sich um. »Ich Trottel – Sie wissen ja gar nicht, wer ich bin! Also: Ich bin Professor Reinsberg, Leiter der Nachtigal-Klinik seit ihrer Gründung durch Gustav Nachtigal«, sagte er mit erkennbarem Stolz und schüttelte Wilhelm noch einmal die Hand. »Der Tee steht bereit, folgen Sie mir einfach!«

Das Büro des Professors befand sich im ersten Stock. Es war riesig und ging in einen breiten, runden Balkon über, vor dessen Flügeltüren sich ein dünner, weißer Vorhang langsam im Wind bewegte und dem Raum etwas Theatralisches verlieh.

»Setzen Sie sich, setzen Sie sich!«, rief Reinsberg, als sie eintraten, und deutete auf einen runden Tisch, der mit Zebrafell bezogen war und auf dem ein Teeservice stand. An der Wand hing ein Löwenfell, zwei mannshohe, schneeweiße Elefantenstoßzähne standen hinter dem mächtigen Schreibtisch und rahmten ihn ein wie Portale.

»Tja, ein bisschen Folklore muss sein«, sagte der Arzt, der Wilhelms Blick bemerkte. »Sonst bräuchte man nicht hierherzukommen. Wissen Sie: Ich liebe Togo! Es bietet alles, was man sich zum Leben wünscht, und noch viel mehr. Das Kolonialamt Ihres Vaters hat ja gerade eine neue Auswanderungskampagne gestartet, ich hoffe, sie wird so erfolgreich wie die vorherige. Damals kamen über 100 Landsleute, um hier ein neues Leben zu beginnen. Überwiegend Frauen übrigens, von denen fast zwei Dutzend hier in meiner Klinik arbeiten. Keine hat es bisher bereut.«

»Und der Tropenkoller?«, fragte Wilhelm, »ich hörte, Sie haben gerade neue Patienten bekommen, auch aus anderen Kolonien des Reiches.«

»So so, hat sich das schon herumgesprochen?«, antwortete Reinsberg. »Na ja, das mit dem Koller ist so eine Sache – eine Art Sammelbegriff für alles Mögliche. Ich will ganz offen sein, Sie werden es ja sowieso erfahren, wenn Sie noch etwas länger im Land bleiben: Die meisten Kollerpatienten haben nur ein bisschen zu tief ins Glas geguckt. Und das nicht nur einmal, zugegeben, sonst wären sie nicht hier. Wissen Sie, die Hitze, die Feuchtigkeit, das ungewohnte Essen, das alles überfordert den einen oder anderen schon mal. Ändert aber nichts daran, was ich vorher sagte: Togo ist großartig! Vielleicht sollte man einfach etwas weniger Branntwein ins Land bringen. Obwohl – die Neger brauen auch guten Schnaps, das muss man ihnen lassen. Eigentlich braucht man den Schnaps aus der Heimat gar nicht.« Er kicherte. »Probieren?«

Er wartete Wilhelms Antwort nicht ab. Er öffnete einen Schrank, nahm zwei Gläser und eine schwere Kristallflasche heraus und stellte sie vor Wilhelm ab. »Das machen sie aus Palmen. Palmwein, wissen Sie?« Er goss die Gläser halbvoll. »Ist aber kein Wein, heißt nur so. Ist ein reiner Schnaps. Prost!«

Wilhelm war überrascht, wie süß und lieblich es schmeckte, fast wie Tee mit Honig. Reinsberg beobachtete ihn. »Da sehen Sie es!«, rief er erfreut, »es schmeckt nach mehr, nicht wahr? Da kann man niemandem einen Vorwurf machen. Und wenn einer dann hin und wieder bei uns seinen Koller auskuriert, ist alles im Lot. Das wirkliche Problem, das wir hier im Lande haben, ist ein ganz anderes.«

Der kleine Mann im weißen Kittel war aufgestanden und zog an einer Kordel, die an der Wand hing. Augenblicklich erschien ein Schwarzer in der Tür. »Sag Bescheid, dass die Visite heute etwas später beginnt«, sagte Reinsberg zu ihm. Der Mann verbeugte sich und zog die Tür leise hinter sich zu.

Reinsberg setzte sich nicht, sondern ging vor Wilhelm auf und ab. »Der Schnaps, die schwarzen Weiber, ein paar Aufständische hier und dort – das ist alles nicht weiter der Rede wert«, sagte er. »Togo funktioniert deshalb besser als alle anderen Kolonien, weil wir die Telegrafen haben. Ich sagte Ihnen ja, dass Ihr Herr Vater mir Ihre Ankunft telegrafiert hat. Sogar bis nach Berlin geht das reibungslos – 5000 Kilometer! Die Kommunikation funktioniert, und darauf kommt es an. Wenn ich noch daran denke, wie hier jede Mitteilung durch reitenden Boten auf den Weg gebracht wurde – sofern die Löwen ihn passieren ließen. Sie dürfen nicht vergessen: Ein paar Meter hinter unseren Siedlungen fängt ihr Reich an: Löwen, Schlangen, Leoparden, Krokodile. Aber jetzt liefern wir ihnen kein Abendessen mehr, unsere Nachrichten schnurren über ihre Köpfe hinweg. Es wurden sogar schon Löwen gesichtet, die sich unter die Telegrafenmasten legten und auf Fressen hofften.« Er lachte schrill und klatschte in die Hände.

Dann wurde er ernst und trat nahe an Wilhelm heran. »Wilde Tiere sind es nicht mehr, es sind jetzt wilde Zweibeiner, die unsere Kommunikation beeinträchtigen. Sie behindern unseren Bahnverkehr und den weiteren Ausbau des Telegrafennetzes. Sie wissen zwar nicht, warum sie das tun, aber der Franzmann bezahlt sie gut dafür. Er erlaubt ihnen, die Dörfer unserer Neger zu überfallen, ihre Kinder als Sklaven zu verschleppen und ihre Frauen zu rauben. Tja, die netten, kultivierten Franzosen, unsere lieben Nachbarn vom Rhein …«

»Ich habe davon gehört«, sagte Wilhelm, »und was soll dagegen unternommen werden?«

Professor Reinsberg beugte sich verschwörerisch zu ihm herunter und raunte: »Es ist jemand unterwegs, der das Problem lösen soll. Vielleicht ist er sogar schon hier. Jemand aus der Heimat, ich weiß nicht wer, keiner weiß das, streng geheim! Aber es heißt, dass der Franzmann bald keinen Grund mehr zum Lachen hat.«

Wilhelm wechselte das Thema. »Ihre Klinik hat den Ruf, die beste auf dem schwarzen Kontinent zu sein. Ich bin sehr dankbar, heute hier übernachten zu dürfen. Der Tagesritt war anstrengend.

Und ich glaube, Sie sollten Ihre Patienten nicht länger warten lassen.«

»Selbstverständlich, Sie brauchen jetzt Ruhe. Wie unaufmerksam von mir! Eines nur noch: Seit Ihr Herr Vater das Kolonialamt leitet, läuft der Laden. Früher musste man jede Kleinigkeit langwierig beantragen, es dauerte Monate, bis wir ein neues Fieberthermometer bekamen – heute genügt eine Mitteilung per Telegraf. Er ist ein Mann der kurzen Wege, einer, der anpackt. Ich bewundere ihn sehr. Grüßen Sie ihn, bitte, und richten Sie ihm meine unbedingte Loyalität aus. Mein Haus steht ihm jederzeit zur Verfügung, wenn er etwas Erholung brauchen sollte. Und Ihnen natürlich auch.«

Der Regen

Er kam nicht unerwartet, aber überraschend. Wie eine Wand schob sich der Regen Wilhelm und Aiauschi entgegen, die auf dem Kamm des Fetischgebirges entlang des alten Fußpfads von Lomé nach Atakpamé ritten, nachdem sie früh am Morgen die Klinik verlassen hatten. Sie waren seit vier Stunden unterwegs. Zweimal hatten sie unten im Tal die Dampflok vorbeifahren sehen. Wilhelm wunderte sich, dass auf den Waggons und sogar auf der Lokomotive Polizisten mit Gewehren standen. »Die NfO hat Hinweise erhalten, dass Anschläge bevorstehen könnten«, erklärte Aiauschi.

»Die was ...?«, fragte Wilhelm.

»Erinnern Sie sich an Major Berndorff von der Besprechung im Arbeitszimmer Ihres Vaters? Er ist der Chef des Nachrichtendienstes für die deutschen Kolonien.«

»Woher weißt du all diese Dinge?«

»Wie schon gesagt: Ich bin der Sekretär Ihres Herrn Vaters, er hat keine Geheimnisse vor mir.«

Der Regen traf sie wie Steinschlag. Der Lärm der Tropfen, die auf das Blätterdach über ihnen trommelten, übertönte jedes andere Geräusch. Aiauschi deutete auf einen schmalen Pfad, der vom Bergkamm abwärts führte, und stieg vom Pferd. Er nahm es am Zügel und ging langsam und vorsichtig den immer glitschiger werdenden Abhang hinab. Wilhelm folgte ihm.

Nach einer halben Stunde mischte sich ein anderes Geräusch mit dem des Unwetters – Wilhelm meinte, das Pfeifen einer Lokomotive heraushören zu können. Er schloss zu Aiauschi auf, tippte ihm auf den Rücken und machte ihn mit einer Geste darauf aufmerksam. Aiauschi nickte. »Schneller«, schrie er Wilhelm ins Ohr, »wir müssen schneller sein!« Er ließ den Zügel aus der Hand gleiten, nahm ein Gewehr aus Wilhelms Satteltaschen und begann zu laufen. Wilhelm tat es ihm nach. Immer tiefer versanken ihre Füße im Matsch, das Laufen wurde von Schritt zu Schritt beschwerlicher, sie stolperten über Äste, die vom Wind heruntergerissen worden waren und am Boden lagen. Wilhelms weißer Khaki-Anzug hatte die Farbe des Schlamms angenommen.

Als er sich gerade wieder nach einem Sturz aufrichtete, sah er sie direkt vor sich: die fauchende Lokomotive. Sie stand neben einem Wassertank. Offenbar hatte sie gehalten, um Wasser nachzufüllen. Auf dem Dach des Führerhauses sowie auf dem Kessel sah Wilhelm durch den dichten Regen verschwommene Gestalten, die offensichtlich miteinander kämpften. Auf den Dächern der Waggons stehend, schossen Polizisten auf anstürmende Männer.

Aiauschi stoppte seinen Lauf. Als Wilhelm neben ihm stand, schrie er: »Man kann sie nicht auseinanderhalten. Wir müssen näher heran!« Im Schutz des Wassertanks näherten sie sich dem Schauplatz: Schwarze Polizisten in weißer Uniform wehrten sich verzweifelt gegen eine Überzahl Schwarzer, die, mit Messern, Äxten und Lanzen bewaffnet, versuchten, den Zug zu stürmen. Ihre Körper waren über und über bemalt, die mit weißer Farbe bestrichenen Gesichter glichen Masken. Hinter ihnen stand ein hochgewachsener Mann und gab Anweisungen. Sein fast nackter Körper war zusätzlich mit Federn beklebt, was ihm das Aussehen eines riesigen bunten Vogels verlieh. An einem Gürtel hingen Totenköpfe rund um seine Hüften. Plötzlich verharrte er in seinen Bewegungen und drehte sich langsam zu Wilhelm um, als hätte er dessen Anwesenheit in seinem Rücken gespürt. Als sich ihre Blicke trafen, wusste Wilhelm schlagartig, wer er war: der Fetischpriester!

Wie hypnotisiert verfolgte Wilhelm, wie der Mann eine Hand hob, in der er einen Speer hielt. Doch statt zu werfen, näherte er sich mit langsamen Schritten Wilhelm, den Speer erhoben. Wilhelm versuchte, sein Gewehr in Anschlag zu bringen. Es gelang nicht, sein Arm fühlte sich bleischwer an. Er spürte, wie ihm der Regen den Rücken hinunterlief, er hatte das Gefühl, am Boden festgeklebt zu sein.

Je näher der Mann kam, desto deutlicher erkannte Wilhelm das unheimliche Flackern in den rot geränderten Augen, spürte den bohrenden Blick wie einen Bannstrahl, der ihn am Boden festnagelte. Als der Mann noch zwei Schritte entfernt war, blieb er stehen und holte zum Stoß aus. Wilhelm sah auf die Spitze der Lanze, dann schloss er die Augen, immer noch unfähig, auch nur einen Finger zu bewegen.

Ein Stöhnen riss ihn aus seiner Starre. Er öffnete die Augen und sah vor sich Aiauschi auf dem Fetischpriester liegen und ihn zu Boden drücken. Aus Aiauschis Oberschenkel, der vom Speer durchbohrt worden war, rann Blut. Wilhelm war sofort klar, dass Aiauschi sich im letzten Augenblick zwischen ihn und den Angreifer geworfen hatte. Als er jetzt sein Gewehr hob und es auf die beiden Kämpfenden richtete, schleuderte der Fetischpriester Aiauschi mit einer übermenschlichen Kraftanstrengung von sich und erhob sich. Er ergriff erneut seinen Speer und wandte sich blitzartig Wilhelm zu. Einen Wimpernschlag bevor er zustoßen konnte, drückte Wilhelm auf den Abzug seines Infanteriegewehrs. Die Kugel traf den Angreifer mitten durch die Brust. Der Mann verharrte, starrte Wilhelm an und kippte dann nach vorn gegen Wilhelm, der ihn mit seinem freien Arm auffing. Dann glitt er zu Boden und blieb zu Wilhelms Füßen liegen. Langsam drehte er den Kopf und sah zu Wilhelm auf. Sein Blick ließ Wilhelm erneut erstarren.

Als Wilhelm lautes Geschrei hörte, das rasch näher kam, hob er den Blick und sah die bemalten Schwarzen, die auf den am Boden liegenden Mann zustürmten. Ohne Wilhelm zu beachten, stellten sie sich um ihn und starrten ihn an. Er zeigte keine Regung. Panik legte sich auf ihre Mienen, sie wandten ihre Gesichter Wilhelm zu und wichen dann langsam, mit kleinen Schritten zurück, bis sie sich umdrehten und die Flucht ergriffen. Schon nach wenigen Schritten waren sie im dichten Regen kaum noch zu erkennen, dann verschwanden sie im Unterholz.

Wilhelm kniete sich neben den am Boden liegenden Aiauschi, als er einen stechenden Schmerz in der Schulter spürte. Er sackte auf die Knie, fasste nach hinten und spürte den Speer des Fetisch-Priesters in seinem Körper. Dann wurde es schwarz um ihn.

Priester

Wilhelm wusste, dass er wach war, aber er sah nichts. Als er den Kopf heben wollte, zuckte er zurück: Schmerz schoss durch Arm und Schulter. Er legte den Kopf zurück und merkte, dass es nicht völlig dunkel um ihn herum war. In einem schwachen Lichtschein sah er eine Gestalt neben sich. Sie saß auf einem Stuhl, während er selbst in einem Bett lag. Allmählich wurden die Konturen deutlicher: Er befand sich in einem Zimmer, offenbar allein – außer der Gestalt neben ihm, ein Schwarzer in einem weißen Gewand. Wilhelm versuchte, einen Arm auszustrecken. Er berührte die Person mit einem Finger am Bein. Die sprang auf, stieß einen Schrei des Erschreckens aus, lief aus dem Zimmer und schloss die Tür mit einem Knall hinter sich. Einen Augenblick später wurde sie wieder aufgerissen und mehrere Männer stürmten herein. Sie blieben vor dem Bett stehen, einer beugte sich zu Wilhelm und sagte: »Du bist wach!« Als Wilhelm nicht gleich antwortete, wiederholte der Mann seine Worte. Wilhelm erkannte ihn. »Ja, Vater«, antwortete er. »Wo bin ich, was machen Sie hier an meinem Bett?«

Bevor sein Vater antworten konnte, wurde er von einer kleinen Gestalt zur Seite geschoben, die sich über Wilhelm beugte: Professor Reinsberg. Er leuchtete Wilhelm in die Pupillen, fühlte seinen Puls, tätschelte seine Wangen und sagte: »Sie sind wieder bei uns. Ich sagte Ihnen ja: Sie sind hier jederzeit willkommen …« Dann trat er zur Seite und sagte zu den anderen im Raum: »Wir haben ihn durchgebracht, ich danke Ihnen allen. Wir lassen Vater und Sohn jetzt allein.« Damit schob er sie zur Tür hinaus.

Der Freiherr zog einen Stuhl heran und setzte sich neben Wilhelms Bett. »Eine Woche«, sagte er, »eine Woche! Ich dachte schon, du kommst nie wieder zu dir.«

»Wieso bin ich hier, was ist geschehen?«

»Du erinnerst dich nicht?«

Wilhelm schüttelte den Kopf.

»Die Eisenbahn, der Fetischpriester …«

Wilhelm starrte ins Halbdunkel. »Aiauschi«, sagte er plötzlich und richtete sich im Bett auf, »wo ist Aiauschi?«

Sein Vater atmete tief durch. »Er war auch hier«, antwortete er. »Aber er ist nicht durchgekommen. Eine Kugel steckte in seinem Kopf, die sich nicht entfernen ließ. Er hat das Bewusstsein nicht mehr erlangt. Er hat nicht gelitten, glaub mir.«

Wilhelm starrte ihn an. »Er hat mir das Leben gerettet!«, sagte er und sah plötzlich die Szene überdeutlich vor sich – sah, wie Aiaushi von der Seite herangeflogen kam und den Angreifer zu Boden riss, der im Begriff war, seinen Speer in Wilhelms Herz zu bohren.

»Und du hast zwanzig Polizisten das Leben gerettet. Hättest du den Fetischpriester nicht getötet – diese Wilden hätten unsere Leute massakriert. Ihre Gewehrkugeln schienen nichts gegen sie ausrichten zu können. Erst als ihr Priester getroffen war, gaben sie auf und flohen. Ohne dich hätte es ein Massaker gegeben.«

»Sind sie entkommen?«

»Ja. Die Polizisten haben sich sofort um dich und Aiauschi gekümmert und euren Transport hierher vorbereitet. Das war wichtiger, als sie zu verfolgen. Wir wissen, wer sie sind und wo sie leben, es wird eine Strafexpedition geben. Aber das läuft nicht davon, erst einmal ging es um dich. Der Speer hat in deiner Schulter gesteckt, aber der Priester hatte wohl nicht mehr die Kraft, dich zu töten.«

»Und Aiauschi?«

»Er wurde von einer verirrten Kugel getroffen, die vom Zug aus abgefeuert worden war. Ihn haben sie natürlich auch hierhergebracht«, sagte sein Vater und drückte Wilhelms Hand. Dann seufzte er. »Wir haben ihn noch nicht beerdigt. Ich dachte, du solltest dabei sein.«

Wilhelm nickte. »Lassen Sie mich schlafen«, bat er, »ich bin müde.« Er drehte den Kopf zur Seite, so dass sein Vater die Tränen nicht sehen konnte.

*

Drei Tage später stand Wilhelm zum ersten Mal auf. Er fühlte sich schwach, aber er war glücklich, auf eigenen Beinen zu stehen. Ein Pfleger hatte ihm seine Ausgehuniform gebracht, Wilhelm würde sie bei Aiauschis Beerdigung tragen. Die Reise zu dessen Heimatdorf, wo die Feier stattfinden sollte, war ein Problem für Wilhelm. Aber sie war nicht länger aufschiebbar: Trotz des anhaltenden Regens ließen die Temperaturen keine weitere Verzögerung der Beisetzung zu. Richard von Schwemer hatte eine geräumige Kutsche herrichten lassen, in der Wilhelm sich bei Bedarf hinlegen konnte.

Als er gerade fertig angezogen war und den immer noch gefühllosen Arm in eine Schlinge gelegt hatte, klopfte es an der Tür, und sein Vater trat ein. Er hielt ein Telegramm in der Hand. »Aus Berlin. Von Mutter.« Er reichte es Wilhelm. Es standen nur fünf Wörter darauf: »Erwarte dich in Lagarde, Mutter«.

Wilhelm sah seinen Vater verwirrt an. »Lagarde?«

Der Freiherr nickte. »Sie ist schon auf dem Weingut. Ihrer Mutter geht es nicht gut. Wir sind der Meinung, dass du zu ihr reisen solltest, um dich dort noch einige Wochen zu erholen. Du kannst den Militärdienst jetzt ohnehin nicht fortsetzen, solange du deinen Arm in der Schlinge trägst.«

Wilhelm nickte. »Lagarde«, sagte er versonnen. Plötzlich fiel ihm etwas ein. »Ich bin sofort bereit«, sagte er zu seinem Vater, »geben Sie mir noch ein paar Minuten.«

»Natürlich«, nickte der und ging aus dem Zimmer.

Wilhelm öffnete den Schrank, in dem sich die Kleidung befand, die er bei seiner Expedition mit Aiauschi getragen hatte. Fieberhaft betastete er die Kleidungsstücke. Als er die Hose zur Hand nahm, fühlte er ihn: Der Stein aus Lagarde war noch da! Erleichtert atmetete er auf und steckte ihn in seine Jackentasche.

Das Dorf, in dem Aiauschi aufgewachsen war, unterschied sich von den anderen Orten an der Küste Togos: In der Mitte der Palmenhütten-Ansammlung stand ein weißes, gekalktes Haus. Hier hatte Aiauschis Großvater gewohnt, der ehemalige König des Landes, hier war auch Aiauschi aufgewachsen. Eine riesige Menschenmenge hatte sich versammelt: Einheimische in ihren besten Anzügen standen im vom Regen aufgeweichten Boden. An diesem Mittag waren die Wolken ein wenig aufgerissen, die Sonne beschien den Platz, wo Aiauschis Sarg auf einem Holzpodest stand.

Ein schwarzer Priester im christlichen Ornat stand still daneben, den Kopf gesenkt, die Hände vor der Brust gefaltet, und wartete darauf, dass alle ihre Plätze einnahmen. Außer einigen Kinderstimmen war nichts zu hören, die Menschen standen schweigend beisammen. »Er war Christ«, sagte der Freiherr leise zu Wilhelm. Die beiden sowie eine Abteilung Polizisten in Festtagsuniform, die ihre Gewehre geschultert und Haltung angenommen hatten, standen etwas abseits der Menschenmenge. »Wir werden uns im Hintergrund halten, wir sind nur Gäste«, fuhr der Freiherr fort, »sie werden die Trauerfeier nach ihrer Tradition durchführen, wenn der Priester gesprochen hat. Dann ziehen wir uns zurück.«

Der Priester sprach kurz, Wilhelm konnte seine Worte nicht verstehen, dann verließ er das Podest, und von der anderen Seite erschien ein Mann, der Wilhelm zusammenfahren ließ. Er war bekleidet nur mit einem Stück Stoff um die Lenden, sein Körper war bemalt und mit Federn beklebt, sein Gesicht leuchtete von weißer Farbe. »Das ist ihr Fetischpriester«, flüsterte sein Vater. Wilhelm sah den Mann an wie einen Geist und wäre gern näher herangetreten. Sein Vater fasste ihn am Arm. »Wir werden jetzt gehen«, sagte er. »Von jetzt an dulden sie keine Weißen mehr in ihrer Nähe.«

»Was werden sie tun?«

»Sie tanzen, sie singen, sie trinken, und sie verbrennen ihn.«

»Und dann?«

Der Freiherr zuckte die Achseln. »Wir waren noch nie dabei, ich weiß es nicht.«

Als Wilhelm die Kutsche erreicht hatte, drehte er sich noch einmal um. Der Fetisch-Priester starrte ihn an.

Wilhelm fühlte sich erschöpft. Er wandte den Blick ab, stieg in die Kutsche und schloss die Augen.

3. Lagarde

Die Bahnfahrt von Marseille nach Nancy hatte Wilhelm unruhig verbracht. Da die Schiffspassage von Lomé nach Marseille zu stürmisch gewesen war, um Ruhe zu finden, hatte er in dem überhitzten Zugabteil eine zentnerschwere Müdigkeit gespürt. Doch die Schmerzen in seiner bandagierten Schulter hatten ihn an einem erholsamen Schlaf ebenso gehindert wie der Gedanke daran, wie tief er in Aiauschis Schuld stand – eine Schuld, die er niemals würde begleichen können.

Jetzt saß er in einer Kutsche, die ihn von Nancy nach Lagarde bringen sollte. In einem fiebrigen Halbschlaf, immer wieder aufgeschreckt vom Rütteln und Schwanken der Kutsche, entglitten ihm seine Gedanken. Mal sah er Bilder der Eisenbahn im strömenden Regen vor sich, wutverzerrte schwarze Gesichter, die sich ihm drohend näherten. Dann wieder waren es Bilder von grünen Hügeln und Weinreben in hellem Sonnenlicht und ein Gesicht, das sich über ihn beugte und ihn anlächelte. Er sah sie nicht nur überdeutlich, er hörte auch ihre Stimme, roch den Duft ihres Haars: Er hatte Adèle seit fünf Jahren nicht gesehen, nun spürte er ihre Gegenwart mit allen Sinnen, je näher er Lagarde kam.

Er wusste nicht mehr, wann er ihr zum ersten Mal begegnet war, sie war schon immer dort gewesen, sie war der Mittelpunkt seiner Erinnerungen an die Sommerferien der Familie auf dem großelterlichen Weingut, sie war das Zentrum seiner Gedanken und Gefühle, eine Verheißung unbeschwerten Lebens, von Freiheit und einer glücklichen Zukunft. Bilder ihrer gemeinsamen Erkundungsausflüge durch die endlosen Reihen der Weinstöcke, die ihm als Kind riesengroß erschienen waren; Adèle, die ihn an der Hand hinter sich herzog, damit er nicht vom Weg abkam; Wettrennen auf den staubigen Pfaden der Eselskarren zwischen den Weinbergen, die Adèle meist gewann; Besuche in der Mosterei, wo Adèle frischen Saft aus einem Holzfass zapfte, den sie im kühlen, steinernen Keller tranken und wo ihn fröstelte, nachdem er zuvor in der Mittagshitze des Hochsommers aus allen Poren geschwitzt hatte. Einmal hatte er sich dabei so erkältet, dass der von der Mutter hinzugezogene Arzt ihm Bettruhe verordnete, um eine Lungenentzündung zu vermeiden. Die Fragen der Mutter, wo er sich denn so verkühlt hätte, beantwortete Wilhelm nicht.

Seine liebste Erinnerung waren die späten Nachmittage in der Küche des kleinen Hauses am Ende des Grundstücks, wo Adèle nach dem Tod der Mutter allein mit ihrem Vater lebte, dem Verwalter des Weinguts. Monsieur Printemps kostete frischen Wein und schnitt sich dazu Scheiben von einem Käselaib ab, den er aus der Milch seiner Ziegen selbst gemacht hatte. Wilhelm und Adèle saßen am großen hölzernen Küchentisch und aßen Zwiebelkuchen, den Wilhelm aus der Küche seiner Großmutter aus dem Herrenhaus mitgebracht hatte. Dabei blickten sie durch die verstaubten Scheiben über die elsässische Landschaft und folgten mit den Augen den Flugkünsten der Falken. Wilhelm genoss die Stille des Raumes und hoffte, der Zeiger der Standuhr würde stehenbleiben, bevor es sechs Uhr wurde und seine Mutter ihn zum Abendessen abholte. Er liebte es, neben Adèle zu sitzen und mit ihr gemeinsam zu erleben, wie die Abenddämmerung über die Weinberge den Weg zu ihnen fand.

Seine Mutter schien zu ahnen, dass sie für Wilhelm nicht sehr willkommen war, denn sie klopfte meist zaghaft an die Tür, als wolle sie nicht stören. Monsieur Printemps hatte sie jedoch schon kommen hören, und im Augenblick ihres Klopfens warf er einen kurzen Blick zu Wilhelm und bedeutete ihm mit einer Kopfbewegung, die Tür zu öffnen. Wilhelm und Adèle verabschiedeten sich in solchen Momenten nicht voneinander – es hätte die Magie des Augenblicks zerstört, die sie so lange wie möglich bewahren wollten. Wilhelm trat hinaus zu seiner Mutter, die vor der Tür auf ihn wartete. Sosehr er sie liebte, so wenig gehörte sie in die Welt, die Adèle und er sich geschaffen hatten.

Als die Kutsche jetzt die Steigung zum Gutshaus nahm, spürte er nach all den Jahren selbst im Halbschlaf genau, wo er war: Sein Körper erkannte jede Kurve und Unebenheit des Weges. Als der Wagen vor dem Haus hielt, saß er kerzengerade auf der Bank und beobachtete durch das Fenster, wie seine Mutter die wuchtige Holztür öffnete und mit wehendem Kleid die Stufen heruntergelaufen kam. Er öffnete die Wagentür, stieg aus, und eine Sekunde später lag Helène in dem ausgestreckten Arm ihres Sohnes, vorsichtig genug, um seinen verwundeten Arm nicht zu berühren. »Wilhelm!«, rief sie und wiederholte seinen Namen immer wieder, »ich hätte es nicht zulassen dürfen! Du hättest niemals in dieses schreckliche Land reisen dürfen! Ich werde es deinem Vater nie verzeihen. Er hat mir kein Wort davon gesagt, was dort auf euch wartet ...«

»Alles ist gut, Mutter«, sagte Wilhelm, »jetzt bin ich hier, und ich lebe!« Helène gelang es nicht, die Fassung zu wahren, sie schluchzte, immer wieder unterbrochen von den Worten »nie ... nie werde ich es ihm verzeihen. Dieser Wahnsinnige!«.

»Sie sollten nicht so über ihn sprechen«, versuchte Wilhelm sie zu beruhigen, »was er dort macht, ist wichtig, man schätzt ihn dort.«

»Man schätzt ihn!«, wiederholte sie spöttisch und wischte Tränen von ihrer Wange. »Ja und? Ist das ein Grund, den eigenen Sohn in so ein idiotisches Abenteuer zu schicken? Die Telegrafenstation ist in Gefahr – ja und? Musste Aiauschi dafür sterben? War es das wert? Die sind doch alle von Sinnen, diese Männer mit ihren Kaiser-Wilhelm-Bärten – dein Vater zuallererst! Was haben die da zu suchen in Afrika?« Wie immer, wenn sie sich aufregte, verfiel sie in die französische Sprache.

»Mutter!«, sagte Wilhelm und sah sich nach den beiden Kutschern um, die das Gepäck ausgeladen hatten und bereitstanden, um ihre Entlohnung entgegenzunehmen. »Sie können alles hören«, sagte er leise.

»Sollen sie doch!«, sagte sie und putzte sich die Nase. Für Wilhelm das Zeichen dafür, dass sie sich langsam wieder beruhigte.

»Was ist los?«, fragte er, als sie in die Vorhalle des Gutshauses traten. »Was bedrückt Sie wirklich?«

»Wieso, genügt es nicht, was dir widerfahren ist?«

»Ich merke aber, dass das nicht alles ist.«

Helène deutete zur Treppe, die nach oben führte. »Deine Großmutter«, sagte sie, »sie ist bettlägerig und nicht mehr sie selbst, seit dein Großvater gestorben ist.«

Wilhelm sah sie entgeistert an. »Er ist …«

Sie nickte. »Deshalb bin ich überhaupt hierhergefahren – um mich um sie zu kümmern. Ich habe es doch telegrafiert.«

»Davon wusste ich nichts. Das tut mir leid. Kann ich sie sehen?«

Helène nickte. »Aber erst heute Abend. Sie schläft jetzt, zum Abendessen wird sie herunterkommen, vielleicht.«

Großmutter

Wilhelm betrat den kleinen Raum, in dem er schon so viele Nächte geschlafen hatte. Er ließ die Tür leise hinter sich ins Schloss fallen und spürte, wie sich ein Gefühl tiefen Friedens in ihm ausbreitete. Seltsam, dachte er, es ist, als hätte dieses Zimmer all die Jahre nur auf mich gewartet.

Es war nicht nur das Zimmer, es war ebenso der Blick auf die Landschaft, die von Raureif überzogen war und die ihn in ihren Bann schlug. Vom Fenster aus konnte er nicht nur die Weinberge sehen, die sich kahl bis zum Horizont erstreckten, sondern auch den Rhein-Marne-Kanal, auf dem im Sommer Lastkähne Getreide und Weinfässer transportiert wurden. Als er sich zur anderen Seite wandte, fiel sein Blick auf das kleine Haus am Ende des Anwesens. Wilhelm konnte ein Licht in der Küche erkennen, das schwächer wurde, je mehr der Nebel, der vom Kanal den Hügel heraufkroch, die Hütte umfing.

Wilhelm hatte lange am Fenster gestanden, als ein Klopfen seine Andacht störte. Er ging zur Tür, öffnete sie und erkannte sie sofort, obgleich sie in einem seltsamen Aufzug vor seiner Tür stand: Über ihren Morgenrock hatte sie einen Umhang gelegt, der ihr Gesicht zur Hälfte verdeckte. Nur ihre Augen verrieten sie. »Großmutter!« rief er und trat einen Schritt auf den Flur hinaus.

»Leise, leise«, mahnte sie, legte einen Finger auf die Lippen und sah sich im Flur um wie jemand, der verfolgt wird. Dann schob sie sich an ihm vorbei ins Zimmer.

Wilhelm schloss die Tür, seine Großmutter stand in der Mitte des Raumes. Als er einen Schritt auf sie zutrat, bedeutete sie ihm mit einer energischen Handbewegung, stehen zu bleiben. »Keine Geräusche!«, sagte sie, »sonst merkt sie, dass ich bei dir bin. Sie hört alles.«

»Wer?«

»Na, deine Mutter. Sie muss es nicht wissen.«

»Warum nicht?«

»Sie weiß sowieso schon zu viel«, raunte die alte Frau und drehte sich langsam zu Wilhelm um. Ihre sonst so lustigen Augen sahen ihn misstrauisch und furchtsam zugleich an. »Sie sagt, dass Antoine tot sei«, flüsterte sie. »Aber er ist nicht tot. Er hat es mir selbst gesagt. Sie haben ihn zwar beerdigt und einen Leichenschmaus gemacht, aber er ist nicht tot.«

Wilhelm fühlte Panik in sich aufsteigen. »Großmutter ...«, er trat einen Schritt auf sie zu und berührte mit seinem unverletzten Arm ihre Schulter, »... was hat das mit Helène zu tun? Wieso weiß sie zu viel? Was meinst du damit?«

»Sie hat mir gesagt, dass er gestorben sei. Sie hat seine Beerdigung organisiert, sie wohnt jetzt hier. Sie denkt, sie weiß alles, aber ich weiß es besser. Er versteckt sich nur, bis sie wieder fort ist.«

»Warum sollte er das tun?«

Die alte Frau schnaubte ungeduldig. »Du bist immer noch so begriffsstutzig wie früher! Weil ... er ... nicht ... tot ... ist!«, sagte sie eindringlich. »Warum sollte er tot sein? Er war vollkommen gesund und hatte Appetit für zwei.«

»Viele sterben, ohne vorher krank zu sein und ohne ihren Appetit zu verlieren. Hast du ihn denn danach gesehen?«

»Natürlich, auf dem Totenbett.«

»Nein, ich meine, nach der Beerdigung?«

»Du denkst, ich bin verrückt, stimmt's?«, sagte sie und trat so dicht an Wilhelm heran, dass er den kleinen Nachttisch neben seinem Bett umstieß. »Ja, ich habe ihn gesehen, auch danach. Er kommt nur zu mir – zu mir allein.«

Wilhelm fröstelte. In diesem Augenblick vernahm er Schritte auf dem Flur und dann die Stimme seiner Mutter vor der Zimmertür. »Ist alles in Ordnung bei dir?«

Bevor er etwas sagen konnte, antwortete seine Großmutter: »Besser könnte es nicht sein, aber morgen ist ja auch noch ein Tag.« Ein Lieblingssatz des Großvaters – sie sagte ihn mit einer Stimme, die seiner zum Verwechseln ähnlich klang.

Die Tür flog auf, und Helène kam herein. Sie erfasste die Situation sofort, und nachdem sie ihre Überraschung unterdrückt hatte, sagte sie: »Wie schön, Mutter, du hast dich entschlossen, zum Abendessen aufzustehen. Das hatte ich mir so sehr gewünscht! Es gibt Hühnerbrühe, das wird dich noch mehr kräftigen. Komm, Wilhelm und ich begleiten dich in den Salon. Der Tisch ist bereits gedeckt.«

Als sie sich setzten und Wilhelm seine Großmutter ansah, strahlten ihre Augen ihn so an, wie sie es immer getan hatten. Wilhelm blickte sich um und deutete auf den vierten Platz. »Wen erwarten wir noch?« fragte er seine Mutter.

»Das Gedeck ist für Antoine. Großmutter hat darum gebeten. Er hat schließlich fast achtzig Jahre lang auf diesem Platz gesessen«, sagte Helène, »von Kindesbeinen an. Ich finde, da sollten wir für ihn mit aufdecken, nicht wahr, Mutter?«

Wilhelm sah zu seiner Großmutter, die freudig nickte. Er nahm ihre Hand und drückte sie.

*

»Der Arzt meinte, es sei besser, wenn sie in die Klinik nach Straßburg käme, hier könne ihr zu viel zustoßen in ihrer Verwirrtheit«, erklärte Helène, als sie nach dem Essen zu zweit im Kaminzimmer saßen. »Ich fürchte aber, dann verlieren wir sie schneller, als wir es uns vorstellen können. Sie bezieht ihre ganze Kraft aus der Vorstellung, dass dein Großvater noch lebt und hier im Haus ist. Wenn sie sich unbeobachtet fühlt, spricht sie mit ihm. Sie lachen und singen sogar zusammen, so wie sie es früher getan haben.«

»Sie singen ...?«

»Na ja, nicht in Wahrheit natürlich. Sie singt allein, aber manchmal ahmt sie seine Stimme nach, und es klingt, als wäre er tatsächlich da. Es ist unheimlich, aber besser, als wenn sie in einem Krankenhaus wäre, wo man sie als verrückte Alte festbindet oder sonst was mit ihr anstellt.«

Wilhelm nickte. Unvermittelt fragte er: »Adèle – haben Sie Adèle gesehen?«

Helène blickte überrascht auf. »Wilhelm, du bist ein verlobter Mann! Wieso fragst du nach ihr? Aber gut, wenn du es unbedingt wissen möchtest: Nein, ich habe sie nicht gesehen. Ich habe auch noch keine Zeit gehabt, mit ihrem Vater zu sprechen oder nach ihr zu fragen. Ich habe ihn nicht mal aufgesucht. Warum sollte ich auch? Die Weinbauern machen noch Winterschlaf, da gibt es nichts zu besprechen.«

»Ich meine ja bloß ... ob es ihnen gutgeht.«

»Du kannst von mir aus gern hingehen und nach ihr fragen«, sagte Helène spitz, und Wilhelm hörte an ihrem Unterton, dass sie in Wahrheit das Gegenteil meinte.

Er nickte langsam und hatte das Bedürfnis, etwas Besänftigendes zu sagen. »All die Sommer, die wir hier verbracht haben – sie sind das schönste Geschenk, dass Sie mir gemacht haben, Vater und Sie. Aber ich weiß, was Sie von mir erwarten, und ich werde alles tun, um Sie nicht zu enttäuschen.«

Helène atmete tief durch. »Du bist jetzt volljährig und triffst deine eigenen Entscheidungen. Ich bitte dich nur um eins: Tu nichts, was dir schadet und was du später bereuen wirst. Du hast hier Jahre verlebt, die dir keiner nehmen kann. Aber niemand weiß, wie die Jahre werden, die vor dir liegen. Außer du selbst! Du hast es in der Hand, sie nach deinem Willen zu gestalten.«

»Glauben Sie das wirklich?«, fragte Wilhelm und sah sie ernst an. »Die Reise, die hinter mir liegt, war unglücklich, aber sie war nicht sinnlos. Denn ich habe in diesem seltsamen Land erlebt, dass dem eigenen Willen Kräfte gegenüberstehen können, die machtvoller sind.«

»Mag sein«, sagte Helène, die müde wirkte und sich erhob. »Du hast eine anstrengende Reise hinter dir, du solltest jetzt schlafen. Und falls Großmutter wieder bei dir auftauchen sollte – hab keine Angst vor ihr, auch wenn sie seltsame Dinge tut. Sei sanft zu ihr, sie ist nicht mehr von dieser Welt.«

»Ich warte hier, bis der Kamin heruntergebrannt ist«, sagte er, als sie das Zimmer verließ. Dann löschte er das Licht, so dass der Raum nur noch vom Flackern des Feuers erleuchtet wurde, trat ans Fenster und sah ins Dunkel hinaus.

Adèle

Nichts an dem kleinen Haus am Ende des Anwesens schien sich verändert zu haben, die Risse in den Türen waren vielleicht ein wenig breiter, zwei der Sprossenfenster in der Küche ersetzt worden, Wilhelm erkannte es am frischen Kitt. Einige Kopfsteine vor der niedrigen Eingangstür saßen locker, manche fehlten. Doch der helle Sonnenschein dieses Morgens überstrahlte all das. Wilhelm horchte, ob etwas aus dem Inneren des Hauses zu hören war, aber es war totenstill. Er klopfte. Auch nach dreimaligem Wiederholen blieb alles still. Er lauschte angestrengt und erschrak umso mehr, als er hinter sich eine Stimme hörte. »Sie hätten nicht kommen sollen«, sagte der Mann, der sich lautlos genähert hatte. Wilhelm wirbelte herum und blickte in ein Gesicht, das er nur zu gut kannte: Monsieur Printemps, Adèles Vater. Wilhelms Herz machte bei seinem Anblick einen Satz, er strahlte und ergriff spontan die Hand des Mannes. »Wie schön, Sie zu sehen!«, sagte er mit unverhohlener Freude. »Sie haben sich nicht die Spur verändert.«

»Sie dagegen sehr«, antwortete Monsieur Printemps und musterte Wilhelm eingehend. Sein Blick blieb an dessen verbundenem Arm hängen. »Und die Zeiten auch«, fügte er hinzu, »keine guten Zeiten. Was ist passiert?«

Wilhelm sah auf seinen Arm. »Afrika. Aber es wird schon wieder, der Verband kommt in Kürze runter.«

»Afrika, eh?«, wiederholte Monsieur Printemps. »Was Sie meinen ist: Franzosen …«

Wilhelm war unsicher, er zögerte. »Wie kommen Sie darauf?«

»In Afrika lassen sie noch ihre Neger aufeinander los, damit sie ihre schönen Tropenanzüge nicht beschmutzen müssen. Hier wird das nicht mehr möglich sein. Hier werden die Deutschen sich dreckig machen müssen. Ebenso die Franzosen. Es hat schon begonnen.«

Wilhelm sah ihn verständnislos an. »Was hat begonnen?«

»Wie viele Jahre sind die Pickelhauben nun schon hier im Elsass, eh?«, fragte Printemps und trat so dicht an Wilhelm heran, dass er seinen Atem spürte. Ohne eine Antwort abzuwarten, fuhr er fort: »Vierzig Jahre. Viele finden, dass das vierzig Jahre zu viel sind. Es wird Zeit, dass sie von hier verschwinden.«

Wilhelm trat unbehaglich einen Schritt zur Seite und wich dem Blick des Mannes aus. Er sah sich Hilfe suchend um – der kleine Garten, die endlosen Reihen der Weinstöcke, im Hintergrund das Gutshaus seiner Eltern. »Dies ist kein Ort mehr für Urlauber aus Deutschland«, fuhr Printemps fort, »für reiche Berliner, die in ihren Schlössern die Sommerfrische genießen. Dies ist das Land der Franzosen, oder besser gesagt: Das wird es bald wieder sein. So wie es seit Jahrhunderten war, eh?«

»Wo ist Adèle?«

»Fort.«

»Das glaube ich Ihnen nicht!«

Der Mann zuckte die Achseln. »Wen interessiert's?«

»Wohin ist sie?«

»Dort, wo die Boches sie in Ruhe lassen.«

»Sie gehen zu weit, Monsieur!«, protestierte Wilhelm, »warum beleidigen Sie mich?«

»Wie gesagt: Die Zeiten sind anders geworden. Und Sie auch. Sie sind kein kleiner Junge mehr.« Er deutete auf Wilhelms Arm. »Afrika, eh? Die Deutschen werden sich künftig in Acht nehmen müssen.« Damit schob er Wilhelm zur Seite, um ins Haus zu gehen.

»Wo ist sie?«, fragte Wilhelm noch einmal.

Printemps seufzte, und ohne sich umzudrehen sagte er: »Bei einer Tante, in Verdun. Ich würde Ihnen nicht empfehlen, dorthin zu reiten.« Wohl wissend, dass er mit diesen Worten bei Wilhelm genau das Gegenteil erreichen würde, zog er die Tür hinter sich zu.

*

Als Wilhelm, der sehr früh am Morgen das Haus verlassen hatte, zurückkehrte und den Salon betrat, traf er seine Mutter beim Frühstück. Er begrüßte sie mit einem Kuss. »Wo ist Großmutter?«

»Was wolltest du bei Printemps?«

»Ich habe einen Morgenspaziergang gemacht, und da lief er mir über den Weg.«

»Aber er wollte dir nicht sagen, wo sie ist, oder?«

»Doch. Bei einer Tante in Verdun.«

Helène sah ihn erleichtert an. »Was planst du für heute?«

»Ich würde gern einen Ausritt machen«, antwortete Wilhelm leichthin. »Ich habe die Gegend lange nicht gesehen. Es ist ein schöner Frühlingstag.«

Helène deutete auf seinen Arm. »Damit solltest du warten.«

»Ich habe schon darum gebeten, dass man mir das Pferd sattelt, das ich früher häufig geritten bin«, sagte er und lächelte sie beruhigend an. »Ich kenne es gut, mit dem geht es auch einarmig, zur Not sogar im Schlaf.«

Helène reagierte nicht darauf, stattdessen erhob sie sich und sagte: »Dann werde ich mal nach deiner Großmutter sehen. Vielleicht gelingt es mir ja, sie zum Aufstehen zu überreden.« In der Tür drehte sie sich noch einmal um. »Pass auf dich auf!«, sagte sie leise.

Wilhelm lehnte sich in seinem Stuhl zurück, blickte aus dem Fenster in den Frühlingsmorgen hinaus und sah, wie Monsieur Printemps mit einem Zweispänner in hohem Tempo das Grundstück verließ. Er lief zur Tür. Als er hinaustrat, bog das Gefährt auf die Straße ab, die hinunter nach Lagarde führte. Wilhelm wollte gerade zum Stall eilen, als er aus den Augenwinkeln eine Bewegung wahrnahm: Jemand huschte in das alte Haus und zog die Tür hinter sich zu. Er blieb stehen und starrte hinüber. Einen Moment später bemerkte er im Obergeschoss eine Bewegung der

Gardine. Sein Herz raste, als er die Stufen des Eingangsportals hinuntersprang und an den Weinstöcken entlang zur Hütte lief.

Diesmal war die Tür nicht verschlossen. Wilhelm stieß sie auf und stand in der Küche, die ihm im Vergleich zu seiner Erinnerung winzig erschien. Er blickte sich um – und entdeckte niemanden. Er lauschte – und hörte nichts. Dann sah er zur Treppe, die nach oben führte. Auf halber Höhe stand sie.

Ihr schwarzes Haar war kurz geschnitten. Sie trug eine Arbeitshose, die in Bauernstiefeln steckte, und ein weißes Männerhemd. Sie war blass, sah müde aus, aber keineswegs erschreckt. Ruhig sah sie ihn an. »Ich habe auf dich gewartet. Trotzdem hättest du nicht kommen dürfen, mein Vater hat recht.«

Wilhelm hob ratlos die Arme. »Warum? Was ist geschehen? Warum hast du dich so verändert? Wieso versteckst du dich?«

Langsam kam sie die Stufen herunter. »Ich muss mich jetzt vor Deutschen in Acht nehmen«, antwortete sie. »Auch vor dir, sagt Vater. Es gibt eine Widerstandsbewegung im Elsass, wir werden von den Deutschen gesucht. Das Leben hier ist nicht mehr so, wie du es erinnerst. Ich bin nur hier, um ...«

Mit drei schnellen Schritten trat Wilhelm zu Adèle und streckte seinen unverletzten Arm aus. Sie ergriff seine Hand und sah ihm forschend in die Augen. Als er sie zu sich heranzog, sank sie seufzend an seine Brust. »Wilhelm«, sagte sie leise, »warum so lange? Warum kommst du erst jetzt? Was ist mit deinem Arm? Warum ist deine Mutter hier ...?« Er unterbrach sie, indem er seine Lippen auf ihre legte.

Als sie sich voneinander lösten, strahlten lange, gelbe Sonnenstrahlen quer durch die Küche, als suchten sie nach Adèle und Wilhelm. Seine Hände umfassten ihr Gesicht. »Ich werde dir alles beantworten«, sagte er, »alle deine Fragen. Und du wirst mir erzählen, was hier vorgefallen ist, warum du so verändert aussiehst, warum dein Vater mir vorgelogen hat, du wärest in Verdun. Aber zuerst möchte ich, dass du weißt: All das ist unwichtig. Völlig unwichtig! Wenn du und ich es wollen, spielen all diese Dinge keine Rolle für uns. Ich für meinen Teil will es. Und du?«

Sie trat einen Schritt zurück und sah ihn lange an. »Ja, du bist es«, sagte sie dann leise, als würde sie ihn erst jetzt wirklich erkennen, »du bist immer noch der, auf den ich gewartet habe.« Dann drehte sie sich um, ging langsam auf die Treppe zu und streckte eine Hand nach hinten zu Wilhelm aus.

*

»Diesen Augenblick habe ich jeden Tag herbeigesehnt – jede Stunde, jede Minute«, sagte Adèle, als sie und Wilhelm auf dem Bett saßen, dem einzigen Möbelstück der winzigen Kammer, und sie ihre Nase an seine drückte. »Fünf Jahre lang habe ich darauf gewartet, sie wiederzusehen, die schönste Nase der Welt!«, sagte sie. »Sie ist so weich – man kann sie nach allen Seiten biegen, sieh mal!«, sagte sie und lachte laut, als sie mit zwei Fingern seine Nasenspitze hin und her bewegte und Wilhelm die Augen verdrehte, um den Bewegungen folgen zu können. »In deine Nase habe ich mich zuerst verliebt – damals«, sagte sie. »Aber da wusste ich es noch nicht, ich war noch viel zu jung dafür. Ich wusste nur, dass ich dich immer wiedersehen wollte. Die wenigen Wochen im Jahr, in denen du hier warst – für die habe ich gelebt. Wie oft habe ich von deiner Nase geträumt…!« Wieder lachte sie und lehnte sich gegen ihn. Wilhelm versuchte, ein Stöhnen zu unterdrücken, als Adèle dabei seinen verletzten Arm berührte. »Oh, verzeih!«, rief sie und gab seiner Schulter durch den Verband hindurch einen Kuss. »Du hast mir noch immer nicht erzählt, wie das passiert ist …«

Wilhelm sah an Adèles Arbeitskleidung herunter, dann strich er über ihr kurzgeschnittenes Haar. »Erst du! Erzähl mir, warum du so verkleidet bist. Was ist hier los, was geschieht hier bei euch?«

»Du kommst gerade aus den Kolonien«, antwortete sie, und das Lachen war aus ihrem Gesicht verschwunden. Sie sah ihn nachdenklich an. »Jetzt bist du, ohne dass du es weißt, schon wieder in einer Kolonie – nur dass die Leute hier nicht schwarz sind. Aber sie werden nicht viel anders behandelt. Dass wir für die Deutschen die Froschfresser sind, daran haben wir uns gewöhnt. Es stimmt ja auch, wir mögen Frösche. Neuerdings nennen sie uns die Wackes. Dreckswackes sagen sie. Irgendwie haben sie herausgefunden, dass dies das schlimmste Schimpfwort ist bei uns. Es bedeutet feige, ehrlos, heimatlos. Wie sollen wir auch eine Heimat haben – sie haben sie uns genommen.«

»Auch wenn euer Land von den Deutschen besetzt ist, bisher sind wir doch gut miteinander ausgekommen.«

»Das haben sie sich eingebildet, die Deutschen, ja. Sie dachten, wir finden es gut, dass die Kinder in der Schule deutsch sprechen müssen, dass Familien aus ihren Häusern verjagt werden, damit Deutsche einziehen können, um dann in unseren Bergen ihre Wanderungen zu machen mit ihren komischen Kniebundhosen.« Sie lachte bitter auf: »Und euer geliebter Kaiser, der hat sich hier sogar ein Jagdschloss zugelegt. Er liebt die Vogesen, sagt er. Solange er nur keinen von uns zu sehen bekommt – die Dreckswackes sollen sich im Hintergrund halten.«

Wilhelm blickte entsetzt in Adèles zorngerötetes Gesicht. Er hob zu einer Erwiderung an, doch Adèle legte ihm einen Finger auf den Mund. »Jede Nacht verhaften sie welche von uns, wusstest du das? Einfach so, das dürfen sie. Sie haben alle Gesetze außer Kraft gesetzt, es gibt kein Gericht. Die Menschen verschwinden in den Kellern der Kasernen. Mein Vater war auch dort, ein halbes Jahr lang.«

»Und wieso ist er jetzt wieder hier?«

»Das weiß er nicht, man hat es ihm nicht erklärt. Weder warum sie ihn verhaftet haben, noch warum er wieder gehen durfte. Vielleicht hatte er sich auf der Straße nicht tief genug verbeugt, als ein deutscher Offizier ihm entgegenkam, das müssen wir nämlich neuerdings. Aber seit er drinnen war, ist es ihm egal, was die Deutschen von ihm denken. Er tut jetzt nur noch, was er für richtig hält.«

Wilhelm erhob sich und trat ans Fenster, Adèle saß auf dem Bett und sah bekümmert zu ihm auf. »Es tut mir leid, dass ich dir solche Dinge bei unserem ersten Wiedersehen erzähle. Es hat nichts mit dir zu tun, nichts mit dir und mir. Ich hasse all das, ich will es nicht. Aber die Dinge sind so. Franzosen dürfen wir nicht sein, Deutsche wollen wir nicht sein – also sind wir Lothringer. Dafür kämpft mein Vater jetzt. So war es immer schon, es hört nie auf, sagt mein Vater.«

»Was sagt dein Vater noch?«

»Nichts Gutes. Dein Arm, was ist damit?«

Wilhelm setzte sich auf die Bettkante, seine Schultern sackten nach vorn, sein Blick richtete sich auf Adèles verstaubte Stiefelspitzen. »Vielleicht ist es wahr, was dein Vater sagt«, erwiderte er leise. »In Togo – ja, da könnte man es wohl so sagen. Ich habe dort einen wunderbaren Menschen kennengelernt, einen Einheimischen, der mir das Leben gerettet hat. Wir sind in einen Hinterhalt geraten, er hat sein Leben für meines geopfert. Ich wollte, ich könnte es ihm zurückgeben. Mein Arm«, Wilhelm blickte auf die Schlinge, »mein Arm ist nicht der Rede wert. Die Schulter war gebrochen, es schmerzt nur noch ein wenig, wenn jemand dagegenkommt.«

Adèle berührte mit ihren Fingerspitzen Wilhelms Schulter. »Du hättest dein Leben auch für ihn gegeben.«

Wilhelm sah sie an. »Aber jetzt ist es zu spät. Er ist in seinem Heimatdorf begraben. Ich werde nie wieder dorthin fahren. Mutter sagte gestern, wir Weißen hätten in Afrika nichts zu suchen. Ich denke, sie hat recht.« Er sah Adèle an. »Und das gilt für alle Weißen, auch für die Franzosen ...«

Sie nickte. »Das sagt mein Vater ebenfalls. Er kämpft für die geheime elsass-lothringische Freiheitsbewegung, ich unterstütze ihn gelegentlich dabei.« Sie blickte auf ihre Männerkleidung. »Wir wollen ein freies Land sein, weder einen Kaiser aus Deutschland noch einen König aus Frankreich brauchen wir. Seit Jahrhunderten wird unser Land hin und her gerissen und verschachert, Heere ziehen durch, nehmen sich, was sie wollen, morden und verwüsten. Jetzt gehören wir gerade mal wieder den Deutschen, die sich hier auf den nächsten Krieg mit den Franzosen vorbereiten, sagt mein Vater.«

»Und was tut er dagegen?«

Adèle sah ihn lange an. »Lass uns jetzt nicht über solche Dinge reden, wer weiß, wann wir wieder so beisammen sein können wie jetzt.«

Adèle zuckte zusammen, als Wilhelm sie in den Arm nahm, und fasste sich schnell an die Schulter. Ihre Bluse gab den Blick auf ein Stück ihrer Haut frei, und Wilhelm sah den großen, tiefblauen Fleck auf ihrem Schlüsselbein. Entsetzt starrte er sie an. »Es schmerzt nicht mehr«, sagte sie schnell, »außer, wenn jemand dagegenkommt – es ist genau wie bei dir. Es war aber nichts gebrochen, ich habe mich nur gestoßen.«

Sie zog ihn herunter auf die Matratze und drückte ihr Gesicht an seine Brust.

Printemps

Wilhelm wusste nicht, wie lange sie so nebeneinandergelegen hatten, als er von Hufgetrappel aufgeschreckt wurde. Er hatte wirr geträumt, der Mann mit dem Knochen in der Nase war wieder erschienen, nur hatte er diesmal kein schwarzes Gesicht, sondern er war zornesrot und trug eine Pickelhaube. Adèle sprang vom Bett und näherte sich vorsichtig dem Fenster. »Er kommt zurück«, sagte sie zu Wilhelm, »mein Vater …!«

Wilhelm schlug ärgerlich mit dem gesunden Arm auf die Bettkante: Wie hatte er so leichtsinnig sein können! Es war absehbar gewesen, dass Printemps irgendwann zurückkehren würde. Adèle drehte sich zu Wilhelm, bedeutete ihm, sich still zu verhalten, und ging zur Treppe. Sie blickte noch einmal zurück und lächelte. »Ich bin glücklich, dass du hier bist, hab keine Angst.«

Dann polterte sie mit ihren schweren Stiefeln laut und unüberhörbar die Stufen hinter, als ihr Vater gerade das Haus betrat. »Entschuldige«, sagte sie, »ich muss eingeschlafen sein! Ich bin müde.«

Printemps legte seine Arme um seine Tochter. »Ich will nicht, dass du dich länger dieser Gefahr aussetzt«, sagte er und strich ihr über das kurze Haar. »Diese Verkleidung – alles nur, um ein paar Plakate zu kleben, ein Irrsinn! Und gestern hätten sie dich beinahe verhaftet …«

»Es tut kaum noch weh«, unterbrach ihn Adèle und blickte auf ihre Schulter, »das Pferd hat mich ja nicht richtig getroffen.«

»Aber der Boche hätte dich fast erwischt, ich mag gar nicht daran denken, was sie mit dir gemacht hätten! Wahrscheinlich hätten sie dich erschossen. Ich werde dich nie wieder um so etwas bitten. Ich mag dich auch nicht mehr in dieser Jungenkleidung sehen.«

Wilhelm hörte Adèle lachen. »Wenn es das nur ist«, sagte sie, »ich trage die Sachen ganz gern. Und der Haarschnitt ist recht praktisch.«

Printemps seufzte und ließ sich auf den Küchenstuhl fallen. »Was passiert hier bloß mit diesem Land. Hört das nie auf? Es ist der schönste Flecken Erde auf der Welt, aber so, wie's aussieht, ist es immer noch nicht zu Ende. Es wird alles noch schlimmer kommen, schlimmer, als wir es jemals hatten.«

Adèle mochte es nicht, wenn ihr Vater in dieser Stimmung war, und wollte ihn aufheitern, als er unvermittelt sagte: »Er ist hier. Ich habe ihn heute früh getroffen.«

Schnell hob er den Blick und sah Adèle forschend ins Gesicht. Sie sah ungerührt aus dem Fenster. »Wer?«

»Dein junger Freund aus Berlin«, sagte Printemps. »Es scheint in Afrika Probleme gegeben zu haben, und er soll sich hier erholen.«

Printemps folgte dem Blick seiner Tochter durch das staubige Fenster in die Abenddämmerung. Als er das Gutshaus sah, sagte er leise: »Du hast ihn immer noch nicht aufgegeben.«

Sie schüttelte den Kopf.

»Es ist nicht gut«, sagte Printemps, »es ist nicht gut für dich. Ich weiß, er ist anders als die übrigen Preußen, aber er ist ein Preuße. Ich kann dich nur anflehen, ihm fernzubleiben. Ich vermute, er wird nach dir suchen, ich habe ihm erzählt, du wärest bei Tante Cathérine. Er wird sicherlich nach Verdun reiten, sofern er das mit einem Arm kann. Aber er wird wiederkommen.«

»Er ist schon hier.«

Printemps sah überrascht auf.

»Er ist oben, er wartet auf mich.«

Printemps erhob sich und sah seine Tochter skeptisch an, dann machte sich ein Grinsen auf seinem Gesicht breit. »Schön, dass du deinen Humor noch nicht verloren hast!«, lachte er. »Das wäre das Schlimmste, was einem Lothringer passieren kann.«

Er drückte Adèle noch einmal an sich. »Ich spanne jetzt die Pferde ab – nein, hilf mir nicht dabei. Schone deine Schulter.« Mit schweren Schritten verließ er den Raum.

In der Tür blieb er noch einmal stehen. »Heute Nacht ist ein Treffen der Bewegung in der alten Ruine in den Bergen«, sagte er leise. »Ich werde daran teilnehmen und komme erst morgen am Abend wieder, dann bringe ich dich zu Cathérine, bei ihr bist du am sichersten. Und du kannst dich erholen – sie wird gut für dich sorgen.« Printemps ging zu seinem Pferdefuhrwerk, langsam entfernten sich die Hufgeräusche.

Adèle hob ihren Kopf und sah zum Treppenabsatz hinauf, wo Wilhelm stand und sie entgeistert ansah. »Warum hast du ihm gesagt, dass ich hier bin? Was, wenn er heraufgekommen wäre?«

Sie lächelte. »Das wäre er nicht. Ich wusste, dass er es nicht glauben würde. Manchmal ist es am besten, einfach die Wahrheit zu sagen. Er hält dich immer noch für einen kleinen Jungen und ist sicher, dass er dich heute Morgen genügend eingeschüchtert hat. Er würde dich niemals hier im Haus vermuten. Aber du brauchst ihn nicht zu fürchten, er mag dich, das weiß ich«, sagte sie, während sie die Treppen zu ihm heraufkam. »Bleib noch.«

*

Adèle hatte ihren Vater unterschätzt. Als Wilhelm später den Weg zum Haus seiner Mutter ging, trat Printemps plötzlich hinter einem Baum hervor. »Einen Moment noch, mein Junge, nicht so eilig.«

Wilhelm schrie vor Schreck leise auf. »Nur mit der Ruhe«, sagte Printemps, »lass uns ein Stück zusammen gehen.« Er deutete auf die Weinstöcke, die sich zu beiden Seiten des Weges erstreckten. Er schob Wilhelm nach links in einen Pfad, der so schmal war, dass sie gerade nebeneinander gehen konnten. »Du brauchst jetzt nichts zu sagen«, flüsterte Printemps, »ich werde reden.«

»Du weißt nichts über unser Land«, begann Printemps, »fast nichts zumindest. Es gibt kein zweites Land auf der Welt, das so viel hin und her gestoßen wurde wie Elsass-Lothringen. Deutsche Fürsten, französische Adlige, englische Söldner – in regelmäßigen Abständen haben sie sich hier breitgemacht, mal mussten wir deutsch sprechen, mal französisch, mal wurde in der Kirche auf lateinisch gepredigt, dann wieder überhaupt nicht. Aber wir haben es immer wieder geschafft, sie abzuschütteln und unser Land neu aufzubauen. Wir haben unseren Stolz, und wir haben unseren eigenen Dialekt, für den uns die Franzosen verspotten. Aber immerhin: Seit 1871 steht in Paris die Marmorstatue der ›Tochter Elsass‹, und sie haben sie in schwarzes Tuch gehüllt aus Trauer darüber, dass Elsass und Lothringen von den Boches besetzt sind. Ja, sie haben es auch nicht immer leicht gehabt, die Franzosen«, sagte er wie zu sich selbst. »Euer Kaiser hat sich in Versailles krönen lassen – in ihrem Versailles! Die fünf Milliarden Goldfrancs, die die Franzosen den Deutschen als Reparation für den verlorenen Krieg zahlen müssen – die Verlierer müssen immer zahlen, merk dir das –, sind nichts im Vergleich zu dieser Demütigung. Aber selbst das ist nichts, verglichen mit dem, was den Menschen hier angetan wird. Die Leute sagen, dass aus eurem Volk der Dichter und Denker ein Volk der Richter und Henker geworden ist – ihr werdet gehasst. Wir sind eine deutsche Kolonie, nichts anderes. Aber unser Land hat darüber hinaus eine ganz besondere Bedeutung für sie, eine strategische Bedeutung, mein Junge. Wir sollen das Sprungbrett sein, das den Deutschen zur endgültigen Zerschlagung Frankreichs dienen soll.«

Sie waren stehen geblieben, und Wilhelm sah ihn verblüfft an ob des langen Vortrags. Printemps nickte, als wollte er seinen Worten Nachdruck verleihen, schwieg eine Weile, dann wechselte er das Thema. »Deine Mutter stammt aus einer angesehenen Familie, ihr Familienname lautet d'Alsace, das sagt alles. Ich habe deine Großmutter gut gekannt, mein Vater hat von ihr diese Weinberge gepachtet, seit fünfzig Jahren bauen wir hier Wein an. Deine Großmutter ist eine gute Frau, und ihr Mann war es auch. Er hat seine Pächter immer anständig behandelt und viel zu wenig Geld genommen für den Grund und Boden, den er ihnen überließ. Und dann hat ihre Tochter – deine Mutter – sich in diesen Mann aus Preußen verliebt, wie heißt er doch gleich: Schwemer, von Schwemer, nicht wahr? Ausgerechnet ein Preuße. Ein Belgier, bon! Ein Niederländer, bon! Sogar ein Engländer oder Österreicher – aber warum ausgerechnet ein Preuße? Egal – du bist das Ergebnis dieser *entente cordiale.*« Er sah Wilhelm durchdringend an. »Wenn wir Lothringer etwas gemeinsam haben mit den Franzosen, dann dies: Wir achten die Liebe, sie ist das Höchste, zu dem der Mensch fähig ist. Und ich achte sie auch dann, wenn sie auf preußischen Boden fällt.«

Wilhelm fühlte sich unbehaglich, er spürte ein Pochen im Arm. Printemps schien es zu merken. »Ich weiß nicht, welche Heldentaten du in Afrika vollbracht hast«, sagte er und deutete auf Wilhelms Verband, »es spielt auch keine Rolle. Denn wenn meine Tochter dich liebt, werde ich das respektieren. Aber merk dir eins: Wenn sie durch dich in irgendeine Gefahr gerät, dann werde ich kein Erbarmen mit dir haben …«

Jetzt reagierte Wilhelm. »Sie sind es, der sie in Gefahr bringt, Monsieur!«, sagte er aufbrausend. »Es geht so weit, dass sie sich verstecken muss, weil Sie sie in diese Unabhängigkeitssache hineingezogen haben! Jetzt sage ich Ihnen etwas: Wenn ich feststellen sollte, dass sie da nicht freiwillig mitmacht und womöglich gar nicht weiß, wie gefährlich diese Dinge sind …«

»Lass gut sein«, fiel ihm Bontemps mit matter Stimme ins Wort, »wir können uns gegenseitig drohen, ja – mal sehen, wem da am meisten einfällt. Aber es gibt andere schreckliche Dinge, die sich am Horizont zusammenballen, Dinge, die uns alle betreffen, alle, die wir hier in Europa leben. Ich achte und respektiere die Wünsche und Gefühle meiner Tochter, und wenn es unbedingt ein preußischer Junker sein soll – mon dieu! –, dann soll es eben so sein …«

»Ich bin kein Junker!«, brauste Wilhelm erneut auf.

Printemps nickte begütigend. »Ja ja, pardon! Wie lange wirst du bleiben?«

»Bis mein Arm wieder aus der Schlinge kommt, länger nicht. Meine Ausbildung wartet auf mich, ich bin nur vom Militärdienst freigestellt.«

»Sei vorsichtig. Am besten erzählst du deiner Mutter nicht, dass du Adèle getroffen hast.«

Mit diesen Worten drehte Printemps sich um und ging den Pfad zurück, Wilhelm folgte ihm. Als sie sich trennten, sagte Printemps noch: »Ich werde jetzt tun, was du ja schon im Haus mitgehört hast, und ich gehe davon aus, dass du es für dich behältst. Und ob Adèle morgen zu ihrer Tante nach Verdun fährt – diese Entscheidung überlasse ich ihr selbst ...«

Hunde

Als Wilhelm kurz darauf das Gutshaus betrat, vernahm er Stimmen. Er trat an die Tür des Esszimmers und lauschte. Die eine Stimme gehörte eindeutig seiner Großmutter, so wie sie früher war – klar und frisch, beinahe jung klang sie. Die andere war die Stimme seines Großvaters. Wilhelm konnte nicht hören, worüber sie sprachen, aber sie schienen bester Laune zu sein. Die Großmutter lachte gerade hell auf, als Wilhelm hinter sich eine Bewegung wahrnahm. Er drehte sich um und blickte seiner Mutter ins Gesicht. »Da hörst du es selbst«, sagte sie, »die beiden amüsieren sich prächtig. Sie waren bis zu seinem Ende verliebt wie am ersten Tag.«

»Wie lange waren sie verheiratet?«, fragte Wilhelm leise.

»Sechsundfünfzig Jahre. Hörst du sie? Sie klingt immer noch wie ein junges Mädchen. Komm, wir wollen sie nicht stören. Sie ist glücklich.«

»Trotzdem – es ist irgendwie unheimlich. Wie sie seine Stimme imitiert ...«

Wilhelm folgte seiner Mutter ins Kaminzimmer. »Und – ging alles gut?«, fragte sie, als sie sich in zwei Sessel unter dem riesigen Ölgemälde gesetzt hatten, das den Baron d'Alsace zeigte, der im 17. Jahrhundert das Gutshaus erbauen ließ. »Mit deinem Arm, meine ich, bist du mit dem Pferd klargekommen?«

Wilhelm senkte den Blick, ihm war unbehaglich. Er nickte. »Aber eigentlich war es noch zu kalt zum Ausreiten«, sagte er schnell. »In den nächsten Tagen soll es wärmer werden, hat mir ein Bauer erzählt.«

Helène sah ihn aufmerksam an. »Welcher Bauer?«

»Ich kenne ihn nicht. Er kam mir auf einem Feldweg mit einem Pferdegespann entgegen. Wir sind ins Gespräch gekommen. Ich glaube, er ist ein Freund von Monsieur Printemps, er kam mir bekannt vor.«

»Und – hast du den auch getroffen?«

»Nein«, entgegnete Wilhelm und fasste an seinen bandagierten Arm, als würde er ihm Schmerzen bereiten, »ist er denn da?«

Helène registrierte die Bewegung, ignorierte sie aber. »Wie ich hörte, kommt und geht er unregelmäßig. Er scheint viel beschäftigt zu sein, keiner weiß, womit. Auch der stets gut informierte Rogér nicht. Angeblich hat er Kontakte zu dieser Freiheitsbewegung.«

»Wer, Rogér?«

»Nein, der doch nicht! Rogér würde sich nie gegen seine Herrschaften stellen.«

Wilhelm sah sich um. »Wo ist er überhaupt?«

»Ich habe ihm Urlaub gegeben, bezahlten Urlaub. Es ist mir unangenehm, wenn er Großmutter in diesem verwirrten Zustand sieht, ich komme eine Weile auch ohne seine Hilfe zurecht. Kochen kann ich selbst, vielleicht muss ich nur irgendwann eine Krankenschwester engagieren.«

Wilhelm nickte und wusste nicht, was er sagen sollte.

»Was ist?«, fragte seine Mutter und beugte sich vor, »hast du nach ihr gesucht?«

Wilhelm antwortete nicht.

»Hast du sie gefunden?«

Wilhelm schüttelte kaum merklich den Kopf. »Ich bin nur durch die Gegend geritten, habe Orte aufgesucht, an denen ich früher mit ihr war.«

Helène erhob sich und legte eine Hand auf seine Schulter. »Mein Junge, du bist ein verlobter Mann, vergiss das nicht …«

Sie ging zur Tür. »Ich werde mal nachsehen, was ich in der Küche für uns finde, du wirst hungrig sein.« Nachdem sie den Raum verlassen hatte, trat Wilhelm ans Fenster und spähte hinüber zum Häuschen der Printemps. Für eine Sekunde sah er Aiauschi vor dem Haus stehen, den Blick ihm zugewandt. Wilhelm schloss die Augen. Als er sie wieder öffnete, war er fort.

*

Es wurde wärmer während der nächsten Tage, ein Vorbote des Frühlings machte sich in Nordfrankreich breit. Jeden Morgen sattelte Wilhelm den Schimmel und ritt vom Hof, um fast den gesamten Tag fort zu bleiben. Adèle war nicht zu ihrer Tante gereist. Wilhelm und sie trafen sich jetzt an dem Ort, der schon in früheren Jahren ihr Geheimplatz gewesen war: die Burgruine im nahen Wald. »Wie kann ich fortgehen, wenn du gerade gekommen bist?«, sagte sie, als er fragte, warum sie nicht nach Verdun gereist war. Sie brachte Käse, Schinken und Brot in einem Korb, den sie auf ihrem Fahrrad dabeihatte. Sie verbrachten die Tage mit Wanderungen in den majestätischen Eichenwäldern und rasteten an stillen, unberührten Plätzen, wo die Vögel ihre ersten, noch zaghaften Lieder für sie erklingen ließen. Sie vermieden Fragen nach der Zukunft, sie spürten beide, dass die Zeit einen kurzen Moment lang nur für sie stehengeblieben war, dass jedes falsche Wort die Magie ihrer Gemeinsamkeit zerstören würde. »Egal, wie lange wir noch so zusammen sein können«, sagte Adèle, »für mich reicht es aus, um mein Leben lang davon zu zehren.«

Am Tag darauf erhielt Wilhelm Post vom kaiserlichen Heeresamt. Höflich, aber bestimmt wurde er um weitere Atteste für seine Verletzung gebeten. Für den Fall, dass er solche nicht vorlegen könne, nannte man ein Datum, wann er sich bei seinem Husarenregiment zur Frühjahrsfeldübung einstellen solle. Der Termin war in zwei Wochen.

*

Mit der Frühlingssonne kamen auch die Lastkähne wieder. Nachdem das letzte Eis auf dem Rhein-Marne-Kanal getaut war, fuhren sie aus den Bergbauregionen von Nancy kommend an Lagarde vorbei in Richtung Westen. Das tiefe Tuckern der Motoren und gelegentliche Kläffen der Hunde – jedes Schiff hatte einen Bordhund – drangen bis zu ihrem Lagerplatz in der Ruine des alten Schlosses des Fürsten von Deux-Ponts-Bitche hinauf, die unverändert, aber völlig überwuchert im Wald lag, nachdem sie im

Dreißigjährigen Krieg zerstört worden war. Bäume wuchsen aus dem dicken Mauern, Wildschweine hatten den Boden des ehemaligen Rittersaals durchwühlt, der jetzt unter freiem Himmel lag.

Wilhelm traf meist einige Minuten vor Adèle ein. Sobald er ihre Fahrradklingel hörte, sprang er auf und lief ihr entgegen. Gemeinsam trugen sie den Korb mit den Lebensmitteln in ihren Salon – so nannten sie den dachlosen Raum, der früher die Küche des Schlosses gewesen war und in dem sie die meiste Zeit des Tages verbrachten. Hohe, halbrunde Fensteröffnungen gaben den Blick frei in den Wald.

Sie genossen die Stille und die ersten wärmenden Sonnenstrahlen. »Wenn alles vorüber ist, werden wir uns nicht länger verstecken müssen«, sagte Adèle und legte ihren Kopf an seine Schulter, während sie die Burg umrundeten.

»Was – vorüber?«, fragte Wilhelm.

»Wenn alles wieder normal ist, wenn die Leute zur Vernunft gekommen sind. Ich weiß nicht viel über euren Kaiser, aber irgendwann wird auch er merken, dass man so nicht mit den Menschen umspringen kann. Er hat doch sicherlich besonnene Männer um sich, die ihn beraten. Wie deinen Vater zum Beispiel. Er kennt doch den Kaiser, oder?«

Wilhelm nickte. »Ich glaube aber nicht, dass der die Dinge wesentlich anders sieht. Die meisten Deutschen haben im Moment das Gefühl, nachholen zu müssen, was andere schon lange haben. Kolonien überall auf der Welt zum Beispiel, einen Kaiser für das ganze Reich, eine starke Armee. Sie fühlen sich immer noch im Nachteil gegenüber den anderen, zum Beispiel den Franzosen. Deshalb führen sie sich hier so auf, sie wollen zeigen, dass sie mittlerweile stark genug sind, überall mitzumischen.«

Adèle seufzte. »Lass uns zum Wasser gehen, zu der Schleuse, an der wir früher immer den Schiffen zugesehen haben.«

»Aber – wenn man dich mit mir sieht?«

Sie zuckte die Achseln. »Hier im Dorf wohnen etwa 200 Menschen, alles Bauern, bis auf den Schleusenwärter, den Pfarrer und den Schullehrer. Sie kennen mich von klein auf und wissen, dass Vater mit den Unabhängigen liebäugelt. Das tun hier fast alle. Und dich kennen sie ebenfalls, von früher. Solange uns keine deutschen Polizisten begegnen ...«

Wilhelm sah sie bewundernd von der Seite an. Das zarte kleine Mädchen mit den lustigen Augen, das ihn so viel zum Lachen gebracht hatte wie sonst niemand, war eine selbstbewusste, energische Frau geworden.

»Und wenn schon«, sagte er, »wenn du dir noch eine Mütze aufsetzt, wird dich keiner erkennen.«

»Hab' ich dabei!«, sagte sie und zog eine graue Schiebermütze aus der Hosentasche, die sie sich verkehrt herum auf den Kopf setzte.

Wilhelm zog sie an sich und küsste sie. »Du bist wundervoll, absolut einmalig. Schade, dass meine Schwester dich jetzt nicht sehen kann, sie würde dich glühend beneiden.«

»Wieso?«

»Sie ficht gerade mit unserem Vater erbitterte Kämpfe darüber aus, wie modern sie sich kleiden darf. Vor unserer Abreise nach Togo hat sie es gewagt, eine Hose zu tragen. Er ist fast verrückt geworden darüber.«

»Ich mochte sie immer«, sagte Adèle. »Weißt du, was sie einmal zu mir gesagt hat?« Ohne Wilhelms Antwort abzuwarten, fuhr sie fort: »Wenn Wilhelm nicht mein Bruder wäre, würde ich um seine Hand anhalten. Ich will keinen von diesen Burschen mit den Schmissen im Gesicht, die sich jeden Abend im Studentenverein besaufen. Die haben nichts im Kopf als Pferdemist und ihren Kaiser. Das ist bei Wilhelm anders.«

Sie erreichten den Waldrand und blickten auf den Kanal hinunter, wo gerade ein Lastkahn in die Schleuse einfuhr. Etwas abseits des Kanals zu ihrer Linken lag das Dorf: eine Straße mit wenigen Häusern zu beiden Seiten, in der Mitte auf einer kleinen Anhöhe die Kirche Saint-Jean-Baptiste mit ihrem mittelalterlichen Glockenturm. Wilhelm deutete darauf. »Ich erinnere mich noch, wie wir dort oben waren.«

Sie nickte. »Morgen steigen wir auf den Glockenturm, lass uns jetzt zur Schleuse gehen.«

»Man riecht förmlich, wie kalt das Wasser noch ist«, sagte Adèle, als sie ankamen, bückte sich und steckte einen Finger hinein. »Man kann sich nicht vorstellen, dass wir früher darin geschwommen sind.« Sie zog ihn an der Hand Richtung Schleuse.

»Zwölf Schleusen müssen die Schiffe passieren, um aus den Bergen hierherzukommen«, erklärte Adèle. »Wusstest du, dass schon die alten Ägypter Schleusen auf dem Nil hatten? Ohne die hätten sie die Steine für ihre Pyramiden nicht quer durch das ganze Land transportieren können. Ich würde gern mal nach Ägypten reisen ...«

»Machen wir«, antwortete Wilhelm. »Wir fahren nach Ägypten. Wusstest du, dass die größte Schleuse der Welt nach mir benannt ist? Die Wilhelm-Schleuse in Wilhelmshaven, wo die Hochseeschiffe der deutschen Kriegsmarine auslaufen.«

»Sag nicht dieses Wort«, bat Adèle. »Alle reden davon, als wäre in den Krieg ziehen so etwas wie Einkaufen gehen. Bei uns bedeutet das Wort *guerre* noch etwas anders, nämlich Dürre – alles verdorrt. Wer möchte denn so was?«

Sie blickten durch das Fenster des Häuschens, in das der Schleusenwärter gerade zurückgekehrt war. Er hatte eine Zigarette im Mundwinkel, eine andere qualmte vor ihm im Aschenbecher. Er blickte auf, als er Adèle lachen hörte. Sie deutete auf die zweite Zigarette, und als er merkte, was sie meinte, lachte er ebenfalls und kam heraus. »Adèle!«, rief er und deutete auf ihre Hose, »immer noch in diesem Aufzug? Eigentlich könntest du gleich auf dem nächsten Kahn anheuern. Da kommt schon wieder einer ...«

Ein weiteres Schiff näherte sich der Einfahrt. Der Schleusenwärter tippte grüßend an seine Mütze, nickte in Richtung Wilhelm und ging dem Schiff auf der Brüstung der Schleuse entgegen. »Geben Sie acht auf Adèle!«, rief er, ohne sich umzudrehen, und schnippte die Zigarettenkippe ins Wasser. »Sie ist die beste Partie im Ort ...«

*

Am nächsten Tag war der Himmel wolkenlos. Adèle und Wilhelm hatten beschlossen, den Ausblick vom Glockenturm zu genießen, und waren deshalb zu Fuß zu ihrem Treffpunkt in die Burgruine gekommen. »Mein Vater ist heute Morgen erst zurückgekommen«, berichtete sie. »Er war gestern Abend bei einer Versammlung und sagte mir nur, es habe Probleme gegeben. Ich weiß nicht, was dort vorgefallen ist. Er hat sich sofort schlafen gelegt, es war, als wollte er mir aus dem Weg gehen.«

»Vielleicht gefiel ihm dein Aussehen nicht?«, sagte Wilhelm grinsend und sah an Adèle herunter. Sie trug ein blaues Kleid mit breitem Kragen, flache Schuhe – und einen kleinen, weißen Hut auf dem Kopf.

»Ich mag diese Verkleidungsspiele nicht mehr«, erklärte sie. »Immer heißt es, wir müssen vorsichtig sein, niemand darf uns erkennen – ich will das alles nicht mehr ...«

Die Tür zur Kirche stand offen. Sie gingen hinein. Zwei alte Frauen saßen auf den Bänken, ins Gebet vertieft. Auf Zehenspitzen gingen sie zur Seitentür, die zur Treppe des Glockenturms führte. Wilhelm stieg als Erster die Stufen der schmalen, eisernen Wendeltreppe hinauf. Adèle folgte ihm und hielt sich an seiner Jacke fest. Sie waren außer Atem, als sie oben ankamen – und die Tür zum Glockenraum verschlossen fanden.

Im selben Moment fiel unten mit einem lauten Knall die Tür, durch die sie den Turm betreten hatten, ins Schloss. Es wurde dunkel um sie. Sie hielten den Atem an, Adèle drückte sich an Wilhelm, der einen Arm um sie legte. »Es ist kalt«, sagte sie leise, »lass uns versuchen runterzugehen.«

»Wir werden stürzen«, erwiderte er, »ich sehe nichts, auch nicht die Stufen.« Adèle schwieg. Wilhelm setzte sich vorsichtig auf die oberste Stufe und zog Adèle zu sich.

So saßen sie, ohne ein Wort zu sagen und hörten auf ihren eigenen Atem. Es kam ihnen wie eine Ewigkeit vor, als schließlich unten die Tür geöffnet wurde. »Kommen Sie herunter!«, befahl eine Stimme. »Sofort! Sonst schicken wir die Hunde rauf!«

Es war eine deutsche Stimme, der Mann sprach zwar französisch, aber der Akzent war unverkennbar. Langsam stiegen sie die Steinstufen hinab, diesmal ging Adèle voran. Kaum hatten sie die Türöffnung erreicht, griffen mehrere Hände nach ihnen und rissen sie auseinander. Adèle schrie erschrocken auf, Wilhelm stöhnte, weil seine Schulter unsanft gepackt wurde. Es waren geübte Griffe, die ihn von hinten umklammerten. Eine Minute lang geschah nichts, dann hörte Wilhelm das Hecheln von Hunden. Seine Augen hatten sich an das milchige Licht der Kirche gewöhnt, und er erkannte einen dicken, kleinen Mann in der Uniform der deutschen Militärpolizei, der zwei Hunde an der Leine führte, die ihn vor Erregung beinahe umrissen. »Ah, da sind Sie ja«, sagte der Mann scheinbar jovial. »Wir haben uns schon große Sorgen um Sie gemacht – nicht auszudenken, wenn Sie vom Turm gefallen wären ...!«

Er blickte zwischen Adèle und Wilhelm hin und her, seine Miene verriet wachsende Verwirrung. »Loslassen!«, knurrte er dann zu den Polizisten, die Wilhelm und Adèle festhielten. »Darf ich fragen, wer Sie sind und was Sie hier machen?«

Wilhelm erkannte blitzschnell die Gunst des Augenblicks. »Ich glaube, das sollte ich Sie fragen«, sagte er scharf. »Wie kommen Sie dazu, einen deutschen Offizier so zu behandeln? Wie war doch gleich Ihr Name ...?!

»Feldwebel Knaup!«, antwortete der Mann und knallte die Hacken zusammen. »Feldjäger, 2. Bataillon Elsass-Lothringen!«

»Von Schwemer«, sagte Wilhelm, »Leutnant des 4. Husarenregiments. Und dies ist meine Schwester, wir sind aus Berlin angereist, um uns auf unserem Landgut zu erholen. Was haben Sie mir zu erzählen?«

»Ich bin untröstlich«, antwortete der Feldwebel und zerrte an den Leinen der Hunde, die sich auf ihre Hinterläufe setzten und interessiert die Fremden ansahen. »Wir erhielten Hinweise auf gesuchte Widerständler. Sie müssen wissen, hier in der Gegend braut sich etwas zusammen ... ich hatte Befehl ...«

»Schon gut«, fiel Wilhelm ihm ins Wort, klopfte dem Mann auf die Schulter und sagte: »Wir tun alle nur unsere Pflicht. Schwierige Zeiten! Trotzdem guten Tag.«

Damit reichte er Adèle seinen Arm, und die beiden schritten an den drei Männern vorbei zum Ausgang der Kirche. Wilhelm blieb noch einmal kurz stehen und sagte über die Schulter nach hinten: »Wenn Sie bitte veranlassen könnten, dass die Plattform auf dem Glockenturm geöffnet wird – wir würden sehr gern bei Gelegenheit die Aussicht von dort oben genießen. Das Wetter ist ideal dafür …« Dann traten sie hinaus in den Sonnenschein. »Nicht umdrehen und nicht stehen bleiben«, sagte Wilhelm leise mit seinem charmantesten Lächeln zu Adèle.

Als sie die Auffahrt zum Gutshaus erreichten und Adèle so schnell wie möglich zum Haus ihres Vaters laufen wollte, hielt Wilhelm sie am Arm zurück. »Verhalte dich unauffällig, geh ganz ruhig, als ob du den herrlichen Frühlingstag genießt. Und wenn du in eurem Haus bist, folge ich und gehe zum Haus meiner Großeltern. Wir sehen uns morgen wieder.«

Die Mütze

Helène war überrascht, Wilhelm schon zur Mittagszeit zurückkommen zu sehen. »Ich wunderte mich heute morgen schon, dass du ohne Pferd aufgebrochen bist«, rief sie aus der Küche. »Du kommst gerade rechtzeitig zum Essen. Großmutter sitzt schon am Tisch, mach dich schnell frisch.« Wilhelm war froh, dass sie ihn nicht ansah, und ging auf sein Zimmer.

Helène hatte Choucroute gemacht, Sauerkraut mit Würsten, das elsässische Nationalgericht, das Großmutter früher meisterlich zubereitet hatte und das Wilhelms Leibspeise gewesen war. Sie pflegte es zur Begrüßung am Tag der Ankunft und zum Abschied, wenn die Heimfahrt der Familie nach Berlin bevorstand, zu servieren. Heute saßen nur zwei Personen an dem großen Esstisch, den Helène liebevoll eingedeckt hatte: sie selbst und die Großmutter. Der Platz am Kopf des Tisches war für Wilhelm freigehalten, ein Gedeck für den Großvater lag neben dem der Großmutter. Wilhelm wollte gerade Platz nehmen, als die Großmutter auf die Sitzfläche des Stuhles neben sich klopfte und sagte: »Wieso kommst du nicht zu mir? Was willst du denn auf Richards Platz?« Wilhelm zögerte einen Moment, dann setzte er sich auf den Stuhl neben seiner Großmutter, die seine Hand ergriff. »Schade, dass die Kinder heute schon wieder abreisen müssen, nicht wahr? Aber auch die schönsten Ferien sind irgendwann vorbei, so ist das nun mal. Ihr werdet schon sehen, die Zeit bis zu eurer Wiederkehr vergeht wie im Flug. Weihnachten sehen wir uns erst mal bei euch in Berlin wieder.«

Wilhelm sah zu seiner Mutter hinüber, die sich darauf konzentrierte, Sauerkraut auf Wilhelms Teller zu schöpfen. »Nein! Nicht die fette Wurst, nur die magere bitte!«, rief die Großmutter. »Antoine hat wieder dieses Sodbrennen in den letzten Tagen, nicht wahr, mein Lieber?« Dabei tätschelte sie Wilhelms Hand. »Aber das wird schon wieder«, fügte sie hinzu, »die Tropfen von Dr. Landrú haben noch immer geholfen.«

Sie strahlte Wilhelm an. »Und den Rotwein reduzieren wir auch etwas, dann ist dein Hals bald wieder wie neu!« Dann machte sie sich hungrig über ihr Essen her. Wilhelm versuchte erneut, Blickkontakt zu seiner Mutter herzustellen, aber die starrte angespannt auf ihren Teller und schob das Sauerkraut von einer Seite zur anderen. Wilhelm kaute unbehaglich auf einer der kleinen, stark gepfefferten Würste herum. Einerseits rührte ihn die alte Frau, andererseits wusste er nicht, wie er auf ihre Verwirrtheit reagieren sollte. Er legte eine Hand auf ihren Arm. »Großmutter …«, sagte er, »dieses Essen ist jedes Mal wieder himmlisch, es gibt niemanden, der …«

»Warum nennst du mich so?« Langsam wandte sie ihm ihr Gesicht zu, ihre Augen verrieten Panik. »Antoine, wo bist du?«, sagte sie leise. »Was ist mit dir, du siehst so …« Ihr Oberkörper schwankte, dann sackte sie in sich zusammen, fiel langsam gegen Wilhelms Schulter und rutschte auf seinen Schoß, wo sie still liegen blieb.

Wilhelm blickte auf sie herunter, dann sah er zu seiner Mutter. Tränen liefen über ihr Gesicht.

*

Der Friedhof von Lagarde war zu klein, um sämtliche Trauergäste aufzunehmen. Zuvor, in der Kirche, waren alle Dorfbewohner erschienen, um der Trauerfeier für Madame d'Alsace beizuwohnen. Sie und ihr Mann waren jahrzehntelang die Honoratioren des Ortes gewesen. Auch ohne ein offizielles Amt wie das des Bürgermeisters zu bekleiden, war Antoine d'Alsace eine Instanz gewesen, jemand, den man aufsuchte, wenn es Streit zu schlichten gab, wenn man Rat suchte. Selbst mit privaten Problemen ging man zu Antoine und Camille – trotz allen Respekts sprach jeder im Dorf sie mit Vornamen an – und konnte stets ihrer Aufmerksamkeit sicher sein und einen guten Rat mitnehmen.

Die Zeit hatte nicht gereicht, um die Familie aus Berlin anreisen zu lassen, zumal sich Richard nach wie vor in Togo aufhielt. Als Helène und Wilhelm nebeneinander vor dem offenen Grab der Großmutter standen, gleich neben der Grabstelle des Großvaters, auf der immer noch verwelkte Blumen lagen, und zusahen, wie ein Dorfbewohner nach dem anderen herantrat, um eine Schaufel Erde auf den Sarg zu werfen, spürte Wilhelm zum ersten Mal in seinem Leben ein Gewicht auf seinen Schultern. Er fühlte etwas, was er nicht kannte und was ihn schaudern ließ. Zum zweiten Mal in kurzer Zeit wohnte er einer Beisetzung bei, wobei die in Togo von den fremdartigen Eindrücken geprägt war, die ihn mehr irritiert als belastet hatten. Jetzt verspürte er zum ersten Mal den Anflug eines Gefühls von Endlichkeit, das auf ihm lastete.

Wilhelm wünschte sich, Adèle wäre bei ihm. Er reckte seinen Hals und suchte mit den Augen nach ihr, blickte über den Friedhofszaun auf die Menschen, die noch draußen warteten. Er sah sie erst, als er die Suche schon aufgeben wollte: Adèle und ihr Vater standen unmittelbar vor ihm und Helène, Monsieur Printemps in einem schwarzen Anzug mit Krawatte, Adèle trug einen grauen Mantel und ein Kopftuch. Beide hielten den Kopf gesenkt, als sie auf Helène zutraten und ihr die Hand gaben. Monsieur Printemps murmelte etwas auf Französisch, was Wilhelm nicht verstand, Adèle machte einen Knicks und schwieg. Stattdessen hielt sie lange Helènes Hand, hob dann den Kopf und sah ihr in die Augen. Es schien eine Ewigkeit zu dauern. Auch Monsieur Printemps bemerkte es, wandte sich aber zu Wilhelm, um ihm zu kondolieren. »Eine Frau wie Ihre Großmutter hätte wohl jeder gern in seiner Familie. Sie war wunderbar, die Letzte einer außergewöhnlichen Familie. Mein Beileid!«

Als Adèle vor Wilhelm trat und ihm die Hand reichte, wandte sich seine Mutter bereits dem nächsten Trauergast zu. Wilhelm konnte ihr Gesicht nicht sehen.

*

Die Abreise war für Montag geplant. Am Wochenende nach der Beerdigung der Großmutter sah das alte Gutshaus so viele Gäste wie schon lange nicht mehr. Freunde und entfernte Verwandte der Familie d'Alsace, die es nicht rechtzeitig zu Trauerfeier geschafft hatten, gaben sich die Klinke in die Hand. Rogér, der Hausdiener, war aus seinem Urlaub zurückgekommen – er wohnte ohnehin in Lagarde – und verbreitete mit seiner gravitätischen Art die dem Anlass angemessene Würde. Er war fast so alt wie die Großmutter selbst gewesen war – Anfang achtzig – und kannte alle Gäste seit langer Zeit. Helène hatte ihn gebeten, sich in den kommenden Monaten um das Haus zu kümmern, wenn sie nach Berlin gereist sein würde. Er hatte sich sofort dazu bereit erklärt.

Als am Sonntag die letzten Gäste gegangen waren, saßen Helène und Wilhelm im Kaminzimmer schweigend zusammen. Wilhelm sah seiner Mutter die Erschöpfung an. Sie trug bereits ihr Reisekleid, die Koffer standen in der Halle bereit. So war es immer schon gewesen: Wenn eine Reise oder ein Familienausflug bevorstand, war sie als Erste aufbruchsfertig. Ein Umstand, der bei Richard von Schwemer nicht selten zu Unmut führte, denn er war stets der Letzte und hasste es, zur Eile angetrieben zu werden. Wilhelm hatte noch nicht zusammengepackt, seine Kleidung würde er am nächsten Morgen in seinen Reisekoffer tun, er hatte noch nie viel Zeit dafür gebraucht. In Wahrheit schob Wilhelm diese Aufgabe so weit wie möglich von sich, um den Gedanken, Lagarde und Adèle verlassen zu müssen, zu verdrängen. Helène schien nichts davon zu ahnen, sie nickte aufmunternd, als er sagte, die letzten Tage hätten ihn sehr mitgenommen und er würde jetzt gern noch einen Spaziergang zum Friedhof machen.

»Geh nur, du hast in diesen Wochen so viel erlebt wie andere in ihrem ganzen Leben nicht.«

»Danke«, sagte Wilhelm und verbeugte sich knapp. »Sie können ruhig schon schlafen gehen, Sie brauchen nicht auf mich zu warten.«

Sie nickte und sah geistesabwesend in die kleiner werdende Flamme des Kaminfeuers. »Um neun kommt die Kutsche, Rogér bereitet uns vorher ein Frühstück. Er wird uns auch Reiseproviant zusammenstellen.«

*

Der Friedhof befand sich am nördlichen Ausgang des Dorfes oberhalb des Kanals, die Abendnebel krochen über den Boden und bedeckten die verwitterten Grabsteine, als Wilhelm die eiserne Pforte öffnete. Sie quietschte leise, als er sie langsam hinter sich schloss und den Pfad zum Grab seiner Großmutter ging. Es war nicht zu verfehlen, Blumen und Kränze lagen auf der frisch aufgeschütteten Erde. Wilhelm sah seine Großeltern vor sich, wie sie Hand in Hand die große Treppe ihres Hauses herunterkamen, um die Ankömmlinge aus Berlin zu begrüßen. Er hörte das Gelächter der Essensgäste, wenn der Großvater Geschichten aus dem Dorf zum Besten gab, die sich seit dem letzten Besuch der »Berliner« zugetragen hatten. Er sah seine glücklichen Augen, wenn er Helène einen Arm um die Taille legte, um mit ihr durch den Blumengarten hinter dem Haus zu gehen. Wilhelm hätte gern gehört, was er seiner Tochter in solchen Momenten erzählte. Wilhelm wusste, dass seinem Vater die innige Beziehung der beiden Rätsel aufgab. »Ein schönes Paar«, kommentierte Richard von Schwemer hin und wieder das Bild.

Wilhelm kniete vor dem Grab, schloss die Augen und legte eine Hand auf die kühle Erde, um seiner Großmutter adieu zu sagen, als er leise Schritte näher kommen hörte. Er brauchte sich nicht umzudrehen. Er wusste, dass sie es war.

»Glaubst du, sie hätte uns ihren Segen gegeben?«, fragte Adèle nach einer Weile, kniete sich neben Wilhelm und ließ Erde durch ihre Finger rieseln. Wilhelm wandte sich ihr zu. Sie trug wieder die Jungenkleidung, das kurze Haar stand noch wirrer vom Kopf ab als sonst. Er nickte. Er liebte sie in diesem Augenblick mehr denn je, sie verkörperte für ihn alles, was er mit Lagarde verband: Freiheit, Zukunft, Hoffnung.

»Es gibt wohl wenig Hoffnung«, sagte sie und blickte versonnen auf das Grab, dass in der rasch fortschreitenden Dunkelheit kaum noch zu sehen war.

»Wofür?«

»Für alles. Für Frieden und Gerechtigkeit, für dein Land, für mein Land, für dich und mich. Für die Menschen überhaupt, für die Zukunft ...«

»Wir haben Frieden. Und wir haben uns.« Er streckte seine erdige Hand nach ihr aus, und sie ergriff sie. »Brauchen wir eine Zukunft?«, fragte er.

»Heute nicht.«

*

Der Morgen war hektisch. Rogér hatte ein schnelles Frühstück bereitet, die Kutsche war früher vorgefahren als bestellt, die Kutscher standen wartend in der Halle herum. Die stets pünktliche Helène konnte Überpünktlichkeit bei anderen nicht ertragen, es machte sie nervös. So lief sie ständig von einem Raum zum andern, um sich abzulenken. Als sie in Wilhelms Zimmer trat, um zu sehen, ob das Gepäck endlich nach unten gebracht worden war, erstarrte sie. Vor ihr stand, ihr den Rücken zuwendend, eine schwarz gekleidete Gestalt in schweren Stiefeln und machte sich an Wilhelms Reisetasche zu schaffen. Wie angewurzelt beobachtete Helène, wie sie ihre Mütze abnahm, den Verschluss der Reisetasche öffnete, die Mütze zusammen mit einem Brief hineinlegte, sie dann wieder schloss, sich aufrichtete und seufzte. Dann drehte sie sich um und blickte Helène unmittelbar in die Augen.

Adèle musste Helènes Erscheinen schon vorher gespürt haben, ihr war kein Erschrecken anzumerken – im Gegensatz zu Helène, die vor Überraschung immer noch kein Wort herausbrachte. »*Bon voyage, Madame*«, sagte Adèle, als sie auf Helène zuging, »*mes meilleurs vœux*.« Dann verließ sie ohne Eile den Raum, nicht ohne einen angedeuteten Knicks zu machen, als sie dicht an Helène vorbeiging.

Helène hatte wenig Zeit, ihre Fassung zurückzugewinnen, denn kaum war Adèle aus dem Zimmer, polterten die beiden Kutscher herein, um die Gepäckstücke zu holen. Helène trat ans Fenster und sah Adèle nach, die im Haus ihres Vaters verschwand. Als sie sich schließlich umdrehte, erschrak sie erneut. Wilhelm stand im Türrahmen. »Es ist alles verstaut, Mutter, wir können fahren.«

Helène sah ihn prüfend an – er musste das Mädchen gesehen haben! Wilhelm war schließlich die ganze Zeit im Haus gewesen, hatte unten in der Halle die Abreisevorbereitungen beaufsichtigt. Sie wollte ihn danach fragen, spürte jedoch, dass sie immer noch zu erregt war, um ruhig zu sprechen. »Was ist, Mutter, geht es Ihnen nicht gut?«

Sie riss sich zusammen, schüttelte den Kopf und sagte mit belegter Stimme: »Zu viele Erinnerungen. Das Haus ist voll davon.« Damit bot sie ihren Arm an, den Wilhelm ergriff, um seine Mutter die Treppe hinunter und zur Kutsche zu führen.

Während der holprigen, unruhigen Fahrt sagte Helène wenig, Wilhelms Versuche, Konversation zu machen, fruchteten nicht. Erst als sie im Bahnhof Nancy ihr Abteil betreten hatten und der Zug Fahrt aufgenommen hatte, holte sie tief Luft. »Wir haben jetzt achtzehn Stunden Zugfahrt vor uns, da können wir über dies und jenes reden und so tun, als wäre nichts geschehen. Wäre dir das lieber?«

Wilhelm war irritiert. »Lieber als was?«

»Als darüber zu reden, was jetzt wichtig ist.«

»Und was ist wichtig?«

Sie beugte sich vor. »Dass du dir über deine Zukunft klarwirst«, sagte sie leise, »und ein paar Dinge begreifst.«

Wilhelm antwortete nicht.

»Jetzt machst du wieder dieses Kleiner-Junge-versteht-nicht-was-die-Mutter-meint-Gesicht. Du weißt genau, dass ich dir dann nicht böse sein kann, nicht wahr?«

»Warum sollten Sie mir böse sein?«

Sie seufzte. »Böse ist vielleicht nicht das richtige Wort«, erwiderte sie, »besorgt sollte ich besser sagen. Ich habe sie heute Morgen in deinem Zimmer angetroffen.«

»Wen?«

Sie deutete auf Wilhelms Reisetasche. »Sieh hinein.«

Wilhelm erhob sich, nahm die Tasche aus dem Gepäcknetz, stellte sie neben sich auf den freien Sitz und öffnete sie. Adèles graue Schirmmütze lag unübersehbar obenauf.

Wilhelm ließ sich schwer in seinen Sitz fallen. »Den Brief liest du besser erst, wenn ich nicht dabei bin«, sagte Helène. Dann holte sie tief Luft und fuhr fort: »Kennst du die Geschichte, wie ich deinen Vater kennengelernt habe?« Ohne eine Antwort abzuwarten, fuhr sie fort: »Einige Jahre nachdem die Deutschen Elsass-Lothringen besetzt hatten, fuhren Gruppen von deutschen Beamten von Dorf zu Dorf, die mit den Grundbesitzern über Entschädigungen verhandeln sollten. Entschädigungen dafür, dass in ihren Häusern nun leider Deutsche einziehen würden. Man kam auch zum Haus meiner Eltern. Sie benahmen sich erstklassig, tranken den Wein des Hauses, bedankten sich artig für die Zigarren, die gereicht wurden. Aber es stand außer Zweifel, dass es kein Freundschaftsbesuch war.«

»Bist du dabei gewesen?«, fragte Wilhelm, der mit großen Augen zuhörte.

Helène ging nicht darauf ein, sondern fuhr fort: »Eines Tages war ein neues Mitglied in der Delegation der Deutschen. Er stellte sich als Richard von Schwemer vor und sagte, er sei der neue Delegationsleiter und habe uns die Mitteilung zu machen, dass derzeit kein Raumbedarf für deutsche Umsiedler bestünde, man könne sich vor weiteren Belästigungen sicher fühlen. Er hatte damals noch keinen dicken Bauch, weißt du, und er hatte dichtes, schwarzes Haar. Was mir am meisten an ihm auffiel, war seine Stimme. Sie war sanft, nicht unbedingt leise, hatte aber nicht diesen Befehlston der meisten anderen Deutschen, die wir zu jener Zeit kennenzulernen die Ehre hatten. In seiner Stimme klang so eine Wehmut, ein Sehnen, ich weiß nicht, wonach. Er wirkte wie ein großer Junge, der Schutz suchte. Das war es wohl, worin ich mich verliebte. Nun guck nicht so – ja, ich habe mich in einen Besatzer verliebt. Meine Eltern hatten glücklicherweise Verständnis. Und so konnten dein Vater und ich heiraten.«

Helène deutete auf den Platz neben sich. »Komm her«, sagte sie, und als Wilhelm neben ihr saß, legte sie eine Hand auf die seine. »Ich verstehe besser, als du glaubst, was das Mädchen für dich bedeutet. Deshalb habe ich dir diese Geschichte erzählt. Trotzdem ist es nicht dasselbe. Dein Vater war damals keiner anderen versprochen, und ich – ich gehörte nicht irgendeiner Untergrundbewegung an und musste mein Haar unter Männermützen verbergen. Ich kann dich nur inständig bitten: Vergiss sie, wenn wir in Berlin sind, vergiss Lagarde, vergiss all die Dinge, die dort vor sich gehen, sie haben mit unserem Leben nichts zu tun. Dein Leben hält anderes für dich bereit, und du hast es bereits akzeptiert. Du hast Charlotte das Eheversprechen gegeben, und sie ist verliebt in dich. Sie ist ein sehr nettes Mädchen. Und eure Heirat ist gut für beide Familien. Wenn dein Vater und ich nicht sicher gewesen wären, dass ihr glücklich miteinander sein könntet, hätten wir die Ehe nie arrangiert. Dafür wissen wir zu gut, was es heißt, verliebt zu sein. Auch wenn es eine Weile her ist …«

Sie zog Wilhelm zu sich heran. »Die Zeiten sind andere als damals, als dein Vater und ich uns kennenlernten. Und wenn dich das alles nicht überzeugt, dann denk daran: Du könntest zu einer Gefahr für das Mädchen werden, und das möchtest du doch sicher nicht.« Sie sah ihn ernst an. »Und jetzt gehe ich auf den Gang, damit du ungestört ihren Brief lesen kannst. Ich würde es begrüßen, wenn du ihn vernichtest hast, bevor wir Berlin erreichen.«

Als Helène zehn Minuten später wieder das Abteil betrat, sagte sie in heiterem Tonfall: »In einer Woche wird dein Vater aus Togo zurückkehren. Ich habe vor zwei Tagen einen Brief von ihm erhalten, in dem er mich bittet, ein Festessen mit den von Doerings vorzubereiten. Charlotte kann es nicht erwarten, dich wiederzusehen. Deine Heldentaten haben sich herumgesprochen – sie himmelt dich an.«

Wilhelms Hand drückte die Mütze, die in seiner Hosentasche steckte.

4. Berlin

Frauen

Elisabeth fühlte sich wie in Kindertagen, wenn sie befürchtete, von ihren Eltern ertappt zu werden. Zum Beispiel, wenn sie heimlich eines der Karl-May-Bücher las, die den Brüdern vorbehalten waren, oder wenn sie auf dem Heimweg von der Höheren-Töchter-Schule beim Bäcker an der Ecke für fünf Pfennige eine Punsch-Schnitte kaufte – »Sozi-Kuchen«, den sie liebte und der im Hause Schwemer nicht auf den Tisch kam. Jetzt, im Kreise der Frauen, die erwartungsvoll der Dinge harrten, die da kommen sollten, hatte sie natürlich nichts Derartiges zu befürchten, dennoch blickte sie sich hin und wieder vorsorglich um.

Eine Frau im weißen Kleid und mit weißem Strohhut saß vor dem Fenster im Erkerzimmer der geräumigen Wohnung, in der der Berliner Frauenverein sich einmal im Monat traf. Anita Augspurg sprach zu den Anwesenden über Unerhörtes – es trieb Elisabeth die Röte in die Wangen, dennoch wollte sie unbedingt mehr darüber erfahren: Das »Recht der Frau am eigenen Körper und der Anspruch auf eine eigene Sexualität« waren heute Thema der Vorsitzenden des »Verbandes der Frauenverbände in Deutschland«. Allein dieses Wort ließ Elisabeth erschauern – Sexualität …

Elisabeth hatte es ihrer besten Freundin Friderike von Wagenbach zu verdanken, dass sie hier war. Immer wieder hatte sie sie ermuntert, endlich einmal mitzukommen, jetzt hatte sie sich einen Ruck gegeben, und gleich beim ersten Mal stand eine Diskussion mit der prominentesten deutschen Frauenrechtlerin auf der Tagesordnung. Elisabeth bewunderte Friderike für die Selbstsicherheit und die Selbstverständlichkeit, mit der sie sich unter diesen Frauen bewegte – Frauen, die allesamt in offener Opposition zur vorherrschenden Meinung darüber standen, was und wie Frauen zu sein hatten.

Vor Beginn des Vortrags hatte man gemeinsam Tee getrunken und geplaudert, Friderike hatte Elisabeth den anderen Frauen vorgestellt. Man hatte sie aufgenommen wie eine alte Bekannte. Nachdem Anita Augspurg den Raum betreten und reihum die Anwesenden begrüßt hatte – es waren mindestens fünfzig, so schätzte Elisabeth –, herrschte eine erwartungsvolle, ausgelassene Stimmung. Als Elisabeth der großgewachsenen Frau vorgestellt wurde, hatte sie für eine Sekunde das Gefühl, ihr Vater beobachte sie aus einer Ecke des Raumes, und sie wünschte sich ganz weit weg. Aber als sie den festen Händedruck spürte, fühlte es sich gut und richtig an. »Ich habe auf Sie gewartet«, sagte Anita Augspurg strahlend zu Elisabeth, die ihre Verblüffung nicht verbergen konnte. Augspurg lachte: »Nein, nein, nicht persönlich auf Sie, aber darauf, dass endlich auch junge Frauen zu unserem Kreis stoßen und nicht nur diese alten Schachteln, die immer schon dabei sind.« Ihre Augen blitzten in die Runde, als sie hinzufügte: »Lauter alte Weiber, die die fünfundzwanzig schon hinter sich und immer noch keinen Mann abbekommen haben!« Ein vielstimmiges »Oh! Oh! Oh!« erscholl im Raum, das in befreites Gelächter überging. Elisabeth spürte, dass sie genau dort war, wo sie immer schon hingewollt hatte. Ihr war fast schwindelig vor Glück.

»Ich weiß nicht, ob alle von euch die Rede des Kaisers kennen, die er zum sogenannten ›Tag der Frauen‹ seinen Untertanen ins Stammbuch geschrieben hat«, begann Anita Augspurg ihre Rede, nachdem man sich gesetzt hatte. »Wer sie kennt, möge mir verzeihen, sie erneut ertragen zu müssen. Wer sie nicht kennt, sollte aber erfahren, welch ein Brei in diesem Hirn unter der goldenen Pickelhaube wabert.« Einige quietschten vor Vergnügen auf. »Also, der große Mann ist der Meinung, wir Frauen sollten lernen, dass unsere Aufgabe nicht auf dem Gebiet des Versammlungswesens und Vereinswesens liegt, nicht in den Bereichen von vermeintlichen Rechten, in denen wir es den Männern gleichtun können, sondern in der stillen Arbeit im Hause und in der Familie. So hat er wörtlich gesagt.« Sie blickte in die Runde und hob die Hand, um aufkommende Unmutsäußerungen zu unterbinden. »Spart euch eure Kommentare, es kommt nämlich noch besser. Er hat sich noch einen besonders tollen Satz einfallen lassen. Der lautet: Echte Männlichkeit für den Mann, echte Weiblichkeit für die Frau. Was er darunter versteht, muss ich wohl nicht erst erläutern, oder?«

»Doch«, riefen einige, »man kann es gar nicht oft genug hören!«

Die Referentin wartete, bis wieder Ruhe eingekehrt war. »Liebe Freundinnen, ich bin die Letzte, die einer glücklich verheirateten Frau ihren Gatten schlechtreden will. Dummerweise kenne ich keine glücklich verheiratete Frau. Und das liegt nicht an mir. Auch nicht an den Frauen. Sondern an Männern wie unserem lieben Wilhelm, der Gesetze macht, in denen steht, was er unter echter Weiblichkeit versteht: Wir dürfen keiner Partei beitreten, kein eigenes Geld haben, keine Arbeit annehmen ohne die Erlaubnis des Ehemannes, wir dürfen nicht selbst unsere Kinder zur Schule anmelden. Wir sind nicht einmal berechtigt, über unseren Körper selbst zu entscheiden: Der Mann bestimmt, wie viele Kinder er will und wann. Das ist sein kaiserlich verbrieftes Recht!«

Jetzt herrschte eine so aufmerksame Stille im Raum, wie Elisabeth sie noch nie erlebt hatte. »Dass die Männer in der Politik immer nur unter sich sind, haben wir ihnen zum Teil ja schon ausgetrieben: Immerhin dürfen wir seit neuestem als Zuhörer ins Parlament!«, rief die Rednerin. »Ist das nicht großartig – als Zuhörer!! Aber es schmeckt ihnen natürlich überhaupt nicht, wenn wir dabei sind, das ist klar. Sie würden am liebsten immer unter sich sein. Bis auf eins: Ich habe noch nie gehört, dass sie uns auch im Ehebett nicht dabeihaben wollen. Aber natürlich beanspruchen sie auch dort die alleinige Führerschaft, so als ginge es uns im Grunde gar nichts an, als wären wir gar nicht dabei …«

Augspurg hob die Hand, um erneutem Gelächter Einhalt zu gebieten, und fuhr fort: »Ich weiß, es tut gut, sich die Angst und Wut von der Seele zu lachen. Und die meisten von uns haben Angst vor ihnen. Berechtigte Angst. Denn so lächerlich sie in ihrer Eitelkeit und Dummheit sind, so gefährlich und rücksichtslos sind sie, wenn nicht alles sofort nach ihrem Willen geht. Ihr großes Idol hat es auf den Punkt gebracht: Man soll mich nicht lieben, man soll mich fürchten, hat Wilhelm gesagt. Wer mir nicht gehorcht, den zerquetsche ich. Ja, liebe Freundinnen, das ist die Haltung, vor der sie strammstehen und die sie zu imitieren versuchen, all diese Männchen in ihren Paradeuniformen. Man muss sich nur mal anhören, wie sie jetzt überall herumtönen, dass man dem Franzmann endlich zeigen müsse, wer der Herr im Haus ist, und selbstverständlich gehen alle davon aus, dass es nur noch eine Frage von Wochen ist, bis es endlich, endlich zum großen Krieg kommt! Man könnte das als weiteres Zeugnis ihrer Beschränktheit abtun, wenn es nicht so gefährlich wäre. Wenigstens hat der Kaiser eine Mutter, die ihm ab und an die Ohren langzieht. Schade, dass wir die nicht in unserer Runde begrüßen dürfen.«

Nun kam sie auf das eigentliche Thema des Nachmittags zurück: »Die meisten Frauen sind, was Intimität betrifft, unmündig wie Kinder. Im Grunde müsste Sexualität in der Ehe verboten werden wegen Unzucht mit Unmündigen.« Und dann sprach Anita Augspurg über etwas, wovon Elisabeth noch nie gehört hatte: Gummis, mit denen die Frauen selbst bestimmen können, ob und wann sie schwanger werden – »endlich mal eine Erfindung, die auch uns etwas bringt!«

Natürlich gäbe es so etwas nicht bei Wertheim oder im Kaufhaus des Westens, man müsse sich da schon ein wenig informieren, sie habe deshalb auf einem Zettel Adressen von Händlern vermerkt, die diese Produkte verkaufen. »Und hier in Berlin gibt es Hausierer, die neben ihren Kolonialwaren auf Nachfrage auch Gummiwaren bereithalten«, sagte Anita Augspurg. »Man muss nur diskret danach fragen.«

*

»Hast du schon mal von so etwas gehört?«, fragte Elisabeth ihre Freundin, als sie mit der Straßenbahn auf dem Heimweg waren.

Friderike nickte. »Aber gesehen hab' ich es auch noch nicht. Beim nächsten Treffen wird Anschauungsmaterial mitgebracht.«

Sie standen auf der Außenplattform, die warme Luft des Maitages mischte sich mit dem Duft des Pferdes, das den Waggon zog. »Aber lass uns jetzt nicht weiter darüber reden«, sagte Friderike und deutete mit einem Nicken des Kopfes hinter sich, »der Feind hört mit …«

Eine Gruppe junger Männer in den Uniformen ihrer studentischen Verbindung stand hinter ihnen. Als Elisabeth sich nach ihnen umsah, rissen sie ihre Mützen vom Kopf und verbeugten sich. Elisabeth und Friderike kicherten, stiegen an der nächsten Haltestelle aus und verabschiedeten sich voneinander. Sie mussten den Rest des Heimwegs in verschiedene Richtungen gehen.

*

Als Elisabeth zu Haus eintraf, stutzte sie: Im Salon war nicht wie sonst um diese Zeit der Tisch für das Abendessen gedeckt. Albert, der Hausdiener, bemerkte ihren Blick und sagte leise: »Sophie erwartet sie in der Küche, Madame.«

Am Küchentisch saß die Haushälterin und hatte den Kopf in beide Hände gestützt. Als Elisabeth eintrat, erhob sie sich und strich die Schürze glatt. »Wir haben ein Problem«, sagte sie, ohne eine Begrüßung abzuwarten. »Zwei – genauer gesagt.«

Elisabeth setzte sich auf die Küchenbank, und Sophie schob ihr einen Brief hin. »Sie kommen bereits in drei Tagen nach Haus.« Elisabeth nahm den Brief aus dem Kuvert und las ihn. Ihre Augen weiteten sich beim Lesen. »Großmutter ist tot«, sagte sie leise, die Köchin nickte mitfühlend. »Und Mutter bittet uns, das Haus für Vaters Rückkehr vorzubereiten.« Elisabeth sah Sophie an. »Nächste Woche sind also alle wieder hier. Dann müssen die Handwerker einen Schlag zulegen, damit die Terrasse bis dahin fertig wird. Wie weit sind die eigentlich?«

Sophie zuckte resigniert mit den Schultern. »Egal«, antwortete sie dann, »nun müssen sie eben spätestens am Wochenende fertig werden. Es wäre nett, wenn Sie es dem Herrn Bauleiter sagen. Ich bin für ihn ja nur die Köchin.«

Elisabeth nickte, beugte sich vor und legte ihr eine Hand auf den Arm: »Und das zweite Problem?«

»Luise«, sagte die Haushälterin, »sie bekommt ein Kind.«

Elisabeth rutschte auf der Sitzbank nach vorn. »O nein! Als wenn sie nicht schon genug Probleme hätte. Wo ist sie?«

»In ihrem Zimmer, sie wartet auf Sie.«

»Wie lange ist schon bei uns beschäftigt?«

»Seit zwei Jahren. Und sie hat sich noch nie einen Tadel Ihrer Frau Mutter eingehandelt. Sie ist das beste Hausmädchen, das wir bisher hatten.«

»Wie alt ist sie?«

»17.«

»O nein«, sagte Elisabeth erneut, sah Sophie an und sagte: »Meine Eltern dürfen nichts davon erfahren, schon gar nicht mein Vater, sonst sitzt sie sofort auf der Straße.«

Die Haushälterin nickte. »Am besten gehen Sie jetzt zu ihr.«

*

Als Elisabeth die Mädchenkammer betrat, erkannte sie zunächst gar nichts. Die Vorhänge des kleinen Raumes waren zugezogen, kein Licht eingeschaltet. Als sie sich an das Halbdunkel gewöhnt hatte, sah sie Luise auf ihrer Bettkante sitzen, kerzengerade, die Hände auf die Oberschenkel gelegt.

Elisabeth nahm den einzigen Stuhl, der neben dem kleinen Tischchen am Fenster stand, stellte ihn vor Luise und setzte sich darauf. »Schöner Mist!«, sagte sie.

Das Mädchen zuckte erschrocken zusammen und blickte Elisabeth an.

»Ich weiß, so reden Herrschaften nicht. Ich kann dich beruhigen: Tun sie auch nicht. Normalerweise zumindest. Aber jetzt sage ich es: Schöner Mist.«

Sie hatte gehofft, die Situation damit ein wenig auflockern zu können, aber es gelang nicht. Sie betrachtete das blasse, schmale Gesicht eine Weile, dann fragte sie: »Wann ist es so weit?«

»Im Winter.«

»Weißt du es etwas genauer?«

»Im Dezember.«

»Ein Christkind«, lächelte Elisabeth. »Also bist du im zweiten Monat. Weißt du es genau?«

Luise nickte.

»Wer hat es dir gesagt?«

»Meine Schwester kennt da eine Frau, die weiß so etwas. Bei der war ich.«

»Was für eine Frau?«

»Na ja, so eine, die sich mit so etwas auskennt. Und die auch helfen kann. Sie hat in unserem Viertel schon vielen Mädchen geholfen. Und wenn man kein Geld hat, dann macht sie es auch so.«

»Willst du, dass sie dir auch hilft?«

Entschieden schüttelte das Mädchen den Kopf.

»Weiß der Junge, von dem du das Kind bekommst, davon?«

»Es ist kein Junge.«

Elisabeth schwieg und sah auf ihre Hände.

»Meine Eltern wohnen im Wedding.«

Elisabeth nickte. Im Osten der Stadt lebten die Bedürftigsten Berlins, häufig mit mehreren Familien in einer Wohnung.

»Manchmal haben sie die Miete nicht, wenn am Monatsende der Vermieter kommt«, fuhr Luise fort.

»Da sind sie nicht die Einzigen, nicht wahr?« fragte Elisabeth.

Luise antwortete nicht.

»Und was machen sie dann?«

»Wie Sie schon sagen, Madame, sie sind nicht die Einzigen, die nicht zahlen können. Der Vermieter kann nicht alle auf einmal rauswerfen, er findet nicht so schnell neue Mieter. Nur manchmal tut er es eben doch, um ihnen Angst zu machen.«

»Und deine Eltern haben Angst?«

Luise nickte.

»Wie heißt der Vermieter?«

»Weiß nicht.«

»Irgendwann hast du ihn dann aber getroffen.«

Luise sah auf ihre Fußspitzen. »Zufällig«, sagte sie nach einer Weile. »Als ich meinen freien Donnerstagnachmittag hatte und von hier nach Hause kam. Da stieg er gerade die Treppen runter, als ich rauf wollte.«

»Und dann?«

Luise nickte bedächtig mit dem Kopf, als sähe sie die Szene

gerade vor sich. »Er kennt mich. Er hatte mich lange nicht gesehen – ich bin ja auch meistens hier bei Ihnen –, und er sagte, wie groß und hübsch ich geworden bin. Er fragte, ob ich meinen Eltern nicht behilflich sein wollte bei der Lösung ihres Problems. Es käme schon manchmal vor, dass er dann ein Auge zudrückt mit der Miete.«

Elisabeth erhob sich, zog die Vorhänge zurück und sah in den Hintergarten hinaus, im dem die Krokusse dicht und bunt aus dem Rasen sprossen. Die Bilder des Nachmittags schoben sich davor, sie hörte wieder die Stimme der Referentin, fühlte, was sie im Kreis der Frauen empfunden hatte.

»Komm her zu mir«, sagte sie. Es dauerte eine Weile, bis sich Luise erhob und neben Elisabeth stellte. »Du hast Sophie davon erzählt, und das musstest du auch. Das hast du gut gemacht. Und die hat es mir erzählt. Ich werde ihr jetzt sagen, dass sie es keinem anderem erzählen darf. Wenn du es also für dich behältst, wird niemand sonst davon erfahren. Ich kenne Leute – Frauen –, die mit solchen Situationen Erfahrungen haben. Wir haben ja noch ein bisschen Zeit, bis man es dir ansieht. So lange behalten wir es für uns. Und in der Zwischenzeit lasse ich mir etwas einfallen. Jetzt geh runter und mach deine Arbeit. Die Herrschaften kehren in wenigen Tagen von ihren Reisen zurück. Sie sollen hier alles so vorfinden, wie sie es erwarten, und vor allem nichts von unserem Geheimnis erfahren. Ich verlasse mich auf dich. Und du kannst dich auf mich verlassen.«

Brüder

Überraschend kehrte Richard von Schwemer einen Tag vor seiner Frau und seinem Sohn nach Berlin zurück. Als Elisabeth am Nachmittag vom Unterricht in der Haushaltsfachschule zurückkehrte, sah sie seinen schwarzen Horch vor der Tür stehen. Sie rannte die letzten Meter vom Gartentor zum Eingang, doch als sie in die Halle trat, war von ihrem Vater nichts zu sehen. Trotz aller Streitereien in der letzten Zeit hatte sie sich auf seine Rückkehr gefreut. Ratlos lief sie von Zimmer zu Zimmer, bis sie auf den Hausdiener traf, der ihr sagte: »Der Freiherr hat Geschäftsbesuch und sich in sein Arbeitszimmer zurückgezogen. Er möchte nicht gestört werden.«

Elisabeth verbrachte den Nachmittag in der Küche, um mit Sophie die Speisefolge für das seit langem erste gemeinsame Essen der Familie zu besprechen. Sie saß am Tisch über eine Liste gebeugt, als ein Räuspern sie zusammenfahren ließ. Sie drehte sich um und sah ihren Vater, der sie mit ausgebreiteten Armen anstrahlte. »Wollen wir es noch einmal miteinander versuchen?«, fragte er. Sogleich verrauchte ihre Verärgerung, sie sprang auf und umarmte ihn. »Verzeih, dass ich erst jetzt herunterkomme«, sagte er, »aber ich bin nun mal Sklave meines Amtes – kaum bin ich aus Afrika zurück, warten hier schon wieder dringende Geschäfte …«

Was er ihr in der folgenden Stunde im Salon erzählte, ließ Elisabeth ein ums andere Mal ein entsetztes »O nein!« ausrufen. Sie wusste zwar, dass Wilhelm eine Verletzung davongetragen hatte und deshalb nach Lagarde gereist war. Sie wusste auch, dass Aiauschi nicht zurückkehren würde. Was sich im Einzelnen in Togo zugetragen hatte, erfuhr sie nun jedoch zum ersten Mal. Ihre Stimmung kippte: »Wie konnten Sie ihn einer solchen Gefahr aussetzen!«, rief sie und sah ihren Vater wütend an. Sie spürte einen kaum zu bändigenden Zorn in sich aufsteigen. »Was gehen uns überhaupt diese Verrückten an mit ihren Totenschädeln? Ich wünschte, Afrika wäre nie von den Weißen entdeckt worden. Es wäre ein Segen für die Menschheit!« Mit diesen Worten lief sie aus dem Salon, und der Burgfrieden zwischen Vater und Tochter war fürs Erste dahin.

Nicht viel günstiger verlief für Richard von Schwemer das Wiedersehen mit seiner Frau einen Tag später. Ohne Umschweife bat sie ihren Mann zu einer Unterredung in ihr Boudoir. Als sie nach einer halben Stunde wieder herauskamen – Helène zuerst –, verabschiedete sich der Freiherr umgehend wegen wichtiger geschäftlicher Besprechungen im Kolonialamt und ließ den Horch vorfahren. Die Familie setzte sich ohne ihn zu Tisch.

*

Wilhelm, nun endlich wieder ohne Armschlinge, besaß die ungeteilte Aufmerksamkeit seiner beiden jüngeren Brüder Adalbert und Karl. Nach dem Essen zeigten sie ihm im Kinderzimmer stolz ihre neuen Zinnsoldaten. »Und weißt du was?«, sagte Adalbert zu Wilhelm, »es gibt sogar welche von den 4. Husaren – dein Regiment!« Er öffnete feierlich eine Schatulle und nahm zwei Reiter heraus, die Säbel schwingend auf dahinrasenden Pferden saßen. »Wenn ich doch schon so alt wäre wie du!« Wilhelm legte einen Arm um die Schulter des schmächtigen, sommersprossigen Jungen und versicherte ihm, die Zeit würde schneller vergehen, als er es sich vorstellen könne und als es ihm lieb sein werde.

»Was soll mir denn lieb sein an der Zeit, die ich jetzt habe?«, fragte der Junge. »Das lächerliche Exerzieren in der Schule mit Holzgewehren? Die Klavierlehrerin, die immer so riecht wie ein Teebeutel? Die albernen Ärzte, die mir ständig auf der Brust herumklopfen?«

»Also«, sagte Wilhelm, setzte sich auf die Bettkante und winkte seine Brüder zu sich, die sich neben ihn setzten. »Also erstens«, sagte er, »in der Schule kann man nur mit Holzgewehren exerzieren. Richtige Gewehre sind nämlich zu schwer, eure Klassenkameraden würden darunter zusammenbrechen – ihr natürlich nicht, das ist klar«, sagte er beschwichtigend. »Aber dafür könnt ihr dann schon vieles, wenn es später ans echte Exerzieren geht, und das ist sehr wichtig! Zweitens: Die Erfindung des Teebeutels ist zwar leider keine deutsche, aber eine, die die Welt revolutioniert hat, mehr zum Beispiel als die Autos. Denn Teebeutel kann sich jeder leisten – im Gegensatz zum Klavierunterricht. Glaubt mir – wer Klavierspielen kann, hat Glück bei den Frauen!« Die Jungen kicherten. »Ich hab's leider nicht gelernt – das will eure Mutter nun an euch nachholen, ihr solltet ihr dafür danken!«

Und dann wandte er sich an Adalbert: »Und nun zu den Ärzten: Ich weiß, dass diese ständigen Untersuchungen anstrengend für dich sind. Aber die Wickel sind der neueste wissenschaftliche Stand bei der Behandlung von Lungenschwäche. Sie werden dich bärenstark machen, wie Old Shatterhand und Buffalo Bill. Und glaub mir – dann kannst du exerzieren wie der Teufel. Dafür lohnt es sich doch, oder?«

Der Junge nickte wenig begeistert, erhob sich und ging zu seinen Zinnsoldaten. Auf halbem Weg blieb er stehen und begann zu weinen. Wilhelm sah Karl an, der zuckte mit den Achseln und machte ein ratloses Gesicht. Schluchzend erklärte Adalbert schließlich: »Zuerst dachten wir, du wärest tot! Das Telegramm aus Lomé war nämlich unvollständig, und es klang so, als hätten sie dich getötet. Drei Tage lang dachten wir, dass ...«

»Das tut mir leid!«, sagte Wilhelm, »es hätte aber auch nicht viel daran gefehlt. Wisst ihr, wenn Aiauschi nicht gewesen wäre ...« Und er erzählte ihnen genau, was vorgefallen war. Helène, die auf dem Weg vom Esssalon zu ihrem Schlafraum vor der halb geöffneten Tür des Kinderzimmers stehen geblieben war, lauschte. Durch den Türspalt sah sie, wie die Jungen an Wilhelms Lippen hingen. Und sie sah die Liebe in den Augen ihres Ältesten. Nachdenklich entfernte sie sich nach einer Weile. Sie musste an Adèle denken.

Charlotte

Die Eintrittskarten für das Parkett zu bekommen war selbst Richard Freiherr von Schwemer nicht leichtgefallen. Aber er hatte alle Hebel in Bewegung gesetzt, und nun endlich hielt er sechs Karten für die »Ariadne«-Aufführung in der königlichen Oper in der Hand. Er fächerte sie auf wie ein Kartenspiel und lächelte zufrieden – Wilhelm sollte standesgemäß in die Berliner Gesellschaft eingeführt werden ...

Ein Opernabend im Beisein der kaiserlichen Familie war das höchste gesellschaftliche Ereignis, das die preußische Hauptstadt zu bieten hatte. Es gab keine Eintrittskarten zu kaufen, sondern nur Ehrenkarten, die nach einem komplizierten Schüssel vergeben wurden, den der Zeremonienmeister des Kaisers, Georg von

Hülsen, entwickelt hatte. Danach konnte niemand sicher sein, die begehrte Einladung automatisch zu erhalten – abgesehen vom kaiserlichen Familienkreis –, sondern das Privileg musste jedes Mal erneut durch besondere Loyalität und Wohlverhalten verdient werden. Wer dennoch nicht berücksichtigt wurde, musste seine Beziehungen spielen lassen.

Richard und Helène von Schwemer, Gouverneur von Doering und seine Gattin sowie Wilhelm und Charlotte nahmen in ihrer Sitzreihe Platz: die Herren außen, dann die Damen und in der Mitte das künftige Brautpaar, Wilhelm in seiner Gala-Uniform, Charlotte in einem himmelblauen Abendkleid mit weißen Spitzen. Sie hatte ihr Haar zu Löckchen gedreht, die ihr feines Gesicht umrahmten und noch zarter wirken ließen.

Nach Wilhelms Rückkehr aus Lagarde hatten die Verlobten noch keine Gelegenheit gehabt, sich zu unterhalten. Und jetzt, inmitten der Berliner Honoratioren, war kaum mehr als der Austausch von Höflichkeiten möglich. Als die beiden Familien im Foyer aufeinandertrafen und sich das Paar unter den aufmerksamen Blicken der Eltern begrüßte, war Wilhelm die Wiedersehensfreude Charlottes nicht entgangen. Ihre Wangen glühten förmlich, als sie ihm ihre Hand entgegenhielt und er sich zum angedeuteten Kuss darüber beugte. Nachdem man sich gesetzt und bekannten Gesichtern huldvoll zugenickt hatte, sagte Charlotte leise zu Wilhelm: »Ich war außer mir vor Sorge, als ich erfuhr, was in Togo vorgefallen ist. Mein Vater hatte es uns geschrieben. Nach seiner Rückkehr vor einer Woche erzählte er mir die Einzelheiten – zumindest soweit sie ihm bekannt sind, er war ja nicht unmittelbar dabei –, und er beglückwünschte mich: Ich bekäme einen Helden zum Gatten.« Scheu lächelte sie Wilhelm von der Seite an. Ihre Hand berührte kurz und wie zufällig sein Bein.

Wilhelm sah ihr in die Augen und beugte sich ein Stück zu ihr, soweit es die Schicklichkeit erlaubte, und sagte ebenfalls mit gedämpfter Stimme: »Nein, Charlotte, Afrika ist kein Land für Helden. Entweder man hat dort Glück oder nicht. Ich hatte Glück. Und zwar in Gestalt eines Mannes, dem ich bis an mein Lebensende dankbar sein werde.«

»Bei der nächsten Reise möchte ich dabei sein«, sagte sie. »Ich habe schon mit meinem Vater darüber gesprochen. Er hat mir übrigens fast dasselbe gesagt: Afrika braucht keine Helden, sondern Hilfe. Ich möchte helfen. Wenn ich meine Ausbildung zur Krankenschwester hinter mir habe, möchte ich den Menschen dort helfen. Am liebsten in der Klinik, in der du behandelt worden bist.«

»Das ist eine Klinik für weiße Patienten. Und die meisten von ihnen sind auch nicht wirklich krank, sie wollen sich dort nur erholen. Für die Eingeborenen gibt es keine Kliniken.«

»Dann müssen wir das ändern.«

Wilhelm lächelte sie an. »Ja«, pflichtete er bei, »das müsste man.«

Das Stimmengewirr um sie herum erstarb, und die Gesichter wandten sich nach oben, wo der Zeremonienmeister in der Kaiserloge erschienen war. Das Rascheln der Kleider wehte wie ein Windstoß durch den Saal, als alle Anwesenden sich erhoben. Dann war es vollkommen still, von Hülsen klopfte dumpf mit seinem Stab auf den dicken Teppich, und die Kaiserin erschien. Applaus brandete auf, der sich steigerte, als hinter ihr die drei ältesten ihrer sieben Kinder die Loge betraten. Es folgten weitere Familienmitglieder, unter anderen die Kaisermutter Victoria. Sie alle stellten sich in einer Reihe auf und blickten erwartungsvoll zum Eingang der Loge.

Und dann kam er. Mit schnellen Schritten stieg er die Stufen herunter, die zu seinem Sessel führten, der ganz vorn an der Brüstung der Loge stand, seinen Helm hatte er unter den linken, den steifen Arm geklemmt, mit der rechten Hand winkte er kurz den jubelnden Menschen zu, bevor er Platz nahm. Erneut hörte man das Rauschen der Kleider, als sich die übrigen tausend Gäste setzten und ihre Blicke auf die Bühne richteten.

*

»Er hat dich begrüßt, und alle haben es gesehen!«, sagte Richard von Schwemer begeistert, als die Gesellschaft nach der Oper in Kutschen auf dem Weg ins »Trocadero« war. Die drei Männer saßen in der Kutsche der von Doerings, die Damen hatten die etwas geräumigere Schwemer'sche Karosse gewählt. Vorher, im Foyer der Oper, hatten alle Gäste ein Spalier gebildet, um der kaiserlichen Familie beim Verlassen des Gebäudes zu applaudieren. Der Kaiser, dem der Zeremonienmeister folgte, der ihm hin und wieder etwas ins Ohr raunte, hatte sich immer wieder nach links und rechts gewandt, gelächelt, gewunken, gelegentlich ein Wort gewechselt – dann war er vor der Familie des Freiherrn stehen geblieben und hatte unvermittelt gesagt »... und das muss der Held von Togo sein« und dabei seinen Blick auf Wilhelm gerichtet. Wilhelm verbeugte sich so tief, dass er die ausgestreckte Hand des Kaisers erst bemerkte, als sein Vater ihn dezent anstieß. Als er gerade etwas erwidern wollte, war der Monarch schon wieder weitergegangen und winkte in die begeisterte Menge.

»Er hat dich begrüßt, als Einzigen an diesem Abend!« Richard von Schwemer ließ sich in das Lederpolster der Kutsche sinken und sog tief und genüsslich an seiner Zigarre. »Er hat meinem Sohn die Hand gegeben ...!«

Das Tanzlokal »Trocadero« war der letzte Schrei Berlins. Hier genügte es nicht, das hohe Eintrittsgeld zahlen zu können, man musste entweder wichtig sein oder einen Wichtigen kennen, um Einlass zu erlangen. Die Schwemer-Gesellschaft war wichtig genug, und so hatte man einen Sechs-Personen-Tisch an der Tanzfläche nahe der Bühne erhalten. Was dort geboten wurde, war das Geld wert: Die beste Kapelle Berlins und die beliebtesten Sänger unterhielten das Publikum mit den neuesten Schlagern. In diesem Jahre waren das vor allem zwei neue Schöpfungen des Berliner Komponisten Walter Kollo – »Untern Linden« und »Wie einst im Mai« – sowie der Schlager »Püppchen, du bist mein Augenstern« aus der Erfolgsoperette »Das Autoliebchen«.

Das anspruchsvolle Publikum, das unter anderem auch deshalb ins »Trocadero« strömte, weil es hier ausschließlich Champagner zu trinken und somit keinen Grund gab, sich dabei Zurückhaltung aufzuerlegen, jubelte, als das »Püppchen« erklang und dazu eine charmante junge Dame im Hintergrund wie eine Puppe tanzte. Wilhelm entging nicht, dass Charlotte dieser leicht frivolen Darbietung mit gemischten Gefühlen folgte. Er wandte sich an seinen künftigen Schwiegervater und bat um die Erlaubnis, Charlotte zum Tanz auffordern zu dürfen.

Als sie eingekeilt zwischen Tanzpaaren auf dem Parkett standen und nur wenig Bewegungsfreiheit hatten, sagte Charlotte unvermittelt in Wilhelms Ohr: »Ich mag das hier alles nicht. Es ist so – so schamlos ...«

Wilhelm sah sie überrascht an und blickt sich dann um. »Aber es sehen doch alle sehr gesittet aus«, erwiderte er. »Na ja, vielleicht abgesehen von der Tänzerin vorhin.«

»Das ist es nicht, was ich meine. Ich finde nur ...«, sie suchte nach Worten und sagte dann noch leiser: »Es hat alles so etwas Übertriebenes. Die Leute wirken so maßlos und – gierig. Und nur ein paar Straßen weiter gibt es Familien, die nicht wissen, wie sie ihre Kinder satt bekommen sollen.«

Ein dezentes Händeklatschen unterbrach sie, Charlottes Vater stand neben ihnen auf der Tanzfläche, verbeugte sich und sagte zu Wilhelm: »Wenn ich um den nächsten Tanz mit meiner Tochter bitten dürfte? Wer weiß, wie lange ich dieses Privileg noch genießen darf. Ich habe Ihnen auch adäquaten Ersatz mitgebracht ...«

Und damit trat Helène auf Wilhelm zu, nahm Tanzhaltung ein und sagte in die wieder einsetzende Musik hinein zu ihrem Sohn: »Ein bisschen beneide ich Charlotte, das kann ich nicht leugnen. Ein Held und obendrein ein guter Tänzer – das ist nicht alle Tage zu haben ...«

Hosen

Elisabeth konnte die Tränen nicht halten. Mit dem Taschentuch wischte sie sich immer wieder den Blick frei auf die große Leinwand im »Tauentzien Palast«, dem neuesten und größten Lichtspielhaus Berlins. Sie hatte lange mit sich gerungen, ob sie der Einladung der Frauengruppe folgen sollte, sich gemeinsam den neuen Asta Nielsen-Film anzusehen, oder ob das Risiko zu groß sein könnte, dabei entdeckt zu werden. Wenn ihre Eltern davon erführen, dass sie sich heimlich einen dieser neuen »Hosen-Filme« angesehen hatte – das Donnerwetter wäre in ganz Berlin zu hören.

Es war nicht nur ein Hosen-Fest auf der Leinwand: Die meisten der jungen Zuschauerinnen waren selbst in Hosen erschienen. »Jugend und Tollheit« – so hieß der Film, in dem das Idol der »neuen Frau« alle Register zog und selbst vor Ungeheuerlichem nicht haltmachte, das Elisabeth den Atem stocken ließ: zwei Frauen, die sich ineinander verlieben. Wie immer in Nielsen-Filmen hatte die zierliche Frau mit den großen Augen und dem noch größeren Herzen viel zu erdulden, ehe es zu einem glücklichen Ende kam. Elisabeth litt mit ihr und war beseelt wie noch nie: Sie hatte den Mut aufgebracht, sich öffentlich mit jenen Frauen zu zeigen, die ihr mittlerweile mehr bedeuteten als ihre eigene Familie. Als die Gruppe nach dem Film vor das Kino trat und das grelle Tageslicht sie blendete, war sie allerdings froh, selbst keine Hose zu tragen. Die feindseligen Blicke der Passanten hätte sie wohl ertragen – aber wenn ihr jemand begegnet wäre, der sie und ihre Familie kannte …

Sie hatte mit Friderike verabredet, nach dem Kino noch in den Lunapark am Halensee zu fahren mit der neuen Straßenbahn, der ersten mit elektrischer Oberleitung, um dort Zuckerwatte zu essen, die Elisabeth über alles liebte und die es nur auf Rummelplätzen gab. »Wollen wir wirklich damit fahren?«, fragte Friderike, als sie an der Haltestellte standen und in der neuen Kinozeitschrift »In freien Stunden« blätterten, die sie im Kinofoyer gekauft hatten. »Es stand nämlich in der Zeitung, dass man davon krank wird. Und außerdem heißt es, dass es ein großes Vogelsterben geben wird durch die Elektrifizierung der Straßenbahn.«

Elisabeth hörte gar nicht hin. »Guck mal hier!« Aufgeregt zeigte sie auf eine Stelle in der Zeitschrift. »Asta Nielsen ist nach Berlin gezogen! Wusstest du das?« Sie sah Friderike mit aufgerissenen Augen an.

»Wenn du so guckst, siehst du aus wie sie«, antwortete Friderike.

»Wirklich?« Elisabeth drehte sich um und betrachtete ihr Spiegelbild im Schaufenster. Sie blickte hinein und riss die Augen auf. »Meinst du wirklich? Wie Asta?«

Von innen wurde heftig an die Scheibe geklopft, und Elisabeth zuckte zurück. Ein Verkäufer erschien im Türrahmen und sagte barsch: »Erschrecken Sie unsere Kundinnen nicht mit solchen Grimassen! Was soll denn das?!«

Jetzt erst sah Elisabeth die Schrift über dem Eingang: Es war das feine Modehaus Drécoll und Béchoff-David. »Entschuldigung«, sagte sie, »ich wollte Ihre Damen nicht düpieren.« Aber dann deutete sie auf eines der hautengen, neuen Wickelkleider, die die Schaufensterpuppen trugen, und fragte: »Können Sie mir bitte noch eines sagen: Wie geht man damit, ohne auf die Nase zu fallen?«

Der Verkäufer richtete sich gerade empört auf, als eine Kundin aus der Tür kam und Elisabeth direkt ansah. »Das kann ich dir sagen – so …« Und damit ging sie auf Elisabeth zu und zweimal um sie herum. »Und – wie steht es mir?«

Elisabeth lief knallrot an: Es war Helene Bechstein, die da mit zwei großen Einkaufstüten in der Hand vor ihr stand und grinste. »Keine Sorge, ich verrate deiner Mutter nicht, dass du hier in der Stadt herumläufst und Leute erschreckst. An irgendjemanden hast du mich erinnert, als du da durch das Fenster geguckt hast …«

Es war Friderike, die leise sagte: »An Asta Nielsen, nicht wahr?«

Helene Bechstein lachte schallend und wandte sich ihrem Chauffeur zu, der am Straßenrand stand und die Tür der Limousine aufhielt. »Das hättet ihr wohl gerne, was?«, rief sie noch, ehe sie elegant in den Wagen glitt – das Wickelkleid schien sie dabei nicht zu behindern.

*

Die Straßenbahn hatten sie fast für sich allein. So blätterten sie ungeniert in einer Ausgabe der »BZ am Mittag«, die herrenlos auf einem Platz vor ihnen lag. Immer wieder sahen sie sich verstohlen um, dann steckten sie ihre Nasen in die Seiten: nichts als Berichte über Morde, Missgeburten und Monstren!

»Und das ist nun die beliebteste Zeitung Berlins«, sagte Elisabeth, »kein Wunder, dass mein Vater sie nicht in seinem Haus duldet.« Mit spitzen Fingern hielt sie das Exemplar hoch und schüttelte sich. »Los, weiter!«, sagte Friderike, und erneut schlugen sie die Zeitung auf.

Der Lunapark, Europas neueste und größte Vergnügungsanlage, war für einen Werktagnachmittag gut besucht. Vor allem Familien mit Kindern drängten sich vor den Karussellen und Riesenrutschen, den Ständen mit Zuckerbäckereien und dem »Marstall«, wo man für fünf Pfennige eine Runde auf dem Rücken zottiger Ponys reiten konnte.

Besondere Attraktion war die Völkerschau, für die ein Extraeintrittsgeld entrichtet werden musste. Dafür bekam man dann in eingezäunten Gehegen Indianer zu sehen, die um einen Totempfahl tanzten, Eskimos, die aus Seehundknochen Pfeilspitzen schnitzten und Afrikanerinnen, die Tonkrüge auf den Köpfen trugen und nur mit einem Rock bekleidet waren. »Dass so etwas erlaubt ist!«, empörte sich ein beleibter Herr mit Riesenschnauzbart. »Wenn das der Kaiser wüsste!« Wütend stapfte er davon.

»Vermutlich sieht er so etwas ganz gern!«, sagte Friderike plötzlich so laut, dass alle Umstehenden es hören konnten. Der Mann blieb abrupt stehen. »Oder glauben Sie diese bösen Gerüchte, dass unser Kaiser eher Herren bevorzugt?«, fügte sie hinzu.

Der Mann schnellte erstaunlich behände herum und starrte Friderike feindselig an. Sein Kopf wurde puterrot, er ruderte mit den Armen und versuchte, Worte herauszubringen.

»Also nicht«, sagte Friderike ungerührt, »ich kann es mir, ehrlich gesagt, auch nicht vorstellen. Was soll denn an Männern reizvoll sein ...?«

Damit hakte sie Elisabeth unter, und die beiden wandten sich zum Gehen. »Flintenweiber!«, hörten sie noch, als sie um die Ecke bogen und in Richtung auf das Varieté gingen.

»Die neuesten Lustmorde!«, stand auf dem Plakat vor dem Kassenhäuschen des Varietés. Sie blickten sich fragend an, und Elisabeth sagte: »Dann lieber die Frau ohne Unterleib«, und zeigte auf das Zelt gegenüber, als eine Stimme hinter ihr sagte: »Lohnt nicht. Die tun nur so, als ob sie sie zersägen. Hinterher steht sie wieder ganz heil auf der Bühne.«

Es war Luise, die ihren freien Nachmittag hatte. Sie war bei einem jungen Burschen eingehakt, der Zimmermannskleidung trug. »Das ist die Tochter meiner Herrschaft«, sagte Luise zu ihm, und zu Elisabeth: »Das ist Otto, mein Bruder.« Dabei tippte der junge Mann an seine Mütze und zog Luise davon. »Einen schönen Nachmittag noch«, sagte er.

»Wer war das denn?«, fragte Friderike, als sie den beiden hinterhersahen.

»Unser Hausmädchen.«

»Und du meinst, sie hält dicht?«

»O ja, das glaube ich schon. Denn das erwartet sie auch von mir. Warum haben wir eigentlich noch keine Zuckerwatte gehabt? Deshalb sind wir doch den weiten Weg hierhergekommen!« Sie zog Friderike zu einem bunt bemalten Häuschen, vor dem eine Gruppe Kinder stand und sich die klebrige Masse in den Mund stopfte.

Blessuren

Wilhelm hatte sich auf die Regimentsübung gefreut. Die Weite der Teltower Heide in der Mark Brandenburg, Übernachten im Zelt, eine Woche auf dem Rücken der Pferde – er mochte das Leben draußen im Freien. Umso mehr langweilte ihn allerdings das Exerzieren in den altertümlichen Uniformen. Überhaupt die Uniformen: Gerade hatte die Reichswehr einheitlich graue Uniformen für alle Waffengattungen ausgegeben – mit Ausnahme der Husaren. Sie blieben die Paradiesvögel. Wenngleich die Husaren in der Öffentlichkeit nach wie vor hohen Respekt genossen, machte man sich insgeheim über die Männer in den bunten Uniformen lustig. »Wir sind eben ein Stück lebendige Geschichte«, lachte Wilhelms Freund Robert von Trenck, als sie nach dem Manöver in Zweierreihen im lockeren Trab nebeneinanderritten, »sozusagen ein Museum auf vier Beinen.« Die Männer der Abteilung waren nach ihrem reiterlichen Geschick ausgewählt worden sowie nach der Fähigkeit, mit dem Säbel zu kämpfen. Beides beherrschte Wilhelm, er hatte bei Regimentswettkämpfen mehrfach Preise gewonnen, obwohl er in der Disziplin des Salutierens nicht viele Punkte sammeln konnte.

Die Leidenschaft für die Pferde war in frühen Jahren entstanden, wenn er als Junge auf dem Hof seines Großvaters Klaus von Schwemer in Ostpreußen zu Besuch war. Hier hatte er häufig nachts im Pferdestall schlafen dürfen. Der Duft der Tiere, ihre Geräusche, ihre weichen Schnauzen machten ihn glücklich. »Mein Pferdejunge«, hatte ihn der Großvater genannt, der das Familiengestüt in der vierten Generation leitete. Die kaiserlichen Kavallerie-Bataillone mit erstklassigen Tieren zu beliefern hatte ihn wohlhabend gemacht, seine Pferdezucht galt in Preußen als eine der besten. Wilhelms Freundschaft mit Robert von Trenck wurzelte in ihrer Liebe zu den Tieren. Als Jungen waren sie zusammen zur Schule gegangen, Roberts Familie hatte selbst Pferde besessen, bevor sie wegen des frühen Todes seines Vaters Konkurs anmelden und die Pferde verkaufen mussten.

»Sollten wir jemals in einen Krieg ziehen müssen«, sagte Robert, »so hoffe ich, dich an meiner Seite zu haben. Ich kenne niemanden, der so gut wie du mit Pferden umgehen kann.«

»Oder die Pferde mit mir«, lachte Wilhelm. »Manchmal habe ich das Gefühl, sie wissen schon vor mir, was ich als Nächstes von ihnen will, welche Gangart oder welche Richtung sie einschlagen sollen. Dieser hier ganz besonders«, er tätschelte die Flanke des ungarischen Gidran, einer Pferderasse, die in der preußischen Kavallerie häufig üblich war. Es war ein Fuchswallach, den Wilhelm schon bei der letzten Übung zugeteilt bekommen hatte.

»Aber wenn du von Krieg redest«, ergänzte Wilhelm, »da wird mir ganz bang, besonders wenn ich an die Tiere denke.«

Von Trenck nickte. »Bei der Luftwaffe müsste man sein. Da schwebt man über den Dingen.«

Nachdem sie in die Kaserne zurückgekehrt waren und ihre Pferde den Stallknechten übergeben hatten, fragte von Trenck unvermittelt: »Wie geht es deiner Schwester? Glaubst du, sie kann sich noch an mich erinnern?«

Wilhelm sah ihn erstaunt an. »Natürlich! Wir drei hatten doch unvergessliche Zeiten auf dem Gestüt meines Großvaters. Sie reitet allerdings nicht mehr. Seit einem Sturz vor einigen Jahren hat sie Angst vor Pferden.«

»Würdest du sie von mir grüßen? Ist sie immer noch so eine lustige Person?«

»Nicht immer«, antwortete Wilhelm. »Sie hat ihren eigenen Kopf, und mit dem rasselt sie immer häufiger gegen den unseres Vaters. Aber dich würde sie sicherlich gern wiedersehen. Soll ich es arrangieren?«

Robert von Trenck nickte. »Das wäre schön.«

*

Wilhelm war zwar in der politischen Fakultät der Friedrich-Wilhelm-Universität eingeschrieben, aber wie so viele der Berliner Studenten verbrachte er den überwiegenden Teil seiner Studienzeit im Vereinslokal seiner Studentenverbindung. Es gab davon unzählige in Berlin, die »Arminia« war die angesehenste und älteste der Stadt. Hier konnte man nur Mitglied werden, wenn der Vater oder der Großvater bereits dazugehört hatten. Bei Wilhelm traf beides zu.

Seit der Kaiser betont hatte, dass die stählende Wirkung der Burschenschaft die beste Erziehung ist, die ein junger Mann für sein späteres Leben bekommen kann, konnte sich jeder Student, der in der Kluft seiner Verbindung durch die Stadt ging, des Respekts der Bürger sicher sein. Schließlich war der Kaiser selbst Mitglied einer schlagenden Verbindung gewesen, wenn auch nur in Bonn, wo er eine kurze Zeit studiert hatte. Der Ausweis solch einer Mitgliedschaft war für jeden sichtbar: der Schmiss im Gesicht.

Wilhelms Gesicht war noch unbeschädigt, er gehörte zu den »Füchsen«, den jungen Studenten, die den Älteren zu Diensten zu sein hatten und sie nicht nur zu ihrem Fechttraining, sondern auch zum Kampftrinken in die einschlägigen Berliner Gastwirtschaften begleiten mussten. Als Gegenleistung erhielten sie Fechtunterricht und wurden auf ihre erste Mensur vorbereitet. Wilhelms Fechtkünste, die er im noblen »Berliner Fechtclub« erworben hatte und die sich unter den Studenten schnell herumgesprochen hatten, machten ihn zu einer Ausnahme: Er durfte den Älteren nicht nur beim Trinken, sondern auch beim Kampf sekundieren.

Die Trinkpflicht, die in allen Burschenschaften herrschte, machte Wilhelm zu schaffen. »Mein Junge«, sagte der Freiherr, als Wilhelm eines Abends auf seine Fragen nach den Fortschritten des Studiums darauf zu sprechen kam, »du wirst eines Tages voller Stolz darauf zurückblicken, genau wie ich. Vergiss nie: Diese Mitgliedschaft ist die Eintrittskarte in die höheren Kreise, sie ist der Garant deiner Karriere. Denn die Männer, mit denen du dort durch dick und dünn gehst, werden dir dein Leben lang zur Seite stehen. Und umgekehrt.«

Dem Gespräch mit dem Vater waren die Vorbereitungen auf einen Säbelkampf zwischen dem Doktoranden Adolf Mensing, dessen Sekundant Wilhelm war, und einem Studenten der konkurrierenden »Germania«-Verbindung vorausgegangen. Mensing war angetrunken zum Training erschienen, und es war ein Leichtes für Wilhelm, ihn mehrmals hintereinander auszukontern. »Du solltest den Kampf verschieben«, sagte Wilhelm im Umkleideraum zu ihm, »du bist nicht in Bestform.«

Mensings Gesicht lief rot an. »Wie redest du mit mir?«, schrie er so laut, dass andere Studenten hinzutraten. »Du hast mir zu sekundieren und sonst nichts!«

Und damit befahl er ihm, ihm in den »Goldenen Hahn«, dem Stammlokal der »Arminia« zu folgen, wo er sich in kürzester Zeit so betrank, dass er von der Bank fiel. Vorher beschimpfte er Wilhelm lautstark, weil er mit seiner Trinkgeschwindigkeit nicht mithalten konnte. »Ich werde mir einen anderen Fuchs suchen müssen, du unfähiger Dummkopf!«, schrie er.

Wilhelm wusste, dass dies ein ausreichender Grund gewesen wäre, Satisfaktion zu verlangen. Aber er sah ihn mitleidig an und erwiderte: »Betrunkene können mich nicht beleidigen. Ich hoffe, du bist bis zum Kampf wieder fähig, auf deinen eigenen Beinen zu stehen.«

»Ich bin mir nicht sicher, ob es noch dasselbe ist wie zu Ihrer Zeit«, sagte Wilhelm zu seinem Vater. »Das Fechten verkommt immer mehr zu einer Schlägerei, und die Trinkfesten führen das große Wort. Ich kann ihm nicht guten Gewissens bei seinem Kampf sekundieren, ich weiß, dass er keine Chance haben wird. Er trainiert nicht, er säuft nur noch.«

Der Freiherr seufzte. »Wenn du bloß nicht immer so tugendhaft wärest, mein Junge! Das ist das Einzige, worüber ich mir bei dir Sorgen mache. Komm jetzt, die Gäste werden gleich eintreffen.«

Richard von Schwemer hatte für diesen Abend die übliche Herrenrunde in sein Whiskyzimmer geladen. Wilhelm kannte alle Anwesenden, bis auf einen. Es war ein stattlicher Herr in Gehrock und Zylinder, Alfred Hugenberg, Vorstandsvorsitzender der Krupp AG. »Ich komme gerade vom Kaiser«, sagte dieser jovial, als er Wilhelm begrüßte, »und auch er weiß, wer Sie sind. Respekt, junger Mann, Respekt!«

Hugenberg war aus Essen, wo das Unternehmen seinen Sitz hatte, nach Berlin gekommen, um die 100-Jahr-Feier der Krupp-Werke vorzubereiten, bei der der Kaiser die Festrede halten sollte. Die Krupp AG mit ihren fast 50000 Arbeitern galt als Vorzeigeunternehmen des Deutschen Reiches. Man baute Werkswohnungen, Krankenhäuser, Schulen und sogar eine Badeanstalt für die Arbeiter und ihre Familien. Die Gegenleistung: Die Arbeiter verpflichteten sich, niemals die SPD zu wählen. Hugenberg fügte dem hinzu: »Im Grunde brauchen sie überhaupt nicht zu wählen, die Firma kümmert sich besser um sie, als jeder Staat es könnte. Dafür tun sie, was ihnen befohlen wird.«

»Womit wir sozusagen beim Thema unserer heutigen Zusammenkunft sind«, griff Freiherr von Schwemer das Stichwort auf, »unsere Kolonien, speziell Deutsch-Südwest. Sie wissen, meine Herren, dass seit der Ausrottung der aufständischen Herero die dortige Landwirtschaft zum Erliegen gekommen ist. Erfreulicherweise haben wir einen neuen Geschäftszweig: Allein im letzten

Jahr wurden für 50 Millionen Reichsmark Diamanten geschürft – Geld, das unmittelbar unserer Kolonialgesellschaft zugutekommt, denn die alleinigen Schürfrechte besitzen wir. Aber wo verdient wird, gibt es Neider. Wir hatten in den letzten Monaten drei Überfälle auf Diamantentransporte. Es waren Eingeborene, sie konnten gefasst werden. Von ihnen wissen wir, wer in Wahrheit dahintersteckt: wie immer die Franzosen. Aber damit wird bald Schluss sein. Wie der Kaiser gesagt hat: Wir Deutschen sind nicht länger der Amboss der Weltgeschichte, sondern der Hammer. Und wo er niedersaust, bleibt kein Auge trocken.«

Zustimmendes Gelächter erhob sich. »Trotzdem«, fuhr der Freiherr mahnend fort, »sind wir dort unten in Afrika verletzlich. Die Diamantenfelder sind zu groß, um sie hermetisch abzuriegeln und zu kontrollieren. Und da kommen Sie ins Spiel, verehrter Herr Hugenberg, beziehungsweise die neuen Wunderwaffen ihres Unternehmens.«

Hugenberg schilderte nun die Vorzüge der neuen Krupp-Kanonen mit einer Reichweite von acht Kilometern und der Schnellfeuerwaffen mit 20 Schuss pro Minute. »Der Kaiser ist sehr dafür, sie zum Schutz der Diamantenfelder einzusetzen, um sie dabei gleichzeitig für den Einsatz vor unserer Haustür zu testen«, sagte er triumphierend.

Wilhelm sah verwirrt in die Runde, aber alle außer ihm schienen zu wissen, was damit gemeint war. »Hat der Kaiser«, fragte Major Berndorff, Chef des geheimen Nachrichtendienstes der Kolonien, »hat der Kaiser angedeutet, wann wir endlich losschlagen und dem Franzmann das Maul stopfen?«

Hugenberg sah ihn bedeutungsvoll an, lehnte sich dann in seinem Sessel zurück und schlug die Beine übereinander. »Sie kennen die Weltlage, meine Herren«, sagte er, »hier stehen wir und die Österreicher«, dabei deutete er auf die rechte Seite des Zimmers, »dort stehen die Russen, Franzosen und Engländer. Alle rüsten, alle erproben neue Waffen, alle führen die allgemeine Wehrpflicht ein, um möglichst viele Soldaten rekrutieren zu können. Alle wollen den Krieg, das steht außer Frage. Er wird kommen, er muss kommen! Europa braucht Klärung. Die Frage ist nur: Wer wirft den ersten Stein? Ich glaube nicht, dass unser Kaiser derjenige sein wird. Aber vielleicht findet sich jemand dafür, mit dem wir gar nicht rechnen, wer weiß?«

Er machte eine kurze Atempause, in die hinein Wilhelm sagte: »Aber der englische König ist doch der Cousin unseres Kaisers, ebenso wie der Zar von Russland …«

Alle Gesichter wandten sich ihm zu, und Wilhelm wünschte, den Satz, der wie ein übler Geruch im Raum zu hängen schien, zurückholen zu können. Hugenberg räusperte sich und beugte sich zu Wilhelm. »Junger Mann, die Weltgeschichte fragt nicht nach Verwandtschaft. Ganz abgesehen davon ist Verwandtschaft oft das schlimmste Gift. Aber wie dem auch sei«, er lehnte sich wieder zurück und fuhr fort, »Deutschland ist gerüstet! Sie können beruhigt sein: Die Krupp'schen Kanonen werden die Welt erzittern lassen – und den Franzmann zuerst.«

Darauf hob man die Gläser, und der Freiherr sagte euphorisch: »Wir werden in unseren Kolonien damit anfangen, und dann gnade Gott und der Kaiser dem Rest der Welt!«

*

Als Wilhelm spät am Abend sein Zimmer betrat, fand er Elisabeth an seinem Schreibtisch sitzend, in der Hand ein Karl-May-Buch. Sie sah zu ihm auf. »Ich weiß gar nicht, warum ich früher so wild darauf war, diesen Schund zu lesen«, sagte sie und las einen Satz von der Seite vor, die sie gerade aufgeschlagen hatte: »Ich habe von Belad el Alman gehört, sagte der Araber zu Kara Ben Nemsi, es regiert dort ein großer Sultan, welcher Wilhelm heißt und die Franzosen besiegt hat. Diese sind auch unsere Feinde!« Sie klappte das Buch mit lautem Knall zu, so dass eine kleine Staubfahne aus den Seiten aufstieg. »Ich hoffe, die Sitzung im Herrenzimmer war erfolgreich?«

»Karl May scheint ein Prophet zu sein«, sagte Wilhelm und ließ sich auf der Bettkante nieder. »Oder sollte ich sagen: Er war ein Prophet – ist er nicht vor einigen Wochen gestorben? Genau um das, was du da vorgelesen hast, ging es eben in Vaters Whiskyzimmer: um die Deutschen und die Franzosen. Woher kommt bloß dieser Hass? Es wird ja nicht nur bei uns schlecht über das Nachbarland gesprochen wird, in Frankreich ist es ebenso. Dabei haben wir so viel gemeinsam! Zumindest mehr als mit den Türken, die unsere Verbündeten sind. Ich wünschte, ich könnte Adèle hierherholen, denn ich fürchte, es könnte gefährlich für sie werden.«

»Hierher?«, rief Elisabeth belustigt. »Ich möchte nicht erleben, was dann passiert. Stell dir nur Vater vor! Du bist einfach zu naiv.« Sie sah ihn zärtlich an. »Im Grunde bräuchte die Welt mehr von deiner Sorte anstatt solcher wie den anderen Wilhelm, den großen Frauenfreund.«

Wilhelm sah sie fragend an, dann fiel ihm etwas ein: »Mein Freund Robert von Trenck lässt dich grüßen. Er denkt gern an die Zeit zurück, als wir zu dritt bei Großvater ausgeritten sind.«

»Tut er das?«

»Du kannst ihn ja selbst danach fragen.«

»Wie denn?«

»Man könnte ihn zum Beispiel mal zum Essen einladen, vorausgesetzt, Mutter ist damit einverstanden.«

»Ich werde darüber nachdenken«, sagte Elisabeth und erhob sich zum Gehen. »Schlaf gut und träum nicht von den bösen Männern mit ihren dicken Zigarren. Die kochen auch nur mit Wasser.«

»Wenn du dich da mal nicht täuschst«, antwortete Wilhelm leise, als sie die Tür hinter sich ins Schloss zog.

*

Adolf Mensing erschien zu Wilhelms Erleichterung pünktlich und nüchtern. Der Paukboden im »Arminia«-Vereinslokal war hergerichtet für den Kampf, Waffen und die Fechtkleidung lagen bereit: desinfizierte Säbel, Schutzwesten und Armstulpen. Der Gegner, Meister der Germania-Verbindung mit einem von Schmissen verwüsteten Gesicht, war erstaunlich klein und leicht, ein Federgewicht im Vergleich zu dem bulligen Mensing, der sich heute Wilhelm gegenüber ausgesucht höflich verhielt.

Elf Männer stellten sich im Kreis um die beiden Fechter auf, die ihre Kampfkleidung angelegt hatten: Neben den beiden Sekundanten zwei Testanten, die auf die Korrektheit der Säbelführung zu achten hatten, zwei Protokollanten, die die Punkteliste führten, zwei Schleppfüchse, die in den Kampfpausen die Waffen der Kämpfer hielten, sowie zwei Ärzte. Und schließlich der Unparteiische, der nun die obligatorische Ansprache hielt: »Meine Herren, es geht nicht darum, den Gegner zu besiegen, sondern Ihren inneren Schweinehund. Was von jetzt an zählt, sind Tapferkeit und Charakter. Ich will keinen von Ihnen zurückweichen sehen, und ich will einen sauberen Kampf. Jeder Schlag auf eine andere Körperpartie als auf den Kopf wird mit Punktabzug bestraft. Gehen Sie in Position!«

Die Anwesenden traten zurück, Mensing und von Politz – so hieß der Gegner – stellten sich frontal gegenüber auf, ein Arm hinter dem Rücken, den anderen hoch erhoben. Die Auslosung hatte Mensing den ersten Angriffsschlag zugesprochen. Wilhelm, der seitlich neben ihm kniete, gerade so weit außerhalb des Aktionsradius der Säbel, dass er nicht getroffen werden konnte, sah, wie sich Mensings Kiefernmuskeln spannten und er die Lippen aufeinanderpresste. Vor Anspannung hielt er den Atem an. Das war der erste Fehler. Kurz bevor er zum Schlag ansetzte, weiteten sich seine Augen für einen Sekundenbruchteil. Das war der zweite Fehler. Dann verlagerte er sein Gewicht auf den rechten Fuß, was dem Gegner signalisierte, dass er auf die rechte Kopfhälfte zielen würde. Das war der dritte Fehler. Von Politz parierte den Schlag mühelos und platzierte dann blitzschnell zwei Säbelhiebe gegen Mensings linke Wange. Blut spritzte hervor. Mensing verzog keine Miene, sondern setzte zwei Schläge in halber Höhe in Richtung Nase des Gegners, die dieser ebenso problemlos abfing wie den ersten Hieb. Zur Überraschung der Zuschauer verzichtete er auf den nächsten Angriffsschlag und überließ ihn Mensing, der die Gelegenheit sofort ergriff und mit dem ausgestreckten Säbel auf das Gesicht des Gegners zielte. Durch schnelles Zurückweichen entging der einer Verletzung, der Unparteiische jedoch schritt augenblicklich ein. »Punktabzug!«, rief er. »Stechen verboten!« Und dann forderte er mit einer Handbewegung die Ärzte an. Mensings Wunden wurden kurz untersucht, dann wurde der Kampf wieder freigegeben. Von Politz hatte nun das Recht der ersten Attacke. Wilhelm sah die Unentschlossenheit in Mensings Bewegung ebenso schnell wie der Gegner, der die Lücke in der linken Deckung erkannte und den Säbel quer über Mensings Kopf zog. Binnen Sekunden war dieser blutüberströmt, blieb jedoch unbeweglich stehen. Beide Ärzte traten an ihn heran, und nach einem kurzen Blick der Verständigung brachen sie den Kampf ab. »Er muss ins Krankenhaus«, sagte einer von ihnen, »die Wunde ist zu tief, wir können sie hier nicht nähen.«

Wilhelm trat vor Mensing. »Ich begleite ihn«, sagte Wilhelm zu den Ärzten. Einige Minuten später verließen sie das Lokal, Mensing noch in Kampfkleidung mit einem rot durchtränkten Kopfverband. Seine Kräfte schwanden, Wilhelm musste ihn stützen. Es war zwar nur ein kurzer Weg, trotzdem brauchten sie fast eine halbe Stunde, denn sie mussten immer wieder stehen bleiben, um Applaus und Bravo-Rufe von Passanten entgegenzunehmen. »Du hattest recht«, sagte Mensing, als sie schließlich das Krankenhaustor erreichten, »ich bin nicht in Form. Die Frauen und der Alkohol – ich rate dir, Kleiner: Lass die Finger davon. Und jetzt: Danke! Den Rest schaffe ich allein.«

Wilhelm blieb stehen und sah ihm nach, wie er im Eingang des Krankenhauses verschwand.

Arbeiter

Elisabeth hatte Wilhelm von der elektrischen Straßenbahn erzählt. Er war neugierig darauf und entschloss sich, auf dem Heimweg ein paar Stationen mit der Linie 22 zu fahren. Er ging zum Brandenburger Tor. Dort, wo die neue, schnurgerade zwanzig Kilometer lange Allee nach Westen führte, auf der der Kaiser seine neuen Autos auszuprobieren pflegte, startete auch die Linie 22, die in die entgegengesetzte Richtung fuhr.

Wilhelm freute sich, einen der begehrten Plätze auf dem offenen hinteren Teil des Waggons gefunden zu haben, die an warmen Sonnentagen normalerweise alle besetzt waren, als die Bahn auch schon wieder stoppte. Die Fahrgäste wurden gebeten auszusteigen, da eine Weiterfahrt bis auf weiteres nicht möglich sei, die Straßen seien durch streikende Arbeiter blockiert.

Je weiter Wilhelm ging, desto hektischer wurde es in den Straßen. Männer liefen hin und her, Rufe ertönten, hin und wieder rannte eine Polizeistaffel im Gleichschritt vorbei. Wilhelm wusste, dass es in den letzten Wochen immer wieder Unruhen gegeben hatte; diesmal ging es allerdings nicht um schlechte Arbeitsbedingungen, sondern um die letzte Parlamentswahl vom Anfang des Jahres: Die Sozialdemokraten hatten eine überwältigende Mehrheit erreicht, erhielten für die 500000 Stimmen, die sie in Berlin errungen hatten, nur sieben Parlamentssitze. Die Konservativen mit ihren 400000 Stimmen erhielten 212 Sitze. Die organisierte Arbeiterschaft forderte seit Monaten ein neues Wahlsystem, das die Sitzverteilung dem Stimmanteil gerechter anpassen sollte. Die Konservativen und nationalen Parteien mit ihrer Mehrheit und mit Unterstützung des Kaisers lehnten dieses Begehren jedoch ab. Nun entlud sich der Unmut darüber auf den Straßen.

Mehrmals musste Wilhelm Schutz in Haus- und Geschäftseingängen suchen, wenn berittene Polizei die Straße entlanggaloppierte. In der Ferne hörte er die Gesänge der Demonstranten, die lauter wurden und offenbar näher kamen. Immer wieder rannten Menschen in unterschiedlichen Richtungen die Straße entlang, verfolgt von Polizisten, die ihre Holzknüppel schwangen. Wilhelm wunderte sich, dass man ihn unbehelligt ließ, so als gehöre er nicht dazu. Irgendwann dämmerte ihm, dass es mit seiner Bekleidung zu tun haben musste: Die Polizisten trugen ihre Uniformen, die Demonstranten ihre Arbeiterkleidung – und er seine Studentenuniform. Sie ließ ihn wie einen Verirrten wirken – zur falschen Zeit am falschen Ort.

Das änderte sich, als eine Gruppe flüchtender Demonstranten plötzlich auf ihn zukam und ihn einkreiste. »Nehmen wir ihn mit«, schrie ein Mann, »er ist unsere Geisel, dann schießen sie nicht auf uns!«

Einen Moment lang sahen sich die zumeist jungen Burschen unsicher an, dann wurde Wilhelm von mehreren Händen gepackt. »Du brauchst nur zu gehen, wir zeigen dir den Weg!«, sagte einer. »Und wenn du brav bist, passiert dir nichts.«

Wilhelm fügte sich. Der Trupp von etwa zehn Männern, die ihn umringten, zog in Richtung Schlesischer Bahnhof, Wilhelm in ihrer Mitte. Es kam ihm so vor, als wäre es auf einmal still geworden, er sah keine Polizisten mehr, hörte keine Gesänge, keine Schreie. Auch seine Begleiter schienen dies zu bemerken und verlangsamten ihre Schritte, als sie sich einer kleinen Kreuzung näherten. Zwei von ihnen gingen vor, um in die kleine Straße hineinzublicken, die von grauen, abgeblätterten Mietshäusern gesäumt war, als plötzlich aus einem Torweg ein Trupp Polizisten herausstürmte und sofort das Feuer eröffnete. »Hinterhalt!«, schrie einer der Demonstranten. Wilhelm warf sich wie mehrere andere auch flach auf den Boden, einige liefen davon in die Richtung, aus der sie gekommen waren und wurden von Kugeln getroffen. Wilhelm sah sie taumeln und zu Boden stürzen. Er legte seine Hände über den Kopf zusammen, um sich zu schützen.

Geschrei, Schüsse, Stiefel auf dem Kopfsteinpflaster. Als Wilhelm vorsichtig seinen Kopf hob, sah er vor sich einen Hinterhof, dessen hölzernes Tor offen stand. Langsam kroch er darauf zu. Als er den Bürgersteig erreichte und sich gerade erheben wollte, um dort Zuflucht zu suchen, wurde er erneut von Händen gepackt, die ihn in eine andere Richtung zerrten. Noch ehe er sich vollständig aufrichten konnte, wurde er in einen Hauseingang gestoßen. »Nicht in den Hinterhof!«, sagte eine Stimme, die zu den Händen zu gehören schien, »dort warten noch mehr Polizisten. Schnell die Treppe hoch, schnell!«

Wilhelm blickte sich um und sah einen jungen Mann seines Alters, der gekleidet war wie ein Zimmermann und eine Ballonmütze trug, nicht unähnlich seiner eigenen Studentenmütze. Ohne nachzudenken, folgte er der Anweisung und lief die Treppen hinauf. In der zweiten Etage stand eine Wohnungstür offen, eine junge Frau wartete dort offenbar auf ihn und winkte ihn herein. Als auch der junge Mann die Wohnung erreicht hatte, schloss sie schnell die Tür und lehnte sich mit dem Rücken dagegen.

Wilhelm starrte sie an und erkannte sie nicht sofort. Dann dämmerte es ihm: Luise, das Hausmädchen seiner Eltern. Sie bemerkte sein Erkennen und nickte. »Ich habe Sie vom Fenster aus gesehen und meinen Bruder hinuntergeschickt, um Sie dort herauszuholen. Darf ich vorstellen: Das ist Otto, mein Bruder.«

Der junge Mann nahm seine Mütze ab. »So lernt man nach und nach die Herrschaften kennen«, sagte er lächelnd. »Erst Ihre Schwester, jetzt Sie.«

»Meine Schwester? Haben Sie sie auch gerettet?«

»Nein«, antwortete Otto und schmunzelte, »das war nicht nötig. Obwohl – es hätte durchaus etwas passieren können, so wie sie sich aufgeführt hat. Aber das erzähle ich Ihnen ein anderes Mal, oder: Fragen Sie sie am besten selbst. Jetzt müssen wir erst mal sehen, wie wir Sie heil nach Hause bekommen.«

»Danke«, sagte Wilhelm und blickte sich um, »wohnen Sie allein hier?«

Diesmal war es Luise, die leise lachte. »Nein«, sagte sie, »dort wohnt meine Familie« – sie deutete auf eine Tür, die hinter ihr vom Flur abging –, »und dort eine Familie, die kürzlich aus Italien nach Deutschland gekommen ist, der Mann und die Frau arbeiten beide bei Siemens.« Sie zeigte auf die gegenüberliegende Zimmertür.

»Eie ganze Familie wohnt dort drinnen?«, fragte Wilhelm erstaunt.

»Sie haben nur ein Kind. Aber das zweite kommt bald.«

»Erzähl ihm diese Geschichten später«, schaltete sich Otto ein, der hinter einem Vorhang aus der Küche auf die Straße hinunterblickte. »Ich glaube, wir können es wagen, es ist niemand mehr zu sehen …« Er gab Wilhelm einen Wink und öffnete die Haustür.

Unten angekommen, hielt er Wilhelm noch einen Augenblick zurück und sagte dann: »Die Luft ist rein. Gehen Sie nach links zur S-Bahn, die fährt noch, sie wird zwar von der Polizei bewacht, aber Sie wird man hineinlassen.«

Als Wilhelm sich bedanken wollte, winkte Otto ab. »Eine Hand wäscht die andere, irgendwann kommt der Tag, da können Sie sich revanchieren.«

Wilhelm trat hinaus auf die Straße, auf der niemand mehr zu sehen war.

Elisabeth

Was Wilhelm im Wedding erlebt hatte, war nur ein Vorgeschmack auf den Herbst der Unruhen in Berlin. Fast jeden Abend waren die Aktionen der Arbeiter Gesprächsthema am Esstisch der von Schwemers: Der Freiherr empörte sich lautstark über die immer dreisteren »Unverschämtheiten« der Sozialdemokraten. »Es ist mir ein Rätsel, warum der Kaiser sie immer noch im Abgeordnetenhaus duldet!«, schnaubte er. »Kein Respekt, kein Gehorsam, keine Staatsraison! Stattdessen immer nur Forderungen! Sie können den Hals nicht vollkriegen. Jetzt wollen sie auch noch, dass Frauen ins Parlament gewählt werden dürfen.« Er knüllte seine Serviette zusammen und warf sie auf die Essenreste, die auf seinem Teller lagen. Es hatte Rehrücken auf Pastinaken gegeben. Die lagen noch unangetastet auf dem Teller, der Freiherr verachtete Gemüse. »Richard, bitte«, sagte Helène von Schwemer, »die Kinder …«

Es war einer der letzten warmen Herbsttage des Jahres, die Tür zum Garten stand offen, und ein Windhauch bauschte den Vorhang auf, der dabei eine Vase zu Boden riss. Mit einem Aufschrei sprang der Freiherr, der mit dem Rücken zum Fenster saß, auf die Beine und schnellte herum. Er starrte zur Terrassentür.

»Keine Sorge«, ließ sich Elisabeth vernehmen, »hierher kommen sie nicht, die frechen Sozis. Sie würden es nie wagen, einen Fuß in Ihr Haus zu setzen – das Haus eines so wichtigen Mannes …«

Der Freiherr sah sie einen Moment lang zweifelnd an, er war stets unsicher, ob seine Tochter etwas ernst meinte oder ob sie sich wieder eine Frechheit erlaubte. Gerade wollte er sich für Letzteres entscheiden und holte für eine passende Antwort Luft, als Adalbert in die Stille hinein fragte: »Was ist das?«

Alle sahen ihn an. Es war nicht üblich, dass sich die Kinder ungefragt zu Wort meldeten. Überraschend sanft entgegnete der Freiherr: »Was, mein Junge? Wovon sprichst du?«

»Was Sie eben gesagt haben – das von den Frauen.«

Bedächtig nickte der Freiherr mit seinem schweren Kopf, als wollte er seinem Zweitjüngsten Anerkennung dafür zollen, die wichtigen Fragen des Lebens zu erkennen. »Die Frauen, mein Sohn – ja, was wollen sie? Keiner weiß das so genau. Sie selbst wahrscheinlich am allerwenigsten. Aber erst mal wollen sie alles haben, alles, was die Männer auch haben. Was dabei herauskommt, wird man dann schon sehen, nicht wahr? Abgeordnete wollen sie werden, mein Junge, ins Parlament wollen sie, mit den Männern über die Geschicke unseres Landes diskutieren.« Er schnaubte verächtlich, ergriff dann die zerknüllte Serviette und wischte sich damit den Schweiß aus dem Gesicht, was eine dünne Spur Bratensoße auf der Stirn zurückließ.

»Wenn es nur ums Diskutieren ginge«, fügte er leise und wie zu sich selbst hinzu. »Entscheiden wollen sie, mitentscheiden! Frauen!«

Er sah aus, als würde er gleich weinen vor Enttäuschung über so viel Undank in der Welt. Sein Gesichtsausdruck wechselte jedoch schnell wieder zur Kampfeslust, als er sah, wie Elisabeth sich erhob, hinter ihren Stuhl trat und leise, aber bestimmt sagte: »Genau. Endlich haben Sie mal etwas begriffen. Ich empfehle mich für den Rest des Abends.«

»Halt!«, rief er, »hier wird nicht aufgestanden, bevor ich fertig bin.«

Elisabeth drehte sich noch einmal um und sagte: »Sie sind doch längst fertig mit dem Essen, die Soße tropft Ihnen ja schon von der Stirn …« Damit verließ sie langsam den Raum. Es war ein Abgang, wie ihn Asta Nielsen nicht hätte besser machen können.

»Ich denke, es ist Zeit für deine Zigarre«, sagte Helène von Schwemer zu ihrem Mann, »außerdem haben wir noch etwas zu besprechen, was wichtiger ist. Geht schon vor, ich komme gleich nach.« Dabei sah sie erst Wilhelm an, dann seinen Vater. Zu Wilhelms Überraschung nickte der nur kurz, erhob sich und strebte zu seinem Rauchzimmer.

Als Wilhelm eintrat, stieß sein Vater gerade mit einem lauten Seufzer die erste Rauchschwade in die Luft, als wolle er endlich Dampf ablassen. Er deutete auf einen der Ledersessel. »Setz dich.« Dann ging er, die Zigarre mit zwei Fingern zwischen den Lippen drehend, vor Wilhelm auf und ab. »Bevor sie kommt, nur kurz dies«, sagte er. »Freitagabend wird die dir bekannte Herrenrunde eine Exkursion unternehmen. Ich möchte, dass du uns begleitest.«

»Exkursion?«

»Es gibt manchmal Dinge, bei denen man unter einem fremden Dach besser aufgehoben ist. Du wirst schon sehen. Nun zu dem anderen Thema: Adalbert.«

Wilhelm sah ihn gerade fragend an, als sich die Tür öffnete und Helène eintrat. »Ja«, nahm sie den Faden auf, »Adalbert, dein Bruder. Du weißt, dass es ihm nach wie vor nicht gutgeht. Seine Lunge wird immer anfälliger und schwächer, trotz aller ärztlichen Bemühungen. Wenn nicht bald eine Therapie gefunden wird, die anschlägt, wird er um einen Aufenthalt in der Lungenheilanstalt nicht herumkommen.«

Sie setzte sich auf den Platz neben Wilhelm. »Richard, bitte!«, sagte sie leise und wedelte mit einer Hand den Zigarrenqualm von sich fort. »Dein Vater und ich«, sagte sie dann, »wir möchten dich bitten, mit Adalbert zu Professor Schweninger zu gehen. Dein Vater hat einen Termin bei ihm für Adalbert bekommen.«

»Sie meinen den ehemaligen Leibarzt des Kanzlers?«

»Genau«, antwortete der Freiherr, »Bismarcks Wunderdoktor. Er hat ihm mindestens viermal geholfen, von der Schippe zu springen. Und Bismarck war sechsmal so alt und zehnmal so dick wie unser Adalbert. Da wird ihm für den Jungen ja wohl auch etwas einfallen.«

»Aber er ...«, hob Wilhelm an. Seine Mutter legte ihre Hand auf seinen Arm und sagte: »Ich weiß, es gibt seltsame Geschichten über diesen Professor. Seine Wasserkur wird von vielen als Scharlatanerie angesehen. Aber normale Ärzte konnten Adalbert bisher auch nicht helfen. Also sollten wir dem Wunderdoktor eine Chance geben.«

Wilhelm hatte von Schweningers Praktiken gehört. Er war von einem Chirurgen, der im letzten Krieg mehr Beine amputiert hatte als jeder andere, zu einem Verfechter der Reformmedizin geworden: Er propagierte Wasser als das Allheilmittel. Heißes Wasser, sonst nichts. Es hieß, dass er sich selbst von nichts anderem als Wasser ernährte. Seine schlanke Figur, die sich von den üblichen Männersilhouetten abhob, schien das zu bestätigen.

»Ja, ebenjener«, wiederholte der Freiherr. »Und nun fragst du dich: Warum du? Ganz einfach, mein Sohn: Ich muss demnächst nach Afrika und habe viel vorzubereiten, in Südwest stehen die Dinge nicht zum Besten. Und deine Mutter kann diesen Professor nicht aufsuchen, er würde sie nicht in seine Praxis lassen. Er duldet keine Frauen, die Korsetts tragen. Er hält das für degeneriert. Neulich hat er ...«

»Richard!«, sagte Helène von Schwemer streng, und er schwieg.

»Kürzlich hat er eine Patientin im Unterrock aus seiner Klinik gejagt, weil sie es gewagt hatte, im Korsett zur Untersuchung zu erscheinen«, sagte der Freiherr leise zu Wilhelm.

Wilhelm fühlte sich unbehaglich bei dem Gedanken an Unterröcke und Korsetts, er heftete den Blick auf seinen Vater, dessen Kopf vom Zigarrennebel umhüllt war und auf dessen Stirn der braune Soßenstreifen langsam in die Augenbrauen rutschte.

»Natürlich«, sagte er, »selbstverständlich fahre ich mit Adalbert zu Professor Schweninger.« Er erhob sich, verbeugte sich zuerst zur Mutter, dann zum Vater und verließ den Raum. Er wollte gerade die Tür schließen, als sein Vater rief: »Ach, noch etwas.« Wilhelm blieb stehen. »Da von Doering mich nach Afrika begleiten wird und wir nicht wissen, wie lange wir fort sein werden, wird es dieses Jahr wohl nichts mehr werden mit der Hochzeit. Du solltest Charlotte möglichst bald zu einem Gespräch treffen. Ich glaube, sie hat dir etwas zu sagen.«

*

»Und das lässt du dir gefallen?«, fragte Elisabeth, als Wilhelm an der offenen Tür ihres Zimmers vorüberging. Sie saß vor ihrem Schreibtisch. »Dass er so mir nichts dir nichts über deine Hochzeit entscheidet. Aber das stört dich nicht, stimmt's?«

Er trat ein und schloss die Tür hinter sich. »Was weißt du über den Bruder von Luise, unserem Hausmädchen?«, fragte er, ohne auf ihre Bemerkung einzugehen. Verblüfft ließ sie ihren Federhalter fallen. Sie öffnete den Mund und schloss ihn wieder.

»Du siehst«, sagte er, »ich kann dir auch Fragen stellen, die dich sprachlos machen.« Er lachte. »Keine Sorge, ich verrate nichts.«

»Verraten? Wie?«

»Er kennt dich. Das hat er zumindest gesagt.«

Jetzt sah sie ihn noch verblüffter an. »Und woher kennst du ihn?«

»Er hat mich aus dem Schlamassel geholt. Vor ein paar Wochen, bei den Unruhen. Wenn er mich nicht in sein Haus gezogen hätte, säße ich vielleicht nicht mehr hier.«

»Sein Haus?«

»Na ja, da, wo er mit seiner Schwester wohnt, mit der Familie und noch ein paar Leuten. Sie hat mir ebenfalls geholfen. Ich schulde ihr etwas.«

Er erzählte Elisabeth, was geschehen war. Elisabeth hörte ihm aufmerksam zu. »Sie bekommt ein Kind«, sagte sie dann unvermittelt. »Von einem Mann, der sie erpresst hat. Ich habe ihr gesagt, dass ich ihr helfen werde.«

»Und wie soll das geschehen?«

»Wir werden es bis zum Schluss geheim halten. Und wenn das Kind da ist, wird es adoptiert. Ich kenne Frauen, die Kontakte haben zu Organisationen, die solchen Mädchen helfen.«

»Das erklärt aber noch nicht, woher du den jungen Mann kennst, Luises Bruder.«

»Es bleibt unter uns?«, fragte Elisabeth.

Wilhelm nickte.

»Ich war im Vergnügungspark, mit Friderike. Da sind sie uns

über den Weg gelaufen, standen plötzlich vor uns und meinten, es lohne sich nicht, sich die zersägte Jungfrau anzusehen, weil sie nicht tatsächlich zersägt wird.«

»Du hast doch nicht wirklich geglaubt, dass sie sie zersägen?«

»Ich hätte es drauf ankommen lassen.«

»Und was hast du mit dem gesparten Eintrittsgeld gemacht?«

»Zuckerwatte gekauft.«

»Zuckerwatte. Du wirst nie erwachsen.«

»Muss ich das? Was ist das überhaupt?«

»Wenn man Verantwortung übernimmt, zum Beispiel.«

»Und was noch?«

»Wenn man seine Pflichten kennt.«

»Und die kennst du, ja? Deine Pflichten ...«

Wilhelm zuckte die Achseln. »Findest du nicht?«

Sie strich ihm über die Wange. »Doch«, sagte sie, »die kennst du. Du bist sogar viel zu pflichtbewusst. Kaum sagen sie dir irgendwas, da springst du schon. Ich frage mich manchmal, ob du weißt, welche Pflichten gut sind und welche nicht.«

»Wie kann eine Pflicht nicht gut sein?«

»Nimm mal die Polizisten neulich: Die haben die Pflicht, auf die Arbeiter zu schießen. Dabei sind sie im Grunde selbst welche, nur wollen sie es nicht wahr haben. Ist das eine gute Pflicht?«

Wilhelm schwieg.

»Und was ist mit deiner Hochzeit mit Charlotte? Wie erklärst du dem Mädchen in Frankreich, dass es deine Pflicht ist, Charlotte zu heiraten?«

Wilhelm sah zu Boden. »Sie will mich sprechen, hat Vater gesagt.«

»Wer?«

»Charlotte.«

Elisabeth nickte. »Es wird wohl wegen Afrika sein.«

»Afrika?«

»Ja, so hörte ich. Sie will für eine Weile als Krankenschwester nach Lomé. Und sie hat ihren Vater überreden können.«

Wilhelm lächelte. »Ich mag sie«, sagte er dann. »Sie hat Ziele, sie nimmt sich sozusagen selbst in die Pflicht. Sie hat mir von diesem Wunsch erzählt. Dass es schon jetzt so weit ist, wusste ich nicht.«

»Vielleicht solltest du sie mal treffen, ohne dass die Altvorderen dabeisitzen.«

»Das wäre unschicklich«, antwortete Wilhelm, »das weißt du.«

Elisabeth lachte. »Ach, mein Wilhelm, du hättest vor hundert Jahren geboren werden sollen. Du passt nicht in diese Zeit ...«

Herren

Zur Exkursion der Herrenrunde holte Wilhelm seinen Vater vom Afrikahaus im Karlsbad 10 ab. Er war schon lange nicht mehr in den Räumen des Kolonialamtes gewesen. Zwei großgewachsene Afrikaner in preußischen Uniformen standen mit geschulterten Gewehren links und rechts vom Eingang und blickten starr geradeaus, als Wilhelm an ihnen vorbeiging. Seltsam, dachte er, wozu stehen die hier? Sie kennen mich nicht und lassen mich trotzdem ohne weiteres passieren?

Der Wachsoldat im Inneren des Hauses begrüßte ihn mit Namen. »Ihr Herr Vater hat Sie avisiert. Ich freue mich, Sie persönlich begrüßen zu dürfen, Sie haben einen Ruf wie Donnerhall! Wie gern würde ich die Geschichte haarklein von Ihnen hören – aber die Zeit reicht nicht, er erwartet Sie.« Er schulterte sein Gewehr und marschierte voran, den langen, weiß gekalkten Gang entlang, an dessen Wänden Ölgemälde hingen, die idyllische und friedliche afrikanische Dorfszenen zeigten. Kein Wunder, dass sich immer mehr Auswanderungswillige melden, um die afrikanischen Kolonien zu besiedeln, dachte Wilhelm, als er im Vorübergehen die Bilder betrachtete.

Vor dem Amtszimmer seines Vaters wurde er gebeten, auf einer Bank Platz zu nehmen und zu warten. Der Soldat klopfte an die Tür, von drinnen ertönte ein gebelltes »Herein!«. Kaum hatte der Soldat das Büro betreten, stolperte er auch schon wieder rückwärts heraus, gefolgt vom Freiherrn, der fauchte: »Wie können

Sie es wagen, meinen Sohn hier draußen sitzen zu lassen wie einen Bittsteller! Wegtreten!«

Der Mann salutierte und entfernte sich in Windeseile. »Du bist der Letzte«, sagte der Freiherr, »alle warten schon auf dich.« Mit einer knappen Handbewegung forderte er Wilhelm auf, einzutreten.

Das Zimmer war ausstaffiert mit Speeren, Masken und bunten Holzskulpturen, die Eingeborene darstellten. »Ja!«, lachte der Freiherr, als er Wilhelms Blicken folgte, »hier siehst du mein Spielzimmer. Alles persönlich mitgebracht, jedes einzelne Stück! Du warst lange nicht mehr hier, mein Sohn. Die Herren kennst du ja. Du brauchst sie nicht einzeln zu begrüßen.« Wilhelm verbeugte sich in die Richtung der sechs Männer, die mit Whiskygläsern in den Händen vor dem großen Fenster standen und sich unterhielten. Sie hoben die Gläser zum Gruß.

*

»Ich hoffe, deine Mutter hat einen netten Abend mit Helene Bechstein«, sagte der Freiherr, als sie wenig später nebeneinander im Fond des Horch saßen. Die Gruppe war mit drei Fahrzeugen aufgebrochen, der Dienstwagen des Freiherrn fuhr vorweg. »Ich habe ihnen Karten für eine Wilhelm-Busch-Lesung besorgt. Da staunst du, was?«, sagte er und schlug Wilhelm freundschaftlich auf den Schenkel. »Ich habe durchaus Sinn für die Kultur des einfachen Volkes, mein Sohn. Wie sonst könnte ich so gut mit unseren Negern in Afrika klarkommen? Und wenn einer so gut dichten kann wie dieser Busch, dann muss man ihn unterstützen.«

Wilhelm nickte. »Und wir?«, fragte er, »wo tagen wir?«

»Tagen? Ach so, ja. Lass dich überraschen. Der Mensch besteht nicht nur aus seinen Pflichten. Das ist das, was ich dir heute Abend veranschaulichen möchte.«

Nach einer halbstündigen Fahrt bogen die Wagen durch einen Torbogen in einen Hof und hielten dort vor einem kleinen Haus, dessen Tür prompt geöffnet wurde. Eine Dame im roten Abendkleid hieß die Gruppe willkommen, einer nach dem anderen küsste ihre Hand. »Schön, Sie wieder begrüßen zu dürfen, treten Sie ein!« Als die Reihe an Wilhelm war, sich über ihre Hand zu beugen, sagte sie überschwänglich: »Ein neues Gesicht! Darüber werden sich die Damen freuen.«

Sie betraten einen großen, nur von Kerzen beleuchteten Raum, der mit Sitzgruppen ausgestattet war und dessen Fenster von schweren, dunkelroten Stoffen verhängt waren. »Machen Sie es sich bequem«, sagte sie, »die Getränke sind bereits im Anmarsch!«

Kaum saßen alle, traten hinter einem Vorhang mehrere junge Frauen hervor. Wilhelm sah, dass auf den Tischen Champagnerflaschen bereitstanden. »Meine Damen, meine Herren, Sie kennen sich ja bereits, auf eine förmliche Begrüßung können wir sicherlich verzichten.«

Die Herren erhoben sich freudig, Gläser wurden gefüllt, ein Grammophon, das in der Mitte des Raumes stand, wurde in Gang gesetzt: der Radetzky-Marsch. Und nun setzte eine Geschäftigkeit ein, die Wilhelm verblüffte. Jede der Damen setzte sich wie auf Kommando einem der Herren auf den Schoß. Man prosteste sich zu. »Auf einen wundervollen Abend!«, rief die Dame des Hauses. »Es ist für alle Wünsche gesorgt.«

Wilhelm stand unschlüssig neben dem Grammophon. »Und für Sie, tapferer junger Krieger, ist natürlich ganz besonders gesorgt«, sagte sie und wandte sich zu dem Vorhang, durch den jetzt eine junge Frau in den Raum trat. Charlotte!, dachte Wilhelm. Als sie vor ihm stand und ihr Gesicht hob, sah er jedoch, dass sie es nicht war.

Er küsste ihre Hand und beeilte sich dann, ihr ebenfalls ein Glas Champagner zu holen. »Von Schwemer«, stellte er sich vor, als sie sich zuprosteten, »Wilhelm von Schwemer.«

»Mia«, antwortete sie leise. »Das ist mein Name«, fügte sie hinzu, als sie seinen verwunderten Gesichtsausdruck bemerkte. »Möchten Sie tanzen?«

Die Schallplatte war gewechselt worden, es erklang das »Püppchen«. Mehrere Paare hatten sich erhoben und tanzten. »Ich habe viel von deinem Abenteuer gehört«, sagte das Mädchen, das nun dicht an Wilhelm herantrat. Er wusste nicht, was ihn mehr faszinierte – der würzige Duft, der von ihrem Hals zu ihm aufstieg, oder die Leichtigkeit ihres Körper, den er spürte, als sie sich an ihn schmiegte. »Magst du mir davon erzählen?« Bevor er antworten konnte, fuhr sie fort: »Hier ist es zu laut, lass uns in ein ruhigeres Zimmer gehen.«

Sie ergriff seine Hand, führte ihn hinter den Vorhang und eine Treppe hinauf. »Es ist gleich hier«, sagte sie, als sie spürte, dass er zögerte. Sie gingen einen schmalen, schwach beleuchteten Flur entlang, dann öffnete sie eine Tür und zog ihn hinter sich in eine Kammer.

Kaum waren sie eingetreten, legte sie ihre Arme um seinen Hals. »Magst du mein Parfum? Es ist neu. Madame meinte, du würdest es mögen.« Sie öffnete seine Jacke und zog sie ihm aus. Während sie damit begann, sein Hemd aufzuknöpfen, schob sie ihn langsam zu dem Himmelbett, das in der Mitte des Raumes stand. Wilhelm wollte ihr wahrheitsgemäß antworten, dass ihm der Duft ausgezeichnet gefiele, merkte jedoch, dass ihm die Stimme versagte. Als er plötzlich rücklings auf dem Bett lag und ihren Körper auf sich spürte, hatte er das Gefühl, der berauschende Duft würde ihn machtvoll in eine andere Welt führen, der er nichts entgegenzusetzen hatte. Als er ihren Mund auf seinem spürte und ihr Haar sein Gesicht bedeckte, wusste er kaum mehr, wo er war. »Du brauchst nichts zu tun, folge mir einfach«, sagte sie, »denk an nichts und spüre mich nur.« Das tat er.

*

Die Rufe auf dem Flur hörte zuerst das Mädchen. Sie richtete sich auf und lauschte. Auch Wilhelm war schlagartig hellwach – Türenschlagen, schwere Schritte auf der Treppe. Hastig kleidete er sich an. Jetzt waren aus dem Nebenzimmer aufgeregte Stimmen zu hören. Er ging zur Tür und trat auf den Flur hinaus.

Jemand ergriff seinen Arm, es war sein Vater. »Komm! Der Wagen ist schon angelassen. Nimm alles mit, lass nichts liegen. Wir fahren!« Der Freiherr eilte zur Treppe, ohne Jackett, die Hosenträger baumelten an der Seite seiner Hose, er trug nur einen Schuh.

Wilhelm folgte ihm nicht, er ging zu dem Zimmer nebenan, dessen Tür offen stand und aus dem die Stimmen kamen. Ein

Mann lag am Boden, zwei Männer beugten sich über ihn, einer tätschelte seine Wange, ein anderer versuchte, ihn hochzuziehen. Es war Kommerzienrat Rohrbach, der am Boden lag und schwer atmete, das Gesicht schmerzverzerrt. Die beiden anderen bemerkten Wilhelm, es waren Major Berndorff und von Schroeter. »Er hat einen Herzanfall«, sagte Berndorff. »Wir müssen ihn zum Arzt bringen.«

»Ist es nicht besser, einen Arzt kommen zu lassen?«, fragte Wilhelm.

»Unmöglich, das geht nicht. Was soll er denn sagen, warum er hier ist? Auf keinen Fall ...!«

Wilhelm hörte seinen Vater von unten rufen. »Ich fahre jetzt! Ich werde nicht länger warten!«

Wilhelm schob von Schroeter zur Seite und beugte sich über Rohrbach. Der war fast grün im Gesicht, Speichel lief über seine Wange, den Hals entlang und auf das Unterhemd. »Holen Sie einen Stuhl«, sagte Wilhelm, »den da!« Er deutete auf einen Stuhl, der am Fenster stand und auf dem eine verängstigte, junge Frau saß, die bis auf ihre Strümpfe unbekleidet war. Als die beiden Männer nicht reagierten und Wilhelm verdutzt ansahen, ging Wilhelm zu ihr. »Entschuldigen Sie.« Er nahm eine Decke vom Bett und legte sie über ihre Schultern. »Wir brauchen den Stuhl. Am besten verlassen Sie das Zimmer.«

Er nahm den Stuhl, stellte ihn neben Rohrbach und sagte zu den beiden Männern: »Auf drei!« Sie fassten Rohrbach unter den Achseln und an den Beinen, Wilhelm zählte, und dann wuchteten sie ihn auf den Stuhl. Als sie ihn losließen, kippte er zur Seite, murmelte etwas und verdrehte die Augen.

Wilhelm richtete ihn wieder auf. »Jetzt den Stuhl.« Langsam hoben sie den Stuhl an und trugen ihn aus dem Zimmer. »Bringen Sie bitte seine Sachen nach unten«, sagte Wilhelm zu dem Mädchen, das reglos in einer Ecke stand.

Sie schoben den Stuhl den Gang entlang bis zur Treppe, dann stellte sich Wilhelm vor den Stuhl und beugte die Knie. »Legen Sie ihn mir auf den Rücken«, sagte er, »ich werde ihn hinuntertragen.«

Die beiden schwer atmenden Männer sahen ihn ratlos an.

»Auf drei!«, sagte Wilhelm.

Wieder zählte er, und einen Moment später spürte er das Gewicht des halb bewusstlosen Mannes, der leise stöhnte. Langsam ging er gebückt Stufe für Stufe hinunter, während er Rohrbach an den Handgelenken festhielt. Am Treppenabsatz stand die Dame des Hauses, kreidebleich. »Einen Stuhl bitte«, sagte Wilhelm zu ihr. Hastig zog sie einen heran. Wilhelm ließ Rohrbach auf den Stuhl gleiten. »Nun kommen Sie schon!«, rief er nach oben, »es gibt wieder etwas zu tragen.«

Er bemerkte, dass alle anderen das Haus bereits verlassen hatten, von den jungen Damen war ebenfalls keine mehr zu sehen. Berndorff und von Schroeter traten neben ihn, gemeinsam packten sie den Stuhl mit Rohrbach und trugen ihn aus dem Haus, vor dem Berndorffs Wagen mit laufendem Motor stand. Sie wuchteten Rohrbach auf die Rückbank. Von den beiden anderen Fahrzeugen war nichts mehr zu sehen.

»Zur Charité!«, sagte Wilhelm zum Fahrer, der ihn irritiert ansah, und zu Berndorff und von Schroeter: »Und Sie nehmen sich eine Droschke.« Wilhelm setzte sich neben Rohrbach in den Fond, Rohrbachs Kopf sank auf seine Brust.

*

Zwei Stunden später erreichte Wilhelm das elterliche Haus, wo ihm Luise die Tür öffnete. »Ihr Herr Vater erwartet Sie«, sagte sie scheu. »Im Salon.«

Stumm standen sie sich gegenüber, nachdem Wilhelm eingetreten war. Schließlich war es Wilhelm, der das Wort ergriff: »Er lebt, sie haben ihm Sauerstoff gegeben.«

Der Freiherr nickte. »Ich weiß, ich habe einen Anruf erhalten. Aber was viel wichtiger ist: Kein Wort zu deiner Mutter! Wir werden jetzt noch einmal aus dem Haus gehen und zur üblichen Zeit zurückkehren, nach ihr. Wir haben einen wunderbaren Herrenabend im Casino verlebt, es war alles wie immer, leider hat Rohrbach etwas zu viel getrunken – du verstehst …«

»Nein«, entgegnete Wilhelm. »Ich werde schlafen gehen. Ich

werde morgen sehr früh zum Fechttraining erwartet. Einen schönen Abend noch.« Mit einer knappen Verbeugung verließ er das Zimmer.

Wilhelm ging mit schnellen Schritten zu seinem Kleiderschrank. Er zog die unterste Schublade auf und legte einen Stapel Hemden zur Seite. Da lag sie. Lange blickte er sie an, dann nahm er die graue Schirmmütze heraus. Adèles Mütze. Darin befand sich ihr Brief, den sie am Abreisetag in sein Gepäck gelegt hatte. Er hatte ihn seit seiner Rückkehr nach Berlin jeden Tag gelesen. Er brauchte ihn nicht aus dem Couvert zu nehmen, er kannte die Worte, sah sie vor sich, in Adèles kräftiger, schwungvoller Handschrift. *Auch wenn sie alle den Verstand verlieren, ich werde den Glauben nicht verlieren*, hatte sie geschrieben, *den Glauben an Dich und mich. Du bist mir geschenkt worden, und ein Geschenk gibt man nicht zurück, zumindest nicht bei uns in Lothringen. Ich weiß nicht, was Du tun wirst, und ich weiß nicht, wo Du sein wirst, wenn ich Dich brauche. Ich warte auf Dich, irgendwie wirst Du mich finden. Du hast mich immer gefunden.*

Er saß auf der Bettkante und starrte auf den Brief. *Auf dich warten andere Dinge*, hatte seine Mutter auf der Rückreise im Zug zu ihm gesagt, *und du hast sie schon akzeptiert*. War es das, was auf ihn wartete – das, was er heute Abend erlebt hatte? War es das, was er angenommen hatte, das Leben, das sein Vater ihm zu Füßen legte? Ja, er hatte Charlotte das Eheversprechen gegeben, weil er wusste, was von ihm erwartet wurde, weil er seine Pflichten kannte. Er sah die Gesichter der beiden jungen Frauen vor sich. Langsam verschwammen sie ineinander.

Er mochte Charlotte wegen ihrer Gradlinigkeit, ihres Charakters, ihrer Ziele. Er musste sich jedoch eingestehen, dass er ihren Entschluss, nach Afrika zu gehen, insgeheim begrüßte. Er hatte sich nie vorstellen können und es sich auch nie ausgemalt, mit Charlotte an seiner Seite ein Leben zum Wohl der Familien, des Kaisers und des Reiches zu führen. In seinen Tagträumen sah er immer nur das eine Gesicht vor sich, das jetzt überdeutlich vor seinem geistigen Auge stand: das Gesicht unter der grauen Mütze, die er in der Hand hielt.

Er würde so bald wie möglich Charlotte treffen müssen und überlegte, was er auf ihre Eröffnung, nach Togo zu reisen, erwidern würde. Aus dem Nebenzimmer vernahm er das Husten, das ihn in den letzten Wochen häufig nachts geweckt hatte. Er hörte, wie Adalbert aufstand, um sich ein Glas Wasser zu holen. Wilhelm erhob sich und ging leise auf den Flur hinaus. Vor der Tür des Kinderzimmers blieb er stehen und lauschte. Sie sprachen miteinander. Der andere Bruder war vom Husten wach geworden, sie stritten. Wilhelm überlegte, ob er in das Zimmer gehen und sie beruhigen sollte, als er den Zigarrengeruch bemerkte. Langsam drehte er sich um.

Am Ende des Flures stand sein Vater. »Der arme Junge«, sagte er mit gedämpfter Stimme, »woher hat er bloß diese schwache Konstitution? Ich wünschte, ich wäre Arzt und könnte ihm helfen.« Der Freiherr senkte den Blick. »Er ist so ein lieber, kleiner Kerl. Und er vergöttert dich, Wilhelm. Es wird ihm helfen, wenn du mit ihm zu diesem Quacksalber gehst. Egal, was der mit ihm macht: Gib ihm einfach das Gefühl, dass es gut für ihn ist.«

Wasser

Wilhelm war auf die Schrullen und Extravaganzen des berühmten Arztes vorbereitet, entsprechend zurückhaltend betrat er gemeinsam mit Adalbert im Klinikum Lichterfelde das Vorzimmer von Ernst Schweninger. Es schien alles zuzutreffen: Vor dem Gebäude stand ein weißer Vierspänner, mit dem der Professor sich morgens in die Klinik und abends nach Haus kutschieren ließ. Das Empfangszimmer war ausgestattet mit Bildern und Skulpturen, wie Wilhelm sie noch nie gesehen hatte: Portraits und Körper, die so gar nicht den üblichen menschlichen Proportionen entsprachen. Wilhelm und Adalbert betrachteten sie mit Erstaunen.

»Kubisten«, sagte plötzlich eine Stimme. Sie gehörte einer kleinen, älteren Dame, die leise den Raum betreten und schon eine Weile hinter ihnen gestanden hatte, ohne dass sie sie bemerkt hätten. »Ernst sammelt die französische Moderne«, fügte sie hinzu und stellte sich vor: »Ich bin die Schwester von Professor Schweninger und versuche, hier ein wenig Ordnung in sein Chaos zu bekommen. Mein Bruder ist eine Plage, glauben Sie mir, junger Mann. Aber vom Gesundmachen versteht er etwas, das muss ich ihm lassen. Folgen Sie mir bitte, er wartet schon auf Sie.«

Auf dem Weg zum Behandlungsraum legte sie Adalbert, der einen Kopf kleiner war als sie, einen Arm um die Schulter und sagte: »Und das mit dem Husten – da machen Sie sich keine Sorgen. Wenn er meinen Husten weggekriegt hat, schafft er das auch mit Ihrem. Und meiner war wirklich – erheblich, mein lieber Adalbert.«

Verblüfft schaute er zu ihr auf. »Woher kennen Sie mich, Madame?«

»Na, weil Sie angemeldet sind, junger Mann. Da muss man sich informieren über die Patienten, nicht wahr?«

»Nun halte die Leute nicht mit deinen Geschichten auf!«, tönte es aus dem Arztzimmer. »Die jungen Leute haben genug um die Ohren. Keine Zeit, keine Zeit – so ist das heute bei den jungen Menschen, stimmt's?«

In einem Ohrensessel am Fenster saß ein kleiner, drahtiger Mann in Tenniskleidung. »Kommen Sie, kommen Sie!« Er winkte Wilhelm und Adalbert mit der Hand. »Nicht so schüchtern.«

Die beiden stellten sich nebeneinander vor ihm auf und warteten wohlerzogen auf die Begrüßung. Aber zunächst wanderte der Blick des Arztes zwischen ihnen hin und her. »Bring ihnen etwas Wasser, meine Liebe!«, rief er dann. »Nicht zu heiß, Trinktemperatur bitte!« Die alte Dame verließ den Raum.

»Wissen Sie, ich bin jetzt 73 und haben eben in zwei Sätzen einen 55-jährigen vom Platz gefegt. Ja, Sie hören richtig: vom Platz gefegt! 6:1, 6:1. Und wissen Sie, wieso? Wasser! Das Geheimnis von Jugend und Kraft hat einen Namen: Wasser.«

Er sprang auf. »Kommen Sie, hier herüber! Was stehen Sie da herum?«

Er führte sie zu einer Sitzgruppe und bat sie, Platz zu nehmen.

Er bemerkte Adalberts suchenden Blick und sagte: »Ja, ich habe alles rausgeworfen, was nach Behandlungszimmer aussieht. Ich kann das nicht ausstehen. Das machen diese Kerle nur aus einem einzigen Grund: Sie wollen die Leute einschüchtern. Ärzte sind nämlich in Wahrheit meist bedeutend dümmer als ihre Patienten, und deshalb staffieren sie sich mit den Insignien des Neunmalklugen aus. Es gibt eine Untersuchung, die besagt, dass acht von zehn kerngesunden Menschen krank werden, wenn man sie nur lange genug Arztpraxen aussetzt. Bei wie vielen Ärzten waren Sie schon, junger Mann?«

»Vier, glaube ich.«

»Und welcher hat ihnen geholfen?«

»Bisher noch keiner.«

»Ich werde Ihnen auch nicht helfen.«

»Aber ...«, hob Adalbert an.

»Und wissen Sie, warum nicht? Weil nur Sie selbst sich helfen können! Die Lunge macht sich als Erstes bemerkbar, wenn man mit dem Leben über Kreuz liegt. Fast alle Lungenkranken haben wenig Spaß am Leben, müssen Sie wissen. Nicht weil sie lungenkrank sind, sondern schon vorher. Weil sie, sagen wir mal, zu viel machen müssen, was sie nicht machen wollen; weil sie zu wenig Zeit für die Muße haben; weil sie jeden Morgen Angst vor dem neuen Tag haben, weil sie – ach, was weiß ich nicht alles! Neulich hatte ich einen Patienten, der hustete sich die Seele aus dem Leib, und dann stellte sich heraus, das er jeden Abend Angst hatte, nach Hause zu gehen, weil seine Frau ihm wieder erzählen würde, dass er eigentlich schon längst Oberamtmann sein müsste und warum er das noch nicht sei.«

»Ernst, nun erzähl dem Jungen doch nicht solche Geschichten, er ist weder Amtmann noch verheiratet. Hier, meine Herren, Ihr Wasser.« Sie stellte ein Tablett mit zwei Gläsern und eine Karaffe Wasser vor ihnen ab. Wilhelm füllte die Gläser und verbrannte sich fast die Finger, als er eines vor Adalbert abstellte.

»Sie lernt es nicht, sie lernt es nicht«, jammerte der Professor. »Natürlich muss es gekocht werden, das ist klar! Aber man muss es auch trinken können, ohne sich Finger und Lippen zu verbrühen. Ich erzähle Ihnen jetzt etwas, während Sie darauf warten, dass Ihr Wasser abkühlt.«

»Letztes Jahr hat ein Kollege aus Frankreich den Nobelpreis für Medizin erhalten, Dr. Carrel heißt der Mann. Ich habe schon einmal gegen ihn Tennis gespielt, es ging über drei Sätze und am Ende musste ich mich geschlagen geben. Egal: Er erhielt den Nobelpreis, weil er nachweisen konnte, dass unsere Körperzellen unsterblich sind – unter einer Voraussetzung …«, er beugte sich zu Adalbert, »… unter der Voraussetzung, dass das Wasser in unserem Körper die richtige Qualität hat. Wie viel Wasser enthält der menschliche Körper?« Jetzt sah er Wilhelm an.

»90 Prozent?« entgegnete der.

»Fast richtig: 95 Prozent! Und daher heißt das Geheimnis, das ich Ihnen verraten werde: Wasser zu Wasser! Asche zu Asche, das kommt noch früh genug …« Er lachte meckernd über seinen Scherz, dann fuhr er fort: »Wasser kann schädliche Schwingungen in unserem Körper einfangen und ausleiten. Es muss natürlich das richtige Wasser sein: reines Quellwasser mit hoher Magnetstärke. Hohe Magnetstärke, meine Herren! Darauf kommt es an. So wie dieses hier!« Er deutete auf die beiden Gläser. »Es kommt von weit her, aus dem Pyrenäen. Dort entspringt das beste Wasser. Fünf Liter pro Tag sollten das Minimum sein, bei Erkrankungen mehr. Und nun zu den Erkrankungen.«

Er ergriff seinen Tennisschläger, der an der Seite des Stuhles lehnte. Während er sprach, ließ er seine Finger über die Saiten gleiten, was ein unangenehm kratzendes Geräusch verursachte. »Es gibt kein Gebrechen, das einfach so über uns kommt, außer, sagen wir mal, wenn man von der Leiter fällt. Dann bricht man sich ein Bein oder die Nase. Aber ansonsten gibt es nur krankmachende Lebensumstände. Gehen Sie gern zur Schule?«

Adalbert legte den Kopf schräg, dachte nach und zuckte mit den Schultern.

»Also nicht. Tragen Sie gern diese Kleidung, die Ihre Eltern Ihnen kaufen?«

Er wartete kurz auf eine Antwort. »Also nicht.«

»Schmeckt Ihnen das Essen, das Ihre Mutter für Sie kocht?«

»Bei uns kocht Sophie, die Köchin.«

»Ah ja. Schmeckt Ihnen Sophies Essen?«

»Wenn es Pudding gibt ...«

»Also nicht!«, sagte Schweninger. »Zumindest nicht die Hauptmahlzeit. Leben Sie gern hier in der Stadt?«

»Ich mag auch gern aufs Land fahren.«

»Also nicht!«

Schweninger sah Wilhelm an. »Und da soll Ihr Herr Bruder keinen Husten bekommen? Was trinken Sie zu Hause?«, fragte er wieder Adalbert.

»Limonade.«

Schweninger ließ den Tennisschläger auf den Boden fallen. »Den Block!«, rief er.

Einen Moment später erschien seine Schwester mit einem Schreibblock, auf dessen oberstem Blatt bereits etwas geschrieben stand. Schweninger riss es ab und reichte es Adalbert.

»Ihr Herr Vater kann es sich leisten«, sagte er. »Hier steht die Adresse eines Importeurs, der Wasser aus den Pyrenäen nach Berlin transportiert. Davon soll er so viele Kisten kaufen, wie er in seinem Haus unterbringen kann. Sie trinken ab jetzt alle halbe Stunde ein Glas von dieser Größe«, – er deutete auf die Gläser auf dem Tisch –, »gerade so heiß, dass sie es über die Lippen bekommen. Und alle anderen im Haushalt kann ich nur einladen, es ebenfalls zu tun. Ihre Lunge, junger Mann – ich brauche sie nicht mit dem Stethoskop abzuhören, falls Sie das erwartet haben sollten. Ich höre an Ihrem Atem und Ihrer Stimme, dass Sie nicht ernsthaft krank ist. Ihre Lunge will Ihnen mit dem Husten nur etwas mitteilen: Mach mich frei, sagt sie, mach mich frei, ich will frei atmen können! Was tun Sie, wenn Sie nachts einen Hustenreiz bekommen und davon aufwachen?«

»Ich trinke ein Glas Wasser.«

Schweninger strahlte und breitete die Arme aus: »Sehen Sie, Sie machen es instinktiv richtig! Sie stehen noch im Kontakt mit der Natur, Sie wissen, was Ihr Körper braucht! Ich wusste es gleich, als ich Sie hereinkommen sah: Der junge Mann hat Verstand! Waren Sie schon mal bei den Wandervögeln?«

»Bei wem?«

Schweninger blickte nun Wilhelm an, der die Achseln zuckte.

»Das sind Leute, die die Zeichen der Zeit erkannt haben, die Speerspitze der Bewegung! Da sollten Sie mitmachen: Am Wochenende raus aus der Stadt, rein in die Natur, raus aus dem Klamotten, rein ins Wasser!«

Wilhelm und Adalbert sahen ihn konsterniert an.

»Schwedisch baden – noch nie davon gehört? Wie Gott uns erschaffen hat, Männlein und Weiblein. Weg mit den Korsetts, weg mit den engen Hosen – wir brauchen Freiheit für Körper, Geist und Seele. Vor allen Dingen Sie, junger Mann: Ihre Generation sollte endgültig Schluss machen mit dem ganzen Unsinn.«

»Ernstl!«, unterbrach ihn sanft die Schwester, »der junge Mann ist hier, weil er an der Lunge leidet, und nicht, um deine gesellschaftspolitischen Ansichten zu hören.«

Sie stellte sich neben ihn und sah zärtlich auf ihren Bruder herab. »Er lebt für die Reformbewegung, wissen Sie. Freikörperkultur, Rohkost, Nacktbaden …«

Wilhelm erhob sich. »Wir wissen das zu schätzen«, sagte er, »und danken Ihnen für Ihre Zeit. Ich werde die Wasserbestellung umgehend in die Wege leiten.«

Mit einer Verbeugung verabschiedeten sich die Brüder. »Und entbieten Sie Ihrem Fräulein Schwester meine ergebensten Grüße!«, rief Prof. Schweninger ihnen nach. »Sie und ihre Freundinnen waren eine Bereicherung für unseren letzten Badeausflug, sagen Sie ihr das, bitte.«

Als sie schon auf dem Flur waren, eilte Fräulein Schweninger hinter ihnen her. »Ach, und noch etwas!«, rief sie und wedelte mit einer Zeitschrift, die sie in der Hand hielt. »Vielleicht nehmen Sie diese hier mit, es ist das Verbandsorgan der *Neuen Zeit*.«

Wilhelm nahm die Zeitschrift und steckte sie in seine Jacke.

»Ich fühle mich schon viel besser«, sagte Adalbert, als sie in der Straßenbahn saßen. »Ich habe kein einziges Mal gehustet, seit wir dort waren, oder?«

»Nein, hast du nicht«, entgegnete Wilhelm und zog ihn an sich.

Das zwanglose Essen für sechs Personen verlief harmonisch. Die Herren waren glänzender Laune, der Freiherr und Gouverneur von Doering hatten sich nach dem Hauptgang auf eine Zigarre ins Rauchzimmer zurückgezogen. Helène von Schwemer und Charlottes Mutter machten einen Spaziergang im Garten – wie zufällig blieben Charlotte und Wilhelm allein im Salon.

Wilhelm hatte seiner Verlobten schon bei deren Eintreffen zugeraunt: »Ich weiß von deinen Plänen, sie gefallen mir.« Charlotte war erleichtert darüber. »Ich hatte Angst, du würdest es mir verbieten«, sagte sie, als sie sich am Tisch allein gegenübersaßen. »Wo es doch mein größter Wunsch ist.«

»Verbieten?«, fragte Wilhelm. »Wie sollte ich dir etwas verbieten?«

»Nun, als mein künftiger Mann kannst du natürlich entscheiden, was falsch und was richtig für mich ist. So ist das nun mal, wusstest du das nicht?«

Er lächelte sie an. »Nein, eigentlich nicht. So mögen es vielleicht deine oder meine Eltern halten, aber ich glaube nicht, dass das die richtige Form für uns wäre.«

»Aber warum denn nicht? Männer wissen nun mal, was gut und schlecht ist, dafür werden sie ja ausgebildet, besuchen die Universitäten und das Militär. Die Dinge geschehen nicht von ungefähr.«

»Nein«, antwortete Wilhelm, »das tun sie gewiss nicht. Nichts geschieht von ungefähr, hinter allem steckt jemand, der die Dinge in die eine oder andere Richtung lenkt. Aber stell dir mal vor, es ist dein größter Wunsch, in Afrika im Krankenhaus zu arbeiten – und ich würde es dir untersagen«

Sie sah ihn fragend an.

»Stell es dir nur mal vor.«

»Ja«, sagte sie, »ich stelle es mir gerade vor. Dann würde ich eben nicht fahren. Ich würde niemals etwas gegen deinen Willen tun.«

»Niemals?«

»Nein.«

»Auch nicht, wenn du weißt, dass ich mich irre oder vielleicht die Folgen einer Handlung nicht richtig abschätzen kann?«

»Ich weiß nicht, was du meinst«, entgegnete sie, »das kann doch gar nicht geschehen. Du bist doch der Mann – mein Mann in hoffentlich nicht allzu ferner Zukunft.«

Wilhelm seufzte, dann nickte er. »Das spielt ja im Moment auch keine Rolle. Ich bin jedenfalls sehr dafür, dass du deinen Wunsch verwirklichst. Du wirst mit Sicherheit die beste Krankenschwester sein, die Lomé je gesehen hat.«

Sie strahlte ihn an. »Ich würde dich nie enttäuschen.«

»Ah, ich höre, man ist schon beim Thema«, ließ sich von der Zimmertür her die Stimme des Gouverneurs vernehmen. »Nun, meine Liebe, was sagt er zu deinen kühnen Plänen?«

Sie erhob sich und eilte ihrem Vater entgegen, der seine Arme ausbreitete. »Ich wusste es«, sagte er, »dir kann niemand einen Wunsch ausschlagen ... Schwester Charlotte, Skalpell und Tupfer, bitte!« Er brach in eine Art Gewieher aus, das genau so abrupt endete, wie es eingesetzt hatte.

»Ich hoffe, Sie können damit leben, Charlotte noch eine Weile zu entbehren«, sagte er zu Wilhelm.

»Natürlich kann er das«, rief der Freiherr, »er selbst hat Afrika einen Dienst erwiesen, da ist es doch selbstverständlich, dass seine künftige Frau dies auch tut. Schließlich leben wir alle von unseren Kolonien – und zwar nicht schlecht, möcht' ich meinen!« Er schlug dem Gouverneur auf die Schulter. »Da ist es nur recht und billig, etwas zurückzuzahlen ...«

Wilhelm bemerkte, dass Helène und Charlottes Mutter den Raum betreten hatten und die Szene beobachteten. »Natürlich«, sagte er, »ich finde es bewundernswert, dass Charlotte sich dazu entschlossen hat.«

»Sie kann ja jederzeit zurückkehren, wenn die Sehnsucht zu groß werden sollte«, rief Charlottes Mutter. »Das Postschiff verkehrt einmal pro Woche! Wir leben schließlich nicht in der Steinzeit ...«

Wilhelm drehte sich um zu seiner Mutter und versuchte, in ihrem Blick zu lesen, was sie von der Sache hielt. Aber es gelang ihm nicht. Ihr verbindliches Gastgeberinnen-Lächeln machte es ihm unmöglich, ihre Gedanken zu erraten. »Auf Charlotte!«, sagte er, als Luise die Gläser nachgefüllt hatte, »darauf, dass sie Afrika so vorfindet, wie sie es sich vorstellt.«

Als Wilhelm Charlotte später zur Kutsche geleitete und sie bereits auf dem Trittbrett stand, beugte sie sich noch einmal zu ihm hinunter und sagte leise: »Ich glaube, ich wäre in jedem Fall gefahren – auch ohne Erlaubnis von irgendwem. Ich muss einfach dorthin!« Er sah in ihr glühendes Gesicht und hätte sie gern in den Arm genommen.

*

Bei der Rückkehr in sein Zimmer wunderte er sich nicht besonders, Elisabeth dort vorzufinden. Es war in letzter Zeit häufiger vorgekommen, dass sie ihn abends abpasste, um unter vier Augen mit ihm zu reden.

»Ja, die Männer…«, sagte sie ohne Vorrede, »so klug, so weise, so gut!«

»Du hast also gelauscht.«

»Natürlich, was denkst du denn?«

Erst jetzt bemerkte Wilhelm die Zeitschrift, in der sie gelangweilt blätterte. Er trat näher – und sein Atem stockte. »Was um Gottes willen ist das denn?«

»Das ist die Zeitschrift, die du kürzlich vom Arztbesuch mitgebracht hast. Eine Arztzeitschrift, sozusagen …«

Sie legte sie auf das Bett, und Wilhelms Blick fiel auf ein Foto von nackten, auf einer Wiese tanzenden jungen Frauen. Sie sprangen mit erhobenen Armen und reckten ihre Gesichter der Sonne entgegen. »Die *Neue Zeit*«, sagte Elisabeth, »du kannst froh sein, dass ich sie aus deiner Jackentasche genommen habe, bevor jemand anders sie entdeckt hat. Du Ferkel!«

»Was …!?«

»Was guckst du dir für Sachen an?«

»Ich – ich guck' sie mir gar nicht an. Ich wusste gar nicht mehr, dass ich die Zeitschrift bei mir hatte.«

»Ja ja, der Ernst hat sie dir gegeben oder seine Schwester, nicht wahr?«

»Der Ernst – wieso nennst du ihn so? Ach ja, da fällt mir ein: Er hat mir Grüße an dich aufgetragen.«

»Kannst mal sehen, in welch illustren Kreisen deine Schwester verkehrt. Der Herr Professor lässt grüßen ...«

»Ja, aber was hast du mit ihm zu tun?«

»Unsere Frauengruppe hat vor kurzem an einem Wochenendausflug der Wandervögel teilgenommen. Sie hatten uns eingeladen, um uns die Vorzüge des Reformlebens zu demonstrieren.«

»Und – worin bestehen die?«

»Nun, sie baden nackt. Schwedisch baden nennen sie es. Im Waldsee.«

»Und du?«

»Mir war es zu kalt. Aber Friderike, die war drin.«

»Nackt?«

»Das möchtest du wohl wissen. Aber gut: Nein, sie trug einen Badeanzug, sosehr Ernst sie auch davon zu überzeugen versuchte, dass das Wasser die Ionen ihres Körpers nur dann optimal aussteuern könne, wenn sie textilfrei badet.«

»Ihre Ionen?«

»Ja, so was hast du auch. Ist elektrisch. Im Körper. Saust da immer rum. Aber egal – hier spielt die Musik!« Sie wedelte mit der Zeitschrift. »Du möchtest sicher nicht, dass jemand erfährt, dass sich so etwas Unschickliches in unserem Haus befindet, oder?«

»Ich höre«, sagte Wilhelm, »welche Erpressung hast du dir diesmal ausgedacht?« Er verschränkte die Arme vor der Brust und stellte sich breitbeinig vor Elisabeth.

»Oh! Welch böses Wort! Ich möchte doch nur, dass du eines meiner Vorhaben unterstützt, wenn es hart auf hart kommen sollte.«

»Mach es nicht so spannend!«

»Ich will studieren. Und zwar in Hamburg. Dort können Frauen jetzt an der Universität Jura studieren, ganz offiziell, mit Abschluss, nicht nur als Gasthörer. In Finnland geht das schon lange, aber darüber brauche ich mit ihm wohl gar nicht erst zu diskutieren.«

»Mit ihm? Wenn du Vater damit meinst – da brauchst du mit

Hamburg gar nicht zu kommen. Du hast doch gehört, was er von Frauen hält, die so sein wollen wie Männer.«

»Eben!«, erwiderte sie fröhlich. »Und da baue ich auf dich! Ich könnte mir vorstellen, dass du vielleicht die richtigen Argumente findest, um ihn davon zu überzeugen, dass es genau das Richtige für seine missratene Tochter ist, wenn sie mal für eine Weile verschwindet.«

»Kannst du das Heft verschwinden lassen?«

»Aus deinem Zimmer meinst du? Klar, ich kann es auf den Esstisch legen.«

Wilhelm seufzte. »Gut, ich werde mich zu gegebener Zeit für Hamburg in die Bresche werfen. Und wenn es klappt, hat es ja auch sein Gutes: Dann bin ich dich Quälgeist endlich los.«

»Sieh nur, wie schön sie springen!«, sagte Elisabeth und hielt Wilhelm ein Foto aus der *Neuen Zeit* vor die Nase. »Noch ist dein Quälgeist hier ...« Mit diesen Worten verließ sie sein Zimmer, nicht ohne ihm durch den Türspalt eine Kusshand zuzuwerfen. »Ich würde nie etwas gegen deinen Willen tun«, hauchte sie, Charlotte nachahmend.

*

Die Einberufung kam nicht unerwartet für Wilhelm, seit Wochen waren die Zeitungen voller Berichte über die vielen Bedrohungen, denen das Deutsche Reich ausgesetzt sei. Generalstabschef von Moltke riet dem Kaiser, nicht länger den Waffengang mit Frankreich und Russland zu scheuen, zu mächtig sei die Allianz, von der Deutschland umzingelt sei, zumal diese auch noch mit England im Bunde stehe, dem Land mit der gewaltigsten Seestreitmacht der Welt. Diese Vorherrschaft sei zu brechen, wenn man nur bereit wäre, genügend in den Schiffbau zu investieren.

Und der Kaiser investierte. Es begann ein nie da gewesenes Wettrüsten, das das Reich an den Rand des Ruins führte. Der Reichstag stimmte umgehend einem erneuten Kriegskredit zu. Jeder »anständige Deutsche« unterstützte die Parole des Kaisers, es sei höchste Zeit, Deutschland einen Platz an der Sonne der Weltpolitik zu verschaffen, wenn nötig mit Waffengewalt. Die Paraden des Kyffhäuserbundes beherrschten neuerdings das Stadtbild Berlins, jubelnde Menschen standen an den Straßen und feierten die Veteranen des Krieges 1870/71. Kaufhäuser schmückten ihre Schaufenster mit Tafelgeschirr, dessen Dekor verschiedene Waffengattungen zeigte.

Im Hause Schwemer war die Freude groß, als der Freiherr an einem Abend zu Beginn der Adventszeit des Jahres 1913 ein neues Essservice mitbrachte, das bedruckt war mit den Emblemen des 4. Gardekorps: Wilhelms Bataillon, das Potsdamer Leib-Garde-Husarenregiment. »Die Zierde unseres Kaisers!«, rief Richard von Schwemer mit belegter Stimme, »und mein Sohn gehört dazu! Morgen wirst du den Dienst am Volk beginnen! Ein Dienst, der nur den Besten vergönnt ist!«

Wilhelm hatte zwar mit einer Einberufung zur großen Winterübung gerechnet, an der alle Waffengattungen teilnahmen. Dennoch war er ein wenig überrascht, als sie nun auf dem Tisch lag. »So ist das, mein Sohn«, dröhnte der Freiherr, »man kann etwas kaum erwarten, und wenn es dann so weit ist, wundert man sich doch immer wieder. C'est la vie, à votre chanté!«

Wilhelm räusperte sich. »Ich danke Ihnen für die guten Wünsche und würde mich jetzt gern zurückziehen. Nur noch auf ein Wort, wenn es Ihnen recht ist ...«

»Natürlich, natürlich! Nur herein in die gute Stube«, antwortete der Freiherr und hielt ihm die Tür zu seinem Rauchsalon auf.

»Als wir uns hier zuletzt gegenübersaßen, standen die Dinge nicht zum Besten. Du weißt, dass ich in deiner Schuld stehe«, sagte der Freiherr, nachdem sie Platz genommen hatten.

Wilhelm nickte. »So ist es«, antwortete er zur Überraschung seines Vaters, »darauf wollte ich zurückkommen.«

Stirnrunzelnd blickte ihn der Freiherr an.

»Ich möchte Sie um einen Gefallen bitten«, fuhr Wilhelm fort, »er betrifft nicht mich persönlich.«

Immer noch sagte der Freiherr nichts. Energisch biss er die Spitze einer Zigarre ab und spuckte die Tabakkrümel auf den Boden, dann griff er zur Streichholzschachtel.

»Meine Schwester möchte Jura studieren. In Hamburg haben Frauen jetzt die Möglichkeit dazu. Ich bitte Sie, ihr die Genehmigung zu erteilen und ihren Aufenthalt dort zu finanzieren, so lange, bis sie selbst dazu in der Lage ist. Um es ganz unmissverständlich auszudrücken: Ich möchte, dass Sie dies tun. Sie können dann sicher sein, dass ich den unglückseligen Abend, an dessen Ende wir zuletzt hier beisammensaßen, endgültig vergessen werde.«

Damit erhob er sich, grüßte militärisch knapp und sagte: »Ich hoffe sehr, an den Weihnachtstagen wieder zu Hause zu sein. Ich wünsche Ihnen bis dahin eine glückliche Hand bei all Ihren Entscheidungen.« Mit diesen Worten verließ er das Zimmer.

Vorbereitungen

Die Kaserne in Potsdam war renoviert worden, seit Wilhelm zur letzten Übung hier gewesen war. Ein riesiges Portrait des Kaisers hing in der Eingangshalle, gleich daneben stand ein Weihnachtsbaum, der über und über mit Lamettastreifen behängt war. Im Innenhof hatten die Husaren des 4. Gardekorps Aufstellung genommen, auf ihren Pelzmützen sammelten sich die ersten Schneeflocken, die langsam in den Hof gesegelt kamen. Auf einem Holzpodest hielt Brigade-Kommandant von Szèkely die Begrüßungsansprache, ein Nachkomme des legendären Stabsrittmeisters, dem die preußischen Husaren ihren Nimbus der Unbesiegbarkeit verdankten. Er beschwor die Tapferkeit und die Loyalität der Husaren. »Es kommt nach wie vor auf jeden Einzelnen an, auf jeden von Ihnen, meine Herren! Der Kaiser zählt auf Sie, Sie sind sein ganzer Stolz, Sie werden für ihn die Welt erobern!«

Wilhelm stand neben Robert von Trenck und hatte ein schlechtes Gewissen. Er war dessen Wunsch, seine Schwester treffen zu dürfen, noch nicht nachgekommen. Auch Robert hatte es nicht mehr erwähnt. Als sie in den Mannschaftsräumen ihre Manöveruniformen in Empfang nahmen, hatte er von den neuesten Entwicklungen der Waffentechnik geschwärmt. »Ein Riesenluftschiff wird derzeit bei Siemens gebaut, wusstest du das? Es ist so groß, dass es halb Berlin verdunkelt, wenn es über die Stadt fliegt. 500 Soldaten können darin transportiert werden! Bist du schon einmal in einem Luftschiff gefahren?«

Wilhelm schüttelte den Kopf.

»Ich aber, ein Rundflug über Berlin, am letzten Wochenende im Oktober, als der Sturm aufkam, weißt du noch? Ganz plötzlich und ohne Vorwarnung war er da. Es stand am nächsten Tag sogar in der Zeitung. Wir waren in 400 Metern Höhe, und plötzlich war es, als würde uns eine Riesenfaust packen und einmal kräftig durchschütteln. Es waren Frauen und Kinder in der Gondel, das Geschrei kannst du dir vorstellen. Der Kapitän hat sie alle beruhigt: Uns kann nichts passieren, sagte er zu den Leuten, dieses Luftschiff trägt den Namen des Kaisers, und das sagt ja wohl alles ...«

»Und, ist was passiert?«

»Würde ich dann jetzt hier neben dir stehen? Wenn der Kaiser etwas baut, dann hält es den wildesten Stürmen stand.«

Wilhelm lächelte, die Begeisterungsfähigkeit seines Freundes hatte ihm schon immer gefallen. »Komm«, sagte er, »Kasino-Zeit.«

Im Offizierskasino war an langen Tafeln eingedeckt, Rekruten servierten das Abendessen, Bier floss in Strömen. Man hatte die Uniformjacken gelockert und die Kragenknöpfe geöffnet, die Stimmung war ausgelassen. »Schön, wieder hier zu sein!«, schrie von Trenck in Wilhelms Ohr. »Hier weiß man noch, wer man ist und wozu man da ist. Zum Beispiel zum Biertrinken ...«

Er winkte der Ordonnanz, sofort wurden zwei neue volle Krüge gebracht. Wilhelm bedeckte sein Glas mit einer Hand, als Robert ihm nachschenken wollte. »Du weißt, dass wir morgen ins Gelände müssen«, sagte er, »ich für meinen Teil habe genug für heute. Ich gehe vor dem Zapfenstreich noch mal nach den Pferden sehen.«

»Dann nimm deinen Krug mit, vielleicht möchten die Gäule auch etwas Bier!«, rief Robert und lachte übermütig.

Wilhelm erhob sich. »Wir sehen uns im Schlafsaal, falls du dann überhaupt noch etwas sehen kannst. Du weißt ja: Nach dem zwölften Bier setzt allmähliche Erblindung ein ...«

Der Weg vom Offizierskasino zu den Stallungen war verschneit, die wenigen Gaslaternen beleuchteten ihn nur spärlich. Wilhelm hätte ihn auch mit geschlossenen Augen gefunden, er brauchte nur seiner Nase zu folgen: Der Geruch von Pferden zog ihn unwiderstehlich an. Das hölzerne Tor des langgestreckten Gebäudes, in dem die 200 Pferde der Abteilung standen, war nicht verschlossen. Wilhelm trat ein.

Eine lange Reihe von Boxen zog sich durch den Stall, aus denen Hufscharren, Schnauben oder leises Wiehern zu hören war. Nichts beruhigte Wilhelm mehr als die Atmosphäre eines nächtlichen Stalls, am liebsten hätte er hier sein Nachtlager aufgeschlagen. Eine Weile stand er still und lauschte, dann stieß er einen leisen Pfiff aus. In einer Box in der Mitte des Ganges erschien der Kopf eines Pferdes. Wilhelm lächelte. »Du hast auf mich gewartet, stimmt's?«, sagte er leise. Das Pferd sah ihn an und schnaubte, sein warmer Atem stieg in der kalten Luft empor und schwebte einen Moment über seinem Kopf, ehe er sich auflöste. Wilhelm ging zu ihm und strich ihm über die Nüstern.

»Bis morgen«, sagte er dann und machte sich auf den kurzen Weg zum Mannschaftsgebäude, das den Stallungen gegenüberlag. Durch die hell erleuchteten Fenster des Kasinos drangen die Trinklieder der Kameraden.

Die Potsdamer Heide lag am nächsten Tag wie unter einem Gazeschleier, eine hauchdünne Schneeschicht hatte sich über den noch weichen, nicht gefrorenen Boden gelegt. Die Reiter trabten in Viererreihen, der schwere Boden schmatzte unter den Hufen der Pferde. Zur Linken und zur Rechten der Husaren zogen, in ihr neues kaiserliches Feldgrau gewandet, die Infanteristen, ihre Gewehre geschultert. Gegen die leuchtend bunten Uniformen der Husaren wirkten sie wie graue Mäuse. Vorweg zogen Pferdegespanne schwere Kanonen, auf hölzernen Wagen wurden Maschinengewehre transportiert.

Man war auf dem Rückmarsch, die Übung war erfolgreich verlaufen, alle Einheiten hatten plangemäß ihre Positionen bezogen, die Kanonen die »feindlichen« Stellungen sturmreif geschossen, danach hatten die Reiter und zum Schluss die Infanterie den Feind überrollt und vernichtend geschlagen.

Der schwere Boden machte allen zu schaffen. »Wenn es gegen Frankreich geht, wird uns so etwas erspart bleiben«, sagte Robert von Trenck, der neben Wilhelm ritt, »der Angriffsplan sieht vor, im Spätsommer einzumarschieren und noch vor dem Winter vor Paris zu stehen. Über Belgien soll es gehen, damit rechnen die Franzosen nicht, dann geht es ruck, zuck.«

Wilhelm warf ihm einen scharfen Blick zu. »Solche Dinge – nicht hier! Das ist geheim! Woher hast du das überhaupt?«

»Na, so etwas erfährt man eben, wenn man lange genug im Kasino ausharrt«, erwiderte von Trenck. »Nach genügend Bier plaudern die höheren Chargen dann schon mal das eine oder andere aus.«

»Still jetzt!«, sagte Wilhelm, »für so etwas kann man vor dem Kriegsgericht landen.«

Von Trenck sah ihn verdutzt von der Seite an, stellte sich dann in seinen Steigbügeln auf und wandte sich nach hinten, um zu sehen, ob jemand ihnen zugehört hatte, als sein Pferd ins Straucheln geriet. Er stürzte in hohem Bogen über den Hals des Tieres nach vorn und landete auf dem Rücken im Matsch.

»Halt!«, rief Wilhelm nach hinten und hob einen Arm in die Höhe. Doch die Kolonne kam nicht sofort zum Stehen. Die ersten drei Reihen der nachfolgenden Reiter trabten über Robert von Trenck hinweg. Wilhelm sprang ab, kroch unter den Pferden hindurch zu Robert und zerrte ihn am Arm aus der Gefahrenzone.

Robert lag mit weit aufgerissenen Augen auf dem Rücken und atmete schwer. »Steh auf«, sagte Wilhelm, »es muss niemand merken, dass du immer noch nicht ganz nüchtern bist.«

Robert ächzte und versuchte, seinen Kopf zu heben. Er sah Wilhelm an: Es geht nicht – signalisierten seine Augen.

»Kannst du die Beine bewegen?«

Er schüttelte den Kopf.

Wilhelm seufzte. »Sani!«, rief er und winkte zum Ende der Kolonne. »Ein Verletzter!«

Auf der Sanitätsstation wurde bei Robert von Trenck ein Wirbelbruch festgestellt. Aber schon am nächsten Tag hatte er seine Sprache wiedergefunden und schimpfte wie ein Rohrspatz, als

Wilhelm ins Krankenzimmer trat. »Setz alle Hebel in Bewegung, damit sie nicht mit dem Krieg anfangen, bevor ich wieder auf den Beinen bin!«, rief er ihm entgegen, kaum dass Wilhelm den Raum betreten hatte. »Das ist ja wohl das Letzte: Sechs Monate, sagen sie, sechs Monate kann es dauern, ehe ich meinen Rücken wieder voll bewegen kann! Und ob ich jemals wieder reite, das steht in den Sternen, sagen sie! Die haben sie wohl nicht alle, diese Ärzte!«

»Sind die vom Pferd gefallen oder du?«, entgegnete Wilhelm. »Du solltest froh sein! Es hätte viel schlimmer kommen können, wenn zum Beispiel die Pferde in Panik geraten wären. So sind sie säuberlich über dich hinweggestiegen.«

»Hast ja recht«, seufzte Robert.

»Ich bin nur gekommen, um dir zu sagen, dass du mich jetzt für eine Woche nicht mehr sehen wirst. Wir ziehen ins Hauptmanöver. Benimm dich anständig!« Er salutierte und verließ den Raum. Dann steckte er noch einmal den Kopf durch die Tür und fragte: »Bist du noch an meiner Schwester interessiert? Oder möchtest du keine Krankenbesuche?«

*

Luise hatte sich über sich selbst gewundert. Bis zum Herbst war ihr Leib fast unverändert geblieben. Sie passte mühelos in ihre Hausmädchenkleider, sie hatte keine Beschwerden, war beweglich und belastbar. Elisabeth hatte sich immer mal wieder diskret nach ihrem Befinden erkundigt und war jedes Mal erleichtert, wenn sie hörte, dass es keine Probleme gab. Trotzdem hatte sie Luise zweimal zu ärztlichen Untersuchungen begleitet. Die Vorsitzende des Berliner Frauenverbandes hatte den Termin für sie gemacht, der Verband hatte sich bereit erklärt, die Kosten zu übernehmen.

Der Arzt, ein ungemein korpulenter Mann in den Sechzigern, der stets in einer Hand ein leuchtend rotes Taschentuch hielt, um sich damit den Schweiß abzutupfen, der bei der kleinsten körperlichen Anstrengung auf seiner Stirn erschien, erwies sich als eingeweiht und unkompliziert. Er verlangte keine Personalpapiere oder Versicherungsnachweise von Luise. »Wenn der Verband Sie schickt, ist es in Ordnung«, hatte er zu Luise gesagt. Das einzig Ungewöhnliche war, dass sie ihre Termine nach Ende der offiziellen Sprechzeit erhielt. Außer ihnen befanden sich keine weiteren Patienten in der Praxis.

»Mein Onkel sieht diese Aufgabe als seinen persönlichen Beitrag zur Frauenbewegung«, hatte Carla von Maydell, die Verbandsvorsitzende, Elisabeth erklärt. »Er und meine Tante sind das ungewöhnlichste Paar in Berlin, das ich kenne. Sie ist Hebamme, er Gynäkologe, und beide zusammen bringen mühelos 400 Pfund auf die Waage. Aber das hindert sie nicht daran, Aktivisten der Berliner Bergjugend zu sein. Einmal im Jahr reisen sie ins Allgäu und wandern dort mit Jugendgruppen.« – »Na dann ...«, hatte Elisabeth geantwortet.

Die zweite Untersuchung Luises verlief ebenso reibungslos wie die erste. Das Mädchen, das vor Schüchternheit kein Wort herausgebracht hatte, seit sie in der Praxis war, sah den Doktor dankbar an, als er sagte: »Ich habe noch nie eine so kerngesunde Gebärmutter gesehen wie Ihre, mein Kind. Sie sollten sie vermieten, da könnten Sie groß ins Geschäft kommen.«

Als er ihren entsetzten Gesichtsausdruck sah, tätschelte er ihre Wange und sagte: »Kleiner Scherz am Abend! Aber im Ernst: Sie sind zu beneiden. Meiner Frau und mir waren keine Kinder vergönnt. Wenn wir zwanzig Jahre jünger wären, würden wir uns um Ihr Baby bewerben, es war immer mein Traum, Kinder im Haus zu haben. Aber manche Träume sollen eben Träume bleiben. Haben Sie schon Interessenten für die Adoption?«, rief er Elisabeth zu, die der Untersuchung hinter einem Wandschirm beigewohnt hatte.

»Carla will uns demnächst ein Paar vorstellen lassen, ein Fabrikant und seine Frau«, rief sie zurück. »Und wenn sie Luise gefallen, bekommen sie die Zusage.«

»Was fabriziert er denn, wenn schon keine Kinder?«

Elisabeth zuckte die Achseln. »Das werden wir dann wohl erfahren. Aber es sollen nette Leute sein.«

»Tja, offenbar sind es immer die Netten, die keine Kinder bekommen können. Oh – Entschuldigung!«, wandte er sich schnell zu Luise, »ich wollte Sie auf keinen Fall beleidigen. Sie sind ein sehr nettes Mädchen, Betonung auf sehr. Auch wenn ich Ihre Stimme noch gar nicht kenne. Wollen Sie nicht doch mal ein Wort sagen, eines würde mir schon genügen? Denn wissen Sie: Die Stimme ist ganz wichtig, um zu beurteilen, was für ein Mensch vor einem sitzt.«

»Ich möchte die Leute nicht kennenlernen«, sagte Luise plötzlich mit klarer Stimme. »Ich sehe sie sonst später immer vor mir, wenn ich an mein Kind denke.«

Elisabeth trat neben sie. »Das musst du auch nicht, wenn es dir unangenehm ist. Wenn du möchtest, führe ich das Gespräch für dich.«

Luise nickte. »Danke! Können wir jetzt gehen?«

Als sie die Praxis verließen, erschien der Arzt noch einmal am Ende des langen Flures und rief ihnen, seine Stirn betupfend, nach: »So schlank und rank Sie auch sind, junge Frau, nun ist es nur noch eine Frage von Tagen, bis auch der Blindeste Ihnen ansieht, dass Ihre Kleider Ihnen zu eng werden. Am besten sagen Sie, Sie litten an Verstopfung, wenn einer fragt.«

»Verstopfung ist blöd«, antwortete Luise, »kann ich nicht sagen, ich bekomme ein Kind?«

»Wir reden draußen weiter darüber«, sagte Elisabeth schnell zu Luise und wandte sich zum Gehen, als der Arzt rief: »Warten Sie, warten Sie!« Er watschelte den Flur entlang und rief aufgeregt: »Genial! Das ist genial! Das werden alle für einen Scherz halten, mit dem Sie die wahre Ursache für ihre Leibesfülle zu benennen vermeiden wollen, vielleicht weil Sie in Wahrheit Verstopfung haben und es Ihnen unangenehm ist, nicht wahr. Alle werden denken: Schlagfertig, das Mädchen, wirklich schlagfertig!«

»Und wenn's doch einer glaubt, zum Beispiel ihre Herrschaften?«, wand Elisabeth zweifelnd ein.

»Dann – dann sagt sie eben, dass es eine Ausrede war und sie in Wirklichkeit Verstopfung hat. Genial!«, wiederholte er, als er zu seinem Behandlungszimmer zurückging, »das muss ich mir merken ...«

Das Büro der Adoptionsagentur, die der Berliner Frauenverband diskret betrieb, befand sich in der Belle Etage eines herrschaftlichen Hauses im Wedding. »Unsere Klientel ist ein solches Ambiente gewohnt«, hatte Carla von Maydell Elisabeth erklärt, »wenn wir in irgendeinem Kellerloch hausten, würden sie keinen Fuß über die Schwelle setzen. Oder sie würden fürchten, wir vermitteln kranke Kinder.« Sie lachte unvermittelt. »Aber das weiß man natürlich nie vorher. Die Eltern erhalten das Baby unmittelbar nach der Geburt, in welcher Verfassung es ist, wissen sie nicht. Sie müssen vertrauen. Es ist wie bei einer wirklichen Geburt, da kann einem auch keiner garantieren, dass es ein Wunschkind wird.«

»Sozietät für persönliche Dienstleistung« stand auf einem Messingschild an der Haustür. Wer es nicht besser wusste, mochte die Firma für eine private Detektei halten, die in Berlin wie Pilze aus dem Boden schossen. Elisabeth war kurz vor den Interessenten eingetroffen. Es war zunächst auf Unverständnis gestoßen, dass Luise nicht persönlich zum Gespräch erscheinen werde. Es wurde jedoch akzeptiert, dass die Schwangere stattdessen eine Vertrauensperson schicken wollte. »Es sind musikalische Leute«, sagte Frau Kupka, die das Büro führte, »die sind meistens unkompliziert. Und nett sowieso. Spielen Sie ein Instrument?«

Elisabeth verneinte, räumte dann aber ein, dass ihre Eltern vergeblich Geld für Klavierstunden ausgegeben hatten. »Ich habe nicht das geringste Taktgefühl.«

Frau Kupka lachte schallend, als es klingelte. »Das müssen sie sein, pünktlich wie die Stehgeiger!« Sie eilte zur Tür. Als das Paar eintrat, stockte Elisabeth der Atem.

Luise hatte seit dem letzten Arztbesuch mit sich gerungen. Sie wollte die Leute zwar nicht kennenlernen, die künftig die »Eltern« ihres Kindes sein würden, gleichzeitig verspürte sie große Neugier. Wenigstens sehen wollte sie sie, wenn auch nur ganz kurz.

Sie war eine Stunde vor dem Termin eingetroffen und hatte sich in einen Hauseingang auf der anderen Straßenseite gestellt. Fünf Minuten vor vier sah sie Elisabeth um die Ecke kommen, die eilig das Treppenhaus betrat. Luise hatte während der nächsten fünf Minuten das Gefühl, ihr Herz müsse stehenbleiben vor

Aufregung. Sie trat von einem Fuß auf den anderen und beachtete zunächst die schwarze Limousine nicht, sie hielt weiter Ausschau nach einem herrschaftlich gekleideten Paar, das zu Fuß erscheinen würde. Dann sah sie aus dem Augenwinkel einen Mann aus dem Auto steigen, der ihr entfernt bekannt erschien. Als er den Wagenschlag öffnete und eine Frau ausstieg, zuckte sie zusammen.

»Elisabeth?«, rief Helene Bechstein und blieb wie angewurzelt in der Tür des Büros stehen. Elisabeth war aufgesprungen und rang nach Atem. »Sie? Sie wollen das Kind?«

Frau Kupka blickte irritiert zwischen den beiden hin und her. Edwin Bechstein hatte sich langsam zurückbewegt und schien das Büro fluchtartig verlassen zu wollen. »Sie kennen sich?«, fragte Frau Kupka. »Das – das wusste ich nicht …!«

»Woher auch«, sagte Helene Bechstein. »Bei diesen Geschäften werden keine Namen genannt. Aber – Elisabeth, wir hatten keine Ahnung!«

»Sie ist nicht die Mutter«, beeilte sich Frau Kupka zu erklären, »sie vertritt die Interessen der jungen Frau, die nicht persönlich anwesend sein möchte. Sie ist sozusagen ihre – ihre Anwältin.«

»Anwältin?«, meldete sich jetzt Edwin Bechstein zu Wort. »Ich glaube, meine Liebe, wir sollten schleunigst dieses Etablissement verlassen. Mir war von Anfang an nicht wohl bei der ganzen Sache.«

»Hören Sie zu«, sagte Elisabeth, die sich als Erste wieder gefasst hatte, »ich mache das, um dem Mädchen zu helfen. Ich möchte nicht, dass sie an Menschen gerät, die sie übervorteilen oder dem Kind schaden könnten. Sie wissen sicherlich, welche widerlichen Blüten der Kinderhandel in Berlin treibt.«

»Kinderhandel?«, fragte Helene Bechstein und trat auf Elisabeth zu. »Wir handeln nicht mit Kindern! Wir können keine Kinder bekommen und wünschen uns dennoch nichts mehr als das. Also bitte, überleg dir künftig deine Wortwahl.« Dann fügte sie versöhnlicher hinzu: »Wer ist das Mädchen – ich meine: die junge Frau –, die bald Mutter werden wird? Woher kennst du sie?«

»Kennen Sie Luise, unser Hausmädchen?«, entgegnete Elisabeth.

Die Bechsteins sahen sie einen Moment lang verdutzt an. »Aber«, sagte Helene Bechstein dann, »die haben wir doch vor gar nicht langer Zeit noch gesehen! Von einer Schwangerschaft war da nichts zu bemerken.«

»Sie ist aber schwanger und wird noch in diesem Jahr ihr Kind bekommen, so Gott will. Und ich will, dass es in gute Hände gerät.«

»Wissen deine Eltern von der Sache?«

»Natürlich nicht! Sie hätten sie längst vor die Tür gesetzt – ein schwangeres Hausmädchen, und das in einem so sittsamen Haushalt!«

»Setzen wir uns erst mal«, meldete sich Edwin Bechstein, »wenn wir schon hier sind, wollen wir die ganze Geschichte hören.

»Da gibt es keine Geschichte«, sagte Elisabeth, nachdem sie an einem langen Holztisch Platz genommen hatten, »sie ist an einen weniger sittsamen Mann geraten. Er hat sie – sagen wir mal: erpresst.«

»Ich habe noch nie gehört, dass man von Erpressung Kinder bekommt«, erwiderte Edwin Bechstein.

»Sei nicht so naiv, Edwin«, sagte seine Frau scharf, »es ist ja wohl klar, was sie meint. Womit hat er sie denn in der Hand gehabt? Hat sie etwas ausgefressen?«

Elisabeth schüttelte den Kopf und schwieg.

»Was denn dann?«

»Er ist schlichtweg ein Schwein«, brauste Elisabeth auf, »solche Männer soll es geben.«

»Also, bitte!« Edwin Bechstein sprang empört auf. »Das muss ich mir nicht anhören!«

»Setz dich«, zischte Helene Bechstein. »Natürlich gibt es solche Männer, wer könnte das wohl abstreiten?«

»Wie dem auch sei«, hob Frau Kupka an, »das Kind kommt in drei bis vier Wochen zur Welt, vielleicht wird es sogar ein Christkind. Die junge Frau ist durch unsere Vermittlung in ärztlicher Betreuung, es geht ihr und dem Ungeborenen gut. Wenn nichts Unvorhergesehenes geschieht, wird sie ein gesundes Kind zur Welt bringen. Wir sorgen für unsere Klienten, darauf können Sie sich verlassen. Und wir sorgen für die zukünftigen Eltern. Nicht finanziell, versteht sich, aber wir achten darauf, dass auch Sie nicht übervorteilt werden, indem Sie zum Beispiel ein krankes Baby ins Haus bekommen. Dank des besagten Arztes und seiner Frau können wir auch dafür sorgen, dass Sie, verehrte Frau Bechstein, eine Hausgeburt haben werden und danach der überraschten Welt ein süßes Baby präsentieren. Es wird Ihr Baby sein, daran werden keine Zweifel aufkommen. Sie erhalten alle nötigen Papiere, die das Kind als Ihr leibliches ausweisen.«

»Aber«, meldete sich Elisabeth zu Wort und musterte Helene Bechstein, »man sieht ihr nichts an, rein gar nichts. Ich meine, nichts, was auf eine Schwangerschaft hindeutet …«

»Wir haben uns schon eine Weile aus dem gesellschaftlichen Leben zurückgezogen mit der Begründung, dass es meiner Frau nicht gutgeht«, erklärte Edwin Bechstein. »Deine Mutter macht sich bereits Sorgen um sie, was uns natürlich peinlich ist. Und in den kommenden Wochen wird meine Frau eben etwas korpulenter aussehen als gewöhnlich, das lässt sich ja arrangieren.« Er blickte seine Frau an, die nickte.

Frau Kupka seufzte und erhob sich. »Auf den kleinen Schreck haben wohl alle ein Likörchen verdient, oder?« Sie holte vier Gläser und eine Karaffe aus dem Schrank. »Ein Gläschen schadet der Schwangerschaft nicht«, sagte sie lachend zu Helene.

»Haben Sie immer so viel Humor?«, fragte Edwin Bechstein. »Für uns ist das hier mehr als nur ein kleiner Schreck.«

Helene Bechstein sah Frau Kupka an. »Ein Gläschen wird erlaubt sein«, sagte sie und nahm ein Glas, mit der anderen Hand ergriff sie die Hand ihres Mannes. »Lass uns auf unser zukünftiges Kind anstoßen! Du bist mir schon eine«, sagte sie dann zu Elisabeth, »erst der Auftritt neulich vor dem Modesalon, und dann dies …«

Als Elisabeth einige Minuten nach den Bechsteins das Haus verließ, entdeckte sie Luise im Hauseingang gegenüber. Sie überquerte die Straße und trat zu ihr. »Ich nehme an, du hast sie gesehen. Ich kam nicht umhin, ihnen von dir zu erzählen. Erst wären sie fast geflüchtet, dann haben sie sich an den Gedanken gewöhnt. Ich glaube sogar, es gefällt ihnen, dass ihr zukünftiges Kind aus gutem Haus kommt.«

»Aus gutem Haus?«, erwiderte Luise. »Ich komme aus keinem guten Haus. Und ich bin mir nicht sicher, ob mein Kind in so eine Familie passt.«

»Nun mach aber einen Punkt!«, sagte Elisabeth scharf und zog Luise mit sich. Sie gingen nebeneinander die Straße entlang, Elisabeth hakte sich bei Luise unter, um sie zu sich heranzuziehen, während sie sprach. »Ich bin hier ein weit größeres Risiko eingegangen als du, vergiss das nicht. Es hätten auch ganz andere Leute aus dem Bekanntenkreis deiner Herrschaften sein können, daran habe ich vorher überhaupt nicht gedacht. Ich habe nur daran gedacht, dass ich dir versprochen habe, dir und deinem Kind zu helfen und dafür zu sorgen, dass es euch gutgeht. Und du hast dich entschieden, das Kind zur Welt zu bringen, was ich dir hoch anrechne. Tausende von Mädchen in deiner Lage tun das nicht. Ich mag mir nicht vorstellen, welche Gewissensnöte sie plagen.«

»Gar keine!«, sagte Luise trotzig und machte sich aus dem Griff frei. Elisabeth fürchtete einen Moment, sie würde davonlaufen. Doch Luise blieb stehen und begann zu weinen.

Überraschungen

Der Neujahrsempfang im Hause von Schwemer, der traditionell am ersten Sonntag im Januar stattfand, war glanzvoll wie immer gewesen. Alle, die in Berlin etwas darstellten, waren erschienen. Nun saß der Freiherr bleich und nervös zwischen Essensresten und halbleeren Gläsern. Nervös fingerte er die nächste Juno aus der Zigarettenschachtel, während die vorherige noch zwischen seinen Lippen glimmte. Die Ereignisse hatten sich in den letzten Stunden überschlagen, selbst für ihn, einen krisenerprobten ehemaligen Kolonialoffizier, war es zu viel gewesen. Mehr als einmal hatte er heimlich mit dem Finger geschnippt, um den Spuk zu beenden. Aber die Dinge nahmen ihren Lauf.

*

Der Tag hatte heiter und beschwingt begonnen. Wilhelm war am Vormittag aus der Kaserne kommend eingetroffen, wo er den Jahreswechsel verbracht hatte. Er hatte seinen Vater respektvoll und höflich begrüßt, als wäre nie etwas zwischen ihnen vorgefallen. Wie angekündigt, hatte er Robert von Trenck mitgebracht, der nach seinem Lazarettaufenthalt auf dem Weg der Genesung war. Helène hatte ihn herzlich begrüßt und lange mit ihm über vergangene Zeiten geplaudert. Um ein Uhr mittags wurden die Gäste erwartet, und Richard von Schwemer registrierte beruhigt, dass seine Tochter gut gelaunt und dem Anlass angemessen gekleidet war. Sie trug zwar ein Reformkleid, aber immerhin keine Hosen.

»Sie sehen«, sagte er zu Robert von Trenck, »irgendwann akzeptieren auch die Widerspenstigsten, dass Traditionen durchaus ihren Sinn haben.« Dabei deutete er auf Elisabeth, die von Roberts Auftauchen überrascht war. Wilhelm hatte ihr nichts davon gesagt. »Und sie scheint sich sogar zu freuen, Sie zu sehen, nicht wahr, mein Kind?«, sagte der Freiherr und lachte dröhnend. »Sie ist eine der besten Partien der Stadt«, fügte er dann leise hinzu, jedoch immerhin so laut, dass alle Umstehenden es verstehen konnten.

»Sie erlauben?«, sagte Wilhelm zu seinem Vater, als er den Zorn in Elisabeths Augen aufblitzen sah, und zog Robert mit sich fort. »Komm, meine Brüder können es kaum erwarten, dich zu begrüßen. Zwei Husaren im Haus – das ist für sie wie Weihnachten und Ostern zusammen!«

»Könnte ich Sie einen Moment sprechen, unter vier Augen?«, nutzte Elisabeth die Situation, allein mit ihrem Vater im Raum zu sein, und deutete auf die Tür seines Rauchsalons. Ohne eine Antwort abzuwarten, öffnete sie sie und trat ein – ein Sakrileg, das Richard von Schwemer für einen Moment den Atem anhalten ließ. Dann folgte er ihr.

»Ich weiß, ich weiß!«, rief er, noch bevor Elisabeth etwas sagen konnte. »Hamburg! Ich habe schon davon gehört. Es zieht meine

Tochter nach Hamburg! Unser Haus ist zwar groß, aber so groß, dass mir etwas entgehen könnte, dann doch nicht. Du willst mit mir über deine Zukunft reden, stimmt's?«

»So ist es«, hob Elisabeth an, machte den Rücken gerade und stellte sich auf eine heftige Auseinandersetzung ein, »es gibt für mich …«

»Gemach, gemach!«, fiel ihr der Freiherr ins Wort. »Ich hatte ja nun ein wenig Zeit, darüber nachzudenken, und ich sage dir in aller Form: Ich begrüße es sehr, dass meine Tochter zu den Frauen gehört, die auf eigenen Füßen stehen wollen. Eigenes Geld verdienen – das ist das Zeichen der Zeit für die Frauen in einer aufgeschlossenen, modernen Gesellschaft, nicht wahr! Du möchtest Jura studieren? Gut! Sehr gut! Und ich möchte, dass du eine Anwältin wirst, wie sie die Welt noch nicht gesehen hat! Wenn schon, denn schon, meine liebe Elisabeth!«

Elisabeth sah ihn mit zusammengekniffenen Augen an und überlegte, ob diese kleine Ansprache ein besonders perfider Trick ihres Vaters war. Denn sie war sicher, dass er das genaue Gegenteil dessen meinte, was er soeben gesagt hatte.

»Du glaubst mir nicht?«, fragte der Freiherr. »Frag deinen Bruder, ich habe ihm bereits erklärt, dass ich dein Vorhaben voll und ganz unterstütze, als er mich darauf ansprach.«

»Wilhelm hat …«

»Ja, hat er. Er gehört ebenfalls zu jenen jungen Menschen, die wissen, worauf es in der Zukunft ankommt. Er glaubte, mich schonend darauf vorbereiten zu müssen, was du im Schilde führst. Er ist sehr feinfühlend … im Gegensatz zu mir. Aber in diesem Punkt bin ich ganz auf seiner Seite!«

Er öffnete die Schublade seines Sekretärs und nahm einen Briefumschlag heraus. »Hier ist ein Schreiben an meinen alten Freund Albert Ballin in Hamburg, in dem ich ihm ans Herz lege, dich in der neuen Umgebung zu unterstützen. Und hier«, er griff nach einem weiteren, dickeren Umschlag, »ist ein Betrag, der für deinen Lebensunterhalt und die Miete in den ersten Wochen ausreichend sein dürfte.« Er trat vor Elisabeth und hielt ihr die Couverts entgegen.

Elisabeth sah ihn immer noch misstrauisch an, dann nahm sie den Umschlag mit dem Geld und sagte: »Ich habe Freundinnen dort, die werden mich in Hamburg einführen. Ich denke, Herrn Ballin brauche ich dafür nicht.«

Richard von Schwemer holte gerade Luft für eine Zurechtweisung, als ein spitzer Schrei ihn zusammenfahren ließ. Elisabeth war als Erste an der Tür, riss sie auf und blieb wie angewurzelt stehen.

Die ersten Gäste waren eingetroffen: Edwin und Helene Bechstein. Vor ihnen stand Helène von Schwemer und bedeckte mit einer Hand ihren Mund. Ihr Blick wanderte zwischen ihrer Freundin und einem schlafenden Säugling hin und her, den diese im Arm hielt.

»Das«, stammelte sie nach einer Weile und deutete auf das Baby, »das war also deine Unpässlichkeit? Du hast ...« Wieder schlug sie die Hand vor den Mund, dann trat sie dicht an das Kind heran und berührte es mit einem Finger.

»Das ist unsere Luise«, sagte Helene Bechstein beinahe förmlich. »Ja, sie war es, die mich in den letzten Wochen ans Bett gefesselt hat. Aber jetzt ist alles überstanden, und sie ist da. Und wir auch! Was sagst du?«

Helène von Schwemer sagte erst einmal gar nichts. Als alle sich in den Salon begeben, die junge Mutter und das Kind auf einem Stuhl Platz genommen hatten und man im Halbkreis um sie herumstand, war es der Freiherr, der sich zu Wort meldete. »Luise! Champagner!«, rief er und klatschte in die Hände. Das Baby erschrak und begann leise zu wimmern. »Ich hab es die ganze Zeit geahnt, das ihr etwas im Schilde führt«, fuhr er fort, »und jetzt ist euch der Coup des Jahres gelungen! Ach, was sage ich: der Coup des Jahrhunderts! Damit hat wirklich keiner gerechnet.« Er ergriff die Hand der jungen Mutter, küsste sie überschwänglich und drückte dann Edwin Bechstein lange die Hand. »Ich bin völlig überrumpelt! Wirklich überrumpelt. Wo bleibt der Champagner?«

Sophie, die Haushälterin, näherte sich mit einem Tablett. »Wo ist Luise?«, fragte der Freiherr irritiert, »ich hatte nach ihr gerufen.«

»Sie ist in der Küche beschäftigt«, antwortete Sophie und stellte das Tablett auf dem Tisch ab.

»Na, auch gut«, antwortete der Freiherr, »dann kann sie wenigstens nichts verschütten. Sie scheint etwas geschwächt gewesen zu sein in den letzten Wochen.«

Elisabeth ging in die Küche. Dort war niemand. Eilig lief sie die Treppen hinauf zur Kammer des Hausmädchens. Die Tür war offen, Luise stand am Fenster, Elisabeth trat hinter sie. »Ich wusste nicht, dass sie das Kind mitbringen würden«, sagte sie. »Es sollte wohl eine Überraschung sein. Und die ist ihnen ja auch gelungen …«

»Haben Sie sie gesehen?«, fragte Luise. »Sieht sie noch so aus wie zuletzt?«

Elisabeth nickte. »Sie sieht wunderbar aus.«

»Warum haben sie ihr diesen Namen gegeben?«

»Ich weiß es nicht. Möchtest du lieber nach Hause gehen? Ich sage den Herrschaften, dass es dir nicht gutgeht …«

Luise schüttelte den Kopf. »Machen Sie sich keine Sorgen, es geht mir gut. Ich komme sofort wieder runter. Es war nur der erste Schreck.«

»Du kannst mir jederzeit Bescheid geben, wenn du es dir anders überlegst.«

»Ist schon gut!«, sagte Luise heftig. »Es ist alles gut.«

Auf dem Weg zurück zu den Gästen hörte Elisabeth Stimmen aus dem Zimmer der Brüder. Sie klopfte und trat ein. Wilhelm und Robert von Trenck standen mit Adalbert und Karl am Tisch und bewunderten die neuen Zinnsoldaten, die die Jungen zu Weihnachten bekommen und in Schlachtordnung aufgestellt hatten. Robert strahlte Elisabeth an und trat auf sie zu. Bevor er etwas sagen konnte, nickte sie Wilhelm zu und sagte: »Komm mal eben!«

Wilhelm sah sie fragend an und folgte ihr auf den Flur.

»Was hast du mit ihm gemacht?«, fragte Elisabeth leise, aber eindringlich.

»Mit wem?«

»Na, mit ihm, dem großen Häuptling! Er war lammfromm vorhin, hat mir den Aufenthalt in Hamburg ohne Bedingungen erlaubt, er will sogar alles finanzieren. Wie hast du das gemacht? Du warst das doch, oder?«

»Du hattest mich darum gebeten, oder?«, erwiderte Wilhelm.

»Ja, schon, aber wie – wie hast du ihn dazu gekriegt?«

Wilhelm lauschte nach unten, Stimmengewirr drang zu ihnen herauf. »Ich glaube, es sind weitere Gäste eingetroffen, wir sollten hinuntergehen. Und: Sei ein wenig freundlicher zu Robert. Er ist schließlich ein alter Freund der Familie.«

»Und ich bin eine gute Partie«, gab Elisabeth zurück, »das hast du ja gehört vorhin. Der Häuptling will seine Tochter verhökern ...«

Doch dann gab sie sich einen Ruck und bat Robert, sie nach unten zu begleiten. Strahlend bot er ihr seinen Arm an.

Das Fest erreichte seinen Höhepunkt, als Georg von Hülsen eintraf, der Zeremonienmeister des kaiserlichen Hofes. Der Freiherr platzte schier vor Stolz, als er aus Hülsens Hand die Grüße und besten Wünsche des Kaisers entgegennahm, der in einem kurzen Schreiben seine Hoffnung ausdrückte, dass die Unannehmlichkeiten in den afrikanischen Kolonien bald aus der Welt geschafft sein würden. Er baue auf das diplomatische Geschick des Freiherrn und stellte ihm jede nötige Unterstützung in Aussicht, zur Not auch militärische. Richard von Schwemer stand im Kreis seiner Gäste, sein Gesicht glühte, als er die Zeilen las.

Der hohe Gast blieb nur wenige Minuten. Der Freiherr begleitete ihn unter vielen Verbeugungen hinaus auf die Straße und hielt ihm eigenhändig die Tür des Vierspänners auf. »Der Kaiser baut auf Sie«, sagte von Hülsen und beugte sich aus dem Fenster der Kutsche. »Er würde sich wohler fühlen, Sie vor Ort zu wissen. Sie sind sein bester Mann!«

Kurz darauf wurde ein zweiter Brief gebracht, der Postbote überreichte ihn der Haushälterin am Dienstboteneingang, die ihn diskret Helène von Schwemer aushändigte. Die ersten Gäste machten sich zum Aufbruch bereit, der Freiherr hatte alle Hände voll zu tun, sie zu verabschieden, und bemerkte deshalb erst nach geraumer Zeit das Fehlen seiner Frau. Er fand sie in der Küche sitzend, ein Brief lag vor ihr auf dem Tisch.

»Was ist los?«, rief er, »die Leute wundern sich schon. Wo steckst du, was machst du hier?«

»Das siehst du doch«, antwortete sie. Dann hielt sie ihm das Papier entgegen.

»Was ist das?« Zögernd nahm er den Brief in die Hand und sah zuerst auf den Absender. »Aus Lagarde? Von Rogér? Was will der denn?«

»Soll ich dir deine Brille holen?«, fragte sie spitz, »oder soll ich dir vorlesen?«

»Nein, nein«, antwortete er, setzte sich auf einen Stuhl ihr gegenüber und hielt sich das Papier dicht vors Gesicht.

»Verehrte Madame«, las er, »ich muss Ihnen mitteilen, dass es gut wäre, Sie hier zu haben. Die Dinge entwickeln sich unübersichtlich. Man hat Ihren Pächter verhaftet. Mich verdächtigen die Deutschen gleichfalls, mit der Freiheitsbewegung zu konspirieren. Sie sagen, sie würden das Haus beschlagnahmen, man will hier eine deutsche Polizeieinheit einquartieren. Noch ist nichts dergleichen geschehen, aber man ist sehr unhöflich zu mir.«

»Sehr unhöflich?«, schnaubte der Freiherr. »Was soll denn das bedeuten? Und der Pächter, wie heißt er noch gleich?«

»Printemps. Man kann ihn doch nicht einfach verhaften!«

»Kann man offenbar doch. Irgendetwas wird schon dran sein, deutsche Polizisten tun nichts dergleichen ohne Grund. Ich fand den Mann immer schon etwas seltsam, wenn du mich fragst.«

»Darum geht's jetzt aber nicht. Es ist das Gut meiner Eltern, deiner Schwiegereltern! Ich werde umgehend hinreisen.«

»Das wird nicht möglich sein. Du hast gehört, dass der Kaiser mich in Afrika braucht. Einer von uns muss hier sein.«

»Dein Kaiser wird sich schon zu helfen wissen, Rogér hingegen nicht. Außerdem ist es meine Heimat, was man von dir und Afrika schwerlich behaupten kann. Genug diskutiert, die Gäste wollen gehen, du hast es selbst gesagt.«

Sie erhob sich und verließ die Küche.

*

Richard von Schwemer zündete sich erneut eine Zigarette an, während um ihn herum die Tische abgeräumt wurden. Er hatte das Gefühl, man zog ihm den Teppich unter den Füßen weg. Erst Elisabeth, dann die Bechsteins, dann Lagarde, und zu guter Letzt hatte das Hausmädchen auch noch einen Schwächeanfall erlitten. Sie hatte schon seit Wochen gekränkelt, wir werden uns ein neues suchen müssen, dachte er. Und wer kümmert sich um mich? Nur der Kaiser – er weiß, was er an mir hat! Ich werde ihn nicht enttäuschen, ich kenne meine Pflichten. »Unhöflich!«, murmelte er, »wenn's das nur ist. Franzosen-Mimosen ...!«

Bewegung

Der Zug schwankte, als er in hohem Tempo durch die Kurve fuhr. Es war ein heißer Tag, man hatte die Fenster der Abteile geöffnet, so dass der beißende Rauch der Lokomotive in die Waggons drang. Alle Abteile waren besetzt, auf den Fluren standen Menschen dicht gedrängt, zu ihren Füßen Gepäckstücke. Wilhelm hatte für sich und Adalbert Fensterplätze in einem der letzten Waggons reserviert. Sie waren auf dem Weg zum Lungen-Sanatorium in Stralsund. Die Wasserkur des Wunderdoktors hatte Adalberts Probleme nicht gebessert, im Gegenteil, die Atemnot, die dem Jungen vor allem nachts zu schaffen machte, wurde schlimmer.

Adalbert war eingeschlafen, sein Kopf lehnte an Wilhelms Schulter. Das rhythmische Rattern der Schienen ermüdete auch ihn, er zwang sich, die Augen offen zu halten. Sie fuhren durch flaches Land, an Dörfern und Gehöften vorbei. Der Himmel war bedeckt, nur gelegentlich riss die Wolkendecke auf, und Sonnenstrahlen machten den Ruß auf den Scheiben des Waggons sichtbar. Wilhelm zog vorsichtig seinen Arm hinter Adalbert hervor, um die Sitzposition zu ändern, als die Abteiltür aufgerissen wurde und Professor Schweninger hereinstürzte, seine Schwester dicht hinter ihm. »Der Junge!«, schrie er, »was machen Sie mit ihm! Er braucht sein Wasser!« Der Zug ruckte in einer Kurve, Schweninger stürzte zu Boden. Adalbert erwachte und begann verzweifelt, nach Luft zu ringen. Er lief blau an, ruderte mit den Armen, dann fiel er nach vorn und in Wilhelms Arme.

Als er seinen Bruder aufzurichten versuchte, bemerkte Wilhelm, dass Adalbert sich nicht mehr rührte. Er zog ihn an sich, presste seinen Mund auf Adalberts und blies Luft hinein. »Sanitäter!«, rief er, »Sanitäter, schnell!« Dann wurde ihm schwarz vor Augen.

Er kam zu sich, als jemand ihn schüttelte und seine Wangen tätschelte. Er öffnete die Augen und sah in Robert von Trencks Gesicht. »Was ist denn nun wieder?«, fragte Robert, »war es wieder dieser Traum?«

*

Wilhelm brauchte einige Sekunden, um sich zu orientieren. Vier weitere Husaren saßen mit ihnen im Abteil und sahen Wilhelm besorgt an.

»Entschuldigung«, sagte er, »ich muss eingeschlafen sein.«

»War es wieder der Traum mit deinem Bruder?«, fragte Robert von Trenck. Wilhelm nickte. Vor drei Wochen hatte er Adalbert ins Sanatorium begleitet, so wie es mit den Eltern besprochen worden war. Adalbert hatte die Fahrt problemlos überstanden und sich zu Wilhelms Erleichterung klaglos von ihm verabschiedet, als er ihm sagte, dass er sicherlich in einem oder zwei Monaten wieder nach Hause käme. Doch Adalbert hörte kaum zu, er hatte sich bereits zwei gleichaltrigen Jungen angeschlossen, die ebenfalls in der Kinderabteilung des Sanatoriums behandelt wurden.

»Ja«, antwortete Wilhelm auf Roberts Frage, »es ist immer das Gleiche. Ich weiß nicht, was das soll.«

»Du machst dir Sorgen um den Jungen, das ist ganz normal. Sobald wir in Aachen sind, rufst du in Stralsund an und erkundigst dich nach ihm.«

Wilhelm nickte, entschuldigte sich noch einmal, dann sah er aus dem geöffneten Fenster und blickte auf die dunkelgrünen Wälder des Hunsrücks. Der Zug war voller Soldaten, das Regiment war auf dem Weg nach Westen. Zwei Monate lang hatten sie die Kaserne nicht verlassen dürfen, waren täglich zu Manövern ausgeritten. Für die Fahrt nach Stralsund hatte Wilhelm einen Tag

Urlaub erhalten. Dann kam der Befehl, auf den sie das ganze Frühjahr gewartet hatten. Verwunderung löste nur aus, dass es nicht Richtung Frankreich ging, sondern in eine Kaserne nach Aachen, nahe der belgischen Grenze.

»Die Franzosen werden bei Straßburg angreifen«, hatte Robert gemeint, »das ist doch klar! In den Vogesen haben sie ihre stärksten Befestigungen. Warum bringen sie uns an die belgische Grenze? Wenn es losgeht, sind wir doch völlig ab vom Schuss!«

»Gut gesagt«, lachte einer der Kameraden. »Aber wie man hört, plant die Generalität etwas ganz anderes. Wir werden dem Franzmann nicht auf den Leim gehen. Wir erwischen ihn dort, wo er uns überhaupt nicht erwartet.«

Wilhelm sah ihn an. »Wo hört man denn so etwas? Die Planungen sind streng geheim. Außerdem haben wir keinen Krieg. Es ist ein Manöver.«

»Na, das musst du doch besser wissen als wir alle! Im Haus deines Vaters gehen sie doch ein und aus, die Stabsleute. Da hörst du sicherlich so einiges.«

Wilhelm schüttelte den Kopf. »Da hör' ich gar nichts. Und man sollte sowieso nichts auf all das geben, was so geredet wird.«

»Ja, ja, halt dich nur bedeckt. Wenn einer in unserem Regiment weiß, was läuft, dann du. Aber bitte, wir werden bald sehen, wie der Hase wirklich läuft.«

Wilhelm nickte. »Werden wir – wenn er überhaupt läuft.«

Gedanken

Es wurde immer heißer in den Waggons. Wilhelm wischte sich den Schweiß von der Stirn. Der Sommer war in Westdeutschland schon ein erhebliches Stück weiter als in Berlin. Seine Mutter hatte vorausgesagt, es würde ein Jahrhundertsommer werden, nachdem sie aus Lagarde zurückgekehrt war. Der Wein habe so früh zu treiben begonnen wie nie zuvor. »Aber ob wir ihn in diesem Jahr ernten werden, weiß der Himmel«, sagte sie. »Printemps wird immer noch festgehalten, und wo seine Tochter ist, weiß nicht einmal er. Er ist in großer Sorge.«

»Haben Sie ihn gesprochen?«, hatte Wilhelm sie gefragt.

»Wenn man es so nennen kann: Er hat kaum etwas gesagt. Es stand die ganze Zeit ein deutscher Wachmann daneben, als ich ihn besuchen durfte.«

»Wieso haben sie Sie zu ihm gelassen?«

»Ich war bei Johann von Drewitz, du weißt, der Schulfreund deines Vaters. Er ist jetzt Statthalter von Elsass-Lothringen. Ich habe ihm geschrieben und umgehend eine Audienz bekommen. Seine Residenz ist gesichert wie ein Königspalast seit dem Vorfall in Metz. Du weißt schon ...«

Wilhelm hatte davon gelesen: Ein junger deutscher Offizier hatte einen Bäckergesellen auf offener Straße mit dem Bajonett erstochen, weil er ihn nicht korrekt gegrüßt hatte. Im Elsass demonstrierten Tausende auf den Straßen, in Deutschland berichteten die Zeitungen tagelang über den Vorfall: Man feierte den jungen Offizier, Karikaturen zeigten ihn als Helden, der dem »Franzmann das freche Maul stopft«. Trotzdem kam es zu einem Verfahren vor dem Militärgericht, der Offizier wurde zu sechs Tagen Arrest verurteilt. Im Elsass wurde eine Ausgangssperre verhängt.

Helène hatte Wilhelm erzählt, wie sie von einem Fahrer des Statthalters in Lagarde abgeholt und zu dessen Amtssitz gefahren worden war. »Wir müssen die Leute davon abhalten, noch mehr Schaden anzurichten«, hatte ihr von Drewitz erklärt, nachdem er Helène mit einem Handkuss begrüßt hatte. Sie saßen in seinem riesigen Amtszimmer, ein Adjutant hatte Gebäck und Kaffee gebracht. »Wissen Sie, Helène – ich hoffe, ich darf Sie noch beim Vornamen nennen –, man muss hier mit äußerstem Fingerspitzengefühl vorgehen«, erklärte er. »Die Franzosen haben es mit der Ehre wie kein anderes Volk – wem sage ich das! Der kleinste Anflug von Missachtung, und es gibt riesiges Theater. Das mit dem Bäckerjungen konnten wir da natürlich überhaupt nicht gebrauchen. Na ja, der hitzige Offizier ist ja auch zur Rechenschaft gezogen worden.«

»Zur Rechenschaft?«, hatte Helène verblüfft gefragt und sich vorgebeugt. »Das nennen Sie zur Rechenschaft ziehen?«

Von Drewitz hob mahnend einen Finger. »Sie wissen sicherlich, dass viele ihm einen Orden verleihen wollten, sogar der Kaiser hat das befürwortet. Aber das Militär hat seine eigene Gerichtsbarkeit, wir lassen uns von niemandem hineinreden, nicht mal von ganz oben«, sagte er und verschränkte stolz die Arme.

Helène schluckte ihren Zorn hinunter und brachte das Gespräch auf den eigentlichen Grund ihres Besuches. Von Drewitz erklärte, aufgrund der alten freundschaftlichen Verbindungen sei er bereit, mit der örtlichen deutschen Polizei über das Weingut in Lagarde zu sprechen. »Es gibt hier genügend Räumlichkeiten, wo die ihre Leute einquartieren können, es muss sicherlich nicht das Gut eines deutschen Kolonialoffiziers sein«, sagte er.

»Richard ist zwar mein Mann«, erwiderte Helène, »aber das Gut gehört mir. Ich besitze es in der vierten Generation.«

»Das sollten wir nicht an die große Glocke hängen. Es macht die Dinge einfacher, wenn es einem Deutschen gehört, zumindest für den Moment«, sagte von Drewitz und tätschelte Helènes Hand. »Es ist, wie ich vorhin sagte: Die Franzosen und ihr Stolz ...« Er lächelte wohlwollend. »Machen Sie sich keine Sorgen, ich regele das für Sie und Ihren Mann.«

»Da ist noch etwas ...«, hob Helène an.

»Das«, fiel ihr von Drewitz ins Wort, der offenbar wusste, was sie meinte, »das steht auf einem anderen Blatt. Wenn Sie von diesem Mann reden, der für Sie gearbeitet hat, muss ich Ihnen leider sagen, dass ich nichts für Sie tun kann. Er sitzt ein und wartet auf seinen Prozess, wie einige hundert andere auch. Ihnen kann ich es ja sagen: Diese Widerständler hatten ein Attentat auf den Kaiser geplant, Sie wissen ja, wie gern er hier in den Bergen jagt. Ein Attentat!« Er sah sie entrüstet an. »Wissen Sie, wir sind sehr langmütig mit der Bevölkerung, wir haben Verständnis für ihre Sorgen. Viele haben ihre Wohnungen geräumt für deutsche Offiziersfamilien, das ist natürlich nicht schön. Aber *diese* Leute«, er beugte sich vor und stach mit dem Zeigefinger in die Luft, jedes Worte betonend, »*diese* Leute sind eine Gefahr!

Diese Widerstandsnester werden wir mit Stumpf und Stil ausreißen!«

»Kann ich ihn trotzdem sprechen?«

»Nein!«

»Mein Mann meinte, wenn jemand das ermöglichen kann, dann Sie. Er legt wirklich großen Wert darauf ...«

»Richard? Legt Wert darauf? Wie geht es ihm überhaupt?«

»Er ist ständig zwischen Berlin und den Kolonien unterwegs. In diesem Jahr ist er schon dreimal gereist. Er sagt, es ist ein Pulverfass. Aber – das ist alles streng geheim ...«

Von Drewitz sah sie nachdenklich an. »Gut. Dann jetzt gleich. Und nur dieses eine Mal. Man wird Sie zu ihm bringen. Meine Bedingung: Wenn Sie irgendetwas über die Tochter dieses Mannes wissen, möchte ich es umgehend erfahren. Und sollte ich hören, dass Sie etwas über sie wissen und es mir verschweigen, dann glaube ich nicht, dass ich meine Kollegen von der Polizei lange davon abhalten kann, ihre Mannschaftsquartiere dort zu nehmen, wo sie es für richtig halten.«

Helènes Gespräch mit Printemps war kurz gewesen. Man brachte sie zur Kaserne in einen winzigen, fensterlosen Kellerraum und ließ sie dort warten. Printemps wurde mit einer Augenbinde hereingeführt, die ihm erst abgenommen wurde, als er vor Helène stand. Als er sie erkannte, wandte er sein Gesicht ab. Der Soldat, der hinter ihm stand, stieß ihm seinen Gewehrkolben in den Rücken: »Etwas mehr Respekt!«, zischte er. Helène hob besänftigend eine Hand, doch bevor sie etwas sagen konnte, fragte Printemps mit rauer Stimme: »Wo ist meine Tochter?«

»Madame stellt hier die Fragen!«, fuhr der Soldat ihn an und schlug ihm mit der flachen Hand auf den Hinterkopf.

Helène sprang auf. »Hören Sie sofort auf!«, schrie sie und trat auf den Soldaten zu. »Behandelt man so einen Gefangenen?«

»Wache!«, rief der Soldat, und zwei Uniformierte traten ein. »Der Besuch ist beendet.« Die beiden Männer griffen Printemps an den Ellenbogen und schoben ihn aus dem Raum.

»Ich werde Bericht erstatten müssen«, sagte der Soldat zu Helène, als er an ihr vorbeiging.

Helène ahnte nicht, wie nah Adèle die ganze Zeit gewesen war. Auch als sie die Kaserne verließ, um in den Wagen zu steigen, der sie nach Lagarde zurückbringen sollte, bemerkte sie Adèle nicht sofort. Sie sah nur auf der anderen Straßenseite einen jungen Mann an einer Laterne lehnen, der eine graue Schirmmütze trug. Während der Chauffeur ihr die Tür aufhielt, schlenderte der junge Mann über die Straße. Als er neben Helène war, bückte er sich plötzlich und hob etwas von der Straße auf. »Das ist Ihnen zu Boden gefallen, Madame.« Helène schaute irritiert in das Gesicht, das jetzt dicht vor ihrem war, und hätte fast aufgeschrien, als sie Adèle erkannte. Doch die fasste schnell Helènes Handgelenk und formte tonlos mit den Lippen die Frage: »Lebt er?«

Helène nickte und sagte: »Danke, sehr aufmerksam von Ihnen, junger Mann.« Dann stieg sie in den Wagen.

»Wie hat sie ausgesehen?«, fragte Wilhelm atemlos, nachdem seine Mutter ihm von der Begegnung berichtet hatte. »Hatte sie irgendwelche … Verletzungen?«

Helène schüttelte den Kopf. »Ich konnte nur ihr Gesicht sehen, und das sah aus wie immer.«

»Wie immer?«, fragte Wilhelm. »Wann haben Sie sie denn zuletzt gesehen? Sie wissen ja gar nicht, wie sie aussieht – heute meine ich.«

Helène lächelte. »Die Augen, mein Junge, die Augen bleiben stets dieselben. Da kann man sich verkleiden, wie man will.«

*

Adèle hatte dem Wagen lange hinterhergesehen, in dem Helène davonfuhr. Helènes Antwort hatte sie erleichtert. Die Nachrichten über die Gefängnisse waren beunruhigend in der letzten Zeit. Immer wieder wurden Gefangene der Widerstandsbewegung in andere Orte verlegt, da die Behörden Befreiungsversuche befürchteten. Es kursierten Gerüchte über geheime Hinrichtungen; offiziell gab es keine Informationen, nicht einmal die Verhaftungen wurden bestätigt. Nachdem Adèle erfahren hatte, dass ihr Vater in die Zentrale der deutschen Besatzungspolizei nach Straßburg gebracht worden war, hatte sie hier bei Freunden der Familie Unterschlupf gesucht.

Nachdem der Wagen außer Sichtweise war, überquerte sie die Straße und machte sich auf den Weg zur Holzhandlung der Familie Dreyfus, enge Freunde der Printemps, wo sie, als Lehrjunge verkleidet, lebte. Seit mehr als einem Monat war sie schon in der Stadt, bisher war sie niemandem aufgefallen, sie bewegte sich frei und unbelästigt. Einmal am Tag, meistens am späten Nachmittag, ging sie ins Zentrum, setzte sich in ein Café gegenüber der Polizeizentrale und beobachtete das Kommen und Gehen auf der anderen Straßenseite. Pünktlich um sechs Uhr erschien die große, schwarze Limousine, in dem der Mann saß, den alle fürchteten. Er machte es sich auf dem Rücksitz bequem, zündete sich eine Zigarette an und sah aus dem Fenster: Der Statthalter fuhr nach Hause. Mehr als einmal hatten sich ihre Blicke getroffen, wenn der Wagen an dem Café vorüberfuhr.

»Sie scheinen auf diesen Moment zu warten, junger Mann«, sagte der Wirt zu Adèle, als er ihr einen Milchkaffee brachte.

»Auf welchen Moment?«

»Nun, wenn der Statthalter vorüberfährt.«

»Sie kennen ihn?«

»Jeder kennt ihn. Von Drewitz – der kleine Kaiser, wie er genannt wird. Er soll den Spitznamen sogar ganz gerne haben.«

»Und wieso glauben Sie, dass ich auf ihn warte?«

»Sie kommen fast jeden Tag zur gleichen Zeit, und kurz darauf fährt er vorüber. Das müsste auch ihm aufgefallen sein.«

Adèle war ihm tatsächlich aufgefallen. Allerdings nicht im Café, sondern in seinen Amtsräumen.

Die Holzfirma Dreyfus hatte einige Wochen zuvor den Auftrag erhalten, im Präsidium Bodendielen zu erneuern, Adèle gehörte zu den Handwerkern, die die Arbeiten ausführten. Raymond Dreyfus hatte ihr zunächst energisch die Bitte ausgeschlagen, dabei sein zu dürfen: »Es genügt, wenn ein Printemps in diesem Gebäude ist. Das Risiko wäre viel zu groß für dich! Es grenzt ohnehin an ein Wunder, dass du noch niemandem aufgefallen bist in deiner Kostümierung.«

Sie aßen an einem langen Tisch in der Werkstatt zu Abend im Kreis der Familie und einiger Angestellten, die ebenfalls hier wohnten. Alle waren Mitglieder der Bewegung, deren Aktivitäten überwiegend im Anbringen von Plakaten und Verteilen von Flugblättern bestand, die das Ende der Besetzung Elsass-Lothringens forderten. Sie nickten zustimmend.

»Mir wäre es lieber, sie würde unser Haus überhaupt nicht verlassen«, ergänzte Dreyfus' Frau. »Dann könnte sie sich auch endlich wieder normal kleiden.«

»Das wäre jammerschade«, meldete sich der jüngste der Lehrlinge zu Wort, der Adèle gegenübersaß. »Sie sieht einfach süß aus, so wie sie ist!« Er stieß sie unter dem Tisch mit dem Fuß an. Adèle trat zurück und sagte: »Glaubt ihr, mir macht das ganze Theater Spaß? Aus dem Alter der Verkleidungsspiele bin ich heraus.«

»Ist ja gut!«, besänftigte der Lehrling, rieb sich mit einer Hand das Schienbein, die andere streckte er nach Adèle aus, um ihre Hand zu berühren. »Wir wollen alle dasselbe wie du. Mein Bruder sitzt auch in einem ihrer Kerker, keiner weiß, wie es ihm geht.«

Adèle stand auf, ging aus dem Raum und trat auf den kleinen Betriebshof, in dem Holzbretter in hohen Stapeln lagerten. Sie wischte sich mit dem Ärmel ihrer Arbeitsjacke über die Augen. Es waren Tränen der Wut und der Hilflosigkeit, die sie nicht zurückhalten konnte. Ein kleiner Holzsplitter stach ihr dabei leicht ins Auge. »Au!«, sagte sie und versuchte, ihn herauszuwischen.

»Lass mal sehen«, sagte Raymond Dreyfus, der ihr gefolgt war. Er trat vor Adèle und zog mit einer Hand das Augenlid in die Höhe. »Guck nach unten«, sagte er, »ah, da ist er ja!« Vorsichtig entfernte er den Splitter und hielt ihn auf seiner Fingerkuppe vor Adèles Gesicht. »So winzig und so gemein! Puste ihn weg, dann kannst du dir was wünschen.«

»Das macht man nur mit Wimpern«, erwiderte Adèle trotzig und lächelte dabei.

»In unserem Gewerbe auch mit Holzsplittern. Die haben wir viel häufiger im Auge als Wimpern.«

Adèle pustete den Splitter von seinem Finger und sah dann den Mann an, den sie seit ihrer Kindheit kannte. »Bitte!«, sagte sie leise.

Dreyfus seufzte. »Na gut, ich nehm' dich mit. Aber sag es nicht meiner Frau.«

Adèle hatte nicht erwartet, dass das Betreten des Amtsgebäudes des Statthalters sie so aus der Fassung bringen würde. Sie zitterte, als sie mit Werkzeug in den Händen die Treppen hinaufstieg und daran dachte, dass sich irgendwo unten im Haus ihr Vater befand. Ihr wurde schwindelig, sie blieb einen Moment stehen. »Alles gut?«, fragte der Lehrling, der neben ihr ging, und legte eine Hand auf ihre Schulter. »Die Luft ist abgestanden hier, ich fühle mich auch nicht wohl.«

Sie nickte. »Die Luft ist es nicht«, sagte sie, atmete durch und ging weiter. »Bleib in meiner Nähe, ich habe Angst.«

Sie arbeiteten zu viert den ganzen Vormittag daran, in einem fast leeren Raum morsche Bohlen herauszusägen und durch frische zu ersetzen. Die mit Eisenstangen vergitterten Fenster waren so schmutzig, dass man nicht hinausblicken konnte. Während der ganzen Zeit stand ein Wachmann in der Tür und sah ihnen zu. Er sprach kein Wort, aber Adèle konnte seine Blicke in ihrem Rücken spüren, während sie zusammen mit den anderen hämmernd am Boden kniete.

Sie sah immer wieder zu dem Stuhl, der als einziges Möbelstück in der Mitte des Raumes stand. Sie stellte sich vor, dass ihr Vater darauf gesessen hatte, während man ihn befragte, und dass er während der ganzen Zeit an sie gedacht hatte, ebenso wie sie jetzt an ihn. Er war in all den Jahre nach dem frühen Tod der Mutter ihr Halt gewesen, sie bewunderte ihn für seine Geschicklichkeit – sei es beim Lenken der Pferde vor dem Fuhrwerk, beim Stampfen der Weintrauben oder beim Zubereiten ihres Leibgerichts, Pfannkuchen mit Speck –, und sie liebte ihn seiner überschwänglichen Herzlichkeit wegen. Immer wieder hatte sie erlebt, wie er wildfremde Menschen mit seinem Humor und seiner Offenheit im Handumdrehen für sich gewann. Wenn sie zum Beispiel zum Pferdekauf auf den Markt nach Ommeray gefahren waren und er dort mit den Züchtern verhandelte, beobachtete sie fasziniert, wie die Männer sich freuten, mit ihm Geschäfte zu machen, auch wenn er es war, der dabei den besseren Schnitt machte. Sein Charme war Teil des Geschäfts. Es war ihr ebenfalls nicht entgangen, dass er den Herrschaften im Gutshaus anders begegnete. Er sprach selten über sie, und wenn, dann knapp und sachlich. Wenn er den Freiherrn oder dessen Frau traf, merkte Adèle, dass er das Gespräch so schnell wie möglich hinter sich bringen wollte. Sie kannte den Grund nicht, aber ihr Vater schien die Anwesenheit der Deutschen, auf dessen Gut er angestellt war, als Bedrohung zu empfinden und sich zu wünschen, dass sie möglichst bald wieder abreisten.

Über Wilhelms tägliche Besuche während der Ferienzeit hatte er nie ein ablehnendes Wort gesagt. Im Gegenteil: Er lud den deutschen Jungen ein, gemeinsam mit ihnen zu essen, und wenn sie bei regnerischem Wetter einen Tag drinnen in der Küche verbrachten, erkundigte er sich interessiert nach dem Leben in Berlin, nach der Schule und Wilhelms Reitunterricht. Trotzdem empfand sie ihren Vater an solchen Tagen anders als sonst, er wirkte angespannt und unsicher. Aber sie machte sich keine Gedanken darüber, sie war viel zu erfüllt von der Anwesenheit des Jungen, mit dem sie sich so vertraut fühlte, als wäre er ihr Zwillingsbruder.

Sie hörte ein Räuspern hinter sich und drehte sich um. In der Tür stand jetzt anstelle des Wachpolizisten ein eleganter Uniformierter, der an einer weißen Zigarettenspitze sog. Als sich ihre Blicke trafen, sagte der Mann: »Wir bezahlen die Handwerker eigentlich, damit sie tun, wofür sie engagiert wurden, in diesem Fall: hämmern und sägen. Und nicht, damit sie vor sich hin träumen. Was ist an diesem Stuhl so interessant?«

Er betrat den Raum und umrundete den Stuhl. Alle vier am Boden Kauernden sahen zu ihm auf. Der Mann strich über die Lehne. »Qualitätsarbeit«, sagte er, »von deutschen Tischlern. Eigens aus Berlin hergeschafft. Muss ja auch einiges aushalten, das gute Stück.«

Dann sah er wieder zu Adèle. »Also? Was ist so interessant daran?«

Adèle erhob sich. Nach dem langen Arbeiten am Boden schmerzten ihre Knie ein wenig. Sie rieb sie ausgiebig, streckte sich dann und trat, immer noch ihren Hammer in der Hand, ebenfalls an den Stuhl heran. Von Drewitz zog überrascht eine Augenbraue hoch und trat einen Schritt zurück. Nun berührte Adèle den Stuhl. »Ja«, sagte sie, »solide Arbeit. Möchten Sie vielleicht Platz nehmen, Monsieur?«

Von Drewitz fixierte sie. Er sog an der Zigarette und ließ den Rauch langsam durch die Nasenlöcher entweichen. Er erinnerte Adèle an ein schnaubendes Pferd im Winter. »In diesem Raum«, erwiderte von Drewitz leise, »stellt niemand Fragen. Außer mir.«

Adèle nahm ihre Hand von der Lehne des Stuhls, ihr Blick fiel auf den Hammer in ihrer Hand. Aus dem Augenwinkel sah sie, wie Dreyfus sie entsetzt anstarrte. Einen Moment noch stand sie still hinter dem Stuhl, dann ging sie langsam zurück an die Stelle, wo sie zuvor gearbeitet hatte, und kniete sich wieder auf den Boden. Sie blickte von Drewitz weiter unverwandt in die Augen, während sie einen Nagel zur Hand nahm und ihn mit der Spitze auf das Holzbrett hielt, das vor ihr lag. Dann holte sie aus und traf ihn präzise auf den Kopf.

Freiheit

Elisabeth wurde bei ihrer Ankunft in Hamburg von einer strahlenden Friderike am Dammtorbahnhof abgeholt. Direkt gegenüber dem prachtvollen Sandsteingebäude strahlte die Kuppel der Universität in der Sonne. Elisabeth konnte es nicht fassen, dass sie künftig dort ein und aus gehen würde. Sie schlang die Arme um Friderike. »Die Welt gehört uns! Wir werden ganz groß rauskommen!«

»Natürlich«, antwortete Friderike, »aber zunächst müssen wir hier rauskommen. Ich suche uns mal einen Gepäckträger.«

Elisabeth hatte Friderike vermisst, die ein Semester vor ihr nach Hamburg gezogen war und ein möbliertes Zimmer in der Schlüterstraße bewohnte, wo eine alte Dame an Studentinnen vermietete. Es gab Platz für fünf Mieterinnen, eine hatte ihr Studium beendet, und Friderike hatte das frei werdende Zimmer sofort für Elisabeth reserviert. Richard von Schwemer hatte ungläubig den Mietpreis zur Kenntnis genommen. »Fünf Mark im Monat, das kann nur eine Bruchbude sein. Aber bitte, ich muss da ja nicht wohnen ...!«

Es war keine Bruchbude. Die Zimmer der Wohnung in dem schneeweißen Haus mit seinen Türmchen und Erkern waren von Licht durchflutet, der helle Holzfußboden glänzte von frischem Lack, die Möbel sahen aus wie neu. Eine Durchgangstür verband die Zimmer, in denen Elisabeth und Friderike wohnten. Die Vermieterin, eine kleine, leicht gebeugte Frau mit weißem Haar, stand in der Tür, als Elisabeth im Zimmer umherging. »Ich hoffe, es gefällt Ihnen«, sagte sie. »Sie sind aus der Hauptstadt sicherlich ganz anderes gewohnt.«

Elisabeth antwortete nicht gleich, sie drehte sich langsam mehrmals um die eigene Achse und streckte die Arme aus. Dann blickte sie die Vermieterin an. »Ja«, erwiderte sie, »so etwas Schönes sind wir in Berlin nicht gewohnt.«

Noch am selben Abend nahm Friderike sie mit zu einem Treffen des Hamburger Frauenvereins. »Hier sind sie schon viel weiter als in Berlin«, erklärte Friderike. »Hier guckt einen niemand scheel an, wenn man seine Freundin abends auf der Straße unterhakt.« Und damit schob sie ihren Arm unter Elisabeths und lachte glücklich.

Elisabeth konnte ihre Verblüffung nicht verbergen, als sie bei der Versammlung ihrer Vermieterin, Frau Eisenblätter, gegenüberstand. »Wir kennen uns ja schon«, sagte die, »ich freue mich, dass Sie den Weg zu uns gefunden haben.«

»Frau Eisenblätter ist schon lange dabei«, erklärte Friderike später, »sie ist eine der Gründerinnen. Sie ist eine der beeindruckendsten Frauen, die ich kenne. Du wirst sie mögen.« Dessen war Elisabeth sich jetzt schon sicher.

Als sie spät am Abend in ihrem Zimmer die letzten Gepäckstücke ausgepackt hatte, lag Robert von Trencks Brief auf dem Boden des Koffers. Sie nahm ihn heraus und drehte ihn in den Händen. Sie hatte ihn bisher nicht wegwerfen wollen, Robert war schließlich ein Freund ihres Bruders, sein bester Freund. Und er war ein netter, anständiger Kerl. Aber der Brief! Als sie ihn zum ersten Mal gelesen hatte, mochte sie ihren Augen kaum trauen. Was dort stand, erschien ihr wie aus einer anderen Zeit. Robert schilderte seine großen Gefühle für sie in Worten wie aus einer Operette. Er schien alles ernst zu meinen, trotzdem konnte sie an manchen Stellen nur lauthals lachen. »Ich werde ewig warten, wenn es sein muss …«, stand dort.

Irgendetwas würde sie ihm antworten müssen, das gebot die Höflichkeit. Aber ihr waren noch keine passenden Worte eingefallen. Sie hörte, wie die Zwischentür langsam aufgeschoben wurde, dann erschien Friderikes Kopf im Türspalt. »Darf ich?«, fragte sie, »oder bist du schon im Nachthemd?«

Elisabeth hatte das Gefühl, die Schiebetür öffne ihr eine völlig neue Welt, eine Welt der Freiheit und der Leichtigkeit, eine Welt ohne Männer, Uniformen und Zigarrengestank. »Und wenn schon«, antwortete sie, »ein Nachthemd ist auch nur ein Hemd.«

»Ich wusste es: Du bist eine ganz große Philosophin!«, sagte Friderike und trat ins Zimmer, »überleg dir noch mal, ob du wirklich nur Jura studieren willst. Das wäre doch viel zu profan für eine Geistesgröße wie dich.«

Elisabeth ließ den Brief in den Koffer zurückfallen.

Post

Der herrliche Frühsommer in Aachen schien alle Welt davon überzeugen zu wollen, dass kein Anlass zu irgendeiner Besorgnis bestand. Trotzdem herrschten Nervosität und Hektik. Die Zeitungen berichteten täglich von besorgten Politikern und der Aufrüstung in den Ländern Europas, diplomatische Verwicklungen zwischen den Großmächten und Protestnoten beherrschten die Schlagzeilen. Manöver werden angesetzt und verschoben, neu geplant und abgesagt, Heimaturlaube genehmigt und wieder gestrichen. Offiziere wurden ausgetauscht, Generäle abgesetzt und neu ernannt. Der Kaiser ermahnte die europäischen Nachbarn fast täglich, die Provokationen nicht zu übertreiben.

Wilhelm versuchte, sich der allgemeinen Unruhe zu entziehen, er wurde Stammgast im Aachener Münster: Fast jede freie Stunde ging er in die über tausend Jahre alte Kirche und suchte dort Ruhe und Abgeschiedenheit. Aber seine Gedanken kreisten unaufhörlich um Adèle. Er wusste, dass es von Aachen nach Lagarde nur ein Katzensprung war, in zwei Tagesritten könnte er dort sein. An manchen Tagen glaubte er förmlich, ihre Nähe zu spüren, dann wieder konnte er sich kaum an ihr Gesicht erinnern.

Die Post von zu Hause trug nicht zu seiner Beruhigung bei. Sein Vater schilderte in Briefen aus Togo die wachsenden Schwierigkeiten, die Eingeborenen unter Kontrolle zu halten. Einem der Briefe war ein Blatt beigelegt, das Charlotte beschrieben hatte. Sie beschrieb begeistert ihre Arbeit im Krankenhaus von Anecho und erzählte, dass Wilhelms Aufenthalt dort allen noch in bester Erinnerung sei. »Ich glaube, man würde dich auf Händen tragen, solltest du hierher zurückkehren!« Ob und wann sie nach Berlin zurückzukehren beabsichtigte, schrieb sie nicht.

Eines Sonntagmorgens folgte Robert von Trenck Wilhelm in die Kirche. Wilhelm hatte gerade seinen Platz eingenommen, als er sich neben ihn setzte und ihm eine Hand auf den Arm legte. »Ich wollte nur mal in Ruhe mit dir reden. Warum bist du vorhin so überstürzt aus der Kaserne verschwunden?« Mehrere Damen, die vor ihnen saßen, drehten sich um und sahen sie vorwurfsvoll an. Wilhelm legte einen Finger an die Lippen. »Später.«

Als sie auf dem Kirchplatz hinaustraten, fragte Robert: »Also, was ist? Warum bist du so schnell verschwunden?«

»Der Kommandeur hat mich zu sich gerufen. Er hatte einen Brief meines Vaters erhalten, in dem darum gebeten wird, mich für einen Einsatz in Togo freizustellen. Ich würde dort dringend gebraucht, schreibt er. Der Kommandeur hat abgelehnt. Es täte ihm leid, aber derzeit würde jeder Mann gebraucht. Es stünden große Dinge bevor, das wüsste ich ja wohl.«

»Und – weißt du, wovon er spricht?«

Wilhelm schüttelte den Kopf. »Ich mache mir ganz andere Sorgen«, sagte er. »Ich weiß nicht, wie es meinem Bruder geht; ich weiß auch nicht, wie es meiner Mutter geht, sie drückt sich sehr verschwommen aus; und ich weiß nicht, wie es Adèle geht. Ich weiß nicht mal, ob sie überhaupt noch lebt.«

»Aber ich habe etwas gehört«, sagte Robert und zog strahlend einen Brief aus der Jackentasche, »von deiner Schwester! Sie hat mir endlich geantwortet.«

»Und – was schreibt sie?«

»Sie weiß meine Gefühle zu schätzen und hofft, dass unser Regiment möglichst bald wieder nach Berlin zurückverlegt wird, damit wir in Ruhe über alles sprechen können.«

»Na prima!«, sagte Wilhelm, »dann hast du ja Anlass zu Hoffnungen!«

»Und – hast du deinen Brief auch bei dir?«

»Welchen?«

»Na, den du immer bei dir hast, du weißt schon, den aus Lagarde ...«

»Natürlich«, sagte Wilhelm, »allmählich beginnt er allerdings, in seine Einzelteile zu zerfallen.«

Als sie in die Kaserne zurückkamen, herrschte höchste Aufregung. »Gut, dass ihr endlich kommt: Sonderappell! Jetzt sofort!«, riefen ihnen die Kameraden zu. Nachdem sie im Hof angetreten waren, erschien der Kommandeur und verkündete den Männern, dass der Kaiser mit sofortiger Wirkung Ausgangssperre für alle angeordnet habe – bis auf weiteres.

»Bis auf weiteres«, wiederholte Robert, als sie auf dem Weg zum Schlafsaal waren, »das sind die Worte, die sie immer sagen. Da weiß man dann, was die Uhr geschlagen hat.«

Besuch

Helène von Schwemer war in ihrem Sessel am Fenster eingeschlafen. Der Blick auf die endlosen Reihen der Rebstöcke beruhigte sie mehr als alles andere. Oft hatte sie in diesen Tagen hier gesessen und geglaubt, die Stimmen ihrer Kinder im Haus zu hören, hatte im Geiste mit ihnen und ihrem Mann das erste Glas Wein des Tages getrunken und sich auf das gemeinsame Abendessen gefreut. Sie hörte das Klopfen an der Tür nicht sofort, erst beim dritten energischen Pochen schrak sie hoch. Nach kurzem Zögern erhob sie sich, ging zur Tür und blickte durch den Spion. Es war Printemps.

Sie öffnete, und noch bevor sie etwas sagen konnte, sprudelte es aus dem sonst so wortkargen Mann heraus. »Wissen Sie, Madame, so sind sie: Die einen lassen sie für immer in den Kellern ihrer Kasernen verschwinden, die anderen lassen sie unvermutet frei. Keiner weiß, was ihm vorgeworfen wird, keiner weiß, was sie mit ihm vorhaben. Sie wissen es selber nicht. Auf jeden Fall haben sie mich gestern plötzlich freigelassen. Ich möchte Ihnen danken.«

»Ich habe nichts dazu beigetragen, ich hatte gar keine Gelegenheit dazu«, antwortete Helène. »Sie haben doch selbst erlebt, wie kurz unsere Unterredung in diesem Kellerloch war. Ich bin mir darüber im Klaren, dass ich für die Deutschen ebenfalls suspekt bin. Ich bin Französin.«

Printemps nickte. »Und Sie haben meiner Tochter gesagt, dass ich noch lebe. Dafür danke ich Ihnen.«

»Gesagt habe ich gar nichts. Aber – woher wissen Sie, dass ich sie gesehen habe?«

»Sie hat es mir erzählt.«

»Weshalb sind Sie hergekommen?«

Er wiegte den Kopf, als müsse er seine Worte genau abwägen. »Sie müssen wissen: Es wird hier nicht mehr lange ruhig bleiben.« Er deutete aus dem Fenster. »Diesen Wein dort werden wir wohl nicht ernten. Dafür sind die Dinge bereits viel zu weit gediehen.«

»Welche Dinge?«

»Madame, ich möchte nicht unhöflich sein, aber: Informieren Sie sich nicht über das, was geschieht? Die Deutschen haben Millionen Männer unter Waffen, die Franzosen ebenfalls. Es gilt eine alte Rechnung zu begleichen, eine uralte. Keiner weiß mehr, wann es angefangen hat, aber alle wissen, dass es weitergehen wird. Und alle wollen es. Leider liegt dieser schöne Ort genau dort« – er vollführte eine ausladende Armbewegung zum Fenster –, »wo sich ihre Wege kreuzen werden. Da wird kein Grashalm stehenbleiben. Es ist nicht aufzuhalten.«

»Ihre Tochter …«

»Machen Sie sich keine Sorgen um sie, es genügt, wenn ich das tue. Ich bin jetzt wieder draußen, und ein weiteres Mal kriegen sie mich nicht in ihren Rattenkeller. Ich kann meine Tochter beschützen. Aber um Ihnen das zu erzählen, bin ich nicht hier.«

»Weshalb dann?«

»Weil wir etwas gemeinsam haben, Sie und ich. Mir gefällt es nicht, dass meine Tochter sich an Ihren Sohn gebunden hat. Und Ihnen wird es vermutlich ebenfalls nicht gefallen, dass er meine Tochter …«

»Wieso gebunden?«, fiel Helène ihm ins Wort. »Ich habe meinem Sohn ins Gewissen geredet, er hat sich sogar mit einer guten Partie verlobt. Er ist ein gewissenhafter Junge. Und außerdem ist er bei der Armee.«

»Eine gute Partie!«, wiederholte Printemps und lächelte müde. »Sie wissen so gut wie ich, dass er alles tun würde, damit Sie zufrieden sind mit ihm. Aber wie es in seinem Inneren aussieht, das wissen Sie genau. Und ich weiß es auch. Ob Sie es glauben oder nicht: Ich mag Ihren Sohn. Und der Gedanke an die Zukunft, die unsere Kinder nicht haben, macht mich krank.«

Er schwieg eine Weile. Helène sah ihn fragend an

»Ich weiß, wo ich künftig stehen werde«, fuhr er dann leise fort, »und ich hoffe, Sie auch. Ich werde nicht wiederkommen, denn ich möchte Sie nicht in Gefahr bringen.«

Er wandte sich zum Gehen. An der Tür blieb er noch einmal stehen. »Die Deutschen werden über die Vogesen kommen. Wir werden sie dort gebührend empfangen. Auf Wiedersehen, Madame.«

Helene sollte ihn nie wiedersehen. Und die Deutschen kamen nicht über die Vogesen.

5. Dinant

Die Unterredung war kurz. Belgiens Militärattaché in Berlin war ins Außenministerium bestellt worden. Er war überrascht über die Betriebsamkeit, die dort zu so später Stunde herrschte. Es war 21 Uhr am 1. August 1914. Ihm und seinem Adjutanten saßen auf der anderen Seite des langen Konferenztisches ein Dutzend deutsche Ministerialbeamte gegenüber, die nervös in Akten blätterten. Der deutsche Außenminister Gottlieb von Jagow bat um Ruhe und eröffnete das Gespräch.

»Der Besuch Ihres Königs vom letzten Herbst ist uns allen noch in bester Erinnerung«, sagte zu seinem belgischen Gast. »Ich bin sicher, das freundschaftliche Verhältnis unserer Völker wird es Seiner Majestät leicht machen, unserer Bitte zu entsprechen.«

»Ich höre«, sagte der Attaché, straffte seine Haltung und fügte dann leicht pikiert hinzu: »Ich hatte Ihren Kaiser zu diesem Gespräch erwartet, von ihm bin ich einbestellt worden.«

»Nun, ich bitte Sie, mit mir vorliebzunehmen«, antwortete von Jagow mit verbindlichstem Lächeln. »Seine Majestät führt gegenwärtig ein Telefongespräch mit dem Kaiser von Österreich, das sich nicht aufschieben ließ. Sie kennen die Ereignisse der letzten Tage, ich muss Ihnen nicht erklären, worum es geht. Was Sie jedoch vielleicht noch nicht wissen: Frankreich hat vor einer Stunde die Mobilmachung ausgerufen.«

»Das ist mir zu Ohren gekommen«, erwiderte der Attaché, »und es war zu erwarten. Sie wissen so gut wie ich, dass Frankreich und Russland einen Beistandspakt haben. Und da Ihr Kaiser dem Zaren den Krieg erklärt hat, ist alles nur ganz logisch. Wenn Sie mir nun aber erklären könnten, was das mit meinem Land zu tun hat, wäre ich Ihnen sehr verbunden. Belgien ist ein neutrales Land, das hat seine Majestät Albert I. bei seinem von Ihnen erwähnten Besuch deutlich gemacht.«

»Natürlich, natürlich! Niemand erwartet eine Parteinahme von ihm. Und wir hoffen nach wie vor, dass sich die Dinge am Ende vielleicht doch noch diplomatisch regeln lassen. Wenngleich ein neuer Balkankrieg nach dem Attentat von Sarajewo sicherlich nicht mehr zu verhindern ist. Serbien wird dafür zahlen müssen, so viel steht fest.«

»Noch einmal: Was hat das mit meinem Land zu tun? Warum hat man mich zu diesem Gespräch bestellt?«

»Sie werden vor dem Hintergrund der aktuellen Entwicklungen verstehen, dass Deutschland sich auf eine mögliche militärische Auseinandersetzung mit Frankreich vorbereiten muss. Es würde uns dabei sehr helfen, eine Durchmarscherlaubnis durch Ihr Land zu erhalten. Natürlich kommt das Deutsche Reich für alle Kosten und eventuellen Schäden auf. Wir respektieren die Neutralität Belgiens in vollem Umfang.«

Der Attaché lief rot an. »Ich kann Ihnen die Antwort jetzt schon mitteilen«, sagte er scharf und erhob sich.

»Handeln Sie nicht voreilig, ich bitte Sie herzlich!«, sagte von Jagow und hob beschwichtigend eine Hand. »Wir geben Ihrer Regierung natürlich Zeit, darüber nachzudenken.«

»Wie ich schon sagte, es gibt nichts nachzudenken. Das Königreich Belgien ist ein neutrales Land.«

»Zwölf Stunden. In zwölf Stunden erwarten wir die Antwort Seiner Majestät.«

»Ein Ultimatum?«, brauste der Attaché auf.

»Ich bitte Sie, aber nein! Ein Gefallen unter Freunden, mehr erwarten wir nicht! Telegrafieren Sie uns bis morgen Vormittag um neun Ihre Antwort.«

Von Jagow hatte sich nun ebenfalls erhoben zum Zeichen dafür, dass die Unterredung beendet war.

»Ein Ultimatum!«, schnaubte der Attaché, nachdem er aus dem Gebäude gestürmt war und in seinem Wagen Platz genommen hatte. »Und was geschieht wohl danach?«

Er sah seinen Adjutanten an, der resigniert die Schultern hob. »Wir werden mobil machen müssen«, antwortete er, »auch Neutralität will verteidigt sein, wenn sie ernst genommen werden will.«

»Es ist eine Kettenreaktion«, sagte Robert, nachdem die Reiterabteilung für eine kurze Rast abgestiegen war. Das erste Morgenlicht breitete sich über dem Himmel aus, man war in stockdunkler Nacht aufgebrochen und hatte die Kaserne Richtung Westen verlassen. »Wenn die erste Lunte gezündet ist, gehen die Raketen hoch, eine nach der anderen. Keiner kann sie dann mehr aufhalten, selbst die Feuerwerksmeister nicht, die sie zusammengeschnürt haben.«

»Ja, ja«, antwortete Wilhelm, »du hättest Chemiker werden sollen. Darin warst du immer schon gut.«

Am Abend zuvor hatten sich auf den Straßen rund um die Aachener Kaserne Tausende von Menschen versammelt, die immer wieder den Satz skandierten: »Ser-bi-en-muss-ster-bi-en!« Der Lärm hatte die Pferde unruhig werden lassen, der Aufbruch um Mitternacht war ohne nähere Erklärungen befohlen worden. Wilhelm und Robert saßen jetzt auf einem Weidezaun an einem Feldweg. »Ein Serbe erschießt den österreichischen Thronfolger«, fuhr Robert fort, »Österreich erklärt Serbien den Krieg, Deutschland tritt Österreich zur Seite, die Russen erklären Deutschland den Krieg, Deutschland den Russen, dann die Franzosen den Deutschen und die Deutschen den Franzosen. Das alles in zwei Tagen! Nun fehlen nur noch die Engländer, dann kann der Tanz losgehen.«

»Er hat doch schon längst begonnen!«, mischte sich ein Infanterist ein, dessen Marschkolonne ebenfalls Rast eingelegt hatte. Er bot Wilhelm und Robert Zigaretten an. »Was glaubt ihr denn, was wir hier machen?«

»Ruhig!«, sagte Wilhelm, »die Tiere sind nervös genug.«

»Die Tiere? Denen ist es doch egal, wo es hingeht«, erwiderte der Soldat, nun aber mit gedämpfter Stimme. Er deutete den Feldweg entlang: »Nach Frankreich geht es hier zumindest nicht, um das zu wissen, brauche ich keinen Kompass. Wisst ihr, was da hinten liegt, da, wo es noch dunkel ist?«

»Belgien«, erwiderte Robert, »da hinten schlummern friedlich in ihren Betten die Belgier, die netten. Oh, wie ich ihre Pralinen liebe!«

Wilhelm entfernte sich einige Schritte und blickte nach Westen, wo sich langsam die ersten Gehöfte am Horizont abzeichneten. »Damit wirst du dir bald die Backen vollstopfen können, bis es dir zu den Ohren wieder herauskommt«, hörte er den Soldaten zu Robert sagen.

Eine Stunde später erreichte das 4. Husarenregiment die belgische Grenze, deren Wachhäuschen unbesetzt waren. Schlagbäume, die den Weg versperrten, waren schnell beseitigt. Der Feldweg verbreiterte sich zu einer Landstraße, in scharfem Trab jagten die Reiter auf das vor ihnen liegende Dorf zu. Es galt keine Zeit zu verlieren, der Befehl lautete, schnellstmöglich in das Landesinnere vorzudringen. Ein Kilometer vor dem Dorf hob der Kompanieführer, ein junger Hauptmann, den Arm, die Kolonne stoppte. Durch das Fernglas beobachtete er die Häuser, dann beorderte er fünf Reiter zu sich. »Nichts rührt sich, entweder sie sind ausgeflogen, oder sie schlafen noch. Kein Wunder, dass die belgische Landwirtschaft es zu nichts bringt, wenn die Bauern so lange in den Federn liegen.« Er lachte und sah die Reiter ermunternd an. Sie erwiderten unbewegt seinen Blick. »Das Dorf erkunden!«, befahl er dann.

Wilhelm und Robert gehörten ebenfalls zur Vorhut. Sie ritten auf das Dorf zu, das aus wenigen Bauernhäusern und Scheunen bestand. Wäsche hing auf der Leine, ein Hund lief auf die Ankömmlinge zu und kläffte, in einem Stall hörte man Kühe. Kein Mensch zeigte sich, die Fenster der Häuser waren verschlossen, die Vorhänge zugezogen. Langsam ritten sie um die Gebäude herum, die Bajonette auf die Gewehre gepflanzt.

Es war Wilhelm, der das kleine Mädchen zuerst sah, das in einem braunen Kleid, das im Morgenwind um seine dünnen Beine wehte, reglos auf einem sandigen Hof zwischen den beiden größten Bauernhäusern stand. Er schwang sich aus dem Sattel und näherte sich dem Mädchen. Es stand unbewegt und sah ihm ruhig und ernst entgegen. »Wo sind deine Eltern?«, fragte er, nachdem er sich vor das Kind gekniet hatte. Er vermutete, dass hier nahe der Grenze Deutsch die vorherrschende Sprache war. »Verstehst du, was ich sage?«

Das Mädchen nickte. »Und – wo sind sie?«, fragte Wilhelm erneut.

Sie hob einen Arm und deutete hinter sich in die Ferne. »Auf dem Feld«, sagte sie leise, »arbeiten.«

Wilhelm sah über ihren Kopf hinweg und verengte den Blick. Er sah Kornfelder, so weit das Auge reichte, aber keine Menschen.

»Dort?«, fragte er und deutete in die Richtung.

Das Mädchen nickte.

Wilhelm erhob sich und ging zu seinem Pferd zurück. »Wir sollten die Häuser durchsuchen«, sagte er. »Wir melden es dem Hauptmann.«

Der Hauptmann erwartete sie ungeduldig. »Nun, wird man uns mit einem Frühstück willkommen heißen?«, fragte er.

Wilhelm schüttelte den Kopf. »Es ist niemand zu sehen, außer einem Kind. Die Erwachsenen sind draußen auf den Feldern, sagt es.«

»Na gut, dann müssen wir eben mit dem Kommissbrot vorliebnehmen«, entgegnete der Hauptmann. »Aber jetzt noch nicht. fünfzig Kilometer ist unser Tagessoll, also: weiter geht's!«

»Bei allem Respekt: Sollten wir uns nicht davon überzeugen …«, wandte Wilhelm ein.

»Sie kennen den Befehl«, unterbrach ihn der Hauptmann barsch, »keine unnötigen Zeitverluste! In zweiundvierzig Tagen soll Paris fallen – bevor das erste Herbstlaub fällt, hat der Kaiser angeordnet. Also: Abmarsch!«

*

Die schwarze Rauchwolke stand unbewegt am blauen Nachmittagshimmel. In einem Waldstück nahe Lüttich hatte die Abteilung abgesattelt. Die Ausflugstimmung vom Vormittag war einer gespannten Unruhe gewichen, seltsam mutete die Ruhe und Gelassenheit der Menschen in den Dörfern und Kleinstädten an, durch die sie geritten waren. Der Vormarsch der Deutschen musste sich eigentlich längst herumgesprochen haben, trotzdem begegneten die Bewohner den Husaren, als wären sie Urlaubsgäste, versorgten die Pferde mit Wasser, boten den Reitern Gebäck an.

Der Erste, der eine Erklärung für die weithin sichtbare Rauchwolke in ihrem Rücken hatte, war der Bataillonsfunker. »Das Dorf«, sagte er, nachdem er den Kopfhörer seines Funkgeräts abgenommen hatte, »sie haben es niedergebrannt. Die Infanterie ...«

»Was!?«, rief Robert, der neben ihm stand.

»Heckenschützen«, sagte der Funker, »aus den Häusern haben sie unsere Infanterie beschossen. Sie hatten Maschinengewehre auf den Scheunenböden.«

»Die Bauern?«, fragte Robert ungläubig.

Eine Weile schwiegen die Umstehenden, dann sprach einer der Reiter das Wort aus, das sie alle dachten: »Franctireure.«

Alle Blicke wandten sich ihm zu. »Es geht wieder los, wie damals in Frankreich. Man ahnt nichts Böses, und dann fallen sie einem in den Rücken – Partisanen mit Jagdflinten und Schrotgewehren ...!«

»... oder MGs wie heute«, ergänzte Robert. »Die Zeit ist nicht stehengeblieben.«

»Partisanenkampf«, sagte der Funker und nickte. »Wir haben noch keinen einzigen belgischen Soldaten zu Gesicht bekommen – aber sie waren immer schon vor uns da und zerstören die Nachschubwege. Und von hinten stoßen die Franctireure nach, wenn man sich in Sicherheit fühlt. Das ist doch kein aufrechter Kampf!« sagte er empört.

Der Hauptmann ließ die Abteilung auf einer Waldlichtung antreten. »Männer«, sagte er, »was heute geschehen ist, war nur ein Anfang. Wir dürfen keinem der Belgier mehr trauen – Kinder, Frauen, Greise: Jeder kann zur Gefahr werden! Aber unser Ziel bleibt unverändert: So schnell wie möglich Belgien überwinden, und dann geht es endlich gegen Frankreich! Eine Million Männer folgen uns, und täglich werden weitere Soldaten an die Grenzen gebracht. Wir sind die Speerspitze, wir bahnen ihnen den Weg. Und dabei wird uns niemand aufhalten!«, rief er begeistert.

Er wartete einen Augenblick, dann bellte er: »Warum höre ich nichts?«

»Hurra! Hurra! Hurra!«, riefen die Männer und stießen ihre Gewehre in die Höhe.

»Na also, es geht doch! Der Belgier wird uns noch kennenlernen …!«

*

»Glaubst du, das Mädchen hat gewusst …«, fragte Robert, als sie auf dem weichen Waldboden lagerten.

»Frag nicht!«, unterbrach Wilhelm ihn, »wir werden es nicht mehr erfahren.«

»Ob es noch lebt?«

Wilhelm holte tief Luft, doch bevor er antworten konnte, trat der Bursche des Hauptmanns auf ihn zu. »Von Schwemer – der Hauptmann wünscht Sie zu sprechen! Folgen Sie mir.«

»Von Schwemer«, sagte der Hauptmann, nachdem Wilhelm sein Zelt betreten hatte, »Sie brechen sofort auf! Sie werden diese Depesche dem Stabschef der Infanterie überbringen, er muss sie noch heute Nacht erhalten. Sein Quartier dürfte etwa fünfzig Kilometer zurück liegen. Ich erwarte Sie vor dem Morgengrauen zurück mit einer Antwort. Wegtreten!«

Der Bursche händigte Wilhelm einen versiegelten Umschlag aus. »Ein frisches Pferd steht für Sie bereit«, sagte er.

Während der ersten Stunde ritt Wilhelm dicht am Rand des Waldes entlang, dann musste er die Hauptstraße in Richtung Osten nehmen. Schon nach wenigen Kilometern kam ihm deutsche Infanterie entgegen, von der belgischen Bevölkerung war niemand zu sehen. Stattdessen schlugen Flammen aus Hausdächern. In Tamines, dem kleinen Ort, wo sie am Mittag auf dem Marktplatz Wasser für ihre Pferde bekommen hatten, lag jetzt neben dem Brunnen ein Toter. »Sie benutzen Kinder als Schutzschilde«, sagte unvermittelt eine Stimme neben ihm, während Wilhelm seinen Blick über den verwüsteten Ort gleiten ließ. »Gehörst du zum Vierten?«

Wilhelm sah hinunter, neben seinem Pferd stand ein Soldat in grauer Uniform, die vollständig mit Asche und Schmutz überzogen war.

»Was ist hier geschehen?«, fragte Wilhelm.

»Ob du zum Vierten gehörst, will ich wissen.«

Wilhelm nickte.

»Ihr wart die Ersten hier, stimmt's? Seid überall durchgeritten und habt nichts gemerkt? Überall lauerten sie – Franctireure!« Er deutete auf den Toten vor dem Brunnen. »Ihr solltet das Gebiet sauber halten, das elende Gesindel aufspüren und ausschalten! Wozu haben wir euch denn überhaupt, ihr Kasper in euren affigen Uniformen?« Mit einer wegwerfenden Handbewegung wandte er sich ab. »Husaren!«, sagte er im Gehen. »Wer braucht denn die noch? Alles muss man selber machen.«

Wilhelm erreichte das Hauptquartier kurz vor Einbruch der Dunkelheit. Man erwartete ihn, sein Kommen war telegrafisch angekündigt worden. Er wurde zum Adjutanten des Generals geführt, der den Brief entgegennahm und ihm ein Schreiben für seinen Bataillonskommandanten reichte, das er mitnehmen sollte. Es war ein Besuch von weniger als einer Minute. Als Wilhelm salutierte und zu seinem Pferd zurückgehen wollte, rief ihn der Adjutant zurück.

»Ich möchte sie *entre nous* etwas fragen, Sie brauchen nicht zu antworten, Herr Leutnant«, sagte er mit gedämpfter Stimme und fasste Wilhelm am Arm. »Niemand macht Ihnen einen Vorwurf, aber: Wie konnte das passieren? Wieso hat niemand etwas gesehen in dem Dorf heute Morgen? Sie wissen, was dort passiert ist, als die Infanterie nachrückte?«

»Nicht genau«, entgegnete Wilhelm, »was ist denn passiert?«

»Sie wurden beschossen, von allen Seiten. Es müssen Hunderte gewesen sein – so viele Leute können sich doch nicht unsichtbar machen?«

»Wer sagt denn, dass sie schon dort waren?«

»Ist in den Häusern nachgesehen worden?«

»Was hat mein Hauptmann auf diese Frage geantwortet? Wurde er befragt?«

»Ich frage *Sie*, ich möchte es von *Ihnen* wissen! Wenn das nicht passiert wäre, wäre alles anders verlaufen! Unsere Männer sind seitdem vollkommen panisch, sobald sich irgendwo eine Gardine bewegt, schießen sie, bis sich nichts mehr rührt. Außerdem haben wir jetzt die Engländer am Hals.«

»Die Engländer?«

»Sie haben uns den Krieg erklärt – wegen unseres Durchmarsches hier und wegen der Dinge, die im Laufe dieses Tages geschehen sind!«

Wilhelm sah den Mann eine Weile lang an, dann sagte er leise: »Es wurde nicht nachgesehen.«

Wilhelm kehrte nicht sofort zurück. In gestrecktem Galopp jagte er den Weg in entgegengesetzter Richtung, den seine Abteilung am Morgen gekommen war. Mit dem letzten Licht des Tages erreichte er das Dorf. Hatte die Morgendämmerung den Ort in ein weiches mildes Licht getaucht, so zeichnete die Abenddämmerung ein hart konturiertes Bild der rauchenden Trümmer. Keinen Stein hatte man auf dem anderen gelassen, in den Trümmerhaufen, die zuvor die Bauernhäuser gewesen waren, schwelte noch Glut, die vom Nachtwind hin und wieder entfacht wurde, der Geruch von verbranntem Holz und Fleisch lag über dem Gelände. Offenbar hatte man das Vieh nicht aus den Stallungen geholt, bevor die Flammenwerfer zum Einsatz kamen. Wilhelm sah die Einschlagtrichter der Geschosse rund um die Häuser. Es waren nicht viele. Die meisten mussten sehr zielsicher die Häuser getroffen haben, bevor die Soldaten das Dorf hermetisch abgeriegelt und jeden erschossen hatten, der aus der Feuersbrunst zu entkommen versuchte. Tote lagen überall, Soldaten waren nicht darunter. Wilhelm ging zwischen ihnen umher, er konnte kein Kind entdecken.

Erst als er den Kopf hob, sah er sie: Wenige Meter vor ihm stand das Mädchen und sah ihn an. Ihre Haut war schwarz, ein Knochen steckte quer in ihrer Nase. Wilhelm schlug die Hände vors Gesicht und beugte langsam die Beine, bis er auf dem Boden kniete. Als er die Hände wieder herunternahm, war das Mädchen verschwunden.

Der weitere Vormarsch in Richtung Westen war beschwerlich, es gab kaum ein Durchkommen. Auf den Straßen herrschte Chaos, ganz Belgien schien auf den Beinen zu sein, mit Autos, Pferdefuhrwerken, Fahrrädern und Handkarren versuchten die Menschen, in die benachbarten Niederlande zu fliehen. Ziel der Husaren war Dinant, ein malerisches Städtchen am Ostufer der Maas, dessen einzige Brücke durch den Beschuss französischer Artillerie vom anderen Flussufer aus beschädigt worden war. Sächsische Pioniere sollten sie reparieren, Kavallerie und Infanterie waren zu ihrem Schutz angefordert worden. Während sie eine enge Brücke passierten, hatten sie alle Hände voll zu tun, ihre Pferde im Zaum zu halten, die vom Lärm und vom Trubel immer unruhiger wurden. »An derartige Menschenmassen sind sie nicht gewöhnt«, sagte Robert.

»Ihr habt gut reden«, mischte sich ein Infanterist ein, der sich mit seiner Abteilung ebenfalls über die Brücke mühte. »Wir sind seit einer Woche auf unseren eigenen Füßen unterwegs, 140 Kilometer in vier Tagen. Und kein Nachschub in Sicht, wir müssen uns unsere Verpflegung selbst besorgen, von den Belgiern.«

»Respekt!«, entgegnete Robert. »Und wohin jetzt?«

»An die Grenze, den Zaun weiterbauen.«

»Zaun?«

Der Mann warf die Arme in die Höhe. »Mein Gott, in welchen Sphären schwebt ihr denn, ihr edlen Rittersleut'! Noch nichts gehört vom längsten Zaun der Welt? Die gesamte holländische Grenze entlang, vier Meter hoch, alles unter Strom!«

»Wieso unter Strom?«, fragte Wilhelm.

»Damit die Leute nicht rüberklettern. Dreihundert Kilometer – das hat es noch nie gegeben! Nur das letzte Stück, das fehlt noch, und da müssen wir jetzt hin. Meine Empfehlung, die Herren! Lassen Sie sich's weiter gutgehen ...« Damit verschwand er in der wogenden Menge.

*

»Hier müsste man wirklich mal Urlaub machen!«, schwärmte Robert, nachdem sie endlich Dinant erreicht hatten. »Sieh dir das an!« Robert und Wilhelm standen auf der alten Zitadelle, die auf einem Felsen hoch über dem mittelalterlichen Ort in den Himmel ragte, und blickten über die Landschaft. Weit unter ihnen am anderen Ufer des Flusses waren winzig klein die französischen Stellungen zu sehen, die die Brücke beschossen hatten.

Die Einwohner des Ortes begegneten den Deutschen zu deren Überraschung mit zurückhaltender Höflichkeit, sie stellten ihnen Lebensmittel und Unterkünfte zur Verfügung. Die Infanteristen nächtigten in einem leerstehenden Schulgebäude, die Husaren wurden in einer ehemaligen Burg untergebracht. Hauptgesprächsthema der Männer war der überaus schnelle Vormarsch der Truppen: Nach Lüttich war Brüssel im Handstreich genommen worden, die Stadt Löwen war als Vergeltung für Partisanenangriffe vollständig zerstört worden, derzeit wurde Antwerpen, in das sich der belgische König geflüchtet hatte, von Zeppelinen aus bombardiert. Der geplante Durchmarsch bis zur Nordsee allerdings verzögerte sich immer wieder, da die Belgier die Schleusen öffneten und das Vorland unter Wasser setzten. Hunderte deutscher Soldaten ertranken. Als Strafaktion verboten die Besatzer im ganzen Land das Läuten der Kirchenglocken. Pfarrer, die sich nicht daran hielten, wurden hingerichtet.

»Wenigstens hier bei uns ist es ruhig, die Leute sind doch erstaunlich freundlich, oder? Als hätten sie keine Ahnung, was sonst im Land geschieht«, sagte Robert, als er mit Wilhelm am Marktplatz unter einem Denkmal des belgischen Königs saß. Aus Bistros rings umher war Stimmengewirr und Lachen zu hören. »Sie trinken sogar ihren Wein zusammen mit den Unseren, was will man mehr«, fügte er hinzu. »Und ich weiß auch, warum: Sie sind heilfroh darüber, dass wir hier sind und nicht die Franzosen! Sie wissen ganz genau, was passiert wäre, wenn wir denen nicht zuvorgekommen wären. Eigentlich müssten sie uns dankbar sein, oder was meinst du?«

»Ich weiß nicht«, entgegnete Wilhelm, »ich glaube, man ist am dankbarsten, wenn man in Ruhe gelassen wird, egal von wem.«

Die Tür einer Gaststätte öffnete sich, und ein Trupp deutscher Soldaten kam lärmend heraus, Gewehre und Weinflaschen schwenkend. Als sie Robert und Wilhelm am Sockel des Denkmals sahen, blieben sie stehen. »Hey, ihr Schaufensterpuppen, verschwindet mal da, sonst rieselt gleich der Putz auf euch herunter!«, rief einer unter dem schallenden Gelächter der anderen. Er legte sein Gewehr an und zielte auf das Reiterstandbild. »Der hat doch 'ne viel zu lange Nase, die muss jetzt endlich mal gekürzt werden. Findet ihr nicht?«

Begeisterte Zustimmung folgte, der Soldat rief noch einmal: »Los, weg da jetzt, sonst könnten eure schönen Uniformen beschmutzt werden!«

In das johlende Gelächter hinein krachte der Schuss, der das Denkmal weit verfehlte. Stattdessen zersplitterte in einem Haus gegenüber eine Fensterscheibe.

»Oh, oh!«, rief der Schütze, »wir haben viel zu selten besoffen schießen geübt. Nüchtern kann's jeder, aber besoffen …« Er legte erneut an. Diesmal traf er. Die Kugel schepperte gegen den Leib des Bronzepferdes und fiel zu Boden.

»Jetzt reicht es!«, sagte Wilhelm und ging mit schnellen Schritten entschlossen auf den Schützen zu. »Welche Kompanie? Wie heißen Sie?«

»Lassen Sie nur, Herr Leutnant«, sagte eine Stimme hinter ihm, »wir werden uns um den Mann kümmern. Er ist einer dieser sturen Bayern, die keinen Wein vertragen. Ich werde ihn in Gewahrsam nehmen und zur Verantwortung ziehen.«

Es war ein Feldwebel der Infanterie, der Wilhelm die Hand entgegenstreckte und sich vorstellte. »Huber, 3. Regiment. Mit wem habe ich die Ehre?«

»Ich möchte, dass dieser Mann zur Rechenschaft gezogen wird«, entgegnete Wilhelm, »ein solches Verhalten ist völlig untragbar.«

»Natürlich!«, pflichtete Huber bei, »ganz Ihrer Meinung, Herr Leutnant! Übrigens: Mir hat diese Husarenuniform immer schon trefflich gefallen. Schmuck, wirklich, schmuck! Ich werde dieses Gesindel sofort aus Ihrem Blickfeld entfernen.«

Er trat auf den Schützen zu, der ihn breit angrinste, fasste ihn am Arm und führte ihn fort.

Die Männer grölten und lachten. Torkelnd verließen sie den Platz, ihre Weinflaschen wie zum Gruß in Richtung Wilhelm und Robert schwenkend.

Die Tage verstrichen ereignislos, die Soldaten lösten sich mit der Sicherung der Brückenarbeiten ab, die Bewohner von Dinant schienen sich an die Anwesenheit der Deutschen zu gewöhnen. Frauen begannen damit, den Pionieren und Soldaten in der Mittagshitze frisches, kühles Wasser zu bringen. Sie stellten es in Kanistern im Schatten der Brücke ab. Eine von ihnen führte stets ihren kleinen Sohn mit sich, der ebenfalls einen kleinen Wasserbehälter trug. Wilhelm freute sich, wenn er die beiden kommen sah. Der Junge erinnerte ihn an seinen jüngsten Bruder Karl, den er wegen der Sorge um Adalberts Gesundheit in der letzten Zeit ein wenig vernachlässigt hatte. Er trug das hellblonde Haar sorgfältig gescheitelt, trotzdem fiel es ihm immer wieder in die Stirn, mit einer schnellen Handbewegung schob er es aus dem Gesicht. In diesen Momenten sah er Karl tatsächlich zum Verwechseln ähnlich. Er hatte im Laufe der Tage durchaus bemerkt, dass er Wilhelms besondere Aufmerksamkeit auf sich gezogen hatte. Es schien ihm zu gefallen, und er machte sich schon von weitem durch Winken bemerkbar. Wenn er seinen Kanister abgestellt hatte, hob Wilhelm zum Dank die Hand und lächelte.

»Der Junge mag dich«, sagte Robert, »bei Kindern und Pferden hast du einen Stein im Brett. Ach ja – und bei französischen Mädchen natürlich …«

Die Erwähnung Adèles versetzte Wilhelm einen Stich. Immer wieder in den letzten Tagen hatte er den Gedanken, ein Pferd zu besteigen und auf schnellstem Weg nach Lagarde zu reiten, nur mühsam unterdrücken können. Er wusste, dass er unter normalen Bedingungen in weniger als zwei Tagen das Dorf erreichen konnte. Er seufzte und sah Robert nachdenklich an. »Und du bei Frauenrechtlerinnen«, erwiderte er dann. »Hast du eigentlich in letzter Zeit Post von meiner Schwester …«

Schüsse, die aus der Stadt zur Brücke herüber hallten, unterbrachen ihn. Erst zwei in kurzer Folge, dann drei weitere in größeren Abständen. »Diese verfluchten Idioten!«, zischte Robert, »jetzt ballern sie schon am helllichten Tage herum!« Sie liefen zum Marktplatz.

Im Ort herrschte Stille. Niemand zeigte sich auf den Straßen. Außer Atem erreichten sie das Schulgebäude und sahen eine Gruppe von Soldaten im Halbkreis stehen und zu Boden blicken. Wilhelm und Robert drängten sich durch. Und dann sahen auch sie es: Zu Füßen der Männer lagen zwei deutsche Infanteristen in ihrem Blut. Dem einen hatte eine Kugel die Schädeldecke weggerissen, der andere hatte eine klaffende Wunde am Bauch. Er stöhnte und spuckte Blut.

In den folgenden Stunden fielen keine weiteren Schüsse, die gespenstische Ruhe dauerte an. Soldaten patrouillierten durch die Gassen, kein Bewohner zeigte sich, weder auf der Straße noch an einem der Fenster. Erst das Signal des Hornisten, das plötzlich vom Dach der Schule erschallte, zerriss die Stille: Es rief die Soldaten in ihre Quartiere zurück.

Franctireure hätten aus einem der Häuser das Feuer eröffnet, zwei deutsche Soldaten seien getroffen worden, wurde ihnen mitgeteilt. Die Oberste Heeresleitung sei von dem feigen Attentat telegrafisch in Kenntnis gesetzt worden und habe angeordnet, unverzüglich Vergeltungsmaßnahmen einzuleiten, sofern die Bevölkerung nicht bereit sei, die Heckenschützen auszuliefern.

Das Zusammentreiben der Menschen begann umgehend und verlief schnell und ohne Widerstand. In weniger als einer Stunde standen alle Bewohner von Dinant auf einer Wiese hinter der Stadtmauer, umringt und bewacht von Soldaten. Der Standortkommandant ließ eine Salve abfeuern, damit Ruhe einkehrte. Dann trat ein Dolmetscher vor die Menge und forderte die Partisanen zum Vortreten auf, die am Mittag auf deutsche Soldaten geschossen hätten. Niemand trat vor. Er wiederholte den Befehl und verlangte, die Heckenschützen zu benennen, andernfalls sei man gezwungen, Maßnahmen zu ergreifen, die auch Unschuldige treffen könnten.

Erneut erfolgte keine Reaktion. »Jeden Zehnten!«, ertönte der Befehl. Soldaten drangen in die Menge vor, ergriffen Männer, Frauen und Kinder und führten sie zu einem Zaun am Ende der Wiese. Es herrschte unheimliche Stille, selbst die Krähen hatten aufgehört zu lärmen. Dann hörte man vom Zaun her die Schüsse, während flackernder Lichtschein die Abenddämmerung erhellte: Aus den Dächern der Stadt schlugen Flammen.

Abschreien

Eine neue Studentin war in die Wohnung in der Schlüterstraße eingezogen, ebenfalls eine Berlinerin. »Jetzt stellen wir hier die Mehrheit«, sagte Elisabeth zu Friderike, als sie Babette von Schorndorf halfen, ihre Koffer zu verstauen, »und dann zeigen wir den Hamburgern mal, wie man in Berlin zu feiern versteht!«

Elisabeth war nämlich nicht wenig enttäuscht von der Nüchternheit und Sachlichkeit der Hamburger. Sie hatte mehr vom studentischen Leben erwartet, als jeden Tag in schlecht beleuchteten und muffigen Lesesälen zu sitzen oder im Hörsaal schläfrigen Vorlesungen über abwegige juristische Probleme zu folgen. Der Reiz des Neuen war schnell verflogen, die wenigen Studentinnen hatten kaum Kontakt untereinander, die meisten wohnten bei ihren Eltern oder, sofern sie von auswärts kamen, bei Verwandten, die auf den richtigen Umgang und angemessene Freizeitvergnügungen achteten. Nur die wenigsten hatten Freiheiten wie Elisabeth, die das tägliche Zusammensein mit Friderike ebenso wie die gemeinsamen Abendessen mit der Zimmerwirtin genoss, die sich als scharfsinnige Beobachterin und scharfzüngige Kommentatorin erwies.

»Wenn ich Sie beide so sehe«, sagte Frau Eisenblätter eines Abends, »kann ich Sie mir beim besten Willen nicht am Arm eines schneidigen jungen Leutnants vorstellen. Oder als Gattin eines Kolonialoffiziers.«

»Das nun am allerwenigsten!«, rief Elisabeth und hob abwehrend die Hände. »Von den Kolonien habe ich die Nase voll. Seit ich Kleinkind war, höre ich alle möglichen Geschichten darüber. Afrika spielt in unserer Familie eine größere Rolle als Potsdam, es vergeht kaum ein Tag, an dem nicht darüber gesprochen wird.« Sie erzählte von ihrem Vater und dessen vielen Reisen in die Kolonien. Sie beugte sich vor und sagte verschwörerisch: »Ich glaube, was sie dort am meisten genießen, ist, dass sie sich vor niemandem rechtfertigen müssen, am wenigsten vor ihren Frauen. Es kommt mir vor, dass sie dort wie kleine Jungen herumtoben, ohne fürchten zu müssen, dass ihre Mutter hinterher mit ihnen schimpft.«

»So haben Sie Ihre Eltern empfunden?«

»Nein, nicht ganz so«, sagte Elisabeth beschwichtigend, »andererseits: Ich hatte immer das Gefühl, dass er ihr Dinge verschweigt, weil er genau weiß, dass sie es nicht gutheißen würde. Aber was soll's – immerhin hat er mir die Erlaubnis gegeben, hier zu sein, ein gar so schlechter Mensch kann er also nicht sein. Wenn er allerdings sähe, dass ich hier sitze und rauche, würde er es sich doch noch anders überlegen.«

»Nur zu«, sagte Frau Eisenblätter und reichte Elisabeth das Zigarettenetui über den Tisch, »es soll zwar ungesund sein, habe ich mir sagen lassen, aber es macht sich doch ein recht wohliges Gefühl im Bauchraum breit.«

»Genau«, sagte Elisabeth und blies Friderike eine Rauchschwade ins Gesicht, »und es lässt die Menschen so geheimnisvoll aussehen, wenn sie hinter den Wolken verschwinden ...«

»... oder hinter einem Stück Wurst«, erwiderte Friderike, nahm ein Stück Cervelatwurst vom Teller und drückte es Elisabeth auf die Stirn.

»Aber meine Damen«, rief Frau Eisenblätter in das schallende Gelächter der beiden hinein, »denken Sie doch daran, dass wir in ernsten Zeiten leben, unser Kaiser hat es erst gestern wieder betont.« Elisabeth nahm die Wurstscheibe von der Stirn, hielt sie wie eine Fahne in die Höhe und sagte feierlich: »Auf den Kaiser!«

Die Ansprachen des Kaisers waren in den vergangenen Tagen das vorherrschende Thema gewesen. Vor allem nach seiner Rede im Reichstag, in der er betont hatte, er kenne nun keine Parteien mehr, sondern nur noch Deutsche, kannte die Begeisterung für ihn und die bevorstehende »Bestrafung« Frankreichs keine Grenzen mehr. Die Zeitungen berichteten täglich in Wort und Bild von jubelnden Menschenmassen, die die Soldaten zu den Zügen Richtung Westen begleiteten. Bevor das erste Herbstlaub fällt, seien sie zurück und Frankreich am Boden, versprach der Kaiser.

Entsprechend groß war die Empörung über Berichte in ausländischen Zeitungen, wonach sich deutsche Soldaten im besetzten Belgien Übergriffen auf Zivilisten schuldig gemacht hätten. Der Kaiser persönlich stellte klar, dass es in Wahrheit genau umgekehrt sei: Belgier schickten im Schutz der Nacht ihre Kinder vor, um schlafenden deutschen Soldaten die Augen auszustechen und ihnen die Hände abzuhacken – man werde solche hinterhältigen Gräueltaten nicht ohne die passende Antwort hinnehmen.

»Unsere Soldaten sind anständig«, sagte die neue Bewohnerin, »sie kämpfen nur gegen Soldaten, niemals würden sie auf Frauen und Kinder schießen!« Und sie erzählte Elisabeth und Friderike von den täglichen Straßenfesten, mit denen ausrückende Soldaten in Berlin verabschiedet würden: »Man geht abends raus zum Abschreien. Das ist ein Riesenspaß, alle machen das!«

»Abschreien?«, wiederholte Elisabeth. »Wie geht das denn?«

»Man stellt sich mit Freunden an eine Straßenkreuzung oder an einen Bahnhof und wartet, bis welche in grauen Uniformen vorbeikommen. Dann schreien alle hurra!«

Elisabeth sah Friderike ungläubig an. »Das haben wir hier noch nicht erlebt.«

»Dann wird es Zeit, dass wir es den Hamburgern beibringen«, sagte Babette, »oder werden hier keine Soldaten eingezogen?«

»Das wohl schon. Ich weiß aber gar nicht, ob ich das gut finde«, wandte Friderike ein. »Auf der Straße stehen und schreien, weil welche in den Krieg ziehen – das ist doch verrückt.«

Babette zog die Brauen in die Höhe. »Gut, dass dich hier keiner hört«, sagte sie und sah sich in ihrem Zimmer um.

»Wer soll mich denn hören? Und wenn schon …«

»Na ja, die Hamburger«, sagte Babette, »die sind eben etwas hinterm Mond. Los, kommt, wir zeigen denen mal, wie's geht! Gleich heute Abend!«

Widerstrebend und neugierig zugleich schlossen sich Elisabeth und Friderike Babette an, die vorschlug, am Gänsemarkt zu warten. Sie habe gehört, hier kämen häufig Rekruten auf dem Weg zum Bahnhof vorbei. Sie bezogen am Lessing-Denkmal Stellung.

Die Hamburger Innenstadt war still und nahezu menschenleer. »Ausgestorben«, sagte Babette, nachdem sie eine Weile gestanden und lange Hälse gemacht hatten. »Was ist denn hier los?«

»Hier sind nur Kontorhäuser und Geschäfte«, erklärte Friderike ihr, »abends kommt fast niemand mehr her.«

Babette schüttelte entrüstet und ungläubig den Kopf. »Was sind denn das für Leute? Man muss doch abends raus, was erleben, tanzen gehen, ins Theater gehen, essen …«

»So etwas machen die Hamburger wohl nicht«, antwortete Elisabeth, »aber immerhin lassen sie Frauen an ihre Universität. Das ist doch ein Anfang, oder?«

»Was glotzt der so?«, sagte Friderike leise und deutete auf einen Schutzmann, der auf der anderen Straßenseite stand und zu ihnen herüberblickte. »Hat der noch nie Frauen gesehen?«

»Vielleicht noch keine in Hosen«, sagte Babette und sah an Friderike herunter. »Warum trägst du die eigentlich? Das wollte ich dich schon die ganze Zeit fragen.«

Motorengeräusch vom Jungfernstieg her übertönte Friderikes Antwort. Gespannt beugten sich alle drei vor – und tatsächlich rumpelte ein offenes Auto heran, in dem vier junge Männer saßen. »Seht ihr, seht ihr, ich hatte recht!«, rief Babette begeistert und lief an den Straßenrand. Sie sprang auf und ab, schrie aus vollem Hals, schwenkte ihre Arme. Die Fahrzeuginsassen ebenso wie Elisabeth und Friderike sahen sie entgeistert an. Babette lief ein Stück neben dem Auto her und warf den Männern Kusshände zu. Fast hätte sie dabei den Schutzmann umgerannt, der eilig die Straße überquerte und sich dann Babette in den Weg stellte.

*

Die abgeschabte Holzbank auf der Polizeiwache in der ABC-Straße war eigentlich zu kurz für drei Personen, aber man hatte sie aufgefordert, dort zu warten. Der weiß gekalkte Flur wurde durch ein kleines, hoch angebrachtes Fenster schwach beleuchtet. Elisabeth beobachtete die winzigen Staubteilchen, die in den letzten Sonnenstrahlen des Tages vor dem Fenster auf und ab tanzten. Friderike hatte alle Hände voll zu tun, Babette auf ihrem Platz zu halten, die immer wieder Anstalten machte aufzuspringen, und den Tränen nahe war.

»Idiot! Idiot! Idiot!«, zischte sie. »Für was hält der sich? Wie redet der mit mir? Fette Pickelhaube, der!«

Friderike sah sie erstaunt an. »So kenne ich dich ja gar nicht. Ich dachte, du magst fesche Uniformen?«

»Fesche ja, aber doch nicht solche! Ausgebeult und zerknittert! Und wie der mich angefasst hat – ich wette, mein Arm ist voller blauer Flecke!«

»Die gehen wieder weg – Hauptsache, sie lassen uns hier wieder raus«, sagte Elisabeth, als sich die Tür des Dienstzimmers öffnete und eine Hand im Türrahmen erschien, die sie hereinwinkte.

Im Gänsemarsch betraten sie den Raum, Friderike vorweg, Babette machte sich hinter Elisabeth klein. »Sie da, nach vorn – vor den Tisch!«, sagte ein Uniformierter, der auf einem Drehstuhl hinter dem Schreibtisch thronte, und deutete auf Babette, die daraufhin an Elisabeth und Friderike vorbeitrippelte und vor dem Schreibtisch Aufstellung nahm.

Der Beamte musterte sie in aller Ruhe von oben bis unten. »Nehmen Sie den Hut ab, wenn Sie mit mir reden«, sagte er dann.

Babette bemühte sich, ihren kleinen, roten Hut, der schräg auf ihrem hochgesteckten Haar befestigt war, vom Kopf zu bekommen, während Friderike versuchte, eine Woge ohnmächtigen Zorns zu unterdrücken, die sie in sich aufsteigen spürte. Sie unterlag. »Sie redet ja gar nicht mit Ihnen!«, platzte es aus ihr heraus. »Behalt den Hut auf, Babette!«

Der hinter dem Wachhabenden stehende Schutzmann, der die drei vom Gänsemarkt zur Polizeiwache geführt hatte, machte zwei angesichts seiner Leibesfülle erstaunlich behende Schritte auf Friderike zu. »Lassen Sie sie!«, befahl der andere. »Mit der Dame reden wir später.«

Dann konzentrierte er sich wieder auf Babette. »Babette heißen

Sie also, ja? Darf ich Sie so nennen?« Ohne eine Antwort abzuwarten, fuhr er in betont freundlichem Tonfall fort: »Für Mädchen wie Sie haben wir hier in Hamburg spezielle Straßen. Der Gänsemarkt gehört nicht dazu. Aber da Sie offenbar nicht von hier sind, konnten Sie das natürlich nicht wissen. Obwohl – mitten in der Öffentlichkeit auf Kundenfang zu gehen, das ist ja wohl selbst in Berlin nicht an der Tagesordnung, oder? Sie stammen doch aus Berlin, richtig?«

Babette lief feuerrot an und nickte mit dem Kopf. »Das merkt man«, freute sich der Wachhabende darüber, dass er richtig getippt hatte. »Unverkennbar, die Berliner Schnauze, nicht wahr? Was wollen Sie hier in Hamburg – außer Ruhe störenden Lärm veranstalten?«, fuhr er dann in scharfem Ton fort. »Wir haben hier genug Mädchen von Ihrer Sorte, wir brauchen keine von auswärts, auch nicht aus der Hauptstadt – erst recht nicht aus der Hauptstadt, möchte ich meinen!«

»Was haben Sie gegen die Stadt, in der unser Kaiser lebt?«, ließ sich plötzlich Friderike vernehmen und trat vor. »Ich glaube, Sie sollten etwas genauer überlegen, was Sie so daherreden!«

Der Wachhabende erhob sich und trat hinter seinem Schreibtisch hervor. »Und Sie?«, fragte er, »welchen Geschäften gehen Sie nach – als Mann verkleidet?«

»Ich studiere«, sagte Friderike und beugte sich vor, so dass ihr Gesicht dicht vor seinem war. »Jura. Und daher weiß ich, dass das, was Sie hier gerade machen, in mehrfacher Hinsicht sehr zweifelhaft ist. Über einiges könnte ich hinwegsehen – Freiheitsberaubung, Beleidigung, Einschüchterung –, allerdings über eines nicht: Was Sie über unseren Kaiser und seine Hauptstadt gesagt haben, das kann man nicht so einfach auf sich beruhen lassen.«

Der Schnauzbart des Mannes zitterte, er malmte mit dem Kiefer und wippte auf den Fußballen, so dass er hin und wieder Friderikes Augenhöhe erreichte, die ihn um einige Zentimeter überragte.

»Sie möchten hier keine Besucher aus der Stadt unseres Kaisers? Haben wir richtig gehört?«, fuhr sie fort.

Es war der Wachtmeister, der die Initiative ergriff. »Warten Sie draußen«, sagte er, öffnete die Tür der Wachstube und deutete auf die Bank, auf der sie zuvor schon gesessen hatten.

»Die ist etwas schmal für drei schlanke Personen«, sagte Friderike spitz und blieb stehen.

Der Mann senkte den Kopf und ballte seine Fäuste. »Übertreiben Sie es nicht!«, sagte er mühsam beherrscht. Dann ging er in die Wachstube und zog die Tür hinter sich zu.

Niemand hielt sie auf, als die drei jungen Frauen die Wache verließen und durch die menschenleere Dammtorstraße zurück zur Schlüterstraße gingen.

*

Der Tag hielt noch mehr für Elisabeth bereit. Kaum hatte sie die Wohnung betreten, kam Frau Eisenblätter aus ihrem Zimmer und wedelte mit der Tageszeitung. »Elisabeth!«, rief sie, »Sie haben doch Verwandtschaft in Frankreich, im Elsass, richtig?«

Elisabeth nickte. »Die Franzosen haben es befreit – oder genauer gesagt: annektiert, wie es bei uns heißt.« Sie reichte Elisabeth die Zeitung und deutete auf einen Artikel auf der ersten Seite. »Und dann ist hier noch Post für Sie gekommen, Feldpost aus Belgien.«

Elisabeth wurde bleich, sie setzte sich auf den Stuhl, der im Flur neben der Garderobe stand. Ihr war übel. »Was ist denn, Kindchen?«, fragte Frau Eisenblätter besorgt. »Ein Brief von Ihrem Verlobten!«

Elisabeth hob den Kopf und sah sie verständnislos an. »Oder was er auch immer sein mag«, korrigierte sich Frau Eisenblätter, »auf jeden Fall der, der Ihnen schon mal geschrieben hat.« Sie reichte Elisabeth den Brief, dessen Absender Robert von Trenck war.

Wortlos erhob sich Elisabeth, ging in ihr Zimmer und nahm den Brief aus dem Kuvert, das offensichtlich bereits geöffnet worden war, und las. Wilhelm sei verhaftet worden, weil er bei der Heeresleitung Beschwerde eingelegt hatte wegen der Militäraktionen gegen die belgische Bevölkerung. Er säße in Arrest, die Anklage laute auf Hochverrat, die Verhandlung stünde noch aus. Die nächsten Zeilen waren geschwärzt und nicht lesbar. Dann folgte der abschließende Satz: »Ich hoffe, die Militärzensur öffnet diesen Brief nicht.«

Offenbar hatte sie es doch getan.

Rogér

Helène von Schwemer stieg von Berlin kommend um 12 Uhr in Nancy aus dem Zug und blieb verwundert auf dem Bahnsteig stehen. Sie sah sich um und überlegte für einen Moment, ob es besser wäre, wieder einzusteigen: Das um die Mittagszeit stets überfüllte Bahnhofsgebäude war menschenleer. Doch auf dem weißen Emailleschild stand unzweideutig: Nancy. Schließlich entdeckte Helène doch jemanden: Ein schwerfällig schlurfender, älterer Gepäckträger trottete vom anderen Ende des Bahnsteigs auf sie zu. Wortlos lud er ihre Koffer auf seine Karre und fragte dann, wohin er das Gepäck bringen solle. Sie wolle zum Bahnhofsvorplatz, wo die Kutsche auf sie warte, um sie nach Lagarde zu bringen, erwiderte Helène.

Der Mann warf ihr einen müden Blick zu, murmelte etwas Unverständliches und hob die Deichsel der Gepäckkarre an. Helène folgte ihm zum Ausgang der Bahnhofshalle. Sie war für einige Wochen in Berlin gewesen, um dort eine neue Hausdame einzustellen, die sich während der Abwesenheit der Eltern um Karl und Adalbert kümmern sollte: Der Freiherr war auf dem Weg nach Togo, Helène wurde dringend in Lagarde gebraucht. Die Berichte über die politischen Verwicklungen hatten sie zwar beunruhigt, die Reise war jedoch unaufschiebbar: Der alte Rogér war erkrankt, das Gutshaus seit Wochen unbewohnt, Helène musste nach dem Rechten sehen und eine dauerhafte Lösung für die Verwaltung des Anwesens finden.

Die Frage nach dem Grund für die ungewohnte Menschenleere beantwortete der Gepäckträger, indem er auf ein Plakat deutete, das an einem verbretterten Zeitungskiosk angebracht war, an dem sie gerade vorübergingen. Mit Datum 31. Juli stand dort: »Mit dem heutigen Tag wird über Elsass-Lothringen auf unbestimmte Zeit das Kriegsrecht verhängt. Es gilt bis auf weiteres die Ausgangssperre. Der Standortkommandant.«

»Das ist ja heute!«, sagte Helène, die durch die lange Zugfahrt ein wenig das Zeitgefühl verloren hatte und bemerkte, dass fast alle freien Flächen des Bahnhofsgebäudes mit ebendiesem Plakat beklebt waren. »Und niemand darf auf die Straße?«, fragte sie ungläubig den Mann, der einen Kopf kleiner war als sie und Mühe hatte, den schwerbeladenen Karren zu ziehen. »Doch, ich«, antwortete er.

»Und wer noch?«

»Alle, die eine Sondererlaubnis bekommen haben.«

»Gehören Kutscher auch dazu?«

Die Antwort erledigte sich von selbst, als sie den Bahnhofsvorplatz betraten und dort, wo sich normalerweise eine Kutsche an die andere reihte, keine einzige zu sehen war. Helène setzte sich entmutigt auf einen ihrer Koffer, sah zu dem Gepäckträger auf und fragte: »Und nun? Wie komme ich nach Lagarde? Können Sie mich hinbringen?«

Der Mann lachte und entblößte seinen fast zahnlosen Mund. »Kein Problem! Aber ich glaube, es wäre etwas unbequem für Sie auf den Koffern, Madame …!«

Hinter Helène lachte noch jemand, eine tiefe, raue Männerstimme. Sie sah sich erstaunt um und erblickte Johann von Drewitz, der, von drei Uniformierten eskortiert, direkt hinter ihr stand. »Ihren Humor fand ich schon immer wunderbar! Es scheint nichts zu geben, was Sie aus der Fassung bringen kann, meine Liebe«, sagte er. »Wobei ich mir nicht sicher bin, ob es Humor ist oder Naivität, in solchen Zeiten hierherzukommen. Darf ich Ihnen zu Diensten sein?«

Sie blieb auf dem Koffer sitzen, während er ihre Hand ergriff und sie galant an seine Lippen führte. »Sie sind noch schöner geworden seit unserer letzten Begegnung! Wie kann Richard Sie nur mutterseelenallein ins Feindesland reisen lassen? Er muss den Verstand verloren haben.«

»Seit wann sind wir hier in Feindesland?«, erwiderte Helène. »Als ich in Berlin in den Zug stieg, war davon nicht die Rede.«

»Wir leben in verrückten Zeiten, nicht wahr? Man schließt die Augen, und kaum öffnet man sie wieder, ist nichts mehr, wie es war – zack! Aber lassen Sie uns an das Nächstliegende denken: Ich glaube, der charmante Monsieur hier hat recht mit seiner Einschätzung, dass eine Fahrt nach Lagarde auf dieser Handkarre etwas unbequem für Sie sein könnte. Wenn es Sie nicht allzu viel Überwindung kostet, wäre es mir ein Vergnügen, Sie in meinem Automobil dorthin zu bringen. Ich verspreche Ihnen, Sie noch heute Nachmittag heil und gesund abzuliefern. Und Ihr Gepäck folgt in dem zweiten Wagen. Wissen Sie«, er beugte sich verschwörerisch vor und sagte, »der Kriegszustand hat durchaus seine angenehmen Seiten: Auf einmal werden mehr Dienstfahrzeuge zur Verfügung gestellt, als ich überhaupt gebrauchen kann. Früher musste ich monatelang Anträge stellen und bekam dennoch keinen zusätzlichen Wagen. Aber was soll's – diese Unerfreulichkeiten sind jetzt vorbei.«

Er gab mit einer knappen Handbewegung seinen Begleitern ein Zeichen, die umgehend die Gepäckstücke ergriffen und zu den drei auf der anderen Straßenseite wartenden Limousinen trugen – Helène konnte sich gerade noch rechtzeitig erheben. Von Drewitz beobachtete sie lächelnd, dann zündete er sich eine Zigarette an und bot Helène seinen Arm. »Wenn Sie bereit sind?« Im Vorbeigehen drückte er dem Kofferträger eine Münze in die Hand. »Was kann der gute Mann für die ganze Sache«, sagte er, während sie über den Platz zum seinem Wagen gingen. »Sie sind heute vermutlich sein einziger Kunde. Soll er sich einen Pernod gönnen.«

Die Fahrt verlief ohne Unterbrechungen. Die üblicherweise verstopften Straßen waren leer, die Orte und Dörfer, durch die sie fuhren, wirkten verlassen. Helène und von Drewitz saßen im Fond, der Chauffeur hatte die Fensterscheiben heruntergekurbelt, der Windzug drohte immer wieder Helènes Hut aus dem Auto zu wehen. Nachdem sie ihn zum wiederholten Mal mit einer raschen Handbewegung gerade noch festgehalten hatte, bemerkte von Drewitz ihr Problem. »Ich könnte den Fahrer bitten, die Fenster zu schließen, aber dann würden wir hier vor Hitze zerfließen. Die Entscheidung liegt bei Ihnen: Hut oder Hitze!«

Er lachte überschwänglich über seinen Scherz, wurde dann aber abrupt ernst und fragte: »Wieso sind Sie zurückgekehrt? Ausgerechnet jetzt? Hat Ihnen wirklich niemand gesagt, wie die Dinge stehen? Die Mobilmachung in Deutschland und Frankreich läuft auf Hochtouren, morgen oder übermorgen werden die Kriegserklärungen zugestellt – Richard ist doch über alles im Bilde, ich verstehe ihn nicht.«

»Er ist in Togo. Und ich habe derzeit niemanden, der unser Anwesen hütet, ich muss mich um einiges kümmern, Sie wissen: Es ist das Haus meiner Vorfahren, ich kann es nicht sich selbst überlassen. Gerade jetzt ...«

Er nickte und sah geistesabwesend aus dem Fenster. »So sind mir die Franzosen am liebsten«, sagte er und schnippte die Zigarettenkippe aus dem Auto, »unsichtbar! Was haben diese Wackes uns in den letzten Jahren für Ärger bereitet! Immer wieder mussten wir ihnen klarmachen, wo ihr Platz ist. Aber diesmal werden es auch die Dümmsten begreifen, glauben Sie mir, meine Liebe, es wird kein Aufmucken mehr geben. Und wer sich nicht rechtzeitig entscheidet, wo er hingehört, kann da leicht zwischen die Mühlsteine geraten.« Er zündete sich eine neue Zigarette an, legte dann eine Hand auf Helènes und sagte beruhigend: »... es sei denn, man hat jemanden, der eine schützende Hand über einen hält.«

*

Der Besuch bei Rogér erschütterte Helène. Der alte Hausdiener, der schon für ihre Großeltern gearbeitet hatte und den sie seit Kindheitstagen kannte, lag in seiner kleinen Kate hinter dem Friedhof von Lagarde flach atmend auf einer Couch im einzigen Raum des Hauses. Die Fenster waren mit Wolldecken verhängt, sie entdeckte ihn im Halbdunkel erst, als er hustete. Helène nahm einen Stuhl und setzte sich zu ihm. Sie sahen sich eine Weile schweigend an, dann hob er langsam seine knochige Hand und berührte damit kurz die ihre. »Sie waren mir immer die Liebste, Madame«, sagte er, »Sie und Ihre Frau Mutter. Ich freue mich sehr, Sie noch einmal zu sehen, ich hatte es kaum mehr zu hoffen gewagt.« Er sah sie nachdenklich an. »Oh, und Ihr Herr Vater natürlich auch«, beeilte er sich hinzuzufügen und verzog das Gesicht zu einem Lächeln, »ganz besonders sogar! Ich habe keinen feineren Herrn gekannt als ihn. Und ich lebe immerhin schon eine ganze Weile hier.«

»Sie sollten nicht hier im Halbdunkel in diesem stickigen Zimmer liegen, hier kriegt man ja kaum Luft. Warum öffnen Sie nicht die Fenster?«

»Sie klemmen. Außerdem muss ich meine Kräfte einteilen, das Aufstehen fällt mir nicht mehr so ganz leicht.«

Helène erhob sich, ging zum Fenster und zog eine der Decken zur Seite. Ein Lichtstrahl fiel auf den Tisch und beleuchtete einen Teller, auf dem die Reste einer kargen Mahlzeit lagen, das Weinglas, das daneben stand, war noch halb gefüllt. »Nicht mal Ihren Wein trinken sie aus?«, sagte Helène tadelnd. »So schwach können Sie doch nun wirklich nicht sein.«

Sie reichte ihm das Glas, und er nippte folgsam daran. Als sie es wieder auf den Tisch zurückgestellt hatte, deutete er darauf und sagte: »Er schmeckt mir nicht, er stammt nicht aus Ihrem Keller.«

Sie lächelte. »Ich weiß, was Sie meinen. Ich habe auch nirgends auf der Welt Wein gefunden, der mir so gut schmeckt wie der aus unserem Berg. Zum Glück sind noch einige Flaschen da, ich habe deshalb für morgen Abend eine Gesellschaft zum Essen eingeladen. Wer weiß, wann wir wieder die Gelegenheit bekommen, unseren Wein zu genießen.«

Rogér lächelte und nickte. »Ich würde liebend gern servieren, Madame«, sagte er leise, »ich fürchte allerdings, meine Beine sind dazu nicht mehr beweglich genug. Aber vielleicht kann mein Enkel …«

»Der Schleusenwart? Ja, er wird auch kommen, er und mehr als ein Dutzend andere aus dem Dorf. Aber weder er noch Sie werden servieren. Denn Sie sind der Ehrengast, mein lieber Rogér, es wird ein Fest zu Ihren Ehren. Und bevor Sie jetzt protestieren …«, sie hob die Hand, um seine Einwände abzuwehren, »und mir sagen wollen, dass Sie den weiten Weg zu mir nicht mehr schaffen, sage ich Ihnen: Es ist alles vorbereitet! Sie werden abgeholt und anschließend wieder zurückgebracht. Es ist bereits alles organisiert.«

*

Helène war früh am nächsten Morgen aufgestanden, um das Festessen vorzubereiten. Sie hatte sich aus den Gärten der Nachbarn frisches Gemüse besorgt – ihr eigener Gemüsegarten war von Unkraut überwuchert –, der Bauer aus Ommeray, der die besten Rinder der Gegend züchtete, hatte das Fleisch beigesteuert. Als am späten Nachmittag die Sonne durch das Küchenfenster schien, standen alle Gerichte auf dem Herd und brauchten nur noch gar zu werden.

Im Speisesalon begann Helène, die Möbel abzudecken, die Rogér im ganzen Haus mit weißen Tüchern verhängt hatte, um sie vor dem Staub zu schützen, auch an die Gemälde hatte er dabei gedacht. Mühsam schleppte sie eine Leiter aus dem Keller herbei, um die beiden Portraits ihrer Eltern, die gegenüber vom Esstisch an der Wand hingen, freizulegen. Als sie es geschafft hatte, stand sie still davor und lauschte, sie hatte das Gefühl, ihre Eltern ganz leise gemeinsam singen zu hören. So verharrte sie eine Weile, warf dann jedem von ihnen eine Kusshand zu und trug die Leiter in den Keller zurück.

Die Gäste trafen ab sieben Uhr ein. Das Lehrerehepaar, der Pfarrer, der Apotheker mit seiner Schwester, der verwitwete Schmied und seine vier Töchter, mehrere Nachbarn, die auf umliegenden Hügeln ihren Wein anbauten; sogar der Fährmann, der mit fast allen Dorfbewohnern im Streit lag, war der Einladung gefolgt und erschien in Begleitung seiner Frau, die normalerweise nie das Haus am Kanal verließ, so dass schon gemunkelt worden war, sie sei schon lange nicht mehr am Leben. Als Letzter kam der Schleusenwärter, der Rogér untergehakt hatte und ihn stützte. Helène hatte in allen Räumen die Fenster geöffnet, die leichte Abendbrise bauschte hin und wieder die Vorhänge auf. Die Kerzen in schweren, silbernen Leuchtern, die Helène in den Zimmern auf den Tischen verteilt hatte, blakten im Windhauch. Andächtig schritt die Gesellschaft durch die Räume. Man war sich einig, dass das Haus seit den Tagen der großen Feste der alten d'Alsace nicht mehr so schön ausgesehen hatte wie heute. Im Speisesaal nahm Rogér, zunächst widerstrebend, dann jedoch sich dem allgemeinen Zureden beugend, den Ehrenplatz am Kopf der langen Tafel ein.

Helène hatte Répas Marcaire zubereitet, das traditionelle lothringische Sommergericht. Die Frauen halfen ihr, die Schüsseln hereinzutragen, die Männer öffneten die Weinflaschen und füllten die Gläser. Es dauerte nicht lange, und der Raum war von Stimmengewirr und Lachen erfüllt. Helène genoss den Augenblick, sie fühlte sich zurückversetzt in die Zeit, in der sie als Kind heimlich auf dem obersten Treppenabsatz im Nachthemd sitzend die Abendgesellschaften ihrer Eltern beobachtete. Bauern, Pferdehändler, Schiffer, Weinaufkäufer und natürlich der Pfarrer gehörten zu den Gästen. Sie hatte das Auf- und Abschwellen der Stimmen geliebt, das helle Lachen der Frauen und das tiefe Grummeln der Männer. Sie hatte dann die Augen geschlossen und sich vorgestellt, einem Konzert zu lauschen. Hin und wieder blickte sie durch das Treppengeländer nach unten, um sich zu vergewissern, dass sie nicht entdeckt worden war. Es war fast immer Rogér, der in solchen Momenten kurz zu ihr hinaufsah und ihr zuzwinkerte, bevor er weiter um den Tisch ging und Essen nachlegte. Sie konnte sicher sein, dass er sie nicht verraten würde.

Jetzt saß sie neben Rogér und sorgte dafür, dass er stets als Erster aufgelegt bekam, wenn ein neuer Gang hereingetragen wurde. Sie beugte sich zu ihm und fragte ihn leise: »Haben meine Eltern eigentlich gewusst, dass ich dort oben saß und zusah?«

»Natürlich«, antwortete er, »jedes Mal. Ich glaube, sie hätten sich Sorgen gemacht, wenn Sie nicht dort gesessen wären. Darf ich Ihnen etwas verraten?«

Helène beugte sich noch etwas näher zu ihm und hielt ihr Ohr dicht vor seinen Mund. Leise sagte Rogér: »Einmal hörte ich, wie Ihre Mutter zu Ihrem Vater sagte: Unser Gespenst ist erschienen. Ich hob meinen Blick – und da saßen Sie. Aber sie haben immer so getan, als würden sie Sie nicht bemerken, sonst hätte es Ihnen vermutlich keinen Spaß gemacht.«

Helène nickte. »Ich danke Ihnen dafür, dass Sie all die Jahre hindurch in diesem Haus …«, hob sie an, als sie von ungewohnten Klängen, die aus dem Salon herüberdrangen, unterbrochen wurde. Für einen Moment der Verblüffung schwieg die ganze Runde, dann brandete Beifall auf: Jemand hatte den alten, verstimmten Flügel geöffnet und spielte darauf. Einige erhoben sich, gingen nach nebenan und begannen zu tanzen. Helène trat in den Durchgang zwischen den beiden Zimmern, lehnte sich an die Tür und sah den Tänzern zu. Am Flügel saß der Apotheker und spielte »Tout Paris«, Helènes Lieblingswalzer. Als er für einen Moment den Kopf hob und in ihre Richtung sah, hob sie ihr Glas und prostete ihm zu. Dann wanderte ihr Blick zum Fenster, und sie erstarrte, als sie in Adèles Augen sah.

*

Adèle hatte sich seit mehreren Tagen in der Nähe des Weinbergs aufgehalten, einmal hatte sie es sogar gewagt, im Haus ihres Vaters zu nächtigen. Sie war stets im Dunkeln gekommen und vor dem Morgengrauen wieder davongeschlichen. Während des Tages hielt sie sich in der Ruine im Wald versteckt. Hin und wieder, wenn der Hunger sie trieb, lief sie zum Schleusenwärter, der einer der wenigen war, bei dem sie sich sicher fühlen konnte: Es gab jetzt täglich Verhaftungen, seit die deutsche Polizei alles daransetzte, auch der letzten Widerständler habhaft zu werden. Das unbewohnte Gutshaus der von Schwemers erwies sich als ein sicherer Ort für geheime, nächtliche Zusammenkünfte. Die überraschende Ankunft Helène von Schwemers hatte solch ein geplantes Treffen verhindert, die meisten Mitglieder der Gruppe waren sofort wieder untergetaucht. Nur Adèle blieb in Lagarde und hatte mehrmals versucht, mit Helène Kontakt aufzunehmen. Es war jedes Mal daran gescheitert, dass Nachbarn aus dem Dorf bei ihr erschienen waren.

Überrascht hatte sie an diesem Abend von einer Anhöhe aus beobachtet, wie fast das gesamte Dorf im Gutshaus erschien. Sie war zum Haus geschlichen und hatte in der Abenddämmerung durch die Fenster der Küche und des Speisesaals gespäht. Als die

Musik zu spielen begann, war sie zum Fenster des Salons gehuscht und hatte ihr Gesicht an die Scheibe gepresst – sie traute ihren Augen nicht, als sie eine ausgelassene Gesellschaft beim Tanz erblickte! Und sie wäre vor Schreck beinahe vom Fenstersims gefallen, auf den sie sich stützte, als sie plötzlich direkt in Helènes Augen sah, die sie offenbar schon seit einer Weile fixiert hatten. Wie gebannt starrte sie zurück, unfähig, sich zu bewegen.

Kurz darauf öffnete sich die Küchentür, und Helène trat hinaus. Sie verharrte eine Weile still und versuchte, sich an die Dunkelheit zu gewöhnen. Das Knacken eines trockenen Zweiges verriet ihr, dass Adèle unmittelbar vor ihr stand.

»Lebt er?«, fragte Adèle unvermittelt.

»Wer?«

»Sie wissen, wen ich meine, Madame.«

Helène seufzte und sagte: »Ja, das ich nehme an. Warum sollte er nicht.«

»Wo ist er?«

»Sein Bataillon ist nach Belgien versetzt worden.«

»Belgien?«, wiederholte Adèle erschrocken. »Sie wissen, was das heißt?«

»Ich glaube nicht«, antwortete Helène, »was heißt es denn?«

»Alle sagen, dass die Deutschen hier bei uns einmarschieren werden. Aber das war ein Irrtum, sie kommen von Norden. Über Belgien.«

»Und woher weißt du das alles so genau?«

»Es ist nicht schwer, die Wahrheit zu erfahren, wenn man sie wissen will. Haben Sie Nachricht von ihm erhalten?«

Helène schwieg.

»Bitte, sagen Sie es mir!«, drängte Adèle.

»Nein«, antwortete Helène, »aber falls er mir geschrieben haben sollte, wird seine Post in Berlin eintreffen. Er weiß nicht, dass ich hier bin.«

Adèle tat einen schnellen Schritt auf Helène zu und ergriff ihren Arm. »Sie hätten nicht kommen dürfen, Madame. Nicht jetzt! Da die Deutschen noch nicht im Elsass einmarschiert sind, werden es stattdessen die Franzosen tun«, sagte sie, »vielleicht schon morgen! Dann werden die Deutschen auch nicht lange auf sich warten lassen. Ich bitte Sie: Reisen Sie ab, gleich morgen früh! Dieser Ort ist für Tanz und Gesang nicht geeignet.«

Jemand öffnete von innen das Fenster des Salons, das Klavier tönte laut zu ihnen heraus, ebenso die Stimmen von fröhlichen Frauen und Männern, die mitsangen. Helène sah zum Fenster. Als sie sich wieder umwandte, war Adèle verschwunden.

*

Adèle hatte in den letzten Wochen Übung darin erworben, unbemerkt zu verschwinden. Zuerst in Straßburg. Nach der kurzen Begegnung mit von Drewitz hatte Raymond Dreyfus sie kein weiteres Mal ins Polizeipräsidium mitgenommen. »Der Mann hat dich ab jetzt im Visier«, sagte er zur Begründung. »Du hast dich sehr auffällig benommen. Es wäre ein Leichtes für ihn, deine Maskerade zu beenden. Zeig dich am besten nicht mehr in der Nähe seines Amtssitzes. Mir wäre es am liebsten, du gingest gar nicht mehr auf die Straße. Dein Vater zählt zu den Köpfen der Bewegung, da wäre seine Tochter ein kapitaler Fang für sie.«

Adèle nickte und ging dennoch weiter in das Café. Es fiel ihr nicht auf, als an einem Nachmittag das Fahrzeug des Statthalters nicht zur gewohnten Zeit erschien. Stattdessen gab ihr der Wirt von seinem Tresen aus Handzeichen, ihren Platz am Fenster zu verlassen und zu ihm zu kommen. »Links und rechts vom Eingang stehen Polizisten«, raunte er ihr zu und schob sie zum Hinterausgang. »Sie scheinen auf dich zu warten. Verschwinde über das Nachbargrundstück!«

Von Drewitz tobte vor Wut, als er erfuhr, dass Adèle seinen Leuten entwischt war, und schickte einen Trupp zur Zimmerei Dreyfus. Aber auch dort war der verdächtige Lehrling nicht zu finden. Nach seinem unverschämten Auftritt im Präsidium habe man ihn entlassen, teilte Dreyfus den Beamten mit. Keiner wisse, wo er sich jetzt aufhalte.

Adèle hatte noch am selben Abend den Zug nach Verdun genommen. Sie beabsichtigte, bei ihrer Tante Charlotte unterzukommen, was ihr Vater ihr schon vor geraumer Zeit geraten hatte. Sie hatte die Männerkleidung gegen ihre normale getauscht, nur das kurzgeschnittene Haar verlieh ihr noch Ähnlichkeit mit dem Tischlerlehrling. Sie trug deshalb einen ausladenden Strohhut.

Im vollbesetzten Abendzug war es ungewohnt still, die Stimmung gedrückt. Die Reisenden wirkten niedergeschlagen. Aber es lag noch etwas anderes in der Luft – ein Misstrauen, so dass die Menschen kaum zu atmen wagten, geschweige denn zu hüsteln oder etwas zu sagen, weil sie fürchteten, damit auf sich aufmerksam zu machen. Jeder hoffte, unsichtbar zu sein, jeder argwöhnte, der neben ihm Sitzende könnte ein Spitzel sein, der für die Deutschen arbeitete. Die vierzig Jahre andauernde Besatzung hatte die Menschen voneinander entfernt, jeder sah in jedem eine Bedrohung.

Wenn deutsche Uniformierte ein Abteil betraten oder im Gang des Zugs erschienen, verkroch sich jeder hinter seiner Zeitung oder sah ausgiebig aus dem Fenster. Adèle fand, durch dieses Verhaltern wirkten alle so, als hätten sie tatsächlich etwas zu verbergen. Sie überlegte, wie sie sich selbst und ihre Landsleute empfunden hätte, wenn sie Besatzungsbeamter gewesen wäre. Vermutlich hätte sie nach denen Ausschau gehalten, die sich am unsichtbarsten zu machen versuchten, und diejenigen, die sich unbefangen und spontan verhielten, gar nicht beachtet.

Und wie fühlten sich die Deutschen selbst? War es vorstellbar, sich in einem Land heimisch zu fühlen, dessen Bewohner mit Angst, Ablehnung und Hass reagierten? Was trieb sie überhaupt dazu, dem Angebot ihrer eigenen Regierung nachzukommen, mitsamt ihren Familien nach Elsass oder Lothringen zu gehen und dort Häuser und Wohnungen zu beziehen, in denen zuvor französische Familien gewohnt hatten, die ihnen weichen mussten? War ihnen bewusst, was sie taten, oder wurden sie unter Vorspiegelung falscher Tatsachen dazu veranlasst?

Adèle nahm ihren Hut ab und sah sich im Abteil um, blickte von einem Mitreisenden zum anderen, die sofort ihre Augen niederschlugen oder den Kopf zur Seite wandten. Dann plötzlich sah sie ihr Spiegelbild in der Scheibe. Die wissbegierigen, großen

Augen, die sie intensiv ansahen, jagten ihr einen Schreck ein, sie hätte sich beinahe von sich selbst abgewandt. Doch sie betrachtete sich eine ganze Weile, von Sekunde zu Sekunde wurde ihr das eigene Gesicht immer fremder. Sie drehte es, hob und senkte den Kopf, lächelte ihr Spiegelbild an, das zurücklächelte. Sie zog eine kleine Grimasse, dann noch eine, und noch eine. Ihre Stimmung besserte sich schlagartig, es war, als fiele eine Zentnerlast von ihr ab. Sie zog die Mundwinkel herunter, streckte ihre Zunge heraus und rollte mit den Augen.

»Was macht die Frau da?«, fragte ein kleiner Junge, der auf den Beinen seines Vater auf einem Gangplatz saß und Adèle beobachtet hatte. Der Mann rückte seine Krawatte zurecht, schüttelte kaum merklich den Kopf und sagte: »Guck nicht hin.« Er hob das Kind an und drehte es in eine andere Blickrichtung. Adèle sah kurz zu ihm hinüber, er wich ihrem Blick aus. Dann widmete sie sich wieder ihrem Spiegelbild.

Das Kind drehte und wand sich auf dem Schoß seines Vaters und versuchte, an ihm vorbeizuschauen. Als Adèle kurz mit den Ohren wackelte, eine Fähigkeit, die sie von ihrer Großmutter geerbt zu haben glaubte, die eine wahre Meisterin darin gewesen war, musste sie laut lachen. Die Gesichter der Mitreisenden drehten sich synchron in ihre Richtung, man starrte sie ungläubig an. Adèle spürte einen Übermut in sich heraufziehen wie schon seit langem nicht mehr. Sie kam aus dem Lachen nicht heraus. Jedes Mal, wenn sie versuchte, es zu beenden, kehrte es umgehend umso heftiger zurück. Schließlich lehnte sie sich in ihrem Sitz zurück und ließ dem Lachen freien Lauf.

Das Kind rutschte von den Beinen seines Vaters herunter und drängte sich an den Knien der anderen Reisenden vorbei zu Adèle, bis es vor ihr stand und sie mit offenem Mund staunend ansah. Als Adèle sich wieder beruhigte und ihre Augen öffnete, bemerkte sie den Jungen und beugte sich zu ihm vor. »Mach das noch mal«, sagte er, »das mit den Ohren.«

Adèle beugte sich noch etwas näher zu ihm herunter und wackelte mit den Ohren. Der junge Mann, der ihr gegenüber saß, hielt eine Hand vor den Mund und begann leise zu prusten.

»Wie geht das?«, fragte das Kind.

»Das ist eine Geheimwissenschaft. Erst muss man die Zunge an den Gaumen pressen, dann die Wangen etwas einziehen, und dann die Kopfhaut vor und zurück bewegen. Mach mal.«

Der Junge konzentrierte sich, Adèle sah ihm aufmerksam zu, dann klatschte sie in die Hände: »Du hast es geschafft! Sie haben tatsächlich gewackelt. Zeig es mal den Herrschaften ...«

Das Kind strahlte und drehte sich um. Gebannt beobachteten die fünf Reisenden, wie der Junge erst die Zunge an den Gaumen presste, dann die Wangen einzog und schließlich die Kopfhaut bewegte, was dazu führte, dass am Ende sein ganzes Gesicht in Bewegung geriet. Es war der junge Mann, der zuerst die Beherrschung verlor, Sekunden später hallte das Abteil vom Lachen der Reisenden wieder. Danach gab es anhaltenden Applaus für den Jungen, der rot wurde und sich auf den Schoß seines Vaters flüchtete. Von dort sah er zu Adèle hinüber, die sagte: »Ich wusste, du kannst es! Du gehörst zu den Auserwählten! Üb fleißig weiter, am besten abends im Bett.«

*

Verdun war voller Gerüchte. Die Tante, die nicht zur Bewegung gehörte und auch nicht wusste, dass ihr Bruder und seine Tochter auf den Fahndungslisten standen, freute sich über Adèles Besuch. Die hatte sich entschieden, ihr nichts davon zu erzählen. Sie fühlte sich unwohl dabei, hielt es aber für besser, was sich als richtig erweisen sollte.

Der französische Aufmarsch zur Befreiung des besetzten Elsass-Lothringen verlief so unauffällig wie möglich, da jedoch viele junge Männer der Stadt und aus der Umgebung zum Militär eingezogen wurden, ließen sich die Vorbereitungen nicht gänzlich geheim halten.

»Hier in Verdun haben wir von den Deutschen kaum etwas gespürt«, sagte Tante Charlotte, als sie einige Tage nach Adèles Ankunft beim Abendessen saßen. »Wir leben ja am Rand des besetzten Gebietes; das Gefühl, ein Franzose zu sein, ist hier ungebrochen.«

»Das kann man von uns nicht sagen. Es gibt viele, die weder die Franzosen noch die Deutschen wollen.«

»Dann doch lieber die Franzosen, oder? Es gibt ohnehin kein Zurück mehr, es ist eine Frage von Tagen.«

»Was?«

»Dass die französische Armee die deutsche Besatzungspolizei vertreibt! Und die Untergrundbewegung gleich mit.«

»Was haben die Franzosen denn gegen die?«

»Das fragst du? Sie wollen die Unabhängigkeit, wollen weder von den einen noch von den anderen regiert werden.«

»Und was ist dagegen zu sagen?«

»Also, allmählich mache ich mir so meine Gedanken! Sind das Fragen, die mein Bruder ebenfalls stellt? Ich will doch nicht hoffen, dass ihr zu diesen Leuten gehört – dein Vater und du? Damit bringt ihr die ganze Familie in Gefahr!«

Adèle blickte zu Boden und antwortete nicht. Sie hatte es bislang vermieden, in Verdun Kontakt zu Mitgliedern der Untergrundbewegung aufzunehmen. Nun kam ihr der Gedanke, dass es nötig sein könnte, sie vor denen zu warnen, die man bisher für Freunde gehalten hatte.

»Mach dir keine Sorgen«, erwiderte Adèle, »dir wird nichts geschehen.«

Noch in derselben Nacht verließ sie Verdun und machte sich auf den Weg nach Lagarde.

Vorgärten

Energisches Klopfen an der Tür weckte Helène am Morgen nach dem Fest. Sie öffnete das Schlafzimmerfenster und blickte in den Hof. Unten sah sie eine Gruppe von Reitern, einer von ihnen war abgestiegen und stand auf der Treppe vor der Tür. Er wollte gerade erneut klopfen, als er sie erblickte. »Madame, verzeihen Sie unser Eindringen«, sagte er mit einer Verbeugung, »aber es ist Krieg. Bitte öffnen Sie.« Zum zweiten Mal innerhalb weniger Stunden glaubte jemand, sie darauf aufmerksam machen zu müssen, dass

Krieg herrsche, diesmal war es ein französischer Kavallerie-Offizier, kaum älter als Wilhelm. Er trug die hellrote Hose und den blauen Rock der französischen Soldaten, wie Helène sie als Kind häufig gesehen hatte, wenn ihr Vater sie auf dem Pferdefuhrwerk mitgenommen hatte nach Nancy oder Verdun, um Wein zu verkaufen. Die jungen Männer in den makellosen Uniformen waren der Blickfang auf den Straßen gewesen. Helène lächelte. »Das hat sich mittlerweile selbst bis zu mir herumgesprochen«, rief sie hinunter und wies ihn an, die Pferde hinters Haus zu bringen.

Nachdem sie kurze Zeit später angekleidet auf den Hof trat, schienen ihr die Männer aus der Nähe betrachtet nicht mehr ganz so makellos. Ihre Uniformen waren staubig, manche eingerissen, sie selbst und ihre Pferde verschwitzt. »Ich muss Sie noch einmal um Verzeihung bitten«, sagte der Leutnant unverändert höflich, »aber es werden noch weitere Soldaten erwartet, viele Soldaten. Wir sind gehalten, in den Häusern des Ortes Quartier zu nehmen. Ich bedaure die Unannehmlichkeit, die dies für Sie mit sich bringt, aber ich muss Sie ersuchen, uns Ihr Haus zur Verfügung zu stellen.«

»Ich danke Ihnen für Ihre Höflichkeit«, antwortete Helène, »aber wie Sie schon sagten: Es ist Krieg. Und da sind solche Unannehmlichkeiten wohl das geringste Übel.«

Im Laufe des Vormittags trafen immer mehr Soldaten in Lagarde ein, die in langen Kolonnen auf der Straße am Kanal heranmarschierten, Pferde zogen Artilleriegeschütze in die Getreidefelder, eine Seilwinde zog Maschinengewehre auf den Kirchturm empor. Die Bewohner von Lagarde standen anfangs verwirrt in ihren Vorgärten, dann boten sie ihre Hilfe an. Gemeinsam mit den Soldaten schleppten sie die Möbel aus ihren Häusern und errichteten am Straßenrand Barrikaden.

Im Gutshaus hatte sich der Führungsstab der französischen Truppen eingerichtet. Die Esstische waren zu langen Schreibtischen zusammengeschoben worden, auf denen Landkarten ausgebreitet waren. Ein General hatte im Salon sein Quartier aufgeschlagen. Es war ein Kommen und Gehen, wie es das Haus noch nie erlebt hatte.

Am Abend schienen die Vorbereitungen abgeschlossen, es lag Ruhe über Lagarde. Helène hatte sich während des Tages in der oberen Etage aufgehalten. Sie wollte nicht stören. Nur einmal war sie in die Küche gegangen und hatte sich Essen geholt. Sie wusste daher nicht, was unten im Haus und sonst im Dorf geschah, als sie sich am Abend sehr früh schlafen legte. Sie verspürte keinerlei Furcht, sie verschloss nicht einmal die Tür ihres Schlafzimmers – schließlich waren es Landsleute, die sie in ihr Haus gelassen hatte. Irgendetwas gab ihr das Gefühl, dass alles seine Ordnung habe.

*

Das Gefühl trog. Die Standuhr zeigte Punkt sieben, als Helène ihre Augen aufschlug, ein dumpfes Grollen hatte sie aus dem Schlaf gerissen. Sie setzte sich auf und hörte, dass unten im Haus Bewegung war, Schritte und Rufe drangen zu ihr herauf. Dem Grollen folgte ein scharfes Pfeifen von mehreren Sekunden Dauer, darauf ein ohrenbetäubender Knall. Etwas musste unweit des Hauses eingeschlagen sein. Sie wandte den Blick zum Fenster und sah eine meterhohe Erdfontäne aus dem Weinberg spritzen. Helène ließ sich zurücksinken und zog die Bettdecke über den Kopf. Jetzt wusste sie es wirklich: Es war Krieg.

Die Kanonen der Deutschen, die während der Nacht am anderen Ufer des Rhein-Marne-Kanals in Stellung gebracht worden waren, begannen jetzt systematisch die Felder und Weinberge am Ortsrand, in denen sich die französische Infanterie versteckt hielt, zu beschießen. Die französische Artillerie feuerte zurück, hin und wieder zeugten Explosionen davon, dass eine deutsche Stellung getroffen worden war. Die meisten Granaten flogen jedoch zu kurz und landeten im Wasser.

Der Vormittag gehörte der Artillerie. Danach zeugten erst vereinzelte Gewehrschüsse und dann unaufhörliches Geknatter von Maschinengewehren davon, dass im Ort gekämpft wurde. Helène hielt es nicht länger in ihrem Zimmer. Als sie den Treppenabsatz erreichte, sah sie, dass es in der Eingangshalle und im Speisesaal von Menschen wimmelte, Männer lagen stöhnend und blutend am Boden, Sanitäter trugen auf Bahren immer neue Verwundete ins Haus.

Sie wusste nicht, wie lange sie dort gestanden hatte, als sie einen Offizier bemerkte, der ihr Handzeichen gab. Durch den Lärm hindurch hörte sie ihn rufen: »Madame, der Brunnen ist getroffen! Wir brauchen Wasser für die Verletzten. Haben Sie einen zweiten?« Sie nickte und lief zur Hintertür. Doch der Offizier hielt sie zurück. »Nicht hinausgehen! Die Deutschen sind bereits auf dem Gelände! Sagen Sie mir nur, wo der Brunnen ist.« Sie deutete auf die Tür. »Hinter den Stallungen.« Gerade als der Offizier die Tür öffnen wollte, setzte ein Geschützlärm ein, der alles Vorherige übertraf. Er hielt inne und lauschte. »Der Kirchturm!«, sagte er. »Unsere Maschinengewehre – damit haben sie nicht gerechnet! Gehen Sie besser in den Keller, Madame, ich danke Ihnen.« Der Offizier machte einen Schritt auf die Küchentür zu, als diese mit einem Knall aufflog und ein Mann rückwärts hereingeflogen kam. Er war bereits tot, als er auf den Küchenfliesen aufschlug. Er landete direkt zu Helènes Füßen.

Sie ging nicht in den Keller, sondern stieg die Treppe hinauf, langsam und ohne sich umzusehen. Die Schreie, die Schüsse, der Geschützdonner – alles wurde leiser, Helène hatte das Gefühl, als schlössen sich ihre Ohren, als tauche ihr Kopf unter Wasser. Die Geräusche erreichten sie nur noch von weit her. Sie öffnete die Tür zum Balkon und trat hinaus. Eine Salve von Lichtblitzen ließ sie zum Kirchturm blicken: Von seiner Spitze zielten Soldaten mit Maschinengewehren auf deutsche Reiter, die mit erhobenen Fahnen und Säbeln die Hauptstraße entlanggaloppierten, eine gewaltige Staubwolke aufwirbelnd. Einer nach dem anderen stürzte im hohen Bogen zu Boden, Pferde brachen zusammen, begruben Reiter unter ihren zuckenden Leibern, blutüberströmte Männer taumelten zwischen toten Tieren und Menschen herum. Immer neue Reiter jagten heran, sprangen von ihren Pferden und stürmten mit Lanzen und Säbeln die Barrikaden, hinter denen die französischen Gewehrschützen lagen und nicht schnell genug nachladen konnten. Ihr Blut färbte die Gemüsegärten vor den Häusern rot.

Dann war es zu Ende. Um 18 Uhr kehrte ebenso schlagartig Ruhe ein, wie der Spuk am Morgen begonnen hatte. Helène sah von ihrem Balkon aus, wie Tote und Verwundete aus dem Haus getragen und auf Pferdefuhrwerke gelegt wurden. Langsam aus ihrem Alptraum erwachend, stieg sie die Treppen hinunter, durchschritt die leere Halle ihres Hauses und trat ins Freie. Sie ging die Auffahrt hinunter und erreichte die Straße. Einer nach dem anderen traten weitere Bewohner aus ihren Häusern und starrten in ihre Vorgärten, in denen sich die Leiber toter Soldaten stapelten. Die meisten Gebäude waren beschädigt, Fenster zersplittert, Türen zerbrochen, Dächer durchschlagen.

Am Ende der Straße stand eine feine Rauchfahne unbewegt in der Luft. Helène stieg über Pferde und Soldaten hinweg, um zu ihrer Ursache zu gelangen. Ihr Weg führte sie zu Rogérs Hütte, die in Trümmern lag.

Allmählich drang das Geläut der Kirchenglocken zu ihr durch.

6. Meaux

Der Wisperer

Eine einsam gelegene Scheune nahe der belgischen Grenzstadt Chimay diente als Militärgefängnis. Außer dem großen Scheunentor besaß sie nur wenige kleine, hoch angebrachte Fenster, so dass fünf Wachsoldaten genügten, um die fünfzig Männer drinnen an einer Flucht zu hindern. Trotz der Höhe der Raumes staute sich die Hitze; die stickige Luft mischte sich mit dem scharfen Geruch des Strohs, das den Lehmboden bedeckte und das von der Gülle der Kühe durchtränkt war, die hier bis vor kurzem gestanden hatten. Bewacher, die zweimal am Tag hereinkamen, um Wasser und Brot zu bringen, stellten dies gleich vorn auf den Boden, um die Scheune schnellstens wieder verlassen zu können.

Die Verhöroffiziere des Militärgerichts betraten die Scheune gar nicht erst. Sie hatten auf dem Hofplatz unter einer Linde einen Schreibtisch aufgestellt und ließen die Gefangenen herausbringen und in gehörigem Abstand Aufstellung nehmen, um dem Geruch, den ihre Kleidung und sie selbst angenommen hatten, nicht ausgesetzt zu sein.

Die Verhöre dauerten meist nur wenige Minuten. Wer anschließend in die Scheune zurückgebracht wurde, konnte davon ausgehen, mit dem Leben davongekommen zu sein und eine Chance zur Rehabilitierung zur erhalten. Zum Beispiel indem er einer Frontabteilung für besonders gefährliche Aufgaben zugeteilt wurde. Die Übrigen, und die waren die Mehrzahl, wurden zum Abmarsch ins Gelände befohlen. Die Gewehrsalven nach Einbruch der Dunkelheit waren in der Scheune noch deutlich zu hören, obwohl die Exekutionen mehrere Kilometer entfernt stattfanden. Die meisten der Verurteilten hatten sich der Feigheit vor dem Feind schuldig gemacht, oder – noch schlimmer – der Verbrüderung. Bei einigen wenigen war die Sachlage nicht eindeutig. Diese Fälle wurden ans Hauptquartier in Spa delegiert.

Wilhelms Fall bereitete dem Militärgericht besonderes Kopfzerbrechen. Zweimal schon war sein Verfahren vertagt worden, die Heeresleitung hatte schließlich entschieden, einen General als Beisitzer zu schicken. Die fünf Männer, die jetzt um den Schreibtisch herumstanden, an dem der hohe Gast Platz genommen hatte, beugten sich vor, um seine leise gesprochenen Worten zu verstehen: »Der Mann gilt als Held, der Kaiser hat ihm gratuliert, sein Vater gehört zum engsten Beraterkreis Seiner Majestät. So inakzeptabel das Verhalten des Mannes auch ist – wir müssen ihm Gelegenheit geben, die Sache aus der Welt zu schaffen. Holen Sie ihn heraus.«

Die Wachen öffneten das hohe, quietschende Scheunentor und betraten mit angehaltenem Atem den halbdunklen Raum, in dem die Gefangenen am Boden kauerten oder schliefen. »Von Schwemer, vortreten!«, rief der Hauptmann und hielt sich danach sofort die Nase zu. Wilhelm, immer noch in der Uniform der Husaren, die an mehreren Stellen eingerissen und stark verschmutzt war, erhob sich. Er blinzelte und hielt sich die Hand über die Augen, als er in das grelle Sonnenlicht trat.

Fünf Schritte vor dem Schreibtisch, hinter dem die Mitglieder des Gerichts sowie der General Platz genommen hatten, befahl man ihm, stehen zu bleiben. Der Schatten des mächtigen Baumes reichte genau bis zu seinen Stiefelspitzen, die Sonne schien ihm ins Gesicht.

Der Vorsitzende hielt mit zwei Fingern einen Brief in die Höhe. »Stammt der von Ihnen?«, fragte er ohne weitere Vorrede.

»Ich kann es von hier nicht erkennen.«

Mit einer Fingerbewegung fordert der Vorsitzende Wilhelm auf, näher zu kommen, was er dann jedoch sofort bereute. »Das muss genügen«, sagte er und hielt ihm den Brief mit ausgestrecktem Arm entgegen. »Sie sind Wilhelm von Schwemer, Leutnant der Reserve des 4. Husarenregiments Seiner Majestät?«

Wilhelm nickte. »Jawohl, Herr Hauptmann.«

»Und Sie sind der Meinung«, er wedelte mit dem Blatt, setzte sich dann einen Kneifer vor das rechte Auge und betrachtete einen Moment lang das Papier, »dass deutsche Soldaten sich bereitwillig abschlachten lassen sollten – von hinterhältigen Attentätern?«

»Nein, Herr Hauptmann. Erstens bin ich nicht dieser Meinung, und zweitens glaube ich nicht, dass dort etwas Derartiges steht.«

»Was erlauben Sie sich!«, brauste der Vorsitzende auf. »Anders ist das, was hier zu Papier gebracht wurde, nicht zu verstehen!«

Wilhelm schwieg.

»Antworten Sie!«

Wilhelm schwieg weiter.

»Es wäre besser für Sie, mit uns zu sprechen. Sie stehen unter der Anklage des Hochverrats, wofür es nur eine Strafe gibt, die Ihnen bekannt sein dürfte.«

Der General, der außen in der Reihe des Richtertisches saß und mit verschränkten Armen zugehört hatte, beugte sich nun vor. »Sie haben das mit den Haager Konventionen offenbar gründlich missverstanden, Herr Leutnant«, flüsterte er.

Wilhelm straffte seine Haltung. »Das glaube ich nicht«, erwiderte er.

»Das war keine Frage, Sie wurden nicht um Antwort gebeten!«, mischte sich der Vorsitzende ein. »Sie antworten nur, wenn der General Sie etwas fragt.« Der General nickte zustimmend und fuhr fort: »Das Recht auf Widerstand, das die Haager Kriegsrechtskonvention aus dem Jahr 1907 jedem Volk bei einem Angriff zuspricht und auf das Sie rekurrieren, bezieht sich keineswegs auf die Zivilbevölkerung. Nur Soldaten stehen unter dem Schutz der Konvention. Jeder andere, der eine Waffe zur Hand nimmt, ist ein Partisan und als solcher zu behandeln.«

»Das ist eine Auslegung, die ...«

»Ihren Standpunkt kennen wir, er ist hier schriftlich niedergelegt, Sie brauchen ihn nicht zu wiederholen. Das hinterhältige Attackieren von Männern, die den Kriegsrock Ihres Vaterlandes tragen, ist das ehrloseste Verbrechen, das man sich vorstellen kann und steht keinesfalls unter dem Schutz irgendeiner Konvention! Hier muss mit aller Härte vorgegangen werden. Und wenn Sie, Herr Leutnant, der Sie ein Vorbild für den einfachen Mann in der Truppe sein sollten, hierzu eine abweichende Meinung vertreten, dann haben Sie nichts anders verdient als jeder dieser Partisanen.«

Er lehnte sich wieder zurück und verschränkte die Arme vor der Brust. Der Vorsitzende blickte irritiert auf seine Hände, die in schwarzen Lederhandschuhen steckten. Die Worte des Generals widersprachen dem, was er noch vor wenigen Minuten über den Angeklagten geäußert hatte, sie kamen einer Verurteilung gleich. Er räusperte sich: »Das Gericht vertagt sich. – Abführen!«

Während sich das Scheunentor hinter Wilhelm schloss, erhoben sich die Männer hinter dem Schreibtisch und versuchten, den General zu verstehen, der wisperte: »Der Mann muss begreifen, dass es ernst ist. Er muss sich darüber klar sein, dass wir ihn an die Wand stellen könnten, jetzt sofort und gleich hier. Aber es nützt uns mehr, wenn er seine Beschwerde zurückzieht und einsieht, dass er die Dinge nicht richtig beurteilt hat. Wir wollen keine Märtyrer züchten. Außerdem hat der Kaiser in junge Männer wie diesen viel investiert, noch ist dieser Krieg nicht gewonnen, wir brauchen jeden jungen Helden, vor allem die intelligenten. Also«, er wandte sich an den Vorsitzenden, »teilen Sie ihm mit, dass wir seinen schriftlichten Widerruf erwarten. Ich will ihn morgen auf dem Tisch haben.«

*

Es war sieben Uhr, als sich das Scheunentor öffnete und ein Hauch kühle Abendluft in den stickigen Raum drang. Der wachhabende Offizier trat zwei Schritte hinein und las die Namen vor. Sechs waren es heute. »Außerdem von Schwemer«, fügte er nach einer kleinen Pause hinzu. »Alle raustreten!«

Wilhelm trat als Letzter durch das Tor auf den Hof und klopfte sich das Stroh von seiner Uniformjacke. »Was sind Sie für ein Idiot!«, zischte ihm der Offizier zu. »Sie hatten Ihre Chance, und Sie haben Sie nicht genutzt! Wir erschießen nicht gern Offiziere, höchst ungern sogar.«

Wilhelm sah ihn an. »Aber die hier?«, er deutete auf die sechs Soldaten, die sich in einer Reihe aufgestellt hatten, »die erschießen Sie gern?«

»Deserteure! Was gibt es da für eine andere Wahl?«

Wilhelm nickte. »Ja, was gibt es da für eine Wahl …«, wiederholte er und reihte sich ein.

Wilhelm war froh, dass er den Stein aus seiner Hosentasche genommen hatte, bevor ihm die Hände auf den Rücken gebunden wurden. Während die sieben Verurteilten schweigend und von Soldaten bewacht einen schmalen Weg den Hügel hinaufgingen, presste er ihn in seiner rechten Hand, als wollte er ihn zerdrücken, und konzentrierte sich auf das Gesicht, dessen Konturen ihm immer wieder zu entgleiten drohten: Mal sah er Adèle mit kurzen Haaren, mal mit ihrer grauen Mütze, dann wieder mit den nach hinten geflochtenen, hüftlangen Zöpfen, die sie in den Jahren getragen hatten, als sie die Sommer von Lagarde zusammen verbrachten. Die Nähe zur französischen Grenze war ihm überdeutlich bewusst. Die Vorstellung, dass hier, nur wenige Meter entfernt, deutsche Soldaten ihre Gewehre auf ihn richten würden, erschien ihm wie ein schlechter Traum.

Je weiter sie in die Dämmerung hinein marschierten und je länger er den Stein in seiner Handfläche spürte, desto stärker wurde sein Gefühl, nicht wirklich zu der kleinen Kolonne zu gehören. Seine Sinne waren geweitet, wie er es nur einmal zuvor in seinem Leben, nahe dem Bahndamm in Togo, empfunden hatte. Er hörte seinen Herzschlag ebenso deutlich wie den Wind, der die Blätter in den Bäumen bewegte, und die Vögel, die leise ihr Abendlied anstimmten. Vielleicht war es deshalb, dass er es als Erster bemerkte. Zuerst war es nur ein kurzes Aufblitzen, das Reflektieren von Metall in einem Gebüsch auf einer Anhöhe vor ihnen. Dann sah er die Bewegung im Unterholz vor ihnen. Und dann roch er den Schweiß von Pferden.

Als der erste Schuss fiel, lag er bereits am Boden und rollte sich mit wenigen schnellen Drehungen in einen Graben, der von Farn überwuchert war und ihn fast vollständig überdeckte. So konnte er nur hören, wie Schritte und Hufgetrappel näher kamen, er hörte die Stimmen der Wachmänner und die der Gefangenen. Und dann setzte ein ohrenbetäubendes Gewehrfeuer ein, das mehrere Minuten die Luft zerfetzte. Es mussten mindestens fünfzig Männer sein, die hier von allen Seiten die kleine Karawane beschossen. Dann war es ebenso plötzlich still, wie es begonnen hatte.

Wilhelm hob langsam den Kopf und schob Farn zur Seite. Wenige Meter entfernt sah er Männer in belgischen Uniformen, die eilig die Waffen der am Boden liegenden Deutschen an sich nahmen. Von den Gefangenen war nichts zu sehen. Er senkte das Gesicht wieder zu Boden und wartete. Nach wenigen Minuten hörte er die Schritte der Männer, die schnell leiser wurden.

Wilhelm erhob sich und schlich auf den Weg zurück. Die Wachsoldaten waren tot. Am Wegesrand lagen zwei der Gefangenen. Er bückte sich zu ihnen, als er hinter sich ein Geräusch vernahm. Er verharrte in der Bewegung, drehte langsam den Kopf und sah sich um. Auf dem Weg kniete einer der Gefangenen, starrte mit aufgerissenem Mund auf die Szene und gab keinen Laut von sich. Wilhelm ging zu ihm, stieß ihn sanft an und fragte: »Kamerad, bist du verletzt?« Der Mann reagierte nicht. Wilhelm trat hinter ihn und löste seine Handfessel, dann hielt er ihm seine Hände vors Gesicht und sagte: »Binde sie auf.« Mechanisch knotete der Mann die Fesseln auf und ließ sie zu Boden fallen. Wilhelm kniete sich vor ihn und fuhr mit der Hand mehrmals vor seinen Augen auf und ab. Der Mann reagierte nicht, er sah immer noch so aus, als würde er jeden Moment zu schreien beginnen. »Bist du deshalb verurteilt worden?«, fragte Wilhelm, »weil du im Kampf die Nerven verloren hast?«

Aus der Ferne waren Stimmen, Hundegebell und Pferdegetrappel zu hören. »Sie kommen«, sagte Wilhelm, »sie haben die Schüsse gehört und werden bald hier sein. Wir können hier nicht länger bleiben. Kannst du aufstehen?« Er fasste den Mann am Arm und zog ihn hoch. »Komm!« Wie ein Schlafwandler folgte ihm der Mann. Das Restlicht des Tages reichte aus, um die Himmelsrichtung zu bestimmen. Wilhelm entschied sich für Süden – Frankreich.

Er lief durch Gestrüpp und Unterholz, den Mann hinter sich herziehend. Die Stimmen wurden leiser, bald waren sie ganz verstummt. Als sich die Nacht über sie senkte, war an ein Weiterkommen nicht zu denken. Am Fuß eines Hügels setzte Wilhelm sich ins Gras und klopfte neben sich auf den Boden: »Setz dich zu mir, heute kommen wir nicht mehr weiter.« Der Mann gehorchte wie ein verängstigtes Kind, das sich verlaufen hatte und nun demjenigen, der es gefunden hatte, blind vertraute.

»Wie heißt du?«, fragte Wilhelm. »Ich habe dich in der Scheune nicht bemerkt. Warum haben sie dich verurteilt?«

»Peemöller«, antwortete er zu Wilhelms Überraschung mit lauter Stimme, »Gefreiter Peemöller, sechstes Infanterie-Regiment. Komme aus Bad Harzburg. Bin verheiratet, mein Sohn ist auch beim Militär, Willi. Und du?«

»Berlin«, sagte Wilhelm und fragte: »Wie alt bist du?«

»Fünfundvierzig. Noch ein Jahr, und sie hätten mich nicht mehr eingezogen. Befehlsverweigerung.«

»Was für ein Befehl?«

Erneut verfiel der Mann in Schweigen, sein Körper wurde steif.

»Du kannst dich an mich lehnen, wenn du müde bist«, sagte Wilhelm. »Der Boden ist feucht, besser nicht hinlegen.«

Er setzte sich so, dass sie Rücken an Rücken saßen, und nach wenigen Augenblicken spürte er das Gewicht des Mannes.

Wilhelm fühlte die Müdigkeit in sich heraufkriechen und versuchte, sich wach zu halten. »Morgen gehen wir über die Grenze«, sagte er, »es kann nicht weit sein. In Frankreich sind sie noch nicht, da sind wir fürs Erste sicher.«

Der Mann antwortete nicht, Wilhelm spürte an seinem Atem, dass er eingeschlafen war. Dann verlor er selbst den Kampf gegen die Müdigkeit.

Es war stockfinster, als er erwachte. Er merkte sofort, dass sich irgendetwas verändert hatte. Er konnte nichts sehen und nichts hören, aber er fühlte es deutlich. Und dann spürte er, dass das Gegengewicht in seinem Rücken fehlte. Der Mann war verschwunden. Wilhelm sprang auf. »Peemöller!«, flüsterte er in die mondlose Dunkelheit, »Peemöller?«

Er war sich sicher, dass er den Mann nicht wiedersehen würde. Er setzte sich auf den Boden, zog die Beine an und starrte in die Dunkelheit. In der Hosentasche spürte er den Stein und wusste, dass ihm in dieser Nacht nichts geschehen würde.

*

Die Sonne stand hoch am Himmel, Wilhelm war seit mehreren Stunden unterwegs und wusste nicht, ob er die Grenze zu Frankreich schon überschritten hatte. In den Feldern und Wäldern, die er am Morgen durchquert hatte, waren keine Grenzmarkierungen angebracht. Erst als er einen Feldweg erreichte, an dem ein Schild die Richtung zum Dorf Hirson wies, wusste er, dass er Frankreich erreicht hatte. Er folgte dem schmalen Sandweg mit den Augen, am Horizont zeichneten sich in der flirrenden Mittagshitze einige Häuser ab.

Er atmete erleichtert durch, wusste aber, dass seine freudigen Empfindungen von Franzosen, auf die er treffen könne, sicherlich nicht geteilt werden würden. Zumal er immer noch in seiner Husarenuniform steckte. Er lehnte sich an einen Weidezaun und blickte nach Westen. Das Bild des belgischen Dorfes schob sich vor sein geistiges Auge. »Da hinten schlummern friedlich in ihren Betten, die Belgier, die netten«, hatte Robert mehr schlecht als recht gereimt. Jetzt schlummert dort keiner mehr friedlich, dachte Wilhelm und spürte eine Woge des Zorns in sich aufsteigen, als er an die letzten Tage dachte – das Grauen von Dinant, seine Proteste beim Bataillonschef, der ihm mit sofortiger Erschießung gedroht hatte, die Verhaftung, nachdem er sich schriftlich an das Oberkommando gewandt hatte, die Aufforderung, seine Anschuldigungen zurückzunehmen.

Das Bellen eines Hundes ließ ihn zusammenfahren. In der Ferne sah er ein Pferdefuhrwerk den Feldweg entlangkommen. Neben dem Kutscher saß ein Hund auf dem Bock, der eine Krähe ankläffte, die am Wegrand an einem Tierkadaver zerrte. Wilhelm lief zu einer kleinen Steinbrücke, die einen nahen Bach überquerte, und verkroch sich darunter. Das Fuhrwerk kam näher, unmittelbar neben der Brücke hielt es. Unter heiserem Kläffen sprang der Hund vom Wagen und rannte zum Wasser. Wilhelm hörte, wie der Kutscher das Geschirr des Pferdes löste und mit ihm sprach. »Komm, sollst dich auch abkühlen«, sagte er und führte das Pferd ans Ufer. Plötzlich hörte Wilhelm lautes Prusten. Er blickte aus seinem Versteck – und sah den Mann im Wasser. Seine Kleidung hatte er auf einen Stein gelegt, nur wenige Schritte von Wilhelm entfernt.

Wilhelm zögerte keine Sekunde. Als der Mann ihm für einen Augenblick den Rücken zuwandte, war er mit wenigen Schritten da und nahm die Kleidung an sich. Eine Hose, ein blaues Arbeitshemd und eine Jacke, wie sie in Frankreich fast jeder Bauer trug. Noch einen Moment verharrte Wilhelm unter der Brücke, dann verließ er im Schutz dichter Büsche sein Versteck.

Wiedersehen

Wilhelm erreichte Hirson am späten Nachmittag. Eine Kleinstadt mit einem Marktplatz, auf den schmale, mit Kopfsteinen gepflasterte Straßen zuliefen, einstöckige Häuser, deren Fenster durch verwitterte Holzläden gegen die Sonne geschützt wurden, viele hingen nur noch an einem Scharnier und drohten jeden Augenblick herunterzufallen. Die kleinen Geschäfte im Erdgeschoss waren während der heißen Mittagsstunden geschlossen gewesen und öffneten gerade wieder. Nur wenige Menschen zeigten sich auf der Straße, die Wilhelm langsam auf der Suche nach einem Café oder Bistro entlangging. Niemand nahm Notiz von ihm. Als er den Marktplatz erreichte, schlug die Kirchturmuhr vier. Vor einem Fuhrwerk döste ein Pferd mit hängendem Kopf in der Sonne. Es trug einen Hafersack um den Hals, jemand hatte ihm einen Eimer mit Wasser hingestellt. Wilhelms Kehle brannte vor Durst. Er schöpfte mit der hohlen Hand etwas Wasser und trank. Als er gerade die Hand zum zweiten Mal ausstreckte, tippte ihm jemand auf die Schulter. »Ich hab dich hier noch nie gesehen«, sagte eine raue Männerstimme. »Wenn du durstig bist – gleich da vorn ist das Bistro.« Wilhelm drehte sich um. »Bin ich«, sagte er, »ich bin seit zwei Tagen auf den Beinen.«

»Flüchtling?«

Wilhelm nickte. »Dinant.«

Der Mann zog die Augenbrauen hoch. »Komm«, sagte er, »ich

geb' dir einen aus.« Ohne abzuwarten und sich umzudrehen, schlurfte er über den Platz. Wilhelm folgte ihm. Als er hinter dem Mann durch die Drehtür den Raum betrat, schlugen ihm dichter Zigarettenqualm und der Geruch von starkem Kaffee und Pernod entgegen. Er wusste jetzt, warum er auf der Straße fast niemanden gesehen hatte: Das Lokal war vollbesetzt, Männer und Frauen an Holztischen redeten lautstark durcheinander. Wilhelm und sein Begleiter standen in der Mitte des Raums, allmählich wandten sich die Blicke der Anwesenden ihnen zu. Die Gespräche verstummten.

»Wir haben Besuch«, sagte der Mann und deutete auf Wilhelm. »Direkt aus der Höhle des Löwen. Von Belgien über die Grenze gekommen, aus Dinant. Das sagtest du doch, oder?« Er sah Wilhelm direkt an und fragte: »Wie heißt du überhaupt?«

»Erique«, erwiderte Wilhelm, ohne zu zögern.

»Und wieso bist du allein?«

»Sie haben mich in ein Lager bei Chimay gebracht. Dort konnte ich fliehen.«

»Belgien war nur der Anfang«, meldete sich ein junger Mann zu Wort, der am Tresen lehnte. »Es dauert nicht mehr lange, dann sind sie hier! Es hieß immer, sie kämen von Westen, aber sie haben unsere Generäle getäuscht – sie kommen von Norden, dort, wo unsere Armee nicht ist. Sie haben freies Feld, sie brauchen nur loszumarschieren.«

»Hast du welche gesehen auf deinem Weg hierher?«, fragte ein anderer.

Wilhelm schüttelte den Kopf. »Aber das soll nichts heißen, es stehen über eine Million an der Grenze. Die stehen da nicht, um wieder nach Hause zu gehen.«

»Und unsere treiben sich immer noch im Elsass und in Lothringen herum. Foch, dieser Schwachkopf!«, rief der junge Mann und erhielt lärmende Zustimmung.

»Hast du Hunger?«, fragte eine der Frauen, als wieder Ruhe eingekehrt war. »Komm in die Küche.«

Sie verließ den Gastraum durch eine Schwingtür, Wilhelm war einen Moment lang unschlüssig. Als sein Begleiter ihm ermunternd zunickte, folgte er ihr. Auf einem Herd stand ein Topf, der den Duft von Kohl und Hammel verströmte. Die Frau lüftete den Deckel und sah hinein. »Ist fertig«, sagte sie. »Wieso hast du eine Jacke, wie unsere Bauern sie tragen, wenn du doch aus Belgien kommst?«, fragte sie, als sie einen Teller auffüllte.

»Gestohlen«, sagte Wilhelm. »Ich brauchte etwas anzuziehen.«

»Na, so was. Einem von unseren Bauern ist heute die Kleidung abhanden gekommen, während er sich im Fluss erfrischte. Lass es dir schmecken«, sagte sie und stellte den Teller auf einem kleinen, wackligen Tisch am Fenster ab. »Der Wein ist nicht mehr ganz kalt, aber immer noch besser als Wasser.« Sie stellte ein Glas Weißwein dazu.

Dann setzte sie sich rittlings auf den zweiten Stuhl und sah Wilhelm aufmerksam beim Essen zu.

»Sind Sie die Wirtin?«

Sie nickte. »Aber wahrscheinlich nicht mehr lange. Sie werden bald hier sein. Und wenn sie sich hier so aufführen wie in Belgien, dann gute Nacht ...«

»Warum sind keine französischen Truppen hier?«, fragte Wilhelm. »So seid ihr schutzlos. Was wollt ihr tun?«

»Angeblich hat General Foch seinen Fehler bemerkt, aber französische Soldaten waren noch nie die schnellsten. Wir werden uns selbst helfen müssen, bis sie hier sind. Wenn sie überhaupt kommen. Noch einen Teller?«

Wilhelm nickte. »Danke, es schmeckt vorzüglich. Und was soll bis dahin geschehen?«

»Darüber reden die Männer draußen gerade.« Sie deutete auf den Gastraum, aus dem Stimmen gedämpft hereindrangen. »Wir werden uns nicht abschlachten lassen. Jede Familie hier hat ein Jagdgewehr im Schrank.«

Wilhelm sah die Frau an. Sie mochte im Alter seiner Mutter sein, eine kräftige Frau mit zurückgebundenem Haar und offenem Gesicht. Sie wischte ihre Hände an der Schürze ab, die sie über ihrem Kleid trug, und schenkte sich ebenfalls ein Glas Wein ein, das sie in einem Zug leerte.

»Erique«, sagte sie, »ein seltener Name für einen Belgier. Ich heiße Giselle. Wenn du fertig bist, komm rüber.« Damit erhob sie sich und verschwand durch die Schwingtür.

Wilhelm fühlte eine leichte Übelkeit, er hatte seit seiner Verhaftung nichts Anständiges mehr gegessen, der Wein stieg ihm in den Kopf. Langsam erhob er sich und folgte ihr.

Niemand beachtete ihn, als er in den Gastraum trat, alle lauschten einem großgewachsenen Mann in Polizeiuniform. »... bis unsere Leute kommen«, sagte er gerade, als Wilhelm sich an den Tresen zu einer Gruppe von Bauern stellte. Die Menge schwieg, und der Polizist sah von einem zum anderen. »Seid ihr bereit?«

»Und die Frauen und Kinder?«, fragte einer.

»Sie werden vorher die Stadt verlassen, in Sicherheit gebracht. Aber es muss gleich geschehen, wir müssen uns jetzt entscheiden und sofort beginnen.«

Sein Vorschlag wurde angenommen, einer nach dem anderem erhob sich und strebte dem Ausgang zu.

»Um sechs bei der Polizeistation«, rief er ihnen nach.

Der Raum leerte sich schnell, Wilhelm blieb mit dem Polizisten und Giselle allein. »Und du«, wandte sich der Polizist an ihn, »du könntest uns helfen. Wir brauchen jeden, der ein Gewehr halten kann. Ich nehme an, das kannst du?«

Wilhelm nickte.

»Und gestärkt bist du jetzt auch. Also: Bist du dabei?«

»Ich weiß zwar nicht genau wobei«, erwiderte Wilhelm, »aber wenn es gegen die Deutschen geht, glaube ich nicht, dass ein paar Bauern gegen ihre Kanonen viel ausrichten können. Ohne die Hilfe eures Militärs seid ihr besser beraten, keinen Widerstand zu leisten.«

Der Mann sah ihn ernst an. »Man hat gesehen, was die Belgier davon hatten – das musst du doch am besten wissen. Zurückhaltung zahlt sich nicht aus. Wir wissen zwar nicht, ob sie heute Nacht schon kommen, aber wir können es nicht drauf ankommen lassen. Also, wenn du dich nützlich machen willst: Um sechs ist Waffenausgabe bei der Polizeistation. Gib ihm noch einen Teller, Giselle«, sagte er und wandte sich zum Gehen, »er kann uns nur helfen, wenn er bei Kräften ist.«

*

Wilhelm lag auf dem Dach des Rathauses, neben sich ein Jagdgewehr, und starrte in die Dunkelheit. Sechs Bewohner der Stadt hatten hier Stellung bezogen, die übrigen waren auf Häuser am Ortsrand verteilt. Das Rathaus überragte alle anderen Gebäude, bei Tag konnte man weit ins Land hinein sehen, jetzt umgab es schwärzeste Dunkelheit. Niemand sprach ein Wort. Wilhelms Anwesenheit war wohlwollend zur Kenntnis genommen worden, darüber hinaus hatte ihm niemand Fragen gestellt.

Nachdem der Polizist gegangen war, hatte sich Wilhelm auf einer Bank im Gastraum zum Ausruhen ausgestreckt. »Ich weiß, was du denkst«, sagte Giselle, »aber die Männer haben recht: Selbst wenn wir keine Chance haben – wir werden den Deutschen unsere Stadt nicht einfach überlassen.« Damit hatte sie ihn allein gelassen, aber es gelang ihm nicht, Schlaf zu finden. Seine Situation erschien ihm vollkommen unwirklich, er konnte es nicht glauben, im Feindesland zu sein und möglicherweise schon bald auf Landsleute zu schießen. Aber er hatte keine andere Wahl, einen Weg zurück gab es nicht. Sollte er Deutschen in die Hände fallen, wartete das Kriegsgericht auf ihn. Und diesmal würde man ihm keine Gelegenheit geben, ›die Sache‹ aus der Welt zu schaffen.

Er dachte an Robert, der seine Verhaftung hilflos hatte mit ansehen müssen. Er hatte ihm zuvor nichts von seinem Brief erzählt. Als Wilhelm abgeführt wurde, rief Robert ihm nach, das Missverständnis würde sich schnell aufklären, er würde alle Hebel in Bewegung setzen. Was, wenn Robert zu den Ersten gehörte, die in Frankreich einritten, wenn er ihm heute Nacht oder morgen gegenüberstünde?

Wilhelm hatte keinen Zweifel daran, dass es nur eine Frage von Stunden war. Jetzt, nachdem Belgien am Boden lag, würde man keine Zeit verlieren, endlich das ersehnte Ziel anzustreben: so schnell wie möglich auf Paris zu marschieren und die Hauptstadt einzunehmen.

Um sechs war Wilhelm zur Polizeistation gegangen, wo wie

angekündigt alle Männer des Ortes bewaffnet wurden, sofern sie nicht ihr eigenes Gewehr mitgebracht hatten. Man nahm kaum Notiz von ihm, nur der Polizist knurrte ein kaum hörbares »Na, ausgeschlafen?«, als er ihm ein Gewehr in die Hand drückte.

Jetzt in der Dunkelheit auf dem Dach des Rathauses überfiel ihn die Müdigkeit, auf die er zuvor vergebens gewartet hatte. Er griff in die Jackentasche und nahm den Stein zur Hand. Wenn ich hier lebend herauskomme, dachte er, wenn hier überhaupt jemand überlebt – nichts wird mich dann noch aufhalten können, nach Lagarde zu gehen. Adèle – im Stillen wiederholte er ihren Namen wieder und wieder, der Gedanke an sie half ihm, nicht einzuschlafen.

Und dann hob sich die Finsternis wie ein Theatervorhang. Zuerst sah er seine Hände, dann den Rand des Daches, dann die Schornsteine der Häuser um sich herum. Und dann sah er die Staubwolke am Horizont.

*

»Wieder so ein Kaff«, stöhnte Infanterist Huber. »Ich dachte, jetzt geht es endlich nach Paris!« Seit zwei Tagen war das bayerische Infanterieregiment unterwegs gewesen, jetzt schwenkte das Gros nach Süden ab, eine kleine Abteilung wurde abkommandiert, um die Kleinstadt Hirson zu kontrollieren, die sich im Morgengrauen am Horizont abzeichnete. Huber gehörte dazu. »Die werden uns nicht lange aufhalten«, sagte sein Nebenmann, »die Stadt ist völlig ungeschützt, wir werden sie nur auf Partisanen durchkämmen. Und dann geht es wieder zu den anderen.«

»Na hoffentlich!«, sagte Huber. »Aber vorher ein bisschen ausruhen, mir qualmen die Socken.« Zwei Tage war die Vorhut der ersten deutschen Armee unterwegs gewesen, hatte die Grenze von Belgien nach Frankreich überschritten und ein nahezu menschenleeres Land vorgefunden.

Mit dem Ausruhen wurde es nichts: Zwei Stunden marschierte die Abteilung, dann erreichte sie die erste der schmalen Zufahrtstraßen, die nach Hirson hineinführten, eine weitere halbe Stunde dauerte es, bis alle Ortsausgänge besetzt waren und der Trompeter den Befehl zum Einmarsch gab. Die Sonne stieg höher, keiner der Bewohner zeigte sich. Langsam, nach allen Seiten sichernd, gingen die Soldaten Seite an Seite in die Stadt hinein, die Gewehre im Anschlag. »Wo stecken die denn alle?«, flüsterte Huber, »die können doch nicht alle in der Kirche sein, heute ist schließlich nicht Sonntag.«

Wie aufs Stichwort begannen die Kirchenglocken zu läuten, gleichzeitig wurde das Feuer von den Dächern der umliegenden Häuser eröffnet. Noch bevor die Soldaten ihre Gewehre in die Höhe reißen konnten, stürzten die ersten von ihnen getroffen auf das Straßenpflaster. Huber rettete sich mit einem Sprung in einen Hauseingang. Von hier musste er mit ansehen, wie seine Kameraden einer nach dem anderen zu Boden sanken.

Ebenso plötzlich, wie das Knattern der Gewehre begonnen hatte, legte sich Stille über die Straße. Huber lief der Schweiß unter der Pickelhaube hervor und über das Gesicht. Als er sich mit dem Ärmel über die Augen wischen wollte, bemerkte er im gegenüberliegenden Haus Bewegung: Bewaffnete Männer kamen vorsichtig aus den Haustüren, blickten auf die Toten, die auf der Straße lagen, gaben Handzeichen zu den anderen Häusern, aus denen immer mehr Bewaffnete traten. Langsam begannen sie, die Straße in die Richtung zurückzugehen, aus der die Deutschen gekommen waren. Der Schweiß brannte in Hubers Augenwinkeln, er konnte nicht länger an sich halten, hob den Arm und wischte mit den Ärmeln über seine Stirn. Einer der Männer, der ihm am nächsten stand, bemerkte ihn, wirbelte herum und richtete sein Gewehr auf ihn. Huber hob die Arme.

Die Männer starrten ihn an, dann sprachen sie leise miteinander, einer trat vor und nahm das Gewehr in Anschlag. Huber fiel auf die Knie und faltete die Hände zum Gebet. Endlose Sekunden vergingen, aber es fiel kein Schuss. Huber wagte einen Blick und sah, dass ein weiterer Mann die Hand auf die Schulter des Schützen gelegt hatte und leise auf ihn einredete. Huber stockte der Atem – er kannte das Gesicht, konnte sich jedoch nicht daran erinnern, wo er es zuletzt gesehen hatte. Aber er war sich sicher, dass es nicht lange her war.

Wieder schloss er die Augen und murmelte ein Gebet, bis er am Arm gepackt wurde, jemand die Tür des Hauses aufstieß und ihn hineinschob. Wortlos schob der Mann Huber weiter in eine Wohnung. Ihre Blicke trafen sich. Und jetzt wusste Huber, wer es war. Es war der Husar vom Marktplatz in Dinant. »Verräter!«, zischte er, bevor Wilhelm die Tür schloss.

Wilhelm war erleichtert. Er war entschlossen gewesen, eine Erschießung Hubers notfalls mit Gewalt zu verhindern. Sein Argument, dass es sinnvoller sei, den Mann am Leben zu lassen und von ihm zu erfahren, wohin die übrigen Deutschen marschiert waren, wirkte. Als er jetzt aus dem Haus trat, hörte er das Krachen der Gewehre in den umliegenden Straßen, Männer liefen zum Marktplatz hinauf. Niemand bemerkte, wie Wilhelm sich in die entgegengesetzte Richtung entfernte.

Am Ende der Straße blieb er stehen und sah sich um. Aus der Stadt hörte er deutlich die Schüsse und Schreie der Kämpfenden, vor sich sah er die Landstraße, die in die Felder hinausführte. Während er noch überlegte, hörte er neben sich ein leises Schnauben. Ein herrenloses Pferd stand am Wegesrand und rupfte Gras aus einem Graben. Mit zwei Sätzen war Wilhelm bei ihm und sprang in den Sattel.

Als er sich nach einigen Minuten gestreckten Galopps umsah, war die Stadt nur noch ein Punkt am Horizont. Doch was er vor sich sah, ließ seinen Atem stocken: Eine riesige Staubwolke verdunkelte den Horizont von Ost nach West, so weit das Auge reichte. Der Vormarsch der deutschen Streitmacht schien in rasendem Tempo zu verlaufen, ihr Ziel, die Marne zu überqueren und auf Paris zuzumarschieren, bevor die französischen Truppen sich neu formieren konnten, schien in greifbare Nähe gerückt.

Wilhelm wusste nicht, wo genau er sich befand, die Namen der Dörfer, an denen er vorüberritt, waren ihm unbekannt. Er wusste jedoch, dass er nicht mehr lange allein und unbehelligt durch die nordfranzösische Landschaft reiten würde – der deutsche Nachschub konnte nicht weit hinter ihm sein. Er saß in der Falle.

Die Entscheidung, in welche Richtung er sich wenden sollte,

wurde ihm abgenommen, als das Pferd zu lahmen begann. Zuerst vermutete er, es hätte sich einen Stein in den Huf getreten. Er stieg ab und inspizierte die Hufeisen. Er fand nichts. Als er wieder aufstieg und anritt, war klar, dass das Pferd ihn nicht weiter bringen würde: Es zog den linken Hinterlauf nach, schließlich blieb es stehen.

Wilhelm stieg ab, streichelte ihm über die Nüstern, und sagte: »Dann kannst du dir jetzt selbst deinen Weg suchen«, und gab ihm einen Klaps auf die Flanke. Das Pferd drehte sich um und begann langsam den Weg zurückzutrotten, den es mit Wilhelm gekommen war. Er sah ihm eine Weile nach, dann setzte er sich unter einen Baum. Die Müdigkeit breitete sich sofort in seinem Körper aus, er versuchte gar nicht erst dagegen zu kämpfen.

Kartoffeln

Wilhelm wusste nicht, wie lange er geschlafen hatte. Er sah direkt in die Sonne, die als roter Ball tief am Horizont stand. Davor zogen in endloser Reihe Pferdefuhrwerke vorbei, die Konturen von Soldaten in grauen Mänteln und Pickelhauben zeichneten sich in der Abenddämmerung ab. Wilhelm erhob sich und machte sich auf den Weg. Nach wenigen Minuten erreichte er die Straße, auf der sich die Karawane entlangwälzte.

Zunächst beachtete ihn niemand. Er stand am Straßenrand und betrachtete die Männer, die sich in aufgekratzter Stimmung lebhaft unterhielten. Es dauerte eine Weile, bis sich ein Reiter löste und auf ihn zukam. Es war ein Offizier. Er hielt vor Wilhelm und beugte sich zu ihm hinunter. »Wie weit ist es bis Reims?«, fragte er. Wilhelm sah ihn an und zuckte die Achseln.

»Sprichst du deutsch?«

Wilhelm nickte. »Ein wenig.«

»Wohin willst du, warum stehst du hier herum?«

»In mein Dorf«, erwiderte Wilhelm und deutete in die entgegengesetzte Richtung.

Ein zweiter Reiter kam hinzu, sah Wilhelm abschätzend von

oben bis unten an und sagte dann: »Das kann noch ein wenig auf ihn warten. Sagen Sie ihm, er soll auf den Wagen.« Er drehte sich um und zeigte auf ein Fuhrwerk, das hinter ihnen heranrumpelte. »Wir können noch Leute zum Kartoffelschälen gebrauchen.«

Kurz vor Einbruch der Dunkelheit erreichte der Zug ein Dorf. Es schien verlassen, dann traten mehrere Frauen und Männer mit erhobenen Händen aus den Bauernhäusern. »Ah, sie haben also schon gelernt, wie man Deutsche begrüßt«, rief einer der Soldaten. »Wenn sie nun auch noch was Schönes auf dem Herd stehen haben, könnte man sie richtig mögen!«

Ein Offizier stellte sich vor die Soldaten. »Keine Übergriffe!«, rief er, »und keine Fraternisierungen! Offiziere in die Häuser, Mannschaften in die Scheunen! Und die Franzosen an die Kartoffeln.«

Jetzt erst bemerkte Wilhelm, dass er nicht der einzige Zivilist war, der mit dem Tross eingetroffen war, man hatte weitere aufgelesen und mitgenommen fürs Kartoffelschälen oder andere Aufgaben. Von mehreren Wagen kletterten Männer und Frauen und wurden in eine Scheune geführt, in der die Proviantwagen abgestellt worden waren. Dann wurden Blechwannen aufgestellt. »In einer Stunde sind die voll!«, befahl einer der Soldaten und schloss das Tor hinter ihnen.

Schweigend machten sich die zehn Männer und fünf Frauen an die Arbeit. Sie saßen im Kreis um einen Berg Kartoffeln, der auf den Boden geschüttet worden war, und schälten. Zwei der Frauen weinten, andere versuchten sie zu trösten.

»Sie werden uns nichts tun«, beruhigte eine der älteren Frauen sie und wandte sich dann zu Wilhelm, der neben ihr saß. »Anders herum«, sagte sie, »Kartoffel links, Messer rechts. Oder bist du Linkshänder?«

Wilhelm folgte ihrem Rat und lächelte sie dankbar an.

»Man sieht, dass du kein Bauer bist«, meldete sich einer der Männer zu Wort. »Warum haben sie dich mitgenommen? Was kannst du, wofür brauchen sie dich?«

Wilhelm warf eine geschälte Kartoffel in die Wanne und nahm eine neue. »Keine Ahnung«, sagte er, »und ihr?«

»Sie haben aus allen Dörfern welche mitgenommen. Bauern sind für alles zu gebrauchen. Die anderen, die vor ihnen durchkamen, sind vorbeimarschiert, als wäre der Teufel hinter ihnen her. Diese hier haben die Ruhe weg.«

»Sollen sie«, sagte ein Dritter, »aber nicht mehr lange! Unsere werden in wenigen Tagen hier sein, und dann werden sie sehen, was passiert, wenn man das Maul zu weit aufreißt. Scheißdeutsche, sollen an ihren Kartoffeln ersticken!«

Von draußen wurde gegen das Scheunentor gehämmert. »Ruhe da drinnen! Und beeilt euch, wir haben Hunger!«

Wieder schluchzte eine der Frauen. »Wer kümmert sich um meine Kinder? Sie sind allein, sie werden Angst haben. Es werden mehr Deutsche kommen.«

»Also noch mal: Warum bist du hier, wenn du nicht mal Kartoffeln schälen kannst?«, wiederholte der Mann, der Wilhelm gegenübersaß. »Sollst du uns ausspionieren?«

»Ich war auf der Flucht, und sie haben mich aufgegriffen. Ich komme aus Belgien«, antwortete Wilhelm wahrheitsgemäß.

Alle sahen ihn an. »Und?«, fragte einer, »stimmt es, was man hört? Ist es wirklich so schlimm dort?«

Das Scheunentor wurde aufgerissen. Mehrere Soldaten stürmten herein. »Jetzt reicht's!«, schrie einer von ihnen. »Entweder ihr redet deutsch, damit man euch verstehen kann, oder ihr haltet das Maul!« Er rammte Wilhelm seinen Gewehrkolben in den Rücken. »Und da ihr nicht gehorchen könnt, muss jetzt einer dran glauben. Und das bist du!«

Wilhelm wurde unsanft hochgerissen und ins Freie geführt. »Da rüber!«, befahl man ihm und stieß ihn zu einem der Häuser. Einer der Soldaten klopfte an die Tür, die sofort geöffnet wurde. »Befehl ausgeführt!«, sagte er zu dem Offizier, der vor ihnen stand.

»Wegtreten«, schnarrte der. Die Soldaten entfernten sich, der Offizier trat dicht vor Wilhelm. »Du hast gehört, was mit Bauern passiert, die zu viel reden.«

Er zog eine Zigarettenschachtel aus seiner Uniformjacke und bot Wilhelm eine Zigarette an. »Leider können nur wenige hier beide Sprachen verstehen, du gehörst dazu.« Er reichte Wilhelm

Feuer. »Ich habe sofort gesehen, dass du kein Bauer bist. Und ich will gar nicht wissen, was du bist und woher du kommst. Es gibt Wichtigeres. Du wirst etwas für uns erledigen.«

Wilhelm inhalierte tief und blies den Rauch über den Kopf des Mannes hinweg. »An der Art, wie du die Zigarette hältst, sehe ich, dass du dafür geeignet bist«, fuhr der Offizier fort. »Morgen früh wirst du die Marne überqueren. Sie fließt gleich da vorn.« Er deutete ins Dunkel. »Wir müssen wissen, wie weit die Franzosen noch entfernt sind. Du wirst es herausfinden, du bist einer von ihnen und sprichst ihre Sprache. Und damit du auch wirklich zurückkommst und uns berichtest, werden dich zwei Männer begleiten. Ich nehme an, du kannst reiten?«

»Jeder Bauer kann das«, erwiderte Wilhelm.

Der Offizier lächelte amüsiert. »Wie gesagt: Bauer oder nicht, das spielt keine Rolle. Um fünf Uhr ist Aufsitzen.«

Er wandte sich zum Gehen, die Soldaten, die ihn aus der Scheune geholt hatten, traten wieder hinter Wilhelm. »Und noch etwas«, sagte der Offizier, »die beiden, die dich begleiten, sind keine Bauerntrottel. Tu nichts, was sie verärgern könnte, denn das schlägt auf dich zurück.«

*

An ihren Uniformen erkannte Wilhelm, dass die beiden Soldaten, die ihn begleiteten, Nachrichtenoffiziere waren. »Wir werden uns einander nicht vorstellen«, erklärte der Ältere der beiden, ein Mann von Mitte vierzig, als sie um Punkt fünf Uhr drei Pferde bestiegen, die am Ausgang des Dorfes bereitstanden. »Wir werden uns hinter die feindlichen Linien begeben, da ist es besser, nicht zu viel voneinander zu wissen. Können Sie mir folgen?«

»Ein wenig«, erwiderte Wilhelm, »ich habe lange nicht deutsch gesprochen.«

Die beiden wechselten einen Blick. »Na ja, wichtiger ist, dass Sie die Franzosen verstehen. Dann werden wir schon Wege finden, uns zu verständigen. Kennen Sie die Gegend hier?«

»Kaum, ich stamme aus dem Norden.«

Schweigend ritten sie nebeneinander in den anbrechenden Tag

hinein, Wilhelm in der Mitte. Sie schienen keine besondere Eile zu haben, von Zeit zu Zeit bot der Jüngere der beiden, der kaum älter als Wilhelm war, Zigaretten an. »Wir werden bald auf Kameraden stoßen«, sagte er. »Da oben sind schon die ersten.«

Er deutete zum Himmel, wo Doppeldecker langsam ihre Kreise zogen. Wilhelm erinnerten sie an Raubvögel. »Aufklärer«, sagte der Ältere und wandte sich an seinen Kameraden. »Für den Aufwand, den sie bei der Luftwaffe betreiben, sind die Ergebnisse mehr als spärlich. Am Ende brauchen sie immer noch uns. Und abschießen kann man sie leichter als Tontauben.«

»Ja, die Reichweite der französischen Haubitzen hat alle überrascht. Sie sollten besser höher fliegen, aber dann sehen die Herren von da oben nicht mehr genug.«

Der Jüngere warf einen Blick auf Wilhelm, als versuche er zu ergründen, ob er das Gespräch verstanden hätte. Wilhelm wusste, dass es ein Test war. Was sie gesagt hatten, war kein Geheimnis. Er blickte unverändert geradeaus und schien in Gedanken versunken.

»Nicht einschlafen«, sagte der Ältere und stieß Wilhelm an.

Wilhelm schüttelte den Kopf. »Welchen Tag haben wir heute?«, fragte er, »ich habe das Zeitgefühl verloren.«

»5. September. Allmählich könnten sie hier mal die Ernte einfahren.« Er sah sich um und deutete auf die Kornfelder, deren schwere Rispen sich zu Boden neigten. »Aber wahrscheinlich haben sie anderes zu tun, sind ja auch keine ganz normalen Zeiten. Es ist Samstag, wenn Sie es genau wissen wollen.«

Wilhelm sah ihn an und nickte lächelnd. »Danke. Man fühlt sich besser, wenn man weiß, welcher Tag ist und ...«

Ein schweres Grollen unterbrach ihr Gespräch, eine Rauchwolke stieg weit vorn am Horizont auf, Heulen erfüllte die Luft. Dann knallte es über ihren Köpfen. Die Reiter stoppten und blickten nach oben. Sie sahen eines der Aufklärungsflugzeuge auseinanderbersten, ein kurzer heller Blitz, dann segelten Bruchstücke langsam und in kreisförmigen Bewegungen zur Erde.

»Mein lieber Mann – ein einziger Schuss! Meist versuchen sie's von mehreren Seiten und verfehlen trotzdem.«

»Und sie stehen nicht weit vor uns. Höchstens zehn Kilometer. Wir müssten bald auf den Fluss stoßen.«

Zunächst stießen sie auf anderes. Wilhelm hielt den Atem an, als sie an Toten vorüberritten, die am Wegrand lagen. Seine Begleiter schienen unberührt, sie verschärften das Tempo und sahen nach vorn. Die Toten waren Deutsche. Es wurden immer mehr. Sie lagen verstreut auf den Feldern, dazwischen tote Pferde, umgestürzte Wagen, verlassene Kanonen.

Nach einigen Minuten tauchte hinter einer Anhöhe ein Lager auf. Verletzte mit blutigen Verbänden an Armen, Beinen und Köpfen lagen am Boden, Sanitäter liefen zwischen ihnen umher, aus einem der Zelte waren Schreie zu hören. Soldaten, so weit das Auge reichte, Zelte und Baracken, Pferde, Wagen und schweres Gerät versperrten den Weg.

»Verfluchter Moltke!«, zischte der Ältere, »verlegt ganze Divisionen nach Russland, und dafür bleibt man hier dann stecken! Der Mann muss endlich weg, liegt sowieso nur im Krankenbett.«

Ein Offizier kam auf sie zu. »Sie kommen gerade recht«, sagte er und stellte sich ihnen in den Weg. »Wir können hier jeden Mann gebrauchen. Welche Kompanie?«

Statt einer Antwort griff der Ältere in seine Jackentasche, nahm einen Briefumschlag heraus und reichte ihn herunter. Der Offizier zog ein Monokel hervor, klappte es auf und hielt es vor seine Augen. »Jede Unterstützung gewähren, ja?«, schnaubte er, nachdem er den Brief gelesen hatte. Er reichte ihn zurück. »Wir sind es, die Unterstützung benötigen! Viel zu wenig Männer, keiner hat hier schon mit dem Franzmann gerechnet. Und dann ziehen sie auch noch Kompanien ab!«

»Ist bekannt, Herr Hauptmann«, erwiderte der Ältere. »Was soll man machen, Befehl ist Befehl. Die denken sich schon was dabei. Aber bevor sie denken, brauchen sie Denkfutter, und das sollen wir liefern. Also: Was ist über die feindlichen Stellungen bekannt?«

Statt einer Antwort deutete der Hauptmann auf Wilhelm. »Wer ist der da?«, fragte er. »Wie sieht er überhaupt aus?« Er musterte misstrauisch Wilhelms zivile Bekleidung.

»Kundschafter. Also: Wo steht der Feind?«

»Weiß keiner genau. Da vorn ist der Fluss, die Franzosen stehen auf der anderen Seite. Sie schießen zu uns herüber, wir zu ihnen.«

»Und manchmal schießen sie unsere Aufklärer ab.«

»Wie die Fliegen! Und dabei hatten wir gedacht, der Franzmann macht noch Urlaub.«

Alle drei nickten, der Hauptmann sah dabei Wilhelm an. »Und dem trauen Sie? Versteht er, was wir sagen?«

»Deshalb haben wir ihn ja dabei. Er wird uns erzählen, was er drüben aufschnappt.«

»Hauptsache, Sie werden nicht geschnappt. Wir brauchen Informationen, mit denen da ist kein Blumentopf zu gewinnen.« Er deutete zum Himmel, wo das Brummen von Aufklärungsflugzeugen zu hören war.

»Wie hoch waren die Verluste?«

»Zu hoch. Sie haben es ja gesehen. Mehr als zehntausend. Und auf der anderen Seite mindestens genauso viele. Heute scheinen sie sich Ruhe zu gönnen. Gegen Mittag werden wir ihnen mal wieder ein bisschen einheizen. Für irgendwas müssen die Dinger ja gut sein.« Er zeigte auf die lange Reihe der Kanonen, die vor ihnen standen. »Vieles landet im Fluss. Wenn wir nur endlich drüben wären, dann könnten wir ihnen richtig Zunder geben!«

Wilhelms Begleiter nickten und salutierten. »Genau! Wir sollten keine Zeit verlieren. Wenn Sie uns entschuldigen, Herr Hauptmann.« Sie ritten an.

»Und wann kommen die Etappenhengste?«, rief der Hauptmann ihnen nach. »Mit leeren Magen lässt sich schlecht kämpfen.«

»Sind unterwegs, schälen schon die Kartoffeln. Aber bei Ihrem Tempo, Herr Hauptmann, kommt die Gulaschkanone nicht hinterher.«

»Verdammt«, knurrte der Ältere, »ausgerechnet jetzt Leute abziehen – Übermut, reiner Übermut ist das! Denken, die Sache ist schon erledigt ...«

»Nicht so laut!«, mahnte der Jüngere, »und nicht so pessimistisch! Wir werden's schon richten.«

Der Verlauf der Marne zwischen Meaux und Charly war unübersichtlich, unberechenbar mäanderte der Fluss in alle Richtungen. Wilhelm kannte die Marne von Sommerausflügen längst vergangener Jahre. Die üppige Vegetation an der Böschung hatte das Baden damals nur an wenigen Stellen ermöglicht. Jetzt war davon nichts mehr zu sehen: Zu beiden Seiten bedeckten Einschusskrater den Boden wie offene Wunden, verkohlte Baumgerippe standen am Ufer, vereinzelt brannten kleine Feuer, wo Granaten Buschwerk entflammt hatten.

Die drei Reiter hatten sich in den Steigbügeln aufgestellt und versuchten, um die nächste Flussbiegung zu sehen. Es herrschte völlige Stille. »Es hat sich nichts geändert«, sagte der Ältere und schüttelte ungläubig den Kopf, »Punkt 18 Uhr ist Dienstschluss, und sie klappen ihre Kanonen hoch.«

»Wenigstens darauf kann man sich verlassen«, erwiderte der Jüngere. »Und wie kommen wir jetzt rüber? Keiner weiß, welche Brücke noch intakt ist und wer sie gerade kontrolliert. Und wenn wir hier bis ans Wasser reiten, werfen sie drüben vielleicht doch noch mal ihre Kanonen an.«

»Unsinn. Die haben längst ihr Weißbrot ausgepackt. Bei denen klappt es mit dem Nachschub, die sind hier schließlich zu Hause. Das Einzige, was passieren kann, ist, dass unsere eigenen Leute feuern, wenn unsere Flieger sehen, dass hier jemand den Fluss überquert.«

Sie wandten sich zu Wilhelm und sahen ihn fragend an. »Gibt's noch eine andere Möglichkeit?«

»Es gibt Furten«, erwiderte er. »Als Kind habe ich in diesem Fluss gebadet, aber so, wie es jetzt hier aussieht, würde ich sie nicht wiederfinden.«

Die beiden nickten bedächtig. »Dann heißt es: schwimmen«, sagte der Jüngere. »Hoffentlich sind die Gäule wasserdicht.«

Wilhelm lachte kurz auf, was ihm einen misstrauischen Blick des Älteren einbrachte. »So übel scheinen Ihre Deutschkenntnisse nicht zu sein. Na ja, ist jetzt auch egal, so kurz vor dem Ziel.«

»Nicht zu früh frohlocken«, sagte der andere und deutete zum Himmel, an dem ein Flugzeug kreiste.

»Einer von uns oder einer von denen?«, fragte der Ältere.

»Von jedem einer, scheint mir«, entgegnete der Jüngere. Ein zweites Flugzeug näherte sich von hinten, helle Blitze des Mündungsfeuers eines Maschinengewehrs schossen aus dem Bug des Doppeldeckers, das knatternde Geräusch kam einige Sekunden später am Boden an.

»Eine Bristol, verdammt!«, sagte der Ältere, »die Tommys sind da! Gegen die hat unsere Fokker keine Chance.«

Die Fokker ließ sich durchsinken, flog eine scharfe Links-Kurve und versuchte, hinter den Verfolger zu gelangen. Der hatte das Manöver erahnt, nach wenigen Sekunden war er wieder hinter der Fokker, flog dicht auf und eröffnete erneut das Feuer. »Verdammt, verdammt!«, sagte der Ältere und schlug eine Faust in die geöffnet Hand, als die deutsche Fokker in Flammen aufging und rauchend zu Boden taumelte.

»Jetzt hat er uns gesehen!«, rief der Jüngere und gab seinem Pferd die Sporen. Er preschte über die hundert Meter breite, kahle Uferzone auf das Wasser zu und gab dabei ein ideales Ziel ab. Trotzdem folgten Wilhelm und der Ältere ihm, das Wasser war die einzige Chance, denn hinter ihnen lag offenes Gelände. Sie hatten die Hälfte der Strecke zurückgelegt, als die Maschine um die Flusskurve kam und auf sie zuhielt. Die Garben des Maschinengewehrs spritzten im Sand, wie eine Schlange züngelten sie auf die Reiter zu. Sie verfehlten sie um wenige Meter.

Alle drei sprangen von den Pferden, als sie das Ufer erreicht hat ten, und stürmten ins Wasser, die Tiere an den Zügeln hinter sich herziehend. Es ging steil abwärts, schon nach wenigen Metern mussten die Männer schwimmen, dann auch die Pferde.

Als sie die Mitte des Flusses erreicht hatten, ertönte am Himmel erneut das Motoren-Geräusch – die Bristol kehrte zurück und überflog die Stelle, an der die Köpfe aus dem Wasser ragten. Wilhelm sah, wie die Maschine wendete und dann dicht über dem Wasser auf sie zuraste. Kurz vor ihnen begann das Maschinengewehr zu rattern. Die Kugeln peitschten ins Wasser, wie Perlen einer Kette kamen sie auf sie zu, bis sie den Rücken eines der Pferde erreichten.

Das Tier brüllte und bäumte sich auf. Einer der Hufe traf den jüngeren der Männer am Kopf, aus einer klaffenden Wunde schoss Blut hervor. Als Wilhelm zu ihm schwimmen wollte, spürte er, wie ihn eine Hand packte. »Weiter!«, schrie der andere, »ans Ufer!«

Das Flugzeug kam zurück, der Kugelhagel ging neben ihnen ins Wasser. Das unverletzte Pferd schwamm einige Meter entfernt und schien eine andere Stelle des Ufers anzuvisieren. Wilhelm deutete auf das Pferd und änderte seine Schwimmrichtung, der andere schüttelte nur den Kopf und zeigte direkt nach vorn.

Das Flugzeug kehrte zum vierten Mal zurück. Diesmal kam es nicht den Fluss entlang, sondern vom gegenüberliegenden Ufer. Als es wenige Meter vor ihnen war, begann das Maschinengewehr zu rattern.

Wilhelm war abgetaucht. Unter Wasser klang der Aufprall der Kugeln wie Ohrfeigen, im Gegenlicht der Abendsonne sah er die Kugeln einige Meter neben sich ins Wasser zischen. Als er zum Luftholen auftauchte und sich umblickte, schwamm der Körper des Mannes in einer Blutlache, die sich rasch vergrößerte. Er rührte sich nicht mehr.

Wilhelm blickte sich um. Hinter sich bemerkte er Bewegung im Wasser. Er wendete und schwamm darauf zu. Der Jüngere war am Ende seiner Kraft. Auf seinem Kopf klaffte eine handgroße Wunde, aus der Blut sickerte. »Hau ab!«, sagte er kaum hörbar zu Wilhelm, als der eine Hand nach ihm ausstreckte, »du kannst es schaffen! Das Flugzeug kommt nicht wieder. Schwimm hinter dem Pferd her!«

Wilhelm schob sich stattdessen unter den Oberkörper des Mannes, der sich nur noch schwach bewegte. »Halt dich an meinem Hals fest. Gleich sind wir drüben.« Der Mann gehorchte, Wilhelm spürte seinen Arm würgend an seinem Hals und zwang sich, in langen, ruhigen Zügen zu schwimmen. Er hörte nur noch das Gurgeln des verletzten Mannes. Und dann war es plötzlich ruhig, der Arm erschlaffte, der Körper glitt von Wilhelms Rücken. Mit ausgebreiteten Armen trieb er auf dem Wasser, das Gesicht nach unten, die Jacke aufgebläht.

Wilhelm blickte zum Himmel. Das Flugzeug war nicht mehr zu sehen. Schnell durchschwamm er den Fluss, stieg aus dem Wasser und ging zu dem Pferd, das an einem Büschel trockenen Grases rupfte. »Ja, du hast Hunger«, sagte Wilhelm leise und tätschelte ihm den Hals. »Das habe ich auch.«

Das Ungeheuer

Das Feuer, an dem Wilhelm saß, war eines von Hunderten. Eine unübersehbare Menge von Soldaten lagerte am Ufer des Flusses. Niemand hatte ihn angesprochen oder aufgehalten, als er vorübergeritten war. Auch als er sich schließlich zu den Männern setzte, blieb er unbehelligt. Man reichte ihm einen Blechnapf, in dem eine Mischung aus Getreide und fettem Fleisch schwamm. Sie roch abstoßend, doch der Hunger siegte über den Widerwillen.

Es wurde wenig gesprochen. Immerhin erfuhr Wilhelm, dass er sich nahe der Stadt Meaux befand. Er hob eines der Flugblätter auf, die im Nachtwind über den Boden wehten. Unterzeichnet war es von Joseph Joffre, dem kommandierenden General der französischen Armee. Der Text war kurz: *Wenn eine Schlacht geschlagen wird, von der das Leben des Landes abhängt, müssen wir uns alle daran erinnern, dass wir nicht mehr zurückschauen dürfen*, las Wilhelm. *Alle Anstrengungen müssen darauf gerichtet sein, den Feind zurückzuschlagen. Es kann keinerlei Schwäche geduldet werden.*

Einer der Soldaten beobachtete Wilhelm beim Lesen. »Morgen«, sagte er, »morgen zeigen wir ihnen, warum man dieses Land nicht ungestraft überfällt!« Wilhelm nickte und nahm die Zigarette, die der Soldat ihm anbot.

Beim ersten Mal registrierte er das Geräusch kaum, beim zweiten Mal machte er sich noch keine Gedanken darum, beim dritten Mal erhob er sich, um nachzusehen: Am Ende des Lagerplatzes hielten Taxis in einer langen Reihe, offene rote Renault-Kraftdroschken mit Persenning-Dach, aus denen Männer kletterten. »Schneller, Leute, schneller!«, mahnte einer der Fahrer zur Eile, »ich muss zurück, die Nächsten warten schon!«

Die Fahrgäste, die sich jeweils zu fünft ein Auto geteilt hatten, vertraten sich die Beine und sahen sich um. Nach wenigen Augenblicken erschienen Offiziere, die sie aufforderten, ihnen zu folgen. »Wie ist es in Paris?«, fragte einer. »Sind die Mädchen immer noch so hübsch? Ich hab' schon seit einer ganzen Weile keine mehr gesehen.« Alle hatten blendende Laune.

Ein Soldat trat neben Wilhelm. »Pariser Taxis«, erklärte er ihm, »seit dem Nachmittag fahren sie zwischen Meaux und Paris hin und her und bringen Nachschub. Jeder, der noch auf seinen eigenen Beinen stehen kann, ist zum Garde du Nord gekommen, um hierhergefahren zu werden und zu kämpfen. Sie stehen Schlange in Paris! Jeder will dabei sein, wenn morgen Zahltag für die Deutschen ist. Das will sich keiner entgehen lassen.«

»Aber sie sehen nicht aus wie Soldaten«, sagte Wilhelm verwundert, »sie tragen Anzüge und sogar Krawatten.«

»Morgen sind sie Soldaten! Die Kleidung ist egal, kämpfen wollen sie. Aber keine Sorge, es sind genügend Uniformen vorhanden. Du solltest dich auch einkleiden lassen.« Er deutete auf ein kleines Gebäude. »Noch kannst du aussuchen, was dir passt. Wenn du zu spät kommst, musst du mit zu kurzen Hosen in den Kampf!« Er lachte, schlug Wilhelm freundschaftlich auf den Rücken und verschwand im Dunkel.

Wilhelm näherte sich dem Gebäude, in dem sich die Kleiderausgabe befand. Hunderte Männer standen dort geduldig Schlange. Ein Wagen nach dem anderen fuhr vor und brachte weitere. »600 Taxis sind unterwegs!«, hörte Wilhelm jemanden sagen. »600! Ich bin vorher noch nie in einem gefahren, viel zu teuer! Aber jetzt weiß ich, wie es ist. Nur schade, dass ich die ganze Zeit einen dicken Kerl auf dem Schoß hatte. Damen sind leider nicht geladen.«

Immer mehr Neuankömmlinge reihten sich hinter Wilhelm in die Wartenden ein. Langsam rückte er mit ihnen vor: Durch die Vordertür betraten die Männer das Gebäude, aus einer Seitentür kamen sie im blau-roten Rock der französischen Armee wieder heraus. Kurz bevor es an ihm war, einzutreten, wurde Wilhelm erst bewusst, in welcher Situation er sich befand: Er war drauf und dran, den Waffenrock des Gegners anzuziehen! Wilhelm reckte sich, sah über die Köpfe der Wartenden hinweg und schien jemanden entdeckt zu haben. »Warte!«, rief er, »hier bin ich! Wo hast du denn gesteckt?« Dann wandte er sich um und sagte: »Entschuldigung, ich bin gleich zurück.« Mit diesen Worten verließ er die Gruppe.

*

In Wilhelms Kopf rasten die Gedanken: Er war offenbar ins Zentrum des Aufmarschgebietes geraten, hatte gesehen, dass Frankreich jeden verfügbaren Mann mobilisierte. Und er? Auf wessen Seite stand er? Er wusste, dass er nie ein Gewehr gegen deutsche Soldaten richten würde. Aber er wusste ebenso, dass er diesen Männern hier, die danach fieberten, ihr Land zu verteidigen, alle Sympathie entgegenbrachte. Sie hielten ihn für einen der Ihren, sie hatten ihm zu essen gegeben, hatten keine Fragen gestellt.

Er fand in der Dunkelheit nicht zu dem Pferd zurück. Ziellos ging er von einem Feuerplatz zum nächsten, sah die Begeisterung in den Gesichtern, die Zuversicht, die Jugend und Verletzlichkeit der Männer. Und er wusste, dass die meisten von ihnen den morgigen Abend nicht erleben würden.

Wilhelm spürte schaudernd, dass auf sie alle etwas zukam, was noch kein Mensch gesehen hatte. Etwas Gewaltiges, Unbezwingbares. Ein Grauen stieg in ihm auf, ein Gefühl der Übelkeit, ein Schmerz, der anders war, als alles, was er bislang empfunden hatte. Ein Ungeheuer kam auf sie alle zu, gierig und grausam. Niemand würde es bezwingen können, es würde immer weiter wüten, je mehr Menschen sich ihm in den Weg stellten. Je mehr es verschlang, desto größer würde sein Hunger werden. Es war überall und würde für lange Zeit seinen blutigen Festschmaus genießen.

Er machte sich auf den Weg. Ohne zu zögern, wandte er den

Männern, die auf beiden Seiten des Flusses ungeduldig darauf warteten, sich dem Ungeheuer in den Rachen zu stürzen, den Rücken und ging in die Dunkelheit.

Ewigkeit

Adèle ging sparsam mit der Gaslampe um. Der Kellerraum war fensterlos, die Luft schnell verbraucht. So saß sie im Dunkeln, nur durch den Türspalt drang schwaches Licht. Es gab einen guten Grund, die Lampe nicht zu entzünden: Helène erwartete Besuch – jemand, der besser nicht davon erfuhr, dass sich eine weitere Person im Haus befand. Und vor allem nicht, wer diese Person war.

Nach der Rückeroberung Lagardes durch die Deutschen war wieder Ruhe in Helènes Haus eingekehrt. Allerdings hatte sie jetzt einen ständigen Gast, der sich nur in den Abendstunden, wenn die Fensterläden geschlossen waren, aus dem Keller in die oberen Räume wagte: Das Gutshaus war der einzige sichere Ort für Adèle – außer an den Tagen, an denen der Statthalter erwartet wurde.

Johann von Drewitz hatte es sich zur Gewohnheit werden lassen, Helène einmal in der Woche seine Aufwartung zu machen und ihren Weinen sowie Kochkünsten ausgiebig zuzusprechen. Die Fahrzeuge seiner Begleitung standen dann in der Auffahrt, die Männer warteten in der Halle. Heute war wieder ein Drewitz-Tag.

Zu Helènes Überraschung kam er ohne Geleitschutz. »Ganz allein durch Feindesland?«, fragte sie süffisant, als er in der Tür stand. »Und mit einem Blumenstrauß! Ich bin gerührt – falls er für mich sein sollte.«

Drewitz lächelte und schlug die Hacken zusammen. »Ich sehe ansonsten niemanden hier, für den er sein sollte, Madame.«

Helène nickte und bat ihn herein.

Nach wenigen Schritten blieb er stehen und reckte den Kopf in die Höhe: »Dieser Duft! Niemand kocht so raffiniert mit Rotwein wie Sie. Haben Sie das in Berlin gelernt?«

»In Berlin kann man vieles lernen, das eher nicht«, erwiderte Helène und bat ihn in den Salon. »Einen Aperitif vorweg?«

Er nahm dankend an. »Nun sagen Sie mir schon, warum Ihre charmanten Begleiter heute Ausgang haben«, sagte sie. »Ich hatte mich schon an sie gewöhnt.«

Drewitz sah zu Boden. »Wie soll ich sagen ...«, begann er. »Manchmal hat ein Mann den Wunsch, ungestört mit der Dame seines Herzens zusammen zu sein.«

»Dame seines Herzens?«, wiederholte Helène und sah sich im Raum um. »Ich habe sie noch gar nicht bemerkt. Wo ist sie denn?«

»Helène«, sagte von Drewitz mit belegter Stimme, »machen Sie sich nicht lustig über mich. Bitte! Ihnen wird sicherlich nicht entgangen sein, wie viel Sie mir bedeuten.«

»Ich glaube, ich sollte in der Küche nach dem Rechten sehen«, sagte Helène schnell. »Ich vermute, einen angebrannten Rehrücken möchten Sie nicht gern auf Ihrem Teller ...«

Sie verließ den Raum, von Drewitz zündete sich eine Zigarette an. Er sah aus dem Fenster, auf die verwilderten Weinstöcke, an denen nur wenige, kleine Trauben hingen. »Soll ich Ihnen Leute vorbei schicken, die da mal wieder Ordnung schaffen?«, rief er.

»Ordnung? Wo?«

»Im Weinberg. Das ist doch das mindeste, was ich als Statthalter für meine Schutzbefohlenen tun kann. Der schöne Wein! Apropos: Welchen trinken wir heute?«

Helène war ins Esszimmer gegangen und trug das Essen auf. »Viel ist nicht mehr da«, antwortete sie. »Von den Jahrgängen Zehn und Elf noch ein paar Flaschen. Ich persönlich würde den Zehner vorziehen.«

»Dem schließe ich mich selbstverständlich an«, sagte von Drewitz. »Ist er noch im Keller?«

Helène nickte. »Ich hatte noch keine Zeit, ihn heraufzuholen. Sie wissen ja, wo er steht. Wenn Sie die Güte hätten ...«

»Selbstverständlich!« Von Drewitz knallte erneut die Hacken zusammen und eilte zur Kellertreppe.

Adèle wagte kaum zu atmen, als sich die Schritte ihrem Versteck näherten. Sie hatte alles mitgehört, ihre Hände zitterten. Sie presste sie zwischen die Knie und kniff die Augen zu.

Im Kellerraum nebenan hörte sie von Drewitz mit Flaschen

klappern, dann fiel die Tür ins Schloss, er ging zurück. Vor der Tür, hinter der Adèle saß, blieb er stehen. Für einen Moment war kein Laut zu hören, Adèles Handflächen schwitzten, sie zählte leise die Sekunden. »Die falschen!«, rief von Drewitz plötzlich, »ich habe die falschen Flaschen gegriffen! Es ist einfach zu dunkel hier unten.« Sie hörte, wie er noch einmal in die Weinkammer zurückging und einen Augenblick später erneut herauskam. Diesmal ging er zügig vorüber.

Helène hatte den Rehrücken angeschnitten und auf die Teller verteilt. Von Drewitz schenkte den Wein ein, erhob sein Glas und sagte feierlich: »Auf die charmanteste Gastgeberin von ganz Elsass-Lothringen!«

»Sie kennen alle?«, fragte Helène, »Sie sind mir ja einer! Besuchen Sie sie reihum, jeden Abend eine?«

Von Drewitz sah sie ernst an. »Helène, ich bin verrückt nach Ihnen! Ich brauche keine andere zu kennen. Dass Sie hier allein in diesem großen Haus sind – ich kann an nichts anderes mehr denken …«

Helène überspielte ihr Unbehagen und hob lächelnd das Glas. »Auf den bestinformierten Mann im ganzen Reich«, sagte sie und versuchte, das Gespräch in eine andere Richtung zu lenken. »Wie stehen die Dinge? Ich erfahre hier rein gar nichts.«

Von Drewitz sah sie geschmeichelt an. »Nun, wir haben Elsass-Lothringen wieder fest im Griff. Was der Franzmann sich dabei gedacht hat, mag der Himmel wissen – einfach so hier einmarschieren, als wären wir die Pappkameraden vom Dienst! Und jetzt versucht er, an der Marne unsere Streitmacht aufzuhalten. Jeder, der noch zwei Beine hat, wird in die Schlacht gehetzt. Mit Taxis haben sie sie herangekarrt! Aus Paris, direkt aus dem Moulin Rouge, sie rochen noch nach Champagner, sagt man. Noch ist es nicht vorüber, aber es wird nicht mehr lange dauern, dann holt er sich eine blutige Nase.«

»Ist Ihnen das Fleisch zu blutig?«, fragte Helène.

»Wie könnte es das sein, wenn diese Hände es zubereitet haben?«, sagte er, ergriff ihre Hand und führte sie an seine Lippen. Dann erhob er sich halb aus seinem Stuhl und beugte sich zu

Helène, seine andere Hand lag auf ihrem Schenkel. Helène sah sich suchend im Raum um, aber ihr fiel nichts ein, womit sie ihn hätte ablenken können. Er legte einen Arm um ihre Schulter und zog sie zu sich heran – als aus dem Keller lautes Rumpeln zu vernehmen war. Von Drewitz riss die Augen auf. »Wer ist hier im Haus?«, fragte er scharf.

»Ich weiß nicht«, antwortete Helène, »normalerweise niemand. Aber manchmal treiben die Marder im Keller ihr Unwesen. Wollen wir nicht ... bevor es kalt wird ...?« Sie deutete auf die Teller.

Von Drewitz sprang auf und ging zur Kellertreppe. Helène saß erstarrt am Tisch, sie wusste nicht, was tun. Wenn er Adèle fände! Sie hörte ihn die Türen der Kellerräume öffnen und wieder zuschlagen, begleitet von lauten Flüchen. Dann plötzlich krachte es im ersten Stock. Ein Poltern folgte. Von Drewitz stürmte herauf, warf einen wilden Blick auf Helène und deutete dann nach oben. »Und da?«, fragte er, »auch Marder?« Er lief hinauf und inspizierte die Zimmer. Dann erschien er außer Atem auf der Galerie und sah zu Helène hinunter. »Und wo poltert es als Nächstes?«, fragte er. Helène zuckte die Achseln und zeigte auf die Teller. »Noch ist das Essen warm«, sagte sie.

Die Mahlzeit verlief wortkarg. Bei jedem Geräusch spitzte von Drewitz die Ohren, nervös stieß er erst seines, dann Helènes Weinglas um.

»Es gibt Crème Brulée«, sagte Helène, »darf ich sie auftragen?«

Johann von Drewitz sah sie an, tiefe Enttäuschung im Blick. Dann schüttelte er den Kopf. »Ein andermal«, sagte er, »mir ist der Appetit vergangen. Hier spukt's ...«

»Aber mein Lieber!«, sagte Helène, »doch nicht bei der charmantesten Gastgeberin von ganz Elsass-Lothringen! Wann darf ich Sie zum nächsten Abendessen erwarten?«

»Sie hören von mir«, antwortete er, erhob sich, nahm Haltung an, knallte ein letztes Mal mit den Hacken und verließ das Haus. Gleich darauf hörte Helène Motorengeräusch, das sich schnell entfernte.

Und dann hörte sie ein Kratzen an Tür. Adèle stand im Durchgang zum Salon und sah sie an. »Das war knapp«, sagte Helène und hob ihr Glas, »danke! Und beste Grüße an die Marder.« Die beiden Frauen grinsten.

Sie sprachen wenig, als sie am Tisch saßen, den Wein austranken und die Crème Brulée aßen. »Wie lange werden Sie noch in Lagarde bleiben?«, wollte Adèle wissen. Helène zuckte die Achseln. »Dasselbe könnte ich dich fragen«, erwiderte sie. Adèle dachte nach. »Solange Sie mich hier dulden, Madame«, antwortete sie dann. »Ich weiß nicht, wo ich sonst hin sollte. Wenn ich bloß wüsste, wo mein Vater ist.«

Helène ergriff ihre Hand. »Das fragen sich viele in dieser Zeit«, sagte sie. »Väter, Söhne, Töchter – wo sind sie ...?«

Ein Geräusch an der Küchentür ließ sie zusammenfahren. »Das kann nicht der Marder sein«, flüsterte Helène. Still saßen sie am Tisch und horchten. Es blieb ruhig. Beide erhoben sich und gingen leise durch die Küche. Vor der Tür, die in den Hintergarten führte, blieben sie stehen und lauschten. Nichts. Das Tuckern eines Schleppzugs auf dem Kanal, das Bellen eines Hundes in der Ferne. Dann ein Aufschrei von Adèle. Helène folgte ihrem Blick – vor dem Fenster zeichneten sich die Umrisse einer menschlichen Gestalt ab.

Adèle näherte sich vorsichtig dem Fenster, blieb dann abrupt stehen, wirbelte herum und riss die Tür auf.

*

Wilhelm schlief wie ein Stein. Helène und Adèle hatten versucht, ihn nach oben in sein ehemaliges Schlafzimmer zu bringen, aber er war zu schwach. So legten sie ihn schließlich auf das große Sofa im Salon. Adèle kniete vor ihm und sah ihn unverwandt an. Seine Kleidung, die eines französischen Bauern, war zerrissen, sein Gesicht bleich und verschrammt, das Haar blutverkrustet. Aber sein Atem ging gleichmäßig. Er schlief regungslos.

Zuvor hatten sie ihm Fragen über Fragen gestellt. Er hatte keine beantworten können: Er versuchte zu sprechen, seine aufgesprungenen Lippen bewegten sich, es kam kein Ton heraus. Wo kam er her? Warum war er plötzlich hier? Was hatte er erlebt? Sie würden warten müssen, um es zu erfahren. Sie wussten nur aus einem Brief, den Elisabeth geschrieben hatte, dass Wilhelm verhaftet worden war. Die beiden Frauen hatten lange bei ihm gesessen, dann seufzte Helène und erhob sich. »Gut, dass du hier bist«, sagte sie und verließ das Zimmer.

Adèle beugte sich dicht über Wilhelm, sein Atem bewegte ihr Haar. Sie sah ihm ins Gesicht, fuhr immer wieder mit dem Finger über seine Stirn. Tränen liefen ihr über die Wangen. So bemerkte sie es nicht sofort, als er die Augen aufschlug. Wie durch einen Schleier sah sie schließlich seinen Blick, dann warf sie sich mit einem kleinen Aufschrei über ihn und schlang ihre Arme um ihn.

So fand Helène sie, als sie am Morgen den Salon betrat. Adèle, immer noch auf Wilhelm liegend, schlief, ihr entspanntes Gesicht schien zu lächeln, Wilhelm sah seiner Mutter entgegen. Als sie vor dem Sofa stehen blieb, streckte er eine Hand empor. Helène ergriff sie und drückte sie mit beiden Händen, als wollte sie sie nie wieder loslassen.

Stille erfüllte den Raum, ein Frieden, den Helène begierig aufsog. Es traf sie wie ein Hieb, als Wilhelm plötzlich mit rauer Stimme sagte: »Ein Ungeheuer. Es ist ein Ungeheuer.«

Helène versuchte, ihr Entsetzen zu verbergen, beugte sich vor und fragte leise, um Adèle nicht aufwecken: »Wo? Wo ist ein Ungeheuer?«

»Draußen«, erwiderte Wilhelm. »Überall. Es ist überall. Niemand wird ihm entkommen, es gibt nichts, um es zu bezwingen.«

Adèle seufzte im Schlaf und wendete ihren Kopf zur anderen Seite. Ihr Haar, das mittlerweile nachgewachsen war, fiel über Wilhelms Gesicht. Er wollte es zur Seite schieben, doch Helène sagte: »Lass nur. So findet das Ungeheuer dich nicht …«

*

Wilhelm erholte sich schnell, die Erinnerung an die letzten Wochen kehrte zurück. Er war gegangen, immer weiter gegangen, dem Flusslauf folgend. Er wusste, dass die Marne irgendwann in den Rhein-Marne-Kanal mündete, und der würde ihn direkt nach Lagarde führen. Die Bilder der Erinnerungen verwischten, er wusste nicht mehr, an welchem Tag was geschehen war. Er sah singende Männer, die in Kanonenfeuer hineinstürmten, er sah ihre zerfetzten Leiber, er sah Arme und Beine auf Bäumen wachsen, er sah halbe Pferde, die versuchten, sich vorwärts zu schleppen. Er roch den Pulverdampf, hörte das Grollen der Geschütze, die Flugzeuge, die Maschinengewehre.

Wieso er unverletzt immer weiter am Fluss entlanggelaufen war – er konnte es sich nicht erklären. Aber er wusste: Es war noch lange nicht zu Ende. Er lag hier in der Stille des Hauses seiner Mutter, und draußen wütete der Tod. Man brauchte nur ein paar Stunden nach Westen zu reiten und würde der lachenden Fratze des Ungeheuers gegenüberstehen.

Sie verbrachten die Tage in trügerischer Ruhe. Helène erzählte Wilhelm von den Kämpfen in Lagarde, von den Toten auf der Dorfstraße, von den Pferden in den Vorgärten, von Rogérs Tod. Wilhelm berichtete von Dinant, von Hirson, von der größten Armee, die je durch ein Land marschiert war. Adèle erzählte von Tagen in Angst und Sorge, entdeckt zu werden, von Verstecken, von Verhaftungen.

Sie verließen das Haus nicht und genossen jede Minute, die sie zusammen sein durften. Die Zeit schien sie für eine Weile vergessen zu haben.

Und dann stand von Drewitz vor der Tür. Diesmal war er nicht allein. Ohne darauf zu warten, dass er hereingebeten wurde, stürmte er an Helène vorbei ins Haus. »Alle Zimmer!«, befahl er seinen Männern, »alles durchsuchen!« Dann, zu Helène gewandt: »Es heißt, Sie sind nicht allein im Haus, verehrte Madame! Man hat Stimmen gehört, Gespräche. Gespräche auf Französisch …«

»Nun ja – ich bin Französin.«

»Aber ich nehme nicht an, dass Sie Selbstgespräche führen. Wer war bei Ihnen?«

»Sehen Sie nach, Sie werden niemanden finden.«

Äußerlich wirkte Helène ruhig und gefasst, in ihrem Inneren jedoch verging sie fast vor Angst. Wilhelm und Adèle waren kurz vor von Drewitz' Ankunft zu Printemps' Haus hinübergegangen – der Ort, an dem Adèle immer noch hoffte, Nachricht von ihrem Vater zu finden. Von Drewitz beobachtete Helène, während aus allen Räumen das Getrampel und die Stimmen seiner Männer zu hören waren. »Sie zittern ja«, sagte er, »ist Ihnen kalt?«

Helène antwortete nicht, schüttelte nur den Kopf. »Möchten Sie lieber mit mir kommen?«, fragte er lauernd. »Vielleicht ist die Einsamkeit nicht gut für Sie. Sie sind doch ganz allein, oder?«

Die Männer traten einer nach dem anderen vor ihn und meldeten: Niemand da. Dann verließen sie das Haus und gingen zu ihren Wagen.

»Ja, so viel Einsamkeit ist auch für die schönste Frau ungesund«, sagte er. »Also, darf ich Sie einladen, mit mir zu kommen?«

»Ich glaube nicht, dass meine Mutter das möchte«, sagte eine Stimme hinter ihm. Von Drewitz wirbelte herum und starrte Wilhelm an.

»Sie?«, rief er ungläubig. »Ich dachte, Sie wären ...«

»War ich auch«, sagte Wilhelm. Er trat dicht vor von Drewitz, den er um Haupteslänge überragte. »Es wäre besser für Sie, wenn Sie jetzt gingen. Noch besser, wenn Sie dieses Haus nie wieder betreten.«

Von Drewitz' Kopf wurde hochrot, er nestelte an seinem Gürtel unter der Jacke. Wilhelm packte ihn am Arm. »Die brauchen Sie nicht, zumindest nicht hier!« Mit einem Ruck zog er von Drewitz' Pistole aus dem Halfter und legte sie hinter sich auf den Tisch. »Und wenn Sie sich selbst einen Gefallen tun wollen: Erzählen Sie nichts von Ihrem Besuch hier. Was würde das für einen Eindruck machen. Und jetzt raus!«

Langsam bewegte sich von Drewitz rückwärts zur Tür und starrte Wilhelm an wie ein Gespenst, dann drehte er sich um und stürmte aus dem Haus.

Helène sah Wilhelm an. »Danke. Aber das wird er nicht auf sich sitzen lassen. Er wird wiederkommen.«

»Er verehrt Sie, Sie brauchen ihn nicht zu fürchten.«

»Verehren!«, wiederholte sie verächtlich. »Er will ... weiß der Himmel, was er will. Aber du weißt, dass du nun nicht mehr bleiben kannst. Ich bin sicher, er ist darüber informiert, dass sie dich suchen.«

Wilhelm nickte. »Ich werde versuchen, nach Berlin zu kommen«, sagte er. »Ich muss dort meine Sache zu Ende bringen. Ich kann nicht den Rest meines Lebens mit der Furcht verbringen, vom nächstbesten deutschen Unteroffizier verhaftet zu werden. Besser ein ordentliches Gerichtsverfahren als ständig auf der Flucht.«

Helène sah ihn verständnislos an. »Wie willst du nach Berlin kommen?«, fragte sie. »Es ist Krieg!«

»Von Straßburg fahren reguläre Züge. Es ist Krieg, ja, aber an der nächsten Straßenecke geht alles seinen gewohnten Gang. Straßburg ist nicht weit von hier, ein Tagesritt, und ich bin da.«

Helène nickte langsam. »Wann wirst du aufbrechen?«

»Morgen«, antwortete Wilhelm. »Je länger ich hier bleibe, desto mehr gefährde ich Sie und Adèle.«

*

Der Blick aus dem kleinen, verstaubten Küchenfenster war genau so, wie Wilhelm ihn in Erinnerung gehabt hatte. Zwei der Scheiben hatten Sprünge, der Küchentisch wackelte ein wenig mehr als früher, ansonsten war alles unverändert. Adèle und Wilhelm standen vor dem Tisch, sie hatten Traubensaft aus dem Keller geholt, so wie sie es früher immer getan hatten. »Ich habe mich jeden Tag gefragt, wo du sein könntest«, sagte Adèle, »jeden Tag, jede Stunde. Ob du lebst, was du denkst, was du fühlst. Ich hatte so schreckliche Angst!«

Sie wandte sich zu ihm und legte ihre Stirn an seine Brust. »Und ab morgen wird all das wieder losgehen.«

Wilhelm strich ihr übers Haar. »Morgen – wann ist morgen? Vielleicht gibt es gar kein Morgen, vielleicht ist das alles nur Einbildung, und wenn man nicht an Morgen denkt, dann bleibt dieser Augenblick bis in alle Ewigkeit.«

Adèle lachte. »Solch seltsame Dinge hast du früher auch schon immer gesagt!« Sie schlang die Arme um seine Hüften. »Aber vielleicht hast du recht.«

Er beugte sich zu ihr, sie hob ihm ihr Gesicht entgegen. Ihre Lippen trafen sich, und die Zeit stahl sich davon durch die dünnen Wände der Hütte.

Mitten in der Nacht erwachte Wilhelm in dem schmalen Bett in Adèles Kammer. Wie immer sah er in den Sekunden, bevor er die Augen aufschlug, ihr Gesicht, ihre Augen und ihren Mund, der seinen berühren wollte. Und wie jedes Mal wollte ihn das Gefühl der Trauer und der Enttäuschung über die Flüchtigkeit dieser Illusion überwältigen. Doch diesmal war es keine Täuschung. Er schlug die Augen auf und sah Adèles Gesicht vor sich. Sie hatte ihren Kopf in eine Hand gestützt und blickte ihn an, still und unverwandt. Ihr Atem streichelte seinen Hals, er wünschte, er könnte diesen Hauch am ganzen Körper spüren. Er zog sie zu sich heran.

7. Berlin

Negerinnen

Jedes Mal, wenn Robert glaubte, an die Oberfläche zu gelangen, zog ihn etwas zurück in das Dunkel, das ihn ängstigte und ihm zugleich Schutz bot. Er spürte, dass er lebte, aber er befand sich in einem Zustand, in dem er nichts hörte, sah oder fühlte. Erneut strebte sein Bewusstsein an die Oberfläche. Und diesmal war es anders. Er hörte sein eigenes Stöhnen wie ein Echo unter einer Felswand. Und dann war er oben.

Er wagte nicht sofort, die Augen zu öffnen, der Schmerz, der seinen Körper umklammerte, beanspruchte seine ganze Aufmerksamkeit. Er spürte eine Berührung, eine Hand lag auf seiner Stirn, kühl und weich. Dann hörte er die Stimme: »Gleich haben Sie es geschafft, gleich sind Sie bei mir.« Es war die Stimme einer Frau. Sie wiederholte die Worte mehrmals, und Robert spürte, wie sie die Macht über den Schmerz gewannen, wie der Drang, die Augen zu öffnen, immer stärker wurde.

Das Erste, was er sah, waren zwei schwarze Frauen, die Wasserkrüge auf ihren Köpfen trugen und kerzengerade, als hätte ihre Last kein Gewicht, auf ihn zuschritten. Er starrte auf das Bild, als die Stimme sagte: »Willkommen zurück. Sie haben es geschafft!«

Er hob den Blick und sah in ein rundes, lächelndes Gesicht, dessen Augen ihn anstrahlten und ihm zu versichern schienen, dass sie ihn nicht wieder entschwinden lassen würden. Die Frau, die da vor ihm saß, trug eine Halskette, an der ein ledernes Amulett befestigt war, das die beiden Wasserträgerinnen zeigte. Ohne den Blick davon zu wenden, fragte er: »Wo bin ich?« Seine eigene Stimme drang rau und wie aus weiter Ferne zu ihm.

»In Sicherheit«, antwortete die Frau, »Sie sind im Lazarett. Sobald Sie wieder bei Kräften sind, dürfen Sie in die Heimat, dort werden Sie weiterbehandelt.«

Robert betrachtete die Frau genauer. Sie trug die Tracht einer

Krankenschwester, gestärktes weißes Leinen mit scharfen Bügelfalten, eine Haube auf dem Kopf, auf der das rote Kreuz eingestickt war. Sie roch nach Stärkungsmitteln und Desinfektion, nach Sicherheit und Geborgenheit. Der Gestank von Feuer und Rauch, Schlamm und Blut, der ihn zuletzt begleitet hatte, wich dem Geruch der Reinheit.

Entspannung machte sich breit, er legte den Kopf ins Kissen zurück und schloss die Augen – sofort schoss der Schmerz erneut durch seinen Körper. Seine Hand glitt zum linken Bein, wo er die Quelle des Schmerzes spürte. Die Krankschwester ergriff seine Hand und legte sie behutsam auf seine Brust zurück. »Das wird bald nachlassen, die Wunde ist noch frisch, aber die Medikamente wirken. Haben Sie keine Angst, der Schmerz wird nachlassen!«

»Was ist mit dem Bein?«

»Es musste amputiert werden. Sie haben zu lange im Graben gelegen, es war nicht mehr zu retten.«

Langsam glitt seine Hand erneut über die saubere, weiße Bettdecke hinunter zum linken Bein. Als sie dort angekommen war, gab die Decke unter ihrem Gewicht nach.

Entsetzen stand in seinen Augen, als er der Krankenschwester das Gesicht zuwandte. Sie sah die Frage, die er stellen wollte, und legte einen Finger auf seine Lippen: »Nicht reden jetzt! Entspannen Sie sich, es wird gut werden. Man kann auch mit einem Bein leben.«

Der Schmerz schob sich wieder zwischen ihn und das Leben, langsam versank er im Dunkel. Das Letzte, was er sah, war das Bild der beiden nackten Eingeborenen.

*

Das nächste Erwachen war unsanfter. »Hören Sie mich? Sind Sie noch bei uns?«, fragte eine kräftige Männerstimme, eine Hand schlug abwechselnd auf seine linke und rechte Gesichtshälfte. Der Arzt lächelte nicht, als Robert die Augen aufschlug, sondern blätterte ernst in einem Stapel Papiere, die auf eine Schreibunterlage geklemmt waren. Als er bemerkte, das seine Aufweckbemühungen doch noch erfolgreich gewesen waren, rief er: »Na, endlich!

Ich kann hier nicht ewig bei Ihnen stehen! Es warten noch andere auf mich, viele andere. Sobald Ihr Fieber gesunken ist, werden Sie mit dem Zug in die Heimat gebracht, dort gibt es Speziallazarette für Beinpatienten. Woher stammen Sie?«

»Berlin«, antwortete Robert.

Der Arzt nickte, als hätte er es vorher gewusst. »Die Krankentransporte nach Berlin gehen jeden Montag. Entweder, Sie liegen schon im nächsten Zug, sonst spätestens im übernächsten. Wird schon, Herr Leutnant, wird schon!« Er legte eine Hand auf Roberts Schulter, dann wandte er sich ab und ging weiter zum nächsten Bett.

Die Schwester, die Robert bereits kannte und die den Arzt begleitet hatte, blieb einen Moment an seinem Bett stehen. »Ich komme bald zu Ihnen«, sagte sie leise. Dann entschwand sie aus Roberts Blickfeld.

Er schlief, als sie zu ihm zurückkam. Er spürte ihre Anwesenheit an ihrem Duft. »Robert?«, sagte sie, als er die Augen öffnete. »Robert von Trenck?« Er nickte. »Mir ist erst heute klargeworden, wer Sie sind. Sind Sie wirklich *der* Robert von Trenck?«

»Vermutlich«, antwortete er, »ich kenne keinen anderen.«

»Charlotte von Doering«, sagte sie, »ich nehme an, Sie kennen meinen Namen.«

Roberts Augen weiteten sich, er starrte sie ungläubig an. »Wilhelm?«

Sie nickte.

»Wie ... was tun Sie hier?«, fragte er. »Wie kommen Sie hierher? Wo ist er?«

Sie zuckte mit den Schultern. »Das möchte ich auch wissen. Keiner weiß es. Er ist wie vom Erdboden verschwunden.«

»Und Sie? Warum sind Sie hier?«

»Hat er es Ihnen nicht erzählt? Ich bin mit meinem Vater nach Togo gereist und habe dort als Krankenschwester gearbeitet. Jetzt arbeite ich hier.« Sie deutete auf das lederne Amulett. »Das hat eine Freundin für mich gemacht, bevor ich Togo verlassen musste.«

»Was ist dort geschehen?«, fragte Robert.

»Der Krieg«, antwortete sie. »Männer verlieren nicht nur hier ihre Beine oder ihr Leben – auch dort. In Togo ist er schon vorbei, er hat nur wenige Tage gedauert. Jetzt gehört das Land den Franzosen und den Engländern.«

»Und die Deutschen?«

Charlotte ergriff seine Hand. »Ich komme in meiner Mittagspause wieder.« Sie erhob sich, ihre Schwesterntracht knisterte wie trockenes Laub. »Dann erzähle ich Ihnen alles.«

*

Professor Taddäus M. Reinshagen war vor Glück außer sich gewesen, er brachte kaum ein Wort heraus: Zum ersten Mal saßen die beiden wichtigsten Männer des Landes gemeinsam in seinem Büro in der Nachtigal-Klinik von Anecho: der Chef des Kolonialamtes und der Gouverneur persönlich – Richard von Schwemer und Hans-Georg von Doering! Zwischen ihnen saß Charlotte von Doering. Es war kein Höflichkeitsbesuch, obgleich die beiden Männer seinen Honigbranntwein unter Bezeugungen höchster Anerkennung genossen, nein: Sie baten ihn um seine Unterstützung! Es ging um die junge Frau, die hier, in seiner Klinik, arbeiten wollte.

Stolz sprach aus von Doerings Worten, als er sagte: »Was kann ein Vater mehr von seinem Kind erwarten, als dass es in Zeiten wie diesen dem Kaiser und dem Vaterland all seine Tatkraft und seine Fähigkeiten zur Verfügung stellt!« Richard von Schwemer sah, dass seinem Freund und Geschäftspartner Tränen der Rührung in die Augen stiegen. »Meine Tochter möchte den niedrigsten der Untertanen seiner Majestät ihren Dienst erweisen, sie möchte den schwarzen Kindern dieses Landes, die medizinische Hilfe benötigen, zur Seite stehen.« Er zog ein großes, weißes Taschentuch hervor und schnäuzte sich.

Professor Reinshagen nickte ergriffen. »Nein, mehr kann ein Vater wahrlich nicht erwarten. Ich beneide Sie um diese Tochter, Euer Exzellenz! Und Ihnen, junge Dame, gratuliere ich zu Ihrem Entschluss! Sie werden ihn nicht bereuen. Gerade dieser Vorposten der Zivilisation braucht die Besten des Reiches – Männer wie Frauen! Und es braucht Väter, die …«

»Ja ja«, unterbrach ihn Richard von Schwemer, »das sehen wir genauso. Und ich bin sicher, dass Sie genau der richtige Mann sind, die Tatkraft und den guten Willen der Jugend unseres Landes in die richtigen Bahnen zu lenken.« Reinshagen erhob sich, füllte die Gläser und sagte: »Auf die Weisheit und Umsicht unseres Kaisers!«

*

Charlotte merkte schnell, dass die Klinik in Anecho nicht das war, was sie gehofft hatte: Schwarze kamen ihr hier nur als Dienstpersonal unter die Augen. Die Patienten waren ausschließlich Offiziere und Kaufleute aus den verschiedenen Handelsstationen und Stützpunkten des Landes. Die meisten von ihnen litten am Tropenkoller. Reinshagen bemerkte Charlottes Irritation. »Auch diese Krankheit muss man ernst nehmen«, erklärte er ihr. »Wenn verdiente Männer des Reiches angesichts der Strapazen, die dieses Land ihnen aufbürdet, allzu häufig dem Branntwein zusprechen – nun, dann ist das ein ernstes Problem, bei dem ihnen geholfen werden muss wie jedem anderen Patienten auch. Da machen wir keinen Unterschied.«

Charlotte nickte ergeben und sah auf ihre Hände. Insgeheim hatte sie schon nach wenigen Tagen den Entschluss gefasst, das Eingeborenen-Hospital in Palime, dem am weitesten entfernten und mit der Eisenbahn erreichbaren Plantagenort des Landes, zu besuchen und dort zu bleiben. Einmal in der Woche fuhr einer der Ärzte von Anecho aus dorthin, um Medikamente zu bringen und nach dem Rechten zu sehen. Das Spital wurde von Rotkreuz-Schwestern geleitet, Ärzte gab es dort nicht.

Professor Reinshagen reagierte zunächst verwundert, als Charlotte ihm einige Tage später ihren Wunsch vortrug. »Gefällt es Ihnen bei uns nicht?«, fragte er. »Waren die Neger aufsässig zu Ihnen?«

Sie lächelte. »Nein, im Gegenteil!«, antwortete sie. »Ich möchte mehr vom Land kennenlernen. Mein Vater sieht das ebenso.« Er habe ihrem Plan bereits zugestimmt.

»Keiner weiß genau, wo er sich im Augenblick aufhält, er ist mit dem Freiherrn auf Inspektionsfahrt im Westen Togos. Aber wenn er Ihr Vorhaben unterstützt – wer bin ich, es Ihnen auszureden …?« Theatralisch warf er die Arme in die Höhe und rief: »Sie haben sogar völlig recht! Ich war schon viel zu lange nicht mehr dort, vielleicht sollte ich die Reise nach Palime diesmal selbst übernehmen. Die Zugfahrt dorthin ist ein Erlebnis! Eine schönere Landschaft gibt es nirgendwo sonst auf der Welt … Sie werden begeistert sein!«

Reinshagen war dann doch verhindert, ein Assistenzarzt wurde mit der Reise beauftragt. »Wissen Sie, es sind nur 200 Kilometer«, erklärte er Charlotte, als sie im Salonwagen des Zuges Platz genommen hatten und ein Einheimischer ihnen Tee serviert hatte. »Aber schon auf einer so kurzen Fahrt sieht man, warum die Afrikaner ohne unsere Hilfe verraten und verkauft wären. All die herrlichen Plantagen dort draußen – ohne uns wäre es öde Savanne! Dieses Land würde immer noch den Löwen und den fliegenden Hunden gehören.«

»Fliegende Hunde?«

Der junge Arzt, der für die Reise eine blütenweiße Tropenuniform angelegt hatte, beugte sich zu ihr und erklärte: »Wir haben achtzehn verschiedene Sorten Fledermäuse hier. Unter anderem die größten der Welt – es wurden schon welche gesehen, die einen Meter Spannweite haben. Man hört sie nicht, wenn sie herangleiten – aber plötzlich sitzen sie einem im Nacken! Da muss man dann schon schnell mit dem Säbel sein, um sie zu erwischen, bevor sie zubeißen.«

Charlotte sah ihn entsetzt an. Er nickte bekräftigend. »Aber keine Angst«, er ergriff ihre Hand, »wenn Sie sich an mich halten, werden sie Sie nicht belästigen.«

Charlotte zog ihre Hand zurück. Sie hatte diesen jungen Arzt vom ersten Tag an nicht gemocht, seit er ihr bei einem Rundgang übers Krankenhausgelände erklärt hatte, dass man neuerdings amerikanische Neger importiere, um den Einheimischen beizubringen, wie man richtig arbeitet. »Wozu erziehen wir die Neger?«, hatte er gesagt. »Zur Reinlichkeit? Auch. Zum Christentum? Auch. Zu Ehrlichkeit und Pünktlichkeit? Auch das, ja. Aber das Wichtigste: Sie müssen lernen, zu arbeiten! Und das« – er sah Charlotte verschwörerisch an –, »das liegt ihnen ganz und gar nicht! Schnaps und Faulenzen – das ist es, wofür der Neger zu begeistern ist. Aber dass es ohne Arbeit keinen Schnaps gibt – das begreift er nicht.«

»Trinken wie die Weißen, ja?«, hatte sie erwidert.

»Woher haben Sie denn das!?«, fragte er entrüstet.

»So sagt man doch hierzulande, oder? Das ist das große Ziel, das alle anstreben. Schwarze wie Weiße.«

Er schüttelte den Kopf. »Ich bin entsetzt – und ich möchte wissen, wer so etwas in Welt setzt!«

Charlotte sagte nicht, dass es der Professor selbst gewesen war, der ihr nach ausgiebigem Genuss seines Honigweins Einblicke in die Gebräuche des Landes gegeben hatte.

»Kennen Sie die Studie von Professor Steuergeld?«, fragte der Assistenzarzt, immer noch empört.

»Nein. Wer ist das?«

»Sie sollten ihn kennenlernen – großartiger Chirurg, Generalarzt der kaiserlichen Schutztruppe der Kolonien! Er hat kürzlich eine Erörterung über die Vor- und Nachteile der Züchtigung des Negers mit dem Tauende oder mit der Nilpferdpeitsche dargelegt. Ich halte beides für Unsinn, wenn Sie mich fragen. Kann man machen, hilft aber nicht viel. Was sie wirklich auf Trab bringt, ist, ihnen den Alkohol vorzuenthalten – und ihre Weiber! Die sind genauso schlimm, die wissen am allerwenigsten, was Arbeit bedeutet. Die haben immer nur das eine im Sinn ...« Er ließ den Satz bedeutungsvoll in der Luft hängen. Er widerte Charlotte an.

*

Es waren keine fliegenden Hunde, deren Bekanntschaft Charlotte in Palime machte, es waren Pinselohrschweine. Schon auf dem kurzen Weg vom Bahnhof zur Krankenstation kamen sie ihnen entgegengelaufen. Charlotte war entzückt, als die flinken, rosafarbenen Tiere um ihre Beine liefen, als wollten sie sie begrüßen. »Fassen Sie sie nicht an«, mahnte ihr Begleiter, »sie übertragen die Malaria.«

Die Krankenstation war ein fensterloses Holzhaus ohne Dach,

eine Zeltplane schützte es gegen den Regen. Auf dem Boden davor saßen Männer und Frauen und hörten jemandem zu, der in ihrer Mitte stand.

»Oh, mein Gott!«, sagte der Assistenzarzt leise zu Charlotte, »heute ist Palaver-Tag! Da lassen sie sich durch nichts stören, selbst wenn der Kaiser persönlich erschiene.«

Eine erregte Debatte schien entbrannt zu sein. Immer wieder erhob sich jemand und sprach zu den Übrigen, dann ging das Wort auf einen anderen über, Männer und Frauen wechselten sich ab. Es war kein Weißer zugegen.

»Sie reden darüber, ob kranke Frauen, die hier behandelt werden, ihre Kinder mitbringen dürfen«, erklärte der Assistenzarzt. »Die Frauen sind dafür. Wenn sie sich geeinigt haben, werden sie ihren Entschluss der Klinikleitung vortragen, meistens folgt die ihren Anliegen.«

Fasziniert beobachtete Charlotte das Rederitual und bemerkte nicht, dass eines der Schweine neben ihr stand und sich sanft an ihrem Bein rieb. Erst als mehrere der Schwarzen zu ihr hinüberblickten und lachten, wurde es ihr bewusst. Sie errötete und ließ sich von ihrem Begleiter zum Schwesternhaus bringen.

Nach zwei Tagen hatte der Assistenzarzt seine Aufgaben erledigt. »Morgen Mittag fährt der Zug«, sagte er zu Charlotte, »ich hoffe, der Aufenthalt hat Ihnen gefallen. Es tut mir leid, dass ich so wenig Zeit mit Ihnen verbringen konnte. Brauchen Sie Hilfe beim Packen?«

»Ich werde bleiben«, entgegnete Charlotte, »ich habe bereits alles mit der Schwester Clara besprochen. Sie ist froh, eine zusätzliche ausgebildete Krankenschwester hier zu haben, wenn es schon keine Ärzte gibt.«

Er sah sie verblüfft an. »Aber – ich stehe im Wort, Sie wohlbehalten zurückzubringen!«

»Machen Sie sich darüber keine Gedanken, ich habe alles mit meinem Vater und dem Professor besprochen. Es wird keine Probleme für Sie geben.«

Er sah sie skeptisch an und schien nachzudenken, als er auf einmal einen Schritt zurücksprang. »Da ist es ja schon wieder!«, rief er und zeigte auf das Pinselohrschwein, das neben Charlotte aufgetaucht war.

»Ja, wir haben uns angefreundet«, lachte sie. »Es weicht nicht von meiner Seite.«

Charlotte blieb drei Monate in Palime. Die Zutraulichkeit der Schweine, vor allem die der Sau, die ihr kaum von der Seite wich, ließ sie das Vertrauen der Eingeborenen gewinnen. Die Frauen suchten ihre Nähe, erlaubten ihr, ihre Kinder auf den Arm zu nehmen und brachten ihr Geschenke.

»Die Stimmung war noch nie so gut«, sagte Pater Gregorius, der Leiter der benachbarten Mission, eines Tages zu Charlotte bei einem seiner wöchentlichen Besuche. »Wie mir Schwester Clara sagt, liegt das wesentlich an Ihnen. Sie scheinen ein besonderes Händchen zu haben für die Menschen hier!«

»Das weiß ich nicht«, entgegnete Charlotte, »braucht man das? Es sind Menschen, das ist alles.«

Er sah sie nachdenklich an und sagte dann: »Wenn Sie irgendwann einmal woanders arbeiten möchten – wenden Sie sich an mich. Es wäre mir eine Freude, Sie an eines unserer Spitäler zu vermitteln. Denn Schwester Clara hat mir außerdem erzählt, dass Sie eine hervorragende Krankenschwester sind.«

*

»Das kann ich bestätigen!«, sagte Robert, der Charlottes Erzählung gelauscht hatte, ohne sie zu unterbrechen. »Und haben Sie vom Angebot des Pfarrers Gebrach gemacht?«

Charlotte nickte. »Deshalb bin hier. Dies ist ein katholisches Lazarett, er hat mich hierher vermittelt.«

Dann berichtete Charlotte von den wirren Tagen, als erst die Engländer und dann die Franzosen in Togo einmarschierten und die wenigen deutschen Polizisten im Handumdrehen überwältigten. »In Lomé wurden alle deutschen Flaggen ausgetauscht«, sagte sie. »Und die Eingeborenen müssen sich nun an die Sprache ihrer neuen Herren gewöhnen.«

»Ihrer Herren?«

»Ja«, sagte Charlotte, »ob Engländer, Franzosen oder die Deutschen – für sie alle sind die Schwarzen die Arbeitskräfte. Und sonst nichts.«

»Aber Sie sehen das anders?«

Charlotte überlegte, dann antwortete sie: »Am Tag, als die Kampfhandlungen begannen, erreichte ein Funkspruch die Station, der uns darüber informierte. Alle Weißen hasteten zum Zug, es gab nur ein Ziel: so schnell wie möglich das Land verlassen. Ich wollte bleiben, ich wollte bei meinen Frauen bleiben, bei Cäcilie.«

»Cäcilie?«

Charlotte lächelte. »Mein Pinselohrschwein. Aber irgendwann saß ich auch im Zug und fuhr Richtung Küste. Denn nicht nur die Weißen verschwanden, auch die Eingeborenen. Plötzlich waren alle weg, selbst die Schwerkranken. Nur die Schweine blieben. Als ich aus dem Zugfenster sah, stand Cäcilie am Bahnsteig.«

Robert bemerkte, dass sie den Tränen nahe war und wechselte das Thema: »Und in Lomé? Haben Sie Ihren Vater und den Freiherrn gefunden?«

Sie schüttelte den Kopf. »Das letzte Schiff, das ablegte, war voller Deutscher, die versuchten, ihr sämtliches Hab und Gut unterzubringen. Es passten gar nicht alle unter Deck, viele nächtigten auf dem Sonnendeck. Mein Vater und der Freiherr waren nicht dabei. Angeblich haben sie das Land über Kamerun verlassen, sagte der Kapitän.«

»Und der Pater, wie haben Sie den wiedergetroffen?«

»Er war auch an Bord. Er erneuerte sein Angebot. Und hier bin ich nun.«

»Sie sagen das so fröhlich, als wären wir auf Urlaub hier.«

Sie sah ihn schuldbewusst an. »Das tut mir leid«, sagte sie, »was ich meine, ist: Ich kann jetzt nicht zu Hause sein und nichts tun, wenn hier so viele Menschen Hilfe brauchen – Menschen wie Sie. Und vielleicht auch Wilhelm.«

Robert sah die unausgesprochene Frage in ihren Augen. »Ich weiß nicht, wo er ist«, sagte er, »ich weiß nur, wann ich ihn zuletzt gesehen habe.« Und er erzählte ihr von Wilhelms Verhaftung und davon, dass er aus dem Militärgefängnis entkommen sei.

»Seitdem verliert sich jede Spur. Ich gäbe alles darum, zu wissen, wo er ist.«

»Er lebt«, sagte Charlotte mit einer Bestimmtheit, die Robert verblüffte, »das fühle ich. Ich glaube, er ist gar nicht weit von hier …«

Einen Augenblick hing sie ihren Gedanken nach, dann riss sie sich zusammen und sagte munter: »Und wie ist es Ihnen ergangen, seit Sie ihn zuletzt gesehen haben?«

Robert versuchte zu lachen, der Schmerz, der dabei in seinen Beinstumpf schoss, ließ ihn jedoch das Gesicht verziehen.

»Was haben Sie?«

»Die Frage!«, erwiderte er dann. »Sie sehen doch, wie es mir ergangen ist – mir und unzähligen anderen. Und viele hat es noch schlimmer getroffen, sie sind gar nicht erst herausgekommen aus den Gräben und Unterständen! Erst war es die Marne: Wenn wir die schaffen, schaffen wir auch Paris, hieß es. Dann war es die Maas. Da sagte man dasselbe. Und jetzt werden sie sich vor Verdun eingraben. Wie viele haben in dieser kurzen Zeit ihr Leben gelassen?« Er versuchte, sich hochzustemmen, und starrte Charlotte an. »Dreihunderttausend? Vierhunderttausend? Glauben Sie mir, Sie werden noch viele Beine abzunehmen haben – hier und in anderen Lazaretten.« Erschöpft ließ er sich zurücksinken und fragte: »Was geschieht eigentlich anschließend damit? Kommen die alle in die Feldküche?«

Charlotte schwieg und sah zu Boden. »Es tut mir leid. Ich sitze hier und erzähle Ihnen von niedlichen Schweinen, und Sie …«

»Schon gut«, unterbrach Robert sie, »ich bewundere Sie. Ich bewundere all die jungen Frauen und Männer, die hier ihr Bestes geben. Seit wann sind Ärzte eigentlich so jung?« Er deutete auf einen jungen Mann im weißen Kittel.

»Das sind Medizinstudenten«, erwiderte Charlotte mit gedämpfter Stimme, »zweites Semester. Sie werden Feldunterärzte genannt. So viele richtige Ärzte, wie hier gebraucht werden, gibt es nicht.«

»Und die nehmen schon Beine ab?«, fragte Robert und sah dem Studenten nach. Dabei fiel sein Blick auf einen Verletzten mit einem Kopfverband, der am anderen Ende der Baracke in seinem Bett saß und zu ihm herüberstarrte. Robert starrte zurück. Das Gesicht kam ihm bekannt vor, soweit er es unter dem Verband erkennen konnte. »Was ist?«, fragte Charlotte, »wo sehen Sie hin?«

»Ich bin mir nicht sicher«, sagte Robert leise, »aber ich glaube, der da« – er deutete auf den Soldaten – »der ist es, mit dem Wilhelm in Dinant aneinandergeraten ist. Ein Grenadier aus Bayern.«

*

Roberts Fieber ging rasch zurück, der Schmerz wurde erträglicher. Nach zwei Wochen befand ihn der Stabsarzt für transportfähig. »Der nächste Zug gehört Ihnen!«, sagte er jovial, »und dann heißt es: Prothese aussuchen! Sauerbruch hat ganz neue Modelle entwickelt – man merkt kaum noch einen Unterschied. Und wenn Sie damit laufen wie ein junger Gott, kommen Sie wieder – wir können an der Front jeden tüchtigen Mann gebrauchen, Herr Leutnant!«

Robert sah ihn sprachlos an. »War nur ein Scherz«, beeilte sich der Stabsarzt zu sagen, »kleiner Scherz! Für Sie ist der Krieg zu Ende. Viele werden Sie beneiden.«

Charlotte, die hinter ihm gestanden hatte, verdrehte die Augen und sagte zu Robert, nachdem der Arzt zum nächsten Bett gegangen war: »Er meint es gut, er denkt, es wirkt aufmunternd!« Bevor sie dem Arzt folgte, sagte sie noch rasch: »Etwas hätte ich fast vergessen. Auch ich werde nicht mehr lange hier sein: Ich werde in ein anderes Lazarett versetzt. Wahrscheinlich an dem Tag, an dem Sie den Zug besteigen.«

»Besteigen?«, fragte Robert.

»Na ja«, entgegnete sie, »man wird Sie hineintragen, gehen geht ja noch nicht. Aber glauben Sie mir: In spätestens drei Monaten können Sie sich wieder fast so bewegen wie früher. Selbst reiten …«

Robert winkte ab. »Danke für alles«, sagte er und drückte ihre Hand, »aber für Märchen bin ich mittlerweile etwas zu alt. Ich weiß, wie es um mich steht, und ich bin dankbar, dass ich überhaupt überlebt habe. Ohne Ihre Hilfe …«

Sie erhob sich: Der Stabsarzt winkte nach ihr. Robert ließ seinen Kopf auf das Kissen sinken und dachte an Wilhelm. Er merkte nicht, wie der Schütze Huber weiter unverwandt zu ihm herübersah.

Eheliche Treue

Das Haus Nummer 11 in der Gneisenaustraße sah unverändert aus. Wuchtig, schneeweiß und einladend. Robert war vom Lazarett in der Thüringer Allee mit dem Taxi gekommen, verwundeten Offizieren standen sie kostenlos zur Verfügung. Doch schon die wenigen Schritte zur Pforte der Villa fielen ihm schwer – gestützt auf zwei Krücken, die er unter die Achseln geschoben hatte, stand er vor der weißen Pforte und atmete schwer. Er bereute schon fast, das Krankenbett verlassen zu haben. Was sollte er ihnen sagen? Er wusste nichts von Wilhelms Verbleib, und seine eigene Geschichte – der Kampf an der Marne, die Granate, die sein linkes Bein zerfetzt hatte – bot ebenfalls wenig aufmunternden Gesprächsstoff.

Der Gedanke, Elisabeth zu sehen, überwog jedoch alle Bedenken.

Er stand zögernd vor dem Anwesen, als die Tür geöffnet wurde und Elisabeth aus dem Haus trat. Sie hatte den Einbeinigen schon eine Weile durch das Fenster beobachtet und sich aus Furcht davor, es könne ihr Bruder sein, nicht zu rühren gewagt. »Wilhelm?«, sagte sie nun und beugte sich vor, als könne sie ihn dann besser erkennen. »Wilhelm?!« Ihre Stimme überschlug sich, sie lief die gepflasterte Auffahrt zum Tor, um dann kurz vor der Pforte abrupt stehen zu bleiben. Sie starrte Robert an, öffnete ihren Mund und brachte keinen Ton heraus.

*

Elisabeths Rückkehr nach Berlin einen Monat zuvor war überstürzt verlaufen. Ein Brief von Sophie, der Haushälterin, hatte sie veranlasst, Hamburg zu verlassen: Die Nachricht, dass die beiden Jungen, zwar unter der Obhut einer Erzieherin, allein im Haus waren, da die Mutter in Frankreich und der Vater weiterhin in Togo weilten, ließ ihr keine andere Wahl. »Was ist denn das für ein Vater?«, hatte Friderike empört gefragt, »die Welt stürzt ins Chaos, und er reist in der Gegend herum!«

»Er reist nicht herum – er rettet die Welt!«, hatte Elisabeth sarkastisch geantwortet. Ihre Meinung über ihren Vater und über die Männer im Allgemeinen war während der Monate in Hamburg eher noch distanzierter geworden. Nun jedoch, allein im Haus mit ihren Brüdern und dem Personal, fühlte sie sich verlassen und hilflos. Sosehr sie sich stets über ihn geärgert hatte: Die Präsenz dieses dröhnenden, scheinbar unerschütterlichen Mannes hatte ihr auch immer ein Gefühl von Sicherheit gegeben, die jetzt fehlte. Die gelegentliche Post von ihrer Mutter half da nicht viel.

Seit Beginn der Kämpfe in Elsass-Lothringen waren die Briefe dann ganz ausgeblieben. Elisabeths einzige verlässliche Verbindung zur früheren Welt der Familie war Helene Bechstein, auf deren gelegentliche Besuche sie sich freute. Die Entwicklung der kleinen Luise zu beobachten, das Kind im Arm zu halten – das waren die Momente, in denen sie vergaß, dass die Welt um sie herum in ihre Einzelteile zerfiel.

Eines Abends, als sie sich mit den Bechsteins zu Tisch gesetzt hatte und Luise das Essen auftrug, fragte sie unvermittelt: »Helene, haben Sie eigentlich schon Ersatz für Ihr Hausmädchen gefunden?«

»Nein, ich werde wohl demnächst die Parade der Bewerberinnen über mich ergehen lassen müssen. Ich habe bereits eine Annonce aufgegeben.«

Elisabeth nickte bedächtig und sah lange Luise an, die hinter Helene Bechstein stand und versonnen auf das Kind blickte, das auf einem Kissen in einem Sessel schlief – ihr Kind.

»Warum fragst du?«, sagte Helene Bechstein. Dann bemerkte sie, dass Elisabeth unverwandt über ihren Kopf blickte und drehte sich um. »Luise? Du meinst ...«

*

Robert saß am Fenster in dem Ohrensessel, der sonst dem Hausherrn vorbehalten war, und sah in den winterlichen Garten hinaus. »Seit zwei Monaten arbeitet Luise nun bei den Bechsteins«, erzählte Elisabeth ihm, »sie war sofort einverstanden gewesen. Sie ist glücklich, ihr Kind jeden Tag sehen zu können. Alle sind glücklich.«

»Nur du nicht«, antwortete Robert und sah sie mitfühlend an. »Du vermisst sie, nicht wahr?«

Elisabeth nickte. »Aber ich bin froh, dass du wieder da bist und hier vor mir sitzt, leibhaftig und lebendig! Als du vorhin vor der Pforte standst, wäre ich fast in Ohnmacht gefallen.«

In diesem Moment klappte die Haustür, und die beiden Jungen kamen herein, ihre Schulranzen noch auf dem Rücken. Schüchtern blieben sie im Raum stehen.

»Seht, wer hier ist!«, rief Elisabeth und winkte sie herbei.

Sie sahen unsicher auf die Rückseite des Ohrensessels. »Wilhelm!«, riefen sie dann und stürmten auf ihn zu. Als sie um den Sessel herumgelaufen waren und sahen, wer darin saß, stieß Adalbert einen Schrei aus, und Karl hielt sich die Hand vor den Mund. Beide starrten auf Roberts Beine.

»Es gibt Schlimmeres«, sagte Robert, um einen heiteren Tonfall bemüht, »andere laufen ohne Kopf herum!«

Die Jungen sahen ihn entsetzt an, so dass Elisabeth eilig hinzufügte: »Das hat er aus Spaß gesagt! So was gibt es nicht wirklich.«

»Wo ist Wilhelm?«, frage Karl, der Jüngere der beiden, »hast du ihn mitgebracht?«

Robert schüttelte bedauernd den Kopf. »Er ist noch dort, wo ich auch war, und er hat noch beide Beine. Aber wo genau er jetzt ist, das weiß ich nicht. Es geht ihm sicherlich gut. Ganz bestimmt sogar! Er ist der Tapferste von allen, ihm kann nichts passieren.«

»Und wenn doch?«, fragte Karl.

»Dann darf er auch nach Hause. So wie ich.«

»Aber dann hat er auch keine Beine mehr ...«

»Eines habe ich ja noch!«, sagte Robert und klopfte mit der Hand auf seinen rechten Oberschenkel.

»Und wo ist das andere jetzt?«

»Karl!«, mischte sich Elisabeth ein, »woher soll er denn das wissen? Er hat es verloren.«

Verwirrt sah Karl zwischen Robert und seiner Schwester hin und her. »Wie kann man denn ein Bein verlieren? Das muss man doch merken!«

Adalbert stieß seinen Bruder mit dem Ellenbogen an. »Dummkopf!«, sagte er. »Verlieren – das sagt man nur so. In Wirklichkeit ist es weggeschossen.«

Robert nickte. »Soll ich euch die Geschichte erzählen?«

Elisabeth ging in die Küche, um das Mittagessen für die Jungen zu machen, eine Aufgabe, die bis vor kurzem Luise wahrgenommen hatte. Sie fühlte sich gut dabei, und sie hatte den Eindruck, dass es ihnen gefiel, von ihrer Schwester umsorgt zu werden. Am Abend hatte Karl sie beim Schlafengehen schüchtern gefragt: »Bleibst du jetzt bei uns in Berlin?«

»Ja, Karl, bis alle wieder hier sind. Und wenn du willst, noch länger.«

Aus dem Salon hörte sie Adalbert jetzt fragen: »Wie lange dauert der Krieg noch? Wann kommen alle wieder nach Hause?«

»Er sollte schon längst vorüber sein, im Herbst, hat der Kaiser gesagt. Aber manchmal dauern die Dinge etwas länger.«

»Warum?«

»Weil alle geglaubt haben, es würde ganz schnell gehen. Und dann passiert es manchmal, dass die Dinge besonders lange dauern.«

»Jeder Tritt ein Brit', jeder Stoß ein Franzos' – das haben wir heute in der Schule gesungen. Hast du tote Franzosen gesehen?«

Robert nickte. »Viele, und Deutsche. Und Engländer. Viel mehr, als man sonst Menschen auf der Straße sieht, selbst bei dichtestem Verkehr. Alle haben Waffen, die vorher keiner ausprobiert hat. Alles ist neu. Kanonen, Flugzeuge, Tanks – die Soldaten können sich nicht dagegen wehren.«

»Auch die Husaren nicht?«

Diesmal stieß Karl seinen Bruder an, dessen Fragen ihm peinlich zu sein schienen.

»Lass nur«, sagte Robert zu ihm, »das sind kluge Fragen. Viel mehr Leute sollten solche Fragen stellen.«

*

Es blieb nicht bei dem einen Besuch. Elisabeth gewöhnte sich an, Robert vom Lazarett abzuholen, wenn sie ihn zum Essen eingeladen hatte. Das Lazarett würde noch für einige Wochen sein Zuhause bleibe, so lange, bis seine Prothese fertig war. Gehübungen und Gymnastik gehörten zu seinem täglichen Genesungsprogramm. »Für Offiziere und adlige Verwundete wird vorbildlich gesorgt«, sagte er, als sie zur Straßenbahn gingen. Er stützte sich nur noch auf eine Krücke, Elisabeth hatte ihn auf der anderen Seite untergehakt. »Die Übrigen müssen sehen, wie sie sich selbst helfen …«

Die Krankenhäuser und Heimatlazarette waren auf so viele Verwundete nicht vorbereitet, täglich wuchs die Zahl bettelnder Kriegskrüppel am Straßenrand. Die Zeitungen empörten sich über die Verschandelung des Straßenbildes und ermahnten die Polizei, dagegen vorzugehen. Aber selbst die Berliner Polizisten wagten es nicht, die Männer zu vertreiben.

»Nicht nur, dass die Offiziere zehnmal so viel Sold erhalten wie die einfachen Soldaten, auch die Kriegswitwen-Unterstützung ist zehnmal so hoch«, erklärte er Elisabeth. »Ich schäme mich dafür. Ich war zwar nicht lange an der Front dabei, aber wie viele tapfere Männer ich in der kurzen Zeit habe sterben sehen, während ihre Offiziere sich vornehm im Hintergrund halten – das treibt mir die Schamesröte ins Gesicht!«

Elisabeth sah ihn verwundert an. So aufgebracht hatte sie den Freund ihres Bruders noch nicht erlebt. »Solche Dinge solltest du besser nicht laut auf der Straße sagen«, erwiderte sie. »So etwas ist strengstens verboten. Gute Stimmung ist erwünscht! Der Kaiser hat gerade erst Jammerbriefe untersagt.«

»Jammerbriefe?«

»Er hat Soldatenfrauen verboten, in den Briefen an ihre Männer über die Zustände in der Heimat zu klagen. Zum Beispiel darüber, dass die Lebensmittel rationiert worden sind, dass es keine Medikamente für Zivilisten mehr gibt, dass Frauen in Rüstungsfabriken arbeiten müssen, damit sie ihre Kinder ernähren können, weil der Wehrsold ihrer Männer nicht reicht.«

Robert schüttelte ungläubig den Kopf, dann sagte er: »Und an der Front werden Merkblätter an die Soldaten verteilt: Fährst du in den Urlaub, so lass den Dreck und die traurigen Gedanken im Graben, bringe eine frische Brise Frontlust und den Humor der vorderen Linien in die Heimat. Das steht da – wörtlich! Wir sollen gute Laune verbreiten. So wie der da zum Beispiel.« Er deutete auf einen Invaliden mit einem Kopfverband, der zitternd an einem Mauervorsprung lehnte. »Ein Schüttler«, erklärte Robert, »so werden die genannt, deren Nerven versagt haben. Sie können nicht aufhören zu zittern. An der Front werden sie zusätzlich schikaniert, weil man sie für Simulanten hält ...« Er ging zu dem Mann und legte einige Geldmünzen in die Pappschale vor ihm. Zitternd streckte er eine Hand aus, Robert ergriff sie. Der Mann war nicht älter als er selbst.

Schweigend warteten sie an der Straßenbahnstation. Als sie zwei Plätze am Ende des Waggons gefunden hatten, sagte Elisabeth leise zu Robert: »Auch Frauen werden schikaniert.«

Robert sah sie verblüfft an. Elisabeth blickte sich kurz um, um sich zu vergewissern, dass sie sich außer Hörweite der übrigen Fahrgäste befanden, dann beugte sie sich dicht zu Robert und flüsterte: »Das Kriegsministerium hat einen Erlass herausgegeben, der Soldatenfrauen zur ehelichen Treue verpflichtet. Ehebrecherinnen bekommen keine Unterstützung, und wer sich mit Kriegsgefangenen einlässt, wird namentlich in der Zeitung bekannt gemacht und vor Gericht gestellt. Die Ersten sind schon im Zuchthaus.«

*

Der Brief, der einige Tage später eintraf, hatte, wie man am Poststempel erkennen konnte, neun Wochen gebraucht, um von Lagarde nach Berlin transportiert zu werden. Und er war bereits geöffnet worden. »Das kenne ich schon«, sagte Elisabeth zu Robert, der zum Abendessen gekommen war, und seufzte: »Der Brief, den ich in Hamburg von dir erhalten habe, war ebenfalls vorher geöffnet worden.«

Sie ließ sich in einen Sessel fallen, um zu lesen – und sprang fast augenblicklich mit einem Aufschrei wieder hoch. »Er lebt!«, rief sie. »Helène schreibt, dass Wilhelm in Lagarde war. Für wenige Tage nur – aber er war da!«

Robert lächelte erleichtert und fragte dann unvermittelt: »Schreibt sie auch, ob Adèle dort war?«

»Nein«, antwortete Elisabeth, »davon steht hier nichts.«

Robert sah Elisabeth nachdenklich an. »Wir wissen beide, was sie ihm bedeutet«, sagte er. »Ich war bei der großen Verlobungsfeier in diesem Haus dabei – und ich habe mich nicht wohl in meiner Haut gefühlt.«

Elisabeth nickte. »Das ging mir ebenso.«

»Ich habe Charlotte getroffen«, sagte er langsam. »Sie war das erste Gesicht, das ich im Feldlazarett sah, als ich nach der Amputation wieder zu mir kam.«

Elisabeth erhob sich langsam und starrte ihn ungläubig an. »Was?«, sagte sie. »Das musst du geträumt haben. Sie ist in Togo.«

Robert schüttelte den Kopf. »Da ist sie nicht mehr. Sie hat das letzte Schiff genommen, bevor Togo an die Franzosen und Engländer fiel.«

»Aber warum ist sie nicht in Berlin? Was macht sie in Frankreich?«

»Sie arbeitet im Lazarett. Sie ist Krankenschwester.«

»Und mein Vater – wusste sie etwas über ihn?«

Robert schüttelte den Kopf. »Alle haben überstürzt das Land verlassen.«

Elisabeth setzte sich langsam wieder und nahm den Brief zur Hand. »Endlich können wir den Jungen mal eine gute Mitteilung machen«, sagte sie, »sie werden außer sich sein vor Freude. Sie lieben Wilhelm und würden alles für ihn tun.«

Robert nickte. »Ich weiß, das geht mir ebenso. Aber ich freue mich noch aus einem anderen Grund.«

»Dass du lebst?«

Robert lachte. »Das auch. Aber noch mehr darüber, dass ich hier bei dir sein darf.«

Sie senkte den Blick. »Ich freue mich auch«, antwortete sie leise.

8. Verdun

Verpasst

Wilhelms Plan, sich nach Straßburg durchzuschlagen und von dort mit dem Zug nach Berlin zu fahren, erwies sich als undurchführbar. In Elsass-Lothringen wimmelte es von deutschen Soldaten, es war Aufmarschgebiet für die nachrückenden Truppen geworden, die sich für die große Offensive auf Verdun sammelten. Alle Bahnverbindungen standen nur noch dem Militär zur Verfügung. Niemand kümmerte sich um Zivilisten, am allerwenigsten um Franzosen. Für Wilhelm war das ein Segen, jetzt zahlte sich der Privatlehrer aus, den seine Eltern engagiert hatten: Sein Französisch war perfekt, sogar der Elsässer Dialekt kam ihm leicht über die Lippen. Man hielt ihn für einen Franzosen.

Eine Rückkehr nach Lagarde war ausgeschlossen, die deutsche Grenze zu Fuß zu überqueren, um nach Straßburg zu gelangen, war nicht möglich. So blieb ihm keine andere Wahl, als das zu tun, was viele Franzosen taten: Tausende, deren Dörfer und Häuser zerstört waren, irrten durch das Vorland der Vogesen und suchten nach einem Dach über dem Kopf und etwas zu essen. Ganze Familien zogen mit Handwagen von Dorf zu Dorf, manche hatten das Glück, an die Tür eines großzügigen Bauern zu klopfen. Die meisten jedoch trafen auf Menschen, die verstört, verängstigt und außerstande waren, anderen zu helfen, denen es noch schlechter ergangen war als ihnen.

Wilhelm bewegte sich immer nahe der Grenze in der Hoffnung, doch noch eine Möglichkeit zu finden, nach Deutschland zu kommen. Es war kalt geworden, der Jahreswechsel hatte einen heftigen Wintereinbruch gebracht. Wilhelm zog im Gefolge einer Gruppe von Franzosen, die aus der Gegend um Nancy stammte und seit Monaten obdachlos umherirrte, auf dem Weg von Gérardmer nach Ribeauville. Keiner sprach, jeder war damit beschäftigt, seinen Hunger zu bekämpfen und die Kälte auszuhalten. Ein zerlumpter Alter lehnte am Wegesrand an einem Strommast und sah Wilhelm mit weit geöffneten Augen entgegen, als kenne er ihn. Doch als Wilhelm sich näherte, erkannte er, dass der Mann mit leerem Blick durch ihn hindurch sah.

Wilhelm blieb stehen und sprach ihn an. Der Mann reagierte nicht. Als er nah an ihn herantrat, bemerkte er den Geruch: faulendes Fleisch. »Wo sind Sie verletzt?«, fragte er. Der Mann versuchte, einen Arm zu heben. Sein Mantelärmel rutsche ein Stückchen hoch, und Wilhelm sah das rohe Fleisch am Unterarm.

»Nicht weit von hier ist ein Lazarett«, sagte er. »Sie behandeln dort auch Zivilisten. Kommen Sie, stützen Sie sich auf mich!« Vorsichtig legte er den gesunden Arm des Mannes um seine Schulter, dann half er ihm Schritt für Schritt voran.

Am Abend erreichten sie das Lazarett, ein großes, eingezäuntes Areal mit Zelten und eilig zusammengezimmerten Holzhäusern. Wilhelm näherte sich mit dem Verletzten einem Wachposten, der sie kurz ansah und dann durchwinkte. »Baracke 9. Franzosen, oder?«

Wilhelm tat, als habe er ihn nicht verstanden. »Schon gut«, sagte der Soldat, »da hinten.« Er deutete auf ein kleines Haus am Ende des Geländes.

Leichtverwundete standen im kalten Wind und rauchten Zigaretten. Wilhelm, der jetzt seine letzten Kräfte mobilisieren musste, bemerkte den Soldaten nicht, der mit verbundenem Kopf an der Wand eines Gebäudes lehnte und dem vor Verblüffung die Zigarette aus dem Mund fiel, als er Wilhelm sah. Auch dass er umgehend zur Kommandantur eilte, entging Wilhelm.

Nachdem er seinen Verletzten an einen Sanitäter übergeben und sich bedankt hatte, ging er langsam den Weg zurück, den er gekommen war. Dieses Mal sah er den Mann mit dem Kopfverband, der flankiert von zwei Soldaten auf ihn zukam und vor ihm stehen blieb. Er erkannte ihn sofort.

»Das ist der Mann!«, sagte Huber und sah Wilhelm mit hasserfüllten Augen an. Die Soldaten richteten wortlos ihre Pistolen auf Wilhelm, dann ergriffen sie seine Arme und führten ihn ab.

Der Mann hatte eine angenehme, vertrauenswürdige Stimme. Wilhelm hätte gern sein Gesicht gesehen. Der Mann saß jedoch im dunklen Teil des Raumes.

»Nun, wie fühlt man sich als Verstorbener?«, fragte er. »Man sagt ja, Verstorbene fühlen gar nichts. Aber wer weiß das schon? Man kann sie ja nicht danach fragen. Welch' eine einmalige Gelegenheit für mich, mit Ihnen zu sprechen.«

Wilhelm antwortete nicht. Seit langem hatte niemand mit ihm geredet. Und jetzt dies! Er wusste nicht, wo er sich befand, wie viel Zeit vergangen war, wer da das Wort an ihn richtete.

»Sie brauchen mir nicht sofort zu antworten«, sagte die Stimme, »was ich Ihnen zu sagen habe, ist Folgendes: Nachdem Ihre Hinrichtung wegen Hochverrats und Fahnenflucht nun schon einige Zeit zurückliegt, haben wir neue Aufgaben für Sie. Die Heeresleitung vertritt die Überzeugung, dass auf fähige und gut ausgebildete Männer nicht verzichtet werden kann. Die übrige Welt geht zwar davon aus, dass Sie Ihre gerechte Strafe erhalten haben, Sie und ich wissen jedoch, dass Sie hier in diesem Bunker sitzen. Oder wussten Sie das gar nicht? Egal. Mein Angebot: Sie treten einem Spezialbataillon bei, das Aufgaben zu erledigen hat, die normalen Soldaten nicht zugemutet werden können. Dafür lassen wir Sie wieder ans Tageslicht. Eine Wiedergeburt sozusagen ...«

Wilhelms Gedanken rasten. Während der Zeit der Isolation nach seiner Verhaftung im Lazarett hatte er sich gewundert, dass keine Verhöre, keine Verhandlung, keine Verurteilung erfolgt waren. Jetzt begann das Ganze einen Sinn zu ergeben.

»Um Ihre Fragen zu beantworten«, sagte er und wunderte sich über den Klang seiner Stimme, die – rau und leise – in seinen Ohren wie die eines Fremden klang. »Nein: Verstorbene fühlen nichts. Aber sie können denken.«

Der Mann klatschte in die Hände. »Großartig«, rief er, »großartig! Ich wusste, dass heute ein ganz besonderer Tag für mich sein würde. Und Ihnen kann ich versichern: Sie haben eine goldrichtige Entscheidung getroffen. Denn andernfalls hätten Sie noch heute das Zeitliche gesegnet – und diesmal wirklich.«

Wilhelm hörte, wie ein Stuhl gerückt wurde. Offenbar machte sich der Mann zum Gehen bereit.

»Darf ich noch etwas hinzufügen?«, fragte er.

Der Mann blieb stehen.

»Warum so lange?«, fragte Wilhelm.

»Wie meinen?«

»Warum erst jetzt?«

»Nun, die Erfahrung hat uns gelehrt, dass gerade die stolzesten unter unseren jungen Helden, die besten und tapfersten sozusagen, ein wenig mehr Zeit brauchen, um bereit zu sein, ihren Heldentod zu verschieben. Anders gesagt: Vor einem Jahr hätten Sie mein Angebot abgelehnt, und wir hätten Sie erschießen müssen. Das wäre schade gewesen. Jetzt können Sie sich vorher noch nützlich machen.«

Mit diesen Worten verließ der Mann den Raum. Wilhelm saß erneut im Dunkeln.

*

Die Gänge, durch die Wilhelm geführt wurde, waren schmal, feucht und spärlich beleuchtet. Links und rechts gingen weitere Gänge ab sowie Schlafsäle, Munitionskammern, Vorratsräume, Küchen. Treppen führten nach oben und unten. Er befand sich in einem Bunker, in einer unterirdischen Kaserne.

Er wurde in eine Kleiderkammer geführt. Nach einer Minute hielt er eine feldgraue Uniform, einen Mantel, einen Helm und ein paar Stiefel in den Händen. Er wurde weiter durch mit Kopfsteinen gepflasterte Gänge geführt, dann stand er vor einer Stahltür, hinter der sich ein Raum voller Waffen befand – und Spaten verschiedenster Größe. »Gib ihm den üblichen«, sagte einer der Soldaten.

Seine neue Uniform unter einem Arm, den Spaten unter dem anderen, trat Wilhelm kurz darauf ins Freie. Er wusste nicht, wie lange er die Sonne nicht mehr gesehen hatte. Auch heute zeigte sie sich nicht: Es schneite, Wolkenfetzen jagten über den Himmel, eisiger Wind drang durch die Kleidung. Durch das Schneegestöber sah er einen Lastwagen. »Na endlich, wir müssen los!«, rief der Fahrer, der weit aus dem Fenster lehnte. »Rauf mit ihm!«

Wilhelm erkannte jetzt, dass sich auf der Ladefläche Männer drängten, Männer in grauen Armeemänteln, mit Spaten unter den Armen. Als er zwischen ihnen stand, bemerkte er, dass sie offenbar schon geraume Zeit auf ihn gewartet hatten: Ihre Hände waren blau gefroren.

Sie kauerten auf der Ladefläche und starrten nach vorn. Sie hatten keinen Blick für das Geschehen um sie herum, für die Fahrzeuge, die Pferdefuhrwerke, die Kanonen und die Marschkolonnen, sie hielten die Augen unbewegt nach vorn gerichtet. Der kleine Soldat neben ihm war der Einzige, der Wilhelm ansprach. »Leopold«, stellte er sich vor, »früher war ich Offiziersanwärter, jetzt bin ich einfacher Soldat wie alle hier in dieser Truppe, unterste Stufe. Kein Rangabzeichen, kein Titel, aber immer 'ne große Klappe. Deshalb sind wir ja auch hier gelandet. Aber es gibt schlimmere Strafbataillone. Ist mein drittes.«

Er sah Wilhelm an und wartete auf eine Reaktion. Wilhelm schwieg.

Der Mann nickte. »Du brauchst hier niemandem irgendwas zu sagen, egal was sie dich fragen. Sind alles neugierige Kerle, man erzählt ihnen besser nicht zu viel. Außer dem Feldwebel und dem Spieß natürlich, und dem Offizier erst recht ...«

»Und warum erzählst du mir so viel?«, fragte Wilhelm.

»Entschuldigung«, sagte Leopold, »ich wollte dich nicht langweilen. Ich dachte nur, du solltest wissen, wo du hier gelandet bist.«

»Danke«, sagte Wilhelm, »ich denke, ich bin beim Buddel-Bataillon gelandet, oder?«

Leopold lachte laut auf. »Gefällt mir! So hat's noch keiner genannt. Aber warte nur ab – wenn's losgeht, ist es nicht mehr lustig.«

Wilhelm nickte. »Seit wann macht ihr das?«

»Keine Ahnung. Ich bin seit zwei Monaten dabei, seit sie mich wegen Diebstahl erwischt haben. War 'ne wunderschöne Taschenuhr. Nun guck mich nicht so an, als wäre ich ein Krimineller! Alle holen sich, was ihnen gefällt, die meisten Häuser sind schon fast leer. Aber man darf sich natürlich nicht erwischen lassen. Und mich haben sie erwischt.«

»Und dann?«

»Erst Arrest, und dann haben sie es sich anders überlegt: Arbeit statt einsperren. Zum Beispiel schaufeln. Wir haben schon das halbe Land umgegraben.«

»Ihr?«

»Natürlich nicht allein. Sie haben haufenweise Buddel-Bataillone, die die Gräben ausheben, in denen dann die Soldaten und die Ratten hausen. Und wenn irgendwo ein Graben zusammenbricht, müssen wir hin und ihn wieder herrichten. Da fliegen einem die Kugeln um die Ohren. Zurückschießen können wir nicht, haben ja nur die Spaten. Aber wenn du damit schnell genug bist, kannst du sie alle abwehren. Kling-klang-klong, so klingt das dann.« Wieder lachte er.

Im Laufe des Vormittags verzogen sich die Wolken. Je weiter der Lastwagen fuhr, desto heller wurde der stahlblaue Streifen am Horizont, ein klarer, strahlender Wintermorgen. Im Gegensatz dazu stand das dumpfe Gewittergrollen vor ihnen, das von Minute zu Minute bedrohlicher wurde. Am Mittag erreichten sie die Reservelinien und passierten eine unübersehbare Menge Soldaten, nach einem weiteren Kilometer hielt der Wagen. Sie hatten die Unterstützungslinie erreicht. Von hier waren es nur noch zweihundert Meter bis zur vordersten Front. Wilhelm fiel auf, dass das Grollen abgeebbt war. »Mittagspause«, sagte einer der Männer, »vor zwei fängt der Franzmann nicht wieder an.«

Die Männer sprangen von der Ladefläche des Lastwagens. »Na endlich!«, rief ein Feldwebel. »Abschnitt fünf! Alle Mann im Laufschritt!« Sie rannten zu einem Graben und sprangen hinein. Er war gerade so tief, dass ein Mann von normaler Körpergröße aufrecht darin stehen konnte, ohne dass sein Kopf herausragte, und so breit, dass zwei Männer aneinander vorbeigehen konnten. Die Erdwände zu beiden Seiten, die von Holzpfählen gestützt waren, glänzten schwarz, im Abstand von zehn Metern waren Einbuchtungen in die Wände gegraben, in denen Soldaten standen und etwas aßen.

»Nicht einschlafen!«, wurden sie zur Eile angetrieben. Sie hasteten durch ein Grabenlabyrinth, das sich immer wieder gabelte und verzweigte. Plötzlich standen sie vor einem Erdwall – ein Mine war eingeschlagen, die Wände abgesackt, Steine und Geröll blockierten den Durchgang. »Freimachen! Schnell, bevor es wieder losgeht!«, befahl der Feldwebel.

Sie begannen zu schaufeln. Nach wenigen Minuten war ein erster schmaler Durchgang hergestellt, dann rutschte die Erde von der Seite nach und schüttete alles wieder zu.

Sie verstärkten ihre Anstrengung. Mit einem Aufschrei sprang plötzlich einer der Männer zur Seite: Ein Körper rollte mit dem Gestein auf ihn zu und riss ihn um. Andere sprangen herbei und zogen ihn unter dem Toten hervor. »Weiter, weiter«, rief der Feldwebel, »der Durchgang muss frei werden!« Kurz darauf hatten sie es geschafft und blickten in den Grabenabschnitt vor ihnen, der voller Männer war, die erschöpft an den Wänden lehnten oder am Boden saßen. »Wo wart ihr so lange, ihr Idioten?«, schrie einer von ihnen. »Wir warten seit drei Stunden auf Entsatz!«

»Entsatz kommt später!«, entgegnete der Feldwebel, »wieder nach vorn. Sofort!«

Die Soldaten drehten sich wortlos um und gingen den Graben zurück, den sie gekommen waren. Zurück blieben ein halbes Dutzend, die sich nicht rührten. »Legt die Toten zur Seite«, sagte der Feldwebel, »und dann weiter nach vorn, da wartet noch reichlich Arbeit!«

»Jetzt darfst du gleich am ersten Tag in den Frontgraben«, sagte Leopold, der neben Wilhelm lief, »große Ehre!« Nach hundert Metern erreichten sie einen breiteren Graben, und im selben Moment setzte ohrenbetäubender Donner ein, in den sich das Knattern von Maschinengewehren und das Heulen von Schrapnellminen mischte, die über den Graben hinwegzischten. »Das sind unsere!«, schrie Leopold. Wilhelm spürte die Erschütterungen im Boden, als die Geschosse auf der anderen Seite einschlugen. »Zu weit, alle zu weit!«, rief Leopold wütend, »da lacht der Franzmann doch nur.«

Der tosende Lärm schwoll weiter an, als von der anderen Seite zurückgeschossen wurde. Die Männer drückten sich an die Wände des Grabens und pressten ihre Hände auf die Ohren. Sand und Steine spritzten auf, wenn ein Geschoss in ihrer Nähe einschlug. »Vorwärts, weiter!«, hörte Wilhelm den Feldwebel schreien. »Einbruch links!«

Sie erreichten einen weiteren Graben und standen plötzlich vor einem riesigen Erdhaufen. »Weg!«, schrie der Feldwebel, »der muss weg!« Wilhelm grub in vorderster Linie. Immer wieder stieß seine Spatenspitze auf Metall, mal war es ein Gewehr, mal ein Helm, mal ein Säbel. Die Explosion hatte offenbar viele Männer verschüttet.

Nachdem sie einen Durchgang gegraben hatten, stießen sie auf eine Gruppe Soldaten, die auf etwas zu warten schienen. Konzentriert horchten sie, die Gewehre auf den Knien, dem Geschützdonner. Dann hob einer den Arm. »Unsere Artillerie!«

Der Geschützlärm übertraf nun alles Vorherige – ein ungeheueres Trommelfeuer über mehrere Minuten, das ebenso abrupt endete, wie es begonnen hatte. »Jetzt!«, schrie der Soldat. Die Männer sprangen auf, kletterten auf Leitern die Wand des Grabens hoch und stürmten mit vorgehaltenen Gewehren los. Dann waren sie aus dem Blickfeld verschwunden.

Wilhelm sah sich um. Für einen Moment stand er allein im Graben. Er hatte das Gefühl, die Zeit stünde still. In seinen Ohren rauschte es, das Grollen drang nur noch wie aus großer Ferne zu ihm. Nichts rührte sich. Dann sah er aus dem Augenwinkel eine Bewegung. Zuerst glaubte er, es sei ein Hund. Dann grub sich ein zweites Tier aus dem Schlamm, dann ein drittes – Ratten. Ohne Wilhelm zu beachten, trippelten sie an ihm vorbei zu einem Toten. Die größte von ihnen kletterte auf seine Brust und stieß sofort ihre Schnauze in sein Gesicht. Wilhelm erwachte aus seiner Erstarrung. Mit einem Schrei stürzte er sich auf die Ratten und schlug mit dem Spaten auf sie ein. Eine erwischte er mit dem ersten Schlag, die scharfe Kante des Spatens halbierte ihren Körper. Zwei von ihnen huschten in das Loch zurück, aus dem sie gekommen waren.

Die Größte jedoch stand Wilhelm direkt gegenüber und sah ihn an. Wilhelm holte aus, verfehlte sie, und das Tier sprang mit einem einzigen Satz an seine Brust, wo es sich festklammerte. Seine Nasenspitze zitterte direkt vor seinen Augen, als ein Schuss krachte und das Tier zu Boden fiel.

Jetzt erst merkte Wilhelm, dass neben ihm ein Soldat stand, eine Pistole in der Hand, und auf das Tier herabsah, das zu Wilhelms Füßen auf dem Rücken lag. Hinter ihm tauchte Leopold auf, der die Situation sofort erfasste. »Na, hast du gleich Bekanntschaft mit unseren Lieblingshaustieren gemacht?« Er deutete auf die Ratte. »Deine wievielte?«, fragte er den Soldaten. »Nummer dreiundsiebzig«, antwortete dieser, »schwer zu treffen, das Aas, saß auf seiner Brust.«

»Komm«, sagte Leopold, »weiter vorn ist eine Wand abgerutscht. Es gibt noch viel Arbeit!« Nach hundert Metern stießen sie auf einige ihrer Kameraden, die damit beschäftigt waren, Verschüttete aus einem Geröllberg zu ziehen. »Das waren unsere eigenen Granaten«, sagte Leopold leise zu Wilhelm, »heute zielen sie wieder hundsmiserabel. Erst zu weit, dann viel zu kurz.«

*

Die Arbeit in den Gräben dauerte zwei Wochen. Wilhelm merkte schnell, dass sie nicht die einzige Schaufel-Abteilung waren: Ein Dutzend Einheiten wurden an den Frontgräben hin und her gefahren, um jederzeit an gefährdeten oder bereits eingestürzten Grabenabschnitten helfen zu können. Ein Verfahren, dem die Hälfte der Männer zum Opfer fielen: Jeden Morgen wurde die Abteilung mit frischen Männern aufgefüllt. Keiner wusste, woher sie kamen, warum sie verurteilt worden waren. Niemand fragte danach.

Am fünfzehnten Tag blieb der Befehl zum Ausrücken aus. Es war ein kalter, sonniger Februarmorgen. Wilhelm trat vor das Zelt, in dem sie übernachtet hatten. Die Geräuschkulisse der nahen Front war schwächer als sonst. Die Soldaten, die aus den

Zelten und Unterständen kamen, sammelten sich und traten an, auch die Schaufel-Abteilung nahm Aufstellung. Dann erschien der zuständige Offizier. Er hieß Baldauf, wie Wilhelm mittlerweile erfahren hatte, Major Werner Baldauf. Er hielt eine kurze Ansprache, die Verwunderung und Erleichterung zugleich hervorrief. »Der Frontabschnitt wird aufgegeben«, verkündete er den Männern. »Alle, die länger als zwei Wochen hier sind, gehen in die Etappe. Die übrigen halten sich zur Verfügung. Wegtreten!«

Wilhelm wollte eben zusammen mit Leopold und einigen anderen das Zelt der Entlausungsstation betreten, als der Bursche des Majors hinter ihn trat. »Der Herr Major wünscht Sie zu sprechen«, sagte er und drehte auch schon wieder ab. Wilhelm sah Leopold fragend an. »Das ist noch nie passiert«, sagte Leopold leise. »Sei vorsichtig!«

Wilhelm folge dem Burschen, der ihn zu einem Wagen führte. Als Wilhelm herangetreten war, wurde ein Fenster heruntergekurbelt, Baldaufs Gesicht erschien. Wilhelm salutierte, lässig winkte der Major ab. Er sah Wilhelm eine Weile schweigend an. »Hier ist erst mal Schluss«, sagte er dann und deutete auf das verwüstete Gelände rings umher. »In Kürze geht's weiter. Dann aber richtig. Verdun. Harte Nuss. Wenn wir sie knacken, fällt auch Paris.«

Wilhelm war verblüfft über die Worte des Majors. Er war Mitglied einer Strafkompanie – warum wurde ihm so etwas mitgeteilt? Als hätte er Wilhelms Gedanken gelesen, sagte Baldauf: »Ich kenne Ihre Geschichte. Und sie ist mir vollkommen egal. Idiotisch, jemanden wie Sie schaufeln zu lassen. Schwachsinnig. Mein Angebot: Melden Sie sich freiwillig. Sie wären ganz vorn dabei. Sturmtrupp. Mein Bursche sucht Sie in Kürze auf. Sagen Sie zu. Dann können Sie den Spaten wegwerfen.«

Das Fenster schloss sich, und der Wagen fuhr an. Verwundert blickte Wilhelm ihm nach. »Ich finde Sie dann in der Etappe«, sagte der Bursche. »Gute Erholung.« Damit entfernte auch er sich.

*

Wilhelms Abteilung war nach Etain marschiert, eine der wenigen Städte, deren Häuser zum größeren Teil unbeschädigt geblieben waren, und hatte in einem Schulgebäude nahe dem Bahndamm Quartier genommen. Die Gerüchte überschlugen sich, die Gespräche der Männer drehten sich um den bevorstehenden Großangriff, dessen Vorbereitungen für alle sichtbar auf vollen Touren liefen: Auf Bahnwaggons rollten unentwegt Geschütze vorbei, darunter neuartige Kanonen mit Reichweiten von bis zu 30 Kilometern und einer Durchschlagskraft, die noch niemand ermessen konnte. »Damit kannst du den Kölner Dom in die Luft sprengen«, sagte einer der Männer.

Sie saßen dicht gedrängt in einem der Klassenzimmer des Schulgebäudes zusammen und versuchten mit dem kleinen Eisenofen den Raum zu heizen. Rauch drang aus der Ofentür, wenn neues Holz nachgelegt wurde. Manche husteten.

»Der Franzmann hat die auch«, erwiderte Leopold, »freu dich nicht zu früh! Krupp liefert an alle – jeder Schuss kostet 1500 Mark. So viel verdienst du in zehn Jahren nicht.«

»In zehn Jahren? Da bin ich längst Offizier!«, sagte der Mann, »dann sitze ich nicht mehr in so einer Miefbude, dann lass ich mir von Kerlen wie euch die Stiefel sauberlecken!« Er lachte, und als er merkte, dass er der Einzige war, fügte er beschwichtigend hinzu: »Ihr seid dann alle Offiziere! 300 Mark im Monat statt 15 – davon könnt ihr jeden Tag in den Puff gehen.«

»Fängst du schon wieder davon an?«, erregte sich ein anderer. »Du warst doch heute erst da! Hast du gar nichts anderes in deinem preußischen Holzkopf?«

Der Mann lachte nicht mehr. »Ihr Bayern mit eurer großen Fresse!«, sagte er. »Das kommt, wenn man die Rettiche immer quer frisst, da kriegt man so'n Maul.«

»Apropos quer – stimmt es eigentlich, was man über die preußischen Frauen sagt?«, fragte der Bayer und sah sein Gegenüber herausfordernd an.

»Schade, dass du es nicht selber überprüfen kannst. Sind ja alles bayerische Weiber in den Etappenpuffs hier.«

Wie auf Kommando sprangen beide auf und packten sich gegenseitig an der Gurgel. Leopold stieß Wilhelm an und deutete mit dem Kopf auf den Ausgang. Wilhelm nickte, und sie erhoben sich. Als sie vor die Tür traten und den Lärm aus dem Zimmer hörten, in dem nun offenbar mehr als nur zwei Männer aufeinander losgingen, sagte Leopold: »Das wird nie was mit den Bayern und den Preußen! Im Lazarett hat sich kürzlich ein Sanitäter aus Berlin geweigert, einen Münchner Schützen zu behandeln. Erst als der Mann beteuerte, er wäre in Württemberg geboren, haben sie ihn verarztet.«

»Warst du dabei?«

»Nein, aber ich glaube es trotzdem.«

Wilhelm nickte. Er mochte Leopold und rechnete es ihm hoch an, dass er ihn nicht danach gefragt hatte, was der Major von ihm gewollt hatte. Sie gingen durch den Ort und kamen an einem Haus vorbei, vor dem eine Gruppe von Soldaten stand und auf etwas zu warten schien. Es ging auf den Abend zu, ein kalter Wind ließ sie ihre Uniformkrägen hochschlagen und mit den Füßen stampfen. Das warme Licht, das schwach durch die roten Vorhänge nach draußen drang, ließ das Haus umso einladender erscheinen. Plötzlich wurde eine Tür aufgestoßen, und zwei Offiziere traten heraus. Die Soldaten nahmen Haltung an und salutierten. »Tut mir leid, Männer, ihr müsst wohl noch etwas warten«, sagte einer der beiden. Dann verschwanden sie in der Dämmerung.

»Rechts die Offiziere, links die Mannschaften«, sagte Leopold zu Wilhelm, die von der anderen Straßenseite aus die Szene beobachteten. »Hey«, rief einer der wartenden Soldaten zu ihnen hinüber, »die Desinfektion schließt um sechs. Wenn ihr noch rein wollt, müsst ihr euch ranhalten!«

»Ein andermal«, antwortete Wilhelm. »Viel Vergnügen!«

»Wer nicht will, der hat schon!«, rief der Soldat lachend.

»Wenigstens hat er gute Laune«, sagte Leopold, als sie weitergingen, »dann ist es für die Frauen da drinnen erträglicher. Schlimm ist es, wenn sie besoffen sind. Bis vor kurzem hat die Feldpolizei da ein Auge draufgehabt. Aber die haben jetzt anderes zu tun.«

»Du meinst wegen der Deserteure?«

Leopold nickte. »Die Franzosen machen es aber auch sehr geschickt.«

Wilhelm wusste, was Leopold meinte, er hatte die Flugblätter gesehen, die sie aus Heißluftballonen über den deutschen Stellungen abwarfen: Schilderungen der Wohltaten der Gefangenschaft und Aufforderungen zum Überlaufen. Berichte von ausgetauschten Gefangenen, wie gut sie von den Franzosen behandelt worden waren, taten ein Übriges: Die Bereitschaft vieler Soldaten, bei der nächsten Gelegenheit die Hände zu heben, wuchs.

»Die Urteile werden sofort vollstreckt«, sagte Leopold. »Da fackeln sie heute nicht mehr lange. Die Feldpolizei hat freie Hand mit Deserteuren und Verrätern.«

Wilhelm beobachtete Leopold aufmerksam, doch der wechselte bereits das Thema: »Heute hätte ich gern mal was Ordentliches auf dem Teller. Ich kenne da einen Burschen im Offizierskasino, der hat mir schon zu manchem guten Braten verholfen. Wenn du Lust hast – es ist nicht weit.«

Wilhelm willigte ein. Das Kasino war im Bürgermeisteramt der Stadt untergebracht. Nach wenigen Minuten hatten sie das hell erleuchtete Gebäude in der Mitte des Marktplatzes erreicht. Die Gaslaternen an den Bürgersteigen waren eben eingeschaltet worden, es herrschte reger Betrieb: Autos fuhren vor, Livrierte öffneten den Offizieren die Tür, nahmen ihnen die Mäntel ab. Von drinnen drangen Stimmengewirr und Musik heraus. »Sie haben offenbar schon den Champagner geköpft«, sagte Leopold. »Warte hier, ich geh' mal hinten rum.«

Wilhelm trat einen Schritt aus dem Lichtkegel der Laterne ins Dunkel und verfolgte das Kommen und Gehen. Erinnerungen wurden wach, Bilder aus der Vergangenheit mischten sich mit der Realität. Das Haus seiner Eltern, festlich gekleidete Gäste, Musik, Gläserklirren. Der Duft von Parfum und Zigarren. Lachen, Tanz, Berührungen, glänzende Augen, feuchte Hände. Der Vater, der sich nach dem Tanz mit seinem großen, weißen Taschentuch den Schweiß abwischt, die Mutter, der nichts entgeht, die Haushälterin, die dezent im Hintergrund die Diener dirigiert.

Der Wagen von Major Baldauf fuhr vor. Sein Bursche riss den

Schlag auf, salutierte, Baldauf stieg aus, reichte ihm seinen Mantel und ging forschen Schrittes ins Casino.

Wilhelm konnte sich keinen Reim auf das Gespräch mit dem Major machen, es verwirrte ihn ebenso wie die Stimme, die ihm die Entlassung aus der Haft angekündigt hatte. Sturmtrupp? Verdun? Er kannte Verdun, war mehrmals mit der Mutter dort gewesen. Die Kathedrale hatte es ihr angetan, schlicht und riesig überragte sie auf einem Hügel stehend die Stadt. Er erinnerte sich an ihre letzte Reise dorthin, sie waren einen ganzen Tag lang von Lagarde mit der Kutsche unterwegs gewesen, hatten in Verdun in einem Hotel an der Maas drei Nächte verbracht. Die Mutter hatte Spitze gekauft. Sie sei noch besser gearbeitet als belgische, hatte sie gesagt. Auf der Rückreise hatten sie bei Douaumont Rast gemacht, einem Dorf am Fuß einer riesigen Befestigungsanlage, der größten von mehr als einem Dutzend, die Verdun umgaben und schützten.

Wilhelm hatte nicht glauben wollen, dass unter dem mit Gras bewachsenen Hügel eine komplette Kaserne untergebracht sein sollte, eine Kaserne mit zwei Meter dicken Mauern, Platz für 500 Soldaten und Verpflegung für mehrere Monate, ausgestattet mit Kanonen, die aus dem Dach herausgefahren werden konnten. Douaumont war seither für ihn der Inbegriff der Unbesiegbarkeit. An der Berliner Militärakademie hatte er später Pläne der Befestigungsanlagen gesehen. Voller Bewunderung hatten die deutschen Offiziere den Kadetten von der Uneinnehmbarkeit dieser Forts berichtet. Und jetzt Verdun? Wenn man schon im flachen Lothringen die französischen Linien nicht überwinden konnte – warum sollte es jetzt ausgerechnet hier möglich sein? Sollten in der Zwischenzeit Geschütze gebaut worden sein, denen selbst diese gigantischen Bauwerke nicht standhalten konnten? Er dachte gerade an die gewaltigen Kanonen, die er auf Zügen gesehen hatte, als sich jemand neben ihm räusperte.

»Der Major schickt mich«, sagte der Bursche. »Wie haben Sie sich entschieden?«

Wilhelm sah ihn an. Dann nickte er.

Der Wal

Das Warten war unerträglich. Die Kälte biss in die Glieder, die hart gefrorene Erde im Graben war mit einer dünnen Schicht Neuschnee überzogen, der im Mondlicht glitzerte. Seit vier Uhr früh lagen die Männer des Stoßtrupps auf dem eisigen Boden, 50 Meter vor ihnen das erste Ziel: der vordere Graben der französischen Front. Niemand wusste, ob er noch besetzt war und was dort auf sie wartete. Sicher war hingegen, dass hinter ihnen die größte Ansammlung an Kanonen, Granatwerfern und Mörsern aufgefahren war, die es jemals gegeben hatte: Über 4000 deutsche Geschütze waren auf die feindlichen Linien gerichtet – darunter das größte, das bis dahin je gebaut worden war: der »stramme Max«. Sein erster Schuss sollte das Signal zum Großangriff geben, von dem man sich die entscheidende Wende erhoffte.

Es war immer noch stockfinster an diesem 12. Februar 1916, als um 7.12 Uhr der Knall erfolgte, der die Erde erbeben ließ und 50 Kilometer weit zu hören war. Das 1000 Kilogramm schwere Geschoss flog in 500 Metern Höhe durch die Dunkelheit und schlug im 27 Kilometer entfernten Verdun ein. Es verfehlte sein Ziel, die zentrale Brücke über die Maas, nur knapp und riss stattdessen neben der Kathedrale der Stadt einen siebzehn Meter tiefen Krater in den Boden.

Unmittelbar darauf begann das Trommelfeuer – sechs Stunden lang wühlten mehr als 100000 Granaten und Kanonenkugeln die Erde auf. Und dann – erst dann – kam der erlösende Befehl: Angriff! Die Männer der Sturmtrupps sprangen auf, kletterten die Leitern hinauf, die an den Wänden der Gräben bereitstanden. Die grellen Blitze der Geschosse erhellten das trübe Licht des Tages, als sie aus dem Graben krochen und mit vorgehaltenen Bajonetten über das freie Feld stürmten in der Hoffnung, die Geschosse der eigenen Artillerie würden weit genug fliegen, um sie nicht in den Rücken zu treffen.

Wilhelm blickte nach Westen: Am Horizont vor ihnen lag wie ein riesiger grauer Wal Douaumont, das uneinnehmbare Fort, das Major Baldauf ihnen als Ziel genannt hatte.

*

Adolphe Printemps war beruhigt. Seit Beginn der deutschen Offensive vor drei Tagen hatte er immer wieder Funksprüche gesendet, in denen dringend Verstärkung angefordert wurde. Die Entscheidung, die Besatzung des Forts auf 65 Mann zu begrenzen, hatte sich als fataler Fehler erwiesen. Jetzt endlich regierte der neue Befehlshaber, General Henri Pétain: Spätestens am nächsten Tag war mit 200 Mann Verstärkung zu rechnen.

Printemps, Telefonist und Funker in Fort Douaumont, machte sich erleichtert auf den Weg zum Fortkommandanten, um ihm die telegrafische Nachricht zu überbringen. Die Kommandantur befand sich in der untersten Ebene der Anlage, tief in der Erde unter dicken Betonmauern, vor jedem Granateneinschlag sicher. Printemps' Funkstube befand sich oben, direkt unter einem der Geschütztürme, die aus dem Fort herausragten. Die beiden Kanoniere, die sie bedienten, waren die Einzigen, die sich zu dieser frühen Stunde des Tages im oberen Teil des gewaltigen Bauwerks aufhielten. Endlich Verstärkung!, dachte er, als er durch die endlosen Gänge und Treppenschächte nach unten eilte: Wenn die Deutschen kommen, werden wir sie gebührend empfangen.

Aber sie waren bereits da.

*

Der Anblick der riesigen grauschwarzen Mauern war überwältigend und beängstigend. Die Männer hatten noch eine Anhöhe vor sich, dann war die Befestigungsanlage erreicht. Der Weg bis hierher war unerwartet einfach gewesen, die französischen Gräben verlassen, zwei Unterstände wurden überwältigt, die völlig überraschten Soldaten gefangen genommen. »Es stimmt also«, sagte der Feldwebel, »sie haben uns hier noch nicht erwartet. Wir waren zu schnell – und jetzt werden wir noch schneller sein …«

Ihr Befehl lautete, auf die nachrückenden Verbände zu warten, ein gemeinsamer Großangriff auf das Fort war für den übernächsten Tag geplant. Der Feldwebel schüttelte den Kopf. »Darauf werden wir nicht warten, wir werden ihnen zuvorkommen.«

Er überlegte kurz, dann befahl er: »Sie geben uns Deckung«, er deutete auf einige Männer, »die übrigen rücken mit mir vor!« Er sah Wilhelm an, der neben ihm stand. »Spaten können hierbleiben«, fügte er hinzu.

Die Anhöhe war von Verteidigungsgräben durchzogen. Sie waren unbesetzt, gebückt liefen die zwanzig Männer darin bergan, nach einer halben Stunde waren sie oben. Schwer atmend lehnten sie sich gegen die feuchte Betonmauer, die über ihren Köpfen in den Himmel ragte. »Und nach unten geht's noch dreimal so tief«, sagte der Feldwebel zu Wilhelm. »Dagegen sind die Pyramiden Puppenhäuser.« Wilhelm hob den Blick, als eine Taube mit klatschenden Flügeln aus einem Nest in einem Mauervorsprung aufflog.

*

Printemps hatte auf seinem Weg nach unten die Krankenstation passiert, ein schmaler Raum mit vier Betten und einem Medikamentenschrank. Er blieb stehen. Der Kommandant hatte ihm aufgetragen, beim nächsten Meldegang Kopfschmerztabletten mitzubringen. Er war unschlüssig: Die Mitteilung, die er in der Hand hielt, duldete keinen Aufschub, andererseits …

Er kehrte um und ging auf das Krankenzimmer zu. Es war derzeit unbelegt, dementsprechend wunderte Printemps sich über Geräusche, die aus dem Raum drangen. Er trat an die Eisentür heran, horchte einen Moment, dann stieß er sie auf.

*

Die Sturmtruppe hatte das Fort fast umrundet, als Wilhelm stehen blieb und nach oben deutete: Eine der Eisenluken vor den Belüftungsschächten stand offen. Der Feldwebel zögerte keine Sekunde: »Pyramide!«, befahl er. Fünf Männer stellten sich vor der Mauer nebeneinander auf, vier kletterten auf ihre Schultern, dann drei weitere, dann noch zwei – eine Menschenpyramide. Der Feldwebel gab Wilhelm einen Wink – er kletterte als Letzter nach oben. Als er auf den Schultern der beiden Obersten stand, blickte er hinein und sah vor sich einen Gang, der ins Dunkel führte. Er stemmte sich hoch, schwang sich in die Luke und stand im Inneren des Forts. Fünf Minuten später waren alle zwanzig Männer drinnen.

Leise schlichen sie den Gang entlang, die Gewehre schussbereit. Niemand begegnete ihnen, sie drangen von einem Gang in den nächsten vor. Plötzlich ertönten vor ihnen Schritte, die sich schnell näherten. Der Feldwebel deutete auf eine offene Tür zu seiner Rechten. Die Männer betraten den Raum, in dem sich nur ein Schrank und vier Betten befanden.

*

Printemps ließ den Zettel fallen und hob die Hände. Mehr als ein Dutzend Gewehrmündungen zielten auf seinen Kopf. Ganz langsam setzte er einen Fuß nach hinten. »Hier bleiben!«, zischte der Feldwebel. »Du wirst uns zu den anderen führen. Wo ist die Kommandozentrale?«

Printemps hob resigniert seine Arme noch ein Stück höher: Er hatte die Frage nicht verstanden. Einer der Männer, die hinter dem Feldwebel standen, wiederholte sie auf Französisch. »Ganz unten«, antwortete Printemps.

»Wie viele Soldaten sind im Fort?«

»65.«

Wilhelm wiederholte die Antwort auf Deutsch – ein Raunen ging durch die Männer. »Ruhe«, befahl der Feldwebel. »Fahren Sie fort!«

»Wo?«, fragte Wilhelm den Mann.

»Alle unten.«

»Wann erwartet ihr Verstärkung?«

Printemps deutete auf die Nachricht, die vor ihm am Boden lag, Wilhelm hob sie auf, warf einen Blick darauf und reichte sie an den Feldwebel weiter. »Gerade rechtzeitig«, sagte er, »morgen wären wir zu spät gekommen.«

Wilhelm trat einen Schritt an den Franzosen heran – und hielt den Atem an. Er sah, wie Printemps ihn ebenfalls erkannte.

*

Adèles Kleid ist zerfetzt, das Haar von Feuer versengt, ihr Gesicht von Blut und Ruß geschwärzt. Mühsam schleppt sie sich durch die rauchenden Trümmer. Die Last, die sie trägt, scheint sie jeden Moment zu Boden zu ziehen, die Arme hängen zur Seite herunter, der Kopf baumelt im Nacken: Helène hat ihre Augen weit geöffnet, aber sie sehen nichts mehr, sind leblos zum Himmel gerichtet, während Adèle sie aus dem brennenden Haus trägt – direkt auf Wilhelm zu. Schwankend nähert sie sich ihm. Als sie vor ihm steht und Helènes Körper aus ihren Händen gleitet, sieht er es: In der Nase des rußgeschwärzten Gesichts stecken zwei Knochen, die Augen starren ihn an wie glühende Kohlen.

Mit einem Stöhnen erwachte Wilhelm. Es war stockfinster, er brauchte eine Weile, um sich zu orientieren. Seine Hände ertasteten den Holzboden, der strenge Geruch von Zigaretten und Alkohol erinnerte ihn schließlich daran, wo er sich befand.

Das Bauernhaus, in dem der Sturmtrupp nach der Eroberung Douaumonts einquartiert worden waren, bot seit einer Woche alle nur erdenklichen Annehmlichkeiten: drei Mahlzeiten am Tag, Wein, Zigaretten und vor allem – Ruhe. Der Donner der zehn Kilometer entfernten Front klang nunmehr wie das Rumpeln eines Pferdefuhrwerks.

Die Einnahme des Forts, bei der kein einziger Schuss abgefeuert worden war, hatte sich wie ein Lauffeuer verbreitet. Die völlig überraschte Besatzung war widerstandslos entwaffnet worden. In der Heimat wurde die Eroberung als großer Sieg, als endgültiger Durchbruch gefeiert. Der Feldwebel wurde zum Oberfeldwebel befördert, die Männer des Sturmtrupps erhielten eine Woche Fronturlaub in einem abgelegenen Gehöft.

Der vorherige Tag hatte den Helden unerwarteten Besuch beschert: Major Baldauf erschien am Nachmittag und befahl seinen Männern, bis 18 Uhr gewaschen und gekämmt zu sein und saubere Uniformen angelegt zu haben. Dann verschwand er ohne nähere Erklärungen.

Um 18 Uhr fuhren mehrere Autos vor, denen ein Dutzend junger Frauen entstiegen. Sie rafften kichernd ihre Kleider, als sie um die Pfützen herum zum Haus gingen, wo die verblüfften Männer ihre Ankunft durchs Fenster beobachteten.

Das Fest dauerte bis weit nach Mitternacht, die Damen des Armeebordells konnten nicht genug bekommen von den Schilderungen der Erstürmung des Forts: Immer wieder mussten die Männer die verblüfften Mienen der überrumpelten Franzosen schildern – vor allem die des Funkers, den sie im Krankenzimmer überrascht hatten und dem vor Schreck die Nachricht aus der Hand gefallen war.

»Wo sind die eigentlich alle hingekommen?«, fragte einer der Soldaten in die Runde. Keiner wusste es – nur eine der Damen berichtete, dass nicht weit entfernt ein Durchgangslager errichtet worden war. Es hätte in den letzten Wochen so viele Kriegsgefangene gegeben, dass es einen Transportstau gäbe.

»Transportstau?«, fragte einer.

»Na ja, die meisten werden ins Reich gebracht, um dort in den Munitionsfabriken zu arbeiten. Ihr braucht doch etwas, womit ihr schießen könnt! Oder wollt ihr mit bloßen Händen auf die Feinde losgehen?«

»Auf die nicht«, sagte einer der Männer und erhob sich behände, »aber auf euch vielleicht …!« Die Frau sprang quiekend auf und floh lachend aus dem Raum, der Soldat folgte ihr. Gleich darauf hörte man die Tür des angrenzenden Schlafraums ins Schloss fallen.

Wilhelm war wie elektrisiert gewesen von der Information über das Gefangenenlager. Er hatte nur einen Wunsch: Printemps zu finden und von ihm zu erfahren, was er über Lagarde, Adèle und Helène wusste. Als die Damen sich spät in der Nacht zum Gehen anschickten, fragte Wilhelm nach dem genauen Standort des Lagers. »Du könntest es von hier bequem zu Fuß erreichen, wenn nicht die Wege vom Regen vollkommen aufgeweicht wären«, erklärte diejenige, die zuvor bereits davon berichtet hatte. »Es ist keine zwei Stunden Fußmarsch entfernt. Sie haben einfach einen Acker eingezäunt, da drinnen sitzen die Franzosen. Dumm für sie, dass es in den letzten Tagen so viel geregnet hat, sie tun mir beinahe leid.« Dann beschrieb sie Wilhelm den Weg.

»Haben Sie sie gesehen?«

Die Frau lächelte. »Wie charmant du bist – du siezt mich! Du bist mir gar nicht aufgefallen heute Abend. Vielleicht sollten wir das bei Gelegenheit nachholen?«

Wilhelm nickte. »Sicher, sehr gern. Ich danke Ihnen für die Information und für Ihren Besuch. Die Männer konnten Abwechslung gebrauchen, übermorgen ist es vorbei mit dem Heldenurlaub.«

Sie blickte ihn versonnen an. »Schade.«

*

Immer noch die Bilder des Traums vor Augen, erhob Wilhelm sich vom Bretterboden der Dachkammer, in die er sich zurückgezogen hatte, um dem Lärm der Kameraden zu entgehen. Er wollte wenigstens ein paar Stunden schlafen, bevor er zum Gefangenenlager aufbrach. Es dämmerte, als er das Haus verließ, eines der Pferde aus dem Stall führte, aufsattelte und in den Morgen hinausritt.

Nach einer halben Stunde sah er das von hohen Stacheldrahtzäunen umgebene Lager im Nebel vor sich, das Eingangstor von zwei Wachhäuschen flankiert, vor denen Soldaten mit geschulterten Gewehren standen. Ansonsten war um diese Stunde niemand zu sehen außer den Gefangenen selbst, die den Innenraum mit Planen und Tüchern gegen den Regen zu schützen versuchten.

Die Wachen grüßten Wilhelm knapp und schenkten ihm keine weitere Beachtung. Er stieg vom Pferd und fragte: »Wie viele habt ihr hier?«

»Wieso, willst du uns welche abkaufen?«, erwiderte einer der beiden. »Wir hätten nichts dagegen, denn es gibt kaum genug zu fressen für sie. Müsstest sie also füttern …« Dann teilte er ihm mit, dass 800 Franzosen und Engländer sowie ein paar Dutzend Kanadier und Australier hinter dem Stacheldraht auf ihren Transport warteten.

»Seit wann sind sie hier?«

»Die letzten Franzosen sind vor einer Woche gekommen. Aus

Douaumont – du weißt schon: Das ist da, wo man nicht auf Deutsche schießt ...«

Die Wachsoldaten lachten, Wilhelm salutierte und ging dann am Zaun entlang. Die meisten Gefangenen schliefen, lagen auf dem Boden oder lehnten Rücken an Rücken, einige waren auf dem Weg zur Latrine, von der ein beißender Gestank über das Gelände wehte. Keiner schien Wilhelm zu beachten, dem es schwerfiel, die Männer auseinanderzuhalten: Ihre Bärte, das verfilzte Haar, die zerschlissenen Uniformen ließen sie zum Verwechseln ähnlich aussehen. Er umrundete das gesamte Areal, sah in die Gesichter der Männer. Die meisten drehten sich weg, wenn sie ihn bemerkten.

Gerade als Wilhelm auf der anderen Seite wieder umkehren wollte, trat ein Mann an den Zaun. Es war nicht Printemps. Dennoch schien er zu wissen, wen er vor sich hatte, und sagte zu Wilhelm: »Ich soll dir etwas ausrichten.«

»Wo ist er?«, fragte Wilhelm. »Geht es ihm gut?«

Der Mann lächelte spöttisch. »Natürlich, es geht uns allen hervorragend.«

»Was sollen Sie mir ausrichten?«

»O ja, das hätte ich fast vergessen!« Er schien angestrengt nachzudenken, dann fragte er: »Du hast nicht zufällig ein paar Zigaretten dabei?«

Wilhelm griff in seine Jackentasche. Er fühlte den Stein. Langsam nahm er ihn heraus, betrachtete ihn und legte ihn auf die ausgestreckte Handfläche.

»Leider nein«, sagte er, »keine Zigaretten.«

»Und was ist das?«, fragte der Gefangene, »ein Zauberstein oder so was?«

»Ja«, antwortete Wilhelm und lächelte, »ein Zauberstein.« Dann schoss ihm ein Gedanke durch den Kopf. »Fangen Sie!«, sagte er und warf den Stein durch den Stacheldraht. »Geben Sie ihm den Stein, er wird ihn wiedererkennen.«

»Wiedererkennen?«

»Er stammt von seinem Weinberg, er kennt dort jeden Stein.«

Der Mann steckte den Stein in seine Hosentasche und sagte

unvermittelt: »Geh zu ihr. Jetzt bist du es, der sie beschützen muss.«

Wilhelm sah ihn verständnislos an. »Das hat er gesagt«, erklärte der Mann, »das soll ich dir ausrichten. Ich weiß nicht, was es bedeutet.«

»Wo ist er?«, fragte Wilhelm.

Der Franzose deutete hinter sich. »Irgendwo da, zwischen all den stinkenden Kerlen.« Schon im Gehen fügte er noch hinzu: »Übrigens: Das mit dem Fort war ein Geniestreich – schlecht für uns, aber genial. Kompliment!« Dann tauchte er in der Menge der Gefangenen unter.

*

Die Eroberung des Forts brachte nicht die erhoffte Wende. Die Gefechte dauerten unvermindert an, mal errangen die Deutschen einige Meter Boden, dann die Verteidiger; mal verlief die Front ein Stück weiter westlich, dann weiter östlich. Dazwischen standen kein Baum und kein Strauch mehr, die Hügel waren zerfurcht und vernarbt vom pausenlosen Beschuss. Es blieb keine Zeit, die Toten zu bestatten, Verwesungsgestank hing über der Landschaft wie eine Nebelbank, die Lazarette füllten sich mit immer neuen Verletzten.

Die häufigsten Verwundungen waren nun nicht mehr Schussverletzungen, sondern Verätzungen der Lungen und der Augen. Tausende vom Giftgas erblindete Soldaten wurden mit Sonderzügen in die Heimat gebracht. Ihr Erscheinen löste dort eine Schockwelle aus, die Zeitungen empörten sich über den Einsatz der neuen Waffe. Im ganzen Land demonstrierten Frauen gegen den Krieg – an der Front attackierten Soldaten ihre Offiziere, die bei den Mannschaften immer verhasster wurden. Die Situation drohte außer Kontrolle zu geraten, als bekannt wurde, dass Offiziere in der Etappe Reitturniere veranstalteten, während in den Gräben ihre Männer verbluteten: Offiziere wurden nachts in ihren Quartieren von Soldaten überfallen und verprügelt.

Je größer die Wut, desto härter wurden die Gegenmaßnahmen: Strafexerzieren für Männer, die vom Kampf aus den Gräben mit verschmutzten Uniformen zurückkamen; Arrest für Schützen, die ihre Gewehre nicht vorschriftsmäßig schulterten; Todesurteile für Soldaten, die in Panik vor dem Gas flohen, das über die Gräben wehte. Die eilig errichteten Arrestzellen waren so überfüllt, dass Ersatzstrafen eingeführt wurden: eine Stunde Festbinden an Wagenrädern oder Bäumen anstelle eines Tages Haft.

Der Stoßtrupp war nach seiner kurzen Erholungspause im Dauereinsatz an wechselnden Frontabschnitten. Woche um Woche verging im immer gleichen Rhythmus. Wie in Trance marschierten sie zu den Gräben und zurück, keiner rechnete morgens damit, abends lebend zurückzukehren. Umso erstaunter waren diejenigen, die es dennoch schafften. Schlimmer als die Todesangst waren nur die Schreie der Sterbenden, die sich in den Stacheldrahtrollen verfangen hatten oder im Niemandland zwischen den Gräben lagen. Um nicht den Verstand zu verlieren, verstopften die anderen ihre Ohren mit Schlamm.

Und dann erschien eines Abends erneut Major Baldauf im Mannschaftszelt. »Seit drei Monaten wird Fort Vaux bombardiert«, erklärte er seinen Männern, nachdem sie angetreten waren, »und immer noch befindet es sich in der Hand der Franzosen. Es ist eine Schande! Wer wäre besser geeignet, diese Schmach zu beenden, als Sie, meine Herren! Es ist die letzte der großen Befestigungsanlagen – danach gehört Verdun uns, und der Weg nach Paris ist frei! Also, meine Herren: Zeigen Sie der Welt ein weiteres Mal, wozu deutsche Soldaten fähig sind!«

Die Taube

Der deutsche Kronprinz kämpfte mit den Tränen. Er hatte in den letzten sechs Monaten, seit er die 1. Armee befehligte, vielen Männern Orden verliehen, Hände geschüttelt, Verletzten Mut zugesprochen, und jedes Mal war es ihm auf das Gemüt geschlagen.

Die Härte und die Kälte, mit der seine Generäle ihre Angriffe planten, Schlachten resümierten und die Verluste bezifferten, waren ihm fremd und stießen ihn zusehends ab. Er kannte die

Erwartungen seines Vaters an ihn und wusste, dass er sie nicht erfüllen konnte: Dieser Krieg bot keinen Platz mehr für Anstand und Ritterlichkeit, so wie er sie erwartete.

Aber jetzt – jetzt stand er einem Mann gegenüber, der ihm mehr Respekt abnötigte als je ein Gegner zuvor: Major Sylvain Raynal war doppelt so alt wie Kronprinz Wilhelm, er ging am Krückstock und war der Kommandant von Fort Vaux gewesen. Der aufopfernde Widerstand der Besatzung des Forts hatte Raynal trotz der Niederlage zum Symbol des Kampfeswillens der Franzosen gemacht – und zum heimlichen Helden des deutschen Thronfolgers.

Der junge Kronprinz hatte Major Raynal gegen den Rat seiner Generäle aus dem Kriegsgefangenlager in sein Hauptquartier bringen lassen. Jetzt beobachtete er, wie der kräftige, gedrungene Mann, dem die Strapazen und das Grauen der letzten Tage ins Gesicht geschrieben standen, durch den Raum auf ihn zuhumpelte. Wilhelm erhob sich, ging ihm entgegen und streckte seine Hand aus. »Es ist eine Ehre für mich und mein Land, dass Sie meiner Einladung gefolgt sind«, sagte er. »Ich habe Sie zu mir gebeten, um Ihnen meine Anerkennung auszusprechen. Ich bitte Sie, als Zeichen meines großen Respekts dieses Geschenk anzunehmen.« Damit bot er Raynal seinen Säbel an.

Der Major nahm den Säbel, hielt ihn mit ausgestreckten Armen vor sich und betrachtete ihn. In der blitzenden Klinge sah er wie in einem Spiegel die Bilder, die ihn für den Rest seines Lebens nicht mehr loslassen würden; er sah die brennenden Leiber der Soldaten, die die dunklen Gänge des Forts erleuchteten; er hörte das schmatzende Geräusch der Stiefel, die durch kniehohes Blut wateten; er spürte die Körper der Toten unter seinen Füßen; er sah die Verwundeten, die das Wasser von den Wänden der Steinmauern leckten, um ihren brennenden Durst zu löschen. Und er vernahm das Gurren der Taube, die er in den Nachthimmel entlassen hatte: »Erbitte Verstärkung. Dies ist unsere letzte Brieftaube«, stand auf dem Zettel, den sie an einem Ring um ihren Fuß trug.

Die Verstärkung kam zu spät: 600 Männer ließen in erbitterten

Kämpfen Mann gegen Mann zwischen dem 7. Mai und dem 7. Juni 1916 in den Katakomben des Forts ihr Leben.

Raynal sah den deutschen Kronprinzen an, salutierte und verließ wortlos den Raum. Sein Krückstock hallte auf den Holzbohlen wider.

*

Um vier Uhr morgens hatte der Angriff auf das Fort begonnen. Mit dem ersten Tageslicht untersuchte der Sturmtrupp das Dach und wurde fündig: Der wochenlange Granatenbeschuss hatte seine Wirkung gezeigt, breite Risse in der mächtigen Betondecke ermöglichten den unbemerkten Einstieg. An Seilen glitten sie hinab und drangen ins Innere vor. Alles war beinahe genau so wie in Douaumont. »Déjà vu«, flüsterte der Oberfeldwebel Wilhelm zu und grinste, »so nennen die Franzosen das.«

Leise schlichen sie den ersten Gang entlang, der in das Zentrum der Anlage hineinführte. Trotz ihrer schweren Stiefel bewegten sie sich fast lautlos auf dem glitschigen Steinpflaster, umso lauter hallte das unterdrückte Niesen wider, das plötzlich wenige Meter vor ihnen hinter einer Abbiegung zu hören war. In die nachfolgende Stille hinein ertönte ein Fluch. Dann war es wieder völlig ruhig. Aber ihnen war klar, dass sie dieses Mal nicht allein waren.

Österreicher

Helène hatte während der letzten Tage kaum mehr als zwei Stunden Schlaf gefunden. Immer wenn sie gerade in einem Sessel eingenickt war oder sich auf der Couch im Salon ausgestreckt hatte, weckten Krankenschwestern und Ärzte sie auf, um sie um Hilfe zu bitten oder um Rat zu fragen. Seit das Gutshaus in Lagarde zu einem Lazarett geworden war, in dem das Internationale Rote Kreuz verwundete Soldaten aller Nationen behandelte, war Helène ständige Anlaufstation für die Helfer, die hier bis zur Erschöpfung arbeiteten und versuchten, die Leiden der Soldaten zu lindern oder ihnen die letzten Stunden ihres Lebens zu erleichtern.

Sie war der Anfrage des Roten Kreuzes spontan nachgekommen, ohne zu ahnen, auf was sie sich damit wirklich einließ. Die Umgestaltung der Räume und ihre Ausstattung mit Krankenbetten, Tragen, Rollstühlen, Operationstischen und Medikamentenschränken war bereits ein Schock gewesen – jedoch nichts verglichen mit dem Tag, als die ersten Verwundeten eintrafen: Helène war sich sicher, nie wieder den Anblick des Soldaten zu vergessen, der sie aus Augen ohne Lidern ansah. »Senfgas«, sagte einer der Ärzte zu ihr, »erst verätzt es den Körper von außen, dann von innen.« Helène hatte dem jungen Mann auf der Bahre aufmunternd zugelächelt und seine Hand gehalten. Als er dann ins Haus getragen wurde, konnte sie die Tränen nicht mehr zurückhalten. Der Arzt, ein junger Österreicher, reichte ihr ein Taschentuch und sagte: »So ist es jedem von uns anfangs ergangen, gnädige Frau. Würden Sie nicht weinen, wären Sie ein Übermensch – oder gar kein Mensch.«

Jetzt, vier Wochen später, war sie sicher, dass sie sich niemals daran gewöhnen würde. Aber sie ertrug es. Es war später Abend, erschöpft lehnte sie am Rahmen der Küchentür und kämpfte gegen die Müdigkeit. Reiß dich zusammen, sagte sie halblaut zu sich selbst. Ein Räuspern in ihrem Rücken ließ sie aufschrecken. Sie wandte sich um und sah in das bleiche Gesicht des jungen Österreichers. »Doktor Antosch!«, sagte sie, »Sie kommen im richtigen Augenblick, danke. Fast wäre ich im Stehen eingeschlafen …«

»Dafür sollten Sie sich nicht bedanken, gnädige Frau«, erwiderte er, »ich hätte Sie schlafen lassen sollen. Wenn Sie erst völlig entkräftet sind, können Sie niemandem mehr helfen. Jeder braucht Schlaf, Sie und ich.«

»Sie?«, sagte Helène und lächelte, »wann haben Sie denn zuletzt ein Auge zugetan?« Sie mochte den jungen Mann, der unermüdlich seine Arbeit verrichtete. In den Anfangstagen hatte sie sich gefragt, ob die Ärzte und Schwestern überhaupt noch Mitleid empfanden, wenn sie beobachtete, wie diese scheinbar ungerührt mit den Patienten umgingen. Schnell hatte sie jedoch gemerkt, dass es nicht darum ging, Mitleid zu zeigen, sondern den Verwundeten mit Erfahrung und Sachverstand zu helfen. Sie hatte beobachtet, wie bei manchen Verwundeten schon nach kurzer Zeit der Lebenswille zurückkehrte, wie sie unter Schmerzen zu lächeln versuchten oder eine Hand ausstreckten, wenn ihre Lieblingsschwester an ihrem Bett vorüberging. Es berührte sie zu sehen, wie die jungen Frauen auch mit den entstelltesten Schwerverletzten scherzten und flirteten, als wären sie ganz normale junge Männer.

»Ich bewundere Sie und Ihre Kollegen zutiefst«, sagte Helène. »Ich erlebe hier Menschen, die so anders sind als alle, denen ich zuvor begegnet bin, dass ich dafür dankbar bin.« Als sie seinen erstaunten Blick sah, fügte sie schnell hinzu: »Nicht dankbar für diesen furchtbaren Krieg, um Himmels willen! Aber dankbar für diese Erfahrung.«

»Sie unterschätzen sich, gnädige Frau«, sagte der Arzt. »Wir sind daran gewöhnt, mit Menschen in extremen Situationen umzugehen, mit ihrem Leid und auch mit ihrem Tod. Sie hingegen erleben das zum ersten Mal. Sind Sie in diesem Haus geboren?«

»Geboren nicht, aber aufgewachsen. Es gehörte meinen Eltern, jetzt gehört es mir. Meine Familie und ich haben viele Jahre lang hier die Sommer verbracht.«

»Wo lebt Ihre Familie, wenn Sie mir die indiskrete Frage gestatten?«

Helène lächelte. »Diese Österreicher!«, sagte sie. »Ich hätte gern mehr von Ihnen unter meinen Freunden! Sie haben so etwas beruhigend Höfliches, was auch geschieht: Sie behalten die Contenance. Wir leben in Berlin, mein Mann, meine vier Kinder und ich.«

»Sie sind Deutsche?«

»Eingedeutscht, ja. Aber in meinem Pass bin ich Französin. Derzeit ist die Familie in alle Winde verstreut: Mein Mann weilt in Afrika, er ist in der Kolonialverwaltung. Wir haben seit Monaten kein Lebenszeichen von ihm erhalten, aber ich bin sicher, dass er irgendwo warm und trocken überwintert. Er findet immer

Wege, das Beste aus einer Situation zu machen. Meine Tochter ist bei den beiden Jüngsten in Berlin. Ich bin seit Kriegsbeginn fast ohne Unterbrechung hier. Es ist viel geschehen, erst starb mein Vater, bald darauf meine Mutter, dann eroberten die Franzosen unser Dorf, schließlich wieder die Deutschen …«

Sie schwiegen eine Weile. »Einer fehlt noch«, setzte der Arzt das Gespräch fort, »Sie erwähnten sechs Personen, wenn ich richtig gezählt habe …«

Helène wandte sich ab, ging langsam zu einem Küchenstuhl, setzte sich und stützte ihren Kopf in die Hände. »Ja, einer fehlt noch. Er hat viel mit Ihnen gemeinsam. Sie sind ein wenig älter als er, aber manches an Ihnen erinnert mich an Wilhelm. Er ist dort draußen.« Sie deutete zum Fenster.

Dr. Antosch sah sie irritiert an. »Wo?«, fragte er, trat ans Fenster und sah ins Dunkel hinaus. Dann erst verstand er. »Verzeihung, gnädige Frau, wie dumm von mir. Ich hatte gedacht …«

Helène winkte ab. »Ich stelle mir vor«, sagte sie leise, »dass jeder Verwundete, dem hier in meinem Haus das Leben gerettet wird, Wilhelms Leben um einen Tag verlängert. Ist das nicht verrückt?«

Er trat neben sie und legte schüchtern eine Hand auf ihre Schulter. »Nein«, sagte er, »etwas anderes ist in diesen Zeiten gar nicht möglich. Jeder stellt sich irgendetwas vor, hofft auf irgendetwas, fleht um irgendetwas, was er in normalen Zeiten für verrückt halten würde. Deshalb spricht niemand darüber. Sie sind eine bemerkenswerte Frau.«

Helène trat ans Fenster und sah zu Printemps' Häuschen hinüber. Sie hatte Adèle und das Kind seit mehreren Tagen nicht gesehen. Morgen würde sie zu ihnen gehen.

Gas

Die Franzosen eröffneten zuerst das Feuer. In dem engen, schwach erleuchteten Gang stolperten die überraschten Deutschen förmlich übereinander, die vorn postierten sanken tödlich getroffen zu Boden. »Rückzug!«, schrie der Oberfeldwebel, kopflos stolperten sie den Weg zurück, den sie gekommen waren. Wilhelm fühlte einen brennenden Schmerz in der Hüfte, seine Beine gaben nach, er sackte langsam zu Boden. Er spürte noch die Stiefel der Männer, die über ihn hinwegliefen, hörte die Schreie und die Schüsse, dann verließen ihn die Sinne.

Als er wieder zu sich kam, tastete er unter seine Jacke und spürte Feuchtigkeit an der Hüfte. Wilhelm führte einen Finger zum Mund und schmeckte Blut. Dann erst bemerkte er das Gewicht eines Körpers, der auf ihm lag. Langsam rollte er sich darunter hervor und begann, an der Wand entlangzukriechen. Immer wieder berührte er Tote. Er wusste nicht, wie lange er gekrochen war, als er in der Ferne vor sich ein schwaches rotes Licht sah. Er zog sich an der Wand hoch, eine Hand gegen die Hüfte gepresst. Die Wunde brannte, er tastete die Jacke ab und bemerkte erst jetzt, dass er sein Gewehr verloren hatte. Aber die Pistole war noch da! Er hielt sie schussbereit vor sich, während er langsam weiterging. Als Wilhelm das schwache Licht fast erreicht hatte, blieb er wie angewurzelt stehen: Von der anderen Seite schob sich ihm eine Gewehrmündung entgegen, dann trat eine Gestalt auf ihn zu.

»Aiauschi!«, entfuhr es Wilhelm. Große, weiße Augen sahen ihn aus einem pechschwarzen Gesicht an. Wilhelm hörte seinen eigenen Atem ebenso laut wie den des Mannes, der ihm gegenüber stand. Reglos fixierten sie sich, jeder wusste, dass der erste Schuss sie beide töten würde, denn es würde dem anderen genügend Zeit bleiben, ebenfalls abzudrücken.

Wilhelm war wie hypnotisiert von den Augen des Mannes, er hatte das Gefühl, als würden sie ihn aufsaugen. Das Licht der roten Glühbirne wurde schwächer und schwächer, dann war es dunkel um ihn. Er verlor erneut das Bewusstsein.

»Warum hast du dieses Wort gesagt?«, fragte der Mann und rüttelte an Wilhelms Arm. Er kauerte neben ihm am Boden. »Woher kennst du es?« Er sprach akzentfreies Französisch.

Wilhelm schüttelte den Kopf, er begriff nicht, wieso er noch am Leben war. »Warum hast du mich nicht getötet?«

»Weil du dieses Wort gesagt hast. Woher kennst du es?«

»Ich kannte jemanden, der so hieß. Du hast mich an ihn erinnert.«

»Es ist der Name eines Königs aus einem Land, das an mein Land grenzt.«

»Woher kommst du?«

»Die Franzosen nennen es Elfenbeinküste. Woher kennst du den König?«

»Ich kannte seinen Enkel, er hatte denselben Namen. Er hat mir das Leben gerettet. Du siehst ihm sehr ähnlich.«

»Was ist mit ihm geschehen?«

»Er starb.«

»König Aiauschi war ein bedeutender Mann. Er hat gemeinsam mit dem Häuptling meines Stammes gegen die Weißen gekämpft, bis er sich den Deutschen unterwarf. Unser Häuptling tat das nicht. Er wurde getötet.«

»Wie heißt du?«, fragte Wilhelm.

»Abadi. Ich gehöre zum Stamm der Yakuba. Bei uns holen sich die Franzosen ihre schwarzen Soldaten. Wir sind seit jeher Krieger.«

»Bist du verletzt?«, fragte Wilhelm.

Der Schwarze deutete auf sein Bein. »Es ist tot, ich kann es nicht mehr fühlen. Und du?«

»Die Hüfte. Seit wann bist du hier?«

»Seit einem Jahr. Erst an der Marne, jetzt hier im Fort.«

»Sind noch mehr Afrikaner hier?«

Er schüttelte den Kopf. »Ich bin der letzte. Die anderen wurden verschüttet, als die Wand am Ende des Ganges einstürzte.«

»Wir sollten versuchen, hier rauszukommen«, sagte Wilhelm.

Der Mann schüttelte den Kopf. »Alle Ausgänge sind vergittert, es kommt niemand heraus oder hinein.«

In diesem Moment ließ ein ungeheures Krachen die Mauern erzittern, Steine lösten sich aus den Wänden, Putz rieselte herunter. »Volltreffer!«, sagte der Schwarze, »schon der zweite heute!« Er stemmte sich hoch. »Los, weg von hier, wir müssen weiter nach unten. Dort sind die Mauern dicker.«

Er schleppte sich den Gang entlang. Wilhelm sah ihm nach. »Es muss einen Ausgang geben, nicht nach dort!«, rief er, als mit einem Knall eine Stahltür am Ende des Ganges aufflog und ein Feuerstrahl herausschoss. Die Flamme erfasste Abadi, wie eine Fackel taumelte er noch einige Schritte weiter, dann stürzte er zu Boden. Im Feuerschein erkannte Wilhelm die Uniformen der Männer, die Flammenwerfer in ihren Händen hielten. Es waren Franzosen.

Wilhelm lag am Boden, im Laufschritt stürmten sie an ihm vorbei. Es musste also doch einen Ausgang geben! Wilhelm erhob sich und folgte den Soldaten. Kurz darauf sah er Licht am Ende des Ganges – Tageslicht! Als er näher kam, hörte er erst das Tackern eines Maschinengewehrs und dann Schreie: Die Männer liefen direkt in eine deutsche MG-Stellung hinein, die vor dem Ausgang postiert war!

Wilhelm schleppte sich weiter. Kurz bevor er den Ausgang erreichte, erschienen zwei Soldaten in der Maueröffnung – deutsche Soldaten! Blitzschnell warfen sie Wilhelm zu Boden, einer hob sein Bajonett, um zuzustoßen, als der andere ihn zurückriss. »Blödmann! Immer erst auf die Uniform gucken!«, schrie er. Er beugte sich zu Wilhelm. »Bist du verletzt?« Wilhelm nickte.

»Versuch rauszukommen, draußen sind Sanitäter.« Dann liefen sie ins Innere des Forts.

Draußen lagen die Franzosen am Boden, die vor wenigen Sekunden noch über Wilhelm hinweggestürmt waren. Er ergriff eines ihrer Gewehre und trat vorsichtig ins Freie. Geschützqualm lag über dem Gelände, von allen Seiten krachten unaufhörlich Schüsse. Durch den Lärm hörte er Rufe, Schreie, Befehle – deutsche Stimmen. Es schienen weitere Verbände bis zum Fort vorgedrungen zu sein. Aus dem Dunst tauchten schemenhaft immer mehr Soldaten vor ihm auf. Wilhelm ging auf sie zu.

Der Schmerz ließ allmählich nach, die Wunde an der Hüfte blutete nicht mehr, dennoch bewegte Wilhelm sich nur schleppend vorwärts. Gegen Abend hatte er den Wald, der das Fort umgab, fast erreicht. Noch war er auf keinen Sanitäter gestoßen, stattdessen strömten immer neue Einheiten an ihm vorbei in

Richtung Fort Vaux. Der Beschuss der französischen Artillerie von der anderen Seite des Forts war fast vollständig verebbt, nur noch vereinzelt schlug es links und rechts der Marschkolonnen ein, manchmal mitten hinein. Wann immer Wilhelm Soldaten nach dem Sanitätsbataillon fragte, deuteten sie nach hinten: »Kann nicht mehr weit sein!«

Das freie Feld, das sich vor ihm auftat, war übersät von Granattrichtern. Wilhelm spürte, wie die Kräfte ihn verließen. Er ließ sich in einen der Krater hineingleiten, um auszuruhen. Nach wenigen Sekunden war er eingeschlafen.

Brennender Schmerz in der Brust und in den Augen weckte ihn. Er richtete sich auf und blickte sich um. Der Morgen dämmerte bereits. Sein Atem ging rasselnd, das Brennen in der Brust wurde stärker, Wilhelm hustete. Und dann sah er es: Chlorgas-Nebel schlich dicht über dem Boden aus Richtung des Waldes heran. Noch hatte die Hauptwolke ihn nicht erreicht, aber es konnte nur noch wenige Sekunden dauern. Wilhelm erhob sich, Übelkeit stieg in ihm auf und hätte ihn fast wieder zu Boden gezwungen. Als er stand, erreichte ihn die Wolke und umhüllte seine Beine. Langsam kletterte er aus dem Krater. Der schwache Wind hielt das meiste Gas am Boden, dennoch wurde das Stechen in der Brust von Minute zu Minute stärker. Mechanisch setzte Wilhelm einen Fuß vor den anderen, den Kopf gesenkt konzentrierte er sich auf seine Stiefelspitzen, die im Gasnebel kaum zu erkennen waren. Immer noch war es still, Geschützdonner drang nur aus der Ferne heran.

Wilhelm erschrak, als er plötzlich mit dem Fuß gegen einen Körper stieß. Vor ihm lag ein Toter, an dessen Koppel eine Gasmaske befestigt war. Rasch löste er die Gasmaske vom Gürtel des Toten und zog sie sich übers Gesicht.

Er ging weiter. Er sah und hörte fast nichts mehr, er spürte nur noch das Brennen in Brust und Augen, als plötzlich eine Stimme aus dem Nebel sagte: »Atmen Sie! Hier brauchen Sie die Maske nicht mehr. Können Sie uns sehen?«

Wilhelm nickte. »Schwach – nein, eigentlich nicht. Es ist so neblig hier.«

Der Sanitäter legte ihn auf eine Bahre. Das Letzte, was Wilhelm sah, war der grelle Blitz einer Granate, die nicht weit entfernt explodierte.

9. Berlin

Im Netz

Wilhelm hörte Stimmen, ganz dicht an seinem Ohr. Er verstand die Worte nicht, obwohl sie in einer Sprache waren, die ihm bekannt erschien. Er wollte sprechen, aber etwas war über seinen Mund gespannt, die Lippen ließen sich nicht öffnen. Er drehte den Kopf, ein Laut entrang sich seiner Kehle.

»Er kommt zu sich!«, sagte eine Stimme. »Können Sie mich hören?«

Wilhelm nickte. Er wollte eine Hand heben, aber der Arm war unbeweglich.

»Nicht aufregen!«, sagte die Stimme. »Ich bin Arzt, und Sie sind im Lazarett. Wir haben Ihren Kopf verbunden, damit keine Keime in Ihre Augen gelangen. Ihre Hände haben wir fixiert, um zu verhindern, dass Sie im Schlaf in Ihr Gesicht fassen. Sie bekommen jetzt etwas zu trinken.«

Wilhelm spürte, wie sich ihm eine weitere Person näherte. »Schneiden Sie den Verband über seinem Mund auf«, sagte der Arzt.

Kurz darauf spürte er kühles Nass auf seinen gesprungenen Lippen, Wassertropfen glitten in seinen Mund. »Nicht so viel auf einmal!«, sagte der Arzt. »Später können Sie trinken, so viel Sie möchten.« Er legte eine Hand auf Wilhelms Schulter. »Wir kriegen Sie wieder hin. Nur der Verband muss eine Weile bleiben, es darf nichts an Ihre Augen gelangen. Wir haben sie eingesalbt, morgen wechseln wir den Verband. Versuchen Sie zu schlafen!«

»Danke«, sagte Wilhelm leise, »noch ein paar Tropfen, bitte.«

»Geben Sie ihm noch etwas«, sagte der Arzt. »Und cremen Sie seine Lippen ein, sie sind aufgesprungen.«

Wilhelm hörte das Rascheln von Stoff, als sich die andere Person über ihn beugte. »Sie brauchen keine Angst mehr zu haben, hier sind Sie in Sicherheit. Trinken Sie!«, sagte eine Frau. Sie benetzte seinen Mund. Dann strich ein Finger auf seine Lippen. »Fett wird ihnen guttun«, sagte sie. »Und jetzt schlafen Sie wieder! Später bringe ich Ihnen nochmals Wasser.«

*

»Hast du dir schon mal überlegt, wie die Spinnen sich im Winter ernähren?«

»Wie immer, nehme ich an. Sie bauen ihre Netze, und dann warten sie, bis sich Insekten darin verfangen.«

»Aber im Winter fliegen keine Insekten durch die Gegend.«

»Na, dann müssen sie sich eben Speck anfressen und warten, bis der Winter vorbei ist.«

»Speckspinnen, nicht wahr? Ja, so wird es sein. Guck dir das an: Der Zug steht gerade mal seit drei Stunden, und schon hat sie ihr Netz gesponnen.«

Die beiden Soldaten pressten ihre Nasen ans Abteilfenster und sahen der Spinne bei der Arbeit zu.

»Unglaublich, wie schnell die sind!«, sagte der eine. »Wahrscheinlich schaffen sie das nur für kurze Strecken – aber stell dir vor, sie könnten das kilometerweit, dann wären sie schneller als unsere Gäule. Wie viele Spinnen müsste man vor eine Kanone spannen, um sie vom Fleck zu kriegen?«

»Du Spinner, was redest du denn da?«

»Mal im Ernst: Angenommen, es würde unseren Wissenschaftlern gelingen, Speckspinnen zu züchten, die auch über lange Strecken hohe Geschwindigkeit durchhalten könnten – dann säßen wir jetzt nicht hier im Lazarett-Zug, sondern dann wäre der Krieg längst zu Ende. Zu unseren Gunsten, natürlich!«

Er wandte sich zu Wilhelm. »Was meinst du, Kamerad? Kannst zwar nichts sehen, aber verstehen kannst du, oder?«

Wilhelm nickte. »Ich finde, das ist eine bahnbrechende Idee. Und es ist sicherlich noch nicht zu spät dafür. Wenn wir in Berlin sind, werde ich das der Heeresleitung vorschlagen. Das wird die Wende bringen.«

»Siehst du, siehst du: Er hat es begriffen! Er ist ein heller Kopf! Nur leider mit einem Spinnennetz drum rum. Aber keine Sorge:

Das kommt irgendwann runter, Kamerad! Und dann siehst du auch wieder was von der Welt!«

»Ich weiß gar nicht, ob ich das will.« Wilhelm kratzte sich an der Stirn, der Verband reizte seine Haut. Sie juckte, obgleich er im Lazarett gelegentlich gewechselt worden war, damit seine gereizten Augen eingesalbt werden konnten. Der Verband erinnerte ihn tatsächlich an ein Spinnennetz, in dem er gefangen war.

»Er will nichts mehr sehen, er hat die Schnauze voll – oh, wie ich das verstehen kann! Was war das Letzte, was du gesehen hast, Kamerad? Ich meine, bevor das Gas in deine Augen kam?«

Wilhelm überlegte. »Krater«, sagte er dann. »Überall Krater. Manche so tief, dass man nicht wieder rauskam. In einigen lagen unsere Kameraden, in anderen Franzosen. Sie sahen aus, als schliefen sie. Sie haben vom Gas nichts mehr gespürt.«

Die beiden Soldaten sahen Wilhelm an. Sie saßen auf Holzpritschen in einem der Waggons des Verletztentransports auf der Fahrt nach Berlin. Vor acht Stunden waren sie in Straßburg abgefahren. Immer wieder hielt der Zug auf freier Strecke, jetzt standen sie seit drei Stunden irgendwo im Ruhrgebiet.

»Ich geh mal gucken, was draußen los ist. Wir stehen hier schon ewig lange. Kommst du mit?« Er tippte Wilhelm an.

»Wie soll er denn gucken mit seinem Verband?«

»Ja«, entgegnete Wilhelm, »ich komme. Ich fühl' mich steif wie ein Brett. Ein bisschen die Beine vertreten kann nicht schaden.«

Vor den Waggons standen Dutzende Verwundete und rauchten, manche hatten sich ins Gras gesetzt. Die Lokomotive schnaubte und stieß eine Rauchwolke aus. »Gut, dass unsere Wagen weit hinten sind, da hat man nicht den Gestank im Abteil«, sagte der Soldat. »Die vorn kriegen das sowieso nicht mit. Arme Schweine.«

»Wieso?«, fragte Wilhelm.

»Da liegen die Korbmenschen! Die sind so voll Morphium, dass sie nichts mehr riechen.«

»Die ohne Arme und Beine?«

»Ja, genau, die in Körben getragen werden.«

Ein Soldat gesellte sich zu ihnen, er trug ebenfalls einen Verband um den Kopf, die Augen waren frei. »Ich sehe, du kannst nichts sehen«, sagte er zu Wilhelm. »Die Experten streiten ja darüber, was unangenehmer ist: Nichts hören oder nichts sehen. Ich kann nichts hören. Keine Ohren mehr.«

Er grinste. »Eigentlich gar nicht so schlecht, das Geschrei der Gören zu Hause stört mich in Zukunft nicht mehr. Habt ihr 'ne Zigarette? Ich kann den Rauch jetzt aus den Stellen blasen, wo mal die Ohren saßen. Wenn ihr wollt, zeig' ich es euch.«

»Haben wir.« Der Soldat nickte und gab ihm eine Zigarette, zu Wilhelm gewandt sagte er: »Da gibt es welche, die können noch ganz andere Sachen. Bei denen fehlen nicht nur die Ohren. Ganz vorn im Zug sind welche, ich hab' gesehen, wie sie reingetragen wurden.«

»Und?«, fragte Wilhelm.

»Sie kommen in Geheimlazarette, wo niemand sie jemals wieder sieht. Denkmäler des Schreckens – so hat ein Sanitäter sie genannt.«

Der Zug ruckte an, blieb wieder stehen, ruckte erneut. Dann pfiff die Lokomotive. Die Männer erhoben sich vom Bahndamm, der Gehörlose ging ein Stück neben Wilhelm auf dem Weg zu seinem Abteil. »Eines hätte ich schon noch gern gehört«, sagte er, »das Krüppelorchester.«

»Was?«, fragte der Soldat. »Red nicht solche Sachen, das mag ich nicht.«

»Er hört dich nicht«, sagte Wilhelm.

»Mein Schwager aus Wien hat mir geschrieben«, fuhr der Gehörlose unbeirrt fort, »dass das Krüppelorchester dort bei der Kriegsausstellung aufgetreten ist. Vierzig Einarmige. Sie haben mit Prothesen gefiedelt und geblasen. Geht prima, schreibt mein Bruder. Und die Weiber liegen ihnen zu Füßen.« Der Mann lachte und bestieg sein Abteil. »Nicht verzagen!«, rief er. »Es geht auch ohne.«

»Jetzt gehörst du mir, Engel des Schlachtfelds«, presste er mit heiserer Stimme hervor. »Du bist mir in die Falle gegangen!« Adalbert hielt den Atem an, seine Finger waren feucht vor Anspannung und Erregung. Als er umblätterte, rutschte ihm das Buch aus der Hand und fiel auf den Boden des Klassenzimmers. Alle hörten es, aber niemand rührte sich. In der Geschichtsstunde von Dr. Sattelmaier stellte jede eigenmächtige Bewegung eine Gefahr dar, stillsitzen war oberstes Gebot, was auch immer geschah. Nur wenn der Oberstudienrat einen der Schüler mit seiner näselnden Stimme, die jeden Moment überzukippen drohte, beim Namen nannte, dann war man gut beraten, sich blitzartig zu erheben. Sollte er zusätzlich den Blick heben, so hatte man auf schnellstem Weg nach vorn an die Tafel zu eilen und strammzustehen, bis er mitzuteilen geruhte, auf welche Frage er eine Antwort verlangte.

Trotz des unüberhörbaren Aufpralls des Buches war er diesmal jedoch weiterhin in seine Zeitungslektüre vertieft wie jeden Morgen, wenn er die erste Stunde unterrichten musste und Abschreibaufgaben verteilte, um in Ruhe die Nachrichten das Tages lesen zu können.

Aber alle waren sich im Klaren darüber, dass es ihm nicht entgangen sein konnte. Dr. Sattelmaier bemerkte alles. Adalbert starrte auf das aufgeschlagene Oktavheft, in dem er eigentlich schon mindesten zwei Seiten hätte füllen sollen mit Aussprüchen des Kaisers. Bisher hatte er nur einen einzigen zu Papier gebracht: »Das Auto hat keine Zukunft, ich setze auf das Pferd.«

Ohne seine Zeitung zu senken, fistelte Dr. Sattelmaier plötzlich: »Neugebauer, sieh nach, was bei von Schwemer los ist.«

Der Klassensprecher, der in der ersten Reihe saß, erhob sich sofort und eilte durch das Klassenzimmer. Vor Adalberts Tisch blieb er stehen.

»Bitte sprechen zu dürfen«, sagte er dann.

»Ich höre«, antwortete Dr. Sattelmaier.

»Es liegt etwas unter dem Tisch.«

»Was ist es?«

»Ein Buch.

»Aufheben!«

Neubauer bückte sich und hob das Buch auf.

»Herbringen!«

Dr. Sattelmaier hatte immer noch nicht die Zeitung gesenkt. Er deutete mit einem Finger auf die leere Schreibtischfläche. Neugebauer legte das Buch darauf und schlüpfte in seine Bank zurück.

»Neugebauer!«, ertönte es hinter der Zeitung.

Der Junge sprang erneut auf und stellte sich neben das Pult.

Jetzt sank die Zeitung herab, die fleischige, kleine Hand des Oberstudienrats schnellte hervor und versetzte dem Jungen zwei Ohrfeigen, eine links, eine rechts.

»Wann darf man sich setzen?«

»Wenn Sie es sagen, Herr Dr. Sattelmaier.«

»Und warum hast du dich gesetzt?«

Erneut schnellte die Hand hervor.

Dann faltete Dr. Sattelmaier penibel den *Berliner Lokalanzeiger* zusammen und legte ihn auf das Pult. Er beugte sich vor, um das Buch zu betrachten, das Neugebauer vor ihn gelegt hatte.

Er sah es lange an, dann sagte er: »Und das nennst du ein Buch? Ich nenne das eine Schande!«

Sein dünnes Stimmchen überschlug sich, er räusperte sich. »Eine Schande!«, wiederholte er so laut er konnte.

Er las den Titel des Romanheftes vor: *»Die Schwester vom Roten Kreuz*. Ist sie das?« fragte er, und sein Blick schoss durch den Klassenraum zu Adalbert. »Dieses Flittchen hier auf der Umschlagseite? Diese ...«

Jetzt sprang er behende auf und war mit wenigen Schritten bei Adalbert. »Was hat von Schwemer noch unter seiner Bank?«, fragte er Rademann, der neben Adalbert saß, ohne den Blick von Adalbert zu lassen.

Der Junge beugte sich vor und zog zwei weitere Hefte hervor. Er legte sie auf den Tisch.

»Vorlesen!«

»Das Geheimnis der Kammerzofe und *Die einsame Komtesse*, Herr Oberstudienrat!«

Dr. Sattelmaiers Kiefer mahlten, man hörte seine Zähne knirschen – für die vierzig Jungen in der Klasse das Zeichen akuter Gefahr. Und dann flitzte seine kleine Hand in Adalberts Gesicht hin und her. Nach einer halben Minute waren die Wangen rosa, nach einer Minute feuerrot.

»Nach der sechsten Stunde!«, sagte Dr. Sattelmaier leise. Alle wussten, was das hieß.

*

Elisabeth wurde allmählich ärgerlich. Das Mittagessen war seit mehr als einer halben Stunde fertig, von den beiden Jungen jedoch keine Spur. Immer wieder sah sie aus dem Küchenfenster zur Straße. Irgendwann wandelte sich ihr Ärger in Besorgnis. Und dann kam Karl um die Ecke gerannt und stürmte durch die Hautür. Schwer atmend ließ er seinen Ranzen zu Boden fallen und setzte sich auf einen Küchenstuhl.

»Wo ist dein Bruder?«, fragte Elisabeth.

»Sie haben ihn dabehalten.«

»Wer?«

»Der Direktor und noch ein Lehrer.«

»Könntest du mir das bitte etwas genauer erklären?«

»Nach der Sechsten ist Verhau-Stunde, das weißt du doch.«

»Nein, das wusste ich nicht.«

»Es ist uns ja auch noch nie passiert.«

»Und heute?«

»Adalbert hat irgendwas gemacht. Ich weiß nicht was. Er musste bleiben.«

Elisabeth wurde erst bleich vor Schreck, dann rot vor Zorn. Eilig füllte sie Karl einen Teller Suppe auf. »Iss! Ich komme gleich wieder.«

Sie griff ihren Hut und stürmte aus dem Haus. Schon zwei Straßen weiter sah sie ihn: Zwei Klassenkameraden begleiteten Adalbert, der ihr schleppenden Schrittes entgegenkam. Als er seine Schwester sah, blieb er stehen, bis sie ihn erreichte und in die Arme nahm.

Adalbert schluchzte, Elisabeth hielt ihn lange fest. Die beiden anderen Jungen traten ungeduldig von einem Fuß auf den anderen.

»Warum ist das passiert?«, fragte Elisabeth sie.

»Es war … er hatte … er hatte Hefte bei sich.«

Elisabeth sah die Jungen fragend an.

»Solche Hefte, die wir nicht lesen dürfen«, ergänzten sie. »Er hat sie unter dem Tisch gelesen, und eines ist runtergefallen.«

Sie nickte. »Danke, dass ihr ihn begleitet habt«, sagte sie und gab jedem von ihnen die Hand.

Die Jungen drehten sich um und machten sich eilig auf den Heimweg. Elisabeth trug Adalberts Schulranzen, den anderen Arm legte sie um seinen Nacken. Schweigend gingen sie nach Hause.

Robert war außer sich, als Elisabeth ihm am Abend von dem Vorkommnis erzählte. Adalbert war schon ins Bett gegangen, er hatte leichtes Fieber. Die Tracht Prügel hatte ihm zugesetzt, er war verwirrt und brachte kaum einen zusammenhängenden Satz heraus. Immerhin erfuhr Elisabeth, dass er die Hefte von einem Schüler der oberen Klassen bekommen hatte. »Sie leihen sie an die Jüngeren aus«, erklärte Karl ihr, »gegen Geld.«

Elisabeth hatte lange an Adalberts Bett gesessen und ihm immer wieder über den Kopf gesteichelt, wenn er herzzerreißend seufzte. Jetzt sagte Robert: »Ich möchte mit ihm sprechen. Darf ich?«

Elisabeth nickte, Robert nahm seine Krücken und humpelte die Treppe hinauf zum Zimmer der Jungen. Elisabeth ging rastlos im Zimmer auf und ab, je länger sie ging, desto schneller wurden ihre Schritte und desto größer wurde ihr Zorn. Als Robert nach zehn Minuten wieder auf dem Treppenabsatz erschien, sah er sie mit geballten Fäusten mitten im Raum stehen und leise Flüche ausstoßen. »Ich werde gleich morgen früh mit diesem Dr. Sattelmaier reden«, sagte er. »Der Junge ist ja völlig verstört.«

Elisabeth blickte zu ihm auf. »Wir gehen gemeinsam«, erwiderte sie. »Ich habe ebenfalls die Absicht, diesem Herrn einiges zu sagen.«

*

Robert hatte am nächsten Vormittag große Mühe, Elisabeth zurückzuhalten, als sie vor der Sporthalle standen, in der Dr. Sattelmaier gerade eine Turnstunde abhielt. Sie wollte sofort hineinstürmen. »Damit lieferst du ihm nur einen Grund, gar nicht mit uns zu reden«, sagte er. »Wir müssen uns hier schon an die Regeln halten.«

»Und das heißt?«

»Nach der Stunde, wenn er herauskommt.«

Sie nickte, mühsam beherrscht.

Dr. Sattelmaier stutzte, als er aus der Turnhalle trat und den einbeinigen Leutnant in seiner Ausgehuniform erblickte, der geradewegs auf ihn zuhumpelte.

»Ich würde gern wegen Adalbert von Schwemer mit Ihnen sprechen«, sagte Robert und blieb vor ihm stehen. »Robert von Trenck, mein Name.«

Dr. Sattelmaier straffte die Haltung, seine Augen blickten kampfeslustig.

»Dann grüßen Sie erst mal vorschriftsmäßig! Dr. Karl-Ludwig Sattelmaier, Major der Reserve.«

»Ich denke nicht …«

Der schmächtige Mann im Gehrock machte einen Schritt auf Robert zu. »Es spielt keine Rolle, was Sie denken, Herr Leutnant«, sagte er und setzte sich mit Schwung seinen Kneifer auf die Nase, um Robert genauer anzusehen, »Sie haben zu grüßen, wenn Sie einem ranghöheren Offizier gegenüberstehen. Denken kommt später, wenn überhaupt. Wo haben Sie gedient?«

»4. Husaren«, erwiderte Robert verblüfft.

Abschätzend sah Sattelmaier an Robert herunter. »Kein Wunder, dass an der Westfront nichts vorangeht«, sagte er, »wenn das die Disziplin von heute ist! Ich fordere Sie ein letztes Mal auf, vorschriftsmäßig zu grüßen, andernfalls werde ich ein Disziplinarverfahren gegen Sie anstrengen. Wie war gleich der Name?«

Er hatte die Frau nicht bemerkt, die hinter ihm aufgetaucht war. Er schrak herum, als Elisabeth sagte: »Sattelmaier, Major Sattelmaier, richtig?«

Sie lächelte ihn an. »Welch ein stattlicher Mann! So habe ich mir immer einen Major vorgestellt.«

»Und Sie, wer ...?«, fragte der Oberstudienrat.

Sie hob eine Hand und legte einen Finger an die Lippen. »Nicht so laut!«, raunte sie. »Es muss ja nicht jeder hören, was wir hier bereden. Oder wissen alle, dass Sie ein Dieb sind? Dann können wir es natürlich auch laut sagen.«

Sattelmaier schnappte nach Luft, Elisabeth warf ihm einen bewundernden Blick zu. »Wie beeindruckend Sie sind, wenn Sie sich so richtig echauffieren! So ein stattlicher Mann!«, sagte sie. »Ich bin sicher, Sie können sich vor Heiratsanträgen nicht retten, Herr Major. Oder sind Sie bereits verheiratet?«, fragte sie verschwörerisch und trat dicht an ihn heran. »Nein, ich glaube, das sind Sie nicht ...«

»Ich muss doch sehr bitten!«, antwortete Dr. Sattelmaier und versuchte, sich an Elisabeth vorbeizudrängen.

Sie verstellte ihm den Weg. »Ich hätte gern meine Romane zurück, und zwar umgehend! Mein Bruder hat sie freundlicherweise für mich mitgenommen, und dabei ist ihm leider eines der Bücher zu Boden gefallen, wie Sie ja wissen.«

»Ihre Bücher?«

»Ja, sie bedeuten mir sehr viel, sie stammen von meiner Großmutter. Wissen Sie, damals las man solche Geschichten gern. Ich weiß, sie haben keinen großen literarischen Wert, aber nun ja – meine Großmutter eben ...«

Dr. Sattelmaier versuchte erneut, an Elisabeth vorbeizuschlüpfen, diesmal verstellte Robert ihm den Weg.

»Oder ist es bei Ihnen nicht üblich, Dinge zurückzugeben?«, sagte Elisabeth und schien zu grübeln: »Sattelmaier ... Sattelmaier – lassen Sie mich raten: Sind Sie verwandt mit dem gleichnamigen Schulleiter, der kürzlich in Süddeutschland suspendiert wurde, weil er mit kleinen Jungen ... na, Sie wissen schon ...!«

»Jetzt reicht es!«, schnaubte Dr. Sattelmaier, »lassen Sie mich vorbei!«

»... oder sind Sie's gar selbst?«, fragte sie. »Wissen Sie was? Ich werde einfach mal die Jungen fragen, die da gerade aus der Turnhalle kommen, was die so über Sie zu erzählen haben. Was meinen Sie?«

Sie wandte sich um und ging auf drei Jungen zu.

Sattelmaier lief ihr nach und fasste sie am Arm. »Was wollen Sie?«, fragte er mit hochrotem Kopf, seine Augen quollen fast aus den Höhlen. »Sie können doch hier nicht …«

Elisabeth funkelte ihn an. »Erstens: Ich kann alles, und zweitens zu Ihrer Frage: Ich will Sie vernichten. Sie werden nie wieder einen Jungen anfassen, geschweige denn verprügeln!« Sie starrte ihn hasserfüllt an. Dann wandte sie sich um, hakte sich bei Robert unter und ging mit ihm über den Schulhof davon.

»Woher wusstest du das mit der Suspendierung?«, fragte er erstaunt. »Der Mann hat ja beinahe einen Schlaganfall bekommen vor Schreck.«

»Ich habe mich gestern Abend lange mit Adalbert unterhalten. Kinder wissen viel mehr, als man glaubt. Und wenn man nicht fragt, erfährt man es nie. Er hat mir Dinge über einige seine Lehrer erzählt, die ich kaum glauben konnte. Wusstest du, dass sie die Kinder stundenlang im Hof exerzieren lassen zur Strafe für Unaufmerksamkeit? Und wenn sie schlappmachen, sperren sie sie in den Heizungskeller.«

Robert sah Elisabeth entgeistert an. »Der arme Junge! Wirst du ihn wieder hierherschicken?«

Sie nickte. »Aber ab jetzt werde ich wie ein Schießhund aufpassen. Der Sattelmann war nur der Erste …«

»Sattelmaier, Major im Ruhestand«, berichtigte Robert.

Sie musste grinsen. »Genau, Herr Leutnant, so heißt die Kanaille. Diese Schinder! Ich werde ihnen keine Ruhe mehr lassen.«

*

»Ich will überall erscheinen, wo Unrecht getan wird. Überall will ich auftauchen wie der Blitz aus heiterem Himmel, mit meinem wunderbaren Fahrzeug, das mir Macht verleiht. Jetzt beginnt die Zeit der Rache!« Der ›Beherrscher der Lüfte‹ zog sich seine Maske vor das Gesicht und bestieg sein Raumfahrzeug.

Elisabeth legte das Heft zur Seite und sah Adalbert kopfschüttelnd an. »Wie viele solcher Romane hast du denn noch gehortet? Du weißt doch, dass die Regierung Schundliteratur dieser Art verboten hat.«

»Aber es ist kein Schund«, entgegnete Adalbert entrüstet, »er rettet die Welt, andauernd! Du hast es ja gar nicht zu Ende gelesen.«

»Und die anderen Romane? Was findest du an denen so toll?«

Er seufzte. »Ich weiß nicht, sie sind ja alle verschieden. Ich finde sie spannend. Man lernt daraus, was Menschen so alles machen und was man gegen die Schlechten tun muss.«

Elisabeth und Adalbert saßen zusammen am Esstisch, Karl schlief bereits in seinem Zimmer. »Na ja, immerhin kannst du schon wieder sitzen«, sagte Elisabeth, »traust du dich morgen wieder zur Schule? Noch länger kann ich dich nicht zu Hause behalten.«

Er nickte. »Ich hab ja selbst Schuld gehabt. Warum ist mir das Heft auch runtergefallen …«

Elisabeth langte hinter sich und legte dann die drei Romanheftchen vor Albert auf den Tisch. »Nimm sie lieber nicht wieder mit, lies sie zu Hause.«

Adalbert staunte und ergriff *Die einsame Komtesse*. »Wo hast du das her? Er hat sie mir doch weggenommen!«

»Wie soll ich sagen – ich habe ein ernstes Wort mit ihm geredet. Und er hat eingesehen, dass man anderen ihr Eigentum nicht stehlen darf, auch Kindern nicht.«

Sie grinste, als sie Adalberts ungläubigen Gesichtsausdruck sah. »Na ja, ganz so war es nicht«, fügte sie hinzu. »Aber ich bin sicher, dass er dir künftig nie wieder etwas wegnehmen wird. Und anderen Kindern auch nicht. Und jetzt geh schlafen. Ich wecke euch um sieben Uhr.«

Steckrüben

Seit Elisabeth die Haushälterin entlassen hatte, kümmerte sie sich auch um das Frühstück der Kinder. Das Gespräch mit Sophie war Elisabeth sehr schwergefallen. Immer wieder hatte sie es hinausgezögert, doch schließlich gab es keine Ausreden mehr: Sie konnte Sophie nicht mehr bezahlen. Helene Bechstein hatte ihr angeboten, sich an den Kosten für das Personal zu beteiligen, zumindest so lange bis der Freiherr zurückgekehrt sein würde oder Klarheit über seinen Verbleib herrschte. Elisabeth hatte abgelehnt. »Solange ich nicht weiß, ob wir Schulden irgendwann zurückzahlen können, möchte ich keine machen«, sagte sie.

Sophie hatte es ihr nicht leichtgemacht mit ihrem Angebot, auf die Hälfte ihres Lohns zu verzichten, wenn sie bleiben dürfe. Als Elisabeth darauf nicht einging, bot sie sogar an, bis auf weiteres ohne Lohn zu arbeiten, viele Hausangestellte täten das in diesen Tagen, es kämen auch wieder bessere Zeiten und es sei doch wichtig, dafür zu sorgen, dass dieser Krieg nicht alles zerstöre.

Als Elisabeth auch diesem Vorschlag nicht zustimmte, sondern stattdessen einen Umschlag mit dem Restlohn für den laufenden Monat sowie für zwei weitere Monate aus der Schublade des Küchentischs nahm und vor Sophie legte, weinte diese. Dann ergriff sie den Umschlag, nahm den Monatslohn heraus und schob das übrige Geld zu Elisabeth hinüber. »Sie werden es brauchen, gnädige Frau«, sagte sie. »Die beiden Jungen sind hungrige Kerlchen. Und nur mit Steckrüben werden sie sie nicht satt bekommen ...«

Schon das Wort hasste Elisabeth mittlerweile: Steckrüben wurden als Allheilmittel gegen die Versorgungsengpässe und Nahrungsmittelknappheit gepriesen, der Kaiser ließ Fotos von sich und seiner Familie bei einem leckeren Steckrübenessen veröffentlichen. Sie seien haltbarer, nährstoffreicher und überdies billiger als Kartoffeln, betonte er. Die Zeitungen veröffentlichten Rezepte für Frikadellen, Marmeladen und Kuchen aus Steckrüben. Adalbert und Karl konnten ihren Ekel nur schwer verbergen, betonten jedoch immer wieder, wie gut Elisabeths Steckrüben-Brotaufstrich sei, wenn sie ihr Schulbrot einpackten. Elisabeth tat so, als freue sie sich darüber, und darüber wiederum freuten sich die Jungen.

Es war Robert zu verdanken, dass hin und wieder auch Fleisch auf den Tisch kam. Er wohnte in einem Versehrtenheim für Offiziere, deren Lebensmittelmarken großzügig bemessen waren.

Nach einem Abendessen saßen er und Elisabeth am Tisch und rauchten. Die Jungen waren in ihr Zimmer gegangen. Es hatte Blutwurst mit Rosinen gegeben, dazu Kartoffelpüree und Apfelmus. Elisabeth paffte eine ägyptische ›Manoli‹, von denen sie sich mehrere Packungen aus Hamburg mitgebracht hatte, Robert sog an einer der Zigarren aus dem Salon des Freiherrn, die Elisabeth mit der Begründung zum Verbrauch freigegeben hatte, wenn er zurückkäme, würde er als Erstes ein riesiges Paket Zigarren auspacken. Das sei bislang nach jeder seiner Reisen so gewesen, und daran würde sich nichts ändern – nur über seine Leiche, hatte sie gesagt.

Robert hob die Augenbrauen, und Elisabeth bemerkte ihren Fauxpas. »Das war nur so dahergesagt«, stellte sie klar, »natürlich werden wir ihn gesund und munter wiedersehen! Er ist unverwüstlich. Wie oft habe ihn schon zur Hölle gewünscht – es hat rein gar nichts bewirkt …«

»Aber du«, sagte Robert, »du bist nicht unverwüstlich! Ich mache mir Sorgen, wie lange du diese Belastung noch durchhalten wirst. Du nimmst alle Aufgaben gleichzeitig wahr – und das ohne Personal! Und jetzt kommt auch noch der Hilfsdienst.«

»Das wollen wir erst noch mal sehen!«, sagte sie angriffslustig. »Erst die Männer in den Krieg hetzen und dann die Frauen in die Fabriken schicken – das könnte denen so passen. Wer soll sich dann noch um die Kinder kümmern? Oder um die Kranken? Die Grippeepidemie hat schon eine halbe Million hingerafft – und die Ärzte sind alle an der Front.«

»Du wirst dich dem nicht entziehen können. Das Gesetz sieht keine Ausnahme vor.«

»Da ist das letzte Wort noch nicht gesprochen. Morgen gehe ich zum Potsdamer Platz, Liebknecht spricht. Es werden noch mehr Demonstranten erwartet als beim letzten Mal.«

»Das ist gefährlich. Die Versammlungen sind verboten. Beim letzten Mal haben sie noch in die Luft geschossen, weil Frauen und Kinder dabei waren. Diesmal werden sie keine Rücksicht nehmen.«

*

Es war kaum ein Durchkommen zum Potsdamer Platz, schon die Zufahrtsstraßen waren verstopft. Tausende Menschen drängten sich um das Rednerpodest, als Karl Liebknecht, der Reichstagsabgeordnete und Pazifist, unter Jubel das Rednerpult erklomm.

Aber es hatten sich beinahe ebenso viele Menschen eingefunden, um die Demonstranten zu beschimpfen, bereits der Weg zum Potsdamer Platz hatte etwas von einem Spießrutenlaufen: Auf den Gehwegen standen dicht an dicht entrüstete Bürger. Immer wieder kam es zu Handgreiflichkeiten, wenn die Beschimpfungen nicht ausreichten, um die Empörung angemessen zum Ausdruck zu bringen. Vor allem Soldaten waren Zielscheibe des Hasses: Verwundeten und Kriegsversehrten unter den Demonstranten wurde voller Verachtung »Kameradenschweine« und »Feiglinge« entgegengeschleudert. Elisabeth ging dicht neben Robert. »Hör nicht hin!«, sagte sie, »die haben den Verstand verloren! Die haben nichts von dem gesehen, was du erlebt hast. Die wissen gar nicht, worüber sie reden.«

Eine Tomate flog knapp über ihre Köpfe hinweg und zerplatzte auf einer Schaufensterscheibe. »In diesen Zeiten mit Lebensmitteln werfen!«, rief eine der Frauen, die vor ihnen gingen, und drängte sich aus den Reihen der Demonstranten heraus, um sich auf den Werfer zu stürzen.

In diesem Moment knisterten die Lautsprecher, die an den Hauswänden angebracht waren, eine Stimme räusperte sich hoch über den Köpfen der Menschen und kündigte den Redner des Tages an.

Für einen Moment herrschte Stille, dann ertönte die Stimme des Abgeordneten: »Nieder mit dem Krieg! Nieder mit dieser Regierung!«, rief er ins Mikrophon. Seine weiteren Worte gingen im tosenden Jubel der Menschen auf dem Potsdamer Platz unter. Es herrschte ein infernalischer Lärm, der sich noch steigerte, als die Gegendemonstranten – das Deutschlandlied schreiend und heulend vor Wut – sich auf die Demonstranten stürzten und mit Handtaschen und Regenschirmen auf sie einschlugen.

Mit knapper Not konnten Elisabeth und Robert sich in einen Ladeneingang flüchten, dessen Besitzer gerade die Rollläden herunterlassen wollte.

»Ich schließe«, sagte er, »sehen Sie das nicht?« Er deutete zur Tür. »Dort geht es hinaus.«

»Ich bitte Sie, mein Mann ist kriegsversehrt«, sagte Elisabeth, »dort draußen ist es zu gefährlich für ihn. Seine Verletzungen ...«

»Diese Demonstranten«, sagte der Ladenbesitzer und sah Robert mitfühlend an.« »Oh, wie ich sie hasse! Es tut mir leid, bester Mann, dass Sie hier in der Heimat so etwas Ehrloses erleben müssen. Man müsste sie alle an die Front schicken, alle! Dorthin, von wo keiner zurückkommt ... darf ich Ihnen etwas anbieten?«

»Was haben Sie denn anzubieten?«, fragte Elisabeth und sah sich im Laden um. »Oh – Hüte. Und so schöne!«

Sie ging an den Regalen entlang, ihre Hand strich über die Kreationen aus Samt und Filz. Auf einem roten Samthut, in dem eine Straußenfeder steckte, blieb ihre Hand liegen. »Wirklich geschmackvoll«, sagte sie.

Der Ladenbesitzer eilte herbei, nahm den Hut aus dem Regal und baute sich vor Elisabeth auf. »Er würde Ihnen wundervoll stehen! Darf ich?«

Huldvoll senkte Elisabeth den Kopf, der Mann setzte ihr den Hut auf und holte einen Spiegel herbei.

»Ich wusste es«, sagte er, »er ist wie für Sie gemacht!«

»Und was kostet er?«, ließ Robert sich vernehmen.

»15 Mark«, antwortete der Ladenbesitzer. Im selben Moment splitterte die Schaufensterscheibe, ineinander verkeilte Menschen rollten herein und schlugen sofort weiter aufeinander ein. Der Ladenbesitzer heulte auf, ergriff einen Spazierstock und stürzte sich, wild um sich schlagend, ins Getümmel. Robert ergriff Elisabeths Hand und zog sie unauffällig zum Ausgang.

Als sie auf die Straße hinaustraten, stießen sie auf Polizisten, die Männer und Frauen auf einen Lastwagen schoben. »Das können Sie nicht mit uns machen!«, empörte sich einer, »wir sind keine Arbeiter!«

Elisabeth zupfte einen der Polizisten an der Jacke und sagte, als er sich zu ihr umdrehte: »Mein Mann ist kriegsversehrt, würden Sie uns wohl bitte sicher zur nächsten Straßenbahn bringen?«

Der Polizist blickte auf ihren roten Hut, dann sah er Robert an, der sich auf seine Krücke stützte. »Selbstverständlich, Herr Leutnant. Sie hätten nicht in Uniform herkommen sollen. Das ist gefährlich, diese Kriegsgegner sind zu allem fähig. Kommen Sie …«

Als sie die von Schwemer'sche Villa erreichten, erwarteten die Jungen sie an der Tür. Sie hielten ihnen einen Brief entgegen, der gerade mit der Post gekommen war. Er stammte aus Lagarde.

*

Meine liebe Elisabeth! Was ich hier erlebe, kann ich schwer in Worte fassen, ohne dass Du annehmen müsstest, ich übertreibe. Ich habe auch Scheu davor, es Dir zu schildern, weil ich sicher bin, dass Du es schon schwer genug hast und ich Dich nicht noch mit meinen Kümmernissen bedrücken möchte. Wenn es Deine Zeit ermöglicht, schreib mir, bitte! Ich möchte wissen, wie es den Jungen geht! Umarme sie von mir. Die Kinder verstehen am allerwenigsten, was um sie herum geschieht. Dabei ist es ihre Zukunft, die von diesen Wildgewordenen zerstört wird. Es ist entsetzlich und unverzeihlich.

Unser Haus ist jetzt ein Lazarett. Ich habe es dem Roten Kreuz zur Verfügung gestellt, Verwundete aller Nationen werden hier versorgt, bei vielen kommt die Hilfe zu spät. Ich hatte nie geahnt, auf wie viele Arten Menschen sterben können. Lagarde liegt immer noch in Trümmern, beinahe kein Haus ist unversehrt. Aber wir halten zusammen. Leider ist Rogér gestorben. Es geht mir fast ebenso nahe wie der Tod meiner Eltern.

Die Zeiten, in denen wir als Familie zusammenlebten und – ich gebe es zu – stritten und kämpften, kommen mir vor, als lägen sie tausend Jahre zurück, sie haben mit diesem Leben nichts mehr gemein. Und ich fürchte, es wird nie mehr so sein. Ich habe nichts von Deinem Vater gehört, nichts von Deinem Bruder. Nur Dein Brief, in dem Du schreibst, dass sein Freund Robert in Berlin eingetroffen ist, hat mich ein wenig getröstet.

Die Ärzte und Schwestern hier erscheinen mir wie Engel, die mir zeigen, dass es noch eine andere Welt gibt neben der Welt der Wahnsinnigen, die allerorten in Flammen aufgeht.

Ich möchte Dich um Verzeihung bitten: Ich weiß, dass ich Dich viel zu wenig unterstützt habe in Deinem Bemühen, ein Leben zu führen, das Dir angemessen ist. Ich habe meine Loyalität als Ehefrau über alles gestellt. Die meisten Frauen tun das. Das ist unser Versagen. Jeder konnte den Irrsinn in den Augen dieser Männer sehen. Jetzt ist es zu spät.

Ich umarme Dich und die Jungen und bete darum, dass dieser Krieg nicht so lange dauern möge, dass auch sie noch Opfer des Ungeheuers werden.

Eines Tages werde ich bei Dir vor der Tür stehen. Bis dahin werde ich tun, was ich kann, um meine Schuld abzutragen.

Deine Mutter

Wilder Friede

Elisabeth wünschte sich, Friderike an ihrer Seite zu haben. Sie war auf dem Heimweg von einem Treffen des Frauenverbandes, gern hätte sie mit ihr über das Erlebte gesprochen. Der Versammlungsraum war aus allen Nähten geplatzt. Von Woche zu Woche kamen mehr Frauen zu den Treffen des Verbandes, für den nicht mehr geworben werden durfte, seit das Ministerium für Vaterländische Erziehung ihn neben vielen anderen Organisationen wegen ›subversiver und moralschädigender Aktivitäten‹ verboten hatte. An diesem Abend war es dennoch so voll wie nie zuvor. Thema war die Frage, wie man sich dem Hilfsdienst entziehen könne, der überwiegend aus Arbeit in den Waffenfabriken bestand.

Anita Augspurg selbst war gekommen, sie reiste ununterbrochen durchs Land. »Lasst euch nicht einschüchtern!«, hatte sie am Ende der Versammlung gerufen, »je mehr von uns sich weigern, diesen angeblichen Dienst am Volk zu tun, desto weniger können sie dagegen unternehmen!«

Tatsächlich waren in den vergangenen Wochen Frauen verhaftet worden, die unter Hinweis auf ihre Kinder und andere familiäre Verpflichtungen den Dienst verweigert hatten. »Sie versuchen ein letztes Mal, uns an den Platz verweisen, auf den wir ihrer Meinung nach gehören«, sagte Augspurg. »Es wird ihnen nicht gelingen, wenn wir zusammenhalten. Trefft euch auch außerhalb des Vereins, unterstützt euch gegenseitig!«

Besondere Empörung bei den Frauen hatte der berühmte Wissenschaftler Max Planck hervorgerufen, der öffentlich davor gewarnt hatte, die Gleichberechtigung der Frauen nicht zu weit zu treiben, ebenso ein Aufruf des Oberlehrerverbandes, nicht an Schulen zu unterrichten, an denen es einen weiblichen Direktor gab.

Die Straßenbahn verlangsamte ihr Tempo, die Fahrgäste reckten die Hälse, um zu sehen, was diesmal den Verkehr aufhielt. »Wie die Hyänen!«, zischte eine Dame, »nie kommt man pünktlich nach Haus, nur weil diese gierigen Weiber die Straße blockieren!«

Elisabeth sah durch das Fenster eine Menschenmenge, die sich um eine der Suppenküchen drängte, die zweimal wöchentlich an bestimmten Straßenkreuzungen aufgestellt wurden. Der Hunger der Menschen vor allem in den Arbeitervierteln hatte dazu geführt, dass Lebensmittelgeschäfte geplündert worden waren. Die Ausgabe warmer Mahlzeiten sollte die Situation entspannen. Nun jedoch war der Andrang so groß geworden, dass das kostenlose Essen – meist Steckrübeneintopf mit vereinzelten Speckstücken – nicht ausreichte: Schon bevor die Karren mit den gewaltigen Töpfen anrollten, versammelten sich Menschen, die sich um die vorderen Plätze prügelten.

»Alle ins Zuchthaus!«, rief die Dame so laut, dass es keinem in der Straßenbahn entgehen konnte, »da können sie lernen, wie man wartet, bis man an der Reihe ist!«

Elisabeth beugte sich zu ihr vor. »Darf ich Sie etwas fragen, gnädige Frau?«, sagte sie, ebenfalls für alle hörbar. »Da Sie offenbar Erfahrungen mit dem Zuchthaus haben: Stimmt es, dass man dort eine Extraportion Essen erhält, wenn man sehr nett zu den Wärtern ist? Sie sehen ja durchaus wohlgenährt aus, gnädige Frau …«

In diesem Moment hielt die Straßenbahn, sie war in der Menschenmenge eingekeilt. Der Waggon schwankte bedenklich. Der Schaffner trat aus seinem Kassenhäuschen und strich seine Uniform glatt, bevor er rief: »Ich muss Sie leider alle bitten auszusteigen, meine Herrschaften, ich kann für Ihre Sicherheit nicht mehr garantieren. Ich öffne jetzt die Türen.«

»Dann lassen Sie die Türen geschlossen, statt sie zu öffnen!«, rief ein Mann. »Draußen ist es doch viel unsicherer als hier drinnen!«

»Aber draußen bin ich nicht für Sie verantwortlich«, antwortete der Schaffner, »bitte folgen Sie umgehend meiner Anweisung.«

Elisabeth erhob sich und trat vor die Dame: »Darf ich Ihnen beim Aussteigen behilflich sein, gnädige Frau?«, fragte sie und bot ihr eine Hand.

Schnaubend erhob sich die Dame. »Luder! Du gehörst auch zu diesen Weibern, das sehe ich dir an!«

»Oh, ich bin untröstlich«, erwiderte Elisabeth, »welche Weiber meinen Sie, gnädige Frau?«

»Die den Hals nicht vollkriegen! Die unser Vaterland in den Abgrund stürzen!«

»Wie Sie meinen«, antwortete Elisabeth, »ich wünsche Ihnen einen angenehmen Abend.« Damit stieg sie aus dem Waggon und drängte sich durch den Tumult bis zur anderen Straßenseite. Bevor sie in eine Seitenstraße abbog, sah sie noch, wie der Hut mit der langen Straußenfeder, den die Dame auf dem Kopf getragen hatte, unter dem Gejohle der Menge hoch durch die Luft flog, während ihre Besitzerin hinterherstolperte und ihn aufzufangen versuchte. Sie tat ihr fast ein wenig leid.

Etwas an der Gneisenaustraße war anders als sonst. Elisabeth sah sich aufmerksam um. Alles schien an seinem Platz, in diesem Stadtteil funktionierte der Straßenkehrdienst noch. Es sah sauber und gefegt aus wie immer, nichts lag herum, was nicht hierhergehörte. Trotzdem spürte sie die veränderte Atmosphäre, irgendetwas lag in der Luft. Sie sah das Haus, den weißen Zaun, dessen Pforte geöffnet war. Sie verlangsamte ihre Schritte, dann blieb sie stehen. Die Haustür stand offen.

Und dann wusste sie es. Sie ließ ihre Handtasche fallen und lief den Weg zum Haus, so schnell sie konnte.

*

Es sei reiner Zufall gewesen, erklärte Robert ihr wenig später: Er sei zum Lazarett gegangen, um den Sitz seiner Prothese korrigieren zu lassen, als er den Neuankömmling mit dem Kopfverband erblickte, der auf einem Stuhl vor dem Behandlungszimmer saß und wartete. Er habe Wilhelm sofort erkannt.

Elisabeth saß auf Wilhelms Schoß und konnte ihre Augen nicht von ihm lassen. Immer wieder nahm sie sein Gesicht in ihre Hände und küsste ihn, während Robert weitersprach. Wilhelms Verband sei entfernt worden, nachdem die Untersuchung gezeigt hatte, dass die Augenentzündung fast abgeklungen war. Nur die Bronchien seien noch in Mitleidenschaft gezogen, was einen Aufenthalt im Lazarett jedoch nicht erforderlich machte. Vorläufig habe Wilhelm Genesungsurlaub.

»Vorläufig«, wiederholte Elisabeth, »was soll das heißen? Wollen sie dich etwa noch mal holen, wenn sie meinen, dass du wieder genügend Luft bekommst?«

»Das ist es wohl weniger«, antwortete Wilhelm, »es gibt da ja noch diese Sache …«

»Sollen sie doch kommen«, ereiferte sich Robert. »Ich glaube allerdings, sie haben ganz andere Sorgen, als mit einem Husaren abzurechnen, der einen Beschwerdebrief geschrieben hat.«

»Immerhin haben sie mich dafür zum Tod verurteilt.«

»Und dich dann zum Helden werden lassen! Die Geschichte über Douaumont füllte wochenlang die Zeitungen.«

»Genützt hat es trotzdem nichts«, sagte Wilhelm. »Und jetzt brauchen sie jeden Mann. Kriegsgefangene, die von den Russen freigelassen werden, schicken sie sofort nach Frankreich weiter. Viele dürfen nicht einmal ihre Familien sehen zwischendurch.«

Robert nickte. »Arme Kerle«, sagte er. »Es ist eine Schweinerei! Und was dabei herauskommt, sieht man ja jetzt.«

Adalbert, der interessiert zugehört hatte, fragte: »Was kommt dabei heraus?«

Robert und Wilhelm sahen sich an. »Es passieren Dinge da draußen, die erfährt hier keiner«, sagte Wilhelm dann zu Adalbert. »Und wenn man sie erzählt, kann man ins Gefängnis kommen. Du musst es für dich behalten.«

Adalbert nickte.

»Also, was sie dort an einigen Frontabschnitten machen, ist: Sie hören auf zu kämpfen. Einfach so. Die Franzosen und Engländer auch. Sie wollen das nicht länger. Jeder von ihnen hat Freunde verloren, Brüder, Söhne, den Vater. Und wofür? Für ein paar Meter Graben.«

Er sah nachdenklich zu Robert, der kaum merklich nickte. Wilhelm beugte sich zu Adalbert und fuhr fort: »Sie machen Frieden unter sich, hören auf zu schießen, und dann treffen sie sich zwischen den Gräben und reden und rauchen zusammen – wilde Waffenruhen nennt man das. Die Franzosen haben vor kurzem ein Plakat aus ihrem Graben hochgehalten, darauf stand: Wir sind alle Familienväter. Daraufhin sind alle aus ihren Gräben gekommen und haben zusammen gegessen und getrunken.«

Adalbert versuchte, in Wilhelms Miene zu lesen, ob er die Wahrheit sagte. »Und was sagen die Generäle dazu?«, fragte er ungläubig.

»Wenn hoher Besuch erwartet wird, dann schießen die Soldaten ein bisschen aufeinander. Aber sie verständigen sich vorher durch geheime Zeichen.«

»Und wenn das rauskommt?«, fragte Adalbert. »Werden sie dann erschossen? Was tun die Offiziere dagegen?«

»Das erzähle ich dir später«, sagte Wilhelm, »du hast genug gehört. Jetzt ist erst mal Schlafenszeit.«

Nachdem Adalbert gegangen war, sagte Elisabeth: »Seine Frage ist berechtigt. Was tun die Offiziere? Was hättet ihr getan?«

Wilhelm und Robert sahen sich fragend an. »Ich weiß es nicht«, sagte Wilhelm dann. »Wahrscheinlich ist es kein Zufall, dass ich nicht in diese Lage geraten bin. Was wir in Belgien erlebt haben, hat uns gezeigt, dass dieser Krieg anders sein würde als alle zuvor. Schon bevor er richtig ausbrach.«

»Ein Krieg bricht nicht aus, einen Krieg machen Menschen«, warf Elisabeth ein.

Wilhelm nickte. »Da hast du recht. Aber selbst die, die ihn machen, merken das manchmal nicht.«

»Und – was geschieht bei diesen wilden Waffenruhen? Das werden die sich doch nicht gefallen lassen.«

Wilhelm sah sie müde an. »Das ist ja nicht das Einzige. Immer mehr Soldaten hauen ab. Nach Holland, Dänemark oder in die Schweiz. Morgens ist Appell – und abends sind sie nicht mehr da. Die Feldpolizei ist machtlos. Aus den Lazaretten verschwinden sie ebenfalls, leicht Verwundete machen sich auf eigene Faust auf den Weg in die Heimat. Zu Fuß. Manche werden aufgegriffen, die meisten nicht. Tausende haben sich schon aus dem Staub gemacht.«

»Und die Offiziere?«, beharrte Elisabeth.

»Die haben ihre eigenen Sorgen«, sagte Wilhelm leise. »Sie interessieren sich für ganz andere Dinge. Sie schicken zum Beispiel ihre Burschen in die Häuser der Franzosen, um nach wertvollem Hausrat zu suchen – Kerzenleuchter, Besteck, Schmuck, Vasen. Und das lassen sie in die Heimat bringen – direkt zu sich nach Hause, von ihren eigenen Burschen. Die bekommen dafür Extra-Urlaub.«

»Du meinst: Sie klauen?«, fragte Elisabeth entsetzt.

»Kriegsbeute«, korrigierte Robert.

»Nein«, sagte Elisabeth, »das glaube ich nicht, das kann nicht sein! Ihr seid doch auch Offiziere – da müsst ihr etwas unternehmen!«

»Ein Hochverräter und ein Einbeiniger retten die Offiziersehre – tolle Schlagzeile für die Zeitung!«, lachte Wilhelm. Dann wurde er ernst: »Bitte, sag nichts von solchen Dingen außerhalb dieses Hauses. Ich fürchte, wir hätten dem Jungen nichts davon erzählen dürfen. Ich werde noch mal zu ihm gehen und ihm klarmachen, dass er es für sich behalten muss.«

»Er ist nicht mehr derselbe«, sagte Elisabeth, als sie und Robert allein am Tisch saßen. »Er hat mir fast nichts erzählt von dem, was er erlebt hat, ich weiß nicht, wie es in ihm aussieht. Ich bin nur froh, dass er jetzt hierbleibt.«

»Darauf würde ich nicht wetten«, erwiderte Robert, und als

Elisabeth ihn fragend ansah, fügte er hinzu: »Adèle. Er hat sie noch mit keinem Wort erwähnt, aber ich bin sicher, dass er an kaum etwas anderes denkt.«

Fieber

Täglich machte Adèle einen Spaziergang zur Burgruine. Dies waren die Stunden, in denen sie Hoffnung verspürte. Sie berührte die Bäume, unter denen sie mit Wilhelm gestanden hatte, sie stieg auf die Mauer, auf der sie gemeinsam balanciert waren, sie sah hinunter zum Kanal, an dessen Ufer sie gesessen hatten. All dies erfüllte sie mit der Gewissheit, irgendwann wieder gemeinsam mit ihm hier zu sein – mit ihm und ihrem Kind. Sie hielt es in eine Decke gewickelt im Arm und sprach zu ihm, erzählte ihm alles und rief sich selbst so die Bilder und Erinnerungen ins Gedächtnis, die sie mit Wilhelm verband.

Helène beobachtete jeden Vormittag vom Fenster aus, wie Adèle das Gut verließ. Sie wusste nicht, wohin sie ging, sie bemerkte nur, dass sie bei ihrer Rückkehr verändert war, sie ging aufrechter, lächelte, manchmal sang sie dem Kind leise etwas vor, manchmal blieb sie stehen, sah zum Fenster hinauf und winkte Helène zu.

Seit der Geburt des Kindes war das Verhältnis zwischen den beiden Frauen ein anderes geworden. Wenn es ihre Zeit im Lazarett erlaubte, brachte Helène Essen in die kleine Hütte, manchmal erschien Adèle am Abend in der Küche. Sie hatte das Kind dabei und legte es Helène in den Arm.

Lange hatte Adèle sich nicht für einen Namen entscheiden können. Sie wolle damit – wie auch mit der Taufe des Kindes – warten, bis Wilhelm zurück sei, sagte sie. Doch dann gewöhnte sie sich an, das Mädchen nach ihrer Großmutter Francine zu nennen, und Helène konnte nicht genug davon bekommen, den Namen zärtlich ins Ohr des Kindes zu flüstern, während sie es im Zimmer herumtrug.

Adèle blieb nie lange, sie fürchtete, von Drewitz könne erneut auftauchen. Helène erklärte ihr immer wieder, dass damit nicht zu rechnen sei, da das Lazarett unter der Hoheit des Roten Kreuzes stünde. Adèle verstand, aber ihre Vorsicht blieb.

Es war ein warmer Herbstabend. Da nach Einbruch der Dunkelheit keine Verwundeten mehr erwartet wurden, war im Haus ein wenig Ruhe eingekehrt. Helène hatte sich in den Salon zurückgezogen und war gerade in ihrem Ohrensessel eingeschlafen, als es zaghaft an der Tür klopfte.

»Mmmh?«, murmelte sie. Die Tür wurde geöffnet, Dr. Antosch trat ein. »Gnädige Frau, ich bin untröstlich, Sie zu stören, aber eine der neuen Krankenschwestern, die heute eingetroffen sind, sagt, sie müsse Sie unbedingt sprechen. Es dulde keinen Aufschub.«

»Na, wenn es so ist«, sagte Helène und erhob sich seufzend, um dann vor Verblüffung sofort wieder in den Sessel zurückzufallen, als die Schwester den Raum betrat.

*

Adèle fand keinen Schlaf: Das Kind war unruhig, sein Weinen weckte sie immer wieder auf. Schließlich kleidete sie sich an, nahm Francine aus ihrem Körbchen und setzte sich mit ihr in den Sessel am Fenster der Dachkammer. Francine beruhigte sich ein wenig, doch immer wieder krümmte sich der kleine Körper zusammen, als würde er von Schmerzen gequält.

Seit drei Tagen erfüllte das Verhalten des Kindes Adèle mit Sorge, seine Appetit- und Ruhelosigkeit beunruhigten sie. Jetzt erhob sie sich und stieg mit Francine im Arm vorsichtig die steile Treppe hinunter. In der Küche blieb sie vor dem Tisch am Fenster stehen und sah hinaus. Der Mond überzog die Weinstöcke mit weißem Licht, der Baum vor dem Haus warf einen langen Schatten auf den Steinboden der Küche – genau auf die Stelle, wo sie so oft mit Wilhelm gestanden hatte. Adèle konnte ihn spüren, seine Arme, die er um ihre Taille legte, seinen Atem, der ihren Nacken kitzelte. Sie drückte Francine an sich und küsste sie. Der kalte Schweiß auf der Stirn des Kindes riss sie aus ihren Gefühlen. Das Kind schien förmlich zu glühen. Adèle wickelte noch eine weitere Decke um Francine und ging dann rasch hinüber zum Gutshaus.

Charlotte schloss zur selben Zeit leise die Tür zum Salon hinter sich und verharrte eine Weile reglos davor: Die unvermutete Begegnung mit Helène hatte sie aufgewühlt. Als sie das neue Lazarett nach einer anstrengenden Reise durch zerstörte Städte und Dörfer am Abend erreicht hatte, wusste sie zunächst nicht, wo genau sie sich befand, der Name des Ortes sagte ihr nichts. Umso verblüffter war sie, als Dr. Antosch beim Rundgang durch die Räume den Namen der Besitzerin des Anwesens erwähnt hatte. Charlotte bat so hartnäckig darum, umgehend zu Helène vorgelassen zu werden, dass der Arzt sich schließlich ein Herz gefasst und trotz der späten Stunde an der Tür des Salons geklopft hatte.

Als er seine Entschuldigungen vorgebracht hatte und zur Seite getreten war, beobachtete Charlotte, wie Helène von Schwemer sich langsam aus dem großen Sessel erhob, in dem sie offenbar geschlafen hatte, sich ihr zuwandte – und dann mit einem Aufschrei auf sie zulief. Sie warf Charlotte beinahe um, als sie sie in ihre Arme schloss. Sie nahm ihr Gesicht zwischen ihre Hände und starrte sie an, als könne sie nicht glauben, was sie sah. Dr. Antosch hatte sich bereits zurückgezogen und die Tür geschlossen, als Helène ihre Fassung wiedererlangte. Dann erst bemerkte sie Charlottes Äußeres und deutete auf die Schwestertracht: »Wieso – warum trägst du das?«

Charlotte lächelte und strich ihren Rock glatt. »Nun ja, weil ich Krankenschwester bin«, sagte sie mit erkennbarem Stolz. »Ich hoffte, das sähe man mir an.«

Helène lachte kurz: »Natürlich, natürlich! Aber wieso? Du, Krankenschwester? Seit wann? Und was machst du ausgerechnet hier?«

Charlotte erzählte ihre Geschichte, und Helène hörte ihr reglos zu. »Wo ist Robert jetzt?«, fragte sie atemlos, als Charlotte geendet hatte. »Geht es ihm besser?«

Charlotte zuckte die Achseln. »Ich nehme es an. An die Front werden sie ihn sicherlich nicht mehr geschickt haben.«

Helène nickte. »Wenigstens etwas. Wenn ich nur wüsste, wo Wilhelm ist …« Fragend sah sie Charlotte an, als hielte sie sie für allwissend und ergriff dann ihre Hand. »Und wenn er hier jetzt hereinkäme?« fragte sie.

»Ich glaube, es würde ihm gefallen, was er sähe – ich meine das, was ich tue.«

»Sicher«, entgegnete Helène, »es ist aller Ehren wert, aber …«

Charlotte unterbrach sie und schüttelte den Kopf: »Um die Ehre geht es nicht. Es ist mehr: Es ist mein Leben. Dieser Krieg wird irgendwann vorüber sein, aber es gibt immer irgendwo Menschen, die ohne Hilfe nicht leben können. Für sie werde ich da sein, ihnen habe ich mein Leben gewidmet. Vielleicht gehe ich wieder nach Afrika, wenn dies alles vorüber ist.«

»Aber du – du bist verlobt!«

Charlotte seufzte. »Ja, ich weiß. Aber ich bin nicht mehr die, die ich einmal war. Und ich weiß, dass er es gutheißen wird. Er hat es mir bereits gesagt.«

»Wann?«, fragte Helène erstaunt.

»Damals, bei unserem Besuch in Ihrem Haus, beim Abschied an der Kutsche. Er hat es nicht direkt gesagt, aber er gab es mir zu verstehen.«

Helène sah die entschlossene, junge Frau prüfend an, die kaum noch etwas gemein hatte mit der scheuen Prinzessin, die am Arm ihres Vaters die Komplimente der Gratulanten entgegennahm.

*

Charlotte wandte sich zur Treppe, um nach oben in den Schlafraum der Schwestern zu gehen, als sie eine junge Frau mit einem Kleinkind bemerkte, die eilig durch die Halle auf sie zukam. »Ist sie drinnen?«, fragte sie und deutete auf die Tür, die Charlotte gerade geschlossen hatte.

»Ja«, erwiderte Charlotte, »ich hoffe, sie findet ein wenig Schlaf. Sie ist am Ende ihrer Kräfte.«

Adèle sah unschlüssig zu Boden. »Meine Tochter«, sagte sie dann leise, »sie hat Krämpfe und Fieber. Ich habe keine Medikamente und weiß nicht, wie ich ihr helfen soll.«

Charlotte trat näher an sie heran. »Darf ich?« Sie schlug die Decke zurück, die Francine bedeckte. »Welch ein süßes Baby!«, sagte sie und strich über Francines Wange. Dann legte sie die

Hand auf die Stirn des Kindes. »Sie haben recht, sie hat hohes Fieber. Kommen Sie mit mir.«

»Wer sind Sie, ich habe Sie noch nie hier gesehen?«, fragte Adèle, als sie die Treppen hinaufstiegen.

»Ich bin eine der Krankenschwestern dieses Lazaretts«, antwortete Charlotte, »allerdings erst seit heute.«

»Wohin gehen wir?«

»Ich bringe Sie ins Schwesternzimmer und hole dann einen Arzt. Hier unten können wir die Kleine nicht behandeln – die vielen Verwundeten, Sie verstehen ...«

Das Schwesternzimmer stellte sich als Wilhelms ehemaliger Schlafraum heraus: Sechs Betten standen dicht nebeneinander. Charlotte entzündete eine Lampe und sagte leise: »Setzen Sie sich auf mein Bett, ich bin gleich wieder zurück.«

Wenige Minuten später kam sie mit Dr. Antosch zurück. Ohne zu zögern, nahm er Francine aus Adèles Armen, legte sie auf das Bett und untersuchte sie. Er drückte auf ihren Bauch, horchte ihre Lunge ab, sah in Mund und Ohren.

»Ich bin kein Kinderarzt«, sagte er schließlich zu Adèle, »aber ich habe jüngere Geschwister, deshalb sind mir diese Symptome nicht unbekannt. Ich vermute, es ist das Drei-Tage-Fieber. Seit wann hat sie diese Symptome?«

Adèle sah ihn verblüfft an. »Wie Sie sagen: seit drei Tagen.«

Dr. Antosch nickte und strich über Francines runden Bauch. »Sie wird morgen und übermorgen noch einen roten Hautausschlag bekommen, dann ist es überstanden. Das kriegen alle Kinder irgendwann, da hilft nur abwarten. Und viel Flüssigkeit! Bekommt sie noch Muttermilch?«

Adèle nickte. »Dann geben Sie ihr für einige Tage stattdessen möglichst viel Wasser, Milch treibt das Fieber nur weiter in die Höhe.«

Adèle sah zu Charlotte. »Danke«, sagte sie, »ich hätte nicht gewusst, was ich tun soll.«

»Möchten Sie heute Nacht hierbleiben?«, fragte Charlotte. »Es ist dunkel draußen – wo wohnen Sie überhaupt?«

Adèle deutete zum Fenster. »Man kann es von hier aus sehen:

Das Haus meines Vaters steht am Ende des Grundstücks«, antwortete sie. »Er ist der Verwalter des Weinguts von Madame von Schwemer.«

Charlotte sah sie aufmerksam an. »Und wo ist Ihr Vater?«

»Ich gäbe viel darum, das zu erfahren«, sagte Adèle.

»Und ihr Vater?« Charlotte deutete auf das Kind, das jetzt still auf dem Rücken lag. »Wo ist er?«

»Auch das weiß ich nicht.«

Die Tür des Zimmers wurde erneut geöffnet. »Ich sah einen Arzt hier hineingehen«, sagte Helène, »und da dachte ich ...«

Es verschlug ihr die Sprache, als sie Adèle und Charlotte zusammen sah. Sie wurde bleich und blickte von einer zur anderen. Charlotte trat neben sie und ergriff ihren Arm: »Ist Ihnen nicht gut?«

Helène atmete tief durch. »Ihr habt euch also schon bekannt gemacht ...« Die beiden jungen Frauen sahen sich fragend an.

*

Die Eroberung der zweiten Forts brachte ebenfalls nicht den erhofften Durchbruch. Im Gegenteil: Die Aufopferungsbereitschaft der Verteidiger von Fort Vaux war bereits nach wenigen Tagen Legende und stärkte die Kampfmoral der französischen Soldaten derart, dass sie fast täglich Gelände zurückeroberten. Die Kämpfe tobten mit immer größerer Heftigkeit, die Lazarette reichten nicht aus, um die Verwundeten zu versorgen. Auch in Lagarde wurde es täglich enger. Das Rote Kreuz bat Helène um Erlaubnis, in den Stallungen und Kellerräumen weitere Betten aufstellen zu dürfen. Innerhalb weniger Tage verdoppelte sich die Zahl der Patienten.

Genau wie Dr. Antosch vorausgesagt hatte, war Francine nach kurzer Zeit wieder fieberfrei. Adèle, die von Charlotte beeindruckt war, bot dem Lazarett ihre Hilfe an, und bat Helène, sich während der Stunden, in denen sie den Schwestern zur Hand ging, um das Kind zu kümmern – eine Bitte, der diese gern nachkam.

Von nun an erschien Adèle früh am Morgen im Lazarett. Sie half den Ärzten, wenn sie neu eingetroffene Verwundete gleich nach der Ankunft noch auf den Lastwagen untersuchten und entschieden, was weiter mit ihnen geschehen solle. Sie war entsetzt über den Anblick der Soldaten, die notdürftig verarztet auf der Ladefläche lagen, und bemerkte erstaunt, wie viele dunkelhäutige Männer sich unter den Verwundeten befanden. »Die Inder sind am schlimmsten dran«, erklärte Charlotte ihr. »Sie werden von den Engländern nach Europa gebracht und an den besonders gefährlichen Abschnitten der Front eingesetzt. Es überlebt fast keiner von ihnen, es ist schon eine Seltenheit, wenn sie unter den Verwundeten sind.«

»Und die Afrikaner?«, fragte Adèle.

»Die sprechen gut deutsch oder französisch, je nachdem, aus welchem Land sie stammen. Ich war selbst in Togo und habe dort erlebt, wie streng die Kinder in der Schule unterrichtet werden ...«

»In Togo?«, unterbrach Adèle sie und sah Charlotte erstaunt an.

»Ja, dort habe ich mich entschlossen, Krankenschwester zu werden. Eigentlich hatten meine Eltern ganz andere Dinge mit mir vor. Sie haben mich sogar verlobt – aber das erzähle ich Ihnen ein anderes Mal.«

Bilder

Das Tor zum Hof des Kolonialamtes am Karlsbad 10 war geschlossen. Die Fensterläden des Gebäudes waren ebenfalls verriegelt, die Pflastersteine im Hof von Unkraut überwuchert. Wilhelm stand auf der gegenüberliegenden Straßenseite und sah zu den Fenstern empor, hinter denen sich die Büroräume seines Vaters befanden. Er bemerkte den Mann, der neben ihn getreten war, erst, als er sprach. »Sieht trostlos aus, nicht wahr?«

Es war der Wachmann, den Wilhelm von früheren Besuchen im Afrikahaus kannte. Er trug zivile Kleidung und lächelte Wilhelm unter seinem Hut schief an. »Es geht mir an die Nieren«, sagte er, »alles verkommt, niemand kümmert sich. Dabei lagern da drinnen Schätze! Nehmen Sie allein das Büro Ihres Herrn Vaters …«

»Waren Sie in der letzten Zeit im Gebäude?«

»Niemand kommt da mehr hinein. Es ist verplombt und versiegelt. Ich komme einmal in der Woche vorbei, um zu sehen, ob sich vielleicht doch etwas tut.«

»Und wo arbeiten Sie jetzt?«

Wieder versuchte er zu lächeln, es fiel noch misslungener aus als zuvor. »Ich gehe meiner Frau zur Hand, beim Wäscheaufhängen oder beim Teppichklopfen.«

»Und es kommt wirklich niemand hinein?«

Der Mann wiegte den Kopf. »Wenn man will, kommt man überall hinein. Und wenn man einen Schlüssel hat, braucht man nicht einmal Gewalt anzuwenden.«

»Und Sie haben einen Schlüssel?«

Der Wachmann klopfte auf seine Hosentasche. »Für alle Fälle.«

Zehn Minuten später stand Wilhelm im Büro seines Vaters. Der Wachmann, der eine Hintertür des Gebäudes aufgesperrt hatte, wartete auf dem Flur. »Lassen Sie sich Zeit, es wird Sie garantiert niemand stören.«

Wilhelm stand neben dem ausgestopften Löwen, dessen Fell ihm räudiger als früher erschien und dem eines seiner Glasaugen herausgefallen war, betrachtete die Trophäen an den Wänden, die Zebrafelle auf dem Boden, die Speere und Masken auf den Regalen. Er ging um den Schreibtisch herum, setzte sich auf den Drehsessel seines Vaters. Ein Foto der Familie im Goldrahmen stand schräg rechts vor ihm: Helène sitzend mit Karl auf dem Schoß, neben ihr Elisabeth mit Adalbert, ebenfalls sitzend. Hinter dem Sessel der Mutter rechts der Freiherr, links Wilhelm. Sein Vater hatte eine Hand auf die Schulter seiner Frau gelegt, die andere steckte im Revers seines Jacketts. Alle sahen starr in die Kamera, nur der Freiherr nicht. Er hatte den Blick in eine unsichtbare Ferne gerichtet.

Wilhelm nahm das Foto zur Hand und betrachtete es näher. Er erinnerte sich, wie am Tag vor dem Fototermin ausführlich die Kleiderfrage diskutiert worden war. Der Vater hatte auf Matrosenanzügen für die Jungen bestanden. Wilhelm, der gerade seine Kadettenausbildung begonnen hatte, musste selbstverständlich in Uniform erscheinen, Helène trug ihr mitternachtblaues Abendkleid, der Vater seinen Frack. Noch während der Fahrt ins Studio des Fotografen gab es erregte Diskussionen mit Elisabeth, die sich geweigert hatte, ihr schwarzes Rüschenkleid anzuziehen und stattdessen in einem cremefarbenen Sommerkleid mit Blütenaufdrucken erschienen war.

Wilhelm stellte das Foto zurück und öffnete die oberste Schublade des ausladenden Mahagonischreibtischs. Sie enthielt eine Zigarrenschachtel. In der Schublade darunter lagen, von einem Band zusammengehalten, ein Bündel Briefe, die Helène ihrem Mann geschrieben hatte. Sie trugen als Adresse Lomé, die Hauptstadt Togos.

Wilhelm zog die unterste Schublade auf. Ein einziges Foto lag darin, das er noch nie gesehen hatte, das Motiv war ihm jedoch bekannt: Es war ein verwackelter Schnappschuss aus dem Foyer der Berliner Oper, das den Kaiser zeigte, der Wilhelm die Hand entgegenstreckte. Die Gesichter der Umstehenden waren unscharf, sein eigenes ebenfalls.

Er drehte das Foto um, auf die Rückseite hatte der Freiherr groß und doppelt unterstrichen zwei Worte geschrieben: Mein Sohn! Wilhelm nahm einen Briefumschlag und steckte das Bild hinein, das Familienportrait ebenfalls. Als er auf den Flur hinaustrat, saß der Wachmann auf der Holzbank, auf der sonst die Besucher warteten. Der Mann bemerkte ihn nicht sofort. Wilhelm sah, wie seine Schultern zuckten. Er schien zu weinen.

*

Der unerwartete Besuch Friderikes in der Gneisenaustraße hatte Elisabeth in Hochstimmung versetzt. Die Freundinnen umarmten sich und tanzten lachend durch den Raum. Die beiden Jungen standen mit offenen Mündern dabei und staunten: So ausgelassen hatten sie ihre Schwester seit langem nicht erlebt. »Sie haben schulfrei«, erklärte Elisabeth. »Alle Schulen in Berlin sind geschlossen worden wegen Kohle- und Holzmangel, sie können sie nicht mehr heizen! Sie brauchen das Brennmaterial in den Munitionsfabriken.«

»Wenn es das nur ist«, sagte Friderike, »in Köln haben sie die Kaiserglocke des Doms eingeschmolzen, um daraus Kanonen zu machen. Die größte Kirchenglocke der Welt! Kann man sich so etwas vorstellen? Sie hätten besser den Kaiser einschmelzen sollen, dann bräuchten wir keine Kanonen mehr …«

»Psst!« Elisabeth hielt den Zeigefinger vor die Lippen. »Ich glaube, das sollten die beiden besser nicht mitkriegen. Sie haben schon genug gehört, was für Kinderohren ungeeignet ist, seit Wilhelm zurück ist.«

Friderike sah sie groß an. »Dein Bruder – hier?! Wie geht es ihm?«

»Er war verwundet, die Augen und die Bronchien. Vom Gas. Aber jetzt geht es allmählich besser. Im Gegensatz zu Robert: Er hat nur noch ein Bein.«

Friderike ließ sich auf einen Sessel fallen. »Ist das der, der dir diese Briefe geschrieben hat?«

Elisabeth nickte. »Und er hat mich hier sehr unterstützt, als ich mit den Jungen allein war. Sie mögen ihn sehr.«

Friderike sah Elisabeth prüfend an. »Und du?«

»Deine Neugier ist noch die beste unter deinen vielen schlechten Eigenschaften«, sagte Elisabeth. »Aber manchmal kann ich auch die nicht gut ertragen.«

Friderike sah verdutzt auf, dann bemerkte sie Elisabeths Grinsen. »Ja«, sagte Elisabeth, »ja, ja, ja! Ich mag ihn! Aber das hat nichts mit uns zu tun – du bist die Königin meines Herzens! Trotzdem denke ich über den Antrag nach, den er mir gemacht hat.«

Ein Räuspern ließ sie innehalten: Wilhelm stand im Raum. In der Hand hielt er einen Briefumschlag.

*

Das gemeinsame Abendessen, zu dem auch Robert eingeladen war, ließ Elisabeth ein ums andere Mal erröten: Sie wurde mit Lob überschüttet für ihre Steckrüben-Variationen. Es gab Steckrüben-Gratin, Steckrüben-Auflauf, Steckrüben-Mus, Steckrüben-Pfannkuchen und als Nachspeise Steckrüben-Gelee. Nachdem die Jungen schlafen gegangen waren, setzte man sich im Salon des Freiherrn zusammen und rauchte, die Frauen Manoli, Wilhelm und Robert Zigarren. »Ob er jemals wieder hier sitzen wird?«, fragte Wilhelm. »Ich war heute im Afrikahaus. Das Thema Kolonien scheint beendet, das Gebäude verrottet. Ich war in seinem Büro – es war, als beträte man ein altes Foto: Man kennt alles, was man sieht, aber irgendwie ist es nicht mehr real. Die Zeit ist darüber hinweggegangen.«

»Nicht nur darüber wird sie hinweggehen«, sagte Robert. »Seit Amerika in den Krieg eingetreten ist, geht jetzt alles ganz schnell. Siegfriedstellung – so nennt die Heeresleitung unsere neue Rückzugsstrategie. Und sie ziehen sich immer weiter zurück. Bald sind wir raus aus Frankreich. Die armen Kameraden, die dort jetzt immer noch geopfert werden …!«

Elisabeth meldete sich zu Wort. »Es gibt auch Erfreuliches in der Welt. In England wird das Wahlrecht für Frauen eingeführt. Ab dreißig zwar erst, aber immerhin – ein Anfang!«

Friderike hob ihr Glas mit Steckrübensaft: »Darauf einen Toast! Frauen an die Urnen, Männer in die Urnen!«

Robert und Wilhelm sahen sie entsetzt an, Friderike zog schuldbewusst den Kopf ein. »Entschuldigung, das ist mir so rausgerutscht! Ich weiß, wie viele in diesem Augenblick sterben. Es tut mir leid! Aber wenn Frauen gewählt hätten, wäre das …«

Elisabeth legte eine Hand auf Friderikes Arm. »Lass gut sein«, sagte sie, »ich weiß, dass du es nicht böse meinst.«

Später am Abend, als der Besuch gegangen war und Wilhelm und Elisabeth beisammen saßen, nahm er die Bilder aus dem Umschlag und legte sie vor Elisabeth auf den Tisch. Lange sah sie das Familienfoto an. »Es kommt mir jetzt schon so vor, als wäre es hundert Jahre her«, sagte sie.

Wilhelm nahm das Bild aus der Oper zur Hand. »So empfinde ich es auch«, sagte er. »Ich kann mich noch gut an diesen Augenblick erinnern, aber er gehört einem anderen Leben an.« Er deutete mit dem Finger auf Charlotte, die hinter ihm stand und halb zu erkennen war. »Robert hat mir erzählt, dass er ihr begegnet ist und dass sie auch in Zukunft als Krankenschwester arbeiten will. Ich wusste immer, dass sie etwas Besonderes ist. Charlotte wäre niemals glücklich geworden als Frau an irgendjemandes Seite. Auch nicht an meiner.«

»Und du?«, fragte Elisabeth. »Was ist mit dir?«

Wilhelm sah sie lange an. »Die Züge nach Straßburg verkehren wieder. Ich fahre, sobald du sagst, dass du mich hier entbehren kannst.«

»Du bist natürlich unentbehrlich. Aber woanders noch mehr!« Sie ergriff seine Hand. »Morgen, gleich morgen. Ich werde dich zum Zug begleiten.«

»Aber ...«

»Keine Widerrede. Ich habe die Jungen, die passen auf mich auf. Noch einen brauche ich nicht.«

Heimkehr

Die Innenstadt war voller Menschen. Die Reichsfrauenkonferenz der Sozialdemokraten, die das Wahlrecht für Frauen forderten, wurde von Demonstrationen begleitet, für den Abend war eine große Kundgebung angekündigt. »Ich nehme an, dort wirst du den Abend verbringen«, sagte Wilhelm, als sie durch die Invalidenstraße zum Nordbahnhof gingen, »deshalb wolltest du mich so schnell loswerden!«

Sie drückte seinen Arm. »Genau«, antwortete sie, »das ist nichts für verliebte Husaren. Die sind in Frankreich viel willkommener!«

Die Bahnfahrt verlief stockend. Immer wieder wurden die Reisenden kontrolliert, Wilhelm musste seinen Verwundeten-Pass vorzeigen; mehrmals hielt der Zug auf freier Strecke, um Lazarettzüge auf dem Weg in die Heimat passieren zu lassen. Erst am Mittag des nächsten Tages erreichte er Straßburg. Wilhelm schloss sich einem Sammeltaxi nach Badonviller an. Dort erklärte sich ein Bauer bereit, ihn mit seinem Pferdefuhrwerk die kurze Strecke bis nach Lagarde zu bringen. Einen Kilometer vor dem Ziel ließ Wilhelm den Kutscher halten, den Rest des Weges ging er zu Fuß.

Der Geruch von gemähtem Gras mischte sich mit dem des Rhein-Marne-Kanals. Wilhelm hörte das Motorengeräusch eines Lastkahns. Als er die Brücke erreichte, war sie hochgeklappt, das Schiff passierte gerade die Schleuse. Hinter der Scheibe des winzigen Häuschens sah Wilhelm den Schleusenwärter, der an einer Kurbel drehte, um die Brücke wieder herunterzulassen. Wilhelm überquerte den Kanal und betrat die andere Seite des Ufers. Langsam ging er die leichte Steigung des Weges hinauf zur Saint-Jean Baptiste-Kirche und bog dort in die Dorfstraße ein. Die Spitze des Kirchturms fehlte. Mehrere Häuser links und rechts waren beschädigt, zwei zerstört.

Schließlich stand er vor der Auffahrt zum Gutshaus. Die tiefstehende Abendsonne blendete ihn, er hob eine Hand und hielt sie über seine Augen. Er sah Krankenfahrzeuge, Verwundete, weiß gekleidete Frauen und Männer. Und dann bemerkte er die junge Frau, die vor den Stufen des Eingangs stand. Sie hielt ein Kind im Arm und blickte unverwandt zu ihm herüber. Sie machte einige Schritte in seine Richtung, ging dann immer schneller. Wilhelm ließ seine Reisetasche fallen und rannte auf sie zu.

Inhalt